潍上古诗词

王新 牛鹏志 编著

齊魯書社

图书在版编目(CIP)数据

潍上古诗词/王新,牛鹏志编著. -- 济南:齐鲁书社,2017.1
ISBN 978-7-5333-3721-6

Ⅰ.①潍… Ⅱ.①王… ②牛… Ⅲ.①古典诗歌—诗集—中国 Ⅳ.①I222.72

中国版本图书馆 CIP 数据核字(2017)第 009442 号

潍上古诗词

王 新 牛鹏志 编著

主管单位	山东出版传媒股份有限公司
出版发行	齊魯書社
社　　址	济南市英雄山路 189 号
邮　　编	250002
网　　址	www.qlss.com.cn
电子邮箱	qilupress@126.com
营销中心	(0531)82098521 82098519
印　　刷	山东德州新华印务有限责任公司
开　　本	880mm×1230mm 1/32
印　　张	21.5
插　　页	6
字　　数	466 千
版　　次	2017 年 1 月第 1 版
印　　次	2017 年 1 月第 1 次印刷
印　　数	1—800
标准书号	ISBN 978-7-5333-3721-6
定　　价	**186.00 元**

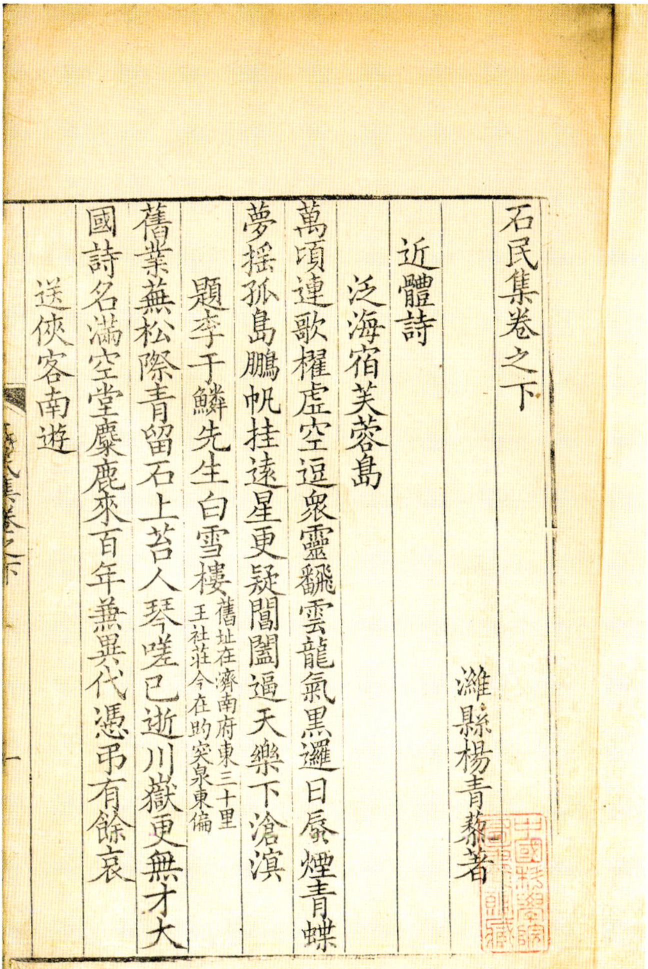
石民集卷之下

濰縣楊青藜著

近體詩

泛海宿芙蓉島

萬頃連歌櫂虛空逗衆靈飆雲龍氣黑邏日蜃煙青蝶夢揺孤島鵬帆挂遠星更疑閶闔逼天樂下滄溟

題李于鱗先生白雪樓舊址在濟南府東三十里王社莊今在趵突泉東偏

舊業蕪松際青留石上苔人琴嗟已逝川嶽更無才大國詩名滿空堂麋鹿來百年兼異代憑弔有餘哀

送俠客南遊

明杨青藜《石民诗集》（清乾隆十八年刻本，中国科学院图书馆藏）

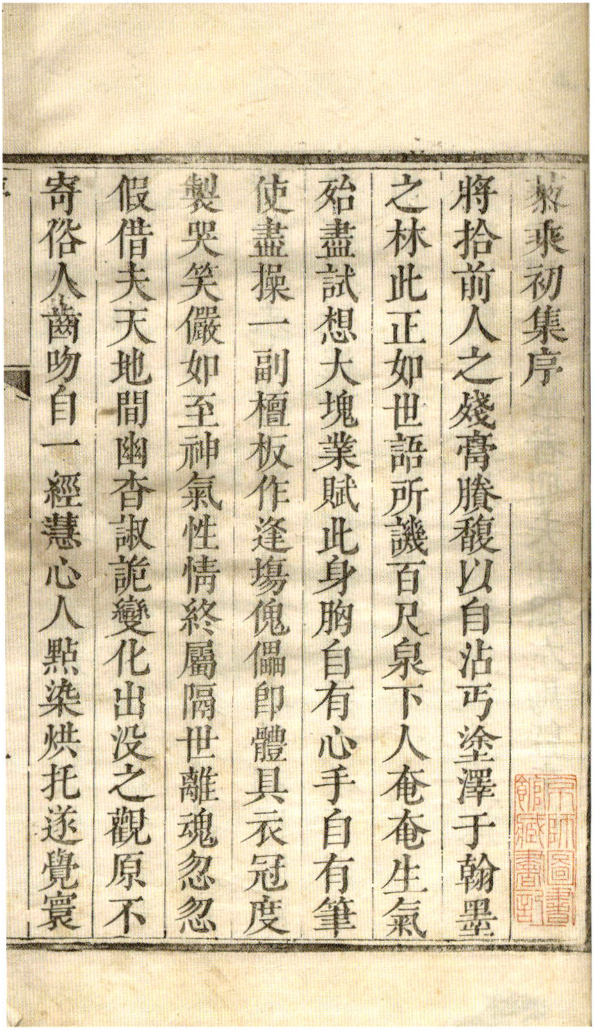

藜乘初集序

將拾前人之殘膏賸馥以自沾丐塗澤于翰墨之林此正如世語所譏百尺泉下人奄奄生氣殆盡試想大塊業賦此身胸自有心手自有筆使盡操一副檀板作逢塲傀儡即體具衣冠度製哭笑儼如至神氣性情終屬隔世離魂忽忽假借夫天地間幽杳詼詭變化出沒之觀原不寄俗人齒吻自一經慧心人點染烘托遂覺寰

清刘以贵《藜乘集》（清康熙刻本，国家图书馆藏）

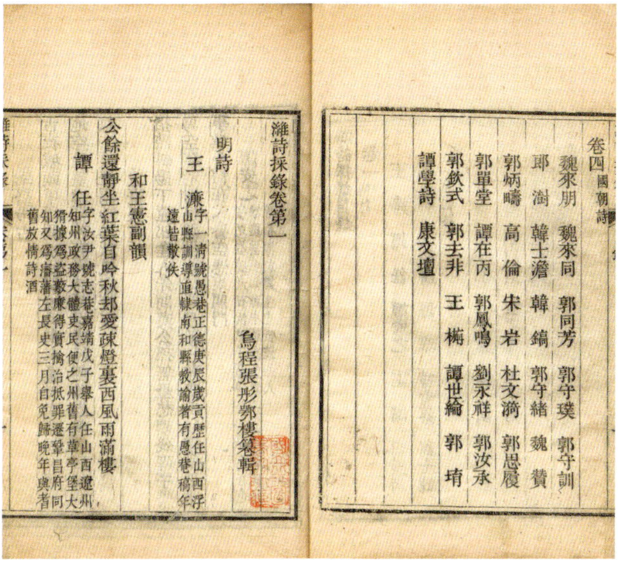
卷四國朝詩
魏來朋 魏來同 郭同芳 郭守璞 郭守訓
耶澍 韓士澹 韓鎬 郭守緒 魏贊
郭炳疇 高倫 朱岩 杜文漪 郭思履
郭單堂 譚在丙 郭鳳鳴 劉永祥 郭汝承
郭欽式 郭去非 王楠 譚世綸 郭堉
譚學詩 康文壇

濰詩採錄卷第一
烏程張彤鄂樓氏輯
明詩
王 濂 字一清號愚菴正德庚辰歲貢歷任山西浮山縣訓導直隸南和縣教諭著有愚菴稿年遠皆散佚
和王憲副韻
公餘還幕坐紅葉自吟秋却愛疎聲裏西風雨滿樓
譚 任 字汝尹號志菴嘉靖戊子舉人任山西遼州知州政務大體吏民便之州舊有草亭堡大猾據爲盜藪康得實擒治抵罪遷犨昌府同知又爲濟藩左長史三月自免歸晚年與耆舊放情詩酒

清张彤《潍诗采录》（清嘉庆十三年刻本，国家图书馆藏）

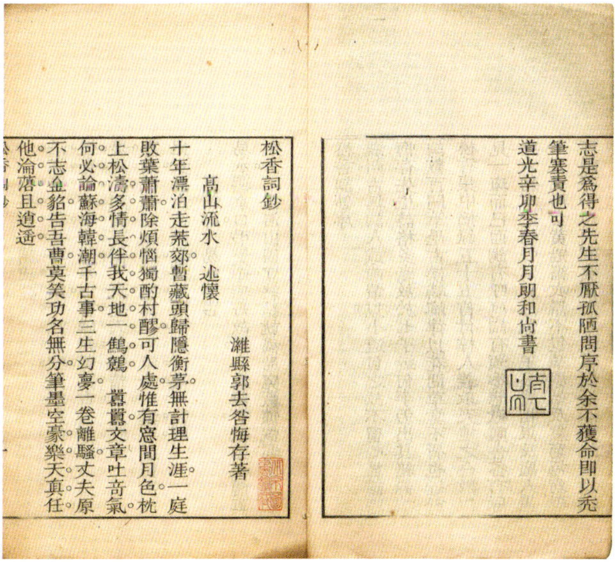
志是爲得之先生不厭孤陋問序於余不獲命即以秃筆塞責也可
道光辛卯季春月朔和尚書

松香詞鈔
濰縣郭去咎悔存著
高山流水 述懷
十年漂泊走荒郊。暫藏頭歸隱衡茅。無計理生涯。一庭敗葉蕭蕭。除煩惱獨酌村醪。可人處惟有窗間月色枕上松濤。多情長伴我天地一鷦鷯。 嚣嚣文章吐奇氣。何必論蘇海韓潮。千古事三生幻夢一卷離騷。丈夫原不志金貂。告吾曹莫笑功名無分筆墨空豪。樂天真任他淪落且逍遥。

清郭去咎《松香词钞》（清道光十一年刻本，国家图书馆藏）

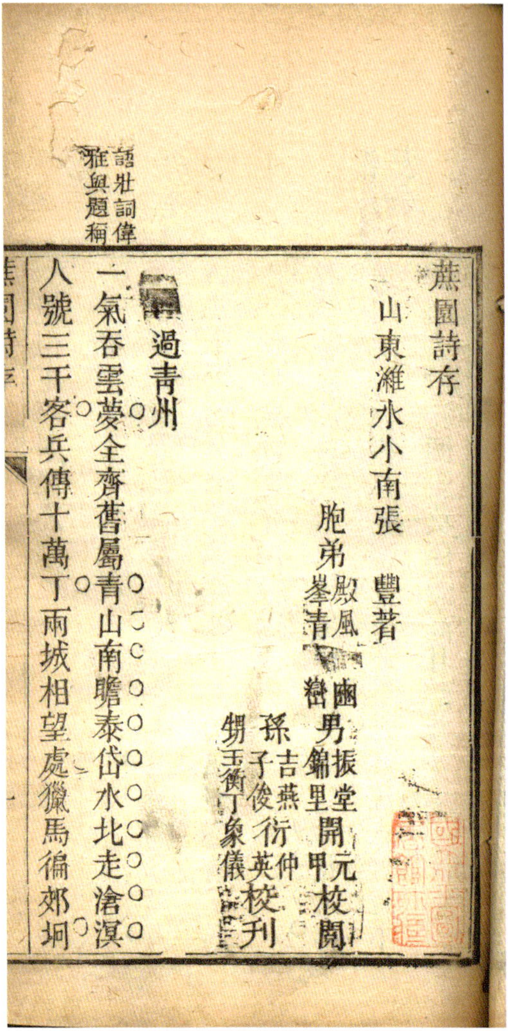

清张丰《蔗园诗存》（清道光三十年刻本，国家图书馆藏）

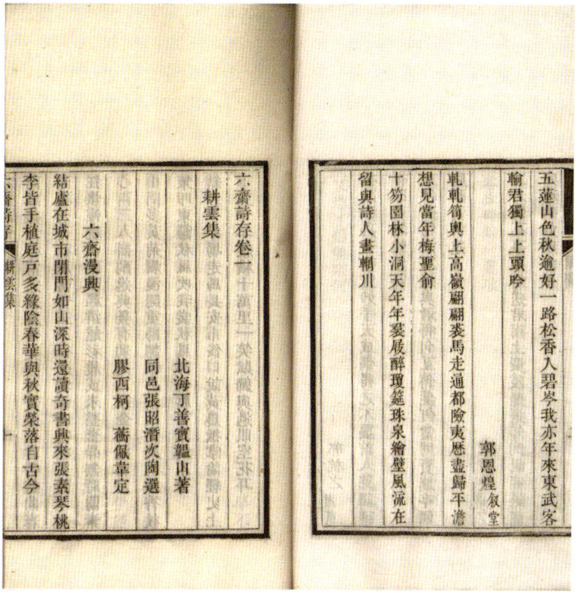
五蓮山色秋逾好一路松香入碧岑我亦年來東武客
輸君獨上上頭吟
郭恩煌 叙堂
軋軋筍輿上高嶺翩翩裘馬走通都險夷歷盡歸平澹
想見當年梅聖俞
十笏園林小洞天年年裘屐醉瓊筵珠泉繪壁風流在
留與詩人畫輞川

六齋詩存卷一
耕雲集
北海丁善寶韞山著
同邑張昭潛次陶選
膠西柯 蘅佩韋定
六齋漫興
結廬在城市閉門如山深時還讀奇書與來張素琴桃
李皆手植庭戶多綠陰春華與秋實榮落自古今

清丁善宝《六斋诗存》（清光绪九年刻本，国家图书馆藏）

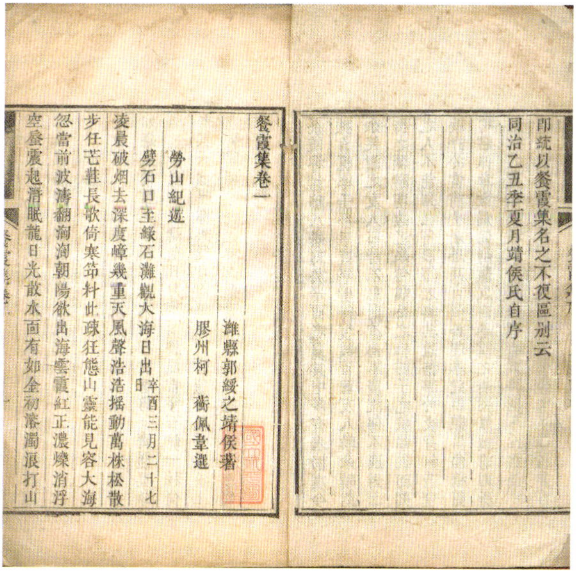
即就以餐霞集名之不復區別云
同治乙丑季夏月靖侯氏自序

餐霞集卷一
濰縣郭綏之靖侯著
膠州柯 蘅佩韋選
勞山紀遊
勞石口至綠石灘觀大海日出 辛酉三月二十七日
凌晨破烟去深度嶂幾重天風聲浩浩搖動萬株松散
步任芒鞋長歌倚寒筇軒此疎狂態山靈能見容大海
忽當前波濤翻洶洶朝陽欲出海雲霞紅正濃爍消浮
空蜃霞起潛眠龍日光散水面有如金初鎔濁浪打山

清郭绥之《餐霞集》（清同治四年刻本，国家图书馆藏）

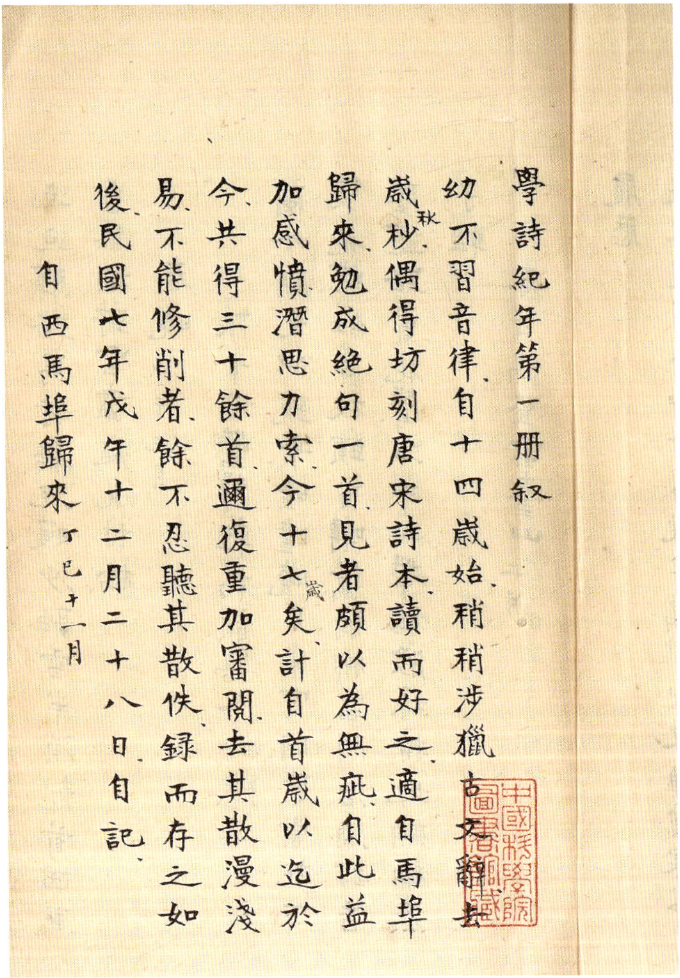
學詩紀年第一冊叙

幼不習音律、自十四歲始、稍稍涉獵古文辭、去歲秋杪、偶得坊刻唐宋詩本、讀而好之、適自馬埠歸來、勉成絶句一首、見者頗以為無疵、自此益加感憤、潛思力索、今十七歲矣、計自首歲以迄於今、共得三十餘首、邇復重加審閱、去其散漫淺易、不能修削者、餘不忍聽其散佚、録而存之、如後、民國七年戊午十二月二十八日自記、

自西馬埠歸來 丁巳十一月

民国张星芝《学诗纪年》（民国稿本，中国科学院图书馆藏）

序

国光红

《诗经》之精华在《国风》,《国风》十有五,《齐风》以特色受待见,错其翘楚焉。风气传习东渐,盖先至潍上。故北海故郡,粲兮云锦,裒然气象,特钟于诗词而历朝绵绵,有以也。中经孔文举激其声势,晚有郑板桥接其踵武,此前尔后于喁续唱者世代有声响。诗作既多,则期于钩沉者众,荒于梳理者夥,选择取舍,评价品题,则事须人而为;为之亦谈何容易,故令人望尘却步,而惟王新、牛鹏志甘为之。

二君不拘拘于时虚,不驰骛于沽钓,且不屑仅以空文垂后世也,遂倾心学问。不过数年间,于潍上古今学问源流,诗词文章得失,皆能条辨缕析,丝丝入扣。仅以此书稿论,开卷辨唐次北海籍,正新、旧《唐书》之失,即足可见其考辨精微,见识自有过人处。

潍上之地,古来富庶而贫穷,而能亲临其境,践行良心、贡献才智于父老乡亲者,亦多能自我成就。

郑燮,扬州兴化人,其《逃荒》《还家》《思归》诸歌行,能痛诽时政、贬斥贪官、诉潍上民间疾苦而达上苍,史而诗,诗而史者也;而板桥清官为民之口碑,亦因此而颂声鹊起于潍上。地灵缘人杰而显，人杰缘地灵而彰，我不知孰为先后；盖有云两者互为因果，或然耶？王新，海右潍县人；牛鹏志，山左安丘人。其发轫之作以“潍上”为题，于地方功德匪浅，想将来学问必有成，潍上奠其基矣。

二君携初成书稿来，央我写序。翻卷折页一二过，羡其观光杜将军武库之幸，叹其抽简惠施子五车之勤，故乐为作斯序，如上。三五几处，字或误，句或不妥而无关大局，遂以己意正之、改之，抄见另纸。

于济南金鸡岭下，甲午年腊月十三

（序者系齐鲁师范学院教授，治古文字、古神话、楚辞诸学，著有《九歌考释》《红楼梦索隐》《读史搜神——神话与汉字中的密码》《古文字形意研究》《剩垒诗钞》《诗律七讲》等）

序

孙敬明

斯著简端所署“潍上”，盖潍水区域之谓也。“潍水”之名昉乎《尚书》，乃海岱之经略；今本《竹书纪年》载夏帝相时：“浇伐斟鄩，大战于潍。”《左传》谓之晋军伐齐东侵所及。后世典籍史乘迭经载录，而行政区划以之命名，则始于隋初所立之“潍水县”，旋改“潍州”，徙治今潍城之地；明初降州为县，新中国成立则移治寒亭，数十年后名不存矣！然“潍”缀“坊”称，得乾坤之厚载，历久而弥新，乔木宗庙、碑碣丰神并无尽诗文，汩汩长流，依如“潍水”者哉！

北海王新、渠丘牛鹏志，博雅才俊，丹青诗文，皆称良妙。近岁，两君抱日月之长念，寄潍水之远怀，检桑梓之文献，探学海之骊珠，篝灯属笔，不舍昼夜。钦其风帘摇红，雪窗凝墨，自春序秋，阅两年而厘成大著数十万言。荷承雅命，得识崖略。三种合编，辑集潍上数百家之吟咏；历史长调，四千年之讽诵皆来眼底。举凡诗词艺文、经史百家，存绝集佚、附丽小传，且涵泳万象、通贯古今；凡此不惟文学风雅，而于乡邦文献又良多裨益也！

叹国子之序，龙骧在前，余惟怀抱贺祝与感念之悃忱，乃不敢辞王、牛之抬爱，故甘效续貂，附在骥尾，聊博方家一粲然！

岁次乙未正月初一于潍水之湄九龙山知松堂南牖下

（序者系我国著名考古学家，中国先秦史学会理事、中国殷商文化学会理事、中国钱币学会理事会学术委员会委员、山东省社会科学专家库专家、山东省文物专家委员会委员、山东省文物鉴定委员会委员、山东省文博系统高评委、潍坊市博物馆研究员）

凡　例

一、本书由《古诗词辑略》(以下简称《辑略》)、《古诗词文集知见录》(以下简称《知见录》)两部分组成。

二、古潍境界,犬牙交错,言之难详。唐宋金元,州境四至皆近二百里,亦非今日之状。降及明清,邻昌邑,接安丘,毗昌乐,交寿光,北至于海,此即本书所界"潍上""古潍"之潍境,亦即今日之潍城、寒亭、坊子、高新、奎文、滨海等诸区所辖境。

三、古潍诗词,现存约一万二千首,作者三百七十二人。今择录二千一百六十首,残句八联,作者三百四十人,是为《辑略》。虽以"辑略"名之,然非敢谓选要,仅为节录,以示同好,并启来者。

四、《辑略》所收诗人,籍皆属潍。非潍人者,仅孔融、尹志平、张起岩、谢肃、邢国玺、周亮工、郑燮、徐宗幹、柯蘅、李长霞、柯劭忞、王绩熙十二家。其余或宦潍有功者,如党怀英、张端亮、招了庸等;或偶过题咏者,如苏轼、顾炎武、朱彝尊、康有为等;或侨寓潍上者,如阎循观、陈枚、徐梧生、徐榕生等,概不收入。虽有丁锡田《潍县乡贤传》纂例"景行之念,奚分畛域"之语,然又有刘芳曙《渠风续集》凡例"不必借才异地"之言,二者相权,取其后者。

五、《辑略》一书以整理点校为主,于所编选诗词均不加笺释评点。所据原书多属古籍，今整理为简体横排。原书中的异体字、别体字等今一律改用现代通用规范字，不另出校。个别人名、地名用字一仍其旧。原文字迹残缺漫漶者以□代替。

六、《辑略》之诗，多采自别集，亦有转录自他书者。因版本不同，文字间或有出入，是以每诗后均注明出处；多书并载者，按书之刊刻顺序一并标出，以见编者翻检查阅之大致范围及诗词传承之源流关系。所见版本不同者，加以标注。组诗中各首同出一书者，仅于末首后注明出处；组诗中各首出处有差异者，则于每首后均注明出处。节烈诗、铭文、诔赞、联语、俚谣谚语一并不收，以此虽为韵语，然非诗语，如《榆园杂录》所载之《喜雨歌》《念月词》等，概不录入。

七、《辑略》所收诗人，上自唐前，下迄民国。然清末民初难分泾渭，是以下限至卒于1949年之前者。诗人顺序，或以生年，或以科第；生年不可考及无科第者，则参酌行辈交游以列。一人诗词之次第，以五七古、五七律、五七绝为序。

八、《知见录》节选自牛鹏志《潍上历代著述考》（待刊本），下不另分属类，约以朝代先后为序。其虽以“诗词文集”名之，实则凡他部载录诗词文学者并多所揽入，以求照应《辑略》，体例未求于纯。如《桑梓之遗录文》《海滨二妙册（临本）》当入子部艺术类，《春韭园随笔》《午窗随笔》等当入子部杂家类，他皆仿此。

九、《知见录》著录书名、卷数、著者朝代、著者姓名、著者小传、何书著录、存佚、馆藏、文献形态、著述简要等。

十、《知见录》于民国以前潍地乡贤诗词文集诸作，闻见则录；民国著述，择要收入，未辑全部。非潍人著作，仅收郑燮《潍县竹枝词》、张彤《潍诗采录》等关乎潍地之籍。

目　录

序……………………………………………………… 国光红 1
序……………………………………………………… 孙敬明 1
凡　例 ………………………………………………………… 1

古诗词辑略

汉

孔　融　五首 ………………………………………………… 3

唐

唐　扶　二首 ………………………………………………… 4
唐彦谦　十八首 ……………………………………………… 5

五代

韩熙载　六首 ………………………………………………… 9
史虚白　句…………………………………………………… 10

宋

史　温　一首………………………………………………… 10
吴　奎　五首………………………………………………… 11
綦崇礼　十六首……………………………………………… 13
綦　革　一首………………………………………………… 15

王　嵎　三首…………………………………………………… 16
李　瓀　一首…………………………………………………… 17
范德郁　句……………………………………………………… 17
吴　缜　五首…………………………………………………… 18
萧　斢　十首…………………………………………………… 19
固堤场人　一首………………………………………………… 21
尹志平　十首…………………………………………………… 21
张起岩　八首…………………………………………………… 23

明

谢　肃　七首…………………………………………………… 24
杜　珝　一首…………………………………………………… 26
杜　珏　二首…………………………………………………… 26
史　书　一首…………………………………………………… 27
王　濂　一首…………………………………………………… 27
刘廷锡　五首…………………………………………………… 27
谭　任　三首…………………………………………………… 29
胡邦佐　一首…………………………………………………… 29
刘应节　七首…………………………………………………… 30
谭安之　一首…………………………………………………… 31
王　渐　二首…………………………………………………… 32
齐一经　一首…………………………………………………… 32
颜思敬　一首…………………………………………………… 33
刘国缙　三十三首……………………………………………… 33
刘　璞　五首…………………………………………………… 37
刘进明　一首…………………………………………………… 38
王　倩　八首…………………………………………………… 39

郎养浩　一首……………………………………………………… 40
张尔忠　六首……………………………………………………… 41
王调鼎　十二首…………………………………………………… 42
王　瑨　一首……………………………………………………… 44
徐孔成　一首……………………………………………………… 45
郭知逊　八首……………………………………………………… 45
王际新　一首……………………………………………………… 47
杨青藜　二十五首………………………………………………… 47
隆　溹　五首……………………………………………………… 51
刘士琏　二首……………………………………………………… 52
邢国玺　四首……………………………………………………… 53
胡振奇　二首……………………………………………………… 54
谭　琮　七首……………………………………………………… 54
孙出声　三首……………………………………………………… 55
无名氏　一首……………………………………………………… 57
无名氏　一首……………………………………………………… 57

清

陈调元　二十四首………………………………………………… 58
韩景琦　一首……………………………………………………… 63
周亮工　七首……………………………………………………… 64
郭永康　一首……………………………………………………… 65
杨　瑗　一首……………………………………………………… 65
王　珙　一首……………………………………………………… 66
王　玳　一首……………………………………………………… 66
王　瑜　一首……………………………………………………… 66
王　珞　一首……………………………………………………… 67

王鸣世　一首……67
王　洵　一首……67
刘芳声　二首……68
王廷琦　三首……69
王廷猷　一首……69
李葆玉　一首……70
亓　镛　一首……70
宋国彦　一首……70
张自然　一首……71
高不矜　十一首……71
王　儒　一首……73
高　伦　三十一首……74
谭以丹　十二首……78
刘　伟　一首……80
杜如竹　一首……81
于泽长　七首……81
于际隆　二十首……83
于大猷　一首……86
吕应祥　三首……86
杨日发　一首……87
张　悫　十首……87
刘登枢　一首……89
刘登庸　三首……89
陈梦熊　五首……90
陈梦虬　二首……91
蔡宗襄　十六首……91

郭一璐　五首……………………………………………………… 94
郭文桂　三首……………………………………………………… 95
亓　品　一首……………………………………………………… 96
刘秉锡　二首……………………………………………………… 96
谭国桢　一首……………………………………………………… 97
王　润　三首……………………………………………………… 97
杜朋竹　一首……………………………………………………… 98
丁　诫　一首……………………………………………………… 98
高　炳　五首……………………………………………………… 98
谭　濬　一首 …………………………………………………… 100
许延基　一首 …………………………………………………… 100
张　璿　一首 …………………………………………………… 100
韩　熏　一首 …………………………………………………… 101
成宗襄　一首 …………………………………………………… 101
刘见龙　一首 …………………………………………………… 101
许文民　一首 …………………………………………………… 101
陈祝丰　一首 …………………………………………………… 102
胡贞胤　一首 …………………………………………………… 102
周　鼎　一首 …………………………………………………… 102
吕荞望　一首 …………………………………………………… 103
郎士奇　一首 …………………………………………………… 103
刘腾龙　一首 …………………………………………………… 103
玄　衮　一首 …………………………………………………… 104
丁应瑶　三首 …………………………………………………… 104
王　玶　一首 …………………………………………………… 105
周应祚　一首 …………………………………………………… 105

李　延　一首 …… 105
于凤翼　二首 …… 106
陈震元　三首 …… 106
刘　潢　二首 …… 107
刘以贵　二十一首 …… 107
刘以禧　一首 …… 112
丁附青　一首 …… 112
刘之光　二首 …… 112
刘之修　一首 …… 113
王　梅　十首 …… 113
郭世爵　二首 …… 114
郭伟基　十二首 …… 115
郭钦式　三首 …… 117
刘志仁　一首 …… 117
郭世臣　十九首 …… 118
朱若宾　十九首 …… 121
郑　燮　七十一首 …… 124
郭汝龙　四首 …… 133
郭　灿　三首 …… 134
郭伟勣　一首 …… 135
郭思履　六首 …… 135
郭耀章　一首 …… 136
韩梦带　二首 …… 137
韩梦锦　一首 …… 137
刘　峻　二首 …… 138
练甘棠　一首 …… 138

郭奕骝　三首 …… 139
周克济　句 …… 139
韩梦周　二十五首 …… 140
郭启绳　一首 …… 144
魏来朋　二首 …… 145
郭同芳　十七首 …… 145
郭守璞　二首 …… 148
韩萦绪　一首 …… 149
郭启翼　二首 …… 149
魏　赞　三首 …… 150
谭　麐　一首 …… 150
谭寿山　一首 …… 151
郭炳畴　四首 …… 151
郭守训　一首 …… 152
郭凤鸣　十五首 …… 152
郭守绪　四首 …… 155
徐景东　一首 …… 156
郭东元　二首 …… 156
郭同欣　一首 …… 157
郭守玺　四首 …… 157
郭汝承　一首 …… 158
刘永祥　四首 …… 158
李云翘　一首 …… 159
郭涵烺　一首 …… 159
郭　堉　四首 …… 160
郭东奎　一首 …… 161

郭同芸　三十五首 …… 161
韩德钦　二首 …… 166
谭在丙　一首 …… 166
郎　澍　二首 …… 166
宋殿元　一首 …… 167
韩士澹　二首 …… 167
韩　镐　二首 …… 168
魏来同　四首 …… 168
郭悦芝　二十首 …… 169
刘济川　二首 …… 172
傅廷兰　一首 …… 173
郭去非　二首 …… 175
时　嵎　六首 …… 176
郭单堂　一首 …… 177
李绮苍　一首 …… 177
郭　坛　二首 …… 178
郭　圮　一首 …… 179
郭有善　四首 …… 179
郭去吝　二首 …… 179
郭续汾　三十首 …… 180
宋　岩　二首 …… 185
杜文漪　二首 …… 185
张　钦　二首 …… 185
张文辑　一首 …… 186
郭庶深　句 …… 186
陈述经　三十首 …… 187

谭世纶　三首 …………………………………… 191
谭学诗　一首 …………………………………… 192
康文坛　三首 …………………………………… 192
郭　圩　二首 …………………………………… 192
郭　锦　三十首 ………………………………… 193
郭予驱　五首 …………………………………… 197
于西山　一首 …………………………………… 198
郭去咎　三十七首 ……………………………… 198
刘伯龄　一首 …………………………………… 204
郭书俊　四十首 ………………………………… 205
谭秉谦　一首 …………………………………… 210
郭衍汾　三首 …………………………………… 210
郭书献　二首 …………………………………… 211
于　祉　四十首 ………………………………… 212
刘鸿翥　一首 …………………………………… 218
刘鸿翔　一首 …………………………………… 218
刘鸿翱　四十首 ………………………………… 218
张　丰　四十首 ………………………………… 224
郭　墫　一首 …………………………………… 230
宋庆和　十五首 ………………………………… 230
刘伯英　一首 …………………………………… 233
陈官俊　句 ……………………………………… 234
郭锡智　一首 …………………………………… 234
郭象升　十五首 ………………………………… 234
郭　鼎　十二首 ………………………………… 238
郭　濬　一首 …………………………………… 240

齐培元　二十首 …………………………………… 241
刘伯蕴　一首 ………………………………………… 243
韩步鳌　二十首 …………………………………… 244
郭锡勇　一首 ………………………………………… 247
郭丹书　一首 ………………………………………… 247
郭磐石　二十首 …………………………………… 248
郭熊飞　一首 ………………………………………… 251
郭少林　一首 ………………………………………… 251
郭象孚　五首 ………………………………………… 252
刘函纲　一首 ………………………………………… 253
郭梦龄　三十首 …………………………………… 253
郭兆奎　一首 ………………………………………… 257
徐宗幹　二首 ………………………………………… 257
郭锡元　一首 ………………………………………… 258
郭庭徽　一首 ………………………………………… 258
郭岱嵩　一首 ………………………………………… 259
郭祥符　一首 ………………………………………… 259
郭兆隆　二首 ………………………………………… 259
郭兆清　一首 ………………………………………… 260
郭荣清　六首 ………………………………………… 260
郭起隆　二十首 …………………………………… 261
郭　瀚　一首 ………………………………………… 264
丁　适　句 …………………………………………… 264
郭为贤　二十五首 ………………………………… 265
郭　濛　一首 ………………………………………… 269
郭通经　一首 ………………………………………… 270

郭来虞　二首 …………………………………… 270
郭熊奕　句 ……………………………………… 271
郭梦惠　十首 …………………………………… 271
刘　暲　一首 …………………………………… 272
郭襄之　二首 …………………………………… 273
郭召棠　一首 …………………………………… 273
郭凌汉　一首 …………………………………… 274
陈介祺　十二首 ………………………………… 274
郭征庸　六首 …………………………………… 276
郭梦星　一首 …………………………………… 277
韩秀岐　二首 …………………………………… 277
郭文沅　五首 …………………………………… 278
郭兆封　二十首 ………………………………… 279
李桓之　二首 …………………………………… 282
魏洪阳　二首 …………………………………… 283
魏淮阳　句 ……………………………………… 283
王象瑜　三十首 ………………………………… 284
王之翰　一首 …………………………………… 288
郭　正　二首 …………………………………… 289
郭为旬　一首 …………………………………… 289
张兆栋　五首 …………………………………… 289
郭金铭　十首 …………………………………… 290
郎虎臣　一首 …………………………………… 292
郭翰之　三首 …………………………………… 292
无名氏　四首 …………………………………… 293
郭　麐　三十首 ………………………………… 293

谭　肇　一首 ………………………………………… 297
杨英俊　一首 ………………………………………… 297
高翰阁　一首 ………………………………………… 297
田宣叡　一首 ………………………………………… 298
毛　璋　一首 ………………………………………… 298
柯　蘅　十首 ………………………………………… 299
李长霞　十八首 ……………………………………… 300
郭文泉　二首 ………………………………………… 303
郭济远　十九首 ……………………………………… 304
刘秉经　一首 ………………………………………… 306
刘　曦　四首 ………………………………………… 307
丁善宝　三十首 ……………………………………… 308
刘寿梅　一首 ………………………………………… 311
蒯延龄　二首 ………………………………………… 312
张昭潜　三十首 ……………………………………… 312
郭　言　二首 ………………………………………… 317
郭恩观　一首 ………………………………………… 317
于　莅　一首 ………………………………………… 318
郭穆之　二首 ………………………………………… 318
郭绥之　四十五首 …………………………………… 318
郭杭之　三十首 ……………………………………… 325
郭恩煌　六首 ………………………………………… 329
郭康之　十首 ………………………………………… 330
宋书升　二十首 ……………………………………… 331
陈恒庆　十一首 ……………………………………… 335
曹鸿勋　十七首 ……………………………………… 337

郭恩孚　三十首 …………………………………… 339
郭恩煇　三十五首 ………………………………… 342
柯劭忞　十三首 …………………………………… 346
高鸿裁　二首 ……………………………………… 348
高俊选　四首 ……………………………………… 349
王绩熙　七首 ……………………………………… 349
张　僖　四十五首 ………………………………… 351
丁良幹　一首 ……………………………………… 358
于铭书　二首 ……………………………………… 358
丁善长　六首 ……………………………………… 359
郭育才　一首 ……………………………………… 359
栾来宗　二首 ……………………………………… 360
陈　阜　一首 ……………………………………… 360
郭恩谊　二首 ……………………………………… 361
郭恩泽　二首 ……………………………………… 362
郭遵生　一首 ……………………………………… 362
刘嘉颖　二十首 …………………………………… 362
郭恩赓　一首 ……………………………………… 365
陈蜚声　三首 ……………………………………… 365
郭　蘅　二首 ……………………………………… 366
于普源　一首 ……………………………………… 366
王筼生　二十二首 ………………………………… 367
郭璇光　一首 ……………………………………… 369
刘抡升　六首 ……………………………………… 370
梁文灿　三十首 …………………………………… 371
王善述　二首 ……………………………………… 376

郭藜光　二首 …………………………………… 376
丁启喆　十首 …………………………………… 377
徐连芳　一首 …………………………………… 378
王寿彭　一首 …………………………………… 379
王　环　一首 …………………………………… 379
陈秉钧　一首 …………………………………… 380
张兆棠　四首 …………………………………… 380
王曾裕　二首 …………………………………… 381
刘儒名　一首 …………………………………… 381
郭介光　四首 …………………………………… 382
王凤绮　三首 …………………………………… 382
丁锡彭　十五首 ………………………………… 383
张玉贞　六首 …………………………………… 385
郭迺钰　十二首 ………………………………… 386

民　国

于濂芳　一首 …………………………………… 388
杜如松　二首 …………………………………… 388
贺祖恩　二首 …………………………………… 389
丁锡纶　十六首 ………………………………… 389
丁锡章　八首 …………………………………… 391
裴星川　十五首 ………………………………… 392
张星芝　十首 …………………………………… 394
附录:潍上古诗人词人辑述…………………… 396

古诗词文集知见录

盛山唱和集一卷 ……………………………… 408

鹿门集三卷拾遗一卷续补遗一卷 …………………………… 409
拟议集十五卷定居集二卷 …………………………………… 409
南唐韩文靖公遗集无卷数 …………………………………… 411
冲靖先生集无卷数 …………………………………………… 412
钓矶立谈一卷 ………………………………………………… 412
吴琼文集十卷 ………………………………………………… 414
北海集四十六卷附录三卷 …………………………………… 414
北海集二卷 …………………………………………………… 416
勤斋集八卷 …………………………………………………… 416
西园集十二卷 ………………………………………………… 417
愚庵滥稿无卷数 ……………………………………………… 417
白川文集二十四卷、白川诗集无卷数………………………… 418
怡老集四编无卷数 …………………………………………… 418
北海集无卷数 ………………………………………………… 418
遁斋漫笔无卷数 ……………………………………………… 419
龙潭集无卷数、东牟集无卷数………………………………… 419
东山游艺诗稿无卷数、客心山人遗稿无卷数………………… 420
柘山遗集不分卷 ……………………………………………… 420
焚余摘二卷 …………………………………………………… 420
献县八咏一卷 ………………………………………………… 423
诗余无卷数、待栩蘧小草无卷数、制义稿无卷数 ………… 423
石民集二卷 …………………………………………………… 424
澹宁居集无卷数 ……………………………………………… 427
淡溪草无卷数 ………………………………………………… 427
白浪河上集一卷 ……………………………………………… 427
南朝小乐府一卷 ……………………………………………… 429

远游纪事诗稿无卷数 …………………………………… 429
麓台集一卷 …………………………………………… 430
杜如竹文稿不分卷 …………………………………… 430
鸣郁稿一卷 …………………………………………… 431
愯斋诗草无卷数 ……………………………………… 432
张悫诗稿草一卷 ……………………………………… 432
意庵集无卷数 ………………………………………… 432
旅贞诗草一卷 ………………………………………… 433
绳武堂诗稿一卷 ……………………………………… 433
闲情偶记诗草一卷 …………………………………… 433
老人试草无卷数 ……………………………………… 433
藜乘集三卷 …………………………………………… 433
聋瞽狂言无卷数 ……………………………………… 436
萝园诗稿无卷数、唐宋古文精选无卷数……………… 436
鸺鹠馆十苦诗一卷 …………………………………… 436
随喜录诗草一卷、青可轩未刻诗无卷数……………… 436
吟抑堂诗草一卷 ……………………………………… 437
荷亭诗草一卷 ………………………………………… 437
粤游诗草无卷数 ……………………………………… 438
金台纪事无卷数 ……………………………………… 438
牧牛图诗无卷数 ……………………………………… 438
郭松坡诗剩本无卷数、师竹轩诗存一卷……………… 439
蜩鸣集二卷 …………………………………………… 440
潍县竹枝词四十首 …………………………………… 441
松斋诗集一卷 ………………………………………… 448
芜园诗草四卷 ………………………………………… 449

艮思堂遗草一卷 …… 449
理堂全集二十三卷 …… 450
理堂诗集四卷 …… 450
理堂文集十卷外集一卷 …… 451
理堂日记八卷 …… 453
理堂未刻稿不分卷 …… 454
理堂外集四卷 …… 455
文法摘抄一卷 …… 455
理堂制艺二卷、理堂制艺续集二卷、山木集尺牍八卷 …… 455
鸿爪集无卷数、旧华园诗存无卷数 …… 456
中山纪事无卷数、秋皋制艺无卷数 …… 456
海樵诗无卷数 …… 456
南圃焚余草一卷 …… 457
柳塘诗存无卷数、西村课耕堂草无卷数 …… 457
鲁山诗集一卷、果园吟稿无卷数 …… 457
大雅楼诗集二卷、野蹊先生文集二卷 …… 458
练甘棠诗一册 …… 458
南斋遗集一册 …… 458
双清阁诗集八卷 …… 459
钝斋课徒草无卷数 …… 460
梅花书屋诗集无卷数 …… 461
过江集无卷数 …… 461
松雪堂遗集四卷 …… 461
青峰文稿无卷数、古文管圭无卷数 …… 462
自娱轩诗草无卷数、春溪制艺二卷、郎氏八篇不分卷 …… 462
秋溪制艺无卷数 …… 462

游闽诗草一卷、芸窗闲录无卷数、松窗杂钞无卷数 ……… 462
淡叟晚集四卷 ……………………………………………… 463
寻乐堂诗草一卷、复堂诗选无卷数、趋是子文集无卷数 … 463
经治堂文钞无卷数 ………………………………………… 463
拙斋文集一卷、拙斋制义无卷数…………………………… 463
锦城诗钞二卷 ……………………………………………… 464
伟堂笔记一卷 ……………………………………………… 464
瓣香亭诗集一卷、听秋斋诗集二卷………………………… 465
鸡窗集无卷数 ……………………………………………… 467
苏门遗怀集一卷、游劳山记一卷…………………………… 467
劝民歌一卷 ………………………………………………… 469
梦花亭诗集一卷 …………………………………………… 469
礼耕堂文钞一卷、兰畦制艺无卷数………………………… 469
静吾斋诗钞一卷、静吾斋文钞一卷、笈堂遗诗无卷数 …… 470
杞菊斋诗文草无卷数 ……………………………………… 471
自娱草堂随笔一卷 ………………………………………… 472
竹雨轩集无卷数 …………………………………………… 472
介夫诗草一卷 ……………………………………………… 472
李仙缥诗一册 ……………………………………………… 472
兰溪诗草无卷数 …………………………………………… 472
说岩制艺无卷数 …………………………………………… 473
先登制艺无卷数 …………………………………………… 473
焦尾集一卷 ………………………………………………… 473
映雪闲笔四种 ……………………………………………… 474
槐荫书屋集八卷 …………………………………………… 475
太璞庐诗选六卷 …………………………………………… 477

松香词钞一卷 …… 478
震庵内集一卷 …… 479
震庵外集一卷、聋庵纪闻不分卷 …… 480
震庵四书文无卷数 …… 481
蓼莽诗存八卷 …… 481
悔园诗草二卷 …… 483
郭衍汾遗稿不分卷 …… 483
澹园全集十二卷 …… 483
澹园古文选二卷 …… 484
澹园诗话一卷 …… 487
三百篇诗评一卷 …… 488
澹园诗选八卷 …… 488
澹园续稿二卷 …… 490
澹园近体诗一卷 …… 490
澹园未定草一卷 …… 491
澹园制义一卷 …… 491
芜邑送别诗无卷数 …… 492
山左文钞前后集二十卷 …… 492
绿野斋文集四卷、刘次白文集不分卷 …… 494
山左古文钞八卷 …… 496
绿野斋续集二卷 …… 498
绿野斋前后合集六卷 …… 498
绿野斋太湖诗草一卷 …… 499
绿野斋制艺一卷 …… 500
次白文稿一卷 …… 501
十二家古文选不分卷 …… 502

希古堂合集二卷 …… 502
绿野斋归田集不分卷附新营绿野斋唱和集 …… 503
绿野斋遗集一卷、绿野斋外集一卷、绿野斋诗集二卷 …… 504
刘氏贡举文集不分卷 …… 504
韩通儒古文无卷数 …… 505
蔗园诗存不分卷 …… 505
蔗园古集不分卷 …… 507
蔗园课艺一卷 …… 508
节慎斋文集不分卷、节慎斋制艺不分卷 …… 508
育侯诗集十四卷 …… 509
信心集二卷 …… 509
蜀江诗选二卷 …… 510
铭夏诗钞一卷 …… 512
松岩诗选无卷数 …… 512
滥竽集无卷数 …… 512
了庵诗存无卷数 …… 513
自然草刻本四卷、抄本不分卷 …… 513
北海郭氏诗存四卷、北海郭氏诗存续编四卷 …… 515
西戍日记诗草八卷、齐东野人新语八卷 …… 517
殊翁合编四卷、莒村集无卷数 …… 519
敬业堂集无卷数、效颦集无卷数、东井草无卷数 …… 520
史林遗诗一卷 …… 521
锦斋诗草一卷 …… 521
楚壁吟一卷、续楚璧吟一卷 …… 521
潍诗采录四卷 …… 523
集唐初刻二卷 …… 524

集唐二刻二卷 …………………………………………………… 527
书仓文集无卷数 …………………………………………………… 529
南匪纪略诗草一卷 ………………………………………………… 529
天籁堂秋蛩吟初刻不分卷、二刻二卷、
　三刻不分卷，天籁堂诗余一卷……………………………………… 530
森长文钞八卷、魏森长先生文集四卷……………………………… 534
篁斋尺牍不分卷 …………………………………………………… 534
秦前文字之语不分卷 ……………………………………………… 538
秦量诏版释文诗记不分卷 ………………………………………… 540
潍阳纪事诗一卷 …………………………………………………… 541
望三散人感旧集一卷 ……………………………………………… 542
漪上亭诗二卷、白浪河西亭诗四卷………………………………… 542
杨峡别墅集无卷数 ………………………………………………… 543
潍县竹枝词二卷 …………………………………………………… 544
抱瓠老人诗集八卷 ………………………………………………… 545
二郭轶诗无卷数 …………………………………………………… 546
春韭园随笔四卷 …………………………………………………… 546
双松轩诗集无卷数 ………………………………………………… 547
凤翔纪事诗存一卷、守岐公牍汇存不分卷………………………… 547
守岐纪事不分卷 …………………………………………………… 549
淡简斋诗草无卷数 ………………………………………………… 549
居易堂集无卷数、蕉窗闲咏一卷…………………………………… 549
阐幽诗草无卷数 …………………………………………………… 549
三郭诗草之冷斋诗草一卷 ………………………………………… 550
花雨轩诗稿无卷数 ………………………………………………… 550
午窗随笔四卷 ……………………………………………………… 551

爱拙轩诗草无卷数 …………………………………… 552
怡云馆诗一卷 …………………………………………… 552
次鲲诗草一卷 …………………………………………… 552
老生常谈无卷数 ………………………………………… 552
桑梓之遗录文十卷 ……………………………………… 553
文石山房诗钞二卷、文石杂识二卷…………………… 555
六斋诗存二卷 …………………………………………… 556
六斋文存一卷 …………………………………………… 556
十二种文萃十二卷、批校斯文精萃十卷……………… 557
种蕉轩诗文钞二卷、东邹随笔一卷…………………… 557
莲砚山房诗草无卷数 …………………………………… 558
无为斋文集十二卷 ……………………………………… 558
无为斋续集六卷 ………………………………………… 560
无为斋诗集二卷、无为斋词集一卷…………………… 560
无为斋遗集二卷 ………………………………………… 561
青雷诗草一卷、青雷文草一卷………………………… 562
二琴居士小集一卷 ……………………………………… 562
珍吾斋诗文集无卷数 …………………………………… 564
雨亭诗钞一卷 …………………………………………… 564
亦农诗草无卷数 ………………………………………… 564
避兵纪事一卷 …………………………………………… 564
海樵诗存四卷、词一卷………………………………… 565
荔岩诗钞无卷数 ………………………………………… 565
一琴堂遗草无卷数 ……………………………………… 565
三余书屋诗草不分卷 …………………………………… 565
吴越行吟草无卷数 ……………………………………… 567

带经堂文集四卷、北游琐记无卷数…………………… 567
墨庄集二卷 ………………………………………………… 567
榆园杂录二卷 ……………………………………………… 568
憩云阁诗集三卷 …………………………………………… 569
畹香村会稿八卷 …………………………………………… 570
餐霞集四卷 ………………………………………………… 572
聊复集三卷 ………………………………………………… 572
沧江诗集十卷 ……………………………………………… 573
沧江菁华录四卷 …………………………………………… 575
靖侯诗草一卷、二家律选不分卷………………………… 576
尺牍偶存一卷 ……………………………………………… 577
靖侯词稿一卷 ……………………………………………… 577
吴郡新诗无卷数 …………………………………………… 578
青桐轩诗集二卷 …………………………………………… 578
黄叶山房诗稿一卷、天觉词钞一卷……………………… 579
愈愚堂文集无卷数、浊泉词钞无卷数…………………… 580
益坚斋诗文钞一卷 ………………………………………… 580
校经堂集十三卷 …………………………………………… 581
爱松轩诗草无卷数 ………………………………………… 582
谏书稀庵文草、诗草、随笔无卷数 ……………………… 583
归里清潭(谏书稀庵笔记)不分卷 ……………………… 583
粤游见闻六卷 ……………………………………………… 584
蓟门诗草二卷 ……………………………………………… 585
菊谱一卷 …………………………………………………… 585
画隐轩题画诗存不分卷 …………………………………… 586
刘石芙先生山水精册不分卷 ……………………………… 587

果园诗钞十卷 …………………………………………… 588
果园遗诗二卷 …………………………………………… 588
初篁书庐文稿不分卷 ……………………………………… 589
旭斋文钞一卷 …………………………………………… 590
宋晋之遗稿不分卷 ………………………………………… 592
旭斋诗钞二卷、初篁庐诗草无卷数……………………… 593
灯商随笔一卷 …………………………………………… 593
古文从好集无卷数 ………………………………………… 593
黄星五诗集无卷数 ………………………………………… 594
惜阴草堂诗草无卷数 ……………………………………… 594
黄耀堂诗草无卷数 ………………………………………… 595
二乡斋文集无卷数 ………………………………………… 596
履安诗集一卷、陈黄诗集合稿一卷、古斟郡诗合稿
无卷数 …………………………………………………… 596
哀城南索和草一卷、潍阳诗钞二卷、履安文集一卷 ……… 596
别画湖庄小草四卷 ………………………………………… 597
眠琴阁词六卷外集一卷 …………………………………… 598
眠琴阁遗文无卷数 ………………………………………… 599
三郭诗草之吟香书屋遗草一卷 …………………………… 599
三郭诗草之退庐诗钞一卷 ………………………………… 599
游括日记一卷 …………………………………………… 600
强学斋诗文集二卷 ………………………………………… 600
兰堂诗草无卷数 ………………………………………… 600
莪山诗草无卷数、湘游诗草无卷数……………………… 600
松鹤斋诗集无卷数 ………………………………………… 600
三友斋诗文集无卷数 ……………………………………… 601

宾唐遗诗一卷、久敬斋草无卷数 …… 601
眠云轩草无卷数 …… 602
知鲁斋文集无卷数、读诗辑略无卷数 …… 602
绿萝斋诗草二卷 …… 602
白云庐诗草一卷 …… 602
琴秋馆诗钞二卷 …… 602
移情轩诗钞三卷 …… 603
听雪草堂诗草一卷 …… 603
竹君诗草二卷 …… 603
容膝草堂诗草无卷数、历代古文快读无卷数 …… 603
邁斋诗存一卷 …… 603
月令杂事诗四卷 …… 603
潍上诗三卷、潍上词一卷、岱麓诗话无卷数、
旧雨草堂诗钞无卷数、田园集无卷数 …… 605
蒙拾堂词稿四卷 …… 606
蒙拾堂诗稿无卷数、宋金元怀古词辑四卷 …… 607
自笑轩诗草三卷 …… 608
海滨二妙册(临本)不分卷 …… 608
莲西诗草不分卷 …… 610
及时斋杂稿四卷 …… 610
游滇诗草无卷数 …… 610
靖盦诗文稿无卷数 …… 610
释螾蝂庐诗文集二卷 …… 611
王著夫先生遗诗一卷 …… 611
老蕢诗草二卷 …… 611
东园诗草无卷数 …… 611

红琴阁诗集无卷数 …… 612
吟香馆诗草二卷 …… 612
贞园诗钞一卷 …… 612
玉贞女士诗钞一卷 …… 613
笙磬同音集四卷 …… 614
天方夜谭咏略诗集无卷数 …… 615
垂髫吟一卷 …… 615
兰洲文集四卷、兰洲吟草四卷 …… 616
潍水艺林小泳无卷数 …… 616
养静轩诗草三卷 …… 616
枕戈集不分卷 …… 617
游劳随笔不分卷 …… 618
潜庐诗草无卷数 …… 619
两京纪游二卷 …… 619
劳山纪游一卷 …… 621
登莱旅程日记不分卷 …… 621
临淄小记不分卷 …… 622
学诗纪年二卷 …… 622

参考书目 …… 624
《古诗词辑略》诗人词人索引 …… 632
《古诗词文集知见录》书名索引 …… 640
《古诗词文集知见录》著者索引 …… 648
后　记 …… 654

古诗词辑略

〔汉〕

孔融　五首

孔融(153—208),字文举,曲阜人,汉末为北海国相,《后汉书》有传,并入莱潍诸府州县志。今题孔融撰《孔北海集》者,《四库全书总目》已指其伪,即所谓"集中诗文,多有笺释本事者,不知何人所作"。然孔融列首建安七子,其文翩如自可知也。今《孔北海集》中载诗八首,断句一章。六言诗三首,《四库全书总目》早称伪托;杂诗二首,《先秦汉魏晋南北朝诗》言出李陵(其一入《[乾隆]潍县志》卷六)。孔融诗章,不可采信之若此。今录其诗,不过吟断章以怀,抚残篇而思,冀得北海风流一线,慕潍地千载古贤耳。

离合作郡姓名字诗

渔父屈节,水潜匿方。与时进止,出行施张。吕公矶钓,阖口渭旁。九域有圣,无土不王。好是正直,女回于匡。海外有截,隼逝鹰扬。六翮将奋,羽仪未彰。蛇龙之蛰,俾也可忘。玟璇隐曜,美玉韬光。无名无誉,放言深藏。按辔安行,谁谓路长。《孔北海集》《先秦汉魏晋南北朝诗》

六言诗三首

汉家中叶道微,董卓作乱乘衰。僭上虐下专威,万官惶布莫违。百姓惨惨心悲。

郭李分争为非，迁都长安思归。瞻望关东可哀，梦想曹公归来。

从洛到许巍巍，曹公忧国无私。减去厨膳甘肥，群僚率从祁祁。虽得俸禄常饥，念我苦寒心悲。《孔北海集》《先秦汉魏晋南北朝诗》

临终诗

言多令事败，器漏苦不密。河溃蚁孔端，山坏山猿穴。涓涓江汉流，天窗通冥室。谗邪害公正，浮云翳白日。靡辞无忠诚，华繁竟不实。人有两三心，安能合为一？三人成市虎，浸渍解胶漆。生存多所虑，长寝万事毕。《孔北海集》《先秦汉魏晋南北朝诗》

〔唐〕

唐扶　二首

唐扶，字云翔，北海人，中书舍人唐次之子，元和五年(810)进士，历授福州刺史、御史中丞、福建团练观察使等职，新、旧《唐书》各有传。《旧唐书》卷一百九十、《新唐书》卷八十九皆误以唐次、唐扶、唐彦谦等为并州唐俭之后，《全唐诗》从而误之，辨误详见《潍县志稿》卷二十七《唐书唐氏世系表附》。《全唐诗》存诗二首。

使南海道长沙，题道林岳麓寺

道林岳麓仲与昆，卓荦请从先后论。松根踏云二千步，始见大屋开三门。泉清或戏蛟龙窟,殿豁数尽高帆掀。即今异鸟声不断,闻道看花春更繁。从容一衲分若有,萧瑟两鬓吾能髡。逢迎侯伯转觉贵,膜拜佛像心加尊。稍揖皇英颒浓泪,试与屈贾招清魂。荒唐大树悉楠桂,细碎枯草多兰荪。沙弥去学五印字,静女来悬千尺幡。主人念我尘眼昏,半夜号令期至暾。迟回虽得上白舫,羁泄不敢言绿尊。两祠物色采拾尽,壁间杜甫真少恩。晚来光彩更腾射,笔锋正健如可吞。《全唐诗》

和兵部郑侍郎省中四松诗

幽抱应无语,贞松遂自栽。寄怀丞相业,因擢大夫材。日射苍鳞动,尘迎翠帚回。嫩茸含细粉,初叶泛新杯。偶圣为舟去,逢时与鹤来。寒声连晓竹,静气结阴苔。赫奕鸣驺至,荧煌洞户开。良辰一临眺,憩树几裴回。恨发风期阻,诗从绮思裁。还闻旧凋契,凡在此中培。《全唐诗》

唐彦谦　十八首

唐彦谦,字茂业,北海人,因隐居鹿门山,自号鹿门先生。北海太守唐揣之后,中书舍人唐次之孙,唐扶犹子。因新、旧《唐书》皆误以唐彦谦为唐俭之后,后世遂多循其说,《全唐诗》亦云其并州人,今据柳宗元、权德舆诸碑志序文正。《潍县志稿》卷二十七《唐书唐氏世系表附》后考论北海唐氏甚详,可参考。唐彦谦处唐宣宗大中(847—859)至唐昭宗景福(892—893)年间,久举进士不第,后于乱世之中,转任多方,曾任晋、绛、阆、壁州刺史。事详见两唐书。《唐才子传》《全唐诗话》等诸书均有唐彦谦事。《全唐诗》卷六百七十一云:"彦谦博学多艺,文词壮丽。至于书画音乐,无不出于辈流。"其诗初师温李，后尚少陵，尤工七言。《潍县志稿·艺文志》著录有诗集三卷，今有《鹿门先生集》传世。《全唐诗》载诗二卷，凡一百八十七首，残句一联。今选诗十八首。

红叶

无处不飘扬，高楼临道旁。素娥前夕月，青女夜来霜。宿雨随时润，秋晴著物光。幽怀长若此，病眼更相妨。蜀纸裁深色，燕脂落靓妆。低丛侵小阁，倒影入回塘。谢朓留霞绮，甘宁弃锦张。何人休远道，是处有斜阳。薜荔垂书幌，梧桐坠井床。晚风生旅馆，寒籁近僧房。桂绿明淮甸，枫丹照楚乡。雁疏临鄠杜，蝉急傍潇湘。树异桓宣武，园非顾辟疆。茂陵愁卧客，不自保危肠。《鹿门集》《全唐诗》

宿田家

落日下遥峰，荒村倦行履。停车息茅店，安寝正鼾睡。忽闻扣门急，云是下乡隶。公文捧花柙，鹰隼驾声势。良民惧官府，听之肝胆碎。阿母出搪塞，老脚走颠踬。小心事延款，□余粮复匮。东邻借种鸡，西舍觅芳醑。再饭不厌饱，一饮直呼醉。明朝怯见官，苦苦灯前跪。使我不成眠，为渠滴清泪。民膏日已瘠，民力日愈弊。空怀伊尹心，何补尧舜治。《鹿门集》《全唐诗》

闻应德茂先离棠溪

落日芦花雨，行人谷树村。青山时问路，红叶自知门。苜蓿穷诗味，芭蕉醉墨痕。端知弃城市，经席许频温。《鹿门集》《全唐诗》

游清凉寺

白云红树路纡萦，古殿长廊次第行。南望水连桃叶渡，北

来山枕石头城。一尘不到心源净，万有俱空眼界清。竹院逢僧旧曾识，旋披禅衲为相迎。《鹿门集》《全唐诗》

道中逢故人

兰陵市上忽相逢，叙别殷勤兴倍浓。良会若同鸡黍约，暂时不放酒杯空。愁牵白发三千丈，路入青山几万重。行色一鞭催去马，画桥嘶断落花风。《鹿门集》《全唐诗》

长陵

长安高阙此安刘，祔葬累累尽列侯。丰上旧居无故里，沛中原庙对荒丘。耳闻明主提三尺，眼见愚民盗一抔。千载腐儒骑瘦马，渭城斜月重回头。《鹿门集》《全唐诗》

兴元沈氏庄

清浅萦纡一水间，竹冈藤树小跻攀。露沾荒草行人过，月上高林宿鸟还。江绕武侯筹笔地，雨昏张载勒铭山。异乡一笑因酣醉，忘却愁来鬓发斑。《鹿门集》《全唐诗》

高平九日

云净南山紫翠浮，凭陵绝顶望悠悠。偶逢佳节牵诗兴，漫把芳尊遣客愁。霜染鸦枫迎日醉，寒冲泾水带冰流。乌纱频岸西风里，笑插黄花满鬓秋。《鹿门集》《全唐诗》

夜蝉

翠竹高梧夹后溪，劲风危露雨凄凄。那知北牖残灯暗，又送西楼片月低。清夜更长应未已，远烟寻断臭频嘶。羁人此夕如三岁，不整寒衾待曙鸡。《鹿门集》《全唐诗》

小院

小院无人夜，烟斜月转明。清宵易惆怅，不必有离情。《鹿门集》《全唐诗》

春风

多金不足惜，丹砂亦何益。更种明年花，春风自相识。《鹿门集》《全唐诗》

春草

天北天南绕路边，托根无处不延绵。萋萋总是无情物，吹绿东风又一年。《鹿门集》《全唐诗》

怀友

金井凉生梧叶秋，闲看新月上帘钩。冰壶总忆人如玉，目断重云十二楼。《鹿门集》《全唐诗》

留别

丹湖湖上送行舟，白雁啼残芦叶秋。采石江头旧时路，题诗还忆水边楼。《鹿门集》《全唐诗》

咏竹

醉卧凉阴沁骨清，石床冰簟梦难成。月明午夜生虚籁，误听风声是雨声。《鹿门集》《全唐诗》

题宗人故帖

所忠无处访相如，风笈尘编迹尚余。惟有孝标情最厚，一编遗在茂陵书。《鹿门集》《全唐诗》

垂柳

绊惹春风别有情，世间谁敢斗轻盈。楚王江畔无端种，饿损纤腰学不成。《鹿门集》《全唐诗》

楼上偶题

尘土无因狎隐沦，青山一望每伤神。可能前岭空乔木，应有怀才抱器人。《鹿门集》《全唐诗》

〔五代〕

韩熙载　六首

韩熙载(902—970),字叔言,潍州北海人,《宋史》及莱潍诸府县志皆有传。《钓矶立谈》《潍县志稿》卷三十人物文学篇辑缀韩熙载事甚详,可参考。其上杨溥《行止状》中言己:“是故有经邦治乱之才,可以践股肱辅弼之位。得之则佐时成绩,救万姓之焦熬;失之则遁世藏名,卧一山之苍翠。”观其百年行事,大抵如此。韩熙载文名高标,以文章仕,以文章隐,以文章游,谥以“文靖”,不亦宜乎?马令《南唐书》存诗三首,《全唐诗》存诗五首,句两联,《潍县志稿》录诗四首,《全唐诗外编》补诗一首。今全载其诗,残句未录。

感怀诗二章奉使中原署馆壁

仆本江北人,今作江南客。再去江北游,举目无相识。金风吹我寒,秋月为谁白。不如归去来,江南有人忆。

未到故乡时,将为故乡好。及至亲得归,争如身不到。目前相识无一人,出入空伤我怀抱。风雨萧萧旅馆秋,归来窗下和衣倒。梦中忽到江南路,寻得花边旧居处。桃脸蛾眉笑出门,争向前头拥将去。《南唐书》《全唐诗》《潍县志稿》

溧水无相寺赠僧

无相景幽远,山屏四面开。凭师领鹤去,待我挂冠来。药为依时采,松宜绕舍栽。林泉自多兴,不是效刘雷。《全唐诗》

书歌妓泥金带

风柳摇摇无定枝，阳台云雨梦中归。他年蓬岛音尘断，留取尊前旧舞衣。《南唐书》《全唐诗》《潍县志稿》

送徐铉流舒州

时铉弟锴亦贬乌江尉，亲友临江相送。

昔年凄断此江湄，风满征帆泪满衣。今日重怜鹡鸰羽，不堪波上又分飞。《全唐诗》

赠陈郎

陈郎不著世儒衫，也好嬉游日笑谈。幸有葛巾与藜杖，从呼宫观老都监。《潍县志稿》《全唐诗外编》

史虚白　句

史虚白(894—961)，字畏名，北海人，南唐处士，与韩熙载交好，行事亦相类。其仕命乖蹇，遂以隐者名，其事详见《南唐书》及《钓矶立谈》，《北海耆旧传》《潍县志稿》皆有传。《钓矶立谈》存其残句一联。

句

风雨揭却屋，浑家醉不知。《钓矶立谈》

〔宋〕

史温　一首

史温，北海人，南唐处士史虚白之孙，宋真宗咸平中登第，历官桃林尉、闽清县知县等。《全宋诗》据《会稽掇英总集》存诗一首。

无题

曹娥庙貌枕江湄，南北行人合孝思。有智不争三十里，千年黄绢一厅碑。《会稽掇英总集》《全宋诗》

注：诗题为编者加。

吴奎　五首

吴奎，字长文，谥文肃，潍州北海人。奎长于政事，历仕宋仁宗、景宗、英宗、神宗数朝。神宗朝，以资政殿大学士出知青州。《宋史》《[万历]潍县志》《[康熙]潍县志》《[乾隆]潍县志》《[乾隆]莱州府志》《北海耆旧传》《潍县乡土志》《潍县乡贤传》《潍县志稿》皆有传。《宋诗纪事》收诗二首，《潍县志稿》收诗二首，《全宋诗》载诗五首，残句一联。

泛照湖游天章二首

秦望奇峰北，天章野寺东。石桥跨惊濑，云屋丽层穹。片段磨礲密，高低结构雄。盘基深凿岸，飞势耸凌空。回却熙蒸日，虚含自远风。谿山形胜聚，川陆往来通。竹影摇轩外，松声逼坐中。孤烟惹樵叟，轻浪溅渔翁。气象清无比，登临杳莫穷。直须图画看，安得入神工。

愁霖不肯已，阴结弥二旬。吾游欲及时，秉烛出城门。泛泛一画舫，密坐环亲宾。爽气忽侵袂，重云稍逡巡。俄顷万里晴，鬼魅伏清晨。日光溜水态，照灼无涯垠。轻烟缅以没，微风飕然振。菰蒲动幽响，拨刺惊潜鳞。浮沈戏鸥鹭，荡漾开萍蘋。

榜人发棹歌,渔翁理罾缗。激越自成态,潇洒何其真。清辉不可状,野思徒纷纭。弭棹山之阿,行行问吾民。莓苔粘侧径,马足绝纤尘。青谿曲折度,茅屋经过频。川涂斗开阔,夷路夹松筠。右转耸云构,广降砻翠珉。佛殿烁金碧,标榜自玉宸。修廊盘磴道,等级华堂新。最后敞高阁,扃藏帝室珍。冥心一薰拂,璨璨罗星辰。大哉三圣笔,天纵妙入神。名家数几百,较古谁为邻。山头见塔影,树杪排嶙峋。直上遽登造,爱奇忘艰辛。秋容媚虚旷,蔼蔼扬奇芬。群峰出圭角,万象皆缕陈。森爽翠欲滴,苍茫寒袭人。远心穷碧海,逸兴凌高旻。踌躇下烟麓,盼眄行复询。僧言王右军,遗迹永和春。兰亭有曩基,墨池含漪沦。书室閟灵像,五亭余圆囷。次第与探历,毕景颐厥因。简累脱纷滓,遗荣终幅巾。逍遥自得场,此节固离伦。愤耻以寄傲,则非吾所遵。凉飔拂修竹,暮霭起长津。缨佩顾为忝,城郭宜尔亲。回首已遥碧,怳然尘世分。《会稽掇英总集》《全宋诗》

和欧阳永叔送龙学赴陕府酌饮赠别

陕郡太守来告别,翰林主人为置酒。急唤寻常诗酒伴,要夸此会为难有。席间骋辩何快哉,恰似纵丸临坂走。诙谐往往笑绝倒,同异时时瞋掉手。共怜奇伟出尘冥,却欲昏愚浪枯朽。从来豪举必兼包,击节齐侯容九九。我实鄙钝不晓事,贤公采取宁非偶。择之文行众所珍,昔日乘槎犯牛斗。年将老矣又分符,莫遣安排用庄叟。《祖龙学文集》《全宋诗》

云门留连上人房

云门入云深,树密山转幽。谿亭修竹里,激激玉泉流。仁智所遐想,古今为胜游。我乘休沐至,穷览殊难周。金碧楼殿午,寒香松桂秋。清风连高兴,飘越不可收。禅师索题诗,投笔事冥搜。欲速驰思远,顷刻历九州。象外有真物,惝怳难为求。

徒劳陈熟言，羞涩为尔留。《会稽掇英总集》《宋诗纪事》《潍县志稿》《全宋诗》

泛五云豀游鉴湖归

樵风漾归舟，飘然一叶轻。曲岸忽超逸，四山回抱明。幽禽淡容与，荷芰相低倾。田野多收获，村叟时逢迎。欢言无物役，得我游览情。日脚暮云起，湖面寒烟生。秋光湛空碧，彷佛见重城。候吏津亭外，稍闻笳鼓声。《会稽掇英总集》《宋诗纪事》《潍县志稿》《全宋诗》

注："曲岸忽超逸"，《宋诗纪事》作"曲岸超忽远"。

綦崇礼　十六首

綦崇礼(1083—1142)，字叔厚，北海人，宋代中期大臣，翰林学士，文名干材皆重于时，高宗深器之。《宋史》《[万历]莱州府志》《[康熙]莱州府志》《[乾隆]莱州府志》《北海耆旧传》《潍县志稿》有传。今《四库全书》之《北海集》存诗六十八首，《全宋诗》录之，复补三首；《宋诗纪事》存诗一首。今选诗十六首。

次韵国佐侍郎即事

雪霁春未和，寒云惨多阴。同乡有期约，学海慵沿寻。吾衰今得友，晚交契则深。岁寒见松柏，茂悦依同林。倚市人所贱，在山泉可斟。蟠桃着实迟，劝我简蒿簪。吟窗拥翠娥，分定那得侵。愧笑领君意，取酒问胸襟。《北海集》

次韵国佐二诗

羁旅念乡县，衰迟惊岁阴。交朋慰幽独，诗酒相追寻。求盟敌难弭，助顺天意深。边书息障候，喜气到山林。联裾得良会，举白毋缓斟。话旧喧笑语，拼醉攲冠簪。梁尘歌响堕，玉颊酒红侵。殷勤捧杯意，不惜污罗襟。

官闲一何幸，安坐阅光阴。世事来无端，循环那可寻。名高毁易至，官达忧常深。岂敢慕华屋，且愿依中林。主人真好客，置酒每共斟。里仁知有托，计决拟投簪。乐饮不泰至，归夜从深侵。梅英若留恋，著人香满襟。《北海集》

送潍州詹倅五首

矫矫摩天姿，青云久垂翅。别乘屈王祥，海隅赖康济。峻节回郡政，深仁赈民匮。胡不三年留，斯民且安慰。

天子有使指，借问何官曹。转粟溯洛津，帆樯连万艘。大臣进所知，得此千人豪。扶摇一借便，看上青云高。

东风催去旆，南浦伤离情。攀辕何纷纷，晓日来倾城。中有韦布士，雪涕挥纵横。欲识何为者，为言门下生。

先达牧人材，轻重在题目。我出一何幸，青眼深回瞩。声名士所贵，推挽亦已足。母老怜我贫，家事犹省录。

人生乐知己，见遇况国士。吾身不激昂，孰为报恩子。荐达有往来，登门愿谁始。寄谢魏王孙，丹心亦如此。《北海集》

故李察院挽歌词二首

学古方从仕，投闲遂屏居。声华芸省旧，风采柏台余。黄壤归何速，青云志莫舒。推财均室尽，遗子有家书。

有才曾少试，无名可深尤。宪府初莪豸，沧溟遽狎鸥。盛年嗟未老，多病忽先秋。勤学平生事，萱堂孰解忧。《北海集》

和人见寄

江海同为客，山林不并居。经时占喜鹊，今日剖双鱼。拥鼻还成咏，撑肠未废书。孤吟聊自遣，谁复借吹嘘。《北海集》

扈从书事

扈从官班近，艰难报效微。又同陪法驾，复共著征衣。举目江山好，伤心井社非。何当戎马定，却作故乡归。负郭田园美，迎霜雉兔肥。风尘嗟澒洞，梦寐怅依稀。圣主兴皇祚，群公翊政机。时平当自劾，还采故山薇。《北海集》

德升劝酒为巳懋尚书寿，予即席赋长句以代俳谐

禁掖东西曾并直，銮坡先后亦联名。那知白发归田舍，却见朱幡莅海城。往事回头真是梦，流年屈指只堪惊。一杯相属公应悉，冷暖难移故旧情。《北海集》

国佐侍郎并示佳篇谨复次韵

漂流岁晚怜羁迹，慷慨平时仰令名。问俗卜邻依里社，登瀛得友自都城。谏书昔睹言常用，伟论今传众尚惊。未足朝眠何所事，良辰诗酒最关情。《北海集》

赋东城梅花示哲上人

一枝冷落为谁开，欲遣寒香入酒杯。铁石心肠犹解赋，芝兰风味合相陪。腊前颇讶踈踈见，春尽何妨得得来。十里东城不嫌远，待看山月照徘徊。《北海集》

题石梁瀑布

林麓阴森径曲盘，渐惊危步入重峦。地分宝刹临空翠，天设飞梁跨急湍。霜暗云蒸山气肃，雪翻雷辊水声寒。我来不作多求想，试出神光遍现看。《宋诗纪事》

綦革　一首

綦革，南宋处士，綦崇礼族兄，《春渚纪闻》记其路遇神异，遂“屏居绝欲，专以修真为务”，后隐于密州九仙山。《春渚纪

闻》载其七绝一首，《全宋诗》录之。

三月杨花满路飞，胡人游骑拍鞍归。高天二圣犹难保，谁道雄关是可依？《春渚纪闻》《全宋诗》

王嵎　三首

王嵎，字季夷，号贵英，北海人。绍、淳间寓居吴兴，久负才名，与陆游交善，《[万历]莱州府志》《[康熙]潍县志》《[康熙]莱州府志》《[乾隆]莱州府志》《[乾隆]潍县志》《北海耆旧传》《潍县乡土志》《潍县志稿》有传。撰有《北海集》。《绝妙好词》载词二首，《全宋词》录之；《宋诗纪事》收诗一首，《全宋诗》录之。

登更好堂同景思少卿表丈韵

万里同行一瘦筇，拨云问水有先容。更穷天姥投南路，已过台山第几重。自此又随双涧月，何妨曾听五峰钟。却从更好堂前望，满眼诗材思不供。《宋诗纪事》《全宋诗》

祝英台近

柳烟浓，花露重，合是醉时候。楼倚花梢，长记小垂手。谁教钗燕轻分，镜鸾慵舞，是孤负、几番春昼。　　自别后。闻道花底花前，多是两眉皱。又说新来，比似旧时瘦。须知两意长存，相逢终有。莫谩被、春光僝僽。《绝妙好词》《全宋词》

夜行船

曲水溅裙三月二。马如龙、钿车如水。风飏游丝，日烘晴昼，人共海棠俱醉。客里光阴难可意。　　扫芳尘、旧游谁记。

午梦醒来，小窗人静，春在卖花声里。《绝妙好词》《全宋词》

李璮　一首

李璮，潍州北海人，南宋末年抗金领袖，入元后，割据山东东部，联合宋兵反元。《[万历]莱州府志》《[康熙]莱州府志》《[乾隆]潍县志》《[乾隆]莱州府志》《北海耆旧传》《潍县乡土志》《潍县志稿》有传。祝允明《前闻记》存词一首，《全宋词》录之。

水龙吟

腰刀首帕从军，戍楼独倚间凝眺。中原气象，狐居兔穴，暮烟残照。投笔书怀，枕戈待旦，陇西年少。欢光阴掣电，易生髀肉，不如易腔改调。　　世变沧海成田，奈群生、几番惊扰。干戈烂漫，无时休息，凭谁驱扫。眼底山河，胸中事业，一声长啸。太平时、相将近也，稳稳百年燕赵。《前闻记》《全宋词》

范德郁　句

范德郁，范成进之孙，曾任浙江理问官、福建都转盐运使，《[万历]莱州府志》《[万历]潍县志》《[康熙]潍县志》《[乾隆]莱州府志》《[乾隆]潍县志》《北海耆旧传》《潍县乡土志》《潍县志稿》有传。《榆园杂录》《潍县志稿》存其句一联。

闲居

鹤时到书案，花误打琴弦。《榆园杂录》《潍县志稿》

吴缜　五首

吴缜，字子长，潍州北海人，吴奎之孙，世居东平。曾暂仕金，旋归隐，工于诗词，《潍县志稿》卷三十二人物外徙有传。元好问《中州集》张子羽条下录其诗五首，《全金诗》录之。

寄定国

情驰夏日流，目断晚云碧。新诗从何来，远自金马客。雄深作者意，奔轶古人迹。名高四海望，发未一茎白。应嗤穷途士，抽簪老泉石。采蕨在南山，驱牛向东陌。劳生岂不苦，衣食迫晨夕。膏粱无宿怀，茅茨得真适。卒岁将何求，一饱惟力穑。《中州集》《全金诗》

访国城石氏云

昔我访君处，树凉炎暑收。今君访我来，城空残雪留。经时少乘舆，两至皆空投。茅茨隔溪上，车马度城头。不闻机杼声，但听溪水流。向来方圆翁，曾伴此中游。近闻大梁至，京尘满衣裘。相思懒归步，落日风飕飕。《中州集》《全金诗》

山居

西首鱼山巅，北连黄石祠。崇冈在东南，我家山北陲。地僻少人事，终朝掩柴扉。尊酒不常得，书卷聊自怡。春风数日来，处处生蕨薇。寸心复何累，一饱良可期。当年终南人，捷径以贻讥。知我无心者，岂顾悠悠辞。《中州集》《全金诗》

拟渊明贫居

凄其岁云暮，北风无时休。晨兴倦薪水，夜寐乏衾裯。缺月正徘徊，宿鸟频啁啾。欲无憔悴叹，奈此霜霰秋。松楸脱兵火，环堵且淹留。闭门念袁安，守贱吊黔娄。坐读贫士诗，吾乃

渊明传。《中州集》《全金诗》

溪上招王仲先

幽居复何为，冬来性成懒。柴门俯清溪，寸步出亦罕。今晨偶携杖，爱此晴日暖。寓目随所之，行到南溪畔。北阴雪犹积，向暖冰全泮。揞颐卧石上，仰面苍崖断。泉声何从来，乍喜两耳换。平分意甚迟，斗落势方悍。坐来百虑忘，还惜日景短。尘寰多忧虞，中林足闲散。故人恋明时，归休苦迟缓。幅巾来何时，临流话幽款。《中州集》《全金诗》

萧㪺　十首

萧㪺，字维斗，谥贞敏，宋末元初间著名学者，其先北海人，因父仕秦中，遂占籍奉元。萧㪺博极群书，凡天文、地理、律历、算数，靡不精研。其《勤斋集》入《四库全书》。《元史》《北海耆旧传》《潍县志稿》有传。《勤斋集》存诗二百六十一首、词四首。今选诗十首。

偶成

古镜彻肝胆，嫫母难为颜。桂枝苦樛结，直上不可攀。小草有远志，结根在深山。寄谢荷蓧翁，聊放斤斫闲。《勤斋集》

小女

小女年十三，风骨颇自清。随意作妆束，便有林下情。见爷困垂头，伫立思屏营。飘然过我去，飒尔清风生。《勤斋集》

夏夜有怀畸亭翁

邻笛叫明月，怀人割中肠。况忽欲命驾，犹期揖容光。丘山与华屋，梦断海生桑。临风一浩叹，辞短哀甚长。《勤斋集》

题伯时马图

茂陵好奇才，未几辄杀之。爰其御马际，乃得休屠儿。社稷属四臣，翕叔独无疵。多岐果丧真，不若求天资。《勤斋集》

蔡道者归江陵

道人索我诗，不知将底用。但云难会面，明发适云梦。水月本自闲，何乃尔倥偬。相见只论心，是可诗以送。《勤斋集》

寄太原仆散使君

闻说并州喜欲狂，思君不见欲飞扬。千年怪事程生马，半夜孤啼狈失狼。玉润珠明虽暂隔，龙跳虎卧遽难忘。公欲遥想多珍翰，汾水西来雁有行。《勤斋集》

九月十七日益都归

精卫犹偿万古冤，为人宁不痛伤根。危时莫待考终命，清世未能归九原。踽踽孙曾徒饮泣，依依凡庶竟何论。此生苟获存余喘，九死终当叫帝阍。《勤斋集》

棕竹杖

不学湘筠染恨深，海棕化竹世难寻。幸逃割剥小人手，还喜栖迟君子林。蛇跗龙髯余故质，铁肝石胆变虚心。风尘澒洞多豺虎，何止相扶伴醉吟。《勤斋集》

桃溪泛舟

清溪泛落花，不受纤尘涴。漾舟得新诗，孤唱难与和。《勤斋集》

葵堤晚步

葵生被横堤，花时日来往。应恐秋节至，零落同草莽。《勤斋集》

固堤场人　一首

郭麐《潍县竹枝词》自注云，固堤场在县北八十里，白狼河经其西，元代有司令司丞官署。延祐间司令某为官清平，场人爱戴，遂为之歌。

固堤场人歌

我民有福，我侯司场。视民如子，扶弱抑强。我民岁同一馈岁，我侯岁收一头羊。郭麐《潍县竹枝词》自注

尹志平　十首

尹志平，字清和，元末明初全真教道士。其世居沧州，占籍东莱，从马钰、丘处机学道。后于潍复立玉清观，居潍二十年，声扬海岱。《[康熙]潍县志》《[乾隆]莱州府志》《潍县志稿》有传。《葆光集》载其诗词四百余首，多为直白浅露之语，劝世教化之词。今录诗七首，词三首。

戒不足

有衣能御寒，有食可充饥。两事如亏一，使人心意欹。还如衣食足，犹自纵贪痴。忽尔业盈满，临危更怨谁。《葆光集》

潍阳住时有清逸庵，数与闲上寻闲，三十年后领众兴缘，至今七十，却返本矣

昔在潍阳三十年，今年七十罢玄谈。静中记得真闲处，却似当初清逸庵。《葆光集》《潍县志稿》

蒙师旨去山东，别燕京，偶得一绝

西域归来万里余，区区尚未得幽居。他时若到安闲处，静

掩柴扉不出庐。《葆光集》

题墨竹

墨君写就四时春,叶叶枝枝迥绝尘。夺得化工权在手,一番拈出一番新。《葆光集》

偶得

收拾纶竿罢钓钩,诸缘顿息便休休。情忘意灭无多事,彼岸高登不用舟。《葆光集》

游五华五绝答王子正

从师应诏起潍莱,教在燕山次第开。昔日炼丹修养处,今朝闲客又重来。《葆光集》

登前高山

地角天涯在目前,前高堪作画图传。有人来问予名字,无数松间一散仙。《葆光集》

巫山一段云

北海修真士,西岩放旷人。别师迢递过关津,物外不沾尘。学道须凭决烈,一片真心如铁。九年功满步云霞,三岛是吾家。《葆光集》

临江仙·感怀

李行省请予往山东葬三师,燕京道众并士庶皆不许。

一别潍阳过十载,天涯历遍西戎。归来燕国住仙宫。立言明祖教,演法继师踪。天意如何非易测,人情到了难穷。予心本自爱疏慵。却教居海北,未许过山东。《葆光集》

减字木兰花·赠燕京万莲会众

回头返照,世事无穷堪失笑。返照回头,得意归来便好休。休休省也,莫纵贪痴狂野马。省也休休,一任年光春复秋。《葆光集》

张起岩　八首

张起岩(1285—1354),字梦臣,济南人,元仁宗时执令安丘。潍安毗邑,遂作潍阳诸景诗,收入其《岩华峰漫稿》中。其后潍上陈调元等诸人纷纷和之,可谓一时盛事。《[万历]莱州府志》载一首,《[康熙]潍县志》全载之,《[康熙]莱州府志》《[乾隆]莱州府志》同选一首,《[乾隆]潍县志》节选四首,《潍县志稿》全录之。

东园早春

春到东园景物幽,小桃破萼柳丝柔。好邀诗友联诗句,信步携筇试一游。《[康熙]潍县志》《[乾隆]潍县志》《潍县志稿》

南溪垂钓

垂柳阴阴蘸碧溪,溪边钓叟坐苔矶。是非拨置纶竿外,闲看沙头白鹭飞。《[康熙]潍县志》《[乾隆]潍县志》《潍县志稿》

西山霁雪

晓云冬雪冻风残,一带西山尽可观。楼上凭栏凝望处,嶙峋高列玉屏寒。《[康熙]潍县志》《[乾隆]潍县志》《潍县志稿》

孤峰夕照

一抹残阳映碧岑,孤峰倒影自成阴。牧童横笛归家去,鞭趁牛羊出远林。《[康熙]潍县志》《潍县志稿》

麓台秋月

银河漾漾净天阶,碧月辉辉照麓台。台上读书燕太子,清光依旧向人来。《[万历]莱州府志》《[康熙]潍县志》《[康熙]莱州府志》《[乾隆]潍县志》《[乾隆]莱州府志》《潍县志稿》

玉清烟晓

琳宇清幽近水涯，凌云烟霭杂朝霞。殿坛金碧相辉映，一段丹青景最嘉。《[康熙]潍县志》《潍县志稿》

石桥漱玉

潍水潺潺渡虹桥，水声相激韵曼瑶。倚筇听罢精神爽，暂把心中郁闷消。《[康熙]潍县志》《潍县志稿》

青阳晴眺

秋风雨霁碧天凉，极目城楼逸兴长。几簇人家山色里，一川黍禾半苍黄。《[康熙]潍县志》《潍县志稿》

〔明〕

谢肃　七首

谢肃，字原功，号密庵，明初宁波人。洪武初年出赞潍政，途中复被黜，遂居潍有日。其《密庵集》入《四库全书》，集中诗文多有关吾潍者，《潍县志稿》中所载《至潍城》《潍阳道中》二诗，《密庵集》中不载，可补其阙。今自《潍县志稿》《密庵集》中录诗七首。

至潍城

乔林则羽栖，重渊必鳞泳。人生大化中，行止乃不定。耕莘方自乐，幡然答三聘。二疏辞汉廷，贤哉孰能竞。好爵何必縻，卑职在求称。兹利苟获心，外物焉足病。潍阳冲要地，书社古云盛。黍稷既丰穰，栋宇复辉映。谁云其俗夸，功利务相胜。

实敦诗与书，过化赖贤圣。区区流窜余，无以赞官政。政平民乃康，第恐余不佞。岂无管幼安，高蹈辽海夐。生刍倘可招，敢不深造敬。《潍县志稿》

将往齐郡别相知者

佳期定何许，远别在于今。去路随归雁，幽怀托素琴。春波扬子阔，云树秣陵深。相望余千里，瑶华好寄音。《密庵集》

既至潍州，寄同考礼者。胶西张绅士行，上元杨翮文举，吴郡钱逵伯行、郑元长卿，嘉陵杨基孟载，吴兴牟鲁仲望，燕山翟汾文中，东嘉余尧唐臣，诸暨姜渐羽仪余，上虞谢肃凡十人皆自浙西而望至南京者也

西战重城陂，诸公此日危。忽收文苑士，同草圣朝仪。一死非余惜，孤生念母慈。故乡瞻望远，愁绝鬓成丝。《密庵集》《潍县志稿》

潍阳道中

白狼河上发牛车，西岸长风走碧沙。黍垅黄侵双只堠，枣林红带百千家。低发处女方镰豆，半醉村翁屡进瓜。极目平原天浩荡，故山何处海西涯。《潍县志稿》

发潍州留别父老

赞政既无补，罢官何足多。犹烦诸父老，别泪洒狼河。《密庵集》《潍县志稿》

潍阳闲居二首

闲居潍上爱高眠，日晏风庖未起烟。不用吏民忧我乏，囊中犹有卖文钱。

堂前绿柳堂后槐，九夏轩窗清荫阶。饮酒哦诗不解事，飘然飞爽游无怀。《密庵集》《潍县志稿》

杜翊　一首

杜翊，字廷献，弘治八年（1495）举人，杜珏之兄，历任直隶完、雄、献三县知县，官至监察御史。《［万历］潍县志》《［康熙］潍县志》《［乾隆］潍县志》《潍县乡土志》《潍县志稿》有传。《［康熙］献县志》载诗一首。

献陵怀古

贤王元出神明系，封建实当乐寿城。在昔传闻多令德，而今只见一荒茔。平原漠漠秋风急，古庙沉沉夕照明。我忝主人来致祭，高山仰止不胜情。《［康熙］献县志》

杜珏　二首

杜珏，字廷陈，弘治八年（1495）举人，《［万历］莱州府志》《［万历］潍县志》《［康熙］潍县志》《［乾隆］潍县志》《［乾隆］莱州府志》《北海耆旧传》《潍县乡土志》《潍县志稿》有传。《潍县志稿》言其“天性孝友，与人谨信，文笔醇正宏深，名动前七子”，卒后济南边贡哭之以诗。《［康熙］潍县志》载诗一首，《［乾隆］潍县志》引之，《潍县志稿》载诗一首。

真武庙感怀

元门春掩绿阴多，与客分题壁上哦。隔岸烟波飞白鹭，断崖云水挽青萝。紫芝香动霓裳舞，彩树光浮华表歌。归兴不堪花乱落，荒城啼鸟奈愁何？《［康熙］潍县志》《［乾隆］潍县志》

葡萄诗

烂漫长条百尺余，叶如鲜甲蔓如须。东风鼓动苍龙舞，喷

出圆光万颗珠。《潍县志稿》

史书　一首

史书，邑庠生，《[康熙]潍县志》载诗一首。

真武庙感怀

羽客门深紫气多，谪仙有句共谁哦。台前百桧惊风雨，石上三花引蔓萝。烧药炉中埋宿火，采芝岩畔听樵歌。分明要上金鳌背，细看蓬山景若何。《[康熙]潍县志》

王濂　一首

王濂，字一清，号愚庵，正德十五年(1520)岁贡，历任浮山县训导、直隶南和县教谕。其《愚庵滥稿》，已散佚。《王氏族谱》存《戒子歌》诗一首，《潍诗采录》存诗一首。今选诗一首。

和王宪副韵

公余还静坐，红叶自吟秋。却爱疏灯里，西风雨满楼。《潍诗采录》

刘廷锡　五首

刘廷锡(1495—1585)，字君荣，号塔山，嘉靖元年(1522)举人，官至两淮盐运使，有良史才，纂《[万历]潍县志》。《[康熙]潍县志》《[乾隆]潍县志》《北海耆旧传》《潍县乡土志》《潍县志稿》有传。《[康熙]潍县志》存诗五首，《[康熙]莱州府志》存诗一首，《[乾隆]潍县志》存诗四首，《潍县志稿》存诗一首，内有残佚。今选诗五首。

夜饮麓台

草树萧森古台外，崔嵬正与西山对。公孙牧豕杂樵渔，海岸云深雨滂沛。台上读书夜未央，松风谡谡闻天籁。逢时作相位平津，人去台空月还在。《[康熙]潍县志》《[乾隆]潍县志》

营丘怀古

尚父遗墟白水滨，分封旧与鲁为邻。渭涯风物宗周远，淄曲云仍霸业新。人代不堪苍海恨，烟芜漫发穆陵春。地形十二休重问，独向西山荐渚蘋。《[康熙]潍县志》《[乾隆]潍县志》

孤山怀古

奇峰矗矗水漫漫，古庙云深海上看。孤竹风吹天地久，首阳气薄日星寒。岚侵老树龙髯瘦，苔覆遗碑鸟篆残。自合采薇供殂豆，无烦萧鼓奠盘餐。《[康熙]潍县志》《[康熙]莱州府志》《[乾隆]潍县志》

注：此首《[康熙]莱州府志》题作《孤山伯夷庙诗》。“奇峰矗矗水漫漫”作“平滦故国水漫漫”，“岚侵老树龙髯瘦”作“岚侵老干龙髯瘦”。

石佛寺

何处幽深可避喧，法堂万古海云屯。珠林重访袈裟友，尘世同迷觉悟门。岭月恍临阿耨室，天花香绕给孤园。旃檀树影翻经处，老衲相看更不言。《[康熙]潍县志》

塔山

有客来寻漫叟居，塔山北麓是吾庐。呼童净扫青松影，玩鹤弹琴乐有余。《[康熙]潍县志》《[乾隆]潍县志》《榆园杂录》

谭任　三首

谭任，字汝尹，号志庵，嘉靖七年(1528)举人，曾任辽州知州，《北海耆旧传》《潍县志稿》有传。《[万历]莱州府志》载诗一首，《[康熙]潍县志》载诗一首，《[康熙]莱州府志》载诗一首，《[乾隆]潍县志》存诗一首，《潍诗采录》存诗两首。

游天仙宫

烟水微茫绕郡城，仙家台殿接云平。醮坛傍斗天街净，信鸟吟风洞府清。羽盖半空团紫气，露华深夜滴金茎。步虚顿起三山兴，不向红尘误此生。《[万历]莱州府志》《[康熙]潍县志》《[康熙]莱州府志》《[乾隆]潍县志》

幸台吊古

古夜城头甲帐开，求仙闻说武皇来。通天未获长生药，此地空余望幸台。若有光时孤棹远，终无验处几人回。茂陵归去鱼灯闭，渺渺秋风亦可哀。《潍诗采录》

麓台怀古

指点斜阳下远村，逢人先问汉公孙。无灯愁读残碑字，系马空穿老树根。数里芦花寒月影，一滩鸿爪印霜痕。平津事业今何在，弋誉空凭东阁门。《潍诗采录》

胡邦佐　一首

胡邦佐，嘉靖七年(1528)举人，曾任刑部郎中，《[乾隆]潍县志》《北海耆旧传》《潍县乡土志》《潍县乡贤传》《潍县志稿》有传。《[康熙]潍县志》载诗一首。

白狼河

狼水潺潺向海流，昔人引取灌田畴。于今遗迹千年在，谁为苍生一讲求。《［康熙］潍县志》

刘应节　七首

刘应节（1517—1591），字子和，号白川，嘉靖二十二年（1543）举人，二十六年（1547）进士，巡抚河南、顺天，总督蓟、辽、保定军务，于刑部尚书任上归，撰有《白川文集》等。《［万历］莱州府志》《明史》《［康熙］潍县志》《［康熙］莱州府志》《［乾隆］潍县志》《［乾隆］莱州府志》《北海耆旧传》《潍县乡土志》《潍县乡贤传》《潍县志稿》皆有传。《［康熙］莱州府志》存诗四首，《［乾隆］潍县志》存诗两首，《［乾隆］莱州府志》存诗两首，《国朝山左明诗钞》存诗两首，《［康熙］昌邑县志》存诗一首，今全录之。

伯夷祠

帝业昔沦季，豕蛇逮逸民。廉来且柄国，播叶乃斯人。殷德苟可终，归周竟何陈。叩马止干戈，万世严君臣。薇歌苦且怨，孔子贤其仁。落日西山蕨，清风北海滨。平生仰高躅，兹拜恻心神。《［康熙］莱州府志》

雨中登麓台

山上孤台台上亭，望中烟树湿冥冥。花枝垂媚春风发，草色轻濛细雨经。老去生涯关地主，豪来诗句妒山灵。胜游止此应难并，车马何须效五陵。《［康熙］莱州府志》《［乾隆］潍县志》《［乾隆］莱州府志》

谒韩信祠

仗剑登坛气独雄，讵知鸟尽却藏弓。去留已误归萧相，生死何须恨蒯通。故垒浮云余战气，秋原衰草动悲风。汉皇岂少封侯约，自是将军不赏功。《[康熙]莱州府志》《[乾隆]潍县志》《[乾隆]莱州府志》

淮阴祠前秋气深，荒林疏雨倍萧森。乾坤百战共刘计，天坎孤忠拒蒯心。岂料山河虚带静，更怜身世误缨簪。霸图帝业俱消歇，独忆将军泪满襟。《[康熙]莱州府志》

九日戚南塘招饮隆庆寺

祇林楼阁倚嵯峨，载酒重阳风雨过。绝塞山连苍海尽，遥天秋入太行多。出车我亦周方叔，题柱君过汉伏波。忽报羽书思猛士，凭高同赋大风歌。《山左明诗钞》

题西岩

西岩高耸接云盘，有客登临天地宽。四海风烟邀落日，孤城睥睨对凭栏。樽前花鸟留春色，岩际松风生昼寒。况是主人能善啸，九天清响听鸣鸾。《[康熙]昌邑县志》

送龙华上人游五台

横挑虎杖欲何之，时节因缘自调师。夜半袈裟才数语，觉来一宿已为迟。《山左明诗钞》

谭安之　一首

谭安之，字克羞，号太石，嘉靖二十二年(1543)举人，谭任之子，曾任直隶庆云县知县、常州教授。《北海耆旧传》《潍县志稿》有传。《潍诗采录》存诗一首。

苍筤竹馆

稚子解棚时，枝枝覆茅屋。何怪文洋州，卜筑筼筜谷。倘遇梅沙弥，邀来此中宿。《潍诗采录》

王渐　二首

王渐，字斯进，号岸泉，嘉靖三十一年（1552）举人，嘉靖三十二年（1553）进士，官至陕西按察司副使。《[万历]莱州府志》《[康熙]莱州府志》《[乾隆]潍县志》《[乾隆]莱州府志》《北海耆旧传》《潍县乡土志》《潍县乡贤传》《潍县志稿》有传。《[康熙]潍县志》收诗两首、《[乾隆]潍县志》引之，《潍诗采录》转引一首。

南溪垂钓

古人重达节，避世宁为身。谁谓披蓑者，悠悠东海滨。垂丝临渭渚，所愿非鲜鳞。八十而一遇，勋业薄青旻。钓者不可作，钓台何嶙峋。我行过其下，涧水清粼粼。寒流逝不返，高风秋复春。《[康熙]潍县志》《[乾隆]潍县志》《潍诗采录》

塔山次韵

遥指青山欲卜居，青山旧有醉翁庐。晨光未上岚烟碧，知是先生晓梦余。《[康熙]潍县志》《[乾隆]潍县志》《榆园杂录》

齐一经　一首

齐一经，字训汝，号惟斋，隆庆元年（1567）举人，隆庆五年（1571）进士，官至山西参政。《[康熙]莱州府志》《[乾隆]潍县志》《[乾隆]莱州府志》《北海耆旧传》《潍县乡土志》《潍县乡贤传》《潍县志稿》有传。《[乾隆]潍县志》载诗一首,今录之。

麓台燕集

山林依城市,松萝曲径开。池空鱼自跃,亭敞鹤还来。弦管微风度,峰峦细雨回,胜游莫轻掷,星聚此徘徊。《[乾隆]潍县志》

颜思敬　一首

颜思敬,邑庠生,《[康熙]潍县志》载诗一首。

真武庙感怀

突兀半天蹑翠梯,烟霞漠漠草离离。蝉鸣古木余音远,日锁荒碑弱影迟。高阁翚飞耸斗汉,远山龙跃映城陴。蓬丘二岛觅何处,海国风光第一奇。《[康熙]潍县志》

刘国缙　三十三首

刘国缙,字义斋,号敬夫,万历十七年(1589)进士,原籍金州道,任山东按察使招练道副使,分巡登莱道,而家于潍。《明史》《北海耆旧传》《潍县志稿》有传。《潍诗采录》收其诗三十三首。

和李白感秋韵

四壁悄无声,滴露响幽竹。碧天凉似水,萝月皓堪掬。举世浊还醉,清醒问谁独。冉冉松上云,低回迩人宿。海滨便好居,无俟詹尹卜。空作楚囚泣,封疆不可复。饶有定远才,前车鉴屡覆。我欲弃尘缘,何日丹沙熟。《潍诗采录》

得余望之书讯却寄

千里寄双鱼，殷勤到草野。一函十岳编，新诗秀而冶。近体逼王岑，古风凌鲍谢。忆昔廿载前，同结长安社。嗟我遭离乱，思君泪盈把。豪哉汗漫游，冥搜半天下。所以吞吐奇，文章跨司马。相访命紫骝，来翰定秋夏。果尔不食言，吾当扫茅舍。《潍诗采录》

东牟杂咏五首

老病不可支，穷愁不可耐。独怜野服闲，动止两无碍。三间屋贮云，一曲溪环带。虽乏膏粱味，颇足山家菜。饱餐卧石床，梦落黄龙塞。

忆昔少年性，贲育不能撼。朴忠只自知，那复计坷坎。檄可斩邓通，劾可槛侯览。圣明每优容，余益矢肝胆。余心良易剖，余指终难染。三黜柳士师，寸衷应无憾。

岩岩汉帝侍，高敞五侯门。人心靡然从，宾客正狂奔。轩车驱大内，声势倾重阍。奉圣侈阿保，勋庸不可论。结交枕席间，呼吸转乾坤。喉中空有物，欲吐竟还吞。所以磨兜坚，兢兢舌自扪。

孤松生幽岩，日月无照时。流泉不及溉，雨露不及滋。群卉饱春膏，油油方见嗤。凉秋八九月，亭亭岁寒姿。至物有本性，霜霰岂能欺。匠石终不顾，苦心空自知。

览眺出柴门，朝昏非不状。栖云碧海间，挂月青山上。对景发狂吟，开尊消旅况。却怜楚大夫，憔悴江潭放。《潍诗采录》

与隐之闲酌

我自前年学闭关，君从去年亦住山。倾盖幽期有深契，相看不作愁苦颜。老夫田园返初服，怜君善种陶潜菊。世情丝竹喜新声，怜君独赏伯牙琴。风潭笑语无人识，斗酒斜阳生远心。

《潍诗采录》

山居杂咏五首

云屋依山结，方方三两弓。低风疏败叶，斜月冷新虫。玩世同园吏，忘机到海翁。夜深萝薜静，独坐拨枯桐。

终日伯伦醉，前身应酒星。片云封洞白，双眼到山青。问字亭呼草，巢松鹤姓丁。无言坐岩畔，孤兴落渔汀。

三年邱壑意，魂梦亦逍遥。梁燕语春剧，池蛙喧雨骄。幽分彭泽径，饮借许由瓢。不尽沧溟兴，长风激暮潮。

临溪成小筑，车马绝相闻。月霁难忘酒，窗虚易受云。幽期看剑合，野趣与鸥分。顷豆南山下，无人只自耘。

才知山水乐，须鬓已先秋。放鹤盘空际，牵牛饮上流。一杯酣月寝，五岳入云游。莫向人前说，胡卢惹鹭鸠。《潍诗采录》

王山人有作，步韵酬之

睡起松门静，嘤嘤幽鸟鸣。烟岚千嶂合，风月一帘清。傍石寻诗坐，扶筇采药行。最怜王子晋，吹落步虚声。《潍诗采录》

送孙山人入都

落日怜君去，关山不尽情。朔云迷片影，寒月送孤征。倚醉看龙剑，狂歌入凤城。春鸿应有便，一寄塞垣声。《潍诗采录》

东牟杂咏六首

晓起步荆扉，烟霞满翠微。疏风双履远，细雨一蓑归。寂寞少来往，荣华多是非。五陵车马客，遮莫侈轻肥。

无家从落魄，作客信乾坤。古狱沉龙剑，深岩访鹿门。途穷知命蹇，身在即君恩。未敢人前说，明时有覆盆。

欸乃云溪上，烟蓑掉晚舠。水清怜石见，月小觉山高。元亮菊松主，谪仙诗酒豪。沉忧驱未得，不敢读《离骚》。

大块无宁宇，何方有乐邱。朝廷方简将，榆塞正防秋。自叹流亡叟,谁为定远侯。几回憎造物,使我一生愁。

南山耽豹隐,东海杳鸿冥。把酒迟田父,收纶卧钓汀。凉风秋警鹤,急雨晚沉萤。抱瓮无机械,柴扉久不扃。

折腰五斗粟,元亮合辞官。石忤溪声急,松呼月影寒。吹求差觉免,魂梦未应安。回首十年事,空悲行路难。《潍诗采录》

山居二首

云水无心栖翠微,斜阳寂寂掩柴扉。风清鹤唳梦初觉,月上潮平渔未归。因种胡麻开石麓,为耽村酒典蓑衣。层崖深处杳人迹,蝴蝶满山高下飞。

一自归来饭野芹,悠悠世事未曾闻。清闲同调只应鹤,懒慢相怜除是云。野店无钱偿酒债,寒潭有社著诗勋。老夫新领湖山牒,十里烟霞未许分。《潍诗采录》

韩求仲太史有诗枉讯次韵寄酬

冥鸿千仞羡江皋,蚤压词场夺绣袍。愧我同尘聊混俗,看君独醒正怀骚。孙登避世耽清啸,阮籍谋身隐浊醪。便欲南来携手去,五湖共掉小渔舠。《潍诗采录》

东牟杂咏八首

海陬盟已结闲鸥,剑气何劳射斗牛。骨相未应耽肉食,生涯终合老渔舟。寒蛩露井吟清夜,征雁霜天写素秋。莫讶世情多白眼,古来唾面重包羞。

世情冷暖不堪听,自选林泉葺草亭。移石生云孤疃白,种松结子四山青。闲看鹿豕眠樵径,坐狎鸥凫浴钓汀。莫道丰年多醉客,黄沙海畔有人醒。

逐客无家一草庐,每从愁里度居诸。亲朋约领流亡谷,老病空怀恸哭书。飞将只今甘射虎,诗人从古惯骑驴。扶衰小酌黄精酒,半亩瓜田冒雨锄。

秋江八月上鲈尊，蓑笠云岩一钓纶。多病梦魂羁旅夜，孤灯风雨异乡身。诗名五十高生老，酒债寻常杜叟贫。骨肉飘零难聚首，天涯三载滞鸿鳞。

海上茅庐四五弓，堪怜飘泊一孤蓬。菊松以外无知己，山水之间有醉翁。满院竹风秋瑟瑟，片蓑溪雨晚濛濛。环中佳胜多登眺，独恨桃源路不通。

满目莺花总是愁，潸潸溪涧漱春流。楚王十倍偿山稚，齐客三年精棘猴。世事难将真假辨，人情苦逐利名休。却怜殷浩徒多事，咄咄书空何所尤。

衡泌幽栖矢轴薖，颠毛况复久皤皤。儿孙夜读亲灯火，童仆春耕荷笠簑。红杏烂时呼酒啸，青山佳处倚云歌。独怜羽檄仍纷沓，肠断关河未息戈。

萧瑟秋声动暮林，浮云黯淡正平阴。五更泽雁哀难听，三载河鱼病已深。楚客死仍怀故主，越人生不背乡吟。窗前月色明如昼，为倩枯桐写我心。《潍诗采录》

茅屋二首

茅屋倚深松，岩空清籁发。汲水夜烹茶，调琴弄山月。

明月逗山窗，问之了无对。疏林阒无人，雀喙寒厖吠。《潍诗采录》

送孔龙墀孝廉春试

彩笔缤纷红杏繁，君王赐宴正临轩。二东抒轴无人问，好向明廷悉万言。《潍诗采录》

刘璞　五首

刘璞（1567—1627），字尹孚，号柘山，万历二十五年（1597）举人，自潍县马司外徙莒州冢头村（在今安丘柘山镇），曾任鄠县县令、江西监察御史等。《北海耆旧传》《潍县志稿》《民国重修莒志》有传。《柘山遗集》存诗十三首,《民国重修莒志》载诗十首。今选五首。

登柘山

朝朝暮暮一峰奇,蹑屐凭高险更披。县启灵门昔作镇,云连书院古多祠。鹊华古柏山容老,鸡唱扶桑海日曦。似此胜因寰内少,奈何人事有差池。《柘山遗集》《民国重修莒志》

丙寅仲冬再同宁野李山人同登感题

四十年前同一游,重来三殿更悠悠。浮云缭绕诸峰尽,匹练依稀万井秋。西望穆陵关作塞,东临沧海市为楼。壶公日月应常驻,早向名山伴羽流。《柘山遗集》《民国重修莒志》

朝爽楼八咏(八首选三)

鸡声初唱海波晴,古柏霜零鹤梦惊。闻道仙人常摘药,骑虹隐约过长城。高柘山

宛转平冈四望开,羊牛下处角声催。幽岩小寺迷归径,拟作桃源洞口猜。太平关

神龙出入尽通荆,仿佛磨崖洗甲兵。浯水荒凉千载下,风骚谁与续同盟。浯水《柘山遗集》《民国重修莒志》

刘进明　一首

刘进明,字日起,号癸赤,万历三十四年(1606)举人,三十八年(1610)进士,历任浙江台州府、直隶永平府推官。《[乾隆]潍县志》《北海耆旧传》《潍县乡贤传》《潍县志稿》有传。《潍诗采录》存诗一首。

拟沂水舞雩归咏

俯仰天地大，吾道贯其中。藐然一身外，何物非所同。缅维鲁狂士，于皙见古风。学不沾礼乐，口不谈兵农。雅兴与时会，景色值春融。吾徒欣在即，不问冠与童。城南有沂水，袚除可相通。祭天祷雨处，林木复郁葱。开襟任洒落，啸歌澈苍穹。去来倏然远，意得忘遭逢。至今千载下，余韵犹沨沨。《潍诗采录》

王倩　八首

王倩，万历三十七年（1609）举人，《[康熙]潍县志》收诗八首，《[乾隆]潍县志》存诗一首。

麓台怀古

高台东枕符山麓，台下松风声谡谡。四围水绕一塘幽，人传汉相读书屋。秋月平分影不分，仿佛书声破窗竹。忆昔公孙相汉时，山岳常随呼吸移。开阁频资宾客画，忧边欲罢西南彝。卜式牧羊郭解死，俶谲安所钓其奇。布被久同宵梦稳，疏粲新带晓烟炊。辕生未许知达节，高贺由来轻薄儿。君不见，张汤饰经术，文法何太深？田蚡好尊大，乃受淮南金。但使常保和平福，宁忍遂忘寒素心。世儒拘促信简帙，谁能富贵独不浸？假此山此台此人常不灭，吾言千古俟知音。《[康熙]潍县志》

东园早春

胜日探春玩物华，葱菁瑞气衬朝霞。由来不减邵平愿，欲傍青门学种瓜。《[康熙]潍县志》

南溪垂钓

凭君欲问商周事，总在南溪一钓间。翻笑飞熊犹未梦，当

时只作等闲看。《[康熙]潍县志》

西山霁雪

雪花飘飒大如拳，万丈银屏接碧天。我欲骑驴问春信，前村觅得一枝还。《[康熙]潍县志》

孤峰夕照

雨余落日留残照，一抹青山散碧辉。我向城头双目豁，分明峦曲采薇归。《[康熙]潍县志》《[乾隆]潍县志》

麓台秋月

东阁邀宾自一时，唯余脱粟飰交知。而今识破繁华梦，月满荒台痴不痴？《[康熙]潍县志》

石桥漱玉

一泒泉声散玉珂，春风挟暖入烟波。铿然遗韵抑清耳，不羡江潭鼓枻歌。《[康熙]潍县志》

游玉清宫

昔日河流匝故宫，如今河已在宫东。桑田沧海落来晚，莫遣烧丹火未红。《[康熙]潍县志》

郎养浩　一首

郎养浩，邑庠生，字泰岩，《[康熙]潍县志》载诗一首。

霸王泉诗

逆行湍激岂无由，西向相争志未休。要识英灵千载恨，雄心终不付东流。《[康熙]潍县志》

张尔忠　六首

张尔忠，字移孝，号补衮，万历四十年（1612）举人，崇祯四年（1631）进士，官至陕西巡抚，《［康熙］潍县志》《［康熙］莱州府志》《［乾隆］潍县志》《［乾隆］莱州府志》《北海耆旧传》《潍县乡土志》《潍县乡贤传》《潍县志稿》皆有传。其《焚余摘》存诗十一首，《白浪河上集》存诗一首。今选诗六首。

苦热咏意

性本僻孤寂，暑热畏所亲。匪我僻居好，爱此竹林新。林深不见日，燔灼犹苦呻。赫赫旱魃虐，蕴虫何不仁。夙昔内热病，饮冰愧古人。才薄明主弃，所热思有因。骨肉起胡越，谁为戚与姻。八苦环而煎，火烈益以薪。勉复抱膝坐，落花借为茵。寥落无仆役，直欲驱鹿麇。忽然怀勾践，夏日握火身。《焚余摘》

小楼慢咏

衡门近浅筑，遍地即山邱。林吐月移岸，风邀水上楼。蛙喧人自静，雀噪景更幽。微贱且无叹，羲皇此日游。《焚余摘》

读元亮诗有赋并序

予病沈痼不起，而值奴骑纵横。思即病死，其谁知者，此造物畀予方便死所耳。即奴逼城下，予笑谓友人曰：打破贼奴也，只用得个蒲团工夫。盖兵犹禅也，然昔人谓赋诗不足退虏，夫退虏非诗也。若戈戟丛中，不废吟咏，非气足以胜，而十分整暇不能，是诗亦禅也。读元亮诗，羡其有此，为赋一律。

病体支离一弃灰，藏身无用海山隈。笑谭障上等闲事，烽火传来何浪催。中土着鞭须有定，左贤已系犹惊猜。多君诗胜战酣气，舌出电光唾欲雷。《白浪河上集》

奉和王铸和寄怀诗并以自分

嗟我不才骨亦寒，屈君暂尔偶丘峦。形睽两地心如水，神结千秋臭若兰。鸾翮自知为世锻，鹏程谁复遇风抟。遥期他日骞飞后，为念故人青眼看。《焚余摘》

送司李夏公有感二首

我来怀古忆寒亭，托为送迎此一经。腊月玄天灰野色，残痕如草几时青。

司李一辞寒水亭，训中炎冷吾曾经。逢迎不惜抛年月，弹指春来草复青。《焚余摘》

王调鼎　十二首

王调鼎，字伯和，号我劬，万历四十三年(1615)举人，崇祯四年(1631)进士，曾任献县知县，有政声，《北海耆旧传》《潍县乡土志》《潍县乡贤传》《潍县志稿》有传。《白浪河上集》存诗四首，《[康熙]献县志》《王氏家乘》载诗八首，《潍诗采录》载诗一首，《献县诗文要录》载诗三首，今辑诗十二首。

奉和元亮明府韵四首

百尺重关下羽书，天骄胡运竟何如。无衣空自歌同汝，有勇谁言欲贾余。挽戟阵前挥鲁日，临风城上赋凌虚。奠安惟有神明宰，不恃河山最胜余。

黑云覆地战声繁，三鼓犹盈气未阑。插帐高原晓角急，连烽穷海野烧残。寒侵重甲层霜影，血送飞函点箭瘢。应是凤池簪笔手，新诗裁得在征鞍。

几道腥风出穹庐，同仇插血载牲书。市人乐战倾囊后，壮士长歌弹铗余。天限金汤新作垒,霜吹匕首旧名徐。破奴三捷南归日,得共披莱寻故居。

长算帷幄妙纵擒,却胡敢谓匪斯今。郊原半失桑麻色,烽火难迷天地心。寂寂青磷悲独切,嗷嗷鸿雁力难禁。策勋伫看花砖影,并谱流民待玉音。《白浪河上集》

献陵春晚

帝子遗弓不计年,献陵春树晓垂烟。汉官一代威仪古,吾道千秋日月悬。山绕龙盘瞻御气,云停松盖护高阡。淮南虚号闻鸡犬,何似毛生三百篇。《[康熙]献县志》《献县诗文要录》

注:“献陵春晚”,《献县诗文要录》作“谒献王陵庙”。

封台清望

绿树阴阴覆短墙,路回别墅散幽芳。千秋高节封台古,一幅轻绡北海棠。清境别开虞夏界,野花静带蕨薇香。山川自古因人重,何必乐城非首阳。《[康熙]献县志》

文昌高眺

高阁岧峣凌紫霞,登临极目翠无遮。天围万国烟含翠,水涨双帆星下槎。佳气蝉联通鲁壁,重门虎踞拥皇家。愿将玉管翔鸾影,散作群英笔炫花。《[康熙]献县志》

野寺钟声

百八钟声出梵宫,悠扬爽籁自西东。音和城柝敲残月,韵转丛林散晓风。心到静时喧亦寂,耳当顺处响还空。世间仅有卢生梦,为唤迷人一觉中。《[康熙]献县志》

滹沱涨渡

滹沱春涨接天流,郭外垂杨半系舟。溪抱孤村疑是岛,沙平驿路渐成洲。水乡半作鱼虾市,傲吏偏从鸥鹭游。一石水沉泥五斗,相传来岁麦宜秋。《[康熙]献县志》《潍诗采录》《献县诗文要录》

注:此首据《潍诗采录》。"滹沱春涨",《[康熙]献县志》作"堞田波泛",《献县诗文要录》作"平田森森"。"溪抱",《献县诗文要录》作"波浸"。"沙平驿路渐成洲",《[康熙]献县志》作"沙平驿路即成洲",《献县诗文要录》作"沙回断圻欲成洲"。"水乡",《[康熙]献县志》作"泽乡",《献县诗文要录》作"荒城"。"相传",《献县诗文要录》作"人传"。

西阳霁雪

日战严威生晚凉,黛光映雪到虚堂。气分葱岭寒犹湿,影入罗浮幽且香。冷况不因人作热,清滋可味只孤尝。奚儿惭对无佳句,一片冰心好贮囊。《[康熙]献县志》

月明秋涛

叆空白露下城楼,月印寒汀别样秋。政在当年说渤海,人传此地号瀛洲。一泓清影浸冰魄,万顷空华漾碧流。欲濯尘缨何处是,拟来晚棹狎眠鸥。《[康熙]献县志》

望春烟霁

迟日飞晴晓望新,轻风送暖丽芳辰。关榆破甲青犹浅,岸柳拖丝绿欲匀。水泻林光空不染,天融云影淡相亲。春和岁有仁民诏,何处茅檐尚结鹑。《[康熙]献县志》《献县诗文要录》

注:《献县诗文要录》题作"献郊春望"。

王瑨　一首

王瑨,本名珍,以避讳改名瑨,字渤海,号慕庵,潍县西门里人,天启元年(1621)举人,二年(1622)进士,官至湖广右布政使,《潍县志稿》有传。《白浪河上集》存诗一首。

奉和元亮明府楯上韵

羯鼓翻催柳杏凋,春风嘘拂澹忘骄。城头露布朝磨楯,枕

上新诗夜和樵。四履侯藩依我固，廿年王忾向今消。洋洋大烈堪铭石，所愧微吟匪姒姚。《白浪河上集》

徐孔成　一首

徐孔成，天启元年(1621)副贡，《白浪河上集》存诗一首。

吾邑数捷后，救截掳众者不可胜纪，为诗纪事

汉虏冲冰乱汶阳，毒流士女肆泙浪。褐衣去国佳公子，辇步辞楼美孟姜。鱼目鳏鳏凄夜冷，鸿飞肃肃忆春阳。潍雷一震胡氛散，幸矣千人遁筑糠。《白浪河上集》

郭知逊　八首

郭知逊，字生白，号泰沧，本姓王，明天启七年(1627)举人，清顺治三年(1646)进士，曾任江都令，著《澹宁居集》。《[乾隆]潍县志》《潍县乡土志》《潍县乡贤传》《潍县志稿》有传。《白浪河上集》载诗五首，今节烈一首不取，《[康熙]潍县志》存诗二首，《[乾隆]潍县志》载诗二首，节烈一首不取，《国朝山左诗续钞》存诗一首。今选诗八首。

二松行

二松在祖茔，龙蟠虬曲，森郁参天，每发一科甲，则一枝裒然竞秀，最为奇验。

茔前松桧郁崔嵬，枝柯矫矫倚云栽。自昔传来数十世，苍烟犹绕旧石苔。行人抚坐共盘桓，虬蹲鹄翔羡奇观。披霜溜雨带雪寒，怒号万壑鸣惊湍。闻道深岩多古柏，雷风日月历朝夕。

轮囷天矫几千尺，何似先人留手泽。兵火燹余无消索，一如黄冠老衲青参禅，一如青崖奇石峰插天。由来乔木壮故国，于今灵干护高扦。栽培自是造物理，扶植还由祖德绵。对之顶礼肃恭敬，聊当古人惜杯棬。《[康熙]潍县志》

大基山访谭真人

仙客栖真处，迢遥岩壑深。四山横夕照，一磬出秋林。路窄草全没，衣寒风乍侵。石床期共宿，暂为涤尘襟。《国朝山左诗续钞》

围解，邑侯示储生有作，赋此和之

逆羯突如至，同心听授兵。妻孥争效死，庐井获重生。雪暗平沙幕，云开横海营。春农从此始，犬吠永无惊。《白浪河上集》

赠吴都阃援潍，用邑侯周公韵

漂摇家若萍，烽火岁频经。血溅川原赤，尸横草木腥。尘飞云黯黯，愁积发星星。喜觏吮痈者，四郊赖永宁。《白浪河上集》

警至见计偕诸君子南去和周明府韵

漫学嵇康懒作书，黄尘满目竟何如。江南松菊堪招尔，海国妖氛独滞余。日照旌旗腥胆落，风传鼓角犬营虚。怀人芳草心犹在，对客围棋兴自余。《白浪河上集》

邑侯周公箭口合而复发，感而赋诗，步此以正

南北军储需索繁，那堪狂寇复逾阑。波翻白浪鲸鲵动，月照戍楼画角残。塞外黑风吹战骨，辕门云泪泣伤瘢。谁将天汉洗兵甲，胡骑中宵已解鞍。《白浪河上集》

郊望和周侯韵

百里烽烟满，荒障四望吁。沙迷草色暗，腥染菑畲芜。围久时如岁，忧深荠视荼。平戎谁佩印，谈笑欲吞胡。《白浪河上集》

麓台怀古

十里青峦拂面开，潇潇疏竹丽山隈。平津胜事杳何处，一片闲云自往来。《[康熙]潍县志》《[乾隆]潍县志》

王际新　一首

王际新，崇祯三年(1630)举人，曾任灵川县知县，《白浪河上集》存诗一首。

奉和邑侯周明府韵

依垣次列营，摘发几番更。归市长春岭，传烽不夜城。虽威弗克爱，置死故能生。邻封殊忍弃，闭户莫被缨。《白浪河上集》

杨青藜　二十五首

杨青藜(约1605—约1699)，字禄客，号石民，东南乡杨庄人，明朝遗民。明亡后，隐居安丘不仕，肆力讲学，卒后葬于安丘。《[乾隆]潍县志》《安丘新志》《潍县乡土志》《潍县志稿》有传。今有《石民集》二卷，载诗二百三十七首。《潍诗采录》收诗三十首，《渠风集略》存诗十二首，《[乾隆]潍县志》载诗十七首，《国朝山左诗钞》收诗十九首，《晚晴簃诗汇》收诗二首。今选诗二十五首。

宝剑吟

卢铁出井煅火青，淬以寒水发晶莹。铸成三尺截长鲸，冰魂玉魄何狰狞。华阴土拭光芒腾，锷染雕鹈血如腥。鲛胎皮里装瑶琼，高悬绡帐人人惊。寒风烈烈霜花零，佩之魑魅哭西垌。

却笑荆聂死空名，侠烈徒将大义婴。男儿藏器用匪轻，磨厉以须吁彤庭。帝曰都俞称尔能，宣麻敕赐歼妖眚。直如鹰扬佐镐京，四海清宁天下平。《石民集》《渠风集略》

寒亭饯黄山坡人旋里

平原深雪没牛背，寒风烈烈云叆叇。驴疲道远阻长河，缥缈黄山有家在。沽酒一瓶送君行，头上几行鸿雁声。唏嘘无语各分手，相思别后难为情。《石民集》《潍诗采录》

泛海宿芙蓉岛

万顷连歌棹，虚空逗众灵。翻波龙气黑，落日蜃烟青。蝶梦摇孤岛，鹏帆挂远星。更疑阊阖近，天乐下沧溟。《渠风集略》《国朝山左诗钞》《晚晴簃诗汇》

登艾山

忧来谁共语，抱琴登翠微。空嵌霜华脱，高秋鸿雁飞。飞飞海西头，美人在沧州。溯洄风波阻，望洋涕泗流。《石民集》《潍诗采录》

登大劳东峰

岧峣横八埏，辽廓势无边。大壑深连海，奇峰远入天。风雷鸣涧底，瀑布泻林巅。从遁卢敖去，空寒岛屿烟。《石民集》《渠风集略》《国朝山左诗钞》

题张并叔海上精舍

危径盘三凸，高园绕绿竹。春风一屋燕，谷雨半池萍。机虑人中澹，孤怀世外醒。门关花月夜，盥手注西铭。《石民集》《渠风集略》

赠顾伯雍

讶尔知非早，年来顾善藏。全捐俗士癖，半到古人狂。世乱那堪哭，途穷不用伤。徘徊邹鲁地，莫漫说高阳。《石民集》

《渠风集略》

送宋林寺南游

老友余君在，那堪别日多。流离方未已，暂此慰蹉跎。道远霜兼露，酒酣悲且歌。百年能几聚，行矣慎风波。《石民集》《渠风集略》

秋日怀子延翰林

同衾忆汶水，今作凤池游。剑写京华去，情文风雨留。宵凉时到梦，月上几登楼。极目燕云渺，霜鸿万里秋。《石民集》《渠风集略》

游九仙

微凉生海峤，选胜入崚嶒。岩古风兼雨，年深谷变陵。石芝肥野鹿，崖蜜割山僧。寓目幽情定，冥心灏气凝。《石民集》《渠风集略》

送客南游

雨雪深牛目，孤篷万里征。天寒梦泽渚，雁泊岳阳城。祖帐迎新霁，骊歌动晓旌。湘南瘴疠满，珍重惜平生。《石民集》《潍诗采录》

注：“雁泊”，《潍诗采录》作“雁唳”。

旅夜春怀

独坐怜深夜，空斋午月明。照帘全雪色，入户半松声。小砌春云乱，高池竹树清。禹台旧梦远，肠断鹧鸪鸣。《石民集》《潍诗采录》

客中逢立秋

物色从何换，忽惊万籁新。孤云迷去鸟，寒雨动离人。旧仆贫将散，浊醪老更亲。长镵嗟杜甫，空复泪盈巾。《石民集》

问中丞子延南游消息

万里轻涛系短篷，飞船泊去大江空。风翻野鹤夕霞乱，月冷霜犁秋浦红。海外图书罗翰府，南中药物满筠笼。悬知胜迹冥搜遍，几处魂销别赋工。《石民集》

过雪崖旧业

履迹萧疏烟冷扉，深秋萤火度晖晖。一床诗草心肝在，三径霜花鸟雀飞。命薄先从李贺死，才高终负祢衡讥。文名传否还难定，搔首穹苍泪满衣。《石民集》《渠风集略》

山居即事

掩关永昼竹溪东，一叶高秋坠井桐。雁响乍寒天外雨，兰香全妒夜来风。云荒谷口逢迎绝，月满深山色相空。琴罢摊书思尚友，敢将泡影惜微躬。《石民集》《潍诗采录》

病起对菊

风霜历落汶阳滨，暖向陶家荐小春。黑发应从今日变，黄花犹是去年新。空阶色动凉秋月，午夜香怜久病人。欲啖清英分傲骨，狂歌楚些泪盈巾。《石民集》《渠风集略》《潍诗采录》

山居秋光

献赋长杨志已疏，垂帘深下子云庐。签书倍惜艰难后，篱药兼收老病余。地僻琴开鸣涧鹤，家贫客到摘畦蔬。年华暗忆归鸿里，载酒何人问索居。《石民集》《渠风集略》

春日过徐元启隐居

竹绿桃红柳絮飞，隔林莺语唤雏归。田开墝埆王租少，纶钓盘涡春鲤肥。地僻云荒蒋诩径，山空月照董舒帏。无官老子从疏放，衡泌栖迟足乐饥。《石民集》《渠风集略》

步寒灰上人韵

暮鼓晨钟彻晓昏，皈依独谒上方尊。定时渴鸟窥瓶水，行

处驯麋乱锡痕。紫竹当风凉晚磬，冻泉绕塔出荒村。忘机已并深山寂，日日闲云到寺门。《石民集》《潍诗采录》

过苑陵李太白酒楼

寒日登高眺晚秋，谪仙人去水空流。伤心万古陵阳月，长送江风入酒楼。《石民集》

晚过易水

击筑荒台何处寻，芦沟西望草烟深。荆卿侠死燕丹破，易水潇潇寒至今。《石民集》

晚过西庄

秋风匹马路迢遥，旧日繁华半寂寥。惟有桑田遗老在，白头相伴说前朝。《石民集》《潍诗采录》

过周匏庵汶上旧业

汶水桥东处士家，漆园深处满烟霞。到来竹阁凉如水，绕径空余枳壳花。《石民集》《潍诗采录》《晚晴簃诗汇》

良乡赠别

珮解春风送远归，渭城一曲泪沾衣。可能别后还相忆，记得良乡雁北飞。《石民集》《潍诗采录》

隆滐　五首

隆滐，世称念大师，字含辉，因称寒灰，俗姓王，潍邑衣冠族也。十七剃发为僧，后居安丘，晚年曾购经律论全藏，工于诗词，尤长五律，有《淡溪诗草》，《安丘新志》《潍县志稿》有传。《渠风集略》收诗五首，《国朝山左诗钞》引录之。

东谷待月留别古宗

疏雨收林末，深岩坐待君。寒光今夜满，清影几人分。花落仍余萼，乌栖尚顾群。明朝随杖去，留愧此山云。《渠风集略》《国朝山左诗钞》

天津夜泊

帆落寥天暮，林烟静欲流。隔溪鱼换酒，转岸月随舟。一听关山雁，遥知海岱秋。钟声来处远，更觉客情幽。《渠风集略》《国朝山左诗钞》

宿金山怀故乡

日暮烟江碧，潮声上钓矶。月高疏磬落，云动老龙归。瞑坐听鸿雁，迟眠忆蕨薇。不知今夜里，谁掩故山扉。《渠风集略》《国朝山左诗钞》

京口送大苏请藏归黄州

树暗千山雨，江寒万里风。橹声天地外，乡梦水云中。到岸芙蓉老，还家橘柚红。始知京口月，不与上方同。《渠风集略》《国朝山左诗钞》

江上别怀质

深秋江上别，南北意萧萧。解缆云根动，牵衣水色摇。晓霞分去影，疏雨带回潮。向晚孤舟泊，思君不可招。《渠风集略》《国朝山左诗钞》

刘士琏　二首

刘士琏，字席白，刘国缙之子，崇祯四年(1631)进士，曾任浙江宁波巡道加布政司，《潍县志稿》有传。《潍诗采录》收诗二首。

归隐二首

逃暑开山野，清风不取钱。醉因黄鸟劝，慵得白云怜。有兴还寻友，无忧自觉仙。笑看簑笠叟，烟雨共耕田。

恼乱向平债，年来渐破除。清风徐拂袖，翠痕欲浮庐。笑豁看云眼，闲抄种书树。还怜庄叟蝶，枕畔日蘧蘧。《潍诗采录》

邢国玺　四首

邢国玺，字韫斯，号瑞石，河南长葛人，崇祯七年(1634)进士，八年(1635)任潍县知县，崇祯十五年(1642)清兵围潍，于援潍道中亡，《潍县志稿》有传。《[乾隆]潍县志》载诗四首，今录之。

游麓台四首并序

己卯夏五月，胡卓明进士邀饮邑西南郊之麓台。台之上旧有修贞观，环有碧山，下有清泉，谷容窅邃，林木蓊翳，为潍之佳境焉。偶拈四韵，以识其胜。

四载尘劳吏，于今游麓台，俗颜何处涤，胜地此中开。知己欣时髦，相携话酒杯。会心不在远，鱼鸟真悠哉。

境有灵源辟，层台耸壑阴。坐忘知道意，贞悟见天心。白雪岂丝竹，青山自古今。得逢嵇眼顾，暂尔一开襟。

出郭不数武，蓊丛别有天。桑麻带鸡犬，山水特风烟。一令虽云俗，双凫此亦仙。平津有东阁，无计附前贤。

佳木一何秀，萧然夏亦秋。畅同河朔饮，快胜西池游。文酒仍吾辈，乾坤在此丘。琪花与瑶草，都向望中收。《[乾隆]潍县志》

胡振奇　二首

胡振奇，崇祯九年（1636）举人，十年（1637）进士，任兵部武选司主事，《［乾隆］潍县志》《北海耆旧传》《潍县乡土志》《潍县乡贤传》《潍县志稿》有传。《白浪河上集》存诗二首。

读元亮明府通烬集

艰难百战造孤潍，檄草挥成旋沥诗。西逻穹庐□去稳，东循斥野悼耕迟。伤荼非为身创苦，急药如兼民殍医。烬气欲通须博济，柴桑松菊莫萦思。《白浪河上集》

胶西高司空以虏退志感诗见示，次韵寄答

千载燕然何处寻，凋残满目苦登临。击奴不尽材官略，济世惟凭元老心。望断荒芜迷曲径，声吹哀咽隔长林。于今胡马北风去，抚剑惭非忠圣镡。《白浪河上集》

谭琮　七首

谭琮，字黄石，号白涛，崇祯九年（1636）举人，曾任莱芜县教谕，素有诗名。《北海耆旧传》《潍县志稿》有传。《白浪河上集》存诗五首，其中节烈诗四首，今不取；《潍诗采录》存诗六首，今全录之。

石城时圮，侯两载以来盖无时不以葺补为事

贤侯保障志悠绵，山骨骿墉尚愁然。未雨惊防水作钻，乘闲力补霤之穿。公旬有则惟三日，天险无阶自万年。况也和人多顺助，严都何虑不盘坚。《白浪河上集》

南朝小乐府(十首选六)

福王一

复有福王一,不成官家派。风流好身手,断送残世界。《潍诗采录》

怀宁曲

春灯燕子笺,枕上阴符客。歌成亡国恨,肠断江南北。《潍诗采录》

瑶草台

一邱兼一壑,北苑嗣宗风。若遇黄奴主,高名狎客中。《潍诗采录》

鱼腹葬

天子号无愁,莫愁湖上住。那知鱼腹中,阁部葬身处。《潍诗采录》

刘节之

名孔和,长山相国鸿训子,杀闯贼伪官,起兵赴金陵,道出淮阴,死刘泽清手。

蜂虿不知戒,甘心属人下。祢衡容不得,杀者黄江夏。《潍诗采录》

脱十娘

南部烟花地,秦淮长板桥。只余脱娘在,白首话前朝。《潍诗采录》

孙出声　三首

孙出声,字振择,一名元声,周家庄人,邑廪生,孙席休之子,以学问著称于时。明亡后,号泣不食,入临朐乱山中不出,《潍县志稿》有传。《白浪河上集》存诗二首,《[乾隆]潍县志》

存诗一首。

潍阳歼虏全城四十韵

大化运差讹,逆胡乘罅隙。蠢兹夷乱华,狞尔裔谋夏。膻雾黯齐疆,腥氛浊海沙。雨驰风骤突,地覆天翻乍。万队十方骚,四民百业罢。马骁豺虎愕,旗乱蛇龙怕。虏掠残醇俗,虔刘梗圣化。远流健步跛,野泣哀声喑。海右震苏苏,岱东奔哑哑。青磷啼宿莽,白骨栖荒藉。邻邑摧如朽,潍阳整独暇。贤哉保障全,劳矣神明瘕。韬略继孙吴,循良追遂霸。赖兹墨守详,任彼输攻诈。羯鼓振方欺,胡笳骄愈吓。人和饶挞伐,地利无崩卸。铁雉壮坚堞,白狼控嵬坝。千陴叠炮石,万垛张弰弝。郭外设机阱,城头布罟樓。二摧城不瑕,三战士加吒。力瘁久茹荼,战酣翻食蔗。干戈扬壮膂,木石运童姹。孺效弃关中,缨思请阙下。箭飞突厥惊,剑吼楼兰讶。我旅竞扬眉,胡儿甘受夸。仓皇抛断镞,狼狈遗残櫺。劫运殳初夷,杀机衰渐谢。细扶御虏伤,再整乘墉借。轸恤授餐盘,慰劳压酒榨。维侯自忾惜,子姓相惊诧。万命细如丝,一身轻似瓦。书胸曾勒衔,张睫未交夜。足病疗金创,臂瘢验昔射。罹忧几告艰,出险才销假。保赤三鳣堂,学陶五柳舍。孤峰照绮席,潍水流芳麝。国耻何时雪,臣心方尔泻。铭勋光竹帛,考绩蜚声价。无地复称戈,有天皆艺稼。生生永建家,共醉平康罡。《白浪河上集》

剑气行

我尝欲得龙泉剑,横绝沙漠飞光明。斗浮宝气风吹紫,延津波赤寒其英。入水能化宛蜒去,火焚不灭穿空鸣。神物去来人不测,出没尝为天地精。雷电交回冯震怒,一指胡尘千里清。胡尘清兮天纲整,胡尘浊兮地维倾。两岁腥氛连万里,冬春戎马乱交横。齐城连下六十一,郡雄北海愈峥嵘。非关羯奴无长技,惟我将军属老成。潍阳巩固金汤在,任尔犬羊地上行。犬羊膻恶弥东海,惨入蒸黎骨髓赪。种仇拆地殷千里,华夷共天戴未成。谁抱龙蛇错五内,隐然起岳心不平。心不平兮百灵肃,陆离长铗若为声。严气倚天薄九野,星宿夜愁风雨惊。胃毕之间杀气盛,廓然摧下旄头轻。旄头灭时昌汉道,胡无人曲可重赓。夺尽天骄好气色,孽狐直遁五国城。鬼神却顾不敢视,铁中神武独铮铮。繇来壮士好长剑,以此可知凛然情。愿驰罡风晴虏运,日光月光天下生。《白浪河上集》

鸣蝉

蝉声何处树,静出南山阿。有韵传天籁,无心和鸟歌。得来清意远,度与惠风多。从蜕泥丸后,嚣尘若尔何?《[乾隆]潍县志》

注:韩梦周《理堂未刊稿》载《孙振铎先生小传》,云孙出声一名元声。

无名氏　一首

郭榆寿《榆园杂录》"桑犊城"条载明无名氏诗一首。

桑犊城

世代沧桑后,遗形认汉城。塔山斜对影,溉水乱流声。竖子残阳牧,田翁细雨耕,偶然拾戈镞,斑剥古苔生。《榆园杂录》

无名氏　一首

郭榆寿《榆园杂录》"太公堂"条载明无名氏诗一首。

太公堂

西风系马太公堂，岁月难稽草木荒。举首不堪遥望处，营邱乌雀在斜阳。《榆园杂录》

〔清〕

陈调元　二十四首

陈调元，字巽甫，号北溟，别号鸥盟，崇祯十二年(1639)举人，十六年(1643)进士，陈所问之孙。曾任宁津县知县、刑科都给事中等职，纂修《[康熙]潍县志》。《[乾隆]潍县志》《[乾隆]莱州府志》《潍县乡土志》《潍县志稿》有传。《[康熙]潍县志》存诗二十二首，《[乾隆]潍县志》载诗一首，《白浪河上集》载诗三首。今选诗二十四首。

战城头

妖星烁烁蚀太白，飞入女虚斗光赤。蓬水莱山昼气昏，青氛十丈连白霓。胡马千群卷地来，踏尽东南之半壁。山左六十余城无坚障，官兵百万不敢一矢遗。儿女床头挂羽箭，野老屋上看旌旗。丘陵堆白骨，血水漂野泥。一泒鬌籞沸潍水，四面边声连角起。长烟落日闭孤城，城中釜鱼泣欲死。城头周郎富甲兵，公瑾威略震赤壁。亚夫新屯细柳营，刺血羽书夜告急。死战戎衣记姓名，城上城下三十战。战声呼若吼，掣剑飞如电。初攻东北猛如虎，力凿五丁开山斧。次攻西北轰若雷，百雉崩裂泰山摧。环竖云梯一百丈，蚁屯蜂拥凌空上。义士誓饮血，矢石短兵接。

一战擒月支,再战枭却薛。马上露布飞,一月奏三捷。嗟乎,嗟乎,潍城才斗大,以一丸泥封。羊犬连深入,大创未一经。谁似此狼奔豕突怛悸而魂惊。君不见,管敬仲,每于内政寄军令,守则同固战同疆,三万弟子天下横。又不见,田将军,火牛突阵势磤磤。七十余城一旦复,十二河山旧幅员。当今圣主方左顾,百二重关入无人。万里长城为坦路,枭雄谁似陶家军。陶庵韬略称绝伦,城头已拂青海月。边外还清紫塞云,天子何不唤取严锁钥,坐令三边之外,万里绝烟尘。《白浪河上集》

南溪垂钓

不是渭滨不磻溪,如何此地有钓矶。想当避世待清日,徘徊风土此深栖,噫嘻阿翁太多事,未与钓周先钓齐。鹰扬之气老未浑,东海熊罴兆岐西。寸丝已系商周鼎,尺竿把定八百乱。营丘茅土在指顾,早设芳饵入钓矶。大风洋洋表东海,十二河山如取携。吁嗟世事等尘埃,绣错带砺安在哉?不见璜玉征千古,惟遗古迹在钓台。钓台费尽丝纶手,寒烟野水付蒿莱。《[康熙]潍县志》

西山霁雪二首

峨嵋积雪看天半,不谓移来尺咫畔。千叠琼嶂迎曙晖,万丈冰柱撑银汉。崚嶒石骨瘦添肥,嵚崎陡脊平如墁。玉龙战罢遗甲鳞,皓鹤寻集迷羽翰。疏冷梅芷关瑶华,老鬣松□妆粉灿。东海扶桑射旭光,西鹫古冰凝净研。以照衔照两映辉,满眼天真最烂漫。谓是姑射集群仙,冰脂为肤玉为腕。谓是天孙布练丝,抛却银梭织素缦。谓是奇种产蓝田,方圆随遇成圭瓒。谓是东皇驾素鸾,瑶幢羽旗列玉案。剃尽俗黛并凡霞,秾艳尽随尘缘断。□□原自太虚生,丘坟古照竹素汗。一色白描五岳图,大标银榜三山观。我本五浊宿垢中,漫天秽埃清一旦。愿乞隙地假山灵，振袂长啸方壶岸。

西山如髻染青螺，凭添白玉簪鬟皤。千叠万叠列翠嶂，一时幻作虚无何。灵鹫娥嵋是也非，梨云琼树映朝晖。山如老僧禅入定，雪作天女散花霏。冰澄玉壶映万象，光飞白练罥霜灯。阎浮万劫积污尘，那得虚明无纤翳。闲步登眺俯城阙，本为看山□看雪。只今见雪不见山，群峰睡去顶封结。时见曦光出海东，万顷琉璃射昽曈。忽尔置身瑶台畔，忽尔濯魄水晶宫。我酌一杯问山公，尔我忽成白头翁。一时俗眼见未彻，谁解当机色是空。我今凭虚欲飞去，赤脚平步踏崆峒。《[康熙]潍县志》

麓台秋月

何时无月秋偏皎，何处无月特地好。一年一度止此期，不数十洲与三岛。台下澄池台上亭，俯仰乾坤玉比清。璚波潋滟接霄汉，冰轮团圞辗玉京。树影历历归罨画，酒卮溶溶吸水晶。兔入沧波翻银浪，蟾穿林杪挂金茎。筵前狂客舞三影，望里楼台类五城。五城缥缈神飞越，坐久露华清入骨。一色玻璃浸瑶阶，只觉今夕探仙窟。今夕何夕问嫦娥，瑶阶仙窟路几何。我欲乘风游碧落，七宝宫中醉娑婆。手提珊瑚挂龙角，亲尝灵药摘桂柯。素女袅袅舞霓羽，玮璘吹笙奏云和。云和霓羽天风鸣，清都引里步虚声。君不见，赤壁羽衣采白鹤，又不见采石跃波骑赤鲸。采石赤壁世几更，千载风流谁许盟。此地真成烂银阙，此时魄濯玉壶冰。当日平津成底事，至今胜地犹檀名。《[康熙]潍县志》

塔山望日

我闻岱岳颠，峨峨日观峰。塔山支分岱，崔嵬亦称雄。下临丹沂水，上与帝座通。天鸡鸣夜半，海水摇空濛。阳光地底出，倒影千虬龙。龙宫七十二，一一闪曈昽。金盘开翠霭，银浪

磨青铜。扶桑挂旭彩，璇波蹙鳞红。行矣跨鹤背，弥节蓬莱东。《[康熙]潍县志》

观潮

我邑名北海，北海襟带前。观澜骇心目，云屿相缠联。委输归百谷，朝宗汇万川。十洲蜃雾绕，三千弱浪悬。呼吸雷霆闭，吞吐日月躔。岛中贡诸国，波外隐长天。乘槎吹铁篴，应震老龙眠。《[康熙]潍县志》

喜虏退集杜二首

天地日流血《岁暮》，青山犹哭声《新安吏》。胡来但自守《潼关吏》，县小更无丁《新安吏》。杂虏横戈数《收京》，书生已勒铭《武卫将军》。今代麒麟阁《赠哥舒翰》，韬钤延子荆《赠严武》。

单于寇我垒《前出塞》，忠臣气不平《赠严武》。胡羯何多难《村夜》，朝廷谁请缨《岁暮》。胆消豺虎窟《览镜》，天长骠骑营《严仆射》。更识将军树《过宋庄员外》，飞腾战伐名《公安怀古》。《白浪河上集》

东园早春

霁云淡淡弄青阳，闲逐东郊觅早芳。梅识天心绽玉芷，草穿地脉吐金芒。风摇弱柳拂人面，冰泮游鱼戏石梁。九十韶光从此始，伫看新诏劝农桑。《[康熙]潍县志》

北楼晓钟

四讫声闻出丽谯，悠悠断续晓风飘。九霄霆击鸣天籁，万井鲸音涌海潮。敲散晨星光落落，震斜银汉影迢迢。几多枕畔酣尘梦，明发惊醒气正朝。《[康熙]潍县志》《[乾隆]潍县志》

孤峰夕照

山影依微接戍楼，氤氲佳景夕阳留。半函玉镜衔斜照，万井桑榆托晚收。鸦阵乱翻林杪外，牛羊散下麓西头。锦笺城郭

入图画，不是蓬丘是阆丘。《[康熙]潍县志》

玉清烟晓

亭亭旭色发朝晖，贝阙空濛影翠微。晴树突燃千缕篆，晓风轻飐五铢衣。峨冠华表遮还露，偃盖古松瘦复肥。笙鹤当年曾此过，霞标应建赤城飞。《[康熙]潍县志》

石桥漱玉

一派潆洄饮蝃蝀，石梁齿齿水融融。水呼石窦喷水芷，石啮冰轮嘶玉璁。鼓瑟湘灵韵荡漾，弄珠仙子佩玲珑。枕流我欲洗双耳，会听苍龙吟海东。《[康熙]潍县志》

孤山怀古

孤峰突兀烟漫漫，清节高标天外看。蹑履百盘仙露湿，振衣千仞烈风寒。佛头翡翠黛螺染，螭篆驳斑苔藓残。时至夕阳留返照，苍苍秀色正堪餐。《[康熙]潍县志》

刘司马麓台旧第

卜筑西山麓角斜，急流勇退返仙车。一丘傲癖盟泉谷，半枕漱流砺齿牙。摩诘图中探竹坞，武陵涧口泛桃花。归来早订山灵约，愿借峰头云作家。《[康熙]潍县志》

石佛寺

低眉弥陀厌时暄，白业风清黑业屯。生坠十缠沉欲海，绵兹六入迷宗门。蓬心抛去众香国，伊草荒来欢喜园。万劫孽深作么救，瞿昙如石不开言。《[康熙]潍县志》

游玉清宫

仙家日月非人间，一日人间岁几千。鼎上清烟结晓霭，门前白水变桑田。驻颜松柏衣云冷，胎息龟蛇枕石眠。人世未惊尘底梦，几回华表望重还。《[康熙]潍县志》

游天仙宫

方外烟霞方内藏，非村非市有仙乡。静阶翠藓封丹灶，列嶂屏围排女墙。贝阙参差联兜率，琳宫掩映接文昌。俗尘咫尺二千丈，断割鸿沟别一方。《[康熙]潍县志》

真武庙感怀

一上城头万景多，天风淡荡助吟哦。云开日月临金殿，尘净烟霞覆绿萝。旭射蓬莱蒸蜃气，风吹桧柏奏笙歌。丹丘近祇在城市，五岳束装欲若何。《[康熙]潍县志》

寒亭览古

粤古雄图寄此疆，登临旷日野茫茫。当时拟拓殪浇地，今日耕为禾黍场。北望斟鄩留胜迹，西来岱岳累封章。任君总有荡舟力，九鼎龙文孰可扛。《[康熙]潍县志》

白狼河

九曲白狼如带流，遥天鸥鹭点沙洲。幼安已去伟长没，千古风流谁共游。《[康熙]潍县志》

潍水

英雄遗泪有如河，楚汉一□经此过。借问擒龙潍上手，何如淮下钓鱼多。《[康熙]潍县志》

韩景琦　一首

韩景琦，崇祯十二年(1639)贡生，曾任阳信县教谕，《[康熙]潍县志》存诗一首，《[乾隆]潍县志》引之。

麓台怀古

谁移冰镜挂丹邱，影入亭台池水幽。星斗平铺疑阆苑，波

云澹荡是瀛洲。擎杯浪有青天句,作赋惭非赤壁游。王子读书声已远,至今蟾魄尚悠悠。《[康熙]潍县志》《[乾隆]潍县志》

周亮工　七首

周亮工(1612—1672),字元亮,又字陶庵、减斋,号栎园,河南祥符人。崇祯十三年(1640)进士,十四年(1641)任莱州府潍县知县,十五年(1642)清兵围攻潍县,周亮工率潍上民众抗击清兵,潍城得以保全。明亡后仕清,其学识渊博,著作甚多,官潍期间,于潍地文化影响巨大。今从《赖古堂集》中选关于潍地之诗七首。

雪中见无衣陴卒荷戈战栗,解裳与之

远戍宁如此,披衣雪满膺。莫嫌斑是血,但恐絮如冰。挟纩恩难继,婴城力未胜。相看双堕泪,珍重抚琱珊。《[康熙]莱州府志》

刺血为函,遣卒为援

累卵危何似,殷勤壮此行。在庭哭胆大,入地血痕莹。五体堪投尔,千行望更生。归来城郭在,风鹤不须惊。《[康熙]莱州府志》

守城诗

城南城北鼓声繁,城上乌啼夜入阑。雁外天寒烽燧阔,弓前月冷战骑残。桑麻忍下穷民泪,刀箭空余长吏瘢。谁道海滨堪御敌,王师无日解征鞍。《[康熙]莱州府志》

海陵舟中吴横溪寄塞上诗至,适长兴王尉远来视予,王旧潍尉也

老树斜撑聚散乌,虚舟入夜籁全无。岸花照水枝枝静,渔火含烟点点孤。羁客悲吟传绝塞,故人薄禄怯长途。十年白浪

河边梦，话到乘城泪欲苏。《赖古堂集》

寄潍县杨再蘧、蔡漫夫、于鸣岐二首

流饭桥头月满林，囊沙河上树萧森。长风白浪鱼书远，细雨孤山客梦深。卖饼谁留车下士，解骖独感座中心。自怜华发垂垂老，更对斜阳抚剑镡。

居室萧然万虑空，羁人自合避墙东。箕山高节推徐干，北海雄姿重孔融。千里音书鸿雁外，百年身事荻芦中。青阳楼上朦胧月，肯向天涯照断蓬。《赖古堂集》

清溪遇高澄甫，即送其南归。计予别澄甫于白狼河时，遂十年矣

兵戈岁晚不教休，歧路为君未到忧。旧梦围中惊白浪，贫交乱里上清流。残灯笑语全如寐，襆被仓皇遂是游。容易能还乡里去，寒家亦在石城头。《赖古堂集》

郭永康　一首

郭永康(1602—1668)，字阜寰，崇祯年间贡监，《白浪河上集》存诗二首，《北海郭氏诗存》存诗二首，今录一首。

吴都阃援潍

飞将追骄虏，留屯白水间。西风随马急，初月逐弓弯。浆食迎都阃，讴歌满市阛。恢吾三度捷，万里定关山。《白浪河上集》《北海郭氏诗存》

杨瑗　一首

杨瑗，崇祯年间贡监，《白浪河上集》存诗一首。

侯初置炮台三百余座，方以为劳民，今恃以全城者，谁之力也？为咏其事

吾士有长技，技长宁五端。佛机狼出穴，灵炮虎飞翰。器以多而善，台今密且蟠。固酋如恂愁，聚族就夷丹。《白浪河上集》

王珙　一首

王珙，字太朴，王洵之父，邑署丞，《白浪河上集》存诗一首。

凯歌

动地笳音四萃来，卿云起处见尘开。捉刀不向床头立，新斩渠酋障堕杯。《白浪河上集》

王玳　一首

王玳，邑茂才，《白浪河上集》存诗一首。

凯歌

十旬雉堞数虾更，百战鸿勋谐象成。猾夏寇夷初避帜，向阳草木尽知名。《白浪河上集》

王瑜　一首

王瑜，邑茂才，《白浪河上集》存诗一首。

凯歌

露布星驰开帝颜，飞符特发羽林班。六师共奋潍阳勇，单

虏无全出汉关。《白浪河上集》

王珞　一首

王珞，邑茂才，《白浪河上集》存诗一首。

凯歌

陇草萋萋春雨多，征人解甲试耕蓑。琴堂有韵铃无警，家尽称觥户动歌。《白浪河上集》

王鸣世　一首

王鸣世，崇祯十五年（1642）武举人，《白浪河上集》存诗一首。

此番得力于重赏，而侯始终无吝色，待寇退咏成功，犹一夫给一银牌，十夫给一肥羜，人是以归心云

囊沙古域富雄豪，战野登陴不避劳。久萃堂间称寿爵，新从河上饮流醪。行挥一剑酬恩重，立致千金索价高。良尹饵芳鱼亦巨，牛刀劈断海凫毛。《白浪河上集》

王洵　一首

王洵，字大允，崇祯十五年（1642）举人，顺治六年（1649）进士，曾任会昌县知县，《［乾隆］潍县志》《［乾隆］莱州府志》《潍县乡土志》《潍县志稿》有传。辑有《白狼河上集》一卷，内存其诗一首。

虏退祝陶庵夫子

辉腾剑气接长空，净扫胡氛四顾中。岳立渊渟吾道在，琴心鹤素此心同。桑麻起颂怀苍赤，奎璧联芳绚彩虹。景运今开瀛海阔，薰弦一奏起遗风。《白浪河上集》

刘芳声　二首

刘芳声，字东华，刘应节之玄孙，崇祯十五年(1642)武举人，性倜傥，好任侠，《[康熙]莱州府志》《[乾隆]潍县志》《[乾隆]莱州府志》《北海耆旧传》《潍县乡土志》《潍县志稿》有传。《桑梓之遗录文》载诗二首，《潍县志稿》存诗一首。

殉国难遗歌

君不见，高渐离，市上击筑洒泪时。慷慨悲歌空一世，易水风寒千古企。又不见，文信公，正气磅礴天地中。一点丹心扶宋室，两行血泪渡金陵。嗟予不辰遘阳九，岂料乾坤崩裂陡。干戈一动帝京沈，家家户户说新君。新君功德如何见，未必如明恩德深。三百年来沾化育，岂可一日尽为尘。青衿违心草贺表，黄堂蒙面写降文。监司县吏皆俯首，可无半个是忠臣？堪羡唐家雷海青，千古耿耿播芳名。彼以伶人尚如此，愧杀大明读书子。何不也学高渐离，肮脏胸怀世共奇。何不也学文信公，留取丹心照汗青。有客与我义气同，醉来大叫舞青萍。恨不弯弓射北斗，恨不长剑倚崆峒。誓就无生惟有死，安得东西南北之人皆如此。《桑梓之遗录文》《潍县志稿》

无题

十里邑中寡见闻，况经兵燹几蹂焚。凫来頖水歌鸮葚，芜

产簧宫播藻芬。点雪功深阙里铸，成风技练郢人斤。思皇莫负文翁意，整羽须翀万仞云。《桑梓之遗录文》

王廷琦　三首

王廷琦，顺治元年（1644）贡生，曾任江南凤阳同知，《北海耆旧传》《潍县乡土志》有传。《白浪河上集》存诗三首。

郊望感怀次周夫子韵

胡马南回日觑潍，笳声风送使人悲。惨堪万姓生填壑，忍忆一身命系丝。夜月望磷空洒泪，春浓坐食未离陴。羽书督饷云中至，殊异援师出蓟时。《白浪河上集》

赠巴参戎用周夫子韵

挥旗谈笑气如云，伏剑长驱靖虏氛。渤海方收利器绩，潍河再见拥沙勋。联行俘馘光三捷，十乘元戎振六军。圣主不劳干羽舞，千金募骏果空群。《白浪河上集》

步周夫子鞍字韵

笳声飞趁雪花繁，血战酣酣志未阑。马上驰书和泪碧，城头整旅待星残。捐身蚤勒胸前字，出险犹存腋下瘢。谁信弹丸能御寇，援师空自跨征鞍。《白浪河上集》

王廷猷　一首

王廷猷，字丹素，潍县东关人，顺治二年（1645）举人，三年（1646）进士，曾任河南怀庆府推官。《潍县乡土志》《潍县乡贤传》《潍县志稿》有传。《白浪河上集》存诗一首。

和周夫子遣使慰亲

笔阵列新营,酣摇气象更。匪诗冯退虏,得句报全城。夕日经麾返,飞云逼望生。莱斑时入梦,其那绊潍缨。《白浪河上集》

李葆玉　一首

李葆玉,字见麓,顺治二年(1645)贡生,曾任安庆同知、光州知州,《潍县乡土志》《潍县志稿》有传。《白浪河上集》存诗一首。

奴用药烘城之际,四面合攻,俱大歼之

顽虏逆天自庇亡,大创至再又求创。倦而穷逞锋光钝,分以环围力失强。凫化有神坚雉堞,豕奔无计返龙荒。捷书三上都人喜,知是于今海不扬。《白浪河上集》

亓镛　一首

亓镛,顺治年间贡监,亓玮之子,《白浪河上集》存诗一首。

邑侯周公募游骑数百,众诮为市猾,且群疑之。后城头死事者,强半皆游骑云

我爱潍中少,犹存最胜风。酒颜随怒改,博胆与身同。骄虏今愚突,神君正礼笼。愿将私愤勇,相赞奏肤公。《白浪河上集》

宋国彦　一首

宋国彦,顺治三年(1646)举人,四年(1647)进士,知浙江归安县。《[康熙]潍县志》存诗一首。

东园早春

岂是施生气化偏，云何此地早争妍。氤氲城郭浑如锦，点缀林峦俨欲仙。曾向陌头赊野兴，几同朋辈挹晴烟。雪苔薄宦怜漂泊，抛掷青青不记年。《[康熙]潍县志》

张自然 一首

张自然，顺治三年(1646)举人，《白浪河上集》存诗一首。

虏退有作，用邑侯周公赠巴将韵

野哭千家低阵云，海山何处静夷氛。曾传狐岭回看斗，谁跨燕然更勒勋。摧虏郎官儒作将，登陴子弟户为军。争喧一月闻三捷，鱼雅威名自不群。《白浪河上集》

高不矜 十一首

高不矜，字恂如，号雪岩，一号菊庵，顺治三年(1646)贡生，官广西太平府知府，署左江分巡道，有《远游纪事诗稿》。《[康熙]潍县志》收诗七首，《国朝山左诗续钞》录诗三首，《白浪河上集》存诗一首。

南溪垂钓

番番商周一布衣，南溪传有钓鱼矶。石边芳草年年绿，水上浮鸥日日飞。闻昔钓鱼不在鱼，十年钓得玉璜书。亦如汉兴赤帝子，圯上阴符发箧初。呜呼，英雄托迹未可测，伏则持竿出张翼。鹰扬事业果惊人，先钓周朝后齐国。周朝齐国久已休，南溪钓矶影悠悠。黑云屡护龙韬迹，阅历沧桑几百秋。《[康

熙]潍县志》

吾邑火药用之三月而不竭，今犹可支数战

战守术多别，高卑势亦分。畴如吾令尹，总任铁将军。药裕十年用，工操百种勤。吴庭若授简，补入火攻文。《白浪河上集》

送张熹东

湘水清且长，浮云照绀碧。苍凉千古心，萧瑟十年客。君去类登瀛，我行如远谪。河梁咫尺间，分手动魂魄。《国朝山左诗续钞》

东园早春

青帝乘权未有私，东园何事景先驰。不宁邵子观梅叹，已见杜陵咏树诗。冻解莲塘鱼跃水，风吹杏圃鸟啼枝。野人望气营春亩，正是明堂布令时。《[康熙]潍县志》

西山霁雪

日照西山黛色无，凭栏看是六花铺。斜堆粉磴千岩皱，满糁晶明万壑腴。云外几行飞白鸟，世间何处问玹都。心魂暗与山容静，为厌尘氛碎唾壶。《[康熙]潍县志》

北楼晓钟

钟声五夜下高谯，散满城头复外飘。清比寒砧凄月露，壮疑大壑落春潮。宿氛震去尘根净，旦气敲来觉路迢。珍重巨镛如典诰，千秋朗朗儆芳朝。《[康熙]潍县志》

孤山怀古

巉岩突起半天漫，别有幽奇象外看。峭骨披云澄澹霭，袅姿点黛销深寒。几曾窃附连峰丽，每见森亭落日残。千载同心惟二竹，蕨苗今欲待谁餐。《[康熙]潍县志》

白浪河感怀

迢迢白水绕城流，几变汪洋几变洲。西望石门存故道，东

洄沙迹见新丘。风吹素浪花如雪，岸戛清音响似秋。我欲归田将作赋，重临怕照老须眸。《[康熙]潍县志》

刘司马麓台旧第

北海投簪日未斜，南山卜筑早悬车。麓台叠构秋吟月，蕖径遥通水漱牙。钟鼎移来和药鼎，院花抛却看篱花。于今人去清风在，只认岩阿莫问家。《[康熙]潍县志》

鄂渚夜泊

碧空萧瑟晚烟横，寂寞沙堤落雁惊。白露一天分夜色，青山两岸夹江声。渔灯远照孤帆静，客绪难禁捣练鸣。停棹不知何处所，南楼戍鼓正三更。《国朝山左诗续钞》

注：领联《榆园杂录》作"白露一天横月色，青山两岸夹江声。"

登远景楼

碧嶂丛中出画楼，凭栏萧瑟正清秋。海门风扫漫天雾，江口潮吞别浦流。黄菊故园频入梦，白云晴树几停眸。兴来更欲凌三岛，咫尺烟岚未足收。《国朝山左诗续钞》

王儒　一首

王儒，字含三，顺治五年(1648)贡生，官至冀州知州，《[宣统]山东通志·人物志》《潍县志稿》有传。《白浪河上集》存诗一首。

邑侯聚刍草

水火民之命，牧刍兽所天。但令邑積聚，犹胜野芊绵。健令期吞虏，明时正渴贤。登庸不泥格，说在积薪篇。《白浪河上集》

高伦　三十一首

高伦，字伯群，廪贡生，高桂之孙，精于医术，寓居安丘，《潍县志稿》有传。《桑梓之遗书画册人物考略》云："（高伦）副使桂孙，孝廉石世孝子，晚家渠邱。从莱阳宋万柳先生游。工医能诗，世多不知，特表出之。"撰有《麓台集》一卷，《渠风集略》存诗十七首，《潍诗采录》存诗一首，《国朝山左诗续钞》存诗一首，《桑梓之遗录文》存诗二十三首。今全录之。

杂诗三首

惊鸟畏风雨，流人厌贫贱。贫贱无好时，岁月仍纠缠。纠缠七八载，辛苦徒相煎。出门寡俦匹，内顾多悲怨。短弱轻故乡，艰拙托异县。动息愧前哲，擗摽泪如霰。《桑梓之遗录文》

北海徐伟长，飘寄汶水干。恬旷无一事，坎坎伐其檀。伐檀怀霜雪，非谋饥与寒。饥寒虽切体，壮士讵苟安。疗饥非粱肉，庇寒非绮纨。耽好在萧瑟，鸡鸣发长叹。《渠风集略》《桑梓之遗录文》

松柏生高冈，女萝生涧滨。女萝施松柏，缠绵各有因。松柏垂剪拂，女萝感其仁。广荫无霜雪，冬日如春温。百卉妒女萝，众口铄南金。南金畏桑柘，一夕成灰尘。灰尘羃道途，寒泉浸获薪。遭遇不可假，脱略甚路人。疏者自云疏，亲者还相亲。《渠风集略》《桑梓之遗录文》

秋意

澹澹雨中花，流年鬓易华。蒹葭愁客路，蟋蟀入人家。老病秋难问，云山日已斜。可怜疏懒子，犹自滞天涯。《渠风集略》《桑梓之遗录文》

秋声二首

阶前听堕叶，叶叶是秋声。雁羽悲来往，蛩音自送迎。花黄游子梦，月落故乡情。寂寞谁相对，一灯风雨清。《渠风集略》《桑梓之遗录文》

草树都不著，空中萧飒声。未知双鬓上，今夜几丝生。游子霜边梦，故人云外情。枕头数更漏，仍未到天明。《国朝山左诗续钞》

即事

客子三秋意，先生万柳堂。青山期自信，白发虑何长。夜色霜生树，寒声叶入廊。吾能侍药饵，不愧老门墙。《渠风集略》《桑梓之遗录文》

为客

为客衣裳薄，秋风寄老夫。行年悲日月，无意梦江湖。群雀寒相聚，疏灯夜不孤。酒杯聊自解，谁复慰穷途。《渠风集略》《桑梓之遗录文》

登望石

望石登临处，人家落翠微。山谷开晓幕，水影入秋衣。石径千林上，霜天一雁归。吁嗟吾老矣，惆怅坐荆扉。《渠风集略》《潍诗采录》

登高

共道重阳好，登高少长随。行歌万木落，入望九秋迟。白雁同风雨，黄花老岁时。山光不可负，处处动幽思。《渠风集略》

秋怀

水色冷秋衣，寒禽静不飞。微云还澹澹，晚月故依依。梦里嗟吾老，愁边见雁稀。山云半夜发，风雨动荆扉。《渠风集略》

自遣

节序客中迁，霜寒九日天。黄花犹故国，白发异当年。浪迹秋风里，浮名晚照边。悲来还自遣，谁敢问高玄。《渠风集略》

步宋澄岚先生韵二首

百年今过半，对此菊花晨。虫老泣寒露，灯残依病身。徒闻走狗赋，不见避秦人。自计无生理，苍狗何不仁。

生我岂徒然，艰难谋万全。予终老白屋，谁复问青天。且尽茱萸酒，无为鹦鹉篇。东山岁月好，偃仰自年年。《渠风集略》

孤坐

晓园闲白日，独坐过重阳。夜色花明露，寒声叶满霜。一灯残须发，孤雁识行藏。无奈生乡思，悠悠道路长。《渠风集略》《桑梓之遗录文》

此日

此日功名薄，由来事不同。行年如老树，为客任秋风。露入黄花白，霜寒碧草红。乡心何处是，一雁万山中。《渠风集略》《桑梓之遗录文》

传经

传经六十载，老骨志难回。夫子原无隐，诸生愧不才。蛇龙浴北海，玉石产东莱。久视牢骚甚，归来待听裁。《桑梓之遗录文》

少日

少日不知愁，老来多所忧。行藏无一是，荣落任三秋。世上谁青眼，吾今早白头。风凉衣袖薄，歌笑向东畴。《桑梓之遗录文》

秋气

秋气真无赖，秋情不可忘。蟾光分户牖，萤火上衣裳。山

老云轻去,天高草尽黄。蹉跎垂白发,犹自爱青囊。《桑梓之遗录文》

孤村

孤村已八月,秋色落人家。露濯蛩声苦,风吹雁影斜。青青开远嶂,白白动晴沙。空有活人术,长吟老自嗟。《桑梓之遗录文》

闭门

闭门鸡犬静,夕日下牛羊。山翠虚担落,云英素幕张。种松林欲剥,采药石为梁。肥遁幽人志,秋宵任混茫。《桑梓之遗录文》

秋夜雨同林寺坐,念及社友感赋

寂寂千村暮,潇潇一雨秋。偏宜深夜坐,每忆故人愁。寤寐疑今古,河山任去留。白头兄弟在,无计好忘忧。《桑梓之遗录文》

秋阴雨连绵十二日,喜见月

气候迷离久,于今天乍开。浮云归岫暮,好月向人来。□□□□□,山高树影回。西村望石顶,隐隐射蓬莱。《桑梓之遗录文》

书怀

老树霜生早,黄花九月初。美人不可见,秋意自吾庐。水色侵衣冷,山光落月虚。莱山风物好,何必恨离居。《桑梓之遗录文》

有感

驱马东莱道,山川处处斜。世情争粟米,天意走龙蛇。且尽杯中酒,相见苑内花。吾生应有定,几欲向天涯。《桑梓之遗录文》

失计

失计悲时命，吾生真浪游。山花随意发，鸿雁向人愁。妻子书难达，神仙药可求。最怜砧杵异，不是故园秋。《桑梓之遗录文》

生日书感

罔极恩何报，蓼莪恨独深。徙薪嗟世业，风木痛寒林。俎豆霑粱泪，儿孙触暮心。生涯知几尽，四十九年沉。《桑梓之遗录文》

秋况

晓园风雨云生夜，寒色苍苍叶下初。我思古人不可见，比来今日欲何居。谁怜白发仍为客，自信青山好著书。久病淹留霜雁过，菊花摇落重愁予。《桑梓之遗录文》

和宋先生韵二首

萧萧风雨散阶除，小院梧桐叶下初。白首原甘望石隐，青山不负老农书。异乡鸿雁寒无赖，破屋秋花澹有余。惭愧犹能修药饵，一灯坐对自如如。《渠风集略》《桑梓之遗录文》

黄金世路尽公卿，煮石为金老未成。爱憎由人谈国手，懒残原自贱时名。菊花澹澹人如病，秋色苍苍雁有声。乱后友生能聚首，荒凉不是旧齐城。《渠风集略》

布衣

三百年来一布衣，芒鞋竹杖欲谁依。病中日月疑寒暑，老去行藏无是非。故国黄花秋自好，他乡鸿雁梦多违。康成自信传经后，白眼青天识少微。《渠风集略》《桑梓之遗录文》

谭以丹　十二首

谭以丹，顺治七年(1650)贡生，曾任高唐州学正，《白浪河上集》存诗十三首，今录十二首。

白水四章章十句

哭阵亡诸将士也。城上下凡数十战，将士死者二百余人，得其姓氏者九十余人，邑人谭以丹为此哭之。

白水之浦，石城惟讦。蠢尔奴夷，环彼輴橹。明明周侯，允文允武。授兵登陴，万姓骈堵。选士冲锋，桓桓貔虎。

白水之垠，流风惟驯。墉头堧下，荷戈持矜。众以卫主，子惧失亲。拚命莫赎，九十余人。百千亿载，烨烨其神。

白水之踵，山原纠拱。如彼雒邙，垒垒丘垅。侯曰吁哉，天歼我勇。同泽孰歌，曲距孰诵。咸殡无殇，以愧青冢。

白水漻漻，英魂飘飘。四方六合，孰结尔寮。侯曰吁哉，楚些可招。酹以玉醴，醮以云韶。魂乎归来，舒我忧恸。《白浪河上集》

高司马芙蓉采毫一语，词简意尽，可括全城通烬二刻。闽中郭夫子崐玉各为连环诸吟，丹复僭为转合，仍归于芙蓉采毫之句，俾六诗如环无端焉

运甓何妨且学陶，鼎垣宰割待牛刀。柳存五荫参差立，槐布三阶取次高。岱岳霖行霑率土，海邦波晏服穷毛。喈喈凤韵赓阿上，解却芙蓉搦采毫。《白浪河上集》

虏退同社剧饮，次周夫子枕上韵

矛头庐旅剑头邻，四月呼天问我辰。有室何能傩似楚，无戎乃觉贵惟人。喜瞻夏屋垂云芘，笑醵春醪卜夜亲。奇字未明谁共析，草玄亭畔茁青筠。《白浪河上集》

郊望次韵

萧条春陌上，四望不胜吁。世路今荆棘，书田其秽芜。择

材安作我,衡苦艳为荼。怀璧闻无罪,褐衣避贾胡。

楯上诗四首次周夫子韵

丹桥流饭过豁边,唐棣妆秾柳服鲜。痛定已悲身似叶,沽清独喜饮犹贤。惭无玄客教生羽,幸有青朋代着鞭。忽臆囊沙今未晚,空余凋翅泣云天。

瘴余彩笔遂全凋,拟籥天公问豢骄。南入孰遮瓜戍目,东驰难隔柳营鏕。明明岁福嗟何应,奄奄腥氛感未消。文武宪邦潍旧尹,应须有日宋肩姚。

诵诗却喜谷浑擒,蠢尔骄夷逼在今。三捷联飞开远略,六师继出跃群心。冬霜饱历松颜老,春雨旁滋菊队森。对景欲酣谁湑我,且须饱食和陶音。

严城方庆偃鸣鞘,海饷愁将议港胶。苹户半漂淄上梗,荒原谁刈鲁之茭。戍耕九塞储应厚,盐佐诸屯力自饶。肯为东人息大役,载薪即是赏持铙。《白浪河上集》

邑侯构方木为重城,城穿木见,虏遂惊遁

星堂先计保雷封,构木为垣密几重。深萃盘根浑是李,高芟偃盖不知松。虎虓有恃阑交地,鼯技无繇穴仡墉。駾喙之期近在此,那须桥叟戏龙钟。《白浪河上集》

刘伟　一首

刘伟,字万年,又字泰瞻,顺治十一年(1654)举人,曾任直隶南宫县知县,《[康熙]潍县志》《[康熙]莱州府志》《[乾隆]潍县志》《潍县乡土志》《潍县志稿》有传。《[康熙]潍县志》存诗一首。

夜饮麓台赏月

山光翠屏足欢娱，橘绿榛黄入画图。水渍空庭横乱藻，灯悬碧树缀明珠。天香拂坐歌金缕，皓魄窥人照玉壶。剪烛敲诗惊露落，巴辞堪附郢歌无。《[康熙]潍县志》

杜如竹　一首

杜如竹，字漪淇，顺治十二年(1655)贡生，曾任观城县训导，撰有《杜如竹文稿》，《[康熙]潍县志》存诗一首，《[乾隆]潍县志》存其节烈诗一首。今选诗一首。

元日孤山早照，同邢邑侯城上观咏

几年德政颂贤侯，新正临墉问士牛。瑞气西凝开曙色，晴光东射看朝流。微茫云日呈云岫，浓淡轻风漾雪畴。素向孤山勤仰止，飞来清影照城楼。《[康熙]潍县志》

于泽长　七首

于泽长，字昌谷，顺治十四年(1657)举人，曾任长治县令、刑部主事等，《[乾隆]潍县志》《潍县乡土志》《潍县乡贤传》《潍县志稿》有传。《[康熙]潍县志》存诗七首，《[乾隆]潍县志》引其诗一首，《国朝山左诗续钞》存诗一首。今选诗七首。

对酒

闭门坐清昼，隐者常晏如。自吾脱尘网，于今二年余。穷巷半亩宅，宛然山泽居。近溪可渔钓，薄田可耕畲。虽复多劳瘁，终不贪名誉。童稚相依恋，昆季共欢愉。习习晚风善，湛湛

秋旻虚。此时不斟酌,何以慰艰劬。《国朝山左诗续钞》

东园早春

郊园淑气转青阳,特地韶华先众芳。草色敷荣竞坼甲,神功司令属勾芒。已占亭榭舒梅芷,伫见田畴起稻粱。何事年年春意早,东皇若为劝农桑。《[康熙]潍县志》

南溪垂钓

川原回合绕长溪,有客垂纶坐石矶。避迹直穷东海岸,待清拟共西山薇。时违暂隐鹰扬略,老至犹搴太白旗。试向钓台寻胜迹,只今惟见野鸥飞。《[康熙]潍县志》

西山霁雪

冰壶一片压层峦,疑是山灵簪玉冠。树杪晴烟笼雾縠,峰前明月照琅玕。澹涵瑶圃琼花冷,莹彻晶屏碧殿寒。却似峨嵋天畔好,空濛霁色倚云看。《[康熙]潍县志》

麓台秋月

高台突兀起岩阿,月入新秋皎更多。素影婆娑生桂树,清辉灿烂澹银河。彩争庾亮楼头色,光拟汉宫镜里波。欲度仙槎隔几许,空瞻玉殿望嫦娥。《[康熙]潍县志》

玉清烟晓

郭外琼宫隐翠微,漫空曙色绕城飞。轻烟叆叇连云出,薄雾氤氲映日稀。万叠重山浮爽气,一湾白水照晴晖。丹丘空自留行迹,几见仙人跨鹤归。《[康熙]潍县志》

青阳晴眺

孤城百雉接云中,坐倚高楼望远空。明灭赤霞标戍垒,盘回紫气隐琳宫。西瞻岱岳千层障,北瞰沧溟万派通。十二齐封堪极目,泱泱千载挹雄风。《[康熙]潍县志》

于际隆　二十首

于际隆，字虞邻，潍县南高里社碑子庄人，顺治十四年(1657)副贡，《潍县志稿》有传。《[康熙]潍县志》存诗二十七首，《[乾隆]潍县志》存诗二首。今选二十首。

南溪垂钓

商家末年贱颁皤，此地曾问二老过。一住西山采薇蕨，一向南溪钓沧波。沧波东逝不复回，枕石漱流迥不猜。朝携长竿友鸥鹭，暮饱金鳞宿草莱。趺坐溪头对西山，爽气飞来映皓颜。乔松历落秋霜里，石磴嵚崎落照间。挈竿忽作渭川游，收拾芳饵钓公侯。蕙帐空悬黄鹤怨，青溪冷落玹猿羞。此老当年亦壮哉，声势欻腾俨轰雷。北出商郊倒戈去，南归壮士歌舞来。壮士南归歌且舞，砺山带河胙茅土。东海洋洋大国风，龙蟠虎踞敌天府。堪嗟富贵易销沉，河海桑田变古今。前年曾过营丘道，鹧鸪啼上古城阴。噫嘻，二老当年俱过周，叩马鹰扬迥不侔。后人竞说西山蕨，应令南溪之水咽不流。《[康熙]潍县志》

南溪垂钓

闻道先生用直钩，磻溪逸事青人眸。一竿斜日迟归鸟，两腋清风动浴鸥。商鼎系来寒雾里，营丘钓去绿波头。玉璜明说兴周佐，应得君王梦卜求。《[康熙]潍县志》

西山霁雪

雪后看山山欲无，镂成冰□望中铺。白添石发羞同老，日映峰腰羡尔腴。爽气迎人飞冷艳，寒光逼我□清癯。琼姿若使谪仙见，应与挥毫赋玉壶。《[康熙]潍县志》

孤峰夕照

倒影仙岚映戍楼，烟云飞尽晚山秋。波光石气浑能识，鸟羽虫□望可收。照彻蛾眉涵镜里，染来翠黛挂城头。早年曾与安期约，疑是此身到阆丘。《[康熙]潍县志》

麓台秋月

藤萝石畔一轮新，淡抹秋光万里匀。野涌清辉浮去雁，池飞素影跃游鳞。何人杨柳笛中怨，几处流黄机上颦。千古楼台万古月，脱粟谁更汉平津。《[康熙]潍县志》

玉清烟晓

玉清仙阙对层城，遥望楼台晓篆轻。缭绕烟光浮碧落，郁葱佳气接空清。晶屏影里松千树，纱障图中殿几楹。招手再三名利客，能来此地可长生。《[康熙]潍县志》

石桥漱玉

望里长桥跻暮虹，潆洄一带水融融。雪涛吸入浑疑玉，石窦喷来半似璁。色比琅玕光灿烂，声传琼玖响玲珑。谁将鲸背添鳞甲，百尺虬龙春浪中。《[康熙]潍县志》

青阳晴眺

百雉城头百尺楼，天清气爽远凝眸。山横泰岱乾坤窄，海负蓬瀛日夜浮。点点桑榆添野色，家家台阁压川流。九阍帝座通呼吸，不羡乘槎银汉游。《[康熙]潍县志》

北楼晓钟

漏尽寒衾爽气生，楼头谁作海鲸声。非干长乐花晨扣，岂是金轮诗夜成。共逐秋砧催月落，半随筹唱唤鸡鸣。晓风吹入流苏帐，疑是钧天奏六英。《[康熙]潍县志》《[乾隆]潍县志》

塔山望日

□□青峰枕碧流，翠微尽处慢凝眸。未鞭羲驭出三岛，先

泛虹桥遍十洲。秦镜犹悬天汉影，楚萍忽涌海波浮。如何长系扶桑上，免向金菱叹白头。《[康熙]潍县志》

潍阳怀古

夹城比注两丹河，回首孤符竞嵯峨。德泽犹沾北海润，文澜仍浴伟长波。营丘封内无车马，平仲宅前长薜萝。惟有冰轮常似镜，麓台风雨几经磨。《[康熙]潍县志》

孤山怀古

岚光杳霭云漫漫，壁立孤峰天际看。南障齐城苍雾远，北临瀚海碧波寒。古碑剥落虫纹过，怪石嵚崎狐迹残。孤竹当年采蕨日，岂期今夕供盘餐。《[康熙]潍县志》

神杨垂荫

飞柯天半夜牂牂，偃盖连云秀色扬。郁郁数围阴白日，亭亭百尺荡穹苍。千年雨露皇恩溥，十世栽培祖泽长。巨室何人求大木，可将老干栋披香。《[康熙]潍县志》

东园早春

春鸟啼春春夏幽，迎眸草色弄新柔。兴来肯负韶光好，为典春衣唤旧游。《[康熙]潍县志》

南溪垂钓

柳阴掩映覆长溪，的是何人隐钓矶。试问投纶把钺日，争如坐看白鸥飞。《[康熙]潍县志》

西山霁雪

雪积西山腊欲残，推窗好作画图看。新诗敲就吟来稳，把笔呵冰手指寒。《[康熙]潍县志》

孤峰夕照

遥望返照起孤岑，海市蜃楼结夕阴。何物胸中堪滞想，蘧庐忽作幻山林。《[康熙]潍县志》

麓台晚兴

秋月高悬银汉限，松阴犹是旧亭台。闲从世子读书后，更有名贤风度来。《[康熙]潍县志》

玉清烟晓

白云堆里有生涯，讽罢黄庭餐早霞。咫尺蓬莱烟雾隔，不须瀚海觅仙槎。《[康熙]潍县志》

石桥漱玉

屹屹金城枕石桥，□风雪浪荡琼瑶。胸怀积有尘千斛，为向此中一吸消。《[康熙]潍县志》

青阳晴眺

西风吹幕午生凉，雨霁城头秋兴长。却为怀人频极目，可怜葭菼半苍黄。《[康熙]潍县志》

于大猷　一首

于大猷，顺治十四年（1657）副贡，《[康熙]潍县志》存诗一首。

孤峰夕照

画楼西望一峰青，雨霁岚光巧作形。明灭霞中图远树，微茫壁上绘新亭。应连泰岱奇云窟，拟勒蓬莱蜃市铭。自是待清人意未，故将高节幻山灵。《[康熙]潍县志》

吕应祥　三首

吕应祥，康熙二年（1663）举人，知江西永丰县，《[康熙]潍县志》存诗三首。

春仲过孤山

昔贤高蹈处，荒山一祠存。旷衍清风迴，郁蟠义气尊。峦烟分海色，嶂雨接云门。春暖貂毛秀，正宜荐芷荪。《[康熙]潍县志》

春游麓台二首

策蹇幽寻逸兴赊，春光骀荡满山家。浊醪互劝归来晚，醉眼桃花疑落霞。

千载麓台擅胜名，闻传秋月倍加明。我来虽未逢秋月，山色怡情病已轻。《[康熙]潍县志》

杨日发　一首

杨日发，康熙三年(1664)恩贡，《白浪河上集》存诗一首。

从陶庵夫子北宫祭阵亡诸将士，痛哭失声，从者皆莫能仰视，感而成诗

深怜死士尽王民，动哭愁云遍海滨。蹇蹇匪躬倡国鄙，靡靡偃草布菑新。将军六矢形如木，战士重创血化磷。既可忘家公国事，殷勤相慰若生身。《白浪河上集》

张懿　十首

张懿，初名率祖，字又思，号慎翁，《榆园杂录》又云其字“致一”。康熙五年(1666)武举人，六年(1667)举人，张尔忠犹子，明亡后隐居，与陈调元、僧了心友善，《潍县志稿》有传。《桑梓之遗录文》卷载诗十首。

读牡丹行步韵

岩岩岱岳一孤峰，看花曾向广寒宫。高怀浩瀚本洪濛，誉望归如水之东。年来喜作香山社，社内诸公锦作崆。手执名花非凡卉，肯将麘凤混昆虫。不以天香承女德，始从洛下逞高风。忆昔太白为绝句，于今彩笔且雕龙。判成傲骨堪独步，不从桃李斗芳红。彩笔为花三春雨，彩笔为花九锡封。彩笔正名花吐艳，彩笔除秽香气秾。袅袅尊前呈瑞色，矫矫老干伴霜枫。仙葩不同群芳尽，托根元圃友苍松。诗就璠玙花作料，药注丹砂颜已童。我翁怜花为解愠，花神何以贶我翁。宾从咏啸声袅袅，韵入笙琴语笑中。太平盛事今何幸，采风当足献九重。《桑梓之遗录文》

注：“广寒宫”原作“寒广宫”，今据义改。

和了座上人牡丹诗六首

春阑处处看牡丹，每为花神兴欲颠。安得红红绿绿色，不凋不谢依栏杆。

谁见吕岩戏牡丹，浪白犹自令人颠。奇花可比天花落，刹那腊缚在阑干。

灿耀迥过十三天，傲杀如来馋杀仙。怪道洛阳桥上唤，声声只唤卖花钱。

名花本出大罗天，缥缈尘凡似谪仙。莫惜夜来风雨后，翩翩曾绕化金钱。

有意殿香色相奇，淡描浓抹总相宜。恰如电火豪华辈，急管繁弦在此时。

国色天香个样奇，便同松竹亦何辞。为怜龌龊骄矜子，故示凋零败落时。《桑梓之遗录文》

步了座上人回回偈三首

洛阳花，绰约映朝霞。珍重年来春风面，托身常伴富贵家，终须委泥沙。

姚家黄，袅袅对霓裳。沉香亭畔清平调，断送马嵬古战场，寥落百花王。

魏家紫，诩诩在唇齿。谁道宝象太庄严，风流每欲令人死，况有姚家姊。《桑梓之遗录文》

刘登枢　一首

刘登枢，字问塞，号筠友，康熙九年(1670)进士，任睢宁县知县，刘国缙之孙，《潍诗采录》存诗一首。

送客出榆关

庐龙飞羽檄，都护出关门。报国肤堪涅，图仇炭可吞。官军方水宿，虏骑正云屯。一战擒王后，归来不受恩。《潍诗采录》

刘登庸　三首

刘登庸，字用之，明经，刘登枢之弟，曾任高密县训导，《潍诗采录》存诗三首。

遣怀

愧非经济才，颇负疏狂性。拂尘清风生，挥毫明月映。堪怜季子贫，每善文园病。舒怀耽晚醺，三杯还中圣。《潍诗采录》

春睡

园林百卉芳，雨过四山翠。花妥蝶情痴，枝繁莺语媚。韶

华鼓吹匀，游骑联翩醉。却愧偃蹇翁，嗜饮但春睡。《潍诗采录》

宫怨

一声莺语殿西头，都作长门宫里愁。莫道落花无意绪，御沟犹得逐东流。《潍诗采录》

陈梦熊　五首

陈梦熊，字渭公，号耐庵，陈调元之子，康熙十五年(1676)拔贡，任直隶庐龙县知县，《潍县志稿》有传。《[康熙]潍县志》存诗五首。

西山霁雪

山色空濛杳有无，昆仑天半望平铺。梅英舒玉冷偏艳，石骨披皴瘦复腴。冰□巉峥耀晓日，瑶茎灿烂□清都。梦魂清绝飞何处，不在瑶京在玉壶。《[康熙]潍县志》

麓台秋月

十分清澈十分团，何事辟疆月色偏。一片冰壶贮榭影，万斛珠蚌缀林颠。香闻桂子飘还落，净洗兔毫润复鲜。当日平津何意兴，可将脱粟邀婵娟。《[康熙]潍县志》

玉清烟晓

黯淡星辰曙色昭，琳宫隐隐郁岧峣。凤笙缥缈云璈度，鹤驾冥濛霓羽招。叆叇漫空冠殿角，绮纹围合抱松腰。蓬莱掩映三千丈，我欲因之蹑海峤。《[康熙]潍县志》

青阳晴眺

四顾苍茫一望攀，雉楼恍在翠微间。低高壑陇翻风浪，近远烟村接市关。蜃气横空拥绀阁，白云如画写青山。当年遗爱

思文举，北海开樽问俗艰。《[康熙]潍县志》

孤山怀古

节彼南山望弥漫，芙蓉千仞插天看。乔岳亘绵泰岱近，危峰高逼斗牛寒。祠宫孤竹貌仍古，碑表清风字未残。愿将把臂墨公子，采得芳薇分我餐。《[康熙]潍县志》

陈梦虬　二首

陈梦虬，陈调元之子，《[康熙]潍县志》存诗二首。

西山霁雪

最嫌丹碧污山神，一幅白描淡粉匀。万象空明存太古，千峰虚白呈天真。梅冠琼玉偏绕韵，柏喜孤高厌受尘。愧我俗眼惊乍豁，愿骑鹤背上昆仑。《[康熙]潍县志》

寒亭览古

世殊犹想旧雄谋，霸孽惟余土一丘。驿馆孤寒怜落日，山川寥廓对高秋。黄花白草几回换，过国穷门一瞬休。千古尘迹洗不尽，浞河汩汩自东流。《[康熙]潍县志》

蔡宗襄　十六首

蔡宗襄，字漫夫，康熙十六年(1677)拔贡，潍县辛冬村人，精于六书之学，与杨青藜并称于时。《[乾隆]潍县志》《潍县乡土志》《潍县志稿》有传。《潍诗采录》存诗十三首，《[乾隆]潍县志》存诗三首。

车牛叹

齐以耕商为俗，每穑事毕，辄受贾人转移之值，为具大车致货燕中，至则并卖车牛，轻赍而返，取可兼程，而廉于费也。余甚悲之，作车牛叹。

群鸦弄清晓，盘天飞且鸣。或来集牛背，为牛啄其虫。赋质徒庞然，愧彼噣羽轻。三时筋力极，驱策岁峥嵘。谁复计钧石，交积满箱軨。载途深没毂，呕哑西北行。朝上九折阪，暮趁百里程。长鞭事笞朴，浸渍血毛腥。艰难到京国，诸货列檐楹。车卖人作薪，牛卖人作羹。作薪供灶炀，作羹试新硎。屠门知不远，霍霍听刀声。无言屈双膝，但丐此微生。愿随故乡去，服轭为君耕。老死充君脯，委骨旧田塍。尚有旧牴犊，报告茭牧情。《潍诗采录》

乙卯秋杪遇曹邑郭俊子于定陶道中

沽酒逢君处，寒花正及黄。幽寻堪共远，归思暂能忘。水漾陶邱北，云兴大野旁。何当千里驾，风雨话联床。《潍诗采录》

文登道中

秦皇驻跸处，野水自潺湲。竹寺风俱寂，山城市亦闲。鸟窥岩树度，僧伴夕阳还。何日征途倦，重来学闭关。《潍诗采录》

斋前水红花一株，艳冶可爱，因成一诗

花有游龙性，蹁跹不可驯。晓凉常带露，秋老反生春。落日光偏重，微风笑亦频。我无青紫分，每爱拂衣巾。《潍诗采录》

张文思雪后会饮文昌阁步韵

花朝欲近雪初飞，素积寒霄彻九微。风味昔传陶秀实，人文今见谢元晖。纡筹农事春将半，击节骚歌暮不归。惭拜帝君吾奈老，邱园拟剪芰荷衣。《[乾隆]潍县志》

营陵岳使君去思碑后

剖竹恩波丹水长，风流漫说汉田郎。桑麻影静花栽满，歌颂声高虎渡忙。一掬甑尘从寂寞，九霄凫履任翱翔。含香镇不离天日，无计还辕意自伤。《[乾隆]潍县志》

夜坐怀醉民安静子

闷剪菖蒲叶欲齐，怀人只在一峰西。遥临庭树花依旧，失报山僧画索题。四壁书灯千里雁。五更风雨万家鸡。郊原拟共壶觞去，知负春来几度携。《[乾隆]潍县志》

旅中集唐

一半山川带雨痕雍陶，旅游谁肯重王孙谭朋。孤城背岭寒吹角刘长卿，绝塞愁时早闭门杜甫。云吐晚阴藏霁岫伍乔，人随沙路向江村孟浩然。逢君买酒因成醉蔡希寂，世上悠悠安足论张谓。《潍诗采录》

出城

倦客郊游兴亦孤，尘囊腻帢是吾徒。萧骚短发愁风雨，落拓长吟愧仆夫。梦里难逢一手热，车前每恨八驺无。浮生莫怨相知少，重过黄公旧酒垆。《潍诗采录》

斋中偶题

不羡牵来岸上舡，粗成小筑傍林烟。青毡物旧贫犹在，白腊经明老尚然。花到春分齐笑日，人周甲子再生年。妄庸何敢称居士，欲免伧荒姓字传。《潍诗采录》

旅舍怀远元起

此出非谋道，飘零畏子知。村酤成薄醉，又觉梦魂驰。《潍诗采录》

缺酿志感

冻裂寒塘白玉柯，新诗未写自吟哦。索郎别后音尘断，闲

杀西窗慢卷荷。《潍诗采录》

送连令君南还

抚字徒劳语不虚，山资未足意何如。柴车一乘添归兴，半载人琴半载书。《潍诗采录》

瑞麦两歧

恰称柔桑无附枝，使君车驻陇头时。青青浪里飘然见，看取渔阳乐不支。《潍诗采录》

佳禾再熟

八蚕自昔说南州，东国原田喜再收。何似无为米颠老，等闲空上稻孙楼。《潍诗采录》

偶成

轻烟细雨正风柔，槛外初开野绣毬。落落春衣无长物，榆钱满地买新愁。《潍诗采录》

郭一璐　五首

郭一璐（1643—1713），字仲玉，号藜斋，康熙十六年（1677）廪贡，历任户部、刑部郎中，武定府、饶州府知府等职。《潍县乡土志》《潍县志稿》有传。著有《旅贞诗草》。《潍诗采录》存诗四首，《国朝山左诗续钞》存诗一首，《北海郭氏诗存》存诗五首。

闻雁

此夜初闻雁，离情已自生。一声到孤枕，寒色落荒城。沙净怜霜冷，天空见月清。高堂思游子，莫向故园鸣。《国朝山左诗续钞》《北海郭氏诗存》

秋思

一片银河接凤城，孤灯挑尽旅情生。风筛竹影横窗瘦，露滴蕉花落地轻。新爽乍来仙掌迥，微凉几度液池清。乡思好寄南归雁，楚客偏多作越声。《濰诗采录》《北海郭氏诗存》

中秋

武阳风送一天秋，旧好新知共倚楼。白眼莫怜同调少，绨袍端为故人留。霜华半夜寒侵座，月色平分酒满篘。醉后漫歌杨柳曲，江云漠漠水悠悠。《濰诗采录》《北海郭氏诗存》

除夕得家信并带来食物

岁序催人意悄然，寒暄历尽又经年。敢言时政歌襦袴，喜得家书抵俸钱。鲁酒正堪辞腊节，海芹聊自荐春鲜。山城寥落无何有，银汉昭回星斗悬。《濰诗采录》《北海郭氏诗存》

闰七月

双星一会一经年，今岁重逢七夕天。鹊噪风前声喈喈，凤机月落影娟娟。九华灯缀连珠芷，百子池生并蒂莲。儿女料应重乞巧，空庭瓜果又重筵。《濰诗采录》

郭文桂　三首

郭文桂，字步蟾，生平未详，《国朝山左诗续钞》存诗三首。

过友人书斋小饮，晤李迈翁

过访因留饮，满园花正开。主人沽酒去，佳客到门来。须发中年变，衣裳大布裁。旧知与新识，何惜尽余杯。《国朝山左诗续钞》

河上晚归

雨过急流浑，平沙散屐痕。疏灯桥外市，斜月水边村。鸟语秋光晚，烟涵野色昏。归来敲短句，花影上柴门。《国朝山左诗续钞》

哭王凤翰

记得残冬雪，空堂卧病身。慰君期后会，迟我在新春。岂意樽前别，长为泉下人。伤心东郡路，十载共酸辛。《国朝山左诗续钞》

亓品　一首

亓品，康熙十七年(1678)举人，《白浪河上集》存诗一首。

穴城摧时，妇人稚子皆运木石城头，甚至有瞽目跛足者亦手持一石登城云

三载劳来政，一朝爱戴私。同人输用额，协力济燃眉。闺秀争随媪，天刑亦杖衰。成城资众志，坚越泰山维。《白浪河上集》

刘秉锡　二首

刘秉锡，邑庠生，《白浪河上集》存诗二首。

踏沙河干忆刺血请兵事

濯斯坊外即沧浪，石磴参差度板梁。触目凄君衣带雨，临流照我鬓吹霜。行思百日支胡帐，坐话千年立汉疆。驿路关山飞血檄，不知何处是渔阳。《白浪河上集》

出青门河干踏沙

白水涓涓逐岸来，青门日日向谁开。南陵北棣分封地，射马擒王令尹才。海上飞星传汉讯，军中杀气报□□。□□□□□□□，□□□□□□□。《白浪河上集》

谭国桢　一首

谭国桢，邑茂才，《白浪河上集》存诗一首。

虏退返东郭旧居用周夫子韵

旧舍百年营，萧然四壁更。鼠骄穴在户，蛛横网为城。幸我柴桑叟，复吾樗栎生。优游可卒岁，不必艳朝缨。《白浪河上集》

王润　三首

王润，邑庠生，王洵之弟，《白浪河上集》存诗三首。

次周夫子过昌邑韵

萧萧残邑路，驱马欲黄昏。血化晋臣碧，发怜楚季髡。阴风生鬼火，残月照孤魂。荆棘郊原满，抚时空若扪。《白浪河上集》

次见耕者

虏饱飞扬去，忧勤事耦耕。城头夕日返，陇上夏云生。芜野龙尝战，新田犊易兵。敛襟读胜律，清气引澄泓。《白浪河上集》

夜见缒城袭虏者

徙倚瞳腥幕，漂摇乌雀枝。击须乘昼惰，袭则待宵疲。万炬林中发，千薪甬上驰。直令夷胆落，相戒远潍湄。《白浪河上集》

杜朋竹　一首

杜朋竹，邑茂才，《白浪河上集》存诗一首。

潍之歼虏也，凡虏之器械衣物无一不为潍有，赋以纪盛

八道夷酋号固山，愤骄取败走蜗蛮。飞来雨矢搜其束，弃去风牛荡不闲。疾步鲜将兵刃曳，距闉失顾橹轒还。胡人自此绝南向，韬怨櫜弓不敢弯。《白浪河上集》

丁诚　一首

丁诚，邑茂才，《白浪河上集》存诗一首。

见郭外品坑成

豕迹混夷庚，狼烟迷喙评。非操不战术，何以屈人兵。上知周千虑，先谋凿万坑。别营坛与墠，歃血会同盟。《白浪河上集》

高炳　五首

高炳，字后之，邑茂才，《白浪河上集》存诗五首，今录四首；《［康熙］潍县志》存诗一首。

纪事

崇祯十五年，腊月朔五日。奴哨至潍境，劫掠焚庐室。十一大众来，纵横郊原窒。精骑三千余，步者不暇悉。连垒亘东西，布置有纪律。十二暮微攻，将瞰我虚实。熟观其动静，兵机颇云密。讵意有神君，夙禀儒将质。指挥本素定，筹略无一失。

炮火轰雷电,动辄毙五七。云梯有数道,屡上屡催击。虏计不能施,乃穴城东北。三日城即陷,万矢浑如一。前锋已登陴,存亡仅呼吸。我师奋勇气,挺然一身出。拔剑督壮士,誓以躯殉国。血战天地昏,叱咤风云黑。兼之张中丞,慷慨亲矢石。虏溃如犬羊,缒垣讵敢佚。馘斩三酋帅,名马获数匹。黠虏遂宵遁,汤火解重围。犹贪几上肉,间日复来归。闻得西洋铳,行将振其威。施放竟无功,重与虏情违。虏计不能施,复穴城西区。树寨蔽腥膻,迥与东北殊。穴城如空洞,乃以火药俱。焰发石壁飞,飘落满通衢。山崩海裂声,惕息无贤愚。狡虏志气骄,宁肯缓斯须。其势如风雨,鱼贯向城隅。乃云短攻城,昔人一何迂。向之敢战士,愤怒作先驱。击石如流星,神器倏有无。远者以长矛,近者以锟鋘。瞬息荡夷氛,视前为烈乎。三面各奇捷,夫此乃权舆。功岂但一邑,登莱蒙其福。万姓获生全,我师独劳碌。俚语记鸿猷,千秋庶不没。《白浪河上集》

麓台晚兴

园林依麓出,质任鲜经营。竹木阴难辨,樵渔路易成。心凭归鸟静,耳就落泉清。时有空山翠,倏来深我情。《[康熙]潍县志》

城头作二首

戎马满郊原,严城昼闭门。将军无上策,兵火尽荒村。离乱愁儿女,伶仃忆弟昆。半生多失意,惆怅复何言。

莫道不为臣,犹存未老身。读书岂为我,趋令旋忘贫。戎马何能息,邮传近益频。妖氛横北极,指顾欲沾巾。《白浪河上集》

陶庵夫子左肩为奴中二矢,虏退感而有作,次韵奉和

烽烟遥接斗星繁,尽瘁宁知问夜阑。东国疮痍循吏切,孤

城兵火万家残。经营自慑匈奴魄,摩挲谁怜带血瘢。何事功成心不竞,倏然便欲理归鞍。《白浪河上集》

谭濬　一首

谭濬,邑茂才,《白浪河上集》存诗一首。

薄惩之众,是以乐尽其力云

环据石城御虏酋,率然击应济风舟。尝令朝锐无中惰,自尔全昌绝后忧。趾较小惩耳不灭,蒲鞭一试草咸柔。皋陶淑问闻于帝,会听王雍颂献囚。《白浪河上集》

许延基　一首

许延基,邑茂才,《白浪河上集》存诗一首。

此番捐输,张大中丞首以千金倡,众争捐恐后,诗以纪之

世有钱愚子,公私势莫甄。一毛恒恋恋,百索尚悛悛。时棘仓帑竭,兵连募犒频。谁为倡以义,共乐后亡贫。《白浪河上集》

张璿　一首

张璿,邑茂才,《白浪河上集》存诗一首。

邑侯竭俸橐劳陴下,感而成诗

分陕待周公,牛刀试一同。心存报国赤,气吐烛天虹。买骨因求骏,翳豚为饵鲖。但教疆圉实,何恤橐装空。《白浪河上集》

韩熏　一首

韩熏，邑茂才，《白浪河上集》存诗一首。

寇退偶作，用周夫子韵

入夏倏然赴野庐，北窗石榻卧翻书。千忧浑释全城后，一舌独存制梃余。雨濯严松身察察，风扬水竹影徐徐。剑仙过我谈名胜，只此雷封是乐居。《白浪河上集》

成宗襄　一首

成宗襄，明末清初潍邑茂才，《白浪河上集》存诗一首。

邑侯设为醒筹，巡者守者俱莫繇自逸焉，法殊可师，赋此纪之

洸洸众武布严城，警惰提昏憨上情。入夜广驰柝击使，先春早振铎狥声。所求干盅时新甲，非为窍玄力守庚。圣主只今综吏治，论功应自待承明。《白浪河上集》

刘见龙　一首

刘见龙，邑茂才，《白浪河上集》存诗一首。

虏退呈周夫子用城上韵

蠢尔宣骄甚，戎车饬启行。市人勇敢击，利刃灿于莹。一月能三捷，孤城乃再生。流离虽载道，投止已无惊。《白浪河上集》

许文民　一首

许文民，邑太学生，《白浪河上集》存诗一首。

喜城头木石云集有作

仡仡巍墉绝附攀，陴头丛积尽坚顽。喜兹大国尝生美，未假愚公已徙山。佚以待劳彍弩势，高能制下建瓴关。戎人原自惮冲冒，望草闻风去不还。《白浪河上集》

陈祝丰　一首

陈祝丰，邑茂才，《白浪河上集》存诗一首。

援师数千，依潍者两月余。城内小民既取给于侯，而援师之刍茭复无时缺，亦他邑所未有者，纪之

军政繇来虑脱巾，况惩畴昔震千邻。花封欲并系桑固，甲士无教呼癸频。一橐俸余倾若洗，千仓穑宝积相因。国家泉海今谁倚，应向东潍驰召纶。《白浪河上集》

胡贞胤　一首

胡贞胤，邑茂才，《白浪河上集》存诗一首。

番云

纷纷虏骑伺城隅，隅外康庄化畏途。寇至无能履虎尾，灾来曷免剥床肤。明哉郎宿悬金犒，庶矣民星奋挺呼。折首有嘉仍获丑，行看铜墨受彤庐。《白浪河上集》

周鼎　一首

周鼎，邑茂才，《白浪河上集》存诗一首。

视奴所挖城处于其内，截为濠，盖古法也，纪之

锦色焰方开，毡房烬未灰。朝创需血去，夕冒萃戎来。外穴伏鲮甲，中沟倚雉隈。须教吾北海，巩固似东莱。《白浪河上集》

吕养望　一首

吕养望，邑茂才，《白浪河上集》存诗一首。

游虏至，炮击中之

远树浮烟动，高城曙色开。群胡方抱月，百里已惊雷。胜算潜天地，先声虢翳霾。森森乘障士，攘臂共毰毸。《白浪河上集》

郎士奇　一首

郎士奇，邑茂才，《白浪河上集》存诗一首。

北城捷至

谁识温文宰，功齐倜武流。一帷筹上策，万挺奋兴谋。吾围磐之固，夷氛溘尔收。汉庭开盛事，卓令爵通侯。《白浪河上集》

刘腾龙　一首

刘腾龙，邑茂才，《白浪河上集》存诗一首。

陴卒

环城列刃吐星芒，众志翕然挺益良。化得击摩登女雉，从

来还茂歼戎狼。大风四履潍为表，绵历千秋海不扬。为问蚩氓何易感，宓堂琴韵蚤和锵。《白浪河上集》

玄衮　一首

玄衮，邑茂才，《白浪河上集》存诗一首。

悬楼就为穴城设

城上木楼悬，斜飞窥下堧。石抛风发发，炮落火燀燀。小丑矜潜地，神谋庆出天。四围衣带水，谁复敢投鞭。《白浪河上集》

丁应瑶　三首

丁应瑶，邑茂才，《白浪河上集》存诗三首。

虏退，用周夫子生字韵

笳鼓喧闻动地惊，寒烟漠漠阵云生。身抱孤愤肝为赤，肉视强奴胆欲横。飞檄不传劳吏况，新诗犹奏雅歌声。宸心此日纾东顾，莫少高悬塞外名。《白浪河上集》

步盾上感怀韵

胡马骄嘶掠海边，千村扫迹见苔藓。几翻酣斗消胡运，万里争传殪左贤。北海时倾词客座，中原犹伏祖生鞭。上林若忆长卿赋，伫俟征书涣九天。《白浪河上集》

步枕上示问疾客韵

班马遥闻虏遁潍，凋残处处不胜悲。临锋气决身成叶，回首心伤泪若丝。形惫似难支漏刻，梦酣犹自绕城陴。烬余遗孑

羞相见，正是吾侯夜问时。《白浪河上集》

王玶　一首

王玶，潍邑生员，《白浪河上集》存诗一首。

天秤击虏所挖城处

薄伐曾闻向太原，忾今玁犹逼隍留。所忧伏鼠来穿穴，犹幸羸羊自触藩。石击堧肤坼且副，秤悬堞首轾而轩。弯弓更向扶桑挂，剩有鸿儒赋大言。《白浪河上集》

周应祚　一首

周应祚，邑茂才，《白浪河上集》存诗一首。

女陴不足蔽人首，周夫子新为崇之，奴矢如蝗，而中流矢者犹不大多，众共归功于此

国事先摅未雨忧，绸缪岂止一垣头。城墉久自凌丹岭，埤堄还应蔽白流。近起层阶资眺望，宽余逵路任驰游。阴山纵有穿雕士，只可磨肤不中牛。《白浪河上集》

李延　一首

李延，邑茂才，《白浪河上集》存诗一首。

虏退呈周夫子依楯上韵

几处狼烟白草凋，先生携剑逐天骄。孤城正气凌霜锷，烈士前驱静斗鐎。血渍潍河波尚赤，清回渤海雾初消。北门幸有

莱公锁，欲共苍生问姒姚。《白浪河上集》

于凤翼　二首

于凤翼，字鸣岐，邑茂才，《白浪河上集》存诗二首。

巴参戎西城捷至

参戎敷壮酋，组甲破毡裘。尘逐旗风散，氛随羽日收。干城千里峙，钟鼓一朝酬。同我神明尹，云台画彻侯。《白浪河上集》

穴城既颓，仓卒而修，春气融和，修者复陷复修，时众以为非竟月未可迄工，盖止二日遂告成事

墉颓战胜古难期，乘胜修颓事更奇。山骨震飘方虩虩，云根萃合不迟迟。四围全踞千寻险，百步终无一镞遗。屈指大东铜墨长，干城伟望属阿谁。《白浪河上集》

陈震元　三首

陈震元，康熙十八年（1679）贡生，《［康熙］潍县志》存诗五首，《［乾隆］潍县志》存诗一首。今选诗三首。

东园早春

喜逢霁色媚春光，眼底韶华又早芳。陇上东风冰欲解，陌头旭日柳初黄。山迎暖气如含笑，梅识天心欲泻香。览物悠然方自得，不禁诗思入微茫。《［康熙］潍县志》《［乾隆］潍县志》

石佛寺

玭舍雁堂静不喧，天花雨洒慈云屯。梵从狮象负莲座，雷动鼓钟咒普门。僧袋古图开石壁，眉山翰藻染祇园。点头顽石

已能会，四谛三乘总赘言。《[康熙]潍县志》

寒亭览古

孤亭残照敛，泥水逝遥遥。波涌前朝恨，风凄过客心。荒丘长春草，古木啭鸣禽。霸业消沉尽，浮云自古今。《[康熙]潍县志》

刘潢　二首

刘潢，字季水，号银河，康熙二十年（1681）举人，曾任平原县教谕，著有《老人试草》，《潍诗采录》存诗二首。

次董石帆吏部补官后寄同社原韵

行藏非一途，神物岂见首。宁为岁寒松，勿作春堤柳。荷竿与垂纶，卷舒自在手。道惟皆时行，何论速与久。朝看麋鹿游，夕逐牛马走。嗟予老而贫，为仕禄不厚。得附洛阳英，寿祝冈陵阜。渊圃成醉乡，发秃忘形丑。笑傲怀古今，一身等瓦缶。独异山涛公，桑间解腰绶。凿池日筑山，种秫饶漉酒。多植即园花，座列黄发叟。四海苍生望，能恋邱壑否。脂车忽秣马，叩阙取固有。始知用则行，君子诚不苟。《潍诗采录》

次董欲庵夏日闲吟韵

寂寂蜗居薄宦情，萧疏竟日杳人声。盆花有种随时觅，窗草不耘绕砌生。趺坐兴来山月落，息机思入岭云行。浮鸥去住无牵惹，挂碍能空百虑平。《潍诗采录》

刘以贵　二十一首

刘以贵，字沧岚，康熙二十六年（1687）举人，二十七年

(1688)进士，博学识深，工于文词，以研易见长，《[乾隆]潍县志》《[乾隆]莱州府志》《潍县乡土志》《潍县志稿》《清史稿》有传。其《藜乘集》入《四库全书》存目，内载诗一百四十首，《[康熙]莱州府志》存诗四首，《潍诗采录》存诗八首，《[乾隆]潍县志》载诗一首，《[乾隆]莱州府志》载诗一首。今选诗二十一首。

望海

纵观东海与天通，岂容蠡测量神功。地比中国还有九，环以大瀛水色黝。鲸鱼身长二千尺，怒随潮上离窟宅。拔取鲸牙大如椽，骨节专车今犹昔。齐谐志怪何足怪，海上异闻迭有获。虾须如竿惊舟子，夜起火光照水赤。大块噫气自喷薄，呼吸潮信雪浪拍。视月盈虚磁引铁，子母相从无改移。海涌旭曜人浪说，直凭目力决黄雌。日广坤维六千倍，海底难容伊谁知。骨利干脾熟即曙，雪山三更见朝曦。坎水常流兑刚卤，润下作碱演自箕。日行周天绕地走，岛民攀屿漫相窥，鼋吼波涛撼山陵。芃芃禾黍畏鹼凝，万壑宗兮百谷纳。鱼饮海水人不能，物性差异原如此，莫效夏虫诧春冰。《藜乘集》《[康熙]莱州府志》《[乾隆]潍县志》《[乾隆]莱州府志》

衢州值初度

日月寝已驰，仓忙策远路。会逢太末春，正值予初度。风雨来何频，飘摇变昏暮。巉岩虎豹惊，阴森窜狡兔。扁舟凌滩沙，格磔莽回互。故园别几时，渐到鹧鸪树。一鸣山花幽，再鸣水魅恶。慷慨话友朋，触眼移形素。自笑疏与狂，恐非折腰具。《藜乘集》《潍诗采录》

注：“狡兔”《潍诗采录》作“狐兔”。“故园别几时，渐到鹧鸪树。一鸣山花幽，再鸣水魅恶”数句，《潍诗采录》无。

石门怀古

云何古石门,遗垒犹恻恻。愎谏戕忠良,黩武乱未息。雪耻昔辛艰,晚榆不复忆。抉眼泣孤魂,甬东机叵测。尝胆越峰青,酣酒吴沼黑。溺人笑欲言,可奈霜剪翼。月明高树巅,如照西子色。世运半苍茫,谁能免失得。《藜乘集》《濉诗采录》

注:“世运半苍茫,谁能免失得”二句《濉诗采录》无。

七星岩

七星含宝气,龙蛇伏其巅。栖霞深且远,秉烛踵相连。寒风穿衣履,暝色入高天。扪壁恣幽讨,奇石郁曲蹝。鱼鸟呈怪状,夔魈任翩跹。善哉造物窟,孰令鬼斧然。薄暮空江静,月明花满川。《藜乘集》《濉诗采录》

注:“曲蹝”,《濉诗采录》作“连蹝”。“月明”,《濉诗采录》作“月照”。

归燕

燕燕畏寒去,知时莫敢违。千山悬冷碧,万树唤秋晖。远害由无恋,全身在见机。霜华何日尽,依旧傍春飞。《藜乘集》

山居

孤峰青未了,恍惚有人居。林静堪罗雀,水清可得鱼。百年宁有异,一隐孰能如。夜月来何意,依依照我书。《藜乘集》《濉诗采录》

注:“恍惚”,《濉诗采录》作“深处”。“罗雀”,《濉诗采录》作“留雀”。“水清可得鱼”,《濉诗采录》作“潭清足养鱼”。“我书”,《濉诗采录》作“素书”。

三洲岩

山空天欲下,野居傍云开。虎戍狎崖险,粽盘夹涧栽。春余川气涨,雨落松声哀。捧檄忙无已,何时脱俗埃。《藜乘集》

《滩诗采录》

注：“雨落松声哀”，《滩诗采录》作“雨过壑风哀”。“捧檄忙无已”，《滩诗采录》作“捧檄嗟鞅掌”

长夏二首

搔首天何去，烟花一夕稠。雷鸣风欲怒，雨尽夏疑秋。阮啸归蕉梦，嵇篇幻蜃楼。古人如可作，隔岸思悠悠。

雨过虹绕廊，溪深竹木苍。醯鸡云外静，腐鼠露中凉。花绽幽芳远，酒余逸韵长。虬龙何处落，斗室一仙房。《藜乘集》

桂江道中（三首选一）

行旌犹未驻，白眼老天涯。日月开新宇，干戈失故家，千山云唤雨，一棹水飞霞。渺渺无穷意，迷离望正奢。《藜乘集》

寄蓉翁夫子

绛帐数年别，悠然万里心。天炎冬似夏，地瘠古犹今。赤峡蛮烟远，苍梧瘴雨深。何时重话旧，一一写南音。《藜乘集》

初授苍梧令书怀四首

别驾风清八桂楼，百年祖德久贻谋。星临瘴海翻鲛浪，月洗蛮烟照蜃州。冰井袭人森傲骨，火山彻夜映征裘。佩刀谅有前因在，捧檄怆然百粤秋。《藜乘集》《滩诗采录》

铜章遗宝大江头，岩岫参差径更幽。猿啸荒林千峡暮，花明霁雨满城秋。跣行偶尔驯山雉，鼻饮于今伴海鸥。漫道芦吹声教杳，汉庭循吏史犹留。《藜乘集》《滩诗采录》

赤峡梅开客路通，寒涛历尽片帆中。山连五岭雄尧甸，月涌三湘丽舜宫。鳄浪波澄荒古径，龙洲地僻冷孤踪。舟行薄暮堪寻句，万里鸣琴听朔风。《藜乘集》

日暮飘蓬桂水滨，萧然岭表客情深。荒岩虎啸惊磷火，哀壑龙吟急暮禽。跨竹天涯占吏况，牵裾海外见民心。三年报政

终何似，一寸丹衷万里吟。《藜乘集》

赣榆

僻地霜飞入眼凉，翩翩客檄憩孤塘。山光隐见偎寒草，水色迷离漱夕阳。正欲腊终游八桂，谁期春始隔三湘。羁旌漠漠嗟何极，万里蛮荒一故乡。《藜乘集》《潍诗采录》

注："翩翩客檄"，《潍诗采录》作"飘云客倦"。"山光隐见偎寒草"，《潍诗采录》作"山光隐约偎寒木"。"正欲"，《潍诗采录》作"正拟"。"春始"，《潍诗采录》作"春早"。"非故乡"，《潍诗采录》作"一故乡"。

七夕

旅食京华倦客尘，苍茫牛女又通津。云边夙好贞千古，梦里新妆见此旬。乌鹊飞时星欲雨，机丝静处渡疑春。银河隔岸终难觅，只有秋光泣向人。《藜乘集》

旅雨

冬来密雨冷苍穹，洗尽黄尘净客栊。水羽光悬摇雪影，山毛翠滴老霜风。关关啼鸟迷林外，缕缕疏烟落照中。牛马任呼真可乐，行人何事苦书空。《藜乘集》

偶感

谁将斗酒慰离愁，岭表萧条一棹收。水上灵均魂不返，竹边帝女泪空流。参差歧路狎猿狖，笑傲浮名任马牛。自古文章推海外，挥毫可奈已深秋。《藜乘集》

登滕王阁不果

滕王高阁竟如何，槛外游人日日多。可奈忙中迷渚影，无缘静里听笙歌。西峰翠结千重树，南浦光分万倾波。薄暮孤霞空在眼，天涯胜地几时过。《藜乘集》

阊门

日落吴山冷客襟，阊门一望皆青春。当年霸业今何在，独

有寒鸦泣向人。《藜乘集》

刘以禧　一首

刘以禧，字泰岚，潍邑诸生，刘以贵之弟。《国朝山左诗续钞》存诗一首。

南安道中和王子珩

轻舟如叶渡清溪，山色苍苍望欲迷。征雁翱翔庾岭北，羁人漂泊楚江西。谷深不见哀猿啸，竹密偏闻杜宇啼。景物渐殊人渐远，回头天末月痕低。《国朝山左诗续钞》

丁附青　一首

丁附青(1648—1725)，原名芳声，字隆誉，邑诸生，《潍县志稿》有传。《国朝山左诗续钞》存诗一首。

藤萝

群植解自立，藤萝依树生。桃李相绸缪，延蔓纵以横。红萼交紫芷，风飘一时荣。几年桃李萎，落蔓付荒荆。何如松柏树，百尺挺孤贞。黯淡虽无华，风雪免摧倾。《国朝山左诗续钞》

刘之光　二首

刘之光，字子谦，刘潢之子，康熙三十八年(1699)副贡，曾任阳信县教谕，《潍县志稿》有传。《潍诗采录》存诗二首。

菊开召饮集字

胜地疑陶圃，探幽写素心。神倾尘外酒，话接树间禽。数萼分清影，孤芳伴剧吟。娇黄攀此夕，片月落杯深。《潍诗采录》

乙丑夏至同赵宸黄张清侯署中赏花小饮

夏至天长日，芳筵梦得开。礼非为我设，诗正待君裁。挥扇祛新暑，漉巾香旧醅。披襟忘世事，甲子又何猜。《潍诗采录》

刘之修　一首

刘之修，字子念，号纪斋，邑诸生，刘潢之子，《潍县志稿》刘之光条下有传。《潍诗采录》载诗一首。

端阳后一日偶占

眼看端阳去，新愁忽上眉。残花随雨尽，折柳任风吹。形影独相吊，苦甘谁与知。悠悠稀发叟，丰骨竟如斯。《潍诗采录》

王栴　十首

王栴，字敬斋，有《鸺鹠馆十苦诗》一卷，《潍诗采录》存诗十首。

麓台玩月，同张夫子仪仲、高月潭、韩仲熙

索居秋气深，步屧适林樾。把酒临高台，值此中天月。岗峦拥杖屦，清辉照毛发。古亭无遗址，荒榛余断碣。慨然念前哲，益进杯中物。吾师巢由心，孤琴寄清绝。粲粲二三子，白云共怡悦。浩歌望夜久，四野鸡声发。《潍诗采录》

过银涛先生书屋

过户寂无人，披室人斯在。一编方峭然，冥坐若有会。几上尘不杀，残雪满窗外。只疑入深山，那复识阛阓。《潍诗采录》

游智藏寺访隐仙楼故址

古寺深山里，迦蓝已半倾。寒泉流殿角，老树作秋声。无复支公语，空余元度情。西楼寻旧迹，叹息步柴荆。《潍诗采录》

甲戌除夕前二日，雪中同诸友登奎章阁

危楼冒雪此初经，放眼乾坤昼欲暝。鸦阵横飞千点墨，河流微界一痕青。寒深北渚迷沧海，气压西山失翠屏。明岁定知书大有，清歌檀板夜休停。《潍诗采录》

赠别吕芳生六首

前身董北苑，妙画致足佳。深山如可隐，相与证无怀。

他人画其画，君自写其天。林壑亦何定，放笔起云烟。

飘飘物外游，落落人间事。乃知旷士胸，别自有天地。

有意栖幽僻，无钱买林邱。倩君绘作图，时时当卧游。

妙画以神行，法书在无意。悠然亦会心，好手不可企。

春日草萋萋，春山鸟乱啼。从君折杨柳，不敢向郊西。《潍诗采录》

郭世爵　二首

郭世爵(1672—1721)，字汾源，廪贡生，撰有《绳武堂诗稿》。《国朝山左诗续钞》存诗二首，《北海郭氏诗存》存诗一首。

虎邱谒二姜先生祠

掖垣昔抗疏，犯颜婴天威。拜受虎牙杖，染成猩血衣。谪

我君已亡,孤臣安得归。介弟有同志,长歌辞紫微。无为恋魏阙,思与兄相依。宣州泣蒿葬,敬亭沉落晖。至今虎邱山,应生首阳薇。《国朝山左诗续钞》《北海郭氏诗存》

闲步至西村

芳郊晴日永,散步喜春温。几点清明雨,数家荒落村。烟沉新灶火,人住旧柴门。问字来童子,相邀酒一樽。《国朝山左诗续钞》《北海郭氏诗存》

郭伟基　十二首

郭伟基(1673—1744),字书田,号鹄亭,雍正元年(1723)岁贡,历任福建松溪、大田、南平县知县,直隶枣强、长垣县知县。有《随喜录诗草》一卷。《潍诗采录》存诗五首,《国朝山左诗续钞》存诗一首,《桑梓之遗录文》存诗五首,《北海郭氏诗存》存诗七首。

寒夜道中口号

晨鸡喔喔整奚囊,须口坚冰鬓有霜。客舍漏迟惊梦短,还家心急觉途长。苦吟我白嫌诗瘦,痛饮人从唤酒缸。屈指年来无一是,朔风空逐蹇蹄忙。《潍诗采录》

重阳偶成

病卧荒斋强自持,每逢佳节反成悲。室如悬磬惟余我,菊有黄华欲对谁。潋滟杯深无量饮,鬅鬙发短怯风吹。闭门莫作登高计,不插茱萸也自宜。《潍诗采录》

秋夜赠友人

江城阴雨散轻寒,剪烛西窗夜漏残。如酒交情容我醉,似

棋世事任人弹。因经久客言难尽，为喜相逢别转难。郑重少年名下士，西湖烟景莫徒看。《潍诗采录》

秋宵不寐

天涯回首恨离居，月影当窗梦有无。父子祖孙三地隔，穷愁老病一身孤。英雄泪溅新诗稿，垒块胸洗旧酒壶。枯坐深宵仍不寐，隔帘星宿认模糊。《北海郭氏诗存》

题美人看剑图

一函秋水初离冶，三尺龙文乍启封，携向瑶阶长扼腕，意中谁是负情侬。《潍诗采录》《北海郭氏诗存》

经华楼宫

初入名山眼便青，云中钟磬隔峰听。天门小憩回头望，恰借华楼作画屏。《潍诗采录》《北海郭氏诗存》

劳山望华楼峰

海上山光分外青，峰峰都作玉玲珑。南天小憩回头看，恰借华楼作画屏。《国朝山左诗续钞》

无题诗五首

杜鹃啼血诉春归，惊起残花满地飞。惟有帘前双燕子，惜花衔去带香泥。

啼鸟声中午梦回，篆香重拨已成灰。东风似恨春归去，吹送杨花入户来。

梳成松髻出帘迟，折得桃花三两枝。欲插上头还住手，更从人问可相宜？

青溪九曲白云乡，溪上行舟欸乃长。谁把金丸打野鸭，偏惊几处睡鸳鸯。

春懒颦眉长闭门，东风细雨倍相魂。不知野垂丝柳，青到南头第几村。《桑梓之遗录文》

注:诗题为编者加。

郭钦式　三首

郭钦式(1678—1739),字范九,号西村,邑庠生,尤工于诗,有《吟抑堂诗草》一卷。《潍诗采录》存诗一首,《国朝山左诗续钞》存诗一首,《北海郭氏诗存》存诗四首。

九日寄友人

好友难逢易别离,天涯佳节倍相思。百年事业成虚掷,九日风光异旧时。贫后依然频贳酒,病中全未减吟诗。知君同此悲秋意,却与何人醉菊篱。《北海郭氏诗存》《国朝山左诗续钞》

过舅氏废宅有感

三十前嬉戏地,于今重游泪沾衣。池篁不解新生笋,海燕犹从旧巷飞。数亩闲田临断岸,几枝枯树掩残晖。欲行惆怅又回首,始觉人间万事非。《北海郭氏诗存》

立夏前一夕同人小饮饯春

酒映玻璃色正黄,一年好景乞余光。惜春只为春将去,莫负东风几度狂。《潍诗采录》《北海郭氏诗存》

刘志仁　一首

刘志仁,字诚轩,邑诸生,撰有《粤游诗草》。《国朝山左诗续钞》存诗一首,《榆园杂录》存其句。

听月楼

华楼飞井干,高接碧云端。人籁方孤寂,天风下广寒。霓

裳秋更薄，霜杵夜将阑。桂子随香落，声声滴露盘。《国朝山左诗续钞》

郭世臣　十九首

郭世臣(1688—1746)，字非乔，号松坡，郭为贤祖父，一生穷蹇不遇，诗多悲伤憔悴之音。《师竹轩诗存》存诗六十一首，《北海郭氏诗存》存诗十首。今选十九首。

送远曲

我欲系君马，已踏草青青。我欲饮君酒，落日隔前汀。回头不送欲归去，恐君渡水迷烟雾。招手急声苦死留，下马指君出歧路。复见征鞍远过江，离情稍慰憩秋树。《师竹轩诗存》

有感二首

九州虽云大，不如一山邱。山邱虽云高，不如一培嵝。非谓小者贵，高大基难留。所以甫田诗，今古称良谋。无土始能乐，与世两悠悠。

朝市亦堪隐，深隐远朝市。非迥离世人，要贵行其志。鸡犬与桑麻，桃源随地是。不必诩枕流，且漫矜洗耳。独抱铁石心，风云吹不起。便可称达观，何让巢居子。《师竹轩诗存》《北海郭氏诗存》

江船

白马飘云外，黄牛落眼前。翻江鲸作祟，出峡石撑船。浪激蒙夔府，篙腾上蜀天。孤篷千万里，漂泊有谁怜。《师竹轩诗存》

葺居

檐漏多侵雨，苔痕渐到床。颓梁医我懒，补屋为人忙。有

雪仍双鬓，无家已十霜。暂时窗北卧，聊得傲羲皇。《师竹轩诗存》

移居法圆寺

移居法圆寺，不惯睹繁华。熟酒新浮蚁，残灯未卜花。三年曾入蜀，半载尚离家。钟寂僧无语，前廊月正斜。《师竹轩诗存》

病归

禅门病卧久，不若早还家。有笔书难寄，无钱酒漫赊。鬓头秋雪减，归路朔风斜。句写奚奴手，休嗔涂近鸦。《师竹轩诗存》

哭杨璞斋

昔君已髡发，会我尚中年。携手忘形迹，狂歌笑圣贤。泪抛世情外，诗爇寝门前。妻老兼无子，何人种薄田。《师竹轩诗存》

师竹轩题壁

平生自检愧治躬，那向人间振聩聋。开甕连年频有酒，垂帘镇日静无风。常催扫径迎真客，不惯呼茶憩短僮。句写习池谁作伴，闲吟独坐月明中。《师竹轩诗存》

初春

才觉春光弄碧晖，名园取次款荆扉。梅溪雪沁余香稳，竹径雨霑嫩笋肥。负冻游鱼牵荇出，衔泥新燕带雏归。丁年有兴须消遣，莫待秋蓬满鬓飞。《师竹轩诗存》

学钓

莫把生涯怨钓舟，渔家风味足千秋。人能度势皆更网，我不通权尚直钩。独往也曾迷古渡，徒忙应已愧沙鸥。何时复出严陵子，共坐苔矶领敝裘。《师竹轩诗存》

渔舟秋雨

遁迹为渔已见几，中流仍怯冷侵衣。得从红树冲烟出，不解青蓑冒雨归。樵客浪贪秋叶落，牧儿痴看野花飞。独能超俗闲高卧，凉气何因到竹扉。《师竹轩诗存》《北海郭氏诗存》

寒夜

独坐数寒更，残灯半明灭。四壁悄无人，微风扫晴雪。《师竹轩诗存》

题符岚弟山水图

渔蓑隐红树，樵客负云返。水气连山光，应迷村近远。《师竹轩诗存》《北海郭氏诗存》

朱石村家小饮

野境息繁华，春深处士家。与君连日醉，不独为莺花。《师竹轩诗存》

题王氏别业

吹风竹万竿，映月松千丈。泼翠挹飞泉，时惊鹤自放。《师竹轩诗存》

与朱鹤村石桥垂钓

一家河北一河东，并坐沙堤望远空。却笑堤边一勺水，白头垂钓两渔翁。《师竹轩诗存》

牡丹为夜雨所败

魏紫姚黄各一家，满庭飘落影横斜。寻芳客到难经眼，不是前时富贵花。《师竹轩诗存》

可恨

穷经白首布衣巾，古道无嫌如洗贫。可恨两儿俱懒读，恒饥翻鉴读书人。《师竹轩诗存》

朱若宾　十九首

朱若宾，字敬夫，号草亭，别号蘅浦，潍县城北流河庄人。雍正七年(1729)举人，《[乾隆]潍县志》《潍县乡土志》《潍县志稿》有传。“诗近苏柳，偃蹇终身”。有《蜩鸣集》一卷，《潍诗采录》存诗十五首，《桑梓之遗录文》存诗一首，《国朝山左诗钞》存诗六首。

蓬莱阁观海潮

寒秋九月飓风多，每与潮信同扬波。赤云衮衮从下起，海底叱咤惊鼋鼍。初时淅沥才入耳，倏忽砯砰雷霆过。天轮地轴齐激转，澒洞一气相推摩。盘猛訇訇喷涛沫，攒峰叠岭高峨峨。到岸具有千钧力，猛势撞破蛟龙窝。我立危阁心震悚，乃识乾坤大嘘呵。为问蓬莱山足当潮处，万年冲击今若何？《潍诗采录》

玉清宫并序

潍城北一里玉清宫，传为元代某郡主香火院，有邱刘谭马诸羽士游历其中，称胜地焉。迭遭兵火，景物全非，数十年来更极荒圮，率成十六韵，以记今昔之感。

野溪通白水，城堞挂青岚。古殿阴林闷，穹碑晓雾含。鼓钟声窈窕，香火气醃醰。云物遥相得，尘凡近亦堪。敕书悬玉版，丹箓贮金函。贵主朝真院，仙人证道庵。灵泉汲郭北，大药采山南。饭煮芝英嫩，茶烹柏叶甘。鬼蛇结奇字，婴姹妙元谈。远迹无由识，荣名安所贪。仓皇被兵燹，殃祸及缶甑。树上鸾雏去，檐边雀鷇探。乱尘何坱圠，哀壑自谺谽。瓦砾堆荒径，蓬蒿积壤龛。空梁长寂寞，乳燕尚呢喃。兹意足悲感，琳宫漫一参。《潍诗采录》

石鼓歌寄李进士相来

我年四十游太学，太学桥门见石鼓。石鼓之数原有十，门东门西各列五。垒垒大小形不一，边圆底正黑如漆。字完字缺知多少，眼抉手扪总难识。因忆韩公曾作歌，鸿章巨制如江河。宝气沉埋千百载，称扬直待唐元和。元和之世方有事，韩公作歌非无意。车攻吉日羡周宣，不在区区石上字。此石初入孔庙中，岐阳风雨讶许同。今日移来深檐下，鸾飘凤泊思韩公。维子酷好韩公诗，濡墨挥毫亦肖之。叹吾衰颓空怀古，欲追先哲何能为。《潍诗采录》

宝剑篇

君不见，良工铸剑心血吐，吹风鼓冶参元度。宝气盘纡星斗奔，流精闪烁鬼神护。红烟紫雾起洪炉，惨淡阴阳相翕聚。铸成双剑分雌雄，此事无乃造化功。寒山六月霏清雪，江天百尺饮长虹。有时暂埋古岳底，亦或跃出深潭中。我友好奇得其一，蛇色龟文晃白日。镂金错玉重新装，与我佩之生颜色。诗篇已谢郭代公，壮志犹骑苍龙脊。太华老仙今千岁，欲往从学斩蛟术。《国朝山左诗钞》

甜口鼠

诸鼠各异名，俱是阴贼类。更有甜口鼠，言之足诧异。摇须出洞穴，含齿尖而利。啮人鼻与耳，略无痛楚意。主人睡烂漫，来往恣游戏。咫尺床蓐间，精灵过鬼魅。我昔闻其状，凛凛常思避。中夜似闻声，披衣谨而伺。叹息不良物，多有奇幻技。所以工谗人，受者如梦寐。《潍诗采录》《国朝山左诗钞》

过临淄城杂咏(四首选二)

行行我心悲，所历多荒圮。问知古道旁，尚有荡阴里。每念二桃事，思之殊诞俚。堂堂晏大夫，忧国正未已。人才非易

得，熊罴可驱使。岂以狂狡心，杀此干城士。稗言乱正经，往往污君子。卧龙梁父吟，何为亦云尔。《潍诗采录》

遥望城东南，列冢相比次。烟草二三里，俱含悲凉意。叹彼田与姜，析散香火嗣。筑土虽云高，同是蒿里地。地但闻人哭，不见王孙至。秋风起暮鸦，云关谁复记。樵牧陟其巅，狐狸穴其隧。徒令行道人，并下牛山泪。《潍诗采录》《国朝山左诗钞》

戏成一首，再寄郭四芸亭、裴二仲芳

衰白惮远行，况复多倾侧。每欲近游地，一枝借栖息。丁宁同心友，为我达胸臆。谁知凤凰巢，燕雀不可得。便当引身去，独看青山色。庞公入鹿门，结茅尚有力。《潍诗采录》

和刘广文留别原韵

相知曾几日，风雨忽离群。去意悲鸿雁，归心恋白云。无诗堪作贶，有酒不成醺。惟折东篱菊，馨香一赠君。《潍诗采录》

得闻友人周衷恺归里消息

夙昔文章契，往来殊未多。别情车马速，高躅水云过。尚有留诗在，其如怅望何。一官归去早，鸥鹭忆沧波。《潍诗采录》

晚归赠内

夫妇贫多爱，远离常苦悲。并无三尺婢，只有一年儿。寂寂庭中草，萧萧机上丝。那堪窗月冷，寒雁数声迟。《国朝山左诗钞》《桑梓之遗录文》

酎族孙守中留别

筑室来居岁月移，百年身计向谁咨。啸歌略仿陈无忌，踪迹全同直不疑。空箧远投荒草舍，敝蓑遗挂老松枝。自惭幽谷非乔木，愁听嘤鸣求友诗。《潍诗采录》

过友人孙四廷杰故斋

曾识天山古逸民，叩门踪迹不嫌频。诗因招饮思安道，酒

欲成名爱伯伦。几案短檠今在否？野田高冢是何人。几年欢笑皆成梦，空忆风前折角巾。《潍诗采录》

三山岛观海二首

海大大于不见中，混茫一气太虚同。波春地脊山根朽，色截天光日驭穷。粒粒渔舟看已没，鳞鳞浪齿到来空。乾坤自古移情处，欲问蓬莱东又东。

三山突列古潮沙，万叠春洋蹴浪斜。未瞰龙宫知有物，得随鸟过愿为家。桑田共说千年土，牛渚虚传八月槎。斗觉此身天际外，悠悠神魄入无涯。《国朝山左诗钞》

古意

昨夜梦游地，春园踏绿苔。梦中人不见，那复问花开。《潍诗采录》

虾蟆

爬沙青草地，张目待口实。捕捉无一能，何以免饥色。《潍诗采录》

寒号虫

盛夏羽毴满，入冬毛尽秃。造化有别意，偏枯宁尔独。《潍诗采录》

老来娇一名老少年，亦名十样锦

年年孤负早春光，黯淡丰姿耐日长。直待秋风磨刷尽，从头更换锦衣裳。《潍诗采录》

郑燮　七十一首

郑燮（1693—1765），字克柔，号板桥，江苏兴化人。雍正十年（1732）举人，乾隆元年（1736）进士，乾隆十一年（1746）至乾隆十八年（1753）任潍县知县。知潍间，于潍上艺文影响甚巨。今录有关潍地之诗六十三首,词八首。《判潍县僧尼》《口占一绝》二诗颇有可议,然艺文流传,吟诵既久,《小豆棚》《十二笔舫杂录》史料价值亦不可忽之,且以录此。

逃荒行

十日卖一儿,五日卖一妇。来日剩一身,茫茫即长路。长路迂以远,关山杂豺虎。天荒虎不饥,肝人饲岩阻。豺狼白昼出,诸村乱击鼓。嗟予皮发焦,骨断折腰膂。见人目先瞪,得食咽反吐。不堪充虎饿,虎亦弃不取。道旁见遗婴,怜拾置担釜。卖尽自家儿,反为他人抚。路妇有同伴,怜而与之乳。咽咽怀中声,咿咿口中语。似欲呼爷娘,言笑令人楚。千里山海关,万里辽阳戍。严城啮夜星,村镫照秋浒。长桥浮水面,风号浪偏怒。欲渡不敢撄,桥滑足无屦。前牵复后曳,一跌不复举。过桥歇古庙,聒耳闻乡语。妇人叙亲姻,男儿说门户。欢言夜不眠,似欲忘愁苦。未明复起行,霞光影踽踽。边墙渐以南,黄沙浩无宇。或云薛白衣,征辽从此去。或云隋炀皇,高丽拜雄武。初到若夙经,艰辛更谈古。幸遇新主人,区脱与眠处。长犁开古迹,春田耕细雨。字牧马牛羊,斜阳谷量数。身安心转悲,天南渺何许。万事不可言,临风泪如注。《郑板桥集》

还家行

死者葬沙漠,生者还旧乡。遥闻齐鲁郊,谷黍等人长。目营青岱云,足辞辽海霜。拜坟一痛哭,永别无相望。春秋社燕雁,封泪远寄将。归来何所有,兀然空四墙。井蛙跳我灶,狐狸据我床。驱狐窒鼯鼠,扫径开堂皇。湿泥涂旧壁,嫩草覆新黄。桃花知我至,屋角舒红芳。旧燕喜我归,呢喃话空梁。蒲塘春水暖,飞出双鸳鸯。念我故妻子,羁卖东南庄。圣恩许归赎,携钱负橐囊。其妻闻夫至，且喜且彷徨。大义归故夫，新夫非不良。摘去乳下儿，抽刀割我肠。其儿知永绝，抱颈索我娘。堕地几翻覆，泪面涂泥浆。上堂辞舅姑，舅姑泪浪浪。赠我菱花镜，遗我泥金箱。赐我旧簪珥，包并罗衣裳。好好作家去，永永无相忘。后夫年正少，惭惨难禁当。潜身匿邻舍，背树倚斜阳。其妻径以去，绕垄过林塘。后夫携儿归，独夜卧空房。儿啼父不寐，灯短夜何长？《郑板桥集》

思归行

山东遇荒岁，牛马先受殃。人食十之三，畜食何可量。杀畜食其肉，畜尽人亦亡。帝心轸念之，布德回穹苍。东转辽海粟，西截湘汉粮；云帆下天津，艨艟竭太仓。金钱数百万，便宜为赈方。何以未赈前，不能为周防？何以既赈后，不能使乐康？何以方赈时，冒滥兼遗忘？臣也实不材，吾君非不良。臣幼读书史，散漫无主张。如收败贯钱，如撑断港航。所以遇烦剧，束手徒周章。臣家江淮间，虾螺鱼藕乡。破书犹在架，破毡犹在床。待罪已十年，素餐何久长。秋云雁为伴，春雨鹤谋粱。去去好藏拙，满湖莼菜香。《郑板桥集》

留别恒彻上人

隔城何处郁苍苍，落照松林短画墙。清磬一声天似水，长河半夜月如霜。僧闲地僻行难到，官罢云回别可伤。满架葡萄珠万斛，秋风犹忆老风尝。郭麐《潍县竹枝词》自注

判潍县僧尼

一半葫芦一半瓢，合来一处好成桃。从今入定风规寂，此后敲门月影遥。鸟性悦时空即色，莲花落处静偏娇。是谁勾却风流案，记取当年郑板桥。《小豆棚》

注：题目编者加。

归里后画竹寄郭芸亭

元日画兰竹，远寄郭芸亭。万水千山外，知余老更青。《榆园杂录》

潍县署中画竹呈年伯包大中丞括

衙斋卧听萧萧竹，疑是民间疾苦声。些小吾曹州县吏，一枝一叶总关情。《郑板桥集》

恼潍县

行尽青山是潍县，过完潍县又青山。宰官枉负诗情性，不得林峦指顾间。《郑板桥集》《榆园杂录》《潍县志稿》

禹王台北勘灾

沧海茫茫水接天，草中时见一畦田。波涛过处皆盐卤，自古何曾说有年。《榆园杂录》《郑板桥集》（中华书局点校本）

和学使者于殿之枉赠之作四首

十载扬州作画师，长将赭墨代胭脂。写来竹柏无颜色，卖与东风不合时。《郑板桥集》《[乾隆]潍县志》

潦倒山东七品官，几年不听夜江湍。昨来话到瓜洲渡，梦绕金山晓日寒。《郑板桥集》

三百人中最后生，玉堂时听夜书声。知君疗得嫦娥渴，不为风流为老成。《郑板桥集》

山东锁院自清凉，湖水湖云入槛长。剪取吾家书带草，为君结束锦诗囊。《郑板桥集》《[乾隆]潍县志》

南园画竹赠郭质亭先生

我辈为官困煞人，到君园馆长精神。请看一片萧萧竹，画里阶前总绝尘。《榆园杂录》《潍县志稿》《郑板桥集》（中华书局点校本）

注：此首中华书局点校本《郑板桥集》补遗题画诗中为无题诗，“为

官”作“微官”。

题南园从竹图留别质亭先生、四弟芸亭先生二首

名园修竹古烟霞，云是饶州太守家。饮得西江一杯水，至今清趣满林遮。《榆园杂录》

七载春风在潍县，爱看修竹郭家园，今日写来还赠郭，令人长忆旧华轩。《榆园杂录》《潍县志稿》《郑板桥集》(中华书局点校本)

予告归里，画竹别潍县绅士民

乌纱掷去不为官，囊橐萧萧两袖寒。写取一枝清瘦竹，秋风江上作渔竿。《榆园杂录》《潍县志稿》《郑板桥集》(中华书局点校本)

怀潍县二首，送郭伦升归里

相思不尽又相思，潍水春光处处迟。隔岸桃花三十里，鸳鸯庙接柳郎祠。

纸花如雪满天飞，娇女秋千打四围。五色罗裙风摆动，好将蝴蝶斗春归。《郑板桥集》

竹石

咬定青山不放松，立根原在破岩中。千磨万击还坚劲，任尔东西南北风。《郑板桥集》

口占一绝

八个头钱一付牌，几年挣得好家财。劝君莫要夸能事，自有儿孙送出来。《十二笔舫杂录·梅影丛谈》

注：诗题为编者加。

扬州寄潍人韩某

老去依然一秀才，荥阳家世旧安排。乌纱不是游山具，携取教歌拍板来。《十二笔舫杂录·梅影丛谈》《榆园杂录》

注：诗题为编者加。

借寓南园值质亭先生母刘太宜人生辰送土物代柬诗

江南年事最清幽，绿橘香缘橄榄收。特荐一盘呈阿母，可能风景似瓜州。《榆园杂录》

潍县竹枝词四十首

三更灯火不曾收，玉脍金齑满市楼。云外清歌花外笛，潍州原是小苏州。

斗鸡走狗自年年，只爱风流不爱钱。博进已赊三十万，青楼犹伴美人眠。

美人家处绿杨桥，树里春风酒旆招。一自香销怨南国，杏花零落马蹄遥。

四面山光树木深，良田美产值千金。呼卢一夜烧红蜡，割尽膏腴不挂心。

豪家风气好栽花，洋菊洋桃信口夸。昨夜胶州新送到，一盆红艳宝珠茶。

大鱼买去送财东，巨口银鳞晓市空。更有诸城来美味，西施舌进玉盘中。

小阁桐阴日影斜，晚风吹放茉莉花。衣裳尽道南中好，细葛香罗卍字纱。

翠袖湘裙小婢扶，时兴打扮学姑苏。村中妇女来相耀，乱带银冠钉假珠。

几家活计卖青山，石块堆来锦绣斑。薄暮回车人半醉，乱鸦声里唱歌还。

水流曲曲树重重，树里春山一两峰。茅屋深藏人不见，数声鸡犬夕阳中。

集散人归掩市门，市楼灯火定黄昏。白浪河水无情甚，不肯停留尽夜奔。

两行官树一条堤，东自登莱达济西。若论五都兼百货，自然潍县甲青齐。

连云甲第尚书府，带宅园林太守家。是处池塘秋水阔，红荷花间白荷花。

苍松十里郭西头，系马松根上酒楼。天外暮霞红不尽，秋山浮翠是青州。

北洼深处好拏鱼，淡荡春风二月初。河水尽开冰尽化，家家网罟曝村墟。

秋风荻苇路湾环，钓叟潜藏乱草间。忽漫鹭鸶惊起去，一痕晴雪上西山。

浅草平沙秋气高，晴光不动海光摇。忽腾一骑銮铃响，绣箭前坡落皂雕。

射罢黄羊猎罢山，雕弓挂在老松间。帐中袅袅闻吹笛，新买吴姬号小蛮。

城上春云拂画楼，城外春水拍天流。昨宵雨过千山碧，乱落桃花出涧沟。

迎婚娶妇好张罗，彩轿红灯锦绣拖。鼓乐两行相叠奏，漫腾腾响小云锣。

席棚高揭远招魂，亲戚朋交拜墓门。牢醴漫夸今日备，逮存曾否荐鸡豚。

腌猪滴血满城红，南贩姑苏北蓟中。纵使千金夸利益，刀头富贵梃头雄。

天道由来自好生，家家杀戮太无情。老夫欲种菩提树，十里春风作化城。

绕郭良田万顷赊，大都归并富豪家。可怜北海穷荒地，半篓盐挑又被拏。

行盐原是靠商人,其奈商人又赤贫?私卖怕官官卖绝,海边饿灶化冤磷。

二十条枪十口刀,杀人白昼共称豪。汝曹躯命原拚得,父母妻儿惨泣号。

行头攫得百钱文,烂肉烧肠浊酒醺。到得来朝无理料,又寻瞎账闹纷纷。

面上春风眼上波,秧歌高唱扮渔婆。不施脂粉天然俏,一幅缠头月白罗。

东家贫儿西家仆,西家歌舞东家哭。骨肉分离只一墙,听他笞骂由他辱。

莫怨诗书发迹迟,近来风俗笑文辞。高门大舍聪明子,化作朱颜市井儿。

百岁辛勤貌可哀,养儿娇纵不成材。骰盆博局开门去,待得三更径不回。

放囚宣诏泪潺潺,拜谢君恩转戚颜。从此更无牢狱食,又为盗窃触机关。

马思南北是山田,石块沙窝不值钱。待到三分秋稼熟,大家欢喜说丰年。

征发钱粮只恨迟,茅檐蔀屋义堪悲。扫来草种三升半,欲纳官租卖与谁?

潍城原是富豪都,尚有穷黎痛剥肤。惭愧他州兼异县,救灾循吏几封书。

木饥水毁太凋残,天运今朝往复还。间行北郭南郊外,麦陇青青正好看。

关东逃户几人归,携得妻儿认旧扉。茅屋再新墙再葺,园中春韭雨中肥。

泪眼今生永不干，清明节候麦风寒。老亲死在辽阳地，白骨何曾负得还。

卖儿卖妇路仓皇，千里音书失故乡。帝王深恩许重聚，丰年稼熟好商量。

奢靡只爱学南邦，学得南邦未算强。留取三分淳朴意，与君携手入陶唐。《潍县文献丛刊》

注：郑燮《潍县竹枝词》四十首因流传版本众多，文字颇有相异。此详见本书《古诗词文集知见录》"《潍县竹枝词》四十首"条下。

唐多令·思归

绝塞雁行天，东吴鸭嘴船，走词场三十余年。少不如人今老矣，双白鬓，有谁怜？　　官舍冷无烟，江南薄有田，买青山不用青钱。茅屋数间犹好在，秋水外，夕阳边。《郑板桥集》

满江红·思家

我梦扬州，便想到扬州梦我。第一是隋堤绿柳，不堪烟锁。潮打三更瓜步月，雨荒十里红桥火。更红鲜冷淡不成圆，樱桃颗。　　何日向，江村躲；何日上，江楼卧。有诗人某某，酒人个个。花径不无新点缀，沙鸥颇有闲功课。将白头供作折腰人，将毋左。《郑板桥集》

青玉案·宦况

十年盖破黄绸被，尽历遍、官滋味。雨过槐厅天似水，正宜泼茗，正宜开酿，又是文书累。　　坐曹一片吆呼碎，衙子催人妆傀儡，束吏平情然也未？酒阑烛跋，漏寒风起，多少雄心退！《郑板桥集》

沁园春·恨

花亦无知，月亦无聊，酒亦无灵。把夭桃斫断，煞他风景，鹦哥煮熟，佐我杯羹。焚砚烧书，椎琴裂画，毁尽文章抹尽名。

荥阳郑,有慕歌家世,乞食风情。　　单寒骨相难更,笑席帽青衫太瘦生。看蓬门秋草,年年破巷,疏窗细雨,夜夜孤灯。难道天公,还箝恨口,不许长吁一两声?颠狂甚,取乌丝百幅,细写凄清。《郑板桥集》

西江月·警世三首

细雨玲珑叶底,春风澹荡花心;梦中做梦最怡情,蝴蝶引人入胜。　　俗子几登青史,英雄半在红尘;酒怀豪淡卧旗亭,满目苍山暮影。

世事无端冷淡,老怀何处安排?美人头上插新梅,昨日花枝不戴。　　粉蝶夸衣径去,黄莺吝舌先回;醉中丢我在尘埃,醒后也无瞅睬。

老子残书破帽,儿孙绿酒红裙;争春不肯让毫分,转眼西风一阵。　　皓月当头最乐,疾雷破柱还惊;世间多少梦和醒,惹得黄粱饭冷。《郑板桥集》

郭汝龙　四首

郭汝龙(1698—1770),字乾五,又字在田,号潜庭,又号符岚,长于绘画,十景图即其所绘,《潍县志稿》有传。《北海郭氏诗存》存诗十四首,今选诗四首。

雨中过淮,次冷亭叔韵

春云漠漠柳毵毵,浩淼长河水郁蓝。一叶扁舟三两岁,满帆风雨到淮南。《北海郭氏诗存》

自题指画牡丹

最爱长安碎锦窠,年来如许费临摹。自应莫怪常贫贱,十

指轻抛富贵多。《北海郭氏诗存》

自题画鹑鸽

寂寂秋原聊自肥，问渠何事任高飞。无端贪向侯门胜，零落西风百结衣。《北海郭氏诗存》

旅邸偶成

乡关望望隔天涯，触目惊心感物华。春鸟不知人意懒，声声啼落海棠花。《北海郭氏诗存》

郭灿　三首

郭灿(1702—1775)，字丙章，号荷亭，郭奕骝之父，雍正七年(1729)举人，历任江西都昌县知县，赣州府瑞金县知县，敕授文林郎，改补福建建宁府经历。有《荷亭诗草》一卷，《潍县志稿》有传。《潍诗采录》存诗两首，《国朝山左诗续钞》存诗一首，《北海郭氏诗存》存诗三首。

春日即事

午梦初醒觉日迟，柳条如线雨如丝。若非寒食催来早，拖尽春光竟不知。《潍诗采录》《北海郭氏诗存》

偶成

季伦贪酷早萌芽，纵遣名姝祸岂赊。赖得坠楼全大节，顿教金谷擅芳华。《潍诗采录》《北海郭氏诗存》

归途口号

潍波渺渺一航通，百里归心逐转蓬。为报夕阳斜暮坠，行人犹在半途中。《国朝山左诗续钞》《北海郭氏诗存》

郭伟勣　一首

郭伟勣(1710—1791),字熙虞,号芸亭,乾隆五十五年(1790)恩科举人,钦赐翰林院检讨,《潍县乡土志》《潍县志稿》有传。《北海郭氏诗存》存诗二首,《榆园杂录》存诗一首,今选诗一首。

高西园以自刻印见寄有怀虞受兄

高生篆法好谁看,此日思君路渺漫。家在大劳山北住,半林黄叶雁声寒。《北海郭氏诗存》《榆园杂录》

注:此首《榆园杂录》题作《高西园赠印有怀根庵兄》,诗作:"高髯篆法好谁看,却忆根庵路渺漫。家在大劳山北住,满林黄叶雁声寒。"

郭思履　六首

郭思履(1711—1780),字素如,号松斋,太学生,郭同芸之父,著有《松斋诗集》,《潍诗采录》存诗四首,《国朝山左诗续钞》存诗二首,《北海郭氏诗存》存诗六首。

九月朔日用陶靖节韵

栖迟城之隅,市远不闻喧。非能外尘世,聊喜此地偏。对书思好友,欣然仰高山。新订文字交,载酒时往还。庭前木樨花,开放终无言。《潍诗采录》《北海郭氏诗存》

梦蝴蝶

庄生化蝴蝶,蝴蝶在梦中。我非庄与蝶,此梦焉能逢。至人本无梦,孔子梦周公。如何蝴蝶梦,不与庄公同。《潍诗采录》《北海郭氏诗存》

夜坐

池馆夜气清，冰簟沾微露。坐觉山月高，前林已流素。棐几张明灯，家人理茶具。绿磁酌红丁，凉风生竹树。野鸟一声来，飞上银河去。《潍诗采录》《北海郭氏诗存》

秋晚

松阁斜阳晚，淡烟生暮阴。凉风吹落叶，小邑满秋砧。榑榼收残酒，檐牙话宿禽。萧条人迹静，端坐息机心。《潍诗采录》《北海郭氏诗存》

瓶花

花非瓶中生，取来瓶中养。其华有时新，其蒂无时长。一朝颜色悴，弃之如土壤。人生失本根，浮荣难久享。《国朝山左诗续钞》《北海郭氏诗存》

幽居

竟日无尘事，清尊与素琴。细声蜂颤芷，孤影鹤投林。听雨回残梦，看云寄远心。谁云习静者，必待入山深。《国朝山左诗续钞》《北海郭氏诗存》

郭耀章　一首

郭耀章(1714—1767)，字景文，号尧阜，乾隆年间岁贡，摄署桂阳、泸溪等县知县，知郴州、直隶州，署沅州府、衡州府知府，任长沙府同知督理宝南局事务，撰有《芜园诗草》。《国朝山左诗续钞》存诗一首，《北海郭氏诗存》存诗一首。

衡州喜雨

三春断雨泽，旱燥埴坟硬。五种不入土，苍昊呼不应。嗟我为民牧，召灾由弊政。救荒恐无策，忧来白发迸。入夜忽倾耳,淅沥洒清听。屋瓦骤喧聒,似闻笳鼓竞。披衣立中庭,爽健失暍病。明晨贺客来,岂为一人佞。甘霖一尺强,浇活亿万命。疮痍渐能复,用答陛下圣。《国朝山左诗续钞》《北海郭氏诗存》

韩梦带　二首

韩梦带,字其丝,号鄂堂,潍邑诸生,韩梦周之兄。阎循观《咏人小绝句》中咏韩梦带云:"同病其丝子,其丝病乍轻。遽能风雪里,为我谒图生。"《[乾隆]潍县志》存诗一首,《国朝山左诗续钞》存诗一首。

游程符山寄山中友

程符山头落日白,千峰万峰同一色。解衣独立苍茫中,东指云生看大泽。海气萧瑟毛发立,波涛澒洞半天黑。须臾月上云烟销,石径一发缘山椒。参差鸣凤杂云鳌,仙坛突出千林梢。青灯白盏倾蒲桃,北斗仰视当窗高。藤萝满地鼪鼬啸,山鬼窈窕出林皋。夜悄凄肃不能寐,起看烟雾沾青袍。归来决计为长往,已今蜡屐制百两。时时顽梦凌绝巅,飒然如在层霄上。山中故人倘见招,试遣奚奴负筇杖。《[乾隆]潍县志》

雨

夏日多阴雨,苍茫野色迷。溪流连海阔,云影压山低。侵壁寒苔长,没阶荒草齐。何时却开霁,斜照乱峰西。《国朝山左诗续钞》

韩梦锦　一首

韩梦锦(1725—1780),字緗章,号实斋,廪贡生。《国朝山左诗续钞》存诗一首。

幽居

兀坐南窗下，悠然见远林。每于闭门日，暂得入山心。竹榻琴书静，草堂花木深。故人沧海曲，遥望独沉吟。《国朝山左诗续钞》

刘峻　二首

刘峻，字超庵，邑贡生，《国朝山左诗续钞》存诗二首。

潍上闻过客吟杜诗

堤下流水净如拭，堤上行客面黎黑。跛驴破帽风尘中，高歌一曲壮行色。行色忽忽着去鞭，余音犹自绕晴川。铿锵和鸣戛金石，宛转细响调丝弦。丝弦金石总萧瑟，中有独立苍茫意。饭颗山头已瘦生，后身何怪仍憔悴。问君底事空长吟，舟中谢尚不可寻。两字推敲我颇解，相逢何必非知音。《国朝山左诗续钞》

将至鱼河，过石桥有感

旧日桃花渡，溪边水自流。白衣仍故我，红叶又深秋。牧竖曾相识，渔郎还可留。跛驴桥外系，何似去年愁。《国朝山左诗续钞》

练甘棠　一首

练甘棠（1724—1776），郭伟业侧室，《潍县志稿》有传。《北海郭氏诗存》《榆园杂录》存诗一首。

晓起

晓起闺房对镜台，侍儿犹未折花回。缘何昨夜寒如许，风揭纱窗一扇开。《北海郭氏诗存》《榆园杂录》

郭奕骝　三首

郭奕骝(1726—1809)，字千里，号艮思，郭灿之子，郭悦芝之父，撰有《艮思堂遗草》。《国朝山左诗续钞》存诗二首，《北海郭氏诗存》存诗五首。今选诗三首。

注：《郭氏族谱》世表云郭奕骝号良思，应作号“艮思”。

病起感怀(二首选一)

隐隐鸠远鸣，风光在何许。倚杖观庭中，飞花落如雨。花落旋复开，年华不我兴。秋风黄叶吹，夕照寒蝉悲。修名未蚤立，桑榆收之迟。古无驻颜术，自爱当及时。《北海郭氏诗存》

湘妃

帝子何时降，西风起暮烟。潇湘一片月，不为在家圆。《国朝山左诗续钞》

阿娇

一赋感君王，千金未足偿。忽闻宫辇过，又是幸平阳。《国朝山左诗续钞》

周克济　句

周克济，字子舫，号莲塘，邑廪生，工于书画，《潍县志稿》有传，内存其句。

题朱藤

山农解事能多少，错认倒开扁豆花。《榆园杂录》《潍县志稿》

韩梦周　二十五首

韩梦周(1729—1798)，字公复，号理堂，东关人，乾隆十七年(1752)举人，二十二年(1757)进士，授安徽来安县知县，后居潍城南草庙庄，并讲学程符山二十七年。其学笃守程朱，为山左著名理学家，《潍县乡土志》《潍县乡贤传》《潍县志稿》《清史稿·儒林列传》有传。撰有《理堂文集》《理堂诗集》等。《理堂诗集》载诗五百七十三首，《[乾隆]潍县志》载诗一首，《潍诗采录》载诗一百八十五首，《国朝诗左续钞》存诗一百零九首，《晚晴簃诗汇》选诗四首。今选诗二十五首。

流民行

流民沧州人，穷途鬻儿，询其情事，怛然伤之，为作此诗。

前岁秋淹禾，去岁春漂麦。秋潦庐室存，春潦荡村栅。勘灾奉上官，邑令委胥役。万间没波涛，一椽当完宅。岂知官府程，灾伤更有额。漏勘欲上告，怒斥不及格。露处免为鱼，死亡日逼仄。慨然即长道，何土为乐国。昼行水没骭，夜宿泥沾席。流离宁望活，干土死亦得。近闻官煮粥，十不获一食。猾胥及黠正，侵饱坐生殖。往来困老弱，沟壑倍狼籍。反喜远行人，且得存一息。八口常不饱，衰亲饵何获。鬻儿聊备炊，百钱亦不惜。岂惟不复惜，获育便为德。其父向人语，其母泪潸滴。顾视儿怀中，呢喃尚有索。嗟哉为民牧，兹情宁不恻。九重切恫瘝，饥溺我饥溺。抚字吁当事，还定沛膏泽。《理堂诗集》《国朝山

左诗续钞》

农夫叹

三月宜种谷，贫家无耕牛。感激邻舍翁，得以事西畴。偕作少丁男，老妻力还遒。沟水解渴肠，糠秕充饥喉。辛苦何足道，未识有秋不。我行闻此语，泪落不能收。四体安且康，日日罗珍羞。终岁力原野，饥寒且无谋。农夫前致辞，人生岂自由。苟得一身安，甘作沟壑投。石田二三亩，为累成痡疣。粮册既有名，官役急星流。昨日县帖下，兴作及署楼。服役亦所愿，胥役更诛求。《理堂诗集》《晚晴簃诗汇》

田家

鸽鹏识时令，一鸣自生春。杏花明深巷，桑叶暗颓垣。田家争日月，耕作事方新。朝餐溪烟暖，暮归山雾昏。灯火隐茅茨，桔槔鸣东园。明朝占晴雨，仰视众星繁。《理堂诗集》

晨起即事

晨起摘园蔬，春泥沾我手。清泉聊洗濯，不觉坐来久。儵鱼纷游泳，相俱亦有偶。唼喋荇藻间，怜尔不忍取。淡烟起长流，漠漠满林薮。《理堂诗集》

琴歌送别

念君行当别，为君理玉琴。一弹再弹双落泪，十指泠泠发哀音。水仙不可遇，别鹄怨何深。千山万壑迷无路，万古松风吹我心。送君行，来何期，人生有情安忍离，他日相思琴知之。《理堂诗集》《国朝山左诗续钞》

独游

策杖荒山路，无人常独过。石坛寒气重，竹院野风多。涧闷青松路，村明黄叶坡。麓台晚逾好，秋色满烟萝。《理堂诗集》《国朝山左诗续钞》

归西涧草堂

云晴白狼岸，云淡麓台村。独策蹇驴去，萧然归故轩。琴书共眠坐，窗牖有壶樽。石濑春流浅，闲鸥日到门。《理堂诗集》《国朝山左诗续钞》

涧行

闲步西涧侧，纡径随飞鸟。日出群峰净，木落山村小。冷风西北来，萧然动百草。人事会有息，幽栖抒怀抱。《理堂诗集》《国朝山左诗续钞》

石桥村

过涧路迢迢，凌寒渡石桥。篱烟浮麦陇，山雾暗桑条。沙软雪初霁，浦荒冰未销。村墟酒正熟，隔水更相招。《理堂诗集》《国朝山左诗续钞》

昌乐道中晚行

暝色来秋壑，苍然石径幽。寒烟松杪寺，新月水边楼。鸦噪荒城角，人归野市头。林间望灯火，黄叶四山秋。《国朝山左诗续钞》

闲居

暇日了无预，山居事事幽。道书行自把，佳植向人求。细草牛羊集，荒途鸟雀游。偶来南涧上，黄叶又成秋。《理堂诗集》《国朝山左诗续钞》

晚出北山门

雪消晚逾暖，散步解羊裘。细径穿林角，明星出海头。野云沉寂寂，村火远幽幽。城郭人烟里，角声生暮愁。《理堂诗集》

晚步

时来北渚上，倚杖弄潺湲。暝色延深柳，凉飔送暮蝉。会心成寂寞，独往每幽偏。更向沙边坐，娟娟月正鲜。《理堂诗集》

《国朝山左诗续钞》

漂母祠

一湾流水碧，荒雪下祠门。不见王孙钓，空传漂母恩。蒯通亦徒耳，相国更何言。未爽千金约，黥彭莫并论。《理堂诗集》《晚晴簃诗汇》

途中喜晴

昨夜东风剧，今朝雪气收。远山有残雪，小涧忽春流。村市趁驴影，梅枝低驿楼。客途欣即目，风物古滁州。《理堂诗集》

病起至程符

深秋老病自侵寻，梦里云山思不禁。乍御巾车遵北渚，便扶筇杖入西岑。从无懒慢名贤达，别有荒寒成古今。破帽风吹黄叶路，萧萧瘦影一长吟。《理堂诗集》《晚晴簃诗汇》

早雁

初迁节候暖犹微，鸿雁萧萧又北归。江上晴沙春水至，塞垣冷夜雪花飞。定知来去争时早，坐使寒暄与世违。莺燕年年盼佳日，虞罗满地莫忘机。《理堂诗集》

九日

客老淮南落叶纷，重阳何处记离群。百年风物怜黄菊，千里乡关见白云。歧路浊醪谁共醉，遥天雁影迥难分。射阳西去秋声急，一棹苍茫卧夕曛。《理堂诗集》《国朝山左诗续钞》

听褚春鸣歌二首

丝竹当年哀乐多，忽从尘世感蹉跎。楞严一策今堆案，犹博江南铜斗歌。

江天飘泊鹧鸪飞，水调吴歌怨人微。暮雨压帘人尽醉，直教别泪湿征衣。《理堂诗集》

寄兰成

钵池明月晚悠悠，忆尔怀人水上楼。偶向程符高处望，风光凄断楚江秋。《理堂诗集》

饮麓台夜归精舍

山深不见一花开，携酒寻春古麓台。夜半明星照衣冷，骑驴独踏乱峰回。《理堂诗集》

迩来友人书札盈寸，未及裁答志感

山外莺啼春事徂，故人书到问离居。涧边无限桃花水，辜负乘潮双鲤鱼。《理堂诗集》

闻钟

仙院深深冷野烟，草堂隔树更幽偏。竹窗月落初回梦，听尽钟声二十年。《理堂诗集》

口号

百里忧欢寄此身，此身端是负吾民。肩舆过处犹垂手，尽是鸠形鹄面人。《理堂诗集》《国朝山左诗续钞》

郭启绳　一首

郭启绳（1728—1779），字延武，乾隆十七年（1752）武举人，郭伟业次子，曾任江西吉安府守御所千总。《北海郭氏诗存》存诗一首，《榆园杂录》录之。

雨后出吉安城

闲胯弓刀向野田，马蹄踏破陇头烟。子规林里声声唤，为解乡思一控弦。《北海郭氏诗存》《榆园杂录》

魏来朋　二首

魏来朋，字振远，号槐庵，潍县城北温庄人，乾隆十七年(1752)举人，曾任泗水县教谕，《潍县志稿》有传。《潍诗采录》存诗二首。

鬻子行

潍北邑当丁丑年，沿海村落少炊烟。无麦无禾空赤地，家家真乃如磬悬。膝下娇儿莫能畜，百许铜钱即便鬻。但令得主免饥饿，宁甘下贱为人仆。交钱交儿说分明，钱交儿不随人行。翁亦无奈强作色，驱之使去终不能。望儿挥手频频打，旁观谁是解救者。频打频来怀中藏，儿声长号翁如哑。我偶见此心酸辛，叹息父子本天真。翁恐领回填沟壑，儿惟知恋骨肉亲。仁至义尽两得之，心欲周济愧无资。《潍诗采录》《潍县志稿》

麓台秋霁

霁色秋光画不成，程符山畔麓台清。遥天云散空无际，古木风高时有声。布被遗踪传北海，平津往事忆西京。可怜千载汉时月，皎皎苍苔依旧明。《潍诗采录》

郭同芳　十七首

郭同芳(1728—1790)，字希仲，又字翊清，乾隆十八年(1753)拔贡，历任直隶易州、赵州、直隶州州判，敕授征仕郎。撰有《鸿爪集》《旧华园诗存》。《潍诗采录》存诗十四首，《国朝山左诗续钞》存诗五首，《北海郭氏诗存》存诗十八首，《潍县志稿》杂稽存诗二首，《晚晴簃诗汇》录诗一首。今选诗十七首。

夏夜苦雨

排空夜雨来何许，应为人间洗炎暑。独有愁人破屋中，上漏下湿不可御。披衣起坐转彷徨，雨师怒策蛟龙翔。风卷檐流悬瀑布，斜飞入户声淋浪。抱衾寒牖浑无计，移床绕室难少憩。小儿惊赵亦沉吟，自捧衫裤怜新制。我谓此景堪高歌，怨者应少德者多。明朝日出荷锄者，尽向青畴披绿蓑。《潍诗采录》《北海郭氏诗存》

自武强旅馆早行

篝灯辞客舍，驱马出城门。雾重疑无路，鸡鸣知有村。残星隔树没，宿鸟和钟喧。向晓滹沱畔，苍茫欲断魂。《潍诗采录》《北海郭氏诗存》《潍县志稿》

独乐庵

富贵寻常耳，天宁独我悭。十分容懒散，百计赠安闲。踏月寻诗去，看花带醉还。清高无限乐，斗室自开颜。《国朝山左诗续钞》《北海郭氏诗存》

秋日杂咏五首

节逢白露报西成，桃李繁华转眼更。日短日长凭造化，时寒时热似人情。陶家径侧花初绽，王粲楼头月正明。宦况秋光清绝处，恰来归雁送新声。《潍诗采录》

绿瘦红稀冷渐侵，城头日日客登临。无穷秋色老天地，一片闲云送古今。僧拾遗樵归破寺，雁拖斜照下平林。两年黄叶西风里，满眼萧条思不禁。《潍诗采录》

西风飒爽欲生凉，座满良朋忘异乡。高会几逢明月下，豪吟恰带桂花香。星河夜迥砧连屋，湖海天空雁数行。落叶疏钟孤客梦，一齐收拾入壶觞。《潍诗采录》

挑灯夜半发狂歌，秋月春花一瞬过。酒债间从贫里少，诗

情转是客中多。有钱难买医愁药，无力能挥指日戈。砧杵满城残漏永，雁声嘹呖渡银河。《潍诗采录》《国朝山左诗续钞》

纵不思家也惘然，难禁萧索九秋天。花如故国黄无恙，发比来时白可怜。人得清闲宜命酒，官当寂寞似参禅。新诗题向开元寺，谁觅纱笼待客还。《国朝山左诗续钞》《晚晴簃诗汇》

赋得满城风雨近重阳二首

满城风雨近重阳，萧散金天雁数行。岁月何能无寂寞，乾坤随处得清狂。秫竿露重垂垂碧，菊蕊秋凉淡淡黄。千种闲愁收拾去，呼童沽酒倒空囊。

满城风雨近重阳，落叶萧条挂晓霜。官况浑如秋色冷，诗成恰好菊花黄。平心半带书生味，养气全消剑底芒。富贵浮云何足问，几回顾影笑头方。《潍诗采录》

归来

归来浑不忆功名，红树荒园寄此生。达似刘伶因酒死，穷如东野以诗鸣。门前鸾尾空千亩，架上牙签缅百城。旧业风流晚已尽，书生习气老犹横。《潍诗采录》

卜居新城漫赋

地处无争绝四邻，主人初到草堂新。模棱宰相称前辈，忍辱仙人是后身。沽酒何妨留客醉，借书谁敢笑家贫。一官未转头先白，汲黯空劳叹积薪。《潍诗采录》《潍县志稿》

除夜有感

寓斋寂寞缺辛盘，独坐更深惨不欢。岁月速如将去客，风霜冷比乍休官。破裘久作医贫具，险韵偏成益智丹。垂老虞翻留傲骨，无人劝我亦加餐。《潍诗采录》

元旦

二万一千六百日，经过事已化飞尘。老如旧历浑无用，诗

仗残杯尚有神。绕膝分钱还压岁,挑灯把酒自成春。从前我亦轻裘马,太息犹存现在身。《潍诗采录》

夜雨感怀

寄迹荒城遇已穷,那堪冷雨又凄风。愁来病亦乘秋起,老去家如在梦中。漫借无衣怜范叔,翻因有案愧梁鸿。自怜九尺东方朔,不及侏儒用世工。《潍诗采录》

偶咏

归来世事久忘情,迩日心怀百感生。待酒贱时难痛饮,得人扶处始闲行。已甘身向沟中断,不望人惊爨下鸣。只有诗魂消不尽,夜深对月坐三更。《潍诗采录》《国朝山左诗续钞》

述怀

年来衰与病相乘,昼一藤条夜一灯。屋自促居浑似客,肉还到口不如僧。囊兼瓶罄心无事,日抵年长力未胜。闻道近村花放好,典衣沽酒可还能。《国朝山左诗续钞》

郭守璞　二首

郭守璞(1730—1800),字含徵,又作含瀓,号秋皋,乾隆二十四年(1759)举人,郭守训之兄,历任安肃县知县,涿州知州,清苑县知县,祁州知州,保定府知府,贵州平越府知府,诰授中宪大夫。有《中山纪事》《秋皋制艺》。《潍县乡土志》《潍县志稿》有传。《[乾隆]潍县志》存诗一首,《潍诗采录》存诗一首,《北海郭氏诗存》存诗二首。

塔山观日

彩色熹微岭上横,望中云物早来清。海边红玉初离水,天

际晴岚送入城。山顶霞烘螺黛色，草梢风戛麝香生。远看树树皆拖锦，鸟悦晨光弄晓声。《[乾隆]潍县志》《北海郭氏诗存》

咏县署木香

几点鹅黄缀素葩，霓裳偷舞月初斜。肯留艳色应春社，好送清香伴晚衙。薇水沾肌怜玉骨，梨云扰梦度纹纱。悬知卧阁飞英处，不数河阳一县花。《潍诗采录》《北海郭氏诗存》

韩萦绪　一首

韩萦绪，字缵武，乾隆二十四年(1759)举人，曾任东平州学正。《榆园杂录》存诗一首，《[乾隆]潍县志》《潍县志稿》各存诗一首。今选诗一首。

七夕

疏星点点月沉沉，刚渡银河夜已深。传语天鸡休报晓，一年离别到于今。《榆园杂录》

郭启翼　二首

郭启翼(1731—1803)，字寅栖，又字凤举，号莲谿，乾隆二十七年(1762)举人，郭启绳之弟，工于篆刻，历任江西新城、安福县知县。《北海郭氏诗存》存诗二首，《榆园杂录》存诗一首。

松雪堂即事

闲庭无半亩，一半住人家。松荫卧流水，蝶翎上菜花。当门山石静，沿径竹篱斜。日暮过疏雨，呼僮采绿瓜。《北海郭氏诗存》《榆园杂录》

登凌空阁

凌空高阁俯崔嵬，秋色苍茫郁不开。忽睹云中孤雁影，一声哀唳带寒来。《北海郭氏诗存》

魏赞　三首

魏赞，字襄臣，号乾斋，廪贡生，撰有《北海书院杂著》。《潍诗采录》存诗三首，《国朝山左诗续钞》二首。

和蒋衡斋弄潮竹枝词三首

江头潮势吼山来，飞步争先雪浪开。万众共夸好身手，郎今夺得锦标回。

尽道钱塘罗刹江，浪花深处绣旙扬。阿谁偏会前头去，抹额红绡认得郎。

得采虽推第一俦，凌波冒险妾担忧。忧他潮势年来大，得意郎今便好休。《潍诗采录》

注:《国朝山左诗续钞》载《和蒋衡斋弄潮竹枝词》二首，与《潍诗采录》颇有不同。一为:“罗刹江流接海塘，浪花高处绣旙扬。谁能飞踏前头去，抹额红绡认阿郎。”一为:“得采争推第一俦，喧腾箫鼓拥归舟。却愁潮势年来大，得意郎今便好休。”

谭麐　一首

谭麐，字徵绂，号瑞庭，早逝。《国朝山左诗续钞》存诗一首。

村居

村僻人家少，尘嚣远不闻。乘竿寒钓月，闭户暖留云。竹

石皆成友，盘盂久断荤。萧然惟独坐，长昼又斜曛。《国朝山左诗续钞》

谭寿山　一首

谭寿山，字比南，潍县诸生。《国朝山左诗续钞》存诗一首。

雨夜

更漏夜沉沉，帘开寒气侵。水流花径漫，灯暗草堂深。寂历阴虫响，凄凉久客心。此宵拚不寐，倚枕自长吟。《国朝山左诗续钞》

郭炳畴　四首

郭炳畴（1732—1786），字箕光，号松涛，邑廪生，郭耀章之弟，郭堉、郭坮之父，长于岐黄，诗文、书法皆名于乡里。《潍诗采录》存诗三首，《国朝山左诗续钞》存诗一首。

新燕

纤纤瘦影趁春华，多惹春风几度斜。声细吹融三径雨，尾长剪碎一庭花。乌衣园里曾无信，宋女帘前即是家。社去社来如有约，依然红缕度窗纱。《潍诗采录》

冬夜读书

惟将雅意寄幽庭，静对曹仓几部经。落叶堆残三径路，池冰结定一天星。孙康雪案光凝白，董子灯帷色漾青。自拨书中云雾去，半轮明月在窗棂。《潍诗采录》

白桃花

素影偏宜拂玉塘，水晶帘外欲流霜。息妫未改春风面，却执冰纨掩旧妆。《潍诗采录》

过友人里

水浅沙平略彴斜，柴门茅屋故人家。儿童巷口知迎客，争报东篱菊已花。《国朝山左诗续钞》

郭守训　一首

郭守训（1732—1774），字伊方，号郗林，郭守璞之弟，乾隆三十年（1765）拔贡，候选直隶州州判。《潍诗采录》存诗一首，《北海郭氏诗存》存诗一首。

陶靖节

独卧北窗下，逍遥世外身。涉园日成趣，容膝自安贫。富贵非吾愿，羲皇以上人。闲披五柳传，仰止葛天民。《潍诗采录》《北海郭氏诗存》

郭凤鸣　十五首

郭凤鸣（1733—1798），字闻岐，一字梧冈，号南圃，廪贡生，郭书俊之父，曾任曹州府单县训导、榆次县知县，敕授修职佐郎，貤赠文林郎，撰《南圃焚余草》一卷。《潍诗采录》存诗十三首，《国朝山左诗续钞》存诗三首，《北海郭氏诗存》存诗十三首。

琴台怀古

汉代重循良，龚遂与黄霸。吏治多矫饰，吁嗟风斯下。我爱宓夫子，横琴自闲暇。一弹复再鼓，恍遇弦歌化。同时巫马子，勤勤戴星驾。成迹不敢袭，高名未肯假。后世淳意漓，廉明自矜诧。吞蝗与悬鱼，益难相匹亚。肃衣奠椒馨，清风满堂榭。《国朝山左诗续钞》

赴单父广文任

我生四十余，疏狂若成性。天似容我懒，一官予清净。当阶松柏寒，满庭苜蓿盛。寥寥木铎音，此亦足为政。《潍诗采录》《北海郭氏诗存》

夜坐

落日近黄昏，幽居静掩门。晚云迟鸟意，初月淡花魂。久隐心偏净，新篘酒半浑。夜阑闻笑语，儿女坐春温。《潍诗采录》《北海郭氏诗存》

春晚访友不值

一杖出春城，春郊缓缓行。草连新路长，云补断山平。老屋分萝影，空堂听鸟声。相思不相见，林外夕阳明。《潍诗采录》《北海郭氏诗存》

送友人赴湖南

病客惟疏懒，胡为此远游。一帆湘水阔，万里楚天秋。长路误青鬓，哀猿催白头。知君望乡处，独上仲宣楼。《潍诗采录》《北海郭氏诗存》

春日即事

半亩荒园里，行觞及早春。贫来童仆散，老至弟兄亲。鬓发经愁白，知交入社新。南溪好烟水，相约共垂纶。《潍诗采录》《北海郭氏诗存》

秋夜

秋色晚沉沉，萧条竟夜心。残灯一窗雨，客梦万家砧。幽

意常如此，相思忽不禁。故人渺何处，延望白云深。《潍诗采录》《国朝山左诗续钞》《北海郭氏诗存》

送人赴山西

千里并州路，穷愁信马蹄。河声流地外，山势压关西。迥野霜来早，荒城梦易迷。蒲萄新酒熟，可要醉如泥。《潍诗采录》《北海郭氏诗存》

晚归

清飕生暮吹，凉意正萧疏。投日鸦争树，冲烟人荷锄。小村行饭后，远市上灯初。踏月归来晚，松间自叩庐。《国朝山左诗续钞》

海棠

东君何事结相思，艳质初从海上移。槛外烟浓烧烛夜，风前人卧卷帘时。心怜绮梦魂犹丽，酒晕红潮醉不支。倍喜朝来春雨过，胭脂新染一钩丝。《潍诗采录》《北海郭氏诗存》

观音院看白莲花

共棹云溪鸭嘴船，箫声欢彻晚凉天。写来秋水真无色，开到月明应自怜。素女魂消一夜雨，白蘋香泛五湖烟。知君参得东林意，冷淡心情已解禅。《潍诗采录》《北海郭氏诗存》

即事

青苔羃石阶，落叶堆蓬户。一夜峭寒生，垂帘卧秋雨。《潍诗采录》《北海郭氏诗存》

南溪垂钓

一蓑沉野色，箕踞清溪曲。手弄十五钩，春波钓寒玉。《潍诗采录》《北海郭氏诗存》

玉清烟晓

楼衔落月黄，露滴莎径碧。晓烟度石门，一缕缠古柏。《潍

诗采录》《北海郭氏诗存》

月下试琵琶

黄金桿拨紫檀槽，一曲新翻海月高。任使长年终落拓，此生不奏郁轮袍。《潍诗采录》《北海郭氏诗存》

郭守绪　四首

郭守绪（1734—1798），字绳武，号柳塘，附贡生，郭锦之父，撰有《柳塘诗存》《西村课耕堂草》。《潍诗采录》存诗四首，《国朝山左诗续钞》存诗一首，《北海郭氏诗存》存诗六首。

村居

平芜淡秋色，晻暖夕阳微。一坞白云冷，四山黄叶飞。雁声带烟没，人影荷锄归。不作尘中梦，劳生悟息机。《国朝山左诗续钞》

赠何捧亭观察

笳鼓西来把一麾，唐家御史领分司。绯袍争指银鱼绶，卧阁闲围画戟枝。行部马前春雨细，放衙花外夕阳迟。何时明月楼高筑，莲幕宾僚暇咏诗。《潍诗采录》

九日寄张贾二公兄弟

记取中秋月正明，尝随昆仲醉蓬瀛。元方论辨难为弟，小宋才名不让兄。直以先生遵野老，或从白发屈诸生。登高此日成樗散，遥插茱萸倍有情。《潍诗采录》

喜生侄

疏狂端的是平生，笑惹傍人白眼轻。望尔长成能慧语，他年为我辨痴名。《潍诗采录》

忆婢

自添兽炭自烹茶，每向风前怅落花。鹦鹉不知人已去，客来依旧唤琵琶。《潍诗采录》

徐景东　一首

徐景东，字鲁山，号果园居士，乾隆二十七年(1762)举人，受业于韩梦周，曾任四川大足县知县，撰有《鲁山诗集》一卷。《潍县志稿》有传，并存诗一首。

涧头院兴福寺碑题诗

潍邑多名刹，天花散无数。兴福建祥符，历世传佛土。塔山列翠屏，白水环烟浦。涧头源泉活，叶叶金莲吐。一点不染心，相对临元圃。玥师挂单来，功行剧刻苦。经营古道场，修剔出平楚。岌岌开广庭，延袤置廊庑。节棁辉藻山，业簴罗钟鼓。金碧炫丹青，壮丽无与伍。迦文译三藏，梵音杂两部。严翼真化城，观音如环堵。欢呼走儿童，顶礼逼郡府。忆昔师未来，倾圮无处所。从榛蟠修蛇，蜗壁掉蝎虎。讴吟而上下，牧竖与樵父。幸借象教力，依然归净土。我生本尘劳，根器矧愚鲁。谁为启慧业，洗心参佛祖。乞取摩尼珠，圆光照千古。《潍县志稿》

郭东元　二首

郭东元(1735—1809)，字抡超，号野蹊，乾隆五十五年(1790)岁贡，候选训导，郭去咎、郭去非之父，撰有《大雅楼诗集》。《国朝山左诗续钞》存诗一首，《北海郭氏诗存》存诗四首。今选诗二首。

啄木

枝叶尚葱郁，未腐虫已生。彼鸟察其微，抱树聒聒鸣。为尔除心疾，勿嫌无好声。《国朝山左诗续钞》

赠李少鹤

踪迹每无定，吟咏笔有神。半生如野鹤，一代作诗人。孤棹多临水，白莲不染尘。高僧偶聚首，深夜话前因。《北海郭氏诗存》

郭同欣　一首

郭同欣(1737—1817)，字孚远，号怡庭，《北海郭氏诗存》存诗一首。

涧头园村居即事

涧头园里白云间，桃李春风任往还。愧我无能多潦倒，朝朝饮醉小青山。《北海郭氏诗存》

郭守玺　四首

郭守玺(1740—1807)，字龙符，号念堂，乾隆五十三年(1788)举人，郭予驳之父，历任湖南永兴县知县、桑植县知县、茶陵州知州等。《北海郭氏诗存》存诗十六首，今选诗四首。

同韩公复先生游符山西涧

杖策西涧里，幽绝别有天。秋风生石罅，无处不飒然。一线窥斜影，百道听乱泉。昏黑返吾庐，清梦绕水烟。《北海郭氏诗存》

京都夜雨

不作功名想，何来宿帝邦。半间低草舍，一盏短银釭。时觉风盈斟，那堪雨透窗。夜深未成梦，帘外水淙淙。《北海郭氏诗存》

戏作二首

绕梁高曲不常闻，错认罗浮对使君。觅得缠头欲相赠，遏云或恐是朝云。

闲煮新茶酌玉瓯，清音婉转动娇喉。多情欲使周郎顾，又把闲花插满头。《北海郭氏诗存》

郭汝承　一首

郭汝承（1741—1800），字史周，号汉庭，郡廪生，徙居安丘。《潍诗采录》存诗一首，《北海郭氏诗存》存诗一首。

闻将以安丘隶属莱，喜而有赋

东行往往值新秋，几度骑驴几换舟。杨柳两行三百里，藕花红处是莱州。《潍诗采录》《北海郭氏诗存》

刘永祥　四首

刘永祥，字翊晋，幼入邑庠，病目失明，卖卜为生，《潍县志稿》有传。《潍诗采录》存诗三首，《潍县志稿》存诗一首。

送三弟赴郡试

十年经小试，壮志几摧残。亲老功名急，家贫道路难。客装时着意，旅况好加餐。采得香芹至，青云业有端。《潍诗采录》

《潍县志稿》

学署草桂

草本偏名桂，诗人少品题。仙宫分雨露，月窟判云泥。细芷先秋发，微香隔院迷。清风时一吹，摇曳泮池西。《潍诗采录》

春夜对月

爱懒将成癖，春宵每早眠。夜深愁不寐，儿报月当天。《潍诗采录》

李云翘　一首

李云翘(1745—1815)，高密李元直御史之女，潍邑贡生郭同禧继妻，《潍县志稿》有传。《北海郭氏诗存》存诗一首，《榆园杂录》存其句。

南斋

绮窗风冷月光斜，遥忆南斋景可夸。惟恐池中冰已合，不留清镜照梅花。《北海郭氏诗存》

编者注：《榆园杂录》作“不留明月照梅花”。

郭涵烺　一首

郭涵烺(1746—1769)，字际旭，号诚清，乾隆三十三年(1768)举人，不幸早卒。《北海郭氏诗存》存诗一首，《潍县志稿》存诗一首。

绝笔

野鹊檐前噪，应知有事来。吉凶浑不计，付与命安排。《北

海郭氏诗存》《潍县志稿》

郭堉　四首

郭堉(1747—1799),字慈田,号竹圃,嘉庆三年(1798)岁贡,郭炳畴长子,撰有《梦花亭诗集》一卷。《潍诗采录》存诗三首,《国朝山左诗续钞》存诗二首,《北海郭氏诗存》存诗二首。今选诗四首。

欧阳文忠

一片冰心两袖风,青齐化泽万家同。斜行矮纸题丰乐,春水秋山晏醉翁。薜苈雨余阶藓润,楸梧霜卷寺灯红。当年金井应分脉,俎豆河干并范公。《潍诗采录》

秋宵感怀

坐对茅斋灯火明,酒阑人散夜凄清。门开月正铺方影,窗破风高作啸声。才入世情怜我拙,偶抛家计觉身轻。符山剩有蓬庐在,拟向云间隐姓名。《潍诗采录》《国朝山左诗续钞》

过长山县

于陵风雨壮郊关,隐约荒城指顾间。泉咽桥头喷叠浪,云蟠峰顶作重山。黄花耐冷秋方艳,野鸟争飞倦亦还。廉士墓边频过客,应将名利笑尘寰。《潍诗采录》

冬日早发

喔喔荒鸡催夙兴,独驱羸马怯凌竞。月能作照寻途易,衣不禁寒借酒胜。海屿屯云高似阜,豆田吹火远疑灯。平明霜气消还尽,伫看曈昽晓日升。《国朝山左诗续钞》

郭东奎　一首

郭东奎(1752—1820),字斗南,号弢庵,候选教谕。《北海郭氏诗存》存诗一首。

嘉庆癸酉代曹州守城诸公作

城上严刁斗,萧萧耿夜阑。敌人营火旺,戍卒战衣寒。九死一生在,千军百折残。何当兵息后,驰羽报平安。《北海郭氏诗存》

郭同芸　三十五首

郭同芸(1755—1838),字书台,号雁庐,邑庠生,郭思履之子,曾与郭书俊、郭锦、郭象升等共结松园社。其《双清阁诗集》存诗六百七十余首,《北海郭氏诗存》存诗六十一首,《榆园杂录》存诗二首。今选诗三十五首。

山居

日暮孤村静,霜空大野闲。薄云微漏雨,秋树不遮山。县吏催租去,奚奴兑酒还。多情怜父老,笑语到柴关。《双清阁诗集》

农家

才过清明雨,山田展蕨芽。青烟茅屋饭,红杏疏篱花。犁影日翻陇,野歌人采茶。风尘书剑误,栖息羡农家。《双清阁诗集》

寒食日登城忆诸弟

令节翻无赖,高城几度攀。烟林迥野渡,陇麦接春山。人共

东风坐，花从寒食闲。何由车马客，不与燕同还。《双清阁诗集》

秋夜登城

层城歌一曲，隐约度千门。白月桥边水，红灯沙外村。犬声连岸远，人语带烟昏。迟我浮云外，衣裳有露痕。《双清阁诗集》

寄云溪侄坪

多年抛却故山薇，青鬓朱颜想已非。壮志可酬无奈老，他乡虽好不如归。秦州貂敝秋霜重，上谷鱼生野水围。何似潍阳丰乐地，研田耕遍读书帏。《双清阁诗集》

重阳前三日作

旧传林屋号双清，本不逃名未有名。老去胸怀填往事，愁来诗律变秋声。且教风雨催花节，漫把江山仗友生。浊酒未酣天欲暮，一行霜雁过层城。《双清阁诗集》

春雪

草际苔根望易残，东风作力又漫漫。西园梦去蝶魂冷，南国书来雁背寒。倩把红尘连夜扫，耐凭白袷卷帘看。芳时还比陶学士，炉火铜铛煮月团。《双清阁诗集》

遣怀

五十年华七尺身，可怜双鬓已如银。从来饮酒推狂者，到底攻诗是恨人。乳鹊出巢辞北院，蜜蜂分子过西邻。池塘顾影斜阳晚，寂寞林宗折角巾。《双清阁诗集》

送春

中年易得是沾巾，不奈西园又送春。香径几堪风雨夜，断肠似为别离人。蜀鹃忆旧声声怨，杨柳含愁叶叶颦。若作阳关三弄笛，也应青帝与伤神。《双清阁诗集》

清明后二日饮陈涧溪亭

竟是三生未了缘，青春白发两缠绵。花开人似逢新喜，节

过心如忆少年。酒社渐宽容后辈，名场已老让先鞭。主人怜我颓唐甚，又遣东风咽管弦。《双清阁诗集》

春日赠柳堂兄守绪

独向林园唾玉珠，风前拈断白髭须。不愁老去兼金尽，只恐春来好句无。阅世谁怜人放达，出门多受鬼揶揄。故交剩有梅花发，冷落诗坛劝一壶。《双清阁诗集》

自遣

架上残书壁上琴，年华一任二毛侵。家贫不共山妻说。腹稿先教小女吟。压树巢空散鸟子，依楼花谢长萝荫。青门白堕宜新夏，不共朋侪亦自斟。《双清阁诗集》

感怀

落拓无能振羽翰，愁将身世问儒冠。河山地近闻新警，儿女衣单及早寒。古壁雨淋书一屋，破窗风挞竹千竿。风回检点箧中草，半是袁松行路难。《双清阁诗集》

赠沧沛兄

知鱼亭畔古烟霞，旧说乌衣王谢家。遗址百年红叶树，荒园半亩定州花。历贫岁月身犹健，得好儿孙鬓已华。我是晚来守豚犬，期君同种故侯瓜。《双清阁诗集》

村居偶成

旧筑黄茅对小山，数家烟火隐柴关。诸缘俱断未屏酒，万事易求难得闲。箫鼓上元人已散，杏花寒食燕初还。凭高一览浮烟外，叱犊声来翠霭闲。《双清阁诗集》

秋声

萧骚已过读书楼，何处人间不感秋。落叶风余金井怨，呼云雁带玉关愁。唐宫铃雨传青琐，蜀客砧城感白头。更忆伤怀李都尉，吹笳饮马在边州。《双清阁诗集》

过胡住村作

黄菜楼东七里庄，已经禾黍又津梁。婢鱼几点流泉活，鵙鸟一声林树苍。椹熟农家浓浸酒，雨晴野麦滥登场。老夫饱有田园乐，忘却前春年谷荒。《双清阁诗集》

榆钱

三月黄雀飞，野田恣饮啜。独我愁空囊，坐看榆钱落。《双清阁诗集》

晚过观音院看白莲

玉箫声落古城烟，百亩莲花欲暮天。坐玩清香不归去，月光白到寺门前。《双清阁诗集》

有感

寒食方过谷雨催，夕阳行处独徘徊。六街踏得残红片，半自锦堂玉署来。《双清阁诗集》

偶题

芍药花开满画栏，同人邀我醉春残。樽前莫怪无情绪，曾对东风赏牡丹。《双清阁诗集》

村居晚兴

桑柘阴阴十亩闲，坐来晚景为开颜。归云欲罢前溪雨，烧着东南两角山。《双清阁诗集》

潍阳中秋竹枝词（五首选三）

城东城西双河流，蟹藕菱虾特地稠。节到中秋争上市，红灯五夜满沙洲。

刀布生涯抵暮回，小家比户有余财。市门认取花如锦，选买江南月饼来。

千门万户焚檀烟，结伙儿童都不眠。才到一更天似水，家家齐念月团圆。《双清阁诗集》《榆园杂录》

注:“家家齐念月团圆”,《榆园杂录》作“家家齐念月圆圆”。

作诗

有意非难无意难,何人刻苦主骚坛。今年焚我奚囊句,且把行云流水看。《双清阁诗集》

春日送友人莱州科试

潍阳此日送征车,正值春园乐事赊。君到长途怨杨柳,故山我已醉桃花。《双清阁诗集》

明湖(六首选三)

蒲芦沿岸水亭开,活火新茶共举杯。见说湖心风景好,绿荫深处唤船来。

一曲湖光一镜明,斜阳孤棹趁秋晴。偶然横入芦花港,错把风声当雨声。

百顷湖田最可怜,莲花开到苇墙边。晚凉催入笙歌路,两岸香风一道天。《双清阁诗集》

赏花

青草南林日影斜,东风劝我醉流霞。兴衰莫作他时语,已有花开有落花。《双清阁诗集》

寻花二首

寒食已过寒转剧,陌头杨柳始萌芽。老人不减游春兴,三月披裘访杏花。

逐日探花花未开,问天何事作迟回。多应嫌得流光驶,故遣东君缓缓来。《双清阁诗集》

九日

连宵风雨雁声哀,晓起晴云万里开。诸务暂停先觅酒,重阳今日故人来。《双清阁诗集》

即景

开岁新寒一倍加,梅风杏月不曾花。柴门偶觉春声动,稚子提笼卖蕨芽。《双清阁诗集》

韩德钦　二首

韩德钦,字敬之,庠生,《榆园杂录》存诗二首。

懒柳树店题壁二首

柳市年来几度经,这番无复眼垂青。小蛮舞罢腰肢怯,香梦沉沉唤不醒。

春雨秋风总断魂,羞将心事诉黄昏。韩郎一去无消息,日日章台昼掩门。《榆园杂录》

谭在丙　一首

谭在丙,字焕文,号青峰,邑庠生,精于古文,撰有《青峰文稿》,《潍县志稿》有传。《潍诗采录》存诗一首。

读封禅书

玉牒黄衣礼岱宗,天门望断白云封。武皇未遇秦风雨,一样求仙胜祖龙。《潍诗采录》

注:《潍县志稿》卷三十人物文学谭在丙条下云谭在丙字青峰,与《潍诗采录》所载有异。

郎澍　二首

郎澍,字作霖,号春谿,乾隆三十五年(1770)举人,知陕西蒲城、澄城、三原、白水、保安诸县，署西安府同知，《潍县志稿》有传，其《自娱轩诗草》，今未见。《潍诗采录》存诗二首。

过永寿

豳民风气古，家室少编茅。倚岸开圭窦，缘崖结鸟巢。晨烟生涧底，夜火挂林梢。行旅如相问，柴门底处敲。《潍诗采录》

黑水渡

华阳黑水纪梁州，渺渺波涛汇浊流。秦地山川临古渡，汉家疆索界渠搜。中央全失黄沙影，两岸平分白草秋。行客乘风休怅望，当年飞将已封侯。《潍诗采录》

宋殿元　一首

宋殿元，生平不详，《国朝山左诗续钞》存诗一首。

题友人书斋

地僻人踪少，林深鸟语喧。胸怀自冰雪，城市亦邱园。重叠草披径，两三松倚门。我来闲话久，不觉月黄昏。《国朝山左诗续钞》

韩士澹　二首

韩士澹，字企周，号松坪，乾隆四十七年(1782)贡生。《潍诗采录》存诗一首，《国朝山左诗续钞》存诗一首。

山居

迂疏宜落寞，结宇向山村。屋缺牵萝补，墙低折柳樊。桑

麻生计薄，邻里古风存。自识来人少，天寒早闭门。《国朝山左诗续钞》

秋日偶成

秋溪隔岸暮烟浮，露滴芦花冷钓舟。正是清歌声断续，灯光红处酒家楼。《潍诗采录》

韩镐　二首

韩镐，字西京，号海门，乾隆四十八年(1783)举人，为文豪宕有奇气，生平乖蹇，潦倒不遇，《潍县志稿》有传。《潍诗采录》存诗二首。

南朝杂咏

惟爱擎杯醉月圆，风流天子日高眠。仓皇北去无消息，那得重看燕子笺。福王

苦拄东南半壁天，督师力尽泣江边。衣冠空葬梅花岭，不挂思陵野树烟。史阁部《潍诗采录》

魏来同　四首

魏来同，字介繁，号筠塘，乾隆四十九年(1784)岁贡，魏来朋之弟，《潍县志稿》卷三十人物文学魏来朋条下有小传。《潍诗采录》存诗四首。

寄怀韩来安公复

空斋寂寂鸟声愁，迢递相思寄顿丘。落日魂消千里道，浮云望断五湖秋。醉翁亭下坐怀古，明月溪边晚放舟。往日风流

应不改，新诗一半是滁州。《潍诗采录》

悼亡三首

最是当时上计差，伤心空自悔秦嘉。宝钗明镜无寻处，冷落妆台日影斜。

供职高堂虑不胜，每窥意旨辄兢兢。屏当已了姑心喜，笑向人夸少妇能。

半生心血为儿枯，爱惜真如掌上珠。未到成人何足恃，孩提不解念劳劬。《潍诗采录》

郭悦芝　二十首

郭悦芝(1751—1839)，字意馥，号石云，岁贡，郭灿之孙，郭奕骝之子，道光辛卯科钦赐举人，敕授修职郎。所撰《楚壁吟》，载诗九十八首；《续楚壁吟》，载诗四十六首。《北海郭氏诗存》存诗三十九首。今选诗二十首。

流民行

偶出城东门，闲眺白狼涘。有客扶杖来，蹀躞病鹤似。老妪尾其后，襁抱一弱子。共憩枯树根，相对但嘘唏。问自何方来，含悲诉邑里。隶籍胶水东，世世业书史。连年苦淫霖，菽粟但有秕。一男复疾殁，旬余作馁鬼。妇幼难强留，遗孤日泣涕。典鬻无长物，奚以给薪水。举家甘流亡，中途转怨悔。谁云饥寒生，胜于沟壑死。闻言为长叹，徒惭呼庚癸。归来怅中庭，夜深独徙倚。《楚壁吟》

鬻女叹

慈母爱弱女，常如形影随。胡为离膝下，潸焉相向啼。只缘岁屡歉，往往饥不炊。留女共填壑，宁鬻作人奚。朝为掌中珠，夕成阶下泥。母心痛割裂，终宵如病痴。明旦急往视，入门旋迟疑。怯见拭泪面，但问外宅儿。伫久更无语，惘惘空自归。《楚壁吟》

秋暮即事

天高霜气肃，树老叶声干。鸦阵回风响，云峰带雨寒。青毡怜自误，白发耐人看。舌尚耕能力，何嫌皙素餐。《楚壁吟》

雨霁寒亭道中

远山初吐日，野鸟隔林听。晨气蒸云白，岚烟带柳青。马鸣芳草渡，人歇古邮亭。白发征途客，何来问已经。《楚壁吟》

雪后即事

老大增人感，天寒逼岁除。妇求龟手药，客访鹤神书。雪影梅三径，茶声火一炉。袁安深巷寂，独卧赋闲居。《楚壁吟》

岁暮即事

荒村日日掩柴扉，问字无人事亦稀。待腊早梅迎雪放，窥窗寒雪掠檐飞。酒缘偶饮疑微涩，诗为频敲觉尽非。地僻莫嗟春信晚，且拈残卷趁朝晖。《楚壁吟》

同人约黄埠看桃花

绿杨隐隐水迢迢，结伴寻来未觉遥。半树欹烘茅屋角，千枝横染土山腰。酒随落絮风前醉，人向斜阳影里招。咫尺仙源须记取，开年好共访溪桥。《楚壁吟》

枕上

残灯无焰小斋清，夜永轻寒傍榻生。风送山钟频断续，云过窗月递昏明。西归应卜今宵梦，南望空怀旧日盟。伏枕披衣浑不寐，闷敲长句入深更。《楚壁吟》

秋夜即事

豆棚花下已黄昏，倦眼频搓独掩门。千里梦回乌叫月，一声胆落客招魂。鲜葩入镜灯光烂，科斗书窗竹影繁。伏枕推敲浑不寐，诗成午夜向谁论。《楚壁吟》

由莱旋潍

东莱风景易衰颜，四十年中几往还。已欲钓矶盟白鹭，又横驴背别青山。愁生暮树云千叠，望断孤峰月一弯。才过送春复归去，征尘遮莫鬓毛斑。《楚壁吟》

垂钓

千尺寒潭清，一声欸乃歇。倚竿浑忘机，只钓波心月。《楚壁吟》

东篱

五月删新篁，七月剪带草。秋深风雨多，留架菊欹倒。《楚壁吟》

客中作

久作东莱客，无端又暮春。怪来乡梦数，日日送归人。《楚壁吟》

蝶

夜宿秋花深，朝飞秋花顶。梦里任蘧蘧，那知梦有醒。《楚壁吟》

不寐

绕榻寒生梦未成，闷敲短句续残更。萧萧一夜聋人耳，不辨风声与雨声。《楚壁吟》

榆钱

冶出洪炉造化新，游丝牵贯挂枝匀。年年散尽东风里，买得人间几许春。《楚壁吟》

途中寒食

水抱山回一径斜，前村隐隐见人家。秋千影动朝霞里，半倚红墙是杏花。《楚壁吟》

并蒂莲

合欢那可斗红妆，占断平池一片香。风卷绿云惊翡翠，月明芳影宿鸳鸯。《楚壁吟》

纸鸢

高飞不必羽毛丰，平地吹嘘入碧空。漫道一时皆仰面，风前只好逛儿童。《楚壁吟》

平鉴楼夜坐

凉夜风清绝世缘，倦来枕臂竟成眠。疏钟敲醒楼前梦，万籁无声月在天。《楚壁吟》

刘济川　二首

刘济川(1752—1809)，字剑青，号说岩，刘鸿翱之父，嘉庆五年(1800)举人，曾任寿光县教谕，《潍县志稿》有传，后附刘鸿翱《先奉政府君状略》。《国朝山左诗续钞》存诗一首，《刘氏贡举文集》存试帖诗一首。

赋得卖剑买牛，得田字五言八韵

循良推汉代，艺事却堪传。谓是牛须买，宁教剑在悬。抛将三尺雪，贸得五铢钱。茁壮欣来矣，锋芒早含旃。钟间他处衅，车看此时牵。短笛疏风外，新蓑细雨前。扶犁今始尔，弹铗昔徒然。圣化崇淳朴，休风□□□。《刘氏贡举文集》

春日白浪河上

一带溪流碧树笼,闲扶藜杖出城东。市声隐约春帘里,蝶影横斜晓镜中。乍合乍离瓜蔓水,不寒不暖楝花风。长歌彳亍归来晚,结伴还逢邻舍翁。《国朝山左诗续钞》

傅廷兰 一首

傅廷兰,字馨谷,号艺圃,又号北海迂叟,潍北乡傅家庄人,乾隆六十年(1795)举人,嘉庆十年(1805)进士,历任新郑县、吴江县知县,《潍县志稿》有传。其《苏门遗怀集》存长诗一首。

山阳记

客从故乡来,为述故乡事。李公没江南,死后颇神异。轻生由自缢,乍闻心惶惑。善人伤同类,传言忽异同。彼苍讵愦愦,久之事乃白,迥出常人意。李公本世族,起家进士第。品行既端方,学问亦纯粹。除官得邑宰,筮仕吴江地。幼读圣贤书,温饱原非志。实政与实心,爱民期抚字。古人不我欺,家声何敢坠。淮海称水乡,水潦盐堵溃。疆臣急入告,天子为惨悸。速命发帑金,博施期众济。山阳灾最酷,沟壑多死殪。拯救何忍迟,源源期不匮。户口恐未符。遣使防壅蔽。同官六七人,奉檄一时至。惟公方少年,澄清在揽辔。目睹流离形,中心时感喟。哀鸿号原野,望君如望岁。已溺与已饥,设法期调剂。讵知邑宰王,本属贪污吏。借公使私图,思作鲸吞势。公已察其情,持正强抱制。浮冒全删除,彼此遂凿枘。同官利其财,善言为游说。说词已不行,辙复思赂遗。惟公益悖然,公事敢私议。我本一寒士,读书明大义。泽民先害民,察弊反作弊。鬼神不可期，人言亦可畏。据情申上官，揭帖书完备。王宰闻此言，中心诚惴惴。伊仆曰包祥，附耳出奇计。李某诚倔强，不可以力致。幸伊是只身，绝无亲人侍。兼已详其家，无父母兄弟。妻女皆幼弱，膝下缺子嗣。伊仆二三人，皆系无知辈。诱之以甘言，啗之以重利。彼必为我用，设法使立毙。明日饯以酒，强之使极醉。俟其归寓时，毒药藏茶器。呼水便使饮，那能辨滋味。药力未大发，悬梁令气闭。探骊而得珠，往往欺其睡。十步不留行，机惊如行刺。此事无人知，此谋乃可遂。王宰勉从之，谆嘱需机密。三祥皆同谋，一马亦反噬。天地忽无色，鬼神已愔伺。有才命不由，贤良竟长逝。草草具棺殓，寄厝在僧寺。同城虎郡守，知情为狗庇。叔翁往迎丧，凭棺惟涕泗。王宰来相唁，假意代措置。赙赠二百金，聊尽同寅谊。孰意祸难防，毒血流衣袂。匆遽纳橐中，天若昧其智。抵家已月余，夫人检衣笥。见衣忽然惊，飒飒阴风吹。恍惚若有见，躃踊临丧次。呼天天不应，捶胸迸血泪。邀翁与之谋，启棺同一睨。尸身竟不朽，五内为崩碎。急觅头上钗，口内先探试。毒气拭不除，此冤将谁怼。古人已有言，惨死当为厉。夫君若有灵，神应通梦寐。三日哭失声，邻里皆酸鼻。叔翁赴京城，抱衣诉庭尉。悲咽不成声，历历陈原委。宪曹急上达，此狱极关系。天子圣且明，一见悉情伪。山东与江南，两省严廷寄。尸伤须细检，毛发勿差贰。人犯解西曹，尽法为惩治。怪哉马连升，自投被囚系。大臣会鞫之，隔别问详细。逆仆忽吐实，直言竟不讳。王宰无可辨，俯首甘认罪。包祥属祸首，闻信思逃避。天网固恢恢，稔恶安能贳。桎梏来京师，一讯合符契。九重怜且警，异口丝纶贲。是时秋雨多，一月为阴晦。此案定爰书，云霾顿开霁。人心与天心，是一原非二。我皇感忠直，煌煌天语示。如衔至黄堂，荫恤轶成例。排律三十韵，精切出御制。兼命采大石，刑碑垂禩奕。两世沐殊恩，平地科名贵。已复念其家，饬官辨葬费。逆仆同日诛，雷霆击鬼魅。李祥解山东，坟前摘心祭。一以旌忠良，一以惩贪戾。朝野手加额，合口称圣世。从逆犯天条，直道遭众忌。存顺殁则宁，生死两无愧。传闻公既死，来归盛仆隶。自云作城隍，栖霞任将莅。聪明而正直，除授本天地。此事近荒唐，此理非茫昧。包公称阎罗，铁面正不啻。傅说骑箕尾，史册书历历。从此东牟境，肃清无邪祟。柱国虽未能，神心已早慰。故友诸同年，都门竞设位。荔丹与蕉黄，哀哀陈奠醊。况我属同乡，十年如昆季。一别成千秋，云树动遐思。闻之神已伤，念之心辄恚。群公赋歌词，一一皆工致。我亦抒我怀，阐发诚不易。长篇无推敲，名曰山阳记。玉山忽倾颓，姬姜竟憔悴。魂兮尚归来，华亭孤鹤泪。《苏门遣怀集》

注：此诗乃据清嘉庆即墨李毓昌案作。

郭去非　二首

郭去非(1753—1799)，字趋是，号复堂，一号鹤田。邑廪生，郭东元长子，郭去咎之兄，《潍县志稿》有传，撰有《寻乐堂诗草》《复堂诗选》《趋是子文集》等。《潍诗采录》存诗一首，《国朝山左诗续钞》存诗一首，《北海郭氏诗存》存诗三首。

梦雷儆尘

棱棱傲骨瘗荒墟，尚有精魂到我庐。朋辈谁浇坟上草，儿郎早卖笥中书。何因何果眠长夜，为鬼为仙问太虚。记忆分明终恍惚，一声霜柝五更初。《国朝山左诗续钞》

菊

经秋草木已凋残，独有黄花耐久看。造化何曾偏爱惜，夜来一样带霜寒。《潍诗采录》

注：《潍诗采录》记郭去非字复堂，号鹤田。

时嵎　六首

时嵎，字景暘，号括斋，乾隆五十一年(1786)举人，师从韩梦周，《潍县志稿》有传。《国朝山左诗续钞》存诗六首。

注：《潍县志稿》卷三十人物文学传中言其字为“括斋”，误，今据《国朝山左诗续钞》改。

喜晤同年钱燮园

两载客长安，征逐何纷扰。朋辈日益多，知交反苦少。迩来杜门居，酬应渐能了。搔首思同心，驰情极浩渺。前岁一为别，千里绝鱼鸟。凤城春色深，重见柳丝袅。好风忽送情，故人来云表。为拂衣上尘，开樽就清沼。对此明月辉，细话离怀杳。余时抱微疴，经旬心神悄。顿觉异境开，豁然破隘湫。君归读书多，诗思应更皎。会使珠玉光，使我矇而瞭。《国朝山左诗钞》

时发寿光

曙色减残星，车声梦里听。云凝连野白，海远接天青。裘敝霜偏逼，风寒酒易醒。到家今咫尺，细数短长亭。《国朝山左诗钞》

晚抵天津城

向晚收帆泊，风高白浪翻。归云投海岛，落日下津门。风俗殊方会，鱼虾小市喧。余杭新酒到，聊为息蹄辕。《国朝山左诗钞》

柬西园田二

相思不相见，吟兴近何如。一自初春别，曾无尺素书。高斋寒雨夜，小院落花初。觊我应无尽，东风望不虚。《国朝山左诗钞》

经临朐

百里弹丸邑，人烟古郡邻。阻回溪径曲，俭薄土风贫。叶大桑阴盛，炊香麦饭新。话言酬父老，想见魏唐民。《国朝山左诗钞》

高坝渡

茅屋荆扉古驿旁，数家聚落夜苍茫。机头织罢灯无焰，渡口渔归衣有霜。土榻烟熏殊甚暖，村醪味劣不堪尝。故园消息今垂近，暂借诗思慰夜长。《国朝山左诗钞》

郭单堂　一首

郭单堂（1754—1794），字宓琴，号理亭，乾隆五十三年（1788）副贡，候选直隶州州判，例授征仕郎。《潍诗采录》存诗一首，《北海郭氏诗存》存诗一首。

和友人雪中渡江

天末怀君久，依然路八千。北风吹雨雪，孤客下江船。枫冷猿声急，沙迷雁影连。悬知叹羁旅，何日是归年。《潍诗采录》《北海郭氏诗存》

李绮苍　一首

李绮苍（1754—1795），号仙缥，掖县李镁之女，潍邑郭垲之妻，《潍县志稿》有传。《北海郭氏诗存》存诗一首，《榆园杂录》存其句。

慰勺洋弟下第

才人遇合古来悭，又是秋风落魄还。梦里高堂思白发，马前故国望青山。辛勤一第名难博，诵读三冬事未闲。才调如君应不朽，黄花好为破愁颜。《北海郭氏诗存》

郭坛　二首

郭坛（1756—1812），字岱封，号文江，乾隆六十年（1795）优贡，郭炳畴次子，候选训导，《潍县乡土志》《潍县志稿》有传。《小沧浪笔谈》云："莱州颇多诗人，予以《和孙黄门窟室画松歌》试士，得胶州宋绳祖、潍县郭坛二首，不让渔洋在北海时《涛音集》中诗也。"《国朝山左诗钞》存诗二首，《北海郭氏诗存》选诗二首。

青州道中

残日敛将尽，层云画不成。牛山斜转势，淄水急流声。碛阔平如砥，崖悬高似城。霸图余迹在，凭吊古今情。《国朝山左诗续钞》《北海郭氏诗存》

人日夜作

今节逢人日，闲吟坐草亭。月昏犹辨雪，云薄不遮星。新酒浮杯绿，孤灯背壁青。早知春意动，梅影上疏棂。《国朝山左诗续钞》《北海郭氏诗存》

郭ciu 一首

郭佁(1757—1808),字秋麓,号兰皋,郡庠生,郭炳畴三子,撰有《兰溪诗草》。《国朝山左诗续钞》存诗一首,《北海郭氏诗存》存诗一首。

华严庵

削出芙蓉傍海隈,琳宫珠阙小蓬莱。翠岩曲磴千回转,书阁多窗四面开。后殿树兼前殿覆,远山雨绕近山来。金仙秘诀无从访,青鸟空闻下玉台。《国朝山左诗续钞》《北海郭氏诗存》

郭有善 四首

郭有善(1758—1837),字同人,号云峰,监生,《潍县志稿》有传。撰有《映雪闲笔》四种,《北海郭氏诗存》存诗四首。

题画四首

云气郁山嘴,雪深无客到。四野生暮烟,寒林闻雀噪。

把卷坐芳亭,仰空微有月。何处写冰心,苦吟灞桥雪。

寺隐乱山中,树老云烟里。何来荡舟人,一竿钓秋水。

林外多狂风,风息雨应降。会见荷锄人,来耕古原上。《北海郭氏诗存》

郭去吝 二首

郭去吝(1764—1819),字惠普,号省济,《北海郭氏诗存》存诗二首。

注:《郭氏族谱》误载郭去吝卒年为嘉庆二十七年,嘉庆无二十七年,

以卒岁五十五计，定其卒年为嘉庆二十四年。

得先叔墨痴先生八分书一纸感赋

十年梦冷竹林居，回首池台意惨如。故迹难寻三径雨，遗踪犹见八分书。苔生古砌侵霜露，墨痕长笺认鲁鱼，赌墅风流成底事，自怜青鬓亦萧疏。《北海郭氏诗存》

哭亡友时括斋

嗟君命数竟难筹，洒泪追思平建楼。词赋风流闻北海，文章磊落冠潍州。莫言晚岁交情笃，倍觉穷途义气投。廿载相知今已矣，他年宿草吊荒邱。《北海郭氏诗存》

郭续汾　三十首

郭续汾（1769—1824），字京山，号秋涛，廪贡生，例授修职郎候补教谕，署德平县训导，《潍县乡土志》《潍县志稿》有传。著有《槐荫书屋集》，载诗一百六十五首。《国朝山左诗汇钞后集》存诗三首，《北海郭氏诗存》存诗五十三首。诗多五七律，今选诗三十首。

卧龙桥晚眺

残虹饮夕浦，古路枕长桥。一鸟如人立，斜阳挂柳条。稼完农户逸，草壮马嘶骄。有厌城居者，此来同避嚣。《槐荫书屋集》

送徐生曰嶙应试

岸柳全舒绿，林花半露红。春衫晴日里，人影马啼中。汝正挥吴斧，侬应悔楚弓。到时逢旧识，道我已成翁。《槐荫书屋集》

宿金岭驿

远树晴如荠,征鞭指暮村。丰年多稼穑,斜日散鸡豚。泥滑愁前路,心清梦故园。浊醪甘味薄,旅邸且开樽。《国朝山左诗汇钞后集》

移居

日暮澹生烟,挑灯细雨前。每当新梦醒,犹觉旧庐眠。鸡唱争残夜,钟声入远天。聊安容膝地,心境亦陶然。《槐荫书屋集》

闭门

世态波澜里,终朝独闭门。解颜花欲语,遣闷酒盈樽。一夕槐安梦,三年董子园。是非浑不计,且自避尘喧。《槐荫书屋集》

淄河道中

凉风吹古道,薄暮渡淄河。人语苍烟树,鸥翻夕照波。牛山遗庙在,齐冢几人过。欲问遄台乐,残碑字已磨。《槐荫书屋集》

过青州

曙色催征辔,沧桑动古思。阳河一带水,半绕范公祠。青嶂僧归晚,寒春花放迟。停骖咨父老,往迹指残碑。《槐荫书屋集》

春夜听雨

滴作矮檐声,草堂空复情。烛光花外乱,燕语枕边清。三壤含膏润,千家卜岁成。明朝东野望,驱犊试春耕。《槐荫书屋集》

闻砧

凉风吹木叶,萧飒满空林。何处闻繁响,惊寒有暮砧。云

开喧月影，寺远乱钟音。征妇当兹夕，凭栏思不禁。《槐荫书屋集》

秋兴四首

守拙年年忘短长，空惊岁序去堂堂。青樽夜落蒲桃月，碧瓦晨铺翡翠霜。老婢吟声原太苦，旧游心事尚能详。谢安自识道林意，相马得精粗可亡。

名场征逐久骎骎，十览鲍山卒陆沈。自分此生难夺锦，屡看先达快题襟。薄云吸处成微雨，坦步行来上极岑。画饼浮沤须拼却，脱身习静好闲吟。

璧月新黄巧样开，寒空秋尽雁飞回。围铲榾柮添新暖，欹枕瞢腾醉旧醅。一壑一邱容俯仰，无非无是好安排。右军气骨真长秀，思旷犹然愧不才。

株杌蓬窗已卅年，蹉跎谁著祖生鞭。风声折去摩天鹘，鹤步闲来陆地仙。三径寒云孤鸟外，一帘暝色远峰前。那须少许胜多许，荣利场中苦自湔。《槐荫书屋集》

过渠邱王子俊山庄

小辟芳园学隐沦，辋川书画本天真。有松有竹横秋影，不履不衫娱老身。排闼层层山作壁，绕村面面树为邻。主人爱客频呼酒，投辖今朝又遇陈。《槐荫书屋集》

送张雪樵回渠邱

东风杨柳送鸣珂，鸿爪初消岸雪多。后会纵然无远日，殊方争奈隔春波。才华贾谊年方少，落拓潘郎鬓渐皤。抵里诸昆烦致语，新诗好寄为观摩。《槐荫书屋集》

七夕闲居四首

世载光阴一瞥中，搔头为怯对青铜。莲含余粉帘垂影，人坐闲堂月在空。冷眼不妨从世易，模棱肯竟与人同。貍奴乞取邻家畜，几幅湘笺护比红。

芰墙藤架月轮明，一夕商飚别院中。世路平陂归阅历，家缘琐委仗权衡。灯前重话十年事，云外忽来孤雁声。四序无如秋意好，银潢皎洁玉壶清。

女牛好会卜仙期，乌鹊桥成脉脉思。天上犹然怨久别，人间无怪重生离。柴扉静掩宾来少，团扇才收暑去迟。定子当筵歌一曲，声喧拇战夜深时。

崔瑰有子方为子，冀缺得妻才重妻。储药焉能医我懒，装棉早计御风凄。搴帘杂逐花侵座，送客迟回月满溪。只是百烦无去法，芸窗惟共处宗鸡。《槐荫书屋集》

赠菊畦弟

渠邱归去雨如麻，反指他乡说到家。凉纳层轩依绿竹，香生七椀试新茶。莫因白眼摧鹏翮，岂误青年叹鬓华。记得连床同笑语，牟山南望暮云遮。《槐荫书屋集》

落絮（二首选一）

游丝袅袅看山庄，半曳长空半坠塘。人在断桥霑雪帽，乌啼晓月认秋霜。寻郎有梦都亭远，逐马无心驿路长。生性由来难管摄，风流何必诮轻狂。《槐荫书屋集》

菊畦弟自莱州

那将世故累襟怀，百折迍邅志不灰。驱遣愁魔惟付酒，纵横诗句惯矜才。得名东野贫时著，失意阿连雪后来。趺向寒宵话往事，最难市骨有金台。《槐荫书屋集》

过姚家坊绳武伯故宅子有感

十亩闲园蔓草荒，鸺鹠啼处剧苍凉。余音无复歌红药，旧事谁从问绿杨。老仆开关迎故主，邻翁敷坐话斜阳。酒铲何处空萧索，付与西风只断肠。《槐荫书屋集》

赠玉清宫毕道人

断厓红树拟山家，背郭林深隔暮霞。萝径人归云作障，石门松老雪为花。心安澹泊千缘息，身足高闲一味赊。乘兴偶然游紫府，还评旧事索丹砂。《槐荫书屋集》

有询余近况者，诗以答之

射虎南山志未除，随时吟咏慰闲居。怕听世上纷心事，爱购人间未读书。风纳竹轩三面爽，月来梅圃半畦锄。浮沈生段虽无问，雅尚输君赋遂初。《槐荫书屋集》

赠陈韶夏移居

三间茅屋作闲人，犹是十年裘马身。杖履自今添好侣，戚朋共艳得芳邻。藏金郭穴心全澹，举案梁妻敬若宾。咫尺相过休厌数，高悬石榻待陈遵。《槐荫书屋集》

答友人问

木榻檐萝意惘然，学书学剑两无缘。莲心剥后方知苦，玉质磨时始信坚。春雨声喧百鸟语，夕灯影散一帘烟。何当蒋诩开三径，醵饮衔杯乐圣贤。《槐荫书屋集》

内人病愈

倚窗对镜讶蓬头，憔悴形容瘦似秋。到底温凉谁共喻，当年错悔嫁黔娄。《槐荫书屋集》

过胶莱河

长桥双架水横波，离客怀乡意若何。官道柳条应笑我，三年两度过新河。《槐荫书屋集》

感兴

燕市不容说屠狗，吴门到处听吹箫。可怜一带藏乌树，不是当年旧柳条。《槐荫书屋集》

宋岩 二首

宋岩，生平不详，《潍诗采录》存诗二首。

绿苔

雨后添新景，庭前满绿苔。何须防屐齿，蓬户不曾开。《潍诗采录》

秋声

叶落梧桐老，清声尽在秋。年年时序换，不必赋新愁。《潍诗采录》

杜文漪 二首

杜文漪，字宏居，邑增生，工行楷，撰有《鸡窗集》。《潍诗采录》存诗一首，《国朝山左诗续钞》存诗一首。

赠韩桐园

自与嚣尘隔，宁知近市廛。凿窗因月敞，开径为花偏。门种渊明柳，池栽茂叔莲。重泥雪色壁，倩客写新篇。《国朝山左诗续钞》

无笔

中书底事成颓废，莫伴江郎梦里回。起向枝头寻仿佛，辛夷一树对窗开。《潍诗采录》

张钦 二首

张钦，字若度，潍县人，《国朝山左诗续钞》存诗二首。

西郊晴望

郭外萋萋芳草生，两堤杨柳暖新晴。云从远树梢头见，人向春田雨后耕。四野轻风斜燕影，一村暖日卖花声。西郊最好山千点，蜡屐还深独往情。《国朝山左诗续钞》

游田氏西园

三月韶华处处新，寻幽探胜踏芳尘。花间有径皆流水，树外无山不向人。暖日燕飞楼畔影，平桥草绿雨中春。一年乐事休轻掷，乘兴何辞酒百巡。《国朝山左诗续钞》

张文辑　一首

张文辑，字车五，潍邑诸生，《国朝山左诗续钞》存诗一首。

幸台怀古

突兀矗荒烟，残碑记汉年。一从方士尽，无复汉旌悬。酒脯楼中夜，风云海上天。蓬莱如可到，拟待变桑田。《国朝山左诗续钞》

郭庶深　句

郭庶深，字建瀛，号松岩，与黄岩陈国瑞共结诗社，撰有《松岩诗选》。《榆园杂录》《[宣统]山东通志·艺文志》存其句。

句

淡云阁雨燕争飞。《榆园杂录》《[宣统]山东通志·艺文志》

陈述经　三十首

陈述经，字子郛，号笈堂，嘉庆五年(1800)举人，十六年(1811)进士，授内阁中书，任温州府同知、衢州司马，与林则徐交好，晚年重宴琼林，年九十一而卒。《潍县乡土志》《潍县志稿》有传。著有《静吾斋诗钞》，载诗词一百八十四首；《潍县志稿》存诗一首。今选诗三十首。

对月

人世何悠悠，尘劳杂梦寐。明月空皎皎，照此万象睡。决然披衣起，出门快独对。思驭清冷风，一餐沆瀣气。仰首问明月，安稳潜九地。夜夜升天行，孤光果谁为。缥缈修树仙，形影了如绘。闻声欲相答，含情徒脉脉。我欲揽其光，置之肝肠内。有如冰与火，凛冽总一味。奈何催曙鸡，苦欲蟾兔坠。星斗各阑干，气象转茫昧。诗成不敢吟，恐致邻犬吠。《静吾斋诗钞》

观渔

野塘径百步，多鱼潜其中。菱丝结上下，荷叶翻西东。夕阳时出跃，窥见鳞鬣红。遂有垂钓人，纷然下钓筒。吞饵未及饱，一叶凌飘风。获者方泼刺，来者争唫喁。悯汝鱼甚愚，三叹濠上翁。洪流在咫尺，长堤隔穹隆。决渠欲放汝，难此荷锸功。为问游釜危，何如涸辙穷。黯然穴窟底，或有江河通。《静吾斋诗钞》

秋日咏怀

一家共薄产，闭门长苦饥。驱马长安去，所得只别离。归来今三载，胸怀聊以怡。时亦到田野，不用把锄犁。时亦过市廛，不用权刀锥。公署无大小，屏迹不敢窥。嘉与二三子，共下读书帷。日听琅琅诵，常披亹亹词。临窗弄笔砚，看花步阶墀。

黄昏宴卧早，清晨睡起迟。余闲自陶写，不遣儿辈知。比舍有美酒，每从斟酌之。爰从天山卜，怕诵杨柳诗。亲朋向我言，子岂闲退时。七十方致仕，古人理则宜。强壮不自励，读书亦何为。莫嫌俸禄薄，莫嫌官秩卑。不见刘司马，啸咏江之湄。况有白发亲，颓景薄西陲。日月不我待，后悔安可追。我闻大义教，愧颜多忸怩。俯仰卒今岁，明春以为期。还依来时路，去寻老与衰。《静吾斋诗钞》

和阎雨帆表兄见寄原韵二首

久别阎夫子，含情望远天。夜凉人不寐，秋迥月初悬。遥识王摩诘，难呼孟浩然。徘徊今昔意，非独感流年。

闲愁除不尽，随我转天涯。雨湿有根草，风吹无蒂花。山多难到署，江远未浮家。爱听归田约，相看两鬓华。《静吾斋诗钞》

万柳堂二首

负郭堂仍万柳名，游人怀旧不胜情。春风树想樽前影，骤雨歌来画里声。酒不妨禅时入寺，山如解笑独倾城。醉来竟欲眠僧榻，一听钟鱼梵响清。

相公别业凤城陬，觞咏曾闻集胜流。亭榭百年乔木尽，陂塘八月荻花秋。人谁辟地重栽柳，我欲吟诗暂倚楼。莫向荒原问遗迹，浮云落日总悠悠。《静吾斋诗钞》

移居

客里移家西复东，天衢欲避软尘红。多留隙地排书卷，少有余钱理酒筒。蜡屐寻春花市雨，葛衣消夏柳堂风。年来颇识幽居味，只惜无人与我同。《静吾斋诗钞》

客舍除夕

客舍端居岁又除，伴人灯火夜窗虚。名场易觉三生梦，旅

恨难传一纸书。腊雪余寒欺雅蒜,朔风作势响箖竽。阳春果有重来信,冻笔题诗一问诸。《静吾斋诗钞》

忆梅

连朝雨雪重离披,欲出看花奈已迟。树老空山元鹤伴,香浮清晓白云知。谁凭谢客三生慧,来咏逋仙七字诗。欲倩春风通款愫,檐前含笑立多时。《静吾斋诗钞》

对菊漫兴

几年来作浙东游,又见篱花放晚秋。戒酒偏逢佳节宴,登高难遣故乡愁。丹邱紫府谁能到,白璧黄金不可求。只忆寒原将树麦,诗成付与老农讴。《静吾斋诗钞》

题李义山诗集(二首选一)

功名自分已沈沦,涉足无为近要津。纨绔何能知好士,儒冠从古拙谋身。羽鳞飞跃情原异,文字交游迹已陈。后院正忙东阁闲,应将行马拒诗人。《静吾斋诗钞》

放生

见说生宜放,常疑境是仙。桃花空避世,尚有捕鱼船。《静吾斋诗钞》

读易

晨起看周易,全无事可占。但看成卦后,一画孰容添。《静吾斋诗钞》

借书

薄宦南来日,书囊只少携。别将行秘笈,寄在浙东西。《静吾斋诗钞》

竹兰二绝题画

谁将妙笔写筼筜,接叶交柯趣自长。想见停琴坐幽馆,一庭烟雨晚苍苍。

清芬一段入摹描，水石风流未寂寥。要识素王空谷意，何论名士读离骚。《静吾斋诗钞》

园中即事二首

吾生从不好楼居，步上高山却坦如。为识脚根牢固处，常宜踏实莫凌虚。

亭台有路隔清溪，竹叶藤梢咫尺迷。栖鸟常窥人独立，晚凉原在小桥西。《静吾斋诗钞》

酒楼

千钟美酒玻璃春，曲曲红栏俯水滨。此日内廷宣召简，楼头应有解鱼人。《静吾斋诗钞》

出都

半街斜日动征鞍，住亦无聊去亦难。行出都门三十里，依然回首望长安。《静吾斋诗钞》

途次清明遇雨

寒食清明过不知，路傍谁唱断魂诗。连旬一雨迷花月，免使行人感岁时。《静吾斋诗钞》

钱塘舟次

人间百事苦来迟，岂独伤春杜牧之。闲倚清流照须鬓，不知何日已成丝。《静吾斋诗钞》

过扬州二首

宿雨停云冷似秋，江船五月过扬州。不须更读芜城赋，只到虹桥已自愁。

一路亭台废迹多，欹斜栏槛压颓波。亭台本是田原土，为问丹青价几何。《静吾斋诗钞》

老少年二首

藜苋蓬蒿共一丛，映人衫鬓两青葱。老来别有还丹决，不是衰颜借酒红。

老翁忽入少年场，依旧朱颜得酒狂。纵吐芳华时已晚，传言青女莫飞霜。《静吾斋诗钞》《潍县志稿》

论诗三首

石民学杜终非杜，直气居然石徂徕。可惜安丘刘相国，只从百里羡诗才。杨石民

一官抛却隐程符，书舍空存二顷无。不是门生传旧作，谁知循吏是韩苏。韩理堂

弱岁耽诗属性真，常从刻苦见标新。双清一派清如水，难向尘嚣索替人。郭雁庐《静吾斋诗钞》

谭世纶　三首

谭世纶，字紫封，号樗亭，廪贡生，曾任宁海州学正。《潍诗采录》存诗一首，《国朝山左诗续钞》存诗二首。

自题深柳读书堂小照

濯濯春初柳，丝丝绝可怜。偶然成小筑，恰傍绿溪边。云物聊堪赏，须眉遂浪传。诸君劳拂拭，爱我枕书眠。《潍诗采录》

不寐

络纬啼何急，空堂梦未成。窗明月将出，衣润露初生。古壁余灯影，寒林作雨声。病身频转侧，林外一鸡鸣。《国朝山左诗续钞》

同诸生登蓬莱阁

杰阁临沧海，三山晓日初。人间天未尽，身外地无余。驰突来奔马，凭陵过大鱼。才华诸子擅，谁是木元虚。《国朝山左诗续钞》

谭学诗　一首

谭学诗，字肄南，庠生，《潍诗采录》存诗一首。

莲池感旧，旧为郭太史芸亭别墅

谁借沧溟太乙莲，移来开放小池边。摇风叶走盘中露，映月花明镜里天。疏雨鹭眠偎岸柳，断桥人语隔溪烟。怅怀耆旧芸亭老，不触闲愁又几年？《潍诗采录》

康文坛　三首

康文坛，字贲辉，嘉庆十二年(1807)入庠，赴秋闱试中疾卒。《潍诗采录》存诗三首。

雨中春望

步屧柴门远，鸣鸠细雨时。花残几树锦，柳曳半堤丝。烟重村微辨，云际山愈奇。倩谁留粉本，图入画中诗。《潍诗采录》

咏驼山

物借山名贵，因形取象驼。石排苍齿巨，松倒翠髯多。风鏊声疑啸，云霄背欲摩。千秋负日月，气象竟如何。《潍诗采录》

过黄山刘氏庄

卜居尘世远，学稼寄烟蓑。家在黄山下，门前绿树多。无人常独钓，有雀可张罗。剧喜清闲地，应烦几度过。《潍诗采录》

郭圩　二首

郭圩(1769—1815)，字耕岩，号象坤，又号兰畦，嘉庆三年(1798)举人，十年(1805)进士，知云南恩安县，敕授文林郎，能诗,多不存。《郭氏族谱》《潍县乡土志》《潍县乡贤传》《潍县志稿》有传。《北海郭氏诗存》存诗六首,《十二笔舫画录》《潍县志稿》存其残句。今选诗二首。

故人村

指点故人村,相去未里许。时携一壶酒,相聚槐下语。曳袖招清风,飒然却炎暑。薄暮望归来,明月共予汝。《北海郭氏诗存》

七夕

欲别牵衣送,仙裾不可留。无能永此夕,何忍说来秋。《北海郭氏诗存》

郭锦　三十首

郭锦(1771—1812),字蜀江,郭守绪之子,嗜于酒,喜度曲,《潍县志稿》有传。撰有《蜀江诗选》二卷,载诗二百三十一首,《北海郭氏诗存》存诗五十九首。今选诗三十首。

牧牛词

陂田高下青濛濛,平芜一片春烟中。牧童牵牛自笑乐,信口林歌扣牛角。牛宫隔水杨柳生,斜阳影里飞牛虻。牛爱凉阴闻掉尾,饱卧苍苔渴饮水。远山日暮牛归迟,牛行慎勿伤鞭笞。牧儿牧牛为牛惜,连年驱死遭兵革。近村远落千头空,里正坐门横索逼。但愿公家事渐少,我牛闲向农家老。《蜀江诗选》

街西

一片青芜水,春来似若耶。斜风几杨柳,新燕数人家。地湿生溪薛,城荒长野花。倚门可垂钓,不用买渔槎。《蜀江诗选》

秋日感赋

旧业都消尽,颓然一布衣。乍贫谋食拙,渐老识人稀。闭户生秋色,支筇吟夕晖。萧骚动邻树,时见暝禽归。《蜀江诗选》

夜雨

三更飞旅雁,梦里亦惊秋。夜气一何寂,雨声殊未休。叶从金井落,萤入草堂流。索寞挑灯坐,清宵吟四愁。《蜀江诗选》

齿落

一阙谁能补,残枝易落花。居乡惭序齿,与世竞聱牙。舌在君休问,唇寒我亦嗟。不堪老饕赋,嚼蜡比年华。《蜀江诗选》

安丘见家二兄

失喜闻余至,蹒跚出户看。未言异乡苦,先问老亲安。共寝拂尘榻,当筵罗酒餐。灯前述家事,相对泪阑干。《蜀江诗选》

晚渡白浪河

露冷万家秋,黄昏古渡头。断云低暗浦,华月泻寒流。人语烟中树,灯疏郭外楼。忽闻歌水调,何处有渔舟。《蜀江诗选》

除夕

几载客中身,蹉跎又好春。徐斟半夜酒,始了一年人。多病疏良友,长贫累老亲。愁来隐几卧,爆竹响西邻。《蜀江诗选》

南村偶兴二首

一曲春流水,茅檐八九家。溪田围柳树,山塚压梨花。放鸭平沙浅,呼牛古道斜。野人残照里,闲坐话桑麻。

出郭傍流水,潆洄绕绿苔。分明看花去,只道钓鱼来。四野春烟合,孤村晚照开。故人种瓜叟,相遇一衔杯。《蜀江诗选》

游绿萝山庄

一径绿萝壁,高临漱濑亭。烟涵积水碧,树拥远山青。对

竹人惭俗，听松酒欲醒。采芝歌一曲，暮色下前汀。《蜀江诗选》

送单伧山归下密

故里萧然去，归装一叶轻。鸡声春水渡，驴背夕阳城。齿冷残书画，情辜贫友生。萋萋芳草路，策杖送君行。《蜀江诗选》

春游遣兴

何处风光不断肠，今朝赢得白头狂。绿杨岸转春流曲，红杏村深野路香。藉草数杯招牧笛，穿林一杖挂奚囊。高吟未竟徐成醉，无限余情在夕阳。《蜀江诗选》

冬日

幽栖何必说烟霞，环堵萧然阅岁华。冻鸟荒阶槐落叶，夕阳矮屋菊余花。严天破寂饶怜酒，长夜妨眠懒试茶。风雪打头钱挂杖，敝裘今日过谁家。《蜀江诗选》

郭外遣兴

曈昽初日照关河，小立平桥水欲波。荠菜花生寒食近，柳条烟绿旅人多。年饶晓市竞升斗，雨足春皋聚笠蓑。最是儿童无个事，纸鸢风里一声歌。《蜀江诗选》

秋郊即目

烟墟林坞日初晴，牧弟樵兄伴我行。半岭斜阳上牛背，一肩红叶带虫声。山村晚稼如云积，野店新醅比水清。相约布衣诸父老，鸡豚塞社报秋成。《蜀江诗选》

重阳偶笔

山家尽日掩柴荆，满听寒林飒飒声。独把一樽桑落酒，菊花为位祭渊明。《蜀江诗选》

题雁庐叔画菊

人爱秋香吟入诗，篱花山客性原宜。偶然作画诗相似，满地清霜卧一枝。《蜀江诗选》

度曲二首

一向愁来未作诗，四条弦子谱新词。梧桐小院凉如洗，尽日无人对旷师。

古意新腔妙入神，莺闺燕阁记来频。不愁解唱相思曲，我是伤心已往人。《蜀江诗选》

余迁居，单伦父以诗见寄，次韵奉答

一札烦君问卜居，依人庑下愧何如。携来家具从新理，只有空囊数卷书。《蜀江诗选》

春尽偶书

芳草如烟骏马嘶，短亭谁赋冶春词。山人一病贪高卧，开尽桃花梦不知。

情怀默默惜春残，睡起无聊懒着冠。一杖晓风帘外立，满庭新绿当花看。《蜀江诗选》

槐虫

寄生只合苦春枝，艳柳秾华近不知。池阁清寥人迹绝，满庭风露吐秋丝。《蜀江诗选》

忆瞽女魏氏弹唱

一弦一拨一声秋，水调新词唱马头。多少江湖旅游客，征衫泪湿为君愁。《蜀江诗选》

观剧(十首选五)

万里参军去朔方，伏阶裨将肃戎装。不知小玉伤心甚，鹦鹉依然唤十郎。《紫玉钗·折柳》

驻马长亭画鼓敲，香车送别路迢迢。旌旗十万悲笳动，手握杨枝过灞桥。《紫玉钗·阳关》

花鹤清闲伴试茶，一庵云水道人家。幽窗听尽潘郎语，翠袖单寒玉麈斜。《玉簪记·茶话》

别来清院欲魂销，谁与相思慰寂寥。一叶云冠人近榻，壁琴书幌冷萧萧。《玉簪记·问病》

天生孤凤受风波，未报亲仇泪点多。两两刺篙何处去，无家帝子一渔蓑。《渔家乐藏舟》《蜀江诗选》

郭予驰　五首

郭予驰（1771—1851），字朋鹭，号有溪，邑庠生。《北海郭氏诗存》存诗四首，《续楚璧吟》存诗一首。

哭石云兄

兄弟情原切，文章契更深。肫诚三古谊，浃洽两人心。白社痴寻句，青年盼赏音。于今哭硕士，谁复重儒林。《续楚璧吟》

忆历下亭

昔为历亭留，风光八月秋。回廓通曲径，古木出层楼。远抱三山影，中停一叶舟。诸君临眺处，惜未作同游。《北海郭氏诗存》

送小房侄之任湖北

曾涉湘江水，于今几度春。为思心绪事，寄语远游人。有愿承先训，无忘抚字仁。前程方远大，切莫惮风尘。《北海郭氏诗存》

舟中夜雨

雨声山外接泉声，声入孤舟分外惊。南北关心牵两地，往来注意到三更。中流激棹谁为主，伴宿浮鸥尚有情。愁入春风吹不去，依依衾枕到天明。《北海郭氏诗存》

泊老虎滩

两岸青峰一线天，随波逐浪楚江边。飞泉已下游人泪，况

是猿声又到船。《北海郭氏诗存》

于西山　一首

于西山，生平未详，郭去咎《松香词钞》存词一首。

蝶恋花

抱病重游莱子国，老却心情，只剩须髯黑。四十年来还记得，烟岚不改青山色。眼底少年头半百，莫笑衰翁，仍作风尘客。屈指归期愁脉脉，数程宛似天尘隔。《松香词钞》

郭去咎　三十七首

郭去咎(1773—1858)，字悔存，号震庵，郡增生，郭东元三子，郭去非之弟，撰有《太璞庐诗选》《松香词钞》《震庵集》等，《潍县志稿》有传。《太璞庐诗选》存诗二百三十五首，附词十八首；《松香词钞》存词五十六首，《国朝山左诗汇钞后集》选诗六十七首，《北海郭氏诗存》选诗七十六首。今选诗三十首，词七首。

记梦

书忆黄山诗，夜梦黄山叟。冠以方山冠，白眉复皓首。许我思古人，古人即我友。道合以神交，异世无先后。与我论古诗，古诗分陇亩。赓歌始虞廷，如易生奇偶。风雅三百篇，已定尼山手。汉魏逮六朝，往往入旁纽。黠者矜创获，愚者甘法守。有唐振颓风，李杜兼韩柳。声慑蛟龙吟，气涌山岳走。作者盛于斯，巨橐包万有。鄙哉司空图，呢呢犹黄口。世有明眼人，一炬烧刍狗。斯文无定格，楷隶变蝌蚪。要能正厥志，立言斯不朽。志正正以义，义与天地寿。志正正以情，情与金石久。郊岛贺籍湜，卑卑皆培塿。穷亦不必工，艳亦反为丑。莫须问黄山，黄山一敝帚。觉后省斯言，仙去遗丹臼。搔首望青天，孤星大如斗。《太璞庐诗选》《国朝山左诗汇钞后集》

吴宫怨

一顾倾人国，再顾倾人城。旧日浣纱女，妾独受其名。闲来池上立，秋水吐荷英。比翼两鸳鸯，渺渺浴波轻。鹭丝非不洁，不与同飞鸣。妾本苎萝人，征歌入掖庭。中夜故乡，泪下玉箫声。抚琴奏此曲，肠断谁为听。《太璞庐诗选》

行路难

随人走都邑，不如处邱园。依人得温饱，不如守饥寒。老母柩在室，何以促征鞍。儿女寄外家，谁复劝加餐。关河六千里，茫茫行路难。《太璞庐诗选》

将进酒

我生苦无心腹交，惟尔入腹消郁陶。我生最喜珍腴馔，一经没齿味皆变。惟尔臭味无差池，悦口悦心两不厌。纵饮放歌世所轻，无妨与世相冰炭。兴来且吟东坡诗，臣今聊复一中之。《太璞庐诗选》《国朝山左诗汇钞后集》

志士吟

松柏冬不凋，志士穷不挠。胸有浩气，泄之为洪涛。洪涛入海海不枯，何人海上屠鲸鱼。《国朝山左诗汇钞后集》

秋感

年长兼贫病，当秋难自禁。疏狂原故态，残废悔初心。倦枕三生梦，孤鸿万里音。钟期应不作，尚想理瑶琴。《太璞庐诗选》

宿周村店

茅店寻何处，灯辉远在门。风吹须有冻，云涌月无痕。客梦凉孤榻，鸡声乱一村。星星看炉火，剩酒且重温。《太璞庐诗选》

卧龙桥斋中与王九西宾话旧

卧龙桥下水，水曲抱柴门。老屋荒三径，夕阳晴一村。渔樵空有约，昆季竟无存。兀坐感今昔，君应许共论。《太璞庐诗选》

蓦地

蓦地惊衰老，随心一事无。睡偏多转侧，饭亦费工夫。懒散留诗债，高狂愧酒徒。闲看古原上，霜叶半林枯。《太璞庐诗选》《国朝山左诗汇钞后集》

宿邹平店（二首选一）

落落东归去，迟迟去历城。何时到潍水，今夜宿邹平。噩梦无昏晓，残灯半灭明。谁怜茅店里，一醉觉寒轻。《太璞庐诗选》《国朝山左诗汇钞后集》

祀灶日作

古俗此良辰，年年一祀君。今宵清苦况，与我好平分。破釜烹残雪，饥乌噪冷云。新诗如见许，休拟送穷文。《太璞庐诗选》《国朝山左诗汇钞后集》

遣怀

斗大茅庐照短檠，贫家风物自天成。山妻惯煮藜羹味，幼女初谙纺绩声。我本无才甘退隐，儿能解事不邀名。床头一饭人高卧，默拥寒衾看月明。《太璞庐诗选》

赠刘履亭

盲左文章有盛名，十年濩落鬓星星。途穷自托刘诚意，语

妙谁知柳敬亭。雨雪茅庐穷啸傲，风尘裋褐任飘零。凭君踏遍东西路，莫更逢人问眼青。《太璞庐诗选》《国朝山左诗汇钞后集》

自题《亡羊集》二首

莫拟骚人问上苍，古来何处不亡羊。恩仇未必皆前定，鬼蜮偏多是故乡。笔墨无灵随我老，莺花有恨为谁忙。蹉跎岁月难回首，雌默从今学智囊。

翻覆阴晴是麦秋，不因望月喘吴牛。三生梦话悲前度，十载行踪忆旧游。抱病长怀汤信国，传神难觅李营邱。天涯海角多沦落，感激维摩已白头。《太璞庐诗选》

人情

荒城脚下老黔娄，阅历人情五十秋。谋面熟时无忌惮，受恩深处是仇雠。鸟啼不必催山晓，花落何妨付水流。莫叹积薪学长孺，镜中霜雪早盈头。《太璞庐诗选》

懒惰

懒惰无曾作诔文，萧然病鹤乍离群。诗魂纵或招泉下，酒力何能到夜分。一岭梅花醒旧梦，半窗明月冷孤云。鹧鸪声里伤心语，再入词场更不闻。《太璞庐诗选》

有赠二首

落日悲歌意气豪，江湖漂泊一鸿毛。只凭然诺挥孤剑，不借机权用二桃。鹰隼犹能击狐兔，英雄何必解风骚。恩雠易地茫茫是，骚首荒斋饮浊醪。《太璞庐诗选》

十载飘蓬鬓已丝，相逢不改旧襟期。休弹白雪阳春曲，正欲烧琴煮鹤时。玉局应随麋鹿隐，杜陵甘耐凤凰饥。烟波一棹君归去，我亦扁舟访子皮。《太璞庐诗选》《国朝山左诗汇钞后集》

明湖

莲叶湖云历下秋，放歌且上木兰舟。烟中塔影桥边寺，梦

里箫声郭外楼。五夜月明寒乍剧，十年心事水空流。沧浪一曲人千里，泪尽西风是此游。《太璞庐诗选》《国朝山左诗汇钞后集》

平生

漫说平生我自知，行藏羞于古人期。关心宿债愁儿女，倦眼名场让弈棋。退步难寻招隐地，得钱长忆盖棺时。年华七十精神老，学道空山亦较迟。《国朝山左诗汇钞后集》

古意

兀兀坐空庭，日合春已老。不见意中人，颦眉怨芳草。《太璞庐诗选》

离堂燕

去岁离堂燕，今春盼旧巢。主人帘未启，前夜宿林梢。《太璞庐诗选》

世味

世味已深谙，桑枯未老蚕。只应同野衲，深夜汲寒潭。《太璞庐诗选》

落花二首

留春无计苦伤神，一顾秾华了宿因。大类美人含恨死，只应委地作香尘。

萎尽南枝剩北枝，最无情处着相思。分明花为东风落，说与东风苦不知。《太璞庐诗选》

题周某画藤萝四首

隔溪明月隔江村，掩映空洲护石根。曾与芦花伴萧瑟，夜深惊破杜陵魂。

蓝田邱壑蔓婆娑，仍是辋川扫绿萝。不有林居老周昉，右丞笔墨恐无多。

四周佛阁破山中，水墨成花映碧空。不向剡溪摹粉本，更从何处访丁公。

瘿可为樽杖可扶，仙根只合种方壶。倘能画我林间醉，放眼尘寰一事无。《太璞庐诗选》

高山流水·述怀

十年漂泊走荒郊，暂藏头归隐衡茅。无计理生涯，一庭败叶萧萧。除却烦恼，独酌村醪，可人处，惟有窗间月色，枕上松涛。多情长伴我，天地一鹪鹩。　　嚣嚣，文章吐奇气，何必论苏海韩潮。千古事，三生幻梦，一卷离骚。丈夫原不志金貂，告吾曹，莫笑功名无分，笔墨空豪。乐天真，任他沦落且逍遥。《松香词钞》

贺新郎·书板桥词钞后

谁谱新词卷，是扬州板桥居士，挥毫搦管，持向寒空吟古句。惊破荒郊鬼胆。发无数英雄悲怨。疑为妖氛征宿将，纵金戈铁马来酣战，终不是求奇险。　　词场我亦闲消遣，最喜是横盘硬语，力开生面。十载嘲吟多故迹，回首风尘泪眼，有几曲雄深雅健。对此如椽苍劲笔，拟风骚吐气惊雷电，吊前哲，再三叹。《松香词钞》

醉春风·题趋是子文集

谁谓诗书好，惯把人颠倒。百年心事竟何如，草草草。康乐文章，坡仙词赋，空留遗稿。　　日月争昏晓，天地何时老。才华如故昔人非，恼恼恼。一度春风，一番秋月，循环不了。《松香词钞》

江南好·惜春

春意好，归去太匆匆，芳草池边抽嫩绿，梅花枝上折残红，莫怪怨东风。《松香词钞》

谢池春·春草示陈国瑞

绿遍池塘，又见一番春色，似怜我旧时相识，入帘翠影，远衬苔痕碧。渐含烟，茸茸堪惜。　寻芳仄径，晓露玲珑欲滴，怨王孙，何曾追忆。莫令摧损，散乱牛羊迹。听一曲，牧童吹笛。《松香词钞》

青玉案·太璞庐题壁

山松一树当门绿，全罩住黄茅屋。中有主人闲诵读，夏宜听雨，冬宜卧雪，便是小林麓。　等闲不市三牲肉，米饭藜羹欣果腹，随意徜徉无约束。闷来沽酒，兴来寻句，忘却头将秃。《松香词钞》

贺新郎·赠刘生

乍见悲如许，忆当年，萤窗雪夜，青衿素侣。风雨莱城驴背冷，破寺荒村古渡。听几处晨钟暮鼓。瞥眼流光三十载，叹故人一别成千古，宿草恸，泪如雨。　问君漂泊归何所，借人间数椽茅屋，萧然逆旅。一榻早悬迎过客，萍水行踪无据。草草具田家鸡黍。最是惊心心未死，看炎凉不惯摇头去。今昔恨，凭谁语。《松香词钞》

刘伯龄　一首

刘伯龄，字松寿，老隐于医，素喜填词。《松香词钞》《榆园杂录》存其《如梦令》一首。

如梦令

壮志那堪重说，惟有鹑衣百结。口耕与舌耘，消磨一腔热血。凄切凄切，耐尽青灯寒雪。《松香词钞》《榆园杂录》

郭书俊　四十首

郭书俊(1773—1836),字遴甫,亦字章民,号渔仲,又号念劬,又号蓼莽,郭凤鸣之子,嘉庆五年(1800)举人,历任山西长治、繁峙、孟县等知县,后升河东监盐同知,《潍县志稿》有传。撰有《蓼莽诗存》,存诗约八百首,《国朝山左诗汇钞后集》存诗三首,《北海郭氏诗存》存诗一百零五首,《晚晴簃诗汇》存诗五首。今选诗四十首。

催租叹

霜降十日早,霜降十日晚。种麦须及时,农书如宪典。泥块下深犁,羸牛耕长坂。绣野一掌平,生机已宛宛。隔岁望仓箱,谁嫌收成晚。胡马催租吏,谴呵到鸡犬。东家盛供张,西家备餐饭。质衣不得价,举室遭驱遣。老妪仰屋泣,石田悲塍畎。吁嗟长民人,杯酒方沉湎。《蓼莽诗存》

广固行

铜驼夜泣典午绝,纷纷逐鹿金瓯缺。五湖争起作天骄,鱼羊食人日流血。前燕已灭后燕亡,豪杰屈指范阳王。长河冰结亦天意,囊括三齐制东方。玉玺一纽为天子,驱策群雄如臂指。敢说中兴夏少康,国事粗能得料理。阿超远自秦中来,少小流离剧可哀。太息妍皮裹媸骨,豚犬儿郎真不才。黄屋坐袭大宝位,亲臣重臣多猜忌。苦将劓刵复肉刑,如何人命等儿戏。轴轳百道下中原,万马无声夜窥边。天险坐弃不能守,神兵已过大岘山。寄奴夜掘五龙口,山河破碎君臣走。执手流涕魏夫人,南燕帝业成何有。宿草荒烟落日昏,惊沙灭没故垒存。英雄割据长已矣,至今啼鸟怨公孙。《蓼莽诗存》《晚晴簃诗汇》

秋夕

残阳未到地，檐际众禽喧。柳色和烟暮，苔痕过雨繁。琴心愁作曲，禅悦欲忘言。坐觉微风漾，相思寄绿蘩。《蓼莽诗存》

重阳后二日喜侄孙荣秋至自平寿

过节少欢绪，霜晨门未开。菊将秋共老，人与雁同来。倒箧书盈帙，关情酒满杯。挑灯询旧好，凉月夜徘徊。《蓼莽诗存》

南村遣兴（四首选二）

地僻孤村远，萧萧落木稀。烟沉秋水迥，门闭乱山围。一钓鱼儿出，千畦豆荚肥。迢遥征雁影，何事向南飞。

平生爱丘壑，一半与秋风。空翠沉高鸟，余红醉晚枫。人声村市寂，梵语石楼空。缓踏溪头月，题诗寄社翁。《蓼莽诗存》

早行

霜气朝来肃，初阳红一村。仄桥斜趁树，高岭早开门。小市人烟集，秋场儿女喧。呼童贳新酿，聊为借余温。《蓼莽诗存》《国朝山左诗汇钞后集》

遥寄家雁庐兄代柬（三首选一）

十载别离感，因君生远愁。孤桐心自直，野鹤羽能修。觅句消清昼，同僧话白头。眠云记新梦，果否到并州。《蓼莽诗存》《国朝山左诗汇钞后集》

晚访雁庐兄

静与孤松对，空堂即远山。诗真无客好，心冷比鸥间。落日平临地，柴门未上关。因君问三昧，萧寂水云间。《蓼莽诗存》《国朝山左诗汇钞后集》

龚一山转运归自河南二首

客路转吴楚，一车随雨行。人来诸葛渡，山尽吕蒙城。驿柳藏双堠，村醪醉短枪。夕阳驱倦马，不尽别离情。

微风送残暑，尘外片云回。客与新秋约，人先早雁来。露荷千叶老，烟柳一门开。扫榻客高枕，山禽莫浪猜。《蓼莽诗存》《晚晴簃诗汇》

立秋

一叶下庭际，微风生薄寒。秋从今夕到，月在异乡看。人静蛩声闹，宵深鹤梦阑。故交如忆我，直北是长安。《蓼莽诗存》

出郭

小邑无名胜，肩舆偶出城。枯杨作秋色，晚柏误春情。霜冻平桥滑，日斜高阁明。边庭寒气重，已觉敝裘轻。《蓼莽诗存》

同年

握手不尽意，骊歌生远愁。故交方惜别，客路已成秋。落叶人千里，西风笛一楼。他时逢雁使，短札问仇犹。《蓼莽诗存》

山行

不识来时路，回看云际高。分行人附蚁，缘壁木升猱。失势魂应悸，栖心梦自牢。此中轻性命，死或比鸿毛。《蓼莽诗存》

晚归

归路踏残霞，深情问钓槎。野溪通一杓，曲径隐三叉。雁影随枫叶，虫声出豆花。连村新月皎，有客话桑麻。《蓼莽诗存》

与文煚兄夜坐

拥衾坐遥夜，相对漏沉沉。别域身家感，老年兄弟心。霜蛩话残烛，风雁入孤琴。莫共愁飘泊，愁多恐不任。《蓼莽诗存》

道中微雨

垂杨十里雨廉纤，人与东风共下帘。三月落花春事毕，一篙新水客愁添。冬烘头脑真成笑，落拓衣冠自不嫌。忽底临岐舒倦眼，远山青送两眉尖。《蓼莽诗存》

游陶然亭

茫茫尘海惨风沙，小辟灵区绾物华。新水添时长芦笋，短檐缺处补藤花。天成名士传觞地，人予山僧放梵家。到此勾留不能去，如钩残月向西斜。《蓼莽诗存》

出郭即景

半溪残雪半溪冰，老树髡如退院僧。雁带寒云归极浦，鹰翻晓日下中陵。青鞋错认三叉路，白发全输九节藤。樵弟渔兄闲自遣，此生萧散有谁憎。《蓼莽诗存》《晚晴簃诗汇》

返署二首

轻车远带片云还，冷署萧条学闭关。往事都归无我相，此生竟得有时闲。于人岂敢求青睐，分职原应号白鹇。端底中条能爱我，篱头日日对青山。

归来重整旧蜗庐，石迹苔痕倦扫除。孤癖人疑官是鹤，清狂谁说我非鱼。全抛尘海容支枕，小理娜嬛待贮书。乞得故交花数本，隔檐饱看水芙蕖。《蓼莽诗存》

晚日

晚日萧闲散值时，杖藜与我共逶迤。雨余山水惊新赏，客久亲朋恋故知。疏柳一林蝉断续，好风几阵燕参差。微凉似觉絺衣薄，小坐阶前半臂披。《蓼莽诗存》

忆吴下黄砚北

一棹飘然返故关，襟怀萧散意清寒。性耽泉石非求隐，地有鲈莼肯恋官。老去共知诗笔健，兴来不放酒杯宽。语君莫被山林误，多少苍生望谢安。《蓼莽诗存》

自感

他乡日日望归乡，才到归来事转忙。婚嫁劳劳愁布置，齑盐琐琐费周章。儿顽妻病真难遣，鹤瘦猿饥只自伤。争似并门

应官鼓，偷闲犹得共徜徉。《蓼莽诗存》

纸鸢二首

摇曳春丝斗午烟，满城儿女共喧然。休轻骨相生来薄，一得东风便上天。

剪纸烘云几日成，封姨借力闹清明。凭君莫羡高飞者，望到高飞心转惊。《蓼莽诗存》

观剧

曼衍鱼龙笑偃师，浮云苍狗恰如斯。毕生富贵须臾事，谁话卢生梦醒时。是日演邯郸梦剧。《蓼莽诗存》

袁蓉屏水田观稼图六首

政成最好是归耕，露甽烟畦自在行。饱听山歌牛背下，咿哑短笛不分明。

短杖轻蓑棕子鞋，闲携鸦嘴过桥来。声声布谷催春老，买得新秧趁雨栽。

偶从父老话桑麻，才过山巅又水涯。忽底暖风吹箬笠，鬓边全露小桃花。

烟影空濛画早春，一犁红雨麦畦匀。相逢不用询名姓，同是枌榆社里人。

名心宦味扫空空，廿载繁华一梦中。粉本家山成幻想，且将檀板换豳风。

浮烟山下好家居，也有荒田十亩余。今日披图动归兴，先修耒耜补新书。《蓼莽诗存》

道中书所见四首

早凉天气碧云流，林影萧椮野径幽。几日西风几日雨，乱蝉声里画新秋。

清浅溪流漾玉沙，枳篱屈曲有人家。双镮低掩柴门静，墙角一丛金凤花。

枫林深处酒旗招，薜荔门东白板桥。晚日豆花棚下坐，闲将旧事话前朝。

红墙掩映小楼台，法雨昙云望不开。路过中峰刚一转，斜阳影里老僧来。《蓼莽诗存》

赠族人锡椿

六枳编篱整复斜，桔槔声里野人家。迩来山客忙如许，手捻红灯架菊花。《蓼莽诗存》

卸篆后有作

一饭黄粱三月余，今朝始得梦蘧蘧。外间诅祝浑难定，只有初心尚似初。《蓼莽诗存》

谭秉谦　一首

谭秉谦，字鸣吉，号悔园，嘉庆十一年(1806)岁贡 ，撰有《悔园诗草》。《国朝山左诗续钞》存诗一首。

螺女

行饭桥边拾巨螺，冰厨鲜脍玉盘多。情知措大难消受，奈此昙花一现何。《国朝山左诗续钞》

郭衍汾　三首

郭衍汾(1775—1831)，字仲仪，又字涔南，号春涛，又号梅坡，嘉庆十二年(1807)举人，历任香河县知县、河南等处提刑按察使司按察使，统辖全省驿传事务。《北海郭氏诗存》《郭衍汾遗稿》各存诗三首。

龙门县示儿梦龄

民物何凋敝，滋生望尔贤。蜗庐环石径，鸟道辟山田。寥落悲今日，兵戍忆往年。会闻歌父母，暮景亦欢然。《北海郭氏诗存》《郭衍汾遗稿》

注：《午窗随笔》卷二《先君通奉公遗稿》题作“龙门县示儿”，末句作“暮景亦欣然”。

九日同孙丽农、刘培心、樊华亭、韩慎甫、丁济堂暨儿孙辈登龙门之南岩悬珠观共饮二首

俯瞰荒城逼朔方，刚逢令节古重阳。云蒸碧落迷仙观，天折青山压女墙。杰阁于今留胜迹，层峦自昔号岩疆。茱萸惟共儿曹醉，雁羽年来已早伤。《北海郭氏诗存》《郭衍汾遗稿》

扪萝曲径叩仙关，萸酒频浇不遽还。斜日将沈窥远塞，飞云偶断露层山。高朋作赋才原妙，僻地操刀吏亦闲。漫厌风光偏作客，插花醉后自开颜。《北海郭氏诗存》《郭衍汾遗稿》

郭书献　二首

郭书献(1777—1848)，字松园，号于庭。《北海郭氏诗存》存诗二首。

客中九日

最是深秋忆故乡，暂抛愁闷陟高冈。霜侵败叶堆穷谷，风掠征鸿叫大荒。有意题糕联旧句，无人送酒过重阳。晚来归去还寻药，独对黄花坐草堂。《北海郭氏诗存》

书悔存侄如梦令后

明知世事等浮云，逐日劳劳苦累身。六十年来浑不醒，今朝唤起梦中人。《北海郭氏诗存》

于祉　四十首

于祉(1788—1869),字燕受,号澹园,隐居乡里,罕为外知。《国朝山左诗汇钞后集》作“于锡祉”。其勤于著述,诗文书画,无所不能,其五言诗被县李图推为国朝第一,《潍县乡土志》《潍县志稿》有传。撰有《澹园诗选》等十余种著作,《澹园诗选》存诗六百零五首,《澹园续稿》载诗一百三十八首,《晚晴簃诗汇》选诗四首,《国朝山左诗汇钞后集》选诗二十首。今选诗四十首。

再至渠邱赠诸友

潮落沙犹软,林深薄易昏。见我故时景,嗒然忘风尘。襆被已就邸,颇倒友人樽。既醉复食我,杂然设鸡豚。对面各怡悦,出话相慰存。安得车所至,皆可乐如君。密州百余里,明日当骏奔。《澹园诗选》

晴沙

晴沙此遥瞩,烟渚翔水禽。观其自得意,颇似余初心。中年与世接,触物怀忧襟。因狂遂成谤,举踵多沈吟。有时吐奇气,蒿目对山林。汗漫九垓外,谁复论知音?《澹园诗选》《晚晴簃诗汇》

游道士谷二首

入山若入瓮,石棱啮履敝。划然一壁开,青松蟠腹内。息足老子宫,啜茶文公地。鼓钟谢凡响,鸡犬含仟意。蹇裳清流中,抛杖白云外。绝顶长啸罢,一掷尘埃事。

西岭出层霄,东峰拂高鸟。纡回千径通,诘屈百灵绕。石疑虎豹蹲,树俨龙蛇掉。畏践荦确翻,惯扪松鳞老。古塔未易登,仟诗读难了。耳聋觅前呼,目眩俯下杪。挟胜兴益

浓，辞幽心尚杳。到麓瞻所历，不辨但窈窕。《澹园诗选》《晚晴簃诗汇》

丁巳七月大旱，至二十七日雨始降，诗以志喜

南山一顷豆，豆角何离离。南蝗忽来集，跃跃跳满菑。初惟食豆叶，既又戕豆萁。此物能致旱，煎烁难可支。田高益加烈，荚落将为茨。日夜望霖雨，点滴曾不施。方今世多故，南北喧鼓鼙。江淮阻商路，伊洛愆农时。吾莱号乐土，兵戈所不罹。惊扰旋弭定，两越岁于兹。兹辰复蝗旱，天意安可知。劫来徼天幸，散雨如密丝。少顷势霶霈，急溜响阶墀。蛟龙忽腾踔，蛙蝇争跃池。雨余讯道路，皆曰非所期。一雨三昼夜，二尺还有奇。蝗虫半淹死，石田顿为泥。《澹园续稿》

丙午新塾示诸蒙

献岁春意动，杨柳乍含荑。熙熙万族出，苒苒百萌来。感兹物候微，亦复念尔时。芳晨不自惜，日逝将无悲。《澹园诗选》

哭铁庵先生

闻说将推枕，到门已盖棺。遗书今在否，心事道应难。儿女忧常满，文章志未殚。百年才过半，已作古人看。《澹园诗选》

喜雨

潍州三月旱，今日得甘霖。燕蹴新泥阔，烟笼碧树深。田苗翕受润，野望敢辞淋。道路时相贺，行歌浪作音。《澹园诗选》

著述

深居不外出，著述总相关。百计钻研苦，千秋负荷艰。行藏存一箧，生死托名山。个里形神在，无劳写照还。《澹园诗选》

刘橘亭书室生竹，倩人索题

闻说洋洲竹，寒梢万尺长。天教入画卷，我欲贮书堂。灯下摇修影，茶边渡细香。一间容膝屋，合号小筼筜。《澹园诗选》

夏夜雨霁早起

夜阑新雨霁，万籁寂无声。满地星辰色，残更驴马鸣。凉风当户动，爽气逼人生。顾盼增高兴，狂歌极壮情。《澹园诗选》

辛亥除夕

夜色明残雪，星光照古梅，寒灯随腊尽，绿酒带春来。历数方成纪，天心合便回。开门先嫁树，郑重事栽培。《澹园诗选》

留别掖水同人

客里惊秋日，愁中话别时。出城千室尽，上马万山知。晓月临孤屿，浮云接大基。悠悠掖西去，拱手与朋辞。《澹园续稿》

四更山吐月

四更山吐月，万象各生秋。短发凉如沐，长河澹不流。年深丹桂老，轮满玉蟾愁。无事关盈缺，空嗟三五周。《澹园续稿》

哭景棠墓

徂谢归丘陇，荒寒接道周。故人犹在此，春草不胜愁。半世无间日，中年已白头。九重泉路邈，万事竟悠悠。《澹园诗选》《晚晴簃诗汇》

初晴

矮屋疏篱此避喧，乍晴物候已黄昏。如霜月色含秋意，似水天阶带雨痕。野寺钟声初到枕，高僧梦里正敲门。陶然谁信南窗下，今日羲皇有子孙。《澹园诗选》

元年正月十七日感赋

昨宵风物肯重回，太息今朝细雨来。喧聒离门浑似梦，繁华过眼冷于灰。明知世事无常乐，只觉人情有可哀。万古东流呜咽水，空教涕泪落残杯。《澹园诗选》

壬午自郡还偶述二首

侨居滨海惹愁怀，才薄宁当怨运乖。小小襟期原简略，荒荒翰墨久沉埋。春风落羽惭高鸟，异县飘蓬恋故荄。有志不须思射策，只应松竹守荆柴。

掖水归来百事疏，生涯愈不厌樵渔。案头还展临残帖，架上仍翻未熟书。芜径庭花聊割爱，近人梁燕且同居。那堪一日从蕉鹿，回首名场意泊如。《澹园诗选》

偶题屋壁

数卷诗书且退藏，萧然一几一绳床。杯中日月频频换，门外乾坤去去长。重按旧方添药里，初翻新调贮诗囊。儒门清寂无人到，墙角一萼空自香。《澹园诗选》

秋潦书感

秋来难得十分晴，雨压花枝重欲倾。草底蛙声争聒噪，墙头蜗角太峥嵘。桔槔日日闲空仰，碌碡时时卧待鸣。八月尚瘖昏塾苦，豆田获尽复愁耕。《澹园诗选》

还家后一日作

四面青天三面阴，千家霜叶万家砧。大风吹帽还昂首，落日悬愁愈抗心。口舌功名何足羡，山林事业岂堪寻。惟应一剑游荒塞，马革还乡好撤琴。《澹园诗选》

秋日归书塾偶题

邮亭次舍去何赊，风雨初回海上车。别业蒿莱归白社，高秋篱落就黄花。逢人窃比方三拜，作赋深惭温八叉。此日重弹广陵散，音声不似旧年华。《澹园诗选》

检书箧得李少白书感赋

十年阔别梦魂同，燕蓟夷潍信不通。尚有尺书藏秘箧，绝无寸纻答飞鸿。怜余晋宋诗犹古，愧尔曹刘眼不空。何岁拟归千里外，一樽共醉薜萝风。《澹园诗选》

删定卓庵先生续稿感赋即效其体

才见清诗泪泫然，况令反覆订遗编。那堪重睹曾投句，却怪方知未寄篇。赠答自能征古谊，行藏差足比前贤。盖棺未识先生面，相见惟应到九泉。《澹园诗选》

雨后

新凉天气雨初停，雨后濛松尚觉腥。风送雷声过小院，月含花影上疏棂。苍茫暮色来深碧，澹宕晴光界远青。檐溜滴残琴客去，萧然一榻对黄庭。《澹园诗选》

春游

野村三月草初齐，村外骑驴帽影低。薄薄阴云压茅屋，潇潇疏雨响春溪。路回深巷人驱犊，客散平芜燕啄泥。去岁寻花曾此驻，含情重过绿杨堤。《澹园诗选》

秋夜偶题

陋巷不闻更鼓挝，数从长夜问如何。秋星乱滴千家影，天汉平分万井波。霜叶层层栖鸟动，月痕缕缕入帘多。灯前漫展离骚卷，读到消魂忽放歌。《澹园诗选》

壬戌秋日作

饥疫灾荒遍一州，寒门小聚坐中秋。治聋社酒强酣饮，老病余生抱远愁。矫首悲歌空厌乱，拂衣长啸独登楼。纷纷肉食谈招募，几辈相推到蒯缑。《澹园续稿》

题画小景

石骨稜稜不可扪，疏林叶落见柴门。萧条只有闲云渡，散入山光不见痕。《澹园诗选》

六月十日展先君墓，归途遇雨

归途迢递趁西风，回首烟霏万木丛。两袖白云和泪湿，先君墓在雨声中。《澹园诗选》

赠谋少府归老

白发萧萧一冷官，归来无复旧词坛。回头二十年前事，脱去乌纱且自看。《澹园诗选》

安邱道中作

斜日停车一问津，渠邱城外吊先民。孙宾石后无名士，市上犹多卖饼人。《澹园诗选》

长门怨

朦胧树色已黄昏，叶落空宫拭泪痕。惟有未央前殿月，不辞秋夜下长门。《澹园诗选》

寄怀李少伯二首

秋风初起雁行新，每向天涯望所亲。莫怪年来音问断，大家辛苦作忙人。

耆旧凋零少壮衰，知君老鬓也成丝。眼前几许伤心事，却忆闲窗对酌时。《澹园诗选》

闲题书斋一绝

冬青影上北窗纱，玉碗银铛小院茶。一笑香风开碧箔，满庭明月落天花。《澹园诗选》

题画秋林小景

阴寒不就闲窗课，为破新愁作画人。写取一行秋树影，好遮十丈软红尘。《澹园诗选》

题宋人陈居中高僧图

木鱼声里夕阳倾，照读还须仰月明。夜久梧桐清露滴，袈裟湿透不知惊。《澹园诗选》

酒楼感旧

四十年前旧酒楼，飞甍尚有白云留。栏杆十二都依遍，看

尽醉人无醉侯。《澹园诗选》

刘鸿翥　一首

刘鸿翥，字汉仪，嘉庆十四年（1809）进士，刘济川长子，曾任芜湖知县，《潍县志稿》有传。《刘氏贡举文集》存试帖诗二首，今选诗一首。

赋得月华临静夜得临字五言八韵

霁宇无边净，当空皓月临。秋高光皎皎，夜静漏沉沉。花影重篱隔，虫声一径寻。是谁凭栏曲，有客坐更深。冷浸银河水，清分桂树阴。高楼何处笛，幽院此时琴。其独供吟兴，还堪悟道心。化成钦久照，延赏乐尧襟。《刘氏贡举文集》

刘鸿翔　一首

刘鸿翔，字时斋，嘉庆十八年（1813）举人，刘济川次子，莱阳县教谕，《潍县志稿》有传。《刘氏贡举文集》存试帖诗一首。

赋得红见海东云得东字五言八韵

日出扶桑上，云生大海东。遥浮千顷白，高射一轮红。练影飘摇际，波光掩映中。无边横叆叇，是处尽曈昽。似布珊瑚网，如披靺鞨丛。色宁烦绘手，染不借神工。讵有鱼喷浪，何缘气吐虹。少陵矜藻思，佳句献璇宫。《刘氏贡举文集》

刘鸿翱　四十首

刘鸿翱（1778—1849），字蜚声，号次白，又号黄叶老人，刘济川三子，嘉庆十二年(1807)举人，十四年(1809)进士。仕至福建巡抚、浙闽总督，因慕白香山，故号次白，其诗古文辞名闻诸地，《潍县乡土志》《潍县志稿》有传。撰有《绿野斋前后合集》《绿野斋太湖诗草》《绿野斋归田集》等。《绿野斋太湖诗草》存诗三百一十六首，《归田集》存诗十二首，《国朝山左诗汇钞后集》选诗二十首，《潍县志稿》引诗二十四首，《晚晴簃诗汇》选诗二首，今选诗四十首。

游洞庭诸寺

我本仕宦客，夙有林泉兴。为吏得太湖，天公巧相赠。俗朴事自简，与我闲情称。山色耀水光，逐日争奇胜。诸寺峰半腰，游览踏松蹬。摄衣履巉岩，攀萝转危径。时当深秋月，草长深没胫。林鸟多变声，宫商杂为应。日暮下寒山，山僧打石磬。《绿野斋太湖诗草》

行次湖山铺

走马湖山路，湖山逐马来。乱逢行树杪，远水落云隈。岚黛千重合，溪烟一道开。遥闻钟动处，知是老僧回。《绿野斋太湖诗草》

春日行湖岸，顺登洞庭山

春风吹我衣，春日弄晴辉。湖静双鸥立，山空一鹤飞。看花攀葛上，采药载云归。洗耳容高枕，泉声响石扉。《绿野斋太湖诗草》

题黄叶楼四首

曾侍理堂此地游，滇南书到忆清幽。八千里外题黄叶，四十年前旧小楼。海上浮云更岁月，庭中古树阅春秋。先生遗迹西风里，极目萧条使我愁。

孤峰南向结衡茅，云树青苍俯近郊。栗里自成高士卧，匏樽谢尽俗间交。双竿插户临鱼舍，乱毳飞檐傍鹤巢。满院秋光思共赏，柴荆听有故人敲。

别墅新开郭外村，珠帘掩映抹烟痕。豆棚瓜架花成圃，萝壁松窗竹作门。卓午园林静鸟鹊，斜阳阡陌散鸡豚。焚香净地惟高坐，尽日读书秋树根。

买得庄田懒自锄，林间小筑学鸠居。百年身世双蓬鬓，半榻溪山一草庐。久宦曾无却老策，退耕余有养生书。慢将白傅家园比，洛社风流我不如。《绿野斋太湖诗草》《次白文稿》《潍县志稿》

重步黄叶楼原韵四首

恩深难访赤松游，记得乡园事事幽。海表风云通故里，潍阳树木隔屋楼。诗成叠韵已三载，图画衰容耐九秋。久欲乞身全樗乐，涓埃未报使人愁。

闽疆无事退编茅，百尺迢遥构在郊。鹤鹿有盟联旧谱，林泉相待结新交。高眠太华石为室，小隐西湖树作巢。不比陈林两处士，蓬关只准老僧敲。

万树杈桠围一村，秋风秋雨点苔痕。飞云漠漠深迷径，落木萧萧静掩门。槛外青山横塞雁，窗中绿水跃河豚。冲寒约到平林去，阶级恰铺松竹根。

种树山翁自把锄，红尘避却即仙居。一家仕宦惟余我，终古乾坤是此庐。开府空谈韩范略，归田始悟老庄书。有人执卷凭栏立，瘦骨阑珊似相如。《绿野斋太湖诗草》《次白文稿》《潍县志稿》

三步黄叶楼原韵四首

叶叶翻飞试慢游，迤逦曲折径通幽。杖筇约计无三里，特地孤悬有一楼。翳散空林先退暑，凉归高树早知秋。山川眺览襟怀阔，何事张衡起远愁。

一片黄云荫白茅，凋零随我遍荒郊。退归初讲弄桑业，老去难寻童稚交。兔善能藏犹凿窟，鸟欣有托亦营巢。静观物理皆如此，步向长林仔细敲。

淅沥飘摇积满村，淡烟疏雨逗残痕。风过自扫云间路，霜落常封月下门。伊我冥心同抱石，有时雄辩似追豚。感秋拟续秋声赋，声在树间窥道根。

无税心田劝学锄，子孙耕种可安居。侧身天地真过客，迥有风尘得故庐。五亩场园成小住，三余萤雪读何书。时人莫说扬雄宅，陋室题名差可如。《绿野斋太湖诗草》《次白文稿》《潍县志稿》

四步黄叶楼原韵四首

鸥鹭无心日狎游，碧云覆地景添幽。一天风雨寒生圃，五夜书灯人在楼。颜似晚枫先改色，身如衰柳易惊秋。呼童且暖葡萄酒，薄饮能消万古愁。

仔肩得卸事耕茅，昔日风烟今熄郊。寰宇永清江海靖，太平有象地天交。已筹生计共三倾，且喜全家聚一巢。最怕钟声搅睡觉，山僧爱我自轻敲。

三五人家落叶村，朝霞暮霭话秋痕。邻翁相约闲乘月，稚子作扶来叩门。栈豆多年养驽马，藩篱此日入归豚。试看群木飘零尽，松柏青青独抱根。

曾将明月桂花锄，三十五年天上居。不是辞官学广受，只因多病息田庐。乱泉声里谁通屐，黄叶林间自著书。借问能诗秋史在，南园风景更何如。《绿野斋太湖诗草》《次白文稿》《潍县志稿》

岁暮绿野斋即事

梅花深处闭门居，花外湖光动竹庐。白雪连朝催腊酒，西风昨夜上鲈鱼。食余无事闲依杖，醉后狂言自著书。近日樗榆逢大匠，夸将文字继相如。《绿野斋太湖诗草》

述怀

曾住紫微称舍人，虽经为吏不风尘。味兼肉食先防鄙，咬断菜根何厌贫。一郡分丞九县长，两山报政万家春。昔年凤阁盟心处，无负官箴是爱民。《绿野斋太湖诗草》

周敬修同年令怀远致书问太湖政绩，赋以答之

万仞青山围画城，一湖波浪放船行。地真山水争奇处，人是羲皇向上情。大半渔樵为世业，无多雀鼠任乡平。武陵何用官经理，不必桃源问政声。《绿野斋太湖诗草》《晚晴簃诗汇》

差次芜湖，谒灵泽孙夫人祠(二首选一)

鲛室龙宫葬玉凫，汉家王气日西徂。峡云直去犹通蜀，江水横流不向吴。精卫何年填巨壑，湘灵终古怨苍梧。永安宫在蚕丛外，万里关山得到无。《绿野斋太湖诗草》《晚晴簃诗汇》

丁未三月三日，偕陈翁汉璋并弟东紫立山、子曦、侄晧、侄暲黄叶楼看桃花，并成七截八首，并以征和

汶河径曲石门斜，疑到仙源路不差。何用渔郎频问讯，隔溪遍是武陵霞。

陈翁八秩行犹健，群子惠连从作陪。黄叶楼中春事暮，一年一度看桃开。

良辰三月初三日，寒食清明已过时。小步寻芳河岸上，满川红雨一丝丝。

闲携小榼三升酒，相对北园一段花。可厌垂杨偏学舞，随风飘絮落人家。

独伴海棠静掩门,娇姿绰约默无言。蹊边一片斜阳影,知是楚宫息妫魂。

冶容不借红脂粉,弱体能胜紫薄衫。国色从来藏绣阁,嫣然一笑隔重帘。

仿佛蓬壶杨太真,暖云为帐草为茵。浓妆徒倚阑干外,墙角榆钱独买春。

注:"徒倚,《潍县志稿》误作"徒倚"。

阳春烟景正相宜,愧我来游步履迟。共说蟠桃能助寿,呼僮折取最高枝。《次白文稿》《归田集》《潍县志稿》

过江

金焦缥渺接蓬莱,一朵芙蓉两朵开。击楫中流频怅望,双峰送我过江来。《绿野斋太湖诗草》

登凤凰山

二水依然分白鹭,三山仍旧落青天。凤凰台上题诗客,屈指千年无谪仙。《绿野斋太湖诗草》

赴苏夜雨,晓起舟中即境二首

听打蓬声一夜间,凌晨淅沥未开颜。江光晓色穿窗入,卧看姑苏雨里山。

横塘路上雨纷纷,二十四桥看不分。好是孤舟斜转处,一篙拨入万重云。《绿野斋太湖诗草》

泊舟姑苏城外

俄惊腊尽在今朝,满眼春光落柳条。小泊姑苏城外路,水村绿色压蓝桥。《绿野斋太湖诗草》

春日出游

及第东风吹杏枝,连科芳草长离离。花天香海刚三月,寒

食清明又一时。《绿野斋太湖诗草》

闲游

缓辔扬鞭柳外停，看花直过短长亭。春来湖水溶溶碧，雨后吴山面面青。《绿野斋太湖诗草》

春日江行

水涨烟波绿满湖，桃花堤外长新蒲。恰如一幅名人画，画出春江鸭睡图。《绿野斋太湖诗草》

春日赴扬州

淮南风物近如何，舟泊广陵丝管多。绿酒红灯花月夜，隔溪又唱恼侬歌。《绿野斋太湖诗草》

张丰　四十首

张丰，字小南，南城内西马道街人，嘉庆十二年(1807)优贡，历任河南阳武、通许、武安、嵩县知县，《潍县乡土志》《潍县志稿》有传。学有根抵，其诗清绝，时人罕有匹敌。其《蔗园诗存》存诗三百零六首，今选诗四十首。

东园早春

一年中，春最好，何处春光到偏早，青青试问东园草。得气之先不肯言，恐被幽谷妒且恼。万物从来贵得地，大化无私总难保。《蔗园诗存》

青杨晚眺

披春风，登春城，青杨楼头雨初晴，凭高一望千里平。遥林隐隐无边碧，苍茫烟水涵太清。白狼如线树如草，绿杨荫里莺声声。《蔗园诗存》

西山霁雪

冬山空，雪点缀，看山尤宜雪初霁，峰头时露两三髻。松梢向背明灭间，半有半无状山势。遥怜山中薇蕨人，白头千秋古孝弟。《蔗园诗存》

北楼晓钟

一声钟，万缘了，海国霜天夜将晓，乌啼凉月楼头皎。城中人家十万户，一时惊醒梦多少。才觉省得清静根，日出万事又扰扰。《蔗园诗存》

南溪垂钓

青竹竿，白雪丝，竹竿横把丝倒垂，终日趺坐南溪湄。太公遗迹宛然在，流水曲曲清且漪。羊裘老子终不臣，明王想未占熊罴。《蔗园诗存》

石桥漱玉

白狼桥，青石甃，流不可枕石可漱，碎玉声激绿波皱。泗滨之磬清音浮，犹待工人细雕镂。何如终朝听鸣球，十里白沙水一溜。《蔗园诗存》

孤山晚照

看近山，不如远，苍翠又在夕阳晚，落霞暮霭露层岩。残红一抹山城边，照向楼堞影倒返。荆关妙画能传神，可惜无此作粉本。《蔗园诗存》

塔山望日

日初出，不可状，倒翻海底渺难望，此身除登塔山上。九天分飞千道霞，五云横铺万里浪。山下人家正酣眠，一声惊醒天鸡唱。《蔗园诗存》

麓台秋月

月皎皎，水悠悠，月入水底倒涵秋，麓台正在水上头。仰看

月轮俯看影，青山点点晴烟浮。夜半如闻读书声，何处更寻读书楼。《蔗园诗存》

玉清烟晓

瀛洲客，蓬莱仙，长日来往凌风烟，玉清宫作小洞天。晓日霏微晓烟烂，五松直上青松颠。他年青松化龙去，枝枝叶叶鳞甲鲜。《蔗园诗存》

晴望

连朝孤馆寂，今日出柴关。新雨香生土，晴烟翠点山。日高人影短，风静柳梢闲。牧笛声何处，斜阳杳霭间。《蔗园诗存》

七夕登陶然亭

今夕知何夕，无聊到梵宫。山川晴酿雨，芦荻响磨风。一夜愁怀动，三秋客计穷。牵牛应笑我，几载别离中。《蔗园诗存》

被水村民

未识滨河苦，到来心恻然。有村皆在水，无路不通船。桥席成新屋，环流指旧田。北风中夜紧，妇子哭堤边。《蔗园诗存》

秋夜闻雁

老屋红灯急暮砧，雁声入耳漏沉沉。梦回芦港霜侵夜，枫冷寒山月满林。古塞乡书和泪写，高楼别恨入秋深。关河不阻衡阳路，爱尔常悬就日心。《蔗园诗存》

秋郊晚行

落日渡头偶问津，遥林四望欲黄昏。白云雁叫空天曲，红叶山寒老树村。十里霜风秋草色，半桥人影夕阳痕。归来才觉飞霞晚，明月先人已到门。《蔗园诗存》

雨后村西闲步

云补青山面面齐，闲游郭外小桥西。穿林鸟破烟千缕，隔岸人耕雨一犁。芳沼碧添新水涨，绿杨高障远村低。归来曲径随篱转，野老荷锄事菜畦。《蔗园诗存》

春柳

千条万缕郁青黄，十里东风水半塘。客舍故人将进酒，翠楼少妇正凝妆。一天细雨孤村角，镇日行尘驿路旁。欲问春光谁漏泄，桃花不语倚斜阳。《蔗园诗存》

出京夜行

而今识得宦游情，千里萍踪住复行。月色应怜今夜客，鸡鸣偏似故园声。四围重雾连村没，几点残星到曙明。鸿雁自知关塞冷，秋风动处每南征。《蔗园诗存》

壬申春复北上

扬鞭匹马走淄尘，未惜关河往返频。芳草春风千里绿，桃花流水一番新。无声细雨偏留客，不断青山惯送人。笑问垂杨缘底事，年年争得道旁春。《蔗园诗存》

枕蓑渔梦

罢钓归来月已残，孤篷醉梦意阑珊。不知尘世波涛险，翻觉华胥天地宽。远火星沉渔背晓，大江潮落雁声寒。狂澜反覆从无定，一任分流上下滩。《蔗园诗存》

坐石樵谈

采得樵苏石径还，相逢共话夕阳间。足音好向深林觅，世事都随落叶删。隔水谁来问歧路，断云遥指是柴关。月明人散投村去，犹自回头看晚山。《蔗园诗存》

秋夜旅怀

暮云千里叫飞鸿，人对残灯逆旅中。破屋承尘喧夜鼠，空

阶滴雨咽秋虫。拨炉香断三更火，伏枕凉生半榻风。遥忆故园亲手植，海棠一径向谁红。《蔗园诗存》

客中九日

梁园秋暮晚飞鸦，落木萧萧感物华。旅馆孤灯催白发，空阶夜雨对黄花。纵逢佳节偏多兴，毕竟他乡不是家。故园登高兄弟辈，有人应忆到天涯。《蔗园诗存》

农家

莫道勤劬不暂休，村中事事足清幽。黄牛卧歇槐阴午，白鸟斜翻麦陇秋。坐对青山横屋角，闲随流水到溪头。一年风雨凋和甚，便是田家卒岁谋。《蔗园诗存》

斋西桃李未开，将归示之

疏疏密密尽笆篱，杨柳风前倒挂丝。寄语桃花须早放，行人明日是归期。《蔗园诗存》

闻虫

声声落叶不堪闻，寂历空斋寄此身。却怪秋虫无杜癖，缘何出语也惊人。《蔗园诗存》

齐陵

漫言齐景德无称，淄水牛山也足凭。若使当时无驷马，千秋那复有齐陵。《蔗园诗存》

过柳行头三首

明湖北出汇波门，曲曲清流处处痕。两岸荷花红十里，菱塘柳陌自成村。

鱼庄蟹舍满溪滨，小艇往来芦港频。冲破浮萍浑不顾，最无情是采莲人。

窄窄笆篱短短垣，壶棚瓜架结阴繁。野人多引南溪水，流到桥西自灌园。《蔗园诗存》

途中(四首选二)

一样清光两样明,伤心最是月无情。高堂此夜应遥忆,计到燕山第几程。

长路宵行月未西,荒村何处一声鸡。柴扉茅屋车过处,听得人家儿夜啼。《蔗园诗存》

别莲花

爱莲心胜以谈经,每到池头足自停。花正开时忽抛去,怜君不忍见飘零。《蔗园诗存》

赠勺洋先生二首

文章经济自成家,小试河阳满县花。已惜陶潜屈彭泽,谁知贾谊谪长沙。《蔗园诗存》

空堂网密凭蛛结,白屋帘疏误燕斜。且喜缥缃多著述,名山有业福无涯。《蔗园诗存》

留别吕晓洲二首

同心难得更同居,况是他乡人别余。聚首无多分手去,梅花香断竟何如。

春色一般两地分,莺为求友转离群。古愚有语曾知否,近水月光输与君。《蔗园诗存》

磁州

杨柳阴浓千万树,芰荷风展两三枝。夕阳一片楼台影,却似江南五月时。《蔗园诗存》

都了

都了,都了,胡为都不了。声声徒自寻烦恼。《蔗园诗存》

截留

截留,截留,有家皆可留。胡为终岁任漂流。《蔗园诗存》

郭增 一首

郭增(1779—1846),字虎彝,号雪堂,历任寿光县、章丘县教谕。《北海郭氏诗存》存诗一首。

历下晓行别族人

虽向征途去,难忘聚首心。荒村孤月冷,野店客愁深。不辨寒山影,唯闻旅雁音。嘉平时已近,腊酒正堪寻。《北海郭氏诗存》

宋庆和 十五首

宋庆和,字育堂,城里人,嘉庆十三年(1808)举人,十四年(1809)进士,初令广东武缘,后擢归顺州知州、泗城府知府,《潍县乡土志》《潍县志稿》有传。撰《育侯诗集》,《榆园杂录》存诗一首,《国朝山左诗汇钞后集》存诗十三首,《潍县志稿》杂稽卷中存诗二首。今全录之。

舟次永州,读柳子厚南礀诸诗

昔贤不可见,曾此困迁谪。把卷证遗踪,余响犹恻恻。惟公亦有言,始至已有得。贤哲志无营,与道俱通塞。禽响石涧南,春回愚溪北。达或称神明,穷亦乐静默。手栽拒霜花,千载见胸臆。如何龙城柳,终化罗池石。坐令吊古人,楚粤同郁抑。悄悄丛竹风,黯黯夜滩色。孤灯灭空船,月落乱山黑。公魂倘来游,隔江闻太息。《国朝山左诗汇钞后集》

送家兄旋里

驾鹅双徙南飞翅,下视冥冥积空翠。衡霍高搴赤徼开,粤山楚水满天地。天险岧峣地轴分,边关横断马头尘。照人影尽中华月,触石阴生外国云。一官如瓠城如斗,弟兄宛转天涯走。客路无端去住分,短长亭子参差柳。邮亭历历花纷纷,日落扶苏春断魂。清酒满筵桃李月,羽觞风笛饯行人。晓霜渐冷姜肱被,名山空负禽生志。婚嫁廿年儿女心,星河满眼关山泪。山外蹇驴江上船,风中帆影夕阳鞭。桄榔叶暗题诗驿,薏苡囊空买酒钱。庭树遥知花正吐,春阴满地苔争补。藏书凌乱破窗风,老屋支离深巷雨。青毡素壁日萧萧,八载人归万里遥。蜂蜜终无新抱蕊,燕泥还筑旧营巢。回头却望天南树,别绪遥情渺何处。空外尺书鸿雁高,梦中春草池塘暮。相随我欲逐归鞍,尺檄劳人斗米难。瘴疠敢辞边俗恶,羹藜须供老亲欢。试吟倦鸟归云句,待我明湖大泽间。《国朝山左诗汇钞后集》

修筑照阳关,示近关耆庶

无事劳司牧,聊为植屏藩。川原地南极,锁钥邑西门。树色猓人屋,鸟声山子村。萧条风雨夕,好共护鸡豚。《国朝山左诗汇钞后集》

宿青州寄舍弟

落日云门路,青灯旅店寒。遥知君不寐,今夜月分看。宦薄愁行远,家贫娱母难。悠悠西洱水,为我寄安澜。《国朝山左诗汇钞后集》

雪中同家兄作

南极接湘渚,北风吹木兰。高堂倚门处,尽日指云看。官讶如冰冷,衣怜近水寒。更应添白发,今夜雪漫漫。《国朝山左诗汇钞后集》

癸酉北上便道旋里口成

蓬窗纸落壁尘多,小住翻同客乍过。乞食难抛彭泽米,鼓

盆偏惯漆园歌。阶前竹密全遮径，檐底蜂分又几窝。为嘱邻塘蓄烟水，他年犹整旧渔蓑。《国朝山左诗汇钞后集》

送琪儿旋里

漓水湘山满别情，十年随我今孤征。一百五日落花落，三十六湾明月明。好谢亲朋音问少，试搴烟草暮门平。薜萝屋畔桐千尺，愁杀萧萧旧雨声。《国朝山左诗汇钞后集》

蝶城

橘社庄社四望收，蝶城城在万峰头。一围碧铁连云铸，百道寒泉聒地流。毒雾浣衣龙洞雨，冷风沁骨鬼门秋。黄堂突兀青天迥，易负穷黎是此州。《榆园杂录》《潍县志稿》

禄峒

缒云深下见柴门，月每迟明日早昏。万岫环空人坐井，大风吹树虎投村。偶逢长吏知冠盖，各粪荒田到子孙。笑领老翁进卮酒，未言酿法苦言浑。《潍县志稿》

梅花诗（八首选二）绿梅

予牧归顺，时携梅二本，一朱一绿，香艳双绝。询之居人士，云边地故多梅，然姿品似此本者，如深山穷谷之士，石隐陆沉，不能得诸篱落庭宇间也。比五年秩满，念东西南北之身，雁影长空，不自知泥踪之所寄，他于何及？因封土植之安湖龙神祠下，山光水色，环抱潆回，感陆放翁"梅花眷眷"之句，额梅边水榭曰眷梅亭，序以记之，怅惘而去。道光乙酉舟次，读桂林诸君红梅诗，忽忆湖山深处，双影娉婷，此时或开或落，或樵苏不禁，半已枯折；或居人士犹复珍护，使结子成阴婆娑渐作老态，情之所至，不能自已，辄为各赋四首，寄题丛祠水石间。如故人久别，略通问讯，并示居人士，使知离合之感，树犹如此也。

古柏联阴松亚枝，肯因华发便差池。世间谁更堪青眼，花里君真是白眉。奕叶勋名金鼎重，前身哀怨画楼知。长林树色瀛洲草，记取东风次第吹。

小驻春阴便促装，可能垂爱似甘棠。全将叶色为花色，半是枝香带萼香。贴翠年华看鬓发，汗青心事饱风霜。灞桥庾岭情多少，南浦迢迢柳万行。《国朝山左诗汇钞后集》

上表驿梦王绪远同年

一从湖海负鸥盟，古戍残阳画角声。肯为故人照颜色，今宵边月最分明。《国朝山左诗汇钞后集》

甲申夏日过里舍，即复北上二首

岭外春灯照麦黄，清明梅子落湖湘。浊河水接清江浦，细柳新蝉到故乡。

燕粤回环三万里，亲朋偶语热中肠。黄尘乌帽边城守，十七年来鬓似霜。《国朝山左诗汇钞后集》

刘伯英　一首

刘伯英（1782—1868），字育才，号华庵，嘉庆十三年（1808）举人，十九年（1814）进士，《潍县志稿》有传。《刘氏贡举文集》存试帖诗两首，今选诗一首。

赋得日照泰岳得东字五言八韵

岩岩称泰岳，旭日照崇隆。远激千寻澈，高临万壑同。山蒸云气紫，波耀蜃楼红。势壮沧溟岛，光涵翡翠宫。几林遮荡漾，百宝射玲珑。仿佛咸池近，依稀日观通。齐烟青未了，鲁甸晓成空。几度邀天翰，由来镇大东。《刘氏贡举文集》

陈官俊　句

陈官俊（1782—1849），字伟堂，嘉庆十三年（1808）进士，翰林院编修，曾任山西学政，工部尚书、吏部尚书等，卒后谥“文悫”，赠太子太保，《潍县乡土志》《潍县志稿》有传。撰有《伟堂笔记》，《谏书稀庵笔记》存其句。

句

已无朝士称前辈，尚有慈亲唤乳名。《谏书稀庵笔记》

郭锡智　一首

郭锡智（1782—1822），亦名锡琳，字玉川，号记方，郭埥嗣子。《北海郭氏诗存续编》存诗一首。

秋夜怀友

灯影何沉沉，隔窗半明灭。眼望故人来，无使花空结。《北海郭氏诗存续编》

郭象升　十五首

郭象升（1784—1834），又名象恒，字子允，又字道贞，号菊畦，撰有《瓣香亭诗集》《听秋斋诗集》等，《潍县志稿》有传。安丘张柏恒《式训集》存其诗一首，《榆园杂录》存诗三首，《国朝山左诗汇钞后集》存诗九首，《北海郭氏诗存》选诗五十一首。今选诗十五首。本书《古诗词文集知见录》中“瓣香亭诗集”条后有附文《郭象恒、郭象升为一人小考》。

自述

白帝初司令，清音乍谱商。一天风飒飒，满地露瀼瀼。木落山容瘦，波澄水面凉。枫江鸣骤雨，鸦阵战枯杨。芦荻花将老，蒹葭叶正苍。草虫吟小径，萤火点回廊。避弋鸿飞渚，辞巢燕绕梁。无边秋惨惨，不尽意伥伥。抚事空孤愤，舒怀独远望。椐梧神寂寞，柱杖影微茫。阅世愁千缕，回头泣数行。那堪童子日，而抱鲜民伤。寤寐时惊魄，晨昏总断肠。入帏增惋恸，陟屺更彷徨。有子号中野，无萱树北堂。鬼庭分骨肉，鹃血染衣裳。丧葬徒留憾，音容记未详。频添风木恨，敢颂蓼莪章。百事罪堪赎，三年恩莫偿。韶华流似水，家道沸如汤。既已罹尘网，胡为制宦囊。尺书来涿鹿，一哭别潍阳。去去情良苦，迢迢路自长。无家谁惜杜，拔剑共哀王。颜色窥他好，逢迎迫我忙。从今身是客，只有梦还乡。岁月消京邸，刀兵走夜郎。相随五马驾，又到百蛮方。巫峡猿啼月，彭蠡雁叫霜。遮天穿箐莽，当道畏蛇狼。瘴疠飞来恶，荆棒避不遑。苗疆多险阻，贼势更披猖。烽火狮儿洞，干戈豹子场。四围金鼓震，几处羽书扬。城堞飘旗焰，郊原灿剑铓。妖氛冲太皞，鬼气出山尫。草接边营冷，烟迷大漠荒。骷髅填巨壑，血肉饱欃枪。冰结羽林甲，雪屯都护粮。朝朝饥欲死，夜夜冻还僵。贵筑兵能避，黎峨地稍康。朱门光照耀，缇幕色丹黄。世路竞奔走，人心验否臧。愚虽甘兔守，势欲郊鹰扬。弹铗羞冯谖，食鱼仗孟尝。气仍存海岳，恩岂感壶浆。妙画参工拙，远谋费较量。群英争筮仕，壮志亟观光。博带垂金玦，轻裘曳鹔鹴。雕鹏思振翮，骏骥早游缰。未试龙天骄，且同鹤激昂。楼头眠翡翠，帐底宿鸳鸯。杯酒斟庐妓，歌喉啭雪娘。钗裙娇四面，笙管坐中央。皎洁曹郎署，风流韩寿香。温柔春不觉，宛转意差强。讵料嵇康懒，俄成阮籍狂。

穷途惭附梗，歧路枉追羊。半菽嗟谁给，生刍叹莫将。秋来团扇弃，鸟尽宝弓藏。叵测毒如箭，谗言巧鼓簧。樊蝇何逐逐，市虎每惶惶。踧踖临渊侧，战兢坐虿芒。荒郊时踯躅，旅舍日踉跄。弃等空中木，劳同赪尾鲂。艰辛文笔外，漂泊濞溪旁。异域愁机械，乡心忆稻粱。薄金倾破箧，归计买轻航。襆被终朝困，波涛镇日防。潮催帆上下，石打桨雷硠。一缆高低挽，双篙左右襄。长沙悲屈贾，湘水吊英皇。船舸江名汉，檐楹阁属唐。崎岖推楚越，富丽记苏杭。铁甕连高岸，金山带远冈。难应如下峡，险亦类漂洋。舟楫方离眼，轮蹄又饬装。泥深埋马足，辙涩滞车箱。晨起鸣牛铎。宵行傍驿墙。餐尝愁旅饭，宿每乞村坊。万里云思返，十旬鸟倦翔。入门更萧索，何处可徜徉。松菊迷芳径，蓬蒿郁曲塘。白狼抛故里，牟岭卜山房。暂作栖身计，何来爱客觞。谁将青眼顾，幸有白眉良。藏首依三马，谈诗偕二张。纵言情稍洽，难说运逢昌。荆萎怜兄逝，雪飘恸妹亡。妻孥环冷灶，形势忆中匡。割耳砖为枕，冰肌石作床。地无锥可立，肩有担难当。显晦知前定，安危敢暂忘。只身遭困顿，卅载历沧桑。须破啼为笑，自应祸转祥。家贫难若此，骨在瘦何妨。不羡悬金印，何劳佩玉珰。出游随鹿豕，排闷捡琳琅。敲句诗新就，陈情志孔彰。风前无限意，搔首对幽篁。《式训集》

送段琴山之海上

尽此一杯酒，休将别恨生。时穷征道力，年老见交情。明月孤城色，洪涛大海声。故园风景好，屈指数归程。《榆园杂录》

送友

杯酒不成欢，送君秋色寒。家贫怯路远，亲老去乡难。何处托燕赵，谁人披肺肝。前程知已少，珍重客衣单。《国朝山左诗汇钞后集》

秋夜

不寐卧复起，空堂更漏残。夜深灯焰小，秋尽雨声寒。雅意胸千古，流光指一弹。倏然尘虑涤，徙倚傍阑干。《国朝山左诗汇钞后集》

雨乍晴，招饮张雪航孝廉

急雨过遥岑，山园霁色深。水痕明砌草，花气静人心。室陋琴还在，帘疏暑不侵。寸函邀故友，泥泞肯相寻。《国朝山左诗汇钞后集》

寄四弟蔀亭

青年常落拓，白发枉悲辛。天地既生我，须眉岂让人。学宜于逊志，士贵在安贫。一线书香接，还须仗尔身。《国朝山左诗汇钞后集》

西峰

昂首一长啸，振衣入渺冥。霞蒸天柱紫，云荡海门青。大壑阴晴变，幽岩草木灵。仙踪何处访，石榻水泠泠。《国朝山左诗汇钞后集》

卜居西岭

堪笑行踪等赘疣，何妨此处且藏头。一池水静蛟龙远，四壁山深薜荔稠。名在人间争附热，寒生林下自吟秋。也知未是长安计，犹胜年年汗漫游。《榆园杂录》

夜宿山村

行李萧条暮色昏，路经险绝乍销魂。长松夭矫虬龙斗，怪石崚嶒虎豹蹲。万叠云峦迷曲径，一星灯火认前村。入门且喜山翁好，斗酒只鸡笑语温。《国朝山左诗汇钞后集》

柳絮二首

自从流落短长亭，南北东西取次经。谁向泥中怜洁白，每于风际怨飘零。三春好事原如梦，一点生机只化萍。欲向章台问消息，王孙已去草青青。

任他蝶舞与蜂黏，整整斜斜乱扑帘。无奈颠狂惟尔甚，从知轻薄惹人嫌。低萦细草铺苔径，斜趁飞花上酒帘。白雪满头春不管，荒庭昨夜雨廉纤。《国朝山左诗汇钞后集》

年年

年年春去结愁魔，又到春来更若何。痴泪有时缘恨滴，离怀竟日向谁多。花如笑我常为客，酒解催人且放歌。好向对窗高卧足，一场春梦任蹉跎。《北海郭氏诗存》

旅夜

半盏寒灯入夜深，梦回一枕雨淋淋。分明滴碎芭蕉叶，不是芭蕉是客心。《北海郭氏诗存》

送远曲

莫折长亭柳，折柳动飞絮。芳草遍天涯，个是尽头处。《国朝山左诗汇钞后集》

惆怅词

荼縻花下忆凭肩，凤泊鸾飘又一年。翻倒不如窗外月，犹能一月一团圆。《榆园杂录》

郭鼎　十二首

郭鼎（1784—1852），字古存，号铭夏，郭同芳之孙。撰有《铭夏诗钞》，载诗六十首，《北海郭氏诗存》存诗三十八首。今选诗十二首。

江上行

江水深，江风寒，江岸芦白枫叶丹。客游去乡日已远，霜林乌绕天色晚。侧身四望家何处,但见大江水东去。悲莫悲兮生别离,不到别离文不奇。君不见,王风以下诗,半是劳人思妇辞。古人境遇何须知,检书如对苦吟时。老于牖下诗称雄,何用江畔戚戚儿女为?《铭夏诗钞》

鹿门怀古

环墅皆山色,江干别有天。云村终古径,柳系几家船。为访诗人里,今来汉水边。鹿门空在望,四顾总茫然。《铭夏诗钞》

夜泊遇雨

万橹齐归港,阴云四野屯。人声乱渔火,雨气醖江村。夹岸闻风兢,中流骇浪奔。同舟多少客,危坐一灯昏。《铭夏诗钞》

荆门客舍

竹屋江风逼,天教暂息形。寒冰凝砚坎,冻雀缩窗棂。酒值怀人醉,门常卧雪扃。尘缘因境尽,拥被读黄庭。《铭夏诗钞》

南陆夜泊

日暮嘉陵道,蚕从路未通。橹摇千嶂黑,船载一灯红。闻犬知村近,观星卜夜中。烟波何处泊,残月挂林东。《铭夏诗钞》

舟中卧病

有客沧江两鬓华,漫吟鵩鸟吊长沙。惯栖烟渚浑如鹜,病托杨舟便作家。梦里青骢才北向,醒来白日已西斜。昌黎收骨须犹子,我有痴儿愿莫赊。《铭夏诗钞》

晤次虎弟

黄鹤楼头暗自猜,是谁分道恤刑来。文章早识连城价,抱

负原非百里才。话别夜阑奴窃散,出诗灯下眼欣开。三迁犹带书生癖,郢客吟多趁漏裁。《铭夏诗钞》

武昌臬署与桂堂弟夜话

我溯淮流君向秦,十年归作倦游人。无端又逐随风絮,底事如同逐马尘。薄海论交诗满箧,客途相对泪沾巾。宵深烛尽言难尽,谁使鸡声遍四邻。《铭夏诗钞》

江村夜泊

缆接邻舟系,居然比屋同。月光浮渚白,林火射船红。心醉他乡酒,窗听午夜风。还凭千里浪,送客大江东。《铭夏诗钞》

和云门叔九日见寄之作

知否征人驻马初,秋风瑟瑟雨疏疏。灯火开落三更梦,诗癖沉绵一纸书。且效渊明采黄菊,未容张翰忆鲈鱼。不痴阿叔何容辨,渺渺吟怀独寄余。《铭夏诗钞》

登黄鹤楼二首

跨鹤仙人去不归,高楼终古映斜晖。若教生早三千岁,当我来时鹤未飞。

仙人已去古楼空,载酒登临意未穷。不识丹青传画本,可能添我在楼中。《铭夏诗钞》

郭濬　一首

郭濬(1784—1846),字伯川,号湘南,《北海郭氏诗存续编》存诗一首。

秋夕

闷来无复出柴关,静掩黄昏月一弯。风卷暮鸦成黑阵,霞

烘秋叶染朱斑。愁魔至老犹为祟，诗债因贫积似山。最是更深人不寐，几回凄惨几摧颜。《北海郭氏诗存续编》

齐培元　二十首

齐培元(1784—1866)，字养和，号东野，嘉庆二十一年(1816)举人，二十二年(1817)进士，曾知广东平远，后遭遣戍乌鲁木齐，于玉门关外多有筹策，《潍县乡土志》《潍县志稿》有传。其《西戍日记诗草》，今未见；所撰《殊翁合编》中载《雁字诗》一百二十首。今选诗二十首。

雁字诗二十首

冲开鸟道寄相思，那管龟兹与月支。也似出关人远别，还如隔地客生离。头笺欲写明妃曲，足帛曾传属国词。一路留题难得见，故乡通信在何时。

留滞绝荒客未归，年年空望寄征衣。黄云戍里乡音断，白雪峰前旅信稀。欲度凤山摹凤舞，思来鱼海学鱼飞。无人烟处谁相伴，晚衬残霞映落晖。

半草半真半有无，遥天鸟迹总模糊。毫挥势写羁心苦，羽抱形摹况旅孤。独挟风霜来远戍，曾沾雨露近当途。何年借得凌云笔，画作长征万里图。

一纸书传关路北，三秋信报塞垣西。题残夕照明鸦背，印遍平沙送马蹄。忽断忽联原不定，半斜半整总难齐。雪催风送微留影，隔入云山望眼迷。

阅尽关边与塞边，岭南天到陇西天。羁臣那有郎官笔，戍客原无学士笺。万里信从云里达，一行书向雾中传。晚来投宿在何处，大漠荒凉断暮烟。

雪里霜中湿羽毛，半如吮墨半含毫。按时挥去词难尽，随路写来兴不豪。黑水河边行断续，黄昏城外影低高。深惭未有惊人句，欲问青天首重搔。

龙宾虎仆伴非多，远隔齐州可奈何。寸牍难通元菟塞，尺书亦断白狼河。连环欲向刀头系，妙墨须从盾鼻磨。题到羌西天尽处，夕阳影里半行过。

独运神机任整斜，戈难添补点难加。乡愁结处题边草，客泪飘时赋塞花。雨脚悬针连地角，云头泼墨点天涯。流沙河隔千余里，目极遐荒不见家。

年逾七十白头翁，又向高天望度鸿。目送五弦琴以外，神游千里信之中。烟痕淡扫横寥廓，笔迹斜挥点太空。老眼昏花难得辨，行间看去雾濛濛。

书家谁作善书师，晋有羲之与献之。那识排来行断续，先能写得笔淋漓。落沙形入琴中曲，横塞影传笛里诗。好是令人凭赏处，残星数点倚楼时。

到眼休疑是与非，风风雨雨不停挥。苍穹寄迹逃尘网，碧落藏形远祸机。柿叶飘成书叶舞，桐花散作墨花飞。自然妙趣谁能赏，独向高空伴夕晖。

蒹葭秋水一封书，据实摹来总不如。翰苑蜚声原是幻，羽林领队亦多虚。斜飞雨势真潇洒，淡抹云形任卷舒。若到无争无患处，愿占肥遁赋闲居。

泼墨云遮半有无，虚空认去影模糊。如诗阙句难添补，似牍断文费改涂。会意深从烟里悟，谐声暗向雨中呼。黄柑青李韭花帖，不用笺临不用摹。

休从路上比三鸦，满纸云烟景可夸。红蓼滩头形错落，白蘋洲上影横斜。黄沙衬似摹黄绢，碧水依同护碧纱。鸟道凌虚谁得似，高居第一是名家。

衡阳浦外水悠悠，写出长江一片秋。苇岸如添筹笔驿，沙堤似设致书邮。惹人看去频凝目，随路记来不断头。大海茫茫飞戏处，天空地阔任遨游。

雪泥深浅印重重，鸿爪随时逐处逢。三十年前追旧迹，九千里外忆孤踪。飞同怪石奔秋涧，落比枯藤挂古松。不识凭谁传妙笔，青天难问问繇邕。

烟痕万缕织乌丝，界限分明点笔时。破雾如磨鸲鹆砚，临波似近凤凰池。横来不必星千点，度去唯闻笛一枝。当日倚楼新得句，至今犹诵赵家诗。

书到晚秋老气横，蜚声休说是虚声。国中早报霜前信，寺里曾题塔上名。直作悬针横塞远，低成倒薤落沙轻。神机独运谁能识，只有穹苍暗品评。

一路标题处处留，江城泽国去悠悠。水烟为墨润犹湿，沙草作笺铺未收。枫渚书丹邻寥渚，蘋洲曳白到菰洲。波光云影多烘染，写出潇湘八月秋。

手拙涂鸦自抱惭，休夸书法老来谙。飘风忽举添毫仿，快雪时晴助兴酣。点衬残星横汉北，钩连新月照天南。眠鸥宿鹭知多少，不识鸿文不与谈。《殊翁合编》

刘伯蕴　一首

刘伯蕴，字石玉，嘉庆二十一年(1816)举人，二十二年(1817)进士，历任四川青神县、万县、南江县知县，后擢简州、眉州、直隶州知州。《潍县乡土志》《潍县乡贤传》《潍县志稿》

有传。《刘氏贡举文集》存试帖诗一首。

赋得香满一轮中得香字五言八韵

桂魄当秋壮，氤氲气欲翔。横飞千朵屑，直透一轮光。影自前枝艳，馨从此夜芳。清非关帝露，浓不碍凝霜。照处潜浮白，圆时暗酿黄。盈盈云际落，馥馥镜中藏。记取金垂粟，瑞应玉化浆。琼林如可步，满袖染天香。《刘氏贡举文集》

韩步鳌　二十首

韩步鳌，字冠灵，又字峤六，号若仙，嘉庆二十四年(1819)恩贡，身负奇节，行多义举，《潍县乡土志》《潍县志稿》有传。《集唐初刻》载诗一百二十首，《唾余集》载诗九十首。今选诗二十首。

秋山晚眺上平三江

寒月上东岭柳宗元，著书在南窗王昌龄。十年成底事李昌符，今日欲归降温庭筠。草阁连僧院于鹄，藤鞋踏藓矼陆归蒙。寥寥人境外祖咏，岁晚迹难双陈子昂。《集唐初刻》

秋山晚眺五微

独坐高秋晚张籍，鸣泉隔翠微温庭筠。自怜黄发暮王维，更与白云飞韩翃。步壑风吹面杜甫，弄花香满衣于良忠。悠然无一事杜荀鹤，人得见时稀项斯。《集唐初刻》

秋山晚眺十一真

竹里寻幽径张乔，清风来故人杜牧。还持千日醉王勃，奚事九衢尘韩愈。掬水月在手于良忠，看松露滴身杜甫。一从归白社王维，谁与葛洪亲卢纶。《集唐初刻》

秋山晚眺下平六麻

卜筑青岩里储光羲，登攀日易斜杜审言。荒庭垂橘柚杜甫，野径入桑麻皎然。山雨初含霁宋之问，天云欲作霞杨炯。诗成聊自遣姚合，徙倚玩年华杨师道。《集唐初刻》

秋夜送别下平九青

几处乱山青杜牧，青山展翠屏令狐楚。湖光迷翡翠张又新，草影老蜻蜓贯休。别恨转难尽温庭筠，孤斟讵易醒韩愈。那堪回首处李咸用，西望泪交零李洞。《唾余集》

秋山晚眺上平一东

流天素彩静无风李群玉，千里南云度塞鸿王初。四野山河通远道皇甫冉，十年书剑任飘蓬许浑。川原缭绕浮云外卢纶，城阙参差茂树中武元衡。遗事满怀兼满目吴融，诗人自古恨难穷司空图。《集唐初刻》

秋山晚眺下平二萧

一庭江树掩衡茅包佶，自古云林远市朝许浑。欲上青天揽明月李白，便应黄发老渔樵杜甫。柴扉草屋无人问颜萱，凿井耕田不我招高适。醉卧白云闲入梦苏广文，落花和雨夜迢迢韩偓。《集唐初刻》

秋江夜泊上平四支

春桥心断楚江湄许浑，北客相逢只自悲朱放。百尺樯帆两行泪罗隐，三年风雨几篇诗郑准。自从煮鹤焚琴后韦鹏翼，惟愿当歌对酒时李白。不用凭栏苦回首杜牧，波涛万顷堆琉璃杜甫。《集唐初刻》

秋江夜泊下平四豪

莲叶轻舟自学操郭受，逝波终日去滔滔贯休。云开碧落星河近李中，月满寒江夜笛高罗邺。且尽绿醑消积恨纪唐夫，更乘

逸兴飞轻舠李白。五湖烟水盈归梦薛逢，不用伤心叹二毛吕温。《集唐初刻》

秋夜怀友上平六鱼

欲报琼瑶恨不如司空图，碧云千里雁行疏韦庄。别君何物堪持赠鱼玄机，双鲤迢迢一纸书李商隐。《唾余集》

秋夜怀友上平八齐

家园几向梦中迷刘沧，吟尽三更未着题杜荀鹤。灯下此心谁共说周贺，半床秋月一声鸡胡曾。《唾余集》

秋夜怀友上平十灰

目穿长路倚楼台李中，对酒闲倾满满杯韦庄。千里暮云愁不尽张泌，一行斜雁向人来李群玉。《唾余集》

秋夜怀友上平十二文

帝城行乐日纷纷白居易，览景无时不忆君杜荀鹤。谁为秋砧明月夜徐凝，雁行中断惜离群李白。《唾余集》

秋夜怀友上平十五删

无因雁足系书不宋之问，独上西楼尽日闲张籍。却忆短亭回首处李商隐，对君衫袖泪痕难韦应物。《唾余集》

秋夜怀友下平三爻

一点山萤照寂寥郑谷，夜寒窗竹自相敲崔涂。此情可待成追忆李商隐，懒惰无心作解嘲杜甫。《唾余集》

拟秋夜送友人还江南兼以寄怀上平四支

秋风落叶正堪悲刘长卿，况指前林是别时李益。欲寄一函聊问讯陆龟蒙，尺书谁与达相思李中。《唾余集》

拟秋夜送友人还江南兼以寄怀上平九佳

舟依浅岸参差合李绅，野水偏伤宋玉怀李群玉。问我别来何所得朱湾，自休自了自安排贯休。《唾余集》

拟秋夜送友人还江南兼以寄怀上平十二文

人生何处不离群李商隐，雁叫斜阳背寒云刘沧。怀袖未传三岁字刘方平，惜无瑶华持寄君朱放。《唾余集》

注："惜无瑶华持寄君"一作独孤及诗。

拟秋夜送友人还江南兼以寄怀上平十四寒

一雁背飞天正寒杜牧，愁看直北是长安杜甫。霜枫千里随归伴韩愈，水到吴门叶欲残罗隐。《唾余集》

拟秋夜送友人还江南兼以寄怀下平八庚

木叶回飘水面平罗隐，千家砧杵动秋声钱起。碧云迢递长江远刘沧，牢落烟霞梦不成谭用之。《唾余集》

郭锡勇　一首

郭锡勇（1784—1829），字健侯，号印台，亦号愚山，郡廪生。《北海郭氏诗存续编》存诗一首。

挽闻伟表叔

玉树森长尘已封，聊挥别泪溯前踪。东山嘉会愧安石，北阮高才比仲容。金埒有时求正鹄，桑田无事说黄农。令威归去秋风冷，化鹤何年能再逢。《北海郭氏诗存续编》

郭丹书　一首

郭丹书（1786—1854），字光策，号桂堂，邑庠生。《北海郭氏诗存》存诗一首。

题严筱腴得文三桥小鱼印章册

三吴伊古人文薮，筱腴严君风雅首。工书工画尤工诗，旷怀真与古为友。三桥居士遗印章，二百余年归君手。雕虫小技结奇缘，心心相印定非偶。古人今人浑不辨，见君如识文君面。方寸之石悟前因，不使三桥名独擅。吁嗟乎，贤豪失意放江湖，不务勋名务樵渔。会当卜筑笠湖滨，共向烟波作钓徒。《北海郭氏诗存》

郭磐石　二十首

郭磐石(1787—1850)，字云门，号豁岩，郭东奎之子，撰有《天籁堂秋蛩吟》，《潍县志稿》有传。《国朝山左诗汇钞后集》选诗四首，其《天籁堂秋蛩吟》初、二刻、三刻存诗二百一十首，《天籁堂诗余》存词九首，《北海郭氏诗存》存诗十九首。今选诗二十首。

抽蚕丝

抽蚕丝，丝丝蚕中出。织茧为尔衣，卖蚕为尔食。食蚕衣蚕蚕不语，胡为鼎镬更煎煮。吁嗟乎！抽尽蚕丝无复顾，蟹筐一空委当路。《天籁堂秋蛩吟》

旅夜闻钟

夜半霜钟起，遥怜古寺幽。云烘山月小，雁唳海天秋。伏枕惊残梦，思乡感独愁。终宵人不寐，声彻梵王楼。《天籁堂秋蛩吟》

夏日至村中

日暮循河曲，归村一径斜。烟笼疏柳岸，水抱野人家。园密枝垂果，堤明月映沙。还逢黄发叟，扶杖阅桑麻。《天籁堂秋

蛩吟》

历下次王荔村旅舍题壁原韵

落日凉风起，霜林动远飔。乡心流水外，旅馆上灯时。学陋惭诗拙，更深得梦迟。质成犹未了，何日是归期。《天籁堂秋蛩吟》《国朝山左诗汇钞后集》

登掖城楼望海

高楼户不扃，纵目极沧溟。水国人烟冷，春城雾气冥。潮吞山谷白，风卷海云青。日暮寻归路，滩头聚乱星。《天籁堂秋蛩吟》《国朝山左诗汇钞后集》

郡城九日

何须伤落魄，有兴且登楼。未醉重阳酒，先除羁旅愁。关河千里雁，风雨一天秋。莫怨零丁苦，应同海上鸥。《天籁堂秋蛩吟》

早行

钟声来远寺，客路正萧然。风利霜侵鬓，鸡鸣月在天。孤村河有冻，野店灶无烟。身老心犹健，长途独步先。《天籁堂秋蛩吟》

庚子十月十三日初度

垂老过初度，萧条木落时。秋光犹未尽，寒气已先施。潦草诗成帙，荒唐酒满卮。藏头惟一醉，诸事不闻知。《天籁堂秋蛩吟》

历下书怀

车轮偃蹇马停蹄，山径回环高复低。十里芦花千里雁，三更明月五更鸡。炎凉世态随时变，冷落关河入望迷。日日思归归未得，客中况味不堪题。《天籁堂秋蛩吟》

凤石店题壁

一湖烟水冷荒城，茅店醇醪旧有名。门对清流通别院，乌

啼落月乱残更。嶙峋怪石留孤影,惨淡新诗诉旅情。莫谓书生甘退后,床头宝剑气纵横。《天籁堂秋蛩吟》

立春前一日书怀

物换星移岁一周,旧愁缕缕接新愁。几年卖赋犹空手,逐日飘蓬已白头。我本毁方羞合瓦,谁能砥柱截中流。行将五十知非未？莫怪当年唤马牛。《天籁堂秋蛩吟》

酒后偶成

酌罢残杯且按巾,英雄不必叹沉沦。夜深看剑灯无色,醉后敲诗笔有神。窘步须从退步想,放心莫学负心人。季伦金谷归何许,糊口艰辛不是贫。《天籁堂秋蛩吟》

对酒自遣

五十年华叹逝波,遗愁真似塞黄河。途穷已挫英雄气,兴到还吟慷慨歌。士既悚颜难自慰,人能见性政无多。从今缄口聊藏拙,未许旁观笑酒魔。《天籁堂秋蛩吟》

赋诗

盛年虚掷旧光阴,岂意临年才效颦。草芥功名终误我,荒唐诗句转劳人。拈须痴想惊风雨,造语何尝泣鬼神。闷坐寒毡无所事,吾曹借此可忘贫。《天籁堂秋蛩吟》

秋感

斗室无昏晓,孤灯自灭明。愁心正无限,半夜起秋声。《天籁堂秋蛩吟》《国朝山左诗汇钞后集》

历下梦襄和儿

数年无处觅归魂,只把离愁付酒樽。想忆乃翁多寂寞,犹将残梦慰黄昏。《天籁堂秋蛩吟》

自遣

大雪无情压竹枝,谁怜瘦影傍疏篱。峭风折落西窗下,正

是劳人梦醒时。《天籁堂秋蛩吟》

惊秋

绳床梦醒酒微醺,倦眠频搓到夜分。满院风声惊坐起,隔窗黄叶落纷纷。《天籁堂秋蛩吟》

端午

艾挂蓬门炎日长,衔杯觅句过端阳。老来疏懒浑无事,不为诗忙为酒忙。《天籁堂秋蛩吟》

秋雨

秋老风凄云密屯,溟濛细雨暗朝昏。诗人何处搜新句,黄叶林中滴旧魂。《天籁堂秋蛩吟》

郭熊飞　一首

郭熊飞(1789—1848),字次虎,号璜溪,又号兰垞,嘉庆十八年(1813)举人,道光二年(1822)进士,先知陕西延长、略阳、泾阳诸县,复知安徽滁州、直隶州、夔州府等,后任湖北按察使、江苏按察使、直隶布政使,《潍县乡土志》《潍县志稿》有传。《北海郭氏诗存》存诗三首,《榆园杂录》存诗一首。今选诗一首。

望华亭歌

有弟有弟双足僵,有妻有妻病在床。有妾有妾藏深屋,有子有子一尺长。一家十口数千里,瞿塘江上糜官米。功名未建光阴速,镜里白头吾老矣。《北海郭氏诗存》《榆园杂录》

郭少林　一首

郭少林(1787—1861),字步泰,号逸人,《北海郭氏诗存》

存诗一首。

题豁岩叔室中双竹

窗外翠竹任翻覆，又见床头竹双簇。浸灌栽培浑不用，劲节直达势甚速。不嫌一弓地狭隘，挺然如发筼筜谷。风月无缘罢送迎，伯仲结伴甘隐伏。看竹从不问主人，今番须到主人居。《北海郭氏诗存》

郭象孚　五首

郭象孚(1795—1851)，字信侯，号了庵，徙居安丘。《北海郭氏诗存》存诗十一首，今选诗五首。

归家

忽作归家计，痴儿行路难。程期三日到，心未一时安。步怯西风冷，衾怜客夜寒。离乡才几日，新腊又将残。《北海郭氏诗存》

春日即事

雨后看山青欲迷，归来小憩画栏西。奚奴抱膝眠亭畔，驯鹤听松立水溪。花落庭空莺恋树，帘垂人静燕抛泥。闲将诗债填春债，欲试新蒭问老妻。《北海郭氏诗存》

除夕二首

余本潍人，寄居渠邱四十年矣，今归来，客小房侄家，赋此以记感慨。

从来人事本无常，倒把家乡认异乡。爆竹一声心欲醉，渠邱潍水几回肠。

客舍萧条倍昔年，愁城欲破酒杯干。灯前试问小儿女，今

夕谁分压岁钱。《北海郭氏诗存》

自叹

功名自信原无分，不事文章事远游。四十三年心未老，缘何霜雪上人头。《北海郭氏诗存》

刘函纲　一首

刘函纲，字史林，嘉庆二十三年（1818）举人，道光二年（1822）进士，尚义善酒，复嗜于学，曾理陕西保安、吴堡、高陵诸地，后调蒲城，转任湖北郧县知县，《潍县志稿》有传。《刘氏贡举文集》存试帖诗两首，今选一首。

赋得春风入得风字五言八韵

帝德真无极，吹嘘协化工。雨惟凭夏雨，风更待春风。柳岸披朝绿，桃林送晚红。闺兼三月后，愠解五弦中。两袖生时暖，千门启处同。每从双凤阙，直到百花丛。斜燕曾敲翦，园铃偶拂铜。登台欣有象，人语乐融融。《刘氏贡举文集》

郭梦龄　三十首

郭梦龄（1795—1854），字小房，号砚农，嘉庆二十四年（1819）举人，道光三年（1823）进士，历任宣化府龙门县，顺天府香河县知县、三河县知县，《潍县乡土志》《潍县乡贤传》《潍县志稿》有传。撰有《自然草》，载诗二百四十余首，《国朝山左汇诗钞后集》存诗十四首，《北海郭氏诗存》存诗八十五首。今选诗三十首。

偶成

我诗写我怀,我诗言我志。我自具性情,何与古人事。兴至发狂歌,愁来抒郁气。流露本自然,聊以当日记。天籁有渊源,奚必较同异。试问三百篇,品格居何地。《自然草》《北海郭氏诗存》

闺怨四首

郎去已三秋,家书未一见。郎心岂忘侬,应少鳞鸿便。

花间蝶正飞,忽过邻园去。多恐游子心,一般绾不住。

昨梦郎回里,今梦郎赘人。岂能皆是梦,孰假又孰真?

邻人将远行,托寄书一纸。书就不能缄,泪痕湿到底。《自然草》

历下和王荔村旅舍题壁原韵

一天霜气重,小院起凉飔。梦破闻钟候,诗成把酒时。星光当户动,月影入窗迟。欲问明东归信,梅花是后期。《自然草》《北海郭氏诗存》

舟中早起

月落江天阔,苍茫一望中。云光浮水白,日色上帆红。沽酒前村近,酣眠众仆同。看山须缓缓,不怨石尤风。《自然草》

邹平旅舍题壁

马首东归客,今宵又一程。旅囊倾历下,乡梦倦邹平。月冷空山色,风干老树声。绳床眠未稳,远寺晓钟鸣。《自然草》《北海郭氏诗存》

与黄叔平夜话

正切离群感,君来惬素心。今宵无尽语,斯世几知音。绿酒开樽满,红炉拨火深。夜阑人未倦,不觉月西沉。《自然草》《北海郭氏诗存》

春日游陈氏小园

讵借山川秀，自无尘世情。名花如解语，野鸟不知名。地僻罕人到，轩开邀月明。此间容啸傲，何必慕公卿。《自然草》

题单廉泉填词图

不解趋名利，萧然一布衣。山中松未老，云外鹤孤飞。天地容舒啸，江湖可望归。劳劳尘世客，谁与悟禅机。《自然草》

宿懒柳树村

敝车羸马怯长途，风雪归来犹故吾。山卷残云峰半出，桥横古渡冻全铺。春醪价贵行囊涩，驿壁题多腹笥枯。百里家园应不远，今宵灯焰结花无？《自然草》《北海郭氏诗存》

除夕盐山旅店题壁

劳劳千里冒尘沙，除夕初停薄笨车。此地何来钱压岁，今宵只有梦还家。强斟浊酒浇离绪，聊写新诗记物华。屈指归期迟五日，闺中曾否卜灯花。《自然草》《北海郭氏诗存》

秋日杂咏（三十首选七）

塞北江南信未通，愁来懒饰艳妆红。频年别绪随梁燕，自古伤心是草虫。静倚画栏怜冷月，低垂绣幕怯寒风。从今莫对菱花镜，春日容华迥不同。秋闺

边声四起阵云飞，战垒荒凉戍未归。月落榆关笳互动，草衰沙漠马初肥。十年离别征人泪。万里威名大将旂。青冢一抔千载恨，风风雨雨吊明妃。秋塞

冷意新添处士庐，此君相伴倍萧疏。应逢松菊霜同傲，为报平安暑尽除。满院清音风动后，半窗斜影月来初。炎凉一任随时变，节自不更心自虚。秋竹

寒烟漠漠雾冥冥，噪过长亭又短亭。不信老槐难借荫，幸逢衰柳尚垂青。炎凉世味尝应遍，多少征人唤未醒。身自洁清

心自淡，何妨风雨暂飘零。秋蝉

梦醒虚斋夜气澂，听来淅沥复奔腾。波涛滚滚倾三峡，风雨潇潇下二陵。夔府猿啼霜乍落，衡阳雁唳月初稜。欧公叹息情如昨，披读重挑达旦灯。秋声

西风一夜动飕飋，金井银床暑乍收。隔院清砧催落叶，空阶疏雨送新愁。寒生石瓮云千缕，梦冷琴川月半钩。此际真诠谁领取，据梧暝坐忆庄周。秋桐

韶光转眼到于今，夜半忽惊寒气侵。昔日繁华浑似梦，者番零落又何心。芦花飞白风回渚，枫叶流丹月满林。怕听老乌啼不住，声声隔院和疏砧。秋霜《自然草》

漫兴

几卷残编一局棋，衙斋岑寂漏声迟。庭花开落奚奴报，食味酸咸老妾知。怀旧有情空对月，惊人无句懒吟诗。丰年雀鼠少争讼，正是官民休息时。《自然草》

闻雁二首

不觉霜天晓，余音听缭绕。云程任尔飞，尘世谁相扰。

塞外与衡阳，往来仍如故。飞鸣原有时，何必寻知遇。《自然草》《北海郭氏诗存》

江上夜宿二首

鸡唱远来村舍，风声斜入船窗。不识舟过多少，惟闻激流淙淙。

冷露五更渐重，疏星几点微明。舟子酣眠布被，离人独对灯檠。《自然草》

舟中口占

汉水悠悠夏日长，一帆高挂度斜阳。舟行镇日浑无事，卧看青山到武昌。《自然草》

后港舟中作

芦荻萧萧港水平，乘风高挂一帆轻。舟中不觉舟行速，错认树从堤上行。《自然草》

秋日野望

丹枫杂出绿杨丛，点缀秋光入画工。牧笛一声人不见，牛蹄只在树西东。《自然草》

夏日由济南旋里，途次口占

古道扬鞭趁落晖，天晴雨过乱云飞。村村树色浓于染，一路蝉声送我归。《自然草》

山村

山环水抱野人家，缕缕炊烟出屋斜。嫩绿几丛红几点，垂杨缺处补桃花。《自然草》

郭兆奎　一首

郭兆奎（1795—1879），字星垣，号文甫，《北海郭氏诗存》存诗一首。

送小房兄之楚

旌去武昌城，回头雁几声。数年兄弟乐，两地别离情。民社胸中事，关河眼底程。应知荆楚域，计日听琴鸣。《北海郭氏诗存》

徐宗幹　二首

徐宗幹（1796—1866）字伯桢，又字树人，江苏通州人。曾任高唐州知州，累官至福建巡抚、浙闽总督，曾为潍县郭梦龄

《自然草》撰序。其《潍阳纪事诗》三十首,多粗劣乖戾语,与诗词正味去之千里。今选稍可读者二首,以存照。

潍阳纪事诗(三十首选二)

名园花木久留人,富庶繁华渤海滨。安得循良功折罪,官民同乐太平春。

黄河风卷黑云腾,霜绩征袍马齿冰。彻夜不愁明月尽,女墙齐点上元灯。《潍阳纪事诗》

郭锡元　一首

郭锡元(1799—1867),字侯东,号直山,廪贡生。《北海郭氏诗存续编》存诗一首。

幽居

竹绕窗前后,清阴坐四围。地幽人罕到,室静燕争飞。骨自敲诗瘦,肠因嗜酒肥。抬头山月吐,朗照读书帏。《北海郭氏诗存续编》

郭庭徽　一首

郭庭徽(1800—1873),字慎五,邑庠生。《北海郭氏诗存》存诗一首。

送小房兄之楚

数载守门闾,本非空读书。且将东海水,去活武昌鱼。别路孤城外,扬鞭落日余。待看新布政,行矣莫踌躇。《北海郭氏

诗存》

郭岱嵩　一首

郭岱嵩(1800—?),字鲁瞻,号严堂,《北海郭氏诗存》存诗一首。

论古

休较邯郸梦短长,繁华互换即沧桑。欢歌仅得除猜忌,祸兆端因懒退藏。四皓那曾归汉主,三闾何事怨怀王。淮阴到死心方觉,鸟尽空悲违子房。《北海郭氏诗存》

郭祥符　一首

郭祥符(1801—1861),原名瑞贡,字合山,号葵堂,廪贡生。《北海郭氏诗存》存诗一首。

和陈琴山留别原韵

曾随月下煮松醪,久话凉宵兴倍豪。附骥若从千里外,深惭樗栎作朋曹。《北海郭氏诗存》

郭兆隆　二首

郭兆隆(1801—1843),字栋臣,号英圃,候选儒学训导。《北海郭氏诗存》存诗二首。

送小房兄之楚二首

连宵风雨对床眠,却又檄传向楚天。春满池塘还入梦,徒留青草忆年年。

浊酒新诗话此宵，送君恨不到兰桡。城头杨柳关山月，知泊潇湘第几桥。《北海郭氏诗存》

郭兆清　一首

郭兆清（1801—1845），字水如，号缨泉，《北海郭氏诗存》存诗一首。

送小房兄之任湖北

旅雁度南楼，忽闻简书迫。春意满池塘，助君经济策。离堂杯酒欢，相对情脉脉。亦欲从君行，愧无凌霄翮。《北海郭氏诗存》

郭荣清　六首

郭荣清（1802—1855），字艇济，号兰堂，邑武生。《北海郭氏诗存续编》存诗二首，《续楚壁吟》存诗四首，今全录之。

历下和王荔村原韵

旅馆萧条夜，寒窗透远飔。酒阑人去后，烛尽月来时。为客情偏懒，思乡书恨迟。应知今夜里，屈指数归期。《北海郭氏诗存续编》

秋燕

拂柳穿花事已非，恋情仍傍画楼飞。今朝檐下解红缕，何日帘边展素翚。别后卢家春寂寂，愁添谢巷雨霏霏。炎凉阅尽君知否，莫问来年归不归。《北海郭氏诗存续编》

哭石云叔曾祖，次郭去咎韵

曾嘱挥毫画此君，松筠清操旧同群。浊醪权作白衣酒，蔓草横堆伯道坟。往事追寻空有泪，新诗赓和定无闻。伤心更是重阳节，马鬣风高驻冷云。《续楚壁吟》

注：诗题为编者加。

哭石云叔曾祖三首

难从笔墨讨知音，著述空劳一寸心。不识青山埋骨后，重泉谁和伯牙琴。

深巷萧条昼掩扉，何人重理旧书帏。倘知今日词坛冷，应有诗魂趁月归。

短句殷殷寄草庐，命挥一扇仿倪迂。事犹昨日人千古，不识齐纨尚有无。《续楚壁吟》

郭起隆　二十首

郭起隆(1804—1883)，字南庐，号雪埠，太学生，《潍县志稿》有传。其《三余书屋诗草》，存诗八十三首；《北海郭氏诗存续编》存诗三十四首。今选诗二十首。

潍水怀古

驱马临深渡，停鞭上小舟。远山吞雨气，逝水咽深秋。韩信名常在，汉家事已休。悠悠千载后，寂寞此沙洲。《三余书屋诗草》

晚秋书怀

独立中庭内，残秋九月天。半城悬落日，一鸟破寒烟。久搁丹青笔，闲寻文字缘。柴门终日掩，无事即真仙。《三余书屋诗草》

客邸夜雨

野店停车晚，山钟动远林。峭风清客况，冷雨滴乡心。四壁蛩声聒，一窗灯影沈。明晨天霁后，策蹇碧云深。《三余书屋诗草》

友人见过

转眼光阴水上沤，一年佳景近中秋。愧无好句酬知己，幸有余闲访旧游。书爱郑高新点画，诗耽王李旧风流。天容樗散成疏懒，一任蹉跎雪满头。《三余书屋诗草》

小园

绿肥红瘦鸟声繁，阅尽流光是小园。林外雨晴鸠唤妇，篱边风暖竹生孙。落花不扫春犹在，晓露初晞气已温。我自多情来往惯，芒鞋踏破碧苔痕。《三余书屋诗草》

柳絮

点点霏霏画不真，落花风里杂香尘。客亭饯别随人去，雪院题诗入句频。几处飘来茅店酒，一时减却柳塘春。路旁莫笑无归著，两岸浮萍是后身。《三余书屋诗草》

偶成

浮生名利两无求，心似闲云迹似鸥。终岁看花偏爱菊，一生望月辄登楼。孤城冷过重阳雨，远树声传落叶秋。到眼风光皆可赏，新诗吟罢倩谁酬。《三余书屋诗草》

城上

结伴同游兴欲狂，高城一上瞩苍茫。霞连秋树争秋色，风卷寒芦乱夕阳。几处砧声催落叶，谁家篱菊绽新霜。吟成不计归途晚，数点寒星出女墙。《三余书屋诗草》

秋夜书怀

终宵月色逼窗清，暑退新凉一味生。为逐人情忘远虑，因

贪杯酒误前程。经秋未见飞鸿至,应节先惊蟋蟀鸣。耐得闲心消得夜,依楼听笛两三声。《三余书屋诗草》

九日展石云祖墓

重阳不惜风吹帽,旷野偏惊雁叫群。十里秋声催落木,一樽清酒拜新坟。诗嫌獭祭心方悟,地卜牛眠旨未闻。哭罢何堪回首望,松梢残照陇头云。《三余书屋诗草》

雨后即事

小院歌声听渐低,轻阴遥散夕阳西。闲来阶下锄新雨,种得红蕉满绿畦。《三余书屋诗草》

赠周莲塘

一曲高歌酒一觞,老年还似少年狂。兴来写出新藤影,风韵依然李馥堂。《三余书屋诗草》

画牡丹为子嘉三祖题

小起楼台别样妆,轻弹水墨写花王。世人莫笑燕支浅,富贵须从淡处长。《三余书屋诗草》

陈晋卿二首

桑梓琳琅蔚巨观,几经搜辑始知难。残编断简征文献,莫作寻常图画看。

搜罗检校费工夫,半世艰难与祸俱。莫怪十年方脱稿,精华原不让三都。《三余书屋诗草》

壬申端阳

清明才过又端阳,序入闺中剪采忙。争送樱桃与角黍,榴红艾绿杂梅黄。《三余书屋诗草》

题美人寄书图

欲向花间寄所思,低头无语转迟迟。悬知无限关情处,都在凝眸搁笔时。《三余书屋诗草》

暮秋送友人早行

离情诉处欲吞声，襆被匆匆破晓行。凉月相随人远去，一天风露出秋城。《三余书屋诗草》

落花和宋次山原韵

减却春光不自持，无情风雨褪燕支。花开花落休惆怅，正是相争结子时。《三余书屋诗草》

蠡勺亭

陡豁双眸眼界开，蠡勺不远即蓬莱。雪泥随意留鸿爪，来吊沧桑酒一杯。《三余书屋诗草》

郭瀚　一首

郭瀚（1805—1839），字仲川，号北溟生，《北海郭氏诗存续编》存诗一首。

自述

一镜芳塘对落晖，樽前回首倍嘘唏。徒荒岁月无功老，轻掷田园有梦归。世路何曾得健马，愁城暂略解重围。午来一枕华胥后，依旧城坚酒力微。《北海郭氏诗存续编》

丁适　句

丁适，字宜轩，生年不详，约卒于道光十一年（1831），与郭为贤交好。郭为贤《天觉词钞》有《醉落魄·过宜轩处士墓》词，内摘其句，然佚一“客”字，今据《北海郭氏诗存续编》中郭为贤《哭丁宜轩》诗后小注补。《醉落魄·过宜轩处士墓》前有小序云：“宜轩，姓丁氏，讳适，予挚友也。道光辛卯客莱州，夜睡觉，见人青面披发笑立，惊骇获病。送至潍，数月卒。”

山精携木客，啸傲西风寒。《黄叶山房诗稿》《北海郭氏诗存续编》

郭为贤　二十五首

郭为贤，字圣基，号天觉，邑庠生，生于嘉庆十三年(1808)，卒年不详。其《黄叶山房诗稿》存诗二百一十首，《天觉词钞》存词九十九首，《北海郭氏诗存续编》载诗十二首。今选诗十五首，词十首。

山居不掩扉

尘翳早除却，山居不掩扉。岩云低幔度，溪水上阶飞。风重花枝弹，烟多树影肥。探幽希俗虑，始事恐全非。《黄叶山房诗稿》

贫居行

解脱尘间网，逍遥物外身。无轩仍养鹤，有水便垂纶。瘦竹方宜淡，名花不厌贫。除非诗画卷，尚可许求人。《黄叶山房诗稿》

泛湖曲

秋雨洗秋涛，闲鸥刷羽毛。树低悟岸远，湖卷上天高。片席飞难定，孤蓬撼未牢。舣来山色暮，稳坐续风骚。《黄叶山房诗稿》

无题为秀竹僧赋

逢人虽戏谑，无害是禅僧。典衲沽春酒，看花趁夜灯。鱼因斋轻叩，钵带雨全蒸。镇日山门横，荒烟锁几层。《黄叶山房

诗稿》

哭丁宜轩

寝门一哭泪纵横，孽海穷途困老成。百里关河归病骨，一帘风雨梦书生。残经欲授无宗子，老母深哀近死声。倘得诗魂终不散，定邀木客与山精。《黄叶山房诗稿》《北海郭氏诗存续编》

注：“寝门一哭泪纵横，孽海穷途困老成”句，《北海郭氏诗存续编》作“伯牙未料钟期死，琴曲衔冤已怆情”。

书杜工部诗集后

天涯飘泊聚愁深，西望长安泪满襟。千载废兴名士笔，一腔忠爱老臣心。关饶兵马鄜州月，梦醒家园白帝砧。憔悴何须嘲饭颗，才人本受雪霜侵。《黄叶山房诗稿》《北海郭氏诗存续编》

注：《北海郭氏诗存续编》此首题作“题少陵诗集”，“天涯飘泊聚愁深，西望长安泪满襟”作“语非奇险不惊人，白首低垂费苦吟”；“何须”作“不须”。

江上吟送人归隐南中

轻舟何事弄晴晖，只为莼鲈正软肥。帆棹承流从地出，鹭鸶背水上天飞。漫摇祖逖横江棹，须买严光旧石矶。日暮辞船归闭户，任他人世递安危。《黄叶山房诗稿》

家居遣兴

不多束管即闲人，明月清风伴此身。生远禄名翻是贵，家无竹鹤便成贫。漫游着屐阮遥集，大笑衔觞刘伯伦。晚向池边寻活泼，醉看云起蹙鱼鳞。《黄叶山房诗稿》

新秋

砾石炎威转眼休，银河渐欲向西流。禽从薄浴辞长夏，蝉曳低声报早秋。鞋响僧归红叶寺，船移家逐白蘋洲。渔翁不解寒将至，仍钓明月坐石头。《黄叶山房诗稿》

京都旅舍

孤灯明灭又残春，梦里还家莫认真。马病惟须勤觅药，囊空慎勿懒求人。非甘负义成游子，早有乡书慰老亲。愁听滹沱吹枕上，可能和泪到潍滨。《北海郭氏诗存续编》

除夕

无缘谁肯朔方游，除夕张灯恨未休。万里关河出欲断，一家老稚泪应流。漫夸此地多青眼，终逼严亲更白头。心事不随年并改，旧愁抛去换新愁。《黄叶山房诗稿》

高卧

雅爱隐沦不近名，奚烦毕世苦穷经。心非径棘犹全赤，眼近窗蕉始见青。微誉差同花有露，延年早似叶无灵。暂能迈俗议高枕，不愧人间处士星。《黄叶山房诗稿》

明水镇

锦江桥下水周围，无数泉流绕石矶。百啭黄鹂槐荫坐，一行白鹭稻田飞。许多羁旅皆生事，惟有鱼郎独见几。看破升沉须键户，他乡虽好不如归。《黄叶山房诗稿》

渔村秋晚图

近水蓬门逐浪开，老渔孏上钓鱼台。一声横笛未休歇，鸦背斜翻落照来。《黄叶山房诗稿》《北海郭氏诗存续编》

注：此首《北海郭氏诗存续编》题为“渔村即景”；“鸦背”，《黄叶山房诗稿》作“鸦臂”，今据《北海郭氏诗存续编》改。

塞月和子泉侄竹林诗社作

万帐旌旗染血丹，前宵犹竟失楼兰。可怜一片长城月，照遍征人拭泪看。《黄叶山房诗稿》

水调歌头·避世

避世本无地，入世畏风波。行藏辗转未定，自计引愁多。

终日劳劳为甚，那为残衫破帽，枵腹夕阳过。酒饱即寻乐，大笑且狂歌。　　纵痴意，生懒癖，惹睡魔。随时承便，何须樵斧共渔蓑。早是松轩对弈，晚是蕉窗听雨，安乐聚成窝。高士不肯隐，真隐远山阿。《天觉词钞》

高山流水·春日书怀

多年仍自是儒冠，劝行人，莫笑寒酸。陋巷且萧条，经春任意游观。倾倒囊橐，独买余欢。醉归后，犹羡月明池沼，花影阑干。重开酒宴好，□待复盘桓。　　闲闲，茅斋酒真趣。何必临，十亩桑间。一生事，常穷墨海，屡近骚坛。功名无分却心宽，暂求安，灵禽对语，野蕨成餐。掩柴扉，炎凉世界，等闲看。《天觉词钞》

秋波媚·与渔父览古

临流谁唱大江东，霜岸染林红。吴宫花草，越台麋鹿，瞥眼成空。　　翘头远坐是渔翁，邀饮溯英雄。把繁华境作，伤心地，惆怅西风。《天觉词钞》

忆故人·晚渡

城市喧嚣，徘徊不定投何处。临流几度唤渔船，拟向沧州去。　　还愿夕阳留住，劝许多，争归樵牧。依然山色，犹是春光，须寻前路。《天觉词钞》

夜行船·渔父

屋小舟轻风力软，坐波心，春风乍暖。一领青蓑，一竿白水，不受人间束管。　　入市卖鱼天未晚，换青蚨，打量酒盏。急弄兰桡，远寻茅屋，恐被斜阳遍染。《天觉词钞》

剔银灯·重游

才过初春小雨，好向郊原游去。山翠霑衣，松泉涤屐，还觅寻芳旧路。花前盼顾，难把夕阳留住。　　一霎香成尘土，怎

忍飘零无数。览景望归，愁天近晚，此际心愁几许。回头何处，只剩寒烟凄楚。《天觉词钞》

渔家傲·渔隐图

冒雨支篷横浦口，烹鲈消却壶中酒。世事浮云何必问，恐鲸吼，轻舟斜挂冲烟柳。　　炊火儿孙分左右，畏风不敢全推牖。远望山樵呼老友，忘情否，同吾共作烟霞叟。《天觉词钞》

风入松·古暮

晚来催起白杨风，鹃血啼红。生前名利皆虚幻，至于今，万事飘零。欲问骷髅悔未，可怜石马无声。　　秋坟火入宝衣空，遗恨难明。剩有荒碑欹倒，正几何时，字迹朦胧。到底终归一路，劝人休算穷通。《天觉词钞》

虞美人·莱州野钓

十年踏遍莱山路，没个为欢处。人情高下总难堪，故作一分懒意一分憨。　　除非山色还邀我，依旧寒云锁。枕瓢浓醉夕阳低，那管行人南北与东西。《天觉词钞》

鹧鸪天·舟晚

恼是风波太不平，舟移空羡白鸥轻。斜阳著水明如锦，究为阿谁铺酒成。　　回潮急，问山青。欲归归处复关情。渔人到底缘何事，红树深藏欸乃声。《天觉词钞》

郭濛　一首

郭濛(1809—1862)，字季川，号凫洲，《北海郭氏诗存续编》存诗一首。

题半亩园松树

冷落荒园半亩余，经秋草木尽萧疏。苍松荫我亭然立，不解炎凉犹如初。《北海郭氏诗存续编》

郭通经　一首

郭通经(1810—1887)，字贯六，号豁庵，邑庠生，《北海郭氏诗存续编》存诗一首。

送小房叔之任湖北

杯酒同欢仅此宵，移时顿隔路迢迢。亭长亭短吹横笛，春雨春风过野桥。岘首何年寻宦迹，竹林镇日挂诗瓢。休言此去无多赠，楚水荆山送画桡。《北海郭氏诗存续编》

郭来虞　二首

郭来虞(1811—1892)，字仪廷，号琴舫，邑增生。《三余书屋诗草》存诗一首，《北海郭氏诗存续编》存诗一首。

送小房叔之楚

春色杨花老，行李就官道。遥忆黄鹤楼，经历几昏晓。停车系马酒一杯，杯酒未进别绪催。忆昔提命教无穷，如在春风化雨中。竹林社里争献赋，不嫌鄙俚反欣慕。兴来分韵更飞觞，风吹落花满座香。千古乐事在天伦，桃李园中春昼长。忽闻捧檄作长吏，陡起忠国爱民志。马鸣萧萧车辚辚，千里云山隔两地。楚江滚滚乱流声，孤舟月夜一镜明。恨不如春风远送直入武昌城。垂杨桥，关山路，新月渐掩黄昏雾。者番离情欲

寄谁，挂向天末云中树。《北海郭氏诗存续编》

三余书屋诗草题辞

闭户何曾岁月深，吾兄天籁自成音。因知今古才人句，不在摇头苦苦吟。《三余书屋诗草》

郭熊奕　句

郭熊奕（1811—1844），字次都，太学生，《榆园杂录》存其句。

晓行

疏林如古画，远水见微明。《榆园杂录》

郭梦惠　十首

郭梦惠（1812—1863），字秀塘，亦字小莲，号蕉农，郭衍汾次子。道光十七年（1837）举人，咸丰三年（1853）进士，翰林院编修，入国史馆，《潍县乡土志》有传。《北海郭氏诗存》存诗二十一首，今选诗十首。

哭子诗（十九首选十）

生小清羸疾病多，无端忽又感沉疴。人间无处求灵药，肠断西风奈若何。

少年最忌太聪明，不必聪明祸亦生。造化弄人天意渺，此中颠倒更无情。

板舆随侍返乡关，视尔成婚遣尔还。那识一朝辞别后，此生永不奉慈颜。

去年授室正中秋，祝尔相偕到白头。今过中秋遽分手，才知欢喜不胜愁。

十载辛勤课读书，不教嬉戏误居诸。早知此事浑无用，何必殷殷五车书。

研习诗文渐已成，敢言头角自英英。于今万事归虚幻，只有伤心过一生。

学书初学柳诚悬，下笔风神竟宛然。今日案头收剩墨，可怜零落散如烟。

家藏书籍箧中寻，展玩从知爱惜深。一物都难持得去，空教触目更伤心。

人生聚散有前因，难遣无如父子亲。十七年来同一瞬，低徊往事总酸辛。

陌上萧萧种白杨，孤坟三尺最苍凉。他年归里浇杯酒，秋草荒原只断肠。《北海郭氏诗存》

刘暲　一首

刘暲，字锦堂，道光十二年(1832)举人，刘鸿翥之子，《刘氏贡举文集》存试帖诗一首。

赋得五更沧海日三竿得光字五言八韵

纵目观沧海，空濛夜未央。云开千里界，日吐一轮光。玉宇添朝爽，蓬瀛破晓凉。孤丸惊闪烁，万景逗苍茫。鸡唱扶桑外，霞烘若木傍。五更风露冷，四面水天长。色敛前村月，寒消白板霜。离明推圣治，帝德颂无疆。《刘氏贡举文集》

郭襄之　二首

郭襄之(1812—1884),字翊如,亦字匡侯,号楸坪,道光二十四年(1844)举人,郭梦龄之子,历任刑部直隶司员外郎、甘肃西宁府知府署西宁兵备道诸职,撰有《淡简斋诗草》,《潍县乡土志》《潍县志稿》有传。《北海郭氏诗存续编》存诗六首,今选诗二首。

晚行

日暮无归处,悠悠策马行。灯光明复灭,虫韵咽还鸣。辙乱难寻路,人来即问程。前村知不远,野犬吠人声。《北海郭氏诗存续编》

偶感

无端相见泪沾巾,触我情怀是旧因。数载难成通夕梦,孤儿堪慰百年身。容颜未久埋荒土,魂魄应知事老亲。愁坐空庭思醉饮,三更犹自酒斟频。《北海郭氏诗存续编》

郭召棠　一首

郭召棠(1812—1851),字爽亭,号南村,撰有《一琴堂遗草》,《北海郭氏诗存续编》存诗一首。

冬夜即事

天寒室愈空,布被冷似铁。明灭爇残灯,红炉煮白雪。挑灯洗碗贮新茶,无人难把平生说。夜深扫榻且安眠,梦里生机问孤鹤。《北海郭氏诗存续编》

郭凌汉　一首

郭凌汉(1812—1891),字伯峰,又字小骞,号探源,亦号叙揆。《北海郭氏诗存续编》存诗一首。

偶成

人道花木妍,我谓山水好。花木有时衰,山水永无老。览胜归来三径荒,胸中丘壑仍诗稿。披图而睹佐金樽,醉里乾坤原不小。《北海郭氏诗存续编》

陈介祺　十二首

陈介祺(1813—1884),字寿卿,号簠斋,又号海滨病史、退修居士等,道光十五年(1835)举人,二十五年(1845)进士,清代金石学家、文字学家、鉴赏家、收藏家,其于金石学之精熟,时人罕有匹敌,《潍县乡土志》《潍县乡贤传》《潍县志稿》有传。其勤于编著,专于金石文字,未以诗词名家,诗词之作散见诸籍。今选诗十二首。

题许瀚《六君子砖合本》

道大谁为倡,河间尚好贤。嵚奇六君子,堙没几千年。断甓今犹在,斯人古已传。愿言从许子,相与试磨砖。《六君子砖合本》《许瀚年谱》

题王石经《甄古斋印谱》

王君通隶法,名字采中郎。好古天机妙,多材雅事详。印摹灯照汉,帖抚榻追唐。何日编钟鼎,同登叔重堂。《甄古斋印谱》

题西泉为致云峭老人通竹幛子四首

作势风篁拂石来，谷中交干上徘徊。连山不尽萧森影，可是云门极顶崖。

闻君爱竹入深林，密叶高柯善取神。解道胸中有成物，谁从弦外赏遗音。

室虚物少澹无奇，壁素棂疏静最宜。危坐正襟心定处，漏沈雪积月明时。

我爱湖州仰曲枝，新梢元镇写多姿。披图试问三君子，猗猗何如有斐诗。《潍县志稿》

癸酉七月晦，与长孙皋论

开辟混沌只是文字，人心亦然，小咏附此

天开混沌由文字，人扩灵明亦在兹。大意微言常不觉，终归混沌又何疑。《簠斋尺牍》

小蓬司马画赠残荷，题以志感

闲来孤影写亭亭，秋雨秋风拂未停。独立无心移造物，终须骨骼不凋零。张槃画赠簠斋《残荷图》

燕庭方伯获古长安，长歌纪此。

张石匏开福、鲍子年康亦皆有诗，而未及

前左足之庄字。兹因刻图，为儿子厚滋辨得，赋句志后

足下凿文谛曰庄，勒名取义两难详。当年原父犹疏略，一字缣留此日偿。《簠斋金石文考释》《簠斋金文考》《簠斋金文题识》

注：《簠斋金文题识》"原父"误作"原文"。

题竹朋所书金刚经

归田卅载岂师陶，不学今衰日月慆。把卷自思增俯仰，惭闻知我拟三高。《秦前文字之语》

咏琅邪台秦石刻

今篆上推祇至李,丰碑屹立始于秦。试嘑篆祖兼碑祖,珍重柔毫作字人。《簠斋金文题识》

咏秦不韦诏事戈

更有凿文验吕戈,先镕诏事畏严苛。舍人游说秦王客,万古燔书恨不磨。《簠斋藏古册目并题记》《簠斋金文题识》

郭征庸　六首

郭征庸(1814—1889),字宾唐,号少峰,原名际唐,字乃赓,太学生,撰有《久敬斋草》等。《北海郭氏诗存续编》存诗十二首,今选诗六首。

和田念唐先生登道士谷

我亦征途客,行来此谷中。饥鸟争落月,古木响秋风。地僻人烟少,山环宿雾通。悠然尘世外,不复叹飘蓬。《北海郭氏诗存续编》

舟泊金山下

未辨停桡处,江潮带月还。乱帆围铁甕,骇浪触金山。涉险人声杂,乘风水路艰。中流谁砥柱,孤塔耸云间。《北海郭氏诗存续编》《榆园杂录》

注:此首《榆园杂录》题作《过江》。

题明夏叔祖诗后

矍铄老翁孰与俦,一生论断具阳秋。风尘有意垂青眼,毁誉无心到白头。寻胜曾游甘露寺,登高犹上拂云楼。前身合是杜工部,语不惊人死不休。《北海郭氏诗存续编》

得闻圣基先生消息

年高犹自跨征鞍，十载光阴付指弹。别后诗思定隽永，归来家计益艰难。居潍且抱相如渴，过海谁怜范叔寒。毕竟交情桑梓厚，时闻同学劝加餐。《北海郭氏诗存续编》

扬州怀古

当年壮丽说迷楼，今日空传剩玉钩。二十四桥春事尽，销魂无复旧扬州。《北海郭氏诗存续编》

咏萤

化工肖处物生春，爝火余光点缀新。漫道草虫无可取，案头曾照读书人。《北海郭氏诗存续编》

郭梦星　一首

郭梦星(1815—1884)，字亦白，又字西垣，号莲农，郭衍汾三子，道光二十六年(1846)举人，曾任甘肃西宁兵备道，《潍县乡土志》《潍县志稿》有传。撰有《花雨轩诗稿》等。《北海郭氏诗存》存诗二首，今选诗一首。

雨夜忆岱云弟

自作长安客，清游负竹林。那堪今夜雨，滴碎昔年心。葛垒本根重，芝兰气味深。此时共樽酒，即景定联吟。《北海郭氏诗存》

韩秀岐　二首

韩秀岐(约1816—1876)，字西周，又字息舟，潍城东关人，工古篆隶，善于治印，精于刻磁，陈介祺重其为人，撰有《小隐斋印存》,《榆园杂录》存诗一首。《潍县志稿》有传,并存诗一首。

登泰山

惟昔年少日,父母说泰山。闻诸登者说,巍峨不易攀。插天四十里,上有十八盘。慢者十八盘,紧者十八盘。更有最紧者,铁锁垂南天。令人掣之上,直若登天然。今日复何日,小子造其巅。空忆父母语,不睹父母颜。日暮独下来,塌然摧心肝。《潍县志稿》

冬日绝句

自笑一裘当被披,夜来风雪冷难支。山妻为爱小儿女,寄语阿翁起少迟。《榆园杂录》

郭文沅　五首

郭文沅(1816—1864),亦名文源,字子泉,廪贡生,曾于潍结竹林诗社。《北海郭氏诗存续编》存诗十二首,今选诗五首。

留别田潍清杜春漪

出郭劳相送,应知臭味同。关山千里外,心事一杯中。好友怜分袂,行踪叹转蓬。音书何日寄,天末数飞鸿。《北海郭氏诗存续编》

夜泊金山

江水去悠悠,停桡客独留。山明两寺月,波撼万渔舟。把酒浑忘醉,吟诗颇解愁。半生名利累,飘泊几时休。《北海郭氏诗存续编》

久客

昔我辞家日，袅袅柳丝弱。我久客姑苏，万木皆摇落。深怀宋玉悲，目极吴天廓。《北海郭氏诗存续编》

忆宾唐兄

兄弟别离久，江南客未归。思家还怅怅，有梦亦依依。风急雁行断，秋高鲤信稀。怀君君不见，北望每歔欷。《北海郭氏诗存续编》

重阳后作

日月如流节序更，满园落木客心惊。菊花半圃随秋淡，寒水千潭彻底清。日暮林深鸦共集，天高风紧雁孤鸣。归来独坐书斋里，回忆家山无限情。《北海郭氏诗存续编》

郭兆封　二十首

郭兆封（1817—1860），字小康，号岱云，又号望溪，附贡生，直隶容城县典史，敕授登仕佐郎。撰有《憩云阁诗集》，载诗一百三十六首，《北海郭氏诗存》存诗五十一首。今选诗二十首。

春江明月夜

春来何地月不生，月照何处花不明。奚必吴江春夜里，花始献媚月有情。那知江涵月如镜，两岸繁花光倒映。一棹掉入江深处，花里月里浑无定。天开异境人谁识，无愁天子喜游历。狎客赋诗贵嫔歌，响遏春云欺笙笛。春江之乐乐未央，只信年年花月长。风流何预韩禽事，顿整铁骑飞渡江。夙恨月圆缺，又怨花开落。花月只今犹如此，临春结绮今非昨。吁嗟乎，不徒春江负叔宝，阿麽花月亦草草。安得瓠子塞长江，斫月破碎花枯槁。谁令璧月常满琼花新，金粉依旧江南春。盛衰不管前朝事，夜夜江头别照人。《憩云阁诗集》

春日野酌

无地无佳趣，静者自领略。人皆趋城市，我独乐村郭。少与长咸集，扫石轮盃酌。风定神与清，云闲意相若。春色逐人来，花柳时闪烁。心不与物期，物一如夙约。非故避尘嚣，尘嚣自不著。《憩云阁诗集》

人生皆前定

人生皆前定，出处难自测。自信虽坦然，中我多反侧。失足婴世网，遐举恐难得。闲云忽作雨，满月或成魄。心不介荣枯，何处非春色。《憩云阁诗集》

寄家书

两月别家山，满怀萦离绪。不尽数千言，落笔无一语。自抵都门后，胸怀顿觉宽。不须及家事，只是问平安。《憩云阁诗集》

安肃题壁

方作阮生哭，遑听赵女歌。豪情愁里减，幽恨曲中多。岂少知音遇，其如憎命何。吟成寒夜怨，晓色淡星河。《憩云阁诗集》

送王东阳之河间幕

久聚知终别，别时总怅然。梅花辞上谷，雪夜忆瀛川。吏隐无良策，生涯让砚田。鸿泥无定迹，还望到君边。

七夕偶成

天上多欢会，人间易别离。一年秋信早，千里寄相思。络纬声何切，星河影渐移。备尝为客苦，此意告谁知。《憩云

阁诗集》

铭夏兄旋里

一生劳碌走风尘，须发萧然霜雪侵。儿女渐完前世债，江山还助十年吟。赠言难尽别来意，借酒聊谈去后心。转瞬又为陇蜀客，羡君到处有知音。《憩云阁诗集》

燕山道中

鞍马秋风何所之，都门遥指路迟迟。个中心事原无定，意外功名未易期。玉水舟停宿雨后，燕山客到早秋时。金台柳色芦桥月，好景差堪慰别离。《憩云阁诗集》

春赴天津

春水轻舠亦快哉，中流鼓枻任徘徊。山村倒走沿堤转，云树环生上岸来。无定萍踪何处泊，多情柳眼向谁开。今朝万里乘风去，惭我终非破浪才。《憩云阁诗集》

暮春书愁

三月东风尚觉寒，旅窗魂梦几时安。贫无可解愁何益，归不能堪住亦难。沾润春无私雨露，薰香室有旧芝兰。杏花赏雨藤花月，权作家园一例看。《憩云阁诗集》

雨夜晤直山侄

客自太原来，孤灯相对语。不尽别离心，东风忽作雨。《憩云阁诗集》

对镜偶作

自我还都下，东风送旧年。如何前日雪，尚在鬓毛边。《憩云阁诗集》

明湖竹枝词（六首选二）

明湖风景近如何，芦絮荻花接芰荷。晚向中流闲荡桨，历亭来听小鬟歌。

蓼花深处竞扬舲，游遍楼台棹未停。好是铁公祠畔路，数峰紧对佛山青。《憩云阁诗集》

陇西行

雕弓猿臂竟何如，拟捐报国七尺躯。昨夜嫖姚忽出令，不教飞将当单于。《憩云阁诗集》

凉州词

一虏长城吹觱篥，吐浑间道偃旌旗。可怜幕府书功日，正是屠耆入塞时。《憩云阁诗集》

遇风

骇浪惊风久不停，随波有客正扬舲。倚窗不敢寻诗句，恐惹蛟龙出水听。《憩云阁诗集》

柳枝词

是谁折取柳丝丝，二月河桥送别时。寄语不如攀折尽，免留此后惹相思。《憩云阁诗集》

过济南

别却燕云抵泺源，旧游如梦梦如烟。佛山渐古明湖老，不到齐州已十年。《憩云阁诗集》

答于雨人

人到无情气自平，从来魔障自情生。世间多少关心事，都是虚窗印月明。《憩云阁诗集》

李桓之　二首

李桓之，字公符，潍县诸生，生平未详，撰有《竹雨轩集》。《榆园杂录》存诗二首。

赠望三散人

不信少卿久陆沉，频番相访忆同岑。塾巾人携仙灵气，宝剑诗饶金石音。旧德空传迎竹马，新台何处筑黄金。到门早听春风说，一日有余仰卧深。《榆园杂录》

寒亭

短驴行处草青青，寒水新流入客听。酒字一竿斜照里，杏花时节过寒亭。《榆园杂录》《[宣统]山东通志·艺文志》

魏洪阳　二首

魏洪阳，字次匡，号鉴湖，邑诸生，撰有《梅花书屋诗集》。《三余书屋诗草》存诗一首，《榆园杂录》存诗一首。另有残句四联，《[宣统]山东通志·艺文志》载之。

《三余书屋诗草》题辞

戴笠成渔隐，拈花对鬓髦。病犹诗胆壮，醉益画情豪。楷法板桥郑，图书南阜高。不须观续刻，已觉压风骚。《三余书屋诗草》

题李公符集

新翻乐府调泠泠，此曲难教俗耳听。他日春风杨柳句，定看满壁画旗亭。《榆园杂录》

魏淮阳　句

魏淮阳，字三洲，号竹桥，潍邑贡生，撰有《过江集》。《榆园杂录》存其句。

过江即事

作客初经郭璞墓，思乡两上芙蓉楼。《榆园杂录》

王象瑜　三十首

王象瑜（1818—1868），字玉轩，号莲洲，咸丰八年（1858）举人，九年（1859）进士，曾任刑部浙江司主事。工诗善琴，因藏赵秋谷二琴，故称二琴居士。其《二琴居士小集》载诗一百四十二首，今选三十首。

麓台怀古

跻彼浮烟山，俯仰寻往迹。拂袖生清风，澄怀坐藓石。忆昔汉平津，读书留遗泽。慕容燕太子，相继陈讲席。思古多逸兴，徙倚麓台侧。白云自终古，明月照永夕。东北瞰沧溟，浩渺涵空碧。翘首严泉间，三山落咫尺。古人不可作，胜境今犹昔。遐想欲忘归，悠然意俱适。《二琴居士小集》

湖上晚眺

秋水绕平台，登临倦眼开。树声挟雨至，山色抱城来。雁入寥天没，风催画角哀。绕栏闲觅句，踏遍绿莓苔。《二琴居士小集》

章邱早发

夜色苍茫里，前途望不分。钟声沉晓月，鬼火上秋坟。行李轻于叶，归心乱似云。骑驴浑入梦，隐约曙鸡闻。《二琴居士小集》

闻磬

觉来天向曙，梦境尚沉沉。谁打寺中磬，忽生方外心。禅林黄叶晓，佛阁碧云深。清景空相忆，恬然拥被吟。《二琴居士小集》

秋夜怀友人

良夜清如水，轻寒透短衾。窗虚孤月上，人静一虫吟。佳句无心得，名山有梦寻。何当千里外，秋思苦难禁。《二琴居士小集》

雨中饮刘小峰书斋

家在青溪上，寻君冒雨来。路从深巷转，门为故人开。佳句多心得，藏书半手裁。幸无车马至，幽径长莓苔。《二琴居士小集》

秋草

满院秋风半掩扉，零烟碎雨夜霏霏。关心南浦离人远，回首西堂旧梦违。青冢黄昏愁落月，白门寂寞怅斜晖。迷离望断天涯路，为问王孙归不归。《二琴居士小集》

偕同人夜泛大明湖

晚来共放采菱舟，携酒寻诗喜唱酬。永夜笙歌喧曲港，四围灯火集中流。月移山影凭栏见，烟隐芦花隔岸浮。乘兴不知归去晚，数声严柝击更楼。《二琴居士小集》

遣怀

廿二年来百事歧，此生俯仰总支离。身能无病贫何虑，酒果消愁醉不辞。满座松风朝对弈，一窗蕉雨夜谈诗。强将块垒闲消却，清兴于今得未移。《二琴居士小集》

郭南庐以小幅嘱书宋次山赠诗，因题长句

聚首京华十载前，论交剪烛夜开筵。羡君骨相青云早，愧我风尘白发先。南国惊传摧玉树，北溟空复怅云天。故人检点遗篇在，把卷沉吟意黯然。《二琴居士小集》

秋夜雨声

高阁新凉掩画屏，西风吹雨透疏棂。秋从落叶声中老，人

自还家梦里醒。别院笙歌听寂寂，小楼灯火望荧荧。晓来怕向窗前坐，滴碎芭蕉响未停。《二琴居士小集》

即事

虚室幽居日正长，数棂窗纸净如霜。诗因对拙宁删去，书为亡多学护藏。有酒何妨千日醉，养花自笑一生忙。晚来更向楼西坐，数尽归鸦又夕阳。《二琴居士小集》

暮秋自历下晚归，将抵里门

拂袖黄尘扑面少，长途迢递客还家。天垂大野盘秋隼，日落荒城起暮鸦。前路喜闻人语熟，晚风犹送市声哗。回头远树苍茫外，一片西山带乱霞。《二琴居士小集》

题剑南诗卷后

落拓风尘四十年，东吴垂老恨绵绵。暮云春水思乡梦，匹马秋风射虎天。自分封侯无骨相，谁怜藏甲卧林泉。中原北定知何日，病里长吟倍泫然。《二琴居士小集》

病起

静掩空斋已数旬，短帷寂寞暗生尘。重排笔墨添新咏，乍对琴书似故人。满院落花春扫径，半窗明月夜留宾。茶铛酒具浑无恙，又续此生未了因。《二琴居士小集》

将赴保阳留别福源上人

六载重寻世外缘，到来心迹倍清妍。狂歌拍案云亭牖，小饮当阶月入筵。笑我庸才强作吏，羡君妙悟不谈禅。松关无那增离绪，又趁东风效著鞭。《二琴居士小集》

秋夕

落日气萧爽，庭空自闭门。秋怀吟不尽，兀坐到黄昏。《二琴居士小集》

暮春雨后，庭花落尽。惟丁香花高处犹余数朵，望之有感

皓洁珠玉姿，当檐傲风雨。却笑低枝红，早被人折取。《二琴居士小集》

途中即目

一鞭遥指绿杨陂，红杏斜遮卖酒旗。骄马游情还似我，到花多处也迟迟。《二琴居士小集》

晓起

东风剪剪晓寒催，料峭间门静不开。细雨无声春暗去，卷帘一片落花来。《二琴居士小集》

春晚

凭栏惆怅惜芳华，绿暗红稀一径斜。舞絮飞花留不住，相将春色到天涯。《二琴居士小集》

题鄗南庐杏林图二首

十里霞光一抹痕，溪流迢递接云根。雨中仿佛曾经过，忘却江南第几村。

田家二月事春耕，人指红云驱犊行。昨夜不知风信早，前村一片卖花声。《二琴居士小集》

明湖竹枝词七首

秋来佳景数明湖，烟柳风荷入画图。乘兴人来浑不断，渔舟隔水共招呼。

移舟不唱采莲歌，白谱新腔载酒过。惊起花间鸥鹭梦，双双飞入夕阳多。

盂兰佳会趁宵长，为了前缘学淡妆。千点红灯争渡去，衣香吹送入荷香。

钓得湖鱼换酒钱，推蓬小醉晚凉天。水心月上不归去，犹枕渔篙自在眠。

清晓新荷次第开，芦花深处锦成堆。儿童不识莲心苦，争采花房得意回。

棘闱试罢约重来，月下乘舟倦眼开。北极高登回首望，两行灯火故人情。

一幅冰绡画笔传，琳琅佳什写连篇。长吟放棹明湖去，梦里重逢第几船。《二琴居士小集》

王之翰　一首

王之翰（1819—1884），字次屏，号湘筠，潍城区人，王延年之子，道光十九年（1839）举人，二十四年（1844）进士，曾任翰林院编修、内阁学士兼礼部侍郎等职。其娴于典章制度，曾典试河南、广东诸地，后主讲龙德书院、泺源书院等，平生以授学为任，精于书法，《潍县乡土志》《潍县志稿》有传。撰有《双松轩诗集》，其《九九消寒歌》流传潍县民间。

九九消寒歌

一九冬至一阳生，万物资始渐勾萌，莫道隆冬无好景，山川草木玉妆成。二九七日是小寒，田间休息掩柴关，室家共享盈宁福，预计来年春不闲。三九严寒水结冰，罢钓归来蓑笠翁，虽无双鲤换新酒，且喜床头樽不空。四九雪铺满地平，朔风凛冽起新晴，朱褐公子休嫌冷，山有樵夫赤足行。五九元旦一岁周，茗香醪酒答神庥，太平天子朝元日，万国衣冠拜冕旒。六九上苑佳景多，满城灯火映星河，寻常巷陌皆车马，到处笙歌表太和。七九之数六十三，堤边杨柳欲含烟，红梅几点传春讯，不待东风二月天。八九风和日迟迟，名花先发向阳枝，即今河畔冰

开日，又是渔翁垂钓时。九九鸟啼上苑东，青青绿色含烟蒙，老农教子耕宜早，二月中天起卧龙。《潍城文史资料》

郭正　二首

郭正(1820—1879)，字心正，郭鼎之子，《北海郭氏诗存续编》存诗二首。

夜酌

宵深石上坐，把酒对松酌。愁共明月生，不共明月落。《北海郭氏诗存续编》

济南湖上作

莲子湖西放棹行，菰蒲风起晚凉生。尊前莫唱吴娘曲，暮雨潇潇动客情。《北海郭氏诗存续编》

郭为旬　一首

郭为旬(1821—1872)，字景召，号翰南，郡廪生，《北海郭氏诗存续编》存诗一首。

村晚

归路欲黄昏，苍烟锁一村。老渔歌水岸，野犬守柴门。破网悬枫杪，潭流皱月痕。有谁鸡黍具，灯下话寒温。《北海郭氏诗存续编》

张兆栋　五首

张兆栋(1821—1888)，字伯隆，号友山，道光二十三年

(1843)举人,二十五年(1845)进士,历任陕西凤翔府知府,四川按察使,广东、安徽、江苏布政使,广东、福建巡抚,《潍县乡土志》《潍县乡贤传》《潍县志稿》《清史稿》有传。其《凤翔纪事诗存》载诗三十首,今选五首。

凤翔纪事诗(三十首选五)

剧郡当冲气象雄,名区坐拥古扶风。治岐常沐周王化,分陕犹传召伯功。北戒山河趋陇右,西疆门户篼秦中。关心到处惊兵燹,东道于今已不通。

蒿目时艰敢惜身,匆匆出守不辞辛。空思治化成三月,未见顽民格七旬。雀鼠纵然争可息,犬羊毕竟性难驯。明知积爨邱山重,半事羁縻半拊循。

愁云惨压女墙低,乌鹊无声战马嘶。赵邑几沉三版水,函关谁塞一丸泥。长濠夜静惊铃索,古垒天寒咽鼓鼙。拔剑中宵频起舞,不须闻唱祖生鸡。

鹤唳风声四处闻,蜡丸飞遁日纷纷。遥知羽扇能麾众,空有牙璋促起军。望切云霓常若渴,心惊烽火总如焚。齐桓救卫称高谊,犹有春秋责备文。

西陲处处烽烟,何幸平阳一境全。君子六千存越国,关山百二控秦关。凌虚台上晴光煦,会景亭边物候妍。记否城楼终夜望,月明十有五回圆。《凤翔纪事诗存》

郭金铭　十首

郭金铭(1822—?),字缄兰,号海樵,附贡生。撰有《海樵诗存》。《北海郭氏诗存续编》存诗二十首,今选诗十首。

送二弟金鐄赴东武

兄弟贫宜聚，别离意更伤。临行频寄语，切嘱早还乡。饯记重阳老，心怜寸草长。秋空看雁影，嘹唳各成行。《北海郭氏诗存续编》

冬日即事

冷节逢三九，光阴似客过。家贫诗亦瘦，岁暮债偏多。坐爱晨曦暖，寒斟腊酒和。奇穷天玉我，莫赋式微歌。《北海郭氏诗存续编》

春暮

作客经年久，韶华过眼频。愁悬连夜雨，春老异乡人。乱落花成阵，迷离草似茵。双双梁上燕，旧垒补泥新。《北海郭氏诗存续编》

赠刘处士

乡居远城市，车马到门稀。松菊秋篱落，风尘老布衣。款宾惟野味，得句尽天机。对坐倾谈久，依依忘落晖。《北海郭氏诗存续编》

新秋

闲向西园望翠微，新秋景物已全非。蜻蜓避雨花阴立，蛱蝶惊风树外飞。隔水钟声来远寺。接天塔影挂斜晖。感时偶触思乡意，辜负鳟鲈尚未归。《北海郭氏诗存续编》

步赵石园明府登楼韵

客里光阴最怕秋，况兼风雨独登楼。千山木叶经霜下，一线滹沱入海流。远杵沈沈催落日，孤帆渺渺送归舟。城高易得团圞月，形影凭添两地愁。《北海郭氏诗存续编》

夜坐

坐听萧萧落叶声，月光灯影一窗明。年来旧病皆秋发，枕

上新诗半梦成。阅历人情知水澹,温凉夜气似霜清。西堂寂静良宵永,喔喔邻鸡尚未鸣。《北海郭氏诗存续编》

见杏花二首

一竿旭日上窗纱,二月山城见杏花。无限春情含未吐,教人惆怅怨年华。

临风犹怕胭脂冷,着雨别添锦绣红。客里看花只如此,花开花落太匆匆。《北海郭氏诗存续编》

水村

近水人家半业渔,钓竿蓑笠挂庭除。客船偶自村边过,稚子提篮卖鲤鱼。《北海郭氏诗存续编》

郎虎臣　一首

郎虎臣,生平未详,《榆园杂录》存诗一首。

秋夜绝句

独卧茅斋夜未央,新秋风雨到修篁。分明一枕轻凉味,送与愁人仔细尝。《榆园杂录》

郭翰之　三首

郭翰之(1822—1862),字少良,号桐坪,撰有《爱拙轩诗草》。《北海郭氏诗存续编》存诗十一首,今选诗三首。

冬夜

松竹动寒生,劳人梦不成。思深愁夜永,体弱怯衾轻。香篆余残鼎,灯花暗短檠。晨钟何处报,送入枕边清。《北海郭氏

诗存续编》

题舅氏别墅

名园置向白云隈，为爱清居特地来。草径曲随幽壑转，柴门斜对乱山开。数竿修竹浮清霭，几片闲花点碧苔。到此全无尘俗扰，直堪有酒醉千杯。《北海郭氏诗存续编》

书高念东长恨歌后

翩跹燕已营新垒，轻薄花方洗旧尘。说尽兴亡无限恨，恐君不是断肠人。《北海郭氏诗存续编》

无名氏　四首

潍县竹枝词四首

新正节□过元宵，结伴城头跑老猫。为乞一家长快活，艾香争把石人烧。

杨柳初垂杏未开，天仓安囤散圆灰。龙抬头日先郎起，再散圆灰收囤来。

嘉平之望月光澄，传说诸神下九层。私愿为谁长记著，合欢园里吊天灯。

新郎似玉妇如花，前导双裙送至家。草把襄门砖压屋，毡铺红路一条斜。《春韭园随笔》

注：前两首亦见郭麐《潍县竹枝词》，仅数字不同，然据郭麐《春韭园随笔》，此四首非郭麐自作，详见本书《古诗词文集知见录》之郭麐《潍县竹枝词》。

郭麐　三十首

郭麐（1823—1893），字望三，一字子嘉，凡于诗词、文史、金石等无一不精,《潍县乡土志》《潍县志稿》有传。其著述繁多,主要有《潍县金石志》《金石遗闻录》《潍县古城考》《潍县竹枝词》《望三散人感旧集》等。《望三散人感旧集》载诗八十八首,《北海郭氏诗存》存诗二十首,《潍县文献丛刊》有《潍县竹枝词》一百零八首。今选诗三十首。

托族人寄家书

天高过雁秋,含泪送行舟。故国三千里,蓬门尔旧游。好传书外语,慎话客中愁。落拓寻常事,高堂双白头。《望三散人感旧集》

送徐生

故人驱马去,家在白云间。中路与花接,一身先燕还。晓帆潍水渡,春雨穆陵关。为数班荆日,离愁满碧山。《望三散人感旧集》

白浪河上晚归

悠悠不觉晚,明月上高峰。独过石桥路,遥闻玉观钟。尘心入夜寂,凉露滴衣浓。老屋在何处,烟林重复重。《望三散人感旧集》

归里作

才喜完租税,复惊敛马牛。官符如火急,乡老望风愁。皂冠吏分疃,黄云麦满畴。江南并江北,何日灭旄头。《望三散人感旧集》

寒食作

无那愁身似病身,闭门半月不知春。杏花已放忘寒食,燕子重来忆故人。漫惜年华负圣代,却尝世味受清贫。凭谁画我屏风上,鸡犬一家共隐沦。《望三散人感旧集》

十月三日作

柴米那能一一俱，归村三日暂枝梧。山妻连夜催刀尺，慈母小园检菜蔬。冷雨凄风天气变，残花落叶径庭芜。明朝又欲赴城去，拟卖枯琴换女襦。《望三散人感旧集》

武昌留别

总有青山难作邻，高堂垂老更家贫。一樽黄鹤楼中酒，万里清秋江上人。久住浑愁归路远，临行转觉异乡亲。几回手拂西园柳，他日重来认旧因。《望三散人感旧集》

雨渡潍水

一派悠悠箕屋来，孤帆小艇雨中开。囊沙遗迹凭谁问，渔父横竿指绿苔。《望三散人感旧集》

夜过荷花湾

数株风柳带栖鸦，几处闲窗落碧纱。正是采莲人已去，空留明月照莲花。《望三散人感旧集》

赠芸斋主人

小园半亩近连家，杨柳楸桐四面遮。助我新晴事栽种，三分蔬菜二分花。《望三散人感旧集》

潍县竹枝词(一百零八首选二十)

富贵繁华似水流，藏书空说吕家楼。潍城石靡麝香月，同一销沉不可求。

古瓦久湮漳水滨，张公仿古秘反新。谁知偏遇多言仆，难免陶庵冷笑人。

侯明府本老书生，今日谁知旧有名。尝指白狼一条水，自盟心与白狼清。

文昌阁屹古墙端，除祉春秋香火寒。何似汉家旧风俗，一人肩负一星官。

南园修竹几千根，贤宰时携客到门。最是拂衣归里后，逢人犹问旧华轩。

桃花岸接绿杨矶，细雨斜风犹未归。但愿与郎荷蓑笠，一竿长钓鲤鱼肥。

来往东南林野间，为询樵牧一开颜。不因流水名犹在，谁识当年小几山。

营丘集北树层层，几点荒城以古称。不读魏书与郦注，无人知是汉营陵。

几株疏柳青山下，一片荒台绿水滨。不是乐家书内载，古坟谁识汉平津。

鸟影鱼波葵苍苍，白狼左近官亭旁。古别画湖即此水，不须更问别画庄。

映房石出漪东岸，一幅丹青好画材。记得阎衣与吴带，大都根柢此中来。

汉碑先有后皆亡，野草荒烟惹恨长。剩有新镌临缩本，虎贲犹想见中郎。

临汝化城天下无，孤山山市与之俱。邢侯遗迹凭谁觅，再绘孤山早照图。

静地闲来何处寻，弥陀禅院好禅林。谁言今日高僧少，趺坐图中见了心。

旧镇固堤今海防，督都门第久荒凉。读书击剑当年事，剩与田夫话夕阳。

万年桥畔夕阳前，乐奏青林胜管弦。地下渔洋知道否，潍州今日有鸣蝉。

平寿为城自汉初，几人词赋敌相如。数来直到南唐日，只一名家韩定居。

松云松雪两斋居，乐古知成缪篆书。可惜门衰难世守，年来旧本已无余。

松园吟社久荒凉，往事花前屡举觞。争把新诗付阿魏，琵琶听按小秦王。

潍中无竹几经年，潍上竹枝词不传。今日竹同词并有，相联一唱使君前。《潍县竹枝词》《中华竹枝词全编》《潍县竹枝词撷英》

谭肇　一首

谭肇，字少开，咸丰九年（1859）举人，《三余书屋诗草》存诗一首。

《三余书屋诗草》题辞

扫地焚香脉脉思，碧桐阴里下帘时。冰绡三尺清于水，半写折技半写诗。《三余书屋诗草》

杨英俊　一首

杨英俊，字士杰，生平未详，《三余书屋诗草》存诗一首。

《三余书屋诗草》题辞

画笔传神一卷披，兴来更为著新诗。莫嫌年老归平淡，阅历深时不喜奇。《三余书屋诗草》

高翰阁　一首

高翰阁，生年不详，卒于光绪三十年（1904），字西林，一字墨林，同治元年（1862）举人，官直隶通州北河同知。《三余书屋诗草》存诗一首。

《三余书屋诗草》题辞

羡君善画又工诗，诗思画情两两奇。画更有诗诗有画，一枝老笔乱纷披。《三余书屋诗草》

田宣叡　一首

田宣叡(1823—1876)，字旬之，号巨山，同治五年(1866)岁贡，曾主持田氏族谱续修之事。《三余书屋诗草》存诗一首。

《三余书屋诗草》题辞

不事雕镌不嗜奇，兴来搦管任纷披。知君格律老逾辣，愿学香山妪解诗。《三余书屋诗草》

毛璋　一首

毛璋，生于道光四年(1824)，卒年未详，字礼南，亦字莪臣，号桐冈，同治四年(1865)进士，宰直隶武清县，《潍县志稿》有传。今自其乡试朱卷中录诗一首。

赋得蝉声驿路秋山里得归字五言八韵

策马深山里，秋风送客归。蝉声闻嘒嘒，驿路怅依依。甲馆华筵别，庚邮叠嶂围。清音三面彻，尘影一鞭挥。冷咽诸峰秀，凉催落叶飞。征衫凝暮霭，老树澹斜晖。道远离情结，天空古调稀。行人歌四牡，回首恋皇畿。毛璋乡试朱卷

柯蘅　十首

柯蘅，字佩韦，胶州贡生，长于文史，询为名家，妻李长霞，亦有诗名，《潍县志稿》有传。《国朝山左诗汇钞后集》《晚晴簃诗汇》皆选其诗。潍上郭绥之为其刻选有《春雨堂诗选》，收诗一百三十七首，今选诗十首。

与李吉侯郭荔岩游程符山

良辰偕胜侣，振策纡游行。缅兹丘中赏，遂我物外情。层台一眺望，风物萧以清。石莲花共色，潭镜影孤明。野赤日气炯，岩翠秋烟生。高岩阻羲驾，古洞闷元灵。绿叠嶂如摺，风余泉尚声。读书怀韩子，令我仰遗型。往规感昔泯，余胜与今并。安能释尘鞅，相与乐岩耕。《春雨堂诗选》

春日与荔岩吉侯小酌

醉得暂时乐，情忘久客身。樽前花欲暮，乱后物犹春。济世虚怀愿，谋生愧众人。酒阑思往事，回首奈风尘。《春雨堂诗选》

宿荔岩听秋村馆

泠然送清籁，似有远风过。凉意在高树，空烟低断河。鸦寒山月迥，蛩晓野田多。终夜不成寐，秋思将若何。《春雨堂诗选》

客夜闻归雁

久作他乡客，还乡梦亦稀。一声何处雁，万里自知归。南北兵虽满，春秋候不违。羁怀因尔感，深夜泪沾衣。《春雨堂诗选》

将去潍与吉侯外弟话别

将别共樽酒，长贫怜客途。屈平惟有姊，士会未归孥。往矣依依柳，维之皎皎驹。明朝回首望，烟树隔程符。《春雨堂诗选》

郊行

烟树满昏鸦，背城村径斜。孤楼在深翠，一角明秋霞。田水没牛腹，野香生稻花，偶逢趁虚客，缓步共归家。《春雨堂诗选》

题靖侯诗集

当代论风雅，惟君与古期。此才生使独，吾道世宁知。经济诸公策，乾坤苦战时。从来忧国意，只在少陵诗。《春雨堂诗选》

题郭子嘉听漪草堂

义山旧傍玉溪居，子美瀼西更结庐。名士由来爱泉石，先生于此乐琴书。侧身天地青山老，短褐风尘白发疏。海内烽烟今未熄，岂容高致狎樵渔。《春雨堂诗选》

答靖侯见寄

远山近山烟不分，故人遥隔怀清芬。谁其言者两黄鹄，将子来兮多白云。细雨下帘昼寂寂，春风吹梦花纷纷。休论世上不得意，西涧可思猿鹤群。《春雨堂诗选》

靖侯携琴见访

君若钟期子，我无山水音。聊凭弦外意，一慰故人心。《春雨堂诗选》

李长霞　十八首

李长霞(1825—1879)，字德霄，掖县李图之女，柯蘅之妻，《潍县志稿》有传。撰有《锜斋诗集》，今选诗十八首。

赴潍县

昨发胶水涘，遥遥去黔陬。村落少人烟，天寒路途修。板扉当昼闭,余烬痕尚留。两三老寡妻,相语双涕流。往春殖二麦,贼众来南州。麦田为战场,麦苗饲马牛。无麦犹尚可,秋复遇虔刘。少壮为贼役,老弱死道周。有魂不可招,无骨将安收。官死有余荣,令名垂千秋。兵死有厚恤,皇恩一何优。惟此农民死,灭若浮水沤。下有子冲幼,上有母白头。业失未能复,官赋未能休。死者长已矣,生者恒殷忧。《锜斋诗集》

南留店

烈烈北风凉,摇摇镫烛光。旅愁不能寐,耿耿寒夜长。小女衣裳薄,辗转依我旁。问我今何之,去去将何方。闻此感予怀,泪下忽沾裳。往昔忆慈亲,恨不居共乡。今日行且近,反觉意彷徨。有家知怀土,无家将焉伤。起看月在户,回视月在床。松楸日云远,何以慰蒸尝。《锜斋诗集》

寒食作呈佩韦夫子

春色为谁来,绿遍西原草。念我时艰虞,反伤春色好。天地方甲兵,沈忧催人老。莫挽西江水,辙鱼同枯槁。缅思先舅姑,悲来心如捣。富贵不及养,荣名安足宝。况我沈沦士,流离更远道。麦饭奠不时,墓门复谁扫。伤心首丘意,华发悲年早。愿利幽人贞,敬身以承考。区区小草心,永言伤怀抱。《锜斋诗集》

看桃花

村南村北桃作花,绿芜尽处明春霞。我来看时雨初歇,野烟笼影春水涯。侧蕊傍花纷婀娜,长枝短干交横斜。南者盛开北者蕊,一株气候间有差。似留余美戒先尽,含采不复相矜夸。我因避乱去乡邑,花时怅望归路遐。他乡春色忽烂缦,故园花好将焉加。符山之峰出花外,石骨皴绿无土沙。点染纵无灼灼华,此邦已觉清且嘉。况有武陵在人世,有田可卖吾将家。《锜斋诗集》

中秋对月

天上闭阛月,人间寂寞愁。蟾寒丹桂老,河淡白榆秋。明镜消银烛,清樽对白头。别离怜尔照,清景莫西流。千里同明月,离人几处看。形因多病改,书欲寄愁难。高露浮空气,疏花照夜寒。昔年同此乐,今夕路漫漫。前烛知宵永,添衣觉露滋。系檐蛛讬网,栖树鸟余枝。吟咏怜儿解,艰虞畏母知。谁惊一行雁,南北各天涯。《锜斋诗集》

感怀

故乡几千里,望远临高楼。徘徊将何见,苍然江汉秋。楚山远无极,楚水天际流。微茫大岘影,窈窕鹦鹉洲。芳草将欲歇,寒皋色正愁。驰晖无缓景,久客生百忧。滔滔长江水,迢迢东海头。《锜斋诗集》

寒食接父书

久别怀儿女,谁从问起居。难将为客意,尽此数行书。令节他乡感,穷愁鬓发疏。介根城下路,未许赋归欤。《锜斋诗集》

胶莱道中

停车向古道,乱树冷斜曛。落叶欲迷径,远钟多在云。溪流经雨急,山色对烟分。回首乡关近,令予愁绪纷。《锜斋诗集》

村居

一雨收残暑,乡思又及秋。初寒多在竹,小梦亦生愁。叶老虫丝卷,苔明蜗篆留。村居近三载,归计未能筹。《锜斋诗集》

春日忆少子劭忞

雨气绯桃重,苔痕石砌幽。青春怜尔远,白发对花愁。消息传戎马,关山念阻修。双鱼应有寄,漳水日东流。《锜斋诗集》

雪后

目极川原阔,登楼时倚栏。高风一雁远,晴雪万家寒。景

短残年逼,时荒善政难。流离怜老弱,辽海路漫漫。《锜斋诗集》

湖山泺道中

车马逶迟湖水浔,湖光空翠晓阴阴。村烟一带柳丝重,岚气四围春雨深。依旧青山留客梦,漫教黄鸟唤愁心。结茅抱瓮曾题句,回首前尘感不禁。《锜斋诗集》

章丘驿寄弟妇及八妹

处处新黄上柳条,故园东望路迢迢。老来诗句愁中得,梦里山村觉后遥。暮雨云生长白树,春风人过绣江桥。禁烟明日逢寒食,念尔深闺倍寂寥。《锜斋诗集》

锦秋湖

柳陌菱塘路欲迷,荷花荷叶与人齐。舟横野岸偎芳草,水拥寒沙上废堤。《锜斋诗集》

拟塞下曲四首

闲写家书付六亲,纵为部曲亦王臣。生成热血消霜雪,不用寒衣寄远人。

自浇雪水洗刀瘢,昨日龙堆接战还。闻说前山骄虏在,更无归梦度榆关。

北风吹雪下卢龙,寒入征衣冻几重。尚有君恩酬未尽,家书纵到不开封。

铙歌唱彻海风秋,收取关山五十州。终古烽烟不近塞,功成何必尽封侯。《锜斋诗集》

郭文泉　二首

郭文泉(1825—1879),字石民,号小山,邑庠生。《北海郭氏诗存续编》存诗三首,今选诗二首。

闲居偶成

潇洒行踪自远尘，旷怀谁是葛天民。恨将岁月供多病，岂有文章可逐贫。几处莺鸣求好友，一园花事趁闲身。累人俗务全抛却，兀坐空斋酌酒频。《北海郭氏诗存续编》

寒夜

风物萧条对短檠，诗怀冷落最无情。连番把酒愁方永，一夜怀人梦未成。宝鼎香残留篆渺，茅斋岑寂觉寒生。由来不解谈元趣，谁遣窗鸡破晓鸣。《北海郭氏诗存续编》

郭济远　十九首

郭济远(1826—1896)，原名文涛，字松乔，一字靖臣，道光二十六年(1846)举人，曾任夏津县训导，清平县、章邱县教谕。撰有《冷斋诗草》一卷，载诗十九首，《北海郭氏诗存续编》存诗十七首，今全录之。

和陈石舫士焯孝廉韵二首

久以官为隐，君何爱独偏。叨陪黄菊酒，共度小梅天。诗就严更里，光分夕照边。六如自名士，惭愧称神仙。

元龙湖海气，迥出尘世间。剑古甘藏宝，泉清不在山。连篇陵七步，书壁睹双鬟。案牍劳形日，翛然意转闲。《冷斋诗草》

赵子鳌孝廉元抡索和

读书翻恨古人多，纸上空谈孰不磨。门户自分争水火，洪荒虽远更搜罗。那知此辈宜高阁，莫漫清流蹈浊河。名士千秋一诸葛，茅庐未出独长歌。《冷斋诗草》

春草

书带门庭不可寻，青袍无恙自沉吟。空怀向藿倾葵意，难报三春一寸心。火节烧余惊去马，池塘春梦断鸣禽。采兰遥指南陔路，长祝萱闱瑞霭深。《冷斋诗草》

读李梦馥乐林上舍诗有感

冷砚磨穿鬓已皤，百年怀抱托吟哦。事难由己听天定，壮不如人奈老何。缘酒红灯佳日少，白衣苍狗世情多。君家铁笛应无恙，好谱云间第一歌。《冷斋诗草》

又寄梦馥

年来闭户远嚣尘，每向陈编颂夙因。旧友渐同霜后叶，孤踪谁惜爨余琴。苔岑得味何嫌淡，文字论交别有神。吟罢自嘲还自幸，几从掉臂失诗人。《冷斋诗草》

秋燕四首

秋来旅燕暗消魂，孤馆萧条昼掩门。蘋末微风寒有信，花间春梦了无痕。寻常陌巷斜阳里，冷落园亭老树村。莫怪今朝多惆怅，海边故国不堪论。

帘前几日欲飞霜，照影参差水半塘。弱足尚留红线影，寒衣催启翠云箱。空梁月落悲俦侣，旧院风流溯谢王。过眼繁华谁与说，呼鹰台畔斗鸡坊。

莫将门户问乌衣，御史巷空景物非。尘世网罗今始脱，汉宫歌舞妒应稀。雁行中断书难寄，鸦阵盘空叶正飞。十载高楼甘寂寞，故人恩义肯相违。

新雏长就剧堪怜，娇语呢喃弄暮烟。客舍三秋还作伴，深闺双翦学装绵。白头题句仍今日，紫颔封侯忆壮年。好侍长安春社暖，翩翩飞到杏林边。《冷斋诗草》

读湘帆叔诗赋呈

一纸邮筒感不禁，家庭师友廿年心。西堂春去无芳草，北阮人归胜竹林。匹马短衣思往事，高山流水许知音。不痴阿叔成佳永，岁晚冷斋对雪吟。《冷斋诗草》

送刘铁琴兄弟回里应试四首

壎篪迭奏返乡邦，鏖战文坛健笔扛。数语匆匆无别赠，赠君石斧恰成双。

琼枝玉树挺风姿，能继家声便足奇。华国文章追老辈，双松轩里执经时。

旧游踪迹苦飘萍，敬业堂空想典型。三十年来一弹指，与君今日数晨星。

陈氏北园曾纳凉，狂吟月夜快飞觞。何当再践济南约，烂醉明湖花柳旁。《冷斋诗草》

冷斋闲咏四首

泪洒虞兮恨别离，英雄到底是情痴。梨花树下胭脂井，一种倾城付与谁。

青莲才笔九州横，数唱一声珠玉生。毕竟心肝呕已尽，沧桑捞月始骑鲸。

匆匆谁为唤春婆，百岁皆从梦里过。盖代才华能解脱，千秋还让老东坡。

漆园胡蝶梦中飞，闲去闲来久息机。鲜识一篇齐物论，水流花谢莫依依。《冷斋诗草》

刘秉经　一首

刘秉经，潍县城南刘家庄人，道光十四年（1834）撰《刘氏祠堂碑记》。《潍县志稿》存诗一首。

重订沧岚公春秋解记题诗

传来祖德百年新，绪衍箕裘启后人。华国文章称国瑞，谈经传注足经纶。衰门落寞寒烟锁，断简萧条夜雨沦。怅望千秋谁继起，遗编重整几沾巾。《潍县志稿》

刘曦　四首

刘曦（1801—1849），字寅士，号宾谷，道光二十六年（1846）举人，刘鸿翱之子，《潍县志稿》有传。《绿野斋太湖诗草》存诗八首，《刘氏贡举文集》存试帖诗一首，今选诗四首。

黄叶楼和诗四首

饱历风尘倦宦游，书斋购得最闲幽。藓阶叶落云铺地，丛树烟开月满楼。几曲水环三四里，半拳山画浅深秋。便巾危坐重栏上，不学张衡望远愁。

黄土为墙屋编茅，田家舍宇近荒郊。虬松直干盘藤古，卧柳横枝与竹交。人对孤灯扫旧榻，堂成双燕觅新巢。归来未著渊明赋，秋兴先将诗句敲。

独拥南华住一村，澄清万象了无痕。西风暮雨秋生座，白酒黄花客到门。小甫摘蔬烹野簌，于牢执豕足蒸豚。高谈欲醉和衣卧，落木萧萧枕石根。

懒种桑麻懒把锄，等身著述在林居。聊同西蜀子云宅，不是南阳诸葛庐。笔扫千军名士业，文成一卷课儿书。会心妙出言诠外，盘谷之间乐自如。《绿野斋太湖诗草》《次白文稿》《潍县志稿》

丁善宝　三十首

丁善宝，字黻臣，一字韫山，号六斋，丁廷珍之子，咸丰二年(1852)举人，以善行名于乡里，《潍县乡贤传》《潍县志稿》有传。撰有《六斋诗存》，载诗二百三十八首，《晚晴簃诗汇》选诗二首。今选诗三十首。

六斋漫兴(六首选二)

结庐在城市，闭门如山深。时还读奇书，兴来张素琴。桃李皆手植，庭户多绿荫。春华与秋实，荣落自古今。

高咏椐古梧，清迥绝尘俗。美荫何萧疏，虬干郁盘曲。春雨覆苍苔，秋风落青玉。三径碧云深，晻霭杯中醁。《六斋诗存》

忆五弟子云

春雨野草绿，秋雨野草黄。之子赋行役，远在天一方。君门一万里，道路阻且长。病体思骨肉，展转九回肠。大漠响北风，北风促雁行。何如振霜翼，春来早还乡。《六斋诗存》

九日程符山寺晚归

程符秋色好，杖策叩禅扉。不尽登高兴，无嫌傍晚归。石花明涧水，山月上人衣。回首钟声起，泠泠下翠微。《六斋诗存》

秋日城西散步怀人

步出城西门，行行三五里。平野见远山，落霞澄秋水。嘉禾半登场，农家丰年喜。西北有雁来，动念远游子。烂漫芙蓉花，摇落西风里。《六斋诗存》

题子秀诗稿二首

绝代刘公干，才名压建安。阳春歌一曲，古调与谁弹。雅谊倾心久，新诗学步难。琼瑶无可报，翘首碧云端。

梧野家声旧，研经岁月深。读君辋川句，如听广陵琴。秀色滋兰畹，豪情问竹林。生平山水意，彼此两同心。《六斋诗存》

登舟

一叶清淮口，春江正绿波。潮添新雨后，人是异乡多。树色明官渡，莺声杂棹歌。片帆风力稳，九曲下长河。《六斋诗存》

扬州

莺花二三月，送我下扬州。官柳大堤绿，京江春水流。青山云里寺，红烛酒家楼。照眼金焦近，乘风赋壮游。《六斋诗存》

春雨

连朝阴雨长莓苔，缭绕春云拨不开。扫径只愁花落去，搴帘不见燕归来。海棠饶梦垂头睡，溪柳多情信手栽。惆怅东风寒食里，故人有约共衔杯。《六斋诗存》

对酒感怀二首

世事如山总不平，误人多处是聪明。狂怀莫负樽中酒，往日空谈纸上兵。病似懒蚕眠又起，愁如春草剪还生。唾壶击碎秋风厉，都作铮铮金铁鸣。

门前种柳绿成荫，门外波涛深复深。一念随分人物我，百年可有去来今。君平莫定升沉数，伯起空辞暮夜金。壁上青萍缘底事，宵来风雨作龙吟。《六斋诗存》

菊花

陶家旧物本清狂，也学仙人百宝妆。品到黄金原最淡，质同白雪自然香。剪裁锦绣圃中画，收拾云霞秋满堂。我比渊明更惆怅，重阳风雨为花忙。《六斋诗存》

微雨渡江

细雨轻舟趁浪平，濛濛东指海云生。楼台不障金山寺，竹树全遮铁瓮城。沙鸟避人冲雾起，江鱼吹水作雷声。斜阳一角

开新霁,无数风帆照眼明。《六斋诗存》

雨中送劳山道士东归

花开酒熟正良辰,聚数无端怅夙因。药竈丹成清梦远,旗亭雨过夕阳新。山中猿鹤忘年侣,海上云霞几度春。我欲从君方外去,子平婚嫁苦留人。《六斋诗存》

游西园

楼台深锁碧烟萝,蛛网尘封奈客何。苔绿径嫌人迹少,花红庭有鸟声多。遍缘阶砌都生竹,闲煞池塘不种荷。曾是当年欢宴处,也应泉石厌笙歌。《六斋诗存》

自题小像(三首选一)

云烟过眼总模糊,妆点新吾认旧吾。觌面逢君休笑我,原来依样画葫芦。《六斋诗存》

清明日城东河上三首

人影衣香过板桥,卖花声里伴饧箫。东风着意传春信,绿到溪南万柳条。

金闺绣毂碾香尘,公子青骢试踏春。三日雨丝风片里,秋千柱下簇游人。

一溪春水碧盈渠,溪上人家背水居。寒食同斟春社酒,几家歌管上灯初。《六斋诗存》

题孔次鲲诗草二首

石阙灵光尚俨然,九旬矍铄地行仙。今朝示我瑶华句,如读风人三百篇。

一卷青囊苦济人,灵根慧果有前因。含毫偶作拈花笑,著手能回万象春。《六斋诗存》

宵晴

银河耿耿露新晴,梧叶时还作雨声。还是树声还是雨,一

帘烟月不分明。《六斋诗存》

明湖感旧四首

笙歌梦绕旧湖亭，湖上秋山似画屏。丝竹销沉人老大，础华犹自数峰青。

秋风匹马湖山路，作客还登北极台。柳色半黄莲叶老，一声边雁带霜来。

片云不障夕阳红，飞阁重楼入镜中。晚向芙蓉桥上望，半城烟树雨濛濛。

日暮波平好放船，琼卮醉月忆从前。故人也共秋零落，物换星移十二年。《六斋诗存》

雨中过鄚州夜雨新涨，车马难行

赵北燕南驿路开，红桃绿柳傍城台。鄚州一夜潇潇雨，十二连桥春水来。

莲花泊下水连天，夜雨平桥马不前。恰是种莲好时节，花开安得藕如船。

梵阁流丹枕碧湖，桂岩山色翠模糊。一鞭细柳营前路，绝妙云林烟雨图。《六斋诗存》

刘寿梅　一首

刘寿梅，字庾阳，咸丰二年（1852）举人，同治元年（1862）进士，曾任范县训导，刘伯蕴之子。《刘氏贡举文集》存试帖诗二首，今选诗一首。

赋得月桂余香尚满襟得秋字五言八韵

自折丹霄桂，天香几度浮。更逢明月夜，尚觉满襟秋。馥许炉烟合，芬同药杵流。一枝刚在手，千里又当头。蟾窟盟新订，燕山泽旧留。朱衣萦别梦，红炬续前游。佛选谁偕入，仙缘好共修。者番云路近，联步到瀛洲。《刘氏贡举文集》

蒯延龄　二首

蒯延龄，咸丰二年（1852）优贡，九年（1859）举人，曾任曹县教谕。《六斋诗存》有题诗二首。

题《六斋诗存》二首

凤池词客紫薇臣，无那维摩多病身。留得常杨花判笔，归来海上作诗人。

凌云健笔古风流，北马南船经胜游。到处烟霞供笔墨，零珠碎锦一囊收。《六斋诗存》

张昭潜　三十首

张昭潜（1829—1907），字次陶，潍上晚清文史名家，曾修《山东通志》，讲学潍阳书院，著作等身，享誉齐鲁，为我潍罕有的历史地理专家。著有《山东地理沿革表》《北海耆旧传》《无为斋文集》等近二十种著作，《潍县志稿》有传。所撰《无为斋诗集》存诗二百四十余首，《无为斋词稿》存词三十二首，《全清词钞》选词一首。今选诗词三十首。

长干行六首

郎爱采莲花，妾爱采莲子。莲花不沾泥，莲子在莲里。

君瞳如秋水，妾容如春山。相看不相厌，相厌复相怜。

春水日夜长，且在妾家住。小娃撑小艇，风波郎莫渡。

郎年早当娶，妾年早当嫁。江水何汤汤，鹊桥不可驾。

与郎期中洲，郎来何迟暮。妾船遇顺风，郎船逆流溯。

郎来就侬宿，觑侬容颜美。匪侬如芙蓉，芙蓉在秋水。《无为斋诗集》

题《海滨二妙册》

刘君实夫工绘事，能得宋元画师意。笔补造化无不为，花鸟翩翩饶逸致。谁与题赏入吟讴，法书不减虞褚欧。骑象簪花留醉墨，得无胜国杨用修。果园主人喜文字，合璧联珠工位置。鸾绫牙轴好装褫，如仿思陵书画纪。天生墨宝光气殊，题为海滨二妙图。老人不觉神思发，连浮大白倾玉壶。倾墨玉壶推案起，再三展读心狂喜。他年二子名望高，沂国王公营邱李。吁嗟乎，海疆不靖几经秋，风色荒茫起暮愁。十丈鲸鲵掣不得，手无斧柯且退休。斧柯斧柯吾何有，联披此图饮醇酒。长叹如闻变徵声，我亦海滨垂钓叟。《海滨二妙册》

弄潮行

寒潮水，弥漫一千里。潮水深不深，深时似郎心。郎心深，殊不险，有似潮深复潮浅。潮水深时妾棹长，潮水浅时妾棹短。浅深叵测船莫驾，为郎鼓棹妾心怕。《无为斋诗集》

打黄花歌黄花，鱼名

海洋渔父船为家，春来荡出千万查。波涛乍恬风色静，人人下网打黄花。欲打黄花何处所，沙门岛前黑山浒。朝旭齐皴水脚云，暮帆乱溅潮头雨。朝云暮雨鱼满船，得鱼唤卖黄花鲜。一船黄花千串柳，十串黄花一囊钱。岂无大鱼锦鳞色，海深路险不易得。岂无大鱼可致富，山深民贫不易售。君不见，龙伯之国有大人，六鳌钓出经千春。讵比纶绳常在手，徒供口腹同

鲈莼。《无为斋诗集》

立秋

一叶不曾落，秋先在客心。听泉瞑伏枕，对月懒鸣琴。渐觉萤光肃，翻愁雁影沉。故园应念我，及早拭清砧。《无为斋诗集》

题壁

旧事百年感，新诗千古晴。湖山不改色，泉水又秋声。肯把寸阴掷，剧怜华发生。闲居陶靖节，饮酒赋荆卿。《无为斋诗集》

重阳感旧

秋风秋雨撼平林，节到重阳聊自吟。看菊犹思终日醉，把觞空抱少年心。且随流水飘萍梗，长使故乡念藁砧。翘首青山何处好，知音寥落伯牙琴。《无为斋诗集》

感怀

一岁归家住几旬，十年几作室家人？贫中旋里知何日，老去离乡倍自亲。书剑迂疏谁枉顾，文章歌泣总伤神。秋来呜咽寒泉水，永夜哀声到鲜民。《无为斋诗集》

潍阳竹枝词四首

日出城头静不哗，弦歌比户万人家。板桥名宦留遗爱，栽得潍阳满县花。

理堂精舍近何如，曾向山中赋遂初。一自王孙归去后，年年春草绿程符。

街头父老向人言，往岁龙灯闹上元。花烛不明良夜寂，风光那复似从前。

东城迢递对西城，中有银河一道明。三月桃花初作浪，桥头多半卖鱼声。《无为斋诗集》

题湖海楼集二首

从来至谊薄云高，过眼荣华不足豪。君看迦陵登荐剡，翻将短阕忆如皋。

才人韵事遍天涯，红豆相思事不赊。只为杨枝情愫好，雪窗走笔咏梅花。《无为斋诗集》

山居二首

养拙归来径未荒，炎天过去又新凉。柴门两月无人叩，满院花开秋海棠。

山人性本爱山居，诸妇烹茶儿晒书。童子不知宾客少，朝朝早起扫庭除。《无为斋诗集》

草亭

山光秋色两苍苍，疏柳经霜渐欲黄。终日草亭无客到，流泉声里送斜阳。《无为斋诗集》

题渊明醉重九图

柳前门径向篱开，尚有王宏送酒来。不是渊明爱重九，黄花想自义熙栽。《无为斋诗集》

自题《岁寒守岁图》刘实甫画以赠余者四首

饱阅炎凉七十年，茫茫回首付云烟。柴门也有春声动，爆竹如雷轰耳边。

一生家计本艰辛，翻作逍遥物外身。幸有天公怜老拙，年年疏水供清贫。

腊尽春回在几筵，廿年家口幸平安。山人风味本疏放，敢说孟光梁伯鸾。

年来吾道益称孤，知己凋零半子虚。何幸刘郎饶此味，山家画出老林逋。《无为斋诗集》

点绛唇·闻砧

一夜西风，金闺欲寄征衣去。音书何处，又被飞鸿误。　嘱付流萤，为照林边路。鸣霜杵，君留荒戍，妾怨黄昏雨。《无为斋词稿》

水调歌头·凉夕露坐闻蛩

烦恼几多许，脉脉我无言。是何如泣如诉，恻恻语单寒。不断风前幽咽，多半前生似我，孤子不周全。顾影三叹息，遗恨两缠绵。　转篱角，沸草际，扰无眠。空庭如水无情，风月自年年。一任悲吟不管，又送三分白露，加倍着凄然。触起伤心泪，竟夕背人弹。《无为斋词稿》

西江月·秋夕谒澹园先生，至外庭口占

人踏满庭风月，秋深一径蓬蒿。破窗窥见烛花焦，又读出师二表。　堂上常悬画轴，花间久设诗瓢。此中风味古皇巢，自是俗人不到。《无为斋词稿》

浪淘沙·本意

正午睡朦胧，又是薰风。短衣乍试杏衫红。梦里不知春去尽，蝴蝶匆匆。　懒去倚帘栊，别恨愁侬。云山望断万千重。一晌落花随水去，少个飞鸿。《无为斋词稿》

如梦令·醉宿玉清宫

宿酒朝来未醒，山鸟钩辀相应。唤起尚朦胧，花里一声清磬。仙境，仙境，几许妙香心领。《无为斋词稿》

转应曲·即事

花管，花管，只有柔情一点。无端写入春愁，不觉青衫泪流。流泪，流泪，好鸟提壶劝醉。《无为斋词稿》

望江南·春日有感

王孙去，春尽不归家。锦字回文啼宛转，红颜薄幸坠烟花，

莫谩打啼鸦。《无为斋词稿》

百尺楼·登城所见

谯楼画角哀，吹上天边月。怅望平原渐渐秋，星野无边阔。戍卒声呜咽，暗把征魂折。烽火夜夜彻天红，疑又是长城血。《无为斋词稿》

郭言　二首

郭言(1831—1901)，字立言，号荔岩，郭鼎之子，撰有《荔岩诗钞》。《北海郭氏诗存续编》存诗二首。

和靖侯弟赠柯佩韦之作

吾友丹邱子，诗名与尔齐。访余潍水畔，来自介城西。问字有高足，投诗多赫蹄。异书欣乍购，夜读共燃藜。

风雅推予季，倾心亦有年。曾传秋水慕，未过客庐前。屐待阮孚蜡，榻因徐孺悬。谁知摩诘病，犹复著新编。《北海郭氏诗存续编》

郭恩观　一首

郭恩观(1832—1885)，字敕五，号藕汀，咸丰五年(1855)举人，历任浙江临安县、嘉兴县、秀水县知县等。《北海郭氏诗存续编》存诗一首。

咏竹

不有琅玕不可居，笋尖当路爱难除。削成素简书经史，细向灯前辨鲁鱼。《北海郭氏诗存续编》

于莀　一首

于莀，字次兰，咸丰五年（1855）举人，官至兵部武选司郎中。《三余书屋诗草》存诗一首。

兴来画笔任纷披，诗律精严老更奇。我亦为君参一解，诗中有画画中诗。《三余书屋诗草》

郭穆之　二首

郭穆之（1834—1850），字熙堂，号杞坪，郭梦惠之子。《北海郭氏诗存续编》存诗二首。

李将军祠

汗马奏边勋，高名迈白云。可怜汉天子，无地与将军。《北海郭氏诗存续编》

红梅

梅花开屋角，折取一枝红。携贮铜瓶内，色香谁与同。《北海郭氏诗存续编》

郭绥之　四十五首

郭绥之（1836—1873），字靖侯，号栋坪，附贡生，候选教谕，郭梦龄四子，曾与郭杭之、刘抡升及柯蘅夫妇共结西园诗社，《潍县乡土志》《潍县志稿》有传。撰有《畹香村会稿》《餐霞集》《聊复集》《沧江诗集》《靖侯诗草》《靖侯词稿》等，现存诗词近千首。《北海郭氏诗存续编》存诗一百五十四首，《晚晴簃诗汇》选诗一首。今选诗四十首，词五首。

寄诸弟莱州

阴阴梧桐树，潇潇当风雨。沉沉书堂深，寂寂对床语。灯花灿五夜，离思入更鼓。诸弟为求名，莱城同羁旅。未必居庐前，且甘与哙伍。乾坤富疮痍，军书看傍午。千里伏莽兴，三年守陴苦。汝今获寸进，暂得相忭舞。如行荆棘中，忽见芝英吐。此乐岂寻常，及时力自努。功名我久忘，懒废无比数。耐作蔬食人，垂涎江瑶柱。《餐霞集》

再送翰卿

桐叶飒飒秋风急，吴苑草衰露华湿。高楼置酒送归人，烛泪有心对相泣。十年读书寻古欢，五年仗剑从征鞍。樽前细说不得意，侠气未洗儒生酸。嗟君一别关河远，况复大江鸿雁晚。解携歧路更踟躇，努力今宵加餐饭。《靖侯诗草》

与韩漱六共话

纵有杯中物，难浇块垒平。天心未厌乱，妇稚亦谈兵。日落雕旗影，秋高画角声。干戈今满地，何处著儒生。《餐霞集》

柳

不敢折杨柳，恐惊花絮飞。和烟愁惨淡，拂水影依稀。风月催昏晓，楼台望是非。相怜如此树，天末更思归。《靖侯诗草》

无眠

尚衣不自惜，奈此青琅玕。江树催潮落，楼灯照雨寒。雁飞秋向尽，仆话夜将阑。何事吹笳者，无眠尚倚栏。《靖侯诗草》

记游

徙倚不归去，丛林日又斜。回风抟柳絮，饥鸟啄松花。好句寻难得，残碑读或差。兴来思贳酒，聊复问东家。《餐霞集》

石桥晚归

木落随秋雨，河流带晚沙。笙歌喧两岸，灯火聚千家。市散游人醉，风高旅雁斜。濠梁归去晚，霜月满芦花。《沧江诗集》《晚晴簃诗汇》

寄三兄

十月桑乾水，波涛应更深。雁鸿南北影，兄弟别离心。冷矣姜生被，荒哉谢氏吟。惟余故园月，曾昔照分襟。《餐霞集》

得三兄书

门有车马客，寄来千里书。开缄倍惆怅，言念久离居。忆我昨宵梦，梦君还旧庐。凌晨果相见，欢乐定何如。《餐霞集》

送人

孤客送君别，消魂初黯然。清樽悲老大，长路指风烟。啼鸟征鞭外，飞花短棹前。舍愁问江月，此去几回圆。《靖侯诗草》

青春

搔首青春白日徂，怀人幽兴对菰芦。槛边江水还清浅，城上山光乍有无。柳叶可怜新板渚，桃花何处旧元都。伤心破楚门前路，犹是当年卖酒垆。《靖侯诗草》

无锡舟中别大侄

江潮山月冷相依，短棹凄然送路歧。旅病又添今岁债，客愁莫遣老亲知。双鱼孤雁书千里，枫落梅开酒一卮。游子天涯肠断绝，为君遥计到家期。《靖侯诗草》《沧江诗集》

楚江

楚江春望满云沙，江阁帘栊隐落霞。二月东风初燕子，他乡寒食又梨花。愁来远道书千里，醉倚孤舟水一涯。地北天南有消息，客中何事苦思家。《靖侯诗草》

江上

江上春风入钓纶,孤舟来去若为频。谁家乳燕翻青柳,几处轻鸥点绿蘋。竹叶樽前寒食酒,桃花门内去年人。寒塘瑟瑟无情水,曾照惊鸿影未真。《靖侯诗草》

灯前

落尽檐花楚雨悬 ,无端愁绪夜灯前。吾庐修竹成千里,宦海浮萍又一年。潦倒诗篇消鲁酒,凄凉烟月对吴船。银床冰簟天将曙,啼断城乌更不眠。《靖侯诗草》

再送佩韦

极天无际青枫林,一曲骊驹伤别心。昨日赠君绿玉杖,几时寄我瑶华音。爱尔不见自相忆,慨当以慷空复吟。草堂风清月白夜,披衣起坐弹鸣琴。《餐霞集》

书叹

蜉蝣身世奈愁何,几辈吞声事荷戈。布阵黥王如项羽,谈兵马服笑廉颇。青烟漠漠军烽急,白日荒荒战骨多。嗟尔哀时杜陵老,空期壮士挽天河。《餐霞集》

送乡人归

垂柳阴阴黄鸟飞,愁心无那送将归。何来横笛催杯酒,亦有征帆挂夕晖。几日河边春草绿,从今天末故人稀。断肠难作还家梦,却对寒塘独掩扉。《靖侯诗草》

细雨

江城烟树色冥冥,凉意先回杜若汀。醉里泼醅春水绿,愁中描黛远山青。轻雳蝶粉微微见,小涩莺滑恰恰听。记得故园茅屋下,疏帘偏隔竹窗棂。《靖侯诗草》

池上

春波如泪满平池,风榭云廊宛转披。谢絮飞时莺历乱,楚

萍开处燕参差。旧逢纨扇前溪去，别有琼箫子夜吹。不卷珠帘见山影，偏教留待月华迟。《靖侯诗草》

赠北客

相逢燕赵悲歌客，一醉花前百感生。搔首乾坤吾辈在，惊心日夜大江声。楚山骤雨枫林暗，吴苑春风兰叶晴。且欲解裘同换酒，不须起舞更闻筝。《靖侯诗草》

初秋书事

一卷诗成闲适编，何期世事又相牵。感人频下兴元诏，脱距如逢庆历年。草野欢娱空复尔，庙廊经济岂徒然。书生不解忧君国，潘鬓秋来亦可怜。《餐霞集》《沧江诗集》

春寒

屏山六曲隔春愁，却倚雕栏纵远眸。休矣天边飞破镜，归与江上有孤舟。莺花兴尽谁携酒，湖海寒多未典裘。消得名心能几许，忘机正自愧闲鸥。《靖侯诗草》

鹤唳

天地避矰缴，江湖谋稻粱。一声清夜唳，何处白云乡。《靖侯诗草》

畹香别业不见者五年矣，村中可忆之处甚多，余择其尤者，作诗八首

寒窗与孤枕，无处不松声。夜半山风起，幽人梦自惊。东轩

日高人不见，树里但闻钟。古寺无寻处，芒鞋遍露踪。东寺

倚杖崖前立，一林花气香。苍茫河上路，日落下牛羊。柏树崖

蹑屐踏寒云，振衣障初日。下指苍茫间，烟开大海出。鹰

石峰

龙潭深绝底,倒入天光青。昨夜过雷雨,满山龙气腥。龙潭

崩崖倒悬处,中有太古洞。洞口苍苔深,白云寒不动。石洞

松涛沸竹杖,岚气侵芒屦。登临不信高,啸声落烟雾。大青门

五里出深林,斗转山腰下。忽闻采芝歌,相遇负苓者。万松冈《餐霞集》《沧江诗集》

绝句八首

山色青苍忽有无,云浦汀树总模糊。当年曾爱云林稿,又见江村似画图。

木叶纷纷鸿雁多,鲤鱼风起楚江波。停桡落日搴芳杜,奈此美人迟暮何。

江南三见雁南飞,何事羁人不忆归。水槛一声吹玉笛,临风不觉泪沾衣。

山含霜气入微茫,水绕江楼似带长。楼下忽闻声欸乃,何人烟外试鸣榔。

湖上梅花次第开,石矶沙岸有莓苔。幽人此际多愁思,盼断长空鹤不来。

水逐兰桡碧玉流,夫君相望在中洲。陈辞欲倩微波去,惆怅无人作蹇修。

江北江南耐别离,绿波碧草动相思。无情依旧阊门柳,不识春来发几枝。

江城鼓角动寒云,江阁帘栊对夕曛。岁暮他乡正愁绝,北风朔雁又相闻。《靖侯诗草》

踏莎行·长夜

莲漏初停，蓉衾不暖，夜长无寐难消遣。窗前暗雨又潇潇，高楼吹沥鹅翎管。　　心字香焦，眉痕山远，辘轳乱搅愁肠转。明朝无力起抄诗，奚奴莫道人疏懒。《靖侯词稿》

瑞鹤仙·题汪水云集

临安风月好，奈秋风秋雨，繁华渐老。宫陵委荒草，看残垣断井，寒烟悄悄，子规啼早。暂维船水边华表，听遗民关塞悲歌，惹起满腔懊恼。　　多少君王宴豫，贤哲哀吟，奸臣嬉笑。西湖缥缈，促蟋蟀群相扰，恨九阙烟凝，三江潮歇，竟把乾坤变了。剩孤琴寒伴愁人，空江梦晓。《靖侯词稿》

壶中天·对雪

北风骤起，渐纷纷搅下一天雨雪。骚客搴帘坐未定，时暮难禁寒怯。谢院联诗，梁台作赋，宾客同称绝。星移物换，谁将旧事重说。　　只此苔径茅檐，风霜四壁，寒气侵单褐。愁推不去，又是新愁郁结。慷慨长吟，老瞒故句，愤击唾壶缺。残宵雪止，梵钟到耳清彻。《靖侯词稿》

八宝妆·秋暮

几日浓阴，风风雨雨，又是一番秋暮。酒盏荒凉诗榼冷，一派清狂谁诉。更看素烛频烧，青史横陈，一身俯仰情千古。多少唐衢眼泪，祢衡谩语。　　那堪旅雁无情，数声清响，自送下云霄路。曾不解高飞远，偏来伴骚人凄楚。正夜分唾壶击碎，心伤乐府当歌句。问横槊赋诗曹瞒，今日归何处。《靖侯词稿》

贺新郎·潍水怀古

苍莽清潍渡，看无穷波涛，喷薄蛟龙吼怒。半夜奇兵传约束，断送生灵无数。到今日神威如故，一带寒潮回落日，任行人指点囊沙处。惊浪过，迅如鹜。　　解衣推食无凭据，最堪怜钟室含冤，那禁凄楚。笑尔尊前悲楚舞，亦复隐怀莫诉。就旷野登高四顾，鸟尽弓藏千古。剩西风黄叶滩头树，临古坝，几朝暮。《靖侯词稿》

郭杭之　三十首

郭杭之（1838—1908），原名舟之，字子方，号湘帆，同治九年（1870）举人，郭梦龄五子，曾与刘抡升、胶州柯蘅共结诗社，《潍县志稿》有传。今所见《青桐轩诗集》二卷，存诗二百一十三首，《北海郭氏诗存续编》存诗一百四十三首。今选诗三十首。

春夜

风雨久凄凄，城头响鼓鼙。巷深寒犬吠，树绕夜乌啼。篆影凝炉散，茶烟拂槛低。离骚灯下读，久坐未鸡栖。《青桐轩诗集》

大雨

雷电同奔激，狂风卷屋过。云阴浓泼墨，雨急走悬河。节序方宜夏，原田恐偃禾。三齐忧水患，堤堰筑如何。《青桐轩诗集》

程符山

地占潍州盛，游踪记昔人。讲堂松影静，战垒菜花新。牧豕怀岩脚，飞鹅忆水滨。南燕无片瓦，何况汉平津。《青桐轩诗集》

戏答友人

公车辞却懒登程，劝驾殷殷负盛情。退院病僧休选佛，败军老将怕谈兵。灯前几案披残卷，雨后郊原看耦耕。身为投闲思养拙，莫将萝薜易簪缨。《青桐轩诗集》

和曹竹铭修撰留别故里原韵

京华忆踏软红尘，文酒栖迟近十旬。知己不妨谈笑共，论交喜遇性情真。风花好景邀新契，车笠同盟有故人。明岁星轺重出使，家园驻节往来频。《青桐轩诗集》

与松乔侄夜话

冷斋辞却旧青毡，结习依然寄砚田。苏氏文章称庆历，帝京景物溯开天。久尝苜蓿盘中味，偏少芙蓉镜里缘。但祝书香能继世，青葱玉树茂阶前。《青桐轩诗集》

春日过田家

郊原雨过麦苗肥，茅舍桑阴翠四围。陌上花开蝴蝶乱，溪头水涨鹖鹅飞。仓箱愿为曾孙庆，箫鼓声闻野庙祈。款段乘来催返驾，当头明月送清辉。《青桐轩诗集》

安邱道中

敝车羸马走斜曛，漠漠平芜野色分。过雨千塍禾黍茂，违山十里蟪蛄闻。波涵汶水来新涨，木落牟娄起暮云。复壁邠卿曾注孟，逃名卖饼怅离群。《青桐轩诗集》

秋夜书怀

楼头初月照纤纤，一雨闲庭退暑炎。银汉有光初案户，金风送爽欲侵帘。疑心莫却蛇弓影，吉事难凭鹊语占。懒向泽门听役鼓，歌讴任诵邑中黔。《青桐轩诗集》

菊影

重阳不负看花期，叠叠纷乘影共随。阶下印来秋色淡，篱边映去月痕移。金迷纸醉寻芳处，杯冷香残照眼时。要与竹窗添画本，胆瓶斜插最娇枝。《青桐轩诗集》

岁暮怀故友四首

桑阴暧暧荫茅庐，小筑池亭负郭居。花底桔槔春课稼，灯前几案夜摊书。山阳闻笛挥清泪，范式登堂吊素车。廿载同心杯酒会，留宾亲为剪园蔬。

苔岑结契久忘形，得句传笺笔未停。菊圃吟秋花外屐，荷池销夏水边亭。玉楼诏促虬先驾，华表仙游鹤不灵。一世伤心虚锦褓，双璋刻玉盼兰馨。

珥彤回首旧西清，郎署栖迟白发生。久兆三鳣儒士贵，空书五马御屏名。埋忧有地归真去，避债无台撒手行。犹忆都门萍水会，频年青眼送登程。

风流叔则玉山行，儒雅翩翩早著名。黄阁史称唐世系，青毡身似鲁诸生。琴樽寄兴清言剀，金石传家手录成。可惜江郎还笔早，骚坛牛耳久寒盟。《青桐轩诗集》

宿沟西村舍晓起即事

月落茅檐唱曙鸡，鸣鸠拂羽燕衔泥。园林雨过槐阴静，原野风来麦浪齐。流水一湾新涨活，遥山几点晓烟迷。爱他父老殷勤意，闲话耕桑扶杖藜。《青桐轩诗集》

拟李义山无题二首

绿烛烧残泪作堆，郁金香泛紫霞杯。盈盈秋水帘前镜，蔼蔼春云梦里台。湿絮沾泥隋苑柳，飞花点额寿阳梅。瑶华信息何由寄，为盼双鱼尺素回。

栏角廊腰日几巡，莺花满眼惜芳春。泠泠绿绮调琴曲，细细红棉拭镜尘。茶试越瓯犀液熟，书成蜀纸麝煤新。宓妃绣枕分明在，子建当时赋洛神。《青桐轩诗集》

秋日登城

城楼耸处倚危栏，对此茫茫集百端。禾黍高低接阡陌，市廛远近簇沙滩。波翻沧海帆樯集，地控胶河壁垒残。韦布焉知经国略，妄谈时事识艰难。《青桐轩诗集》

人日

韶华渐近冶春时，映雪窗梅绽一枝。计日将携花坞酒，何人解寄草堂诗。放怀仍作逢场戏，救劫应乘未败棋。好待上弦弓样月，铙歌声里醉琼卮。《青桐轩诗集》

过刘老农书舍留赠

万木阴中三两家，柴门留客话桑麻。书田有味勤教子，农务多闲更种花。只解凿耕歌帝力，从无讼狱到官衙。欣然为订重游约，消暑来尝七月瓜。《青桐轩诗集》

过心正兄墓下

浮烟山下旧衡门，门枕清溪绿树村。剪烛手谈怀往事，过车腹痛忆前言。坟头宿草摇风急，道左征尘障日昏。十二年来重叹逝，伤情愿奠酒盈樽。《青桐轩诗集》

题戴文进山水卷

笔端蕴藉最风流，知是胸中有壑邱。山外晴云云外树，花边春水水边楼。高名终古齐关夏，妙手他年压沈仇。画苑也遭同辈忌，当时天府未曾收。《青桐轩诗集》

同王受夫侄婿游小于河二首

征轮小驻古潍州，偶聚萍踪试暂留。计日趋庭珂里返，题襟应忆此时游。

得失名场亦偶然，鹏程暂滞待高骞。会看侍从瀛洲境，退食金鳌日泛船。《青桐轩诗集》

茉莉

纤纤手摘画栏旁，簪向云鬟更吐香。怪底生来多素艳，一生常伴美人妆。《青桐轩诗集》

秋夜

西风吹透碧纱寮，四壁虫声伴寂寥。秋雨丝丝听不尽，石

栏干外滴芭蕉。《青桐轩诗集》

观纳稼

野屋同观纳稼时，霑涂休息力难支。夙闻粒粒皆辛苦，不到田间尚未知。《青桐轩诗集》

村夜三首

垂杨阴里几茅庐，豚栅鸡埘结比闾。日暮闭门休息早，熟眠多在上灯初。

蓬门草舍便幽栖，欹枕窥窗月影低。省识田家丰乐象，不闻犬吠只闻鸡。

月映苔阶露气侵，短墙高拂碧桐阴。荒村寂寞无更鼓，仰看参横知夜深。《青桐轩诗集》

郭恩煌　六首

郭恩煌（1842—1887），字叙堂，号稚桐，附贡生，翰林院待诏加一级，郭恩煇之兄。撰有《吟香书屋诗草》一卷，存诗十二首，《北海郭氏诗存续编》存诗十一首。今选诗六首。

游掖县城北海南寺，日暮遇雨，寄宿感旧二首

围棋消昼寂，兰若对高僧。初罢禅堂扃，已明佛阁灯。暗风吹冷雨，湿蔓缀枯藤。无语怀前事，凝思枕曲肱。

盛筵会诗酒，名社记留春。此日怀诸子，晨星剩几人。依然禅榻旧，倏尔鬓丝新。寂寂悲同调，空林一怆神。《吟香书屋诗草》

九日雨中登城

久霖佳节悮，未暝成楼昏。云重欲黏树，雨来全蔽村。荍

田湿黄叶，苔堞上青痕。薄薄东坡酒，寥寥北海樽。《吟香书屋诗草》

夜起

夜深人不寐，咄咄立庭前。残月挂邻树，乱鸡啼晓天。瑶华怨迟暮，锦瑟感流年。对镜愁双鬓，丝丝伴榻禅。《吟香书屋诗草》

历下亭晚眺

极目南城不可见，楼台尽处峰峦青。一株衰柳系孤棹，十亩晚荷开远汀。穿苇水禽浴夕照，入林山鸟飞苍冥。昔时李杜咏风月，无恙千秋犹此亭。《吟香书屋诗草》

秋蝉

隋堤杨柳楚江枫，多少炎凉一瞬中。留得残音随落日，不胜余怨诉秋风。青山有客行荒驿，黄叶无人满故宫。商妇琵琶逢谪宦，哀弦凄调正相同。《吟香书屋诗草》

郭康之　十首

郭康之(1843—1891)，字锡侯，号乂堂，廪贡生，郭梦龄七子，曾与宋书升、丁善宝、王绩熙、高鸿裁等共结惜余春诗社。《北海郭氏诗存续编》存诗十二首，今选诗八首。

潍县竹枝词八首

杏花天气纸钱风，百五芳春处处同。祭墓家家齐载酒，层封马鬣筑高崇。

叱犊群耕陇上田，将兴农事各争先。瞻蒲劝穑殷勤课，预卜绥丰大有年。

盼杀儿童放假迟，憎人最是雨如丝。好风吹尽湿云散，摇曳筝弦共护持。

矗植秋千上彻霄，半仙游戏趁芳朝。深闺约就踏青侣，画板凌空慰寂寥。

绵上清风不可期，禁烟寒食古今宜。笑他优孟无知甚，犹演登场介之推。

春色撩人入画图，骄骢蹀躞逐平芜。新丰佳酿沽同醉，还我高阳旧酒徒。

童冠何妨咏而归，人情那不惜芳菲。东皇宠眷谁当令，露升天桃竟赐绯。

禊亭觞咏仰前尘，努力春华贵自珍。人世几经新上巳，捧心莫效东家颦。《北海郭氏诗存续编》

初夏田园杂兴(四首选二)

春光已别路西东，夏日田园兴不同。半圃清和新霁后，一篱秀润向晨中。青蓑倒卷黄梅雨，绿笠斜黏紫楝风。即此良时人意好，差堪皓皓乐天功。

却喜蜗庐傍霭成，闲来好鸟订同盟。鸠声唤破千林晓，稚影冲开万里晴。垒垒红泥双啄燕，阴阴绿树一啼莺。其中每有幽人在，静卧羲皇少俗情。《北海郭氏诗存续编》

宋书升　二十首

宋书升(1843—1915)，字晋之，号旭斋，光绪五年(1879)举人，十八年(1892)进士，钦点翰林院庶吉士，专于学术，著述等身，与丁善宝、高鸿裁、郭康之等共结惜余春诗社。《潍县志稿》有传。《六斋诗存》存题诗两首，《晚晴簃诗汇》存诗十八首。

铜雀台瓦砚歌

汉火未熄妖星芒，铜雀一现朱雀藏。高台巍峨连漳起，邺下媚狐肆披猖。凤柱对蹲双结绮，虹桥倒挂若回廊。年月回环书蝌蚪，琉璃金碧覆鸳鸯。汉家兵戈既鼎沸，横槊归来乐未央。大儿弹棋幼傅粉，一门父子盛文章。惆怅东风慕娇女，朝露慨慷对杜康。阿房歌弦秦公子，阳台云雨楚君王。分香卖履留遗嘱，儿女之情抑何长。建安去此二千载，太息阿瞒骨已霜。一世之雄今安在，独留瓦片艳文房。《晚晴簃诗汇》

过郑康成故里

嬴秦烧群籍，发难在臣斯。六经日芜秽，正义何由治。大哉康成公，独蕴高世姿。穷经窃奥窔，学道抉藩篱。律吕研迁志，算术察《周髀》。杂考申韩法，旁罗纤纬辞。譬如大河流，百变属冯夷。清浊并相纳，不必分派支。譬如洪炉铸，群材付工倕。金铁齐入冶，不必权毫厘。考稽既已久，蔚为大经师。诗笺毛氏故，书证安国遗。易立爻辰例，传可废疾医。三礼尤卓卓，旧典精研稽。老妪数家珍，了了无所迷。汉儒称后劲，有功在宣尼。后学谭性命，反兴菲薄思。大善且不录，吹毛以求疵。遂使昧礼朝，黜祀逞其私。岂知泰岳高，不以刬而卑。宋人开理学，汉人为之基。离象安得意，求兔端赖蹄。饮水不思报，昧本当骇疑。更有龂龂者，学语方小儿。掇拾前人说，百端相排诋。有曰男子御，何必五日期。有曰郊天鼓，安得麒麟皮。更仆虽终数，哓哓无已时。骅骝驽骀笑，大鹏学鸠讥。弃鼎宝康瓠，庸庸安足嗤。我朝群儒荟，起而修明之。煌煌东州学，炳若中天曦。余居里相近，先哲常心仪。驱车过东道，搔首访遗祠。自恨生也晚，遗编手徒披。训诂勤钻仰，未得见津涯。生平有向往，瓣香心自知。《晚晴簃诗汇》

祷雨行

天孙庙，击大鼓，满城冬冬撒白雨。白雨下时赪日升，但见炎威赫赫天亭午。官吏祷雨术俱穷，不获蜥蜴搜壁虎。云能吐雾与兴云，浼汝沛泽施下土。壁虎壁虎，汝未从深山大泽来，身无鳞甲，安能变化为龙弭旱灾？雷公大怒电母笑，若辈竟号作霖材。《晚晴簃诗汇》

拟古三首

结发为夫妇，两小无猜疑。如何遘不淑，中道相乖离。自君之出矣，不复画蛾眉。思君如蚕茧，日日吐春丝。春丝终有断，妾意无止期。

祖道东门外，朝朝设离筵。车饰五香毂，马系七宝鞍。杯盘纷罗列，友朋劝加餐。游子且勿餐，听我取琴弹。不唱江南好，但歌行路难。前有九折坂，后惟惶恐滩。天地皆荆棘，异乡何由安。一歌行路难，主人泪汍澜，再歌行路难，游子摧心肝。

昔有希夷子，结宇峨嵋颠。未能甘寂寞，谈笑落人间。携有琴在手，星辰罗轸端。此琴非凡乐，中有太平弦。一鼓神人洽，再奏四夷安。众人多嫉忌，掣肘不能弹。抱琴归故庐，中夜坐长叹。《晚晴簃诗汇》

营陵道中遇雨

石径崎岖里，春阴晻霭中。莺啼千树雨，驴背一蓑风。野渚流添碧，村楼雾隐红。孤山全入画，云水正濛濛。《晚晴簃诗汇》

游大明湖

明湖春后色，不减若耶溪。万绿摇烟起，孤篷载酒迷。舻枝凭鹭引，荷叶与人齐。游赏浑忘倦，西城日已低。《晚晴簃诗汇》

寄刘笑亭孝廉

话别旗亭易五春，良朋消息滞鱼鳞。落花时节方游楚，折柳阳关又入秦。经史白头终作客，风尘青眼岂无人。秋来定对樽前月，真识天涯若比邻。《晚晴簃诗汇》

春日山村

十里榆村路，春来入画堪。溪边饮黄犊，屋上晒红蚕。家未兵戈徙，儿能稼穑谙。山殽供客好，休怪老饕贪。《晚晴簃诗汇》

海畔

海畔群山伏，村居傍石岩。平沙连草白，逆水带潮咸。雁渚横孤艇，渔家晒破帆。烟中开晓市，处处卖春鰄。《晚晴簃诗汇》

长山道中

东风吹客倦，振策更山行。入谷已残照，离家尚几程。乱云穿马足，流水杂车声。犹听城钟起，回看古堞平。《晚晴簃诗汇》

过齐宣故陵

封畔垦耕绿不匀，田齐雄焰化飞磷。芘芣花发髑髅孔，葛藟苗缠赑屃身。日暮讴吟愁牧竖，劫余钟鼎窜风尘。如何不及於陵子，寸冢于今尚姓陈。《晚晴簃诗汇》

田家即事

春林带残照，归鸦黑似漆。田家风味清，家人聚其室。共为生计谋，絮语何琐悉。今年较去年，惊蛰先五日。明日早烧菑，种我三亩秫。小儿方能言，牵衣还捉膝。笑语阿爷看，屋角犁星出。《晚晴簃诗汇》

石华洞

洞腹不容人，石齿横相啮。幽鸟时一窥，寒藤落古雪。《晚晴簃诗汇》

莱州词

黄茅十里晒盐场,矮屋人家坐晚凉。何物渔婆偏解事,鲍鱼风里说秦皇。《晚晴簃诗汇》

题画

寒泉挂壁荔垂檐,鹤发翁疑刘海蟾。霁雪满庭月如水,白梅花下读楞严。《晚晴簃诗汇》

懊恼曲

南国休生红豆子,西州漫折绿扬枝。百年最好是欢会,苦莫苦于生别离。《晚晴簃诗汇》

题《六斋诗存》

三月莺花事事妍,送君南上广陵船。遥知陶岘经过处,定有吴娃唤水仙。

五莲山色秋逾好,一路松香入碧岑。我亦年来东武客,输君独上上头吟。《六斋诗存》

陈恒庆　十一首

陈恒庆(1844—1920),字子久,同治十二年(1873)举人,光绪十二年(1886)进士,历任营缮造员外郎、屯田司郎中、兵科给事中等职,徐世昌重之学识,屡委其重任,《潍县志稿》有传。其《谏书稀庵笔记》存诗二十二首,今选诗十一首。

勤字诗

维鹊劬劳借一枝,衔泥来去不知饥。遥怀栗里校书日,喜说陶公运甓时。农子当春趋畎亩,家人彻夜理蚕丝。囊萤映雪成佳话,孟母三迁为训儿。《谏书稀庵笔记》

赠玄华峰二首

子胥去楚却归吴，能写流民郑侠图。浮海遥来仁者粟，顿教桑梓庆其苏。

东海遥连鸭绿江，高人户外水淙淙。好生先把黄金寄，喜捧瑶函鲤一双。《读书稀庵笔记》

听报

三更乍转夜灯青，风雨凄凉酒半醒。一纸题名初看罢，声声唤卖不堪听。《读书稀庵笔记》

咏黑手套

数载含仇志可哀，曾闻三晋有奇才。昂然一士桥边立，握手才知豫让来。《读书稀庵笔记》

咏水仙

嘉平望日水仙开，生意何须腊鼓催。爱与诗人常结伴，玻璃窗下暗香来。《读书稀庵笔记》

潍县竹枝词二首

铜元流转到潍城，上市村婆有怨声。怀抱钱绳无处卖，人间不见孔方兄。

二月春寒雪压堤，麦苗才与草根齐。青黄不接粮昂贵，上市村婆卖母鸡。《读书稀庵笔记》

不倒翁

谁向天街抱软红，泥人塑就仗人工。我今归老扶鸠杖，惭对皤然不倒翁。《读书稀庵笔记》

与田氏屡屡比邻，赋以绝句二首

乡村风景四时新，三十年来作比邻。相约避兵城阙住，望衡对宇是田陈。

相约辞官学隐沦，青毡传世数田陈。追怀季吕清谭日，不

惜千金共买邻。《读书稀庵笔记》

曹鸿勋　十七首

曹鸿勋（1846—1910），字钟铭，号兰生，光绪元年（1875）举人，光绪二年（1876）一甲一名进士，授职修撰，曾任湖南、陕西、江南考官，后知云南永昌、云南按察使、贵州布政使、湖南布政使、陕西巡抚等，《潍县志稿》有传。所撰《益坚斋诗文钞》，今未见，《海滨二妙册》存诗九首，《潍城文史资料》第一辑据曹鸿勋诗札存诗八首。今全录之。

九日集天宁寺奉和野秋老前辈大人书怀七律四首

宣武西郊百尺台，全收野望入崔嵬。烟尘涿鹿城边去，风雨卢龙塞上来。红叶渐看摇落尽，黄华还向乱离开。榆关东北愁回首，废垒荒荒战骨堆。

天高木落雁南飞，白首京华客未归。大海风烟仍故国，荒园松菊几斜晖。十年豪气犹未挫，一纸音书乱后稀。怕向城头听砧杵，长安万户急寒衣。

霜天弥望尽凄凄，问道王师罢鼓鼙。胡妇骄驰金络马，番儿高唱白铜鞮。大秦海外波无定，落木洲边路更迷。何处珠槃盟会使，艰难此局介东西。

故交零落各风尘，偶聚晨星倍觉亲。大可无言天下事，更难措手后来人。狂吟且把花推帽，烂醉休辞酒入唇。最是腐儒忧国甚，相看霜雪鬓毛新。《潍城文史资料》第一辑据曹鸿勋诗札

又和元韵四首

尘海茫茫眼暂开，风光不似旧年来。时艰出处两无计，世

乱登临百可哀。紫塞已归今日戍，黄金犹见古人台。登楼无限苍凉感，并入斜阳酒一杯。

大将青齐公子单，手提罴虎据雕鞍。最怜裹革酬新息，空自分军望贺兰。灞上儿童俱寂灭，关门壁垒太衰残。边垣往事何堪忆，东望辽云怯倚栏。

高悬龙节大瀛舟，惨淡风云海上秋。输币金源宋天使，和戎建信仅通侯。毡冠漫道惊三刃，铁错真成铸六州。咫尺澎台中外限，凭轩一望泪交流。

暂饵鲸鲵止沸波，窥边虏骑又洮河。檄传秦陇知谁是，将少要舒乃寇何。西北军声终可振，东南财力苦无多。如公宜有安时策，莫但牢愁斫地歌。《潍城文史资料》第一辑据曹鸿勋诗札

《海滨二妙册》前题

与君书画忝名齐，老腕颓唐我总低。却笑故人矜品藻，莲巢画笔梦楼题。《海滨二妙册》临本

《海滨二妙册》题诗八首

草长江南二月时，乳莺学唤柳初丝。杏花正说无消息，细雨山桥忽一枝。

学士厅前一树花，祥禽灵瑞信堪夸。枝头记得声声噪，内侍传呼草白麻。

明珠翡翠事茫茫，消息从今阻越裳。犹有安榴遗种在，画中一见一神伤。

一品荣封象服宜，好花月月发新枝。联翩吉语为君祝，正是萱堂介寿时。

白菡萏香初过雨，红蜻蜓弱不禁风。放翁佳句人谁继，又见刘郎画笔工。

衣披百结貌无奇，簌簌偏吟有谷诗。不是画师强侮借，庸

庸多福古如斯。

图将秋艳胜春华，篱落萧闲野客家。最是今年霜信早，虫声已透碧窗纱。

绿水朝霞梦里人，凌波微步袜生尘。陈思去后谁能赋，惊向图中见洛神。《海滨二妙册》临本

郭恩孚　三十首

郭恩孚（1846—1915），字伯尹，号蓉汀，又号果园居士，晚号啜醨道人，太学生，郭襄之之子，与高密傅绍虞、掖县董锦章、平度白永修交好，《潍县志稿》有传。其《果园诗钞》载诗六百零七首，《果园遗诗》载诗一百三十首，《北海郭氏诗存续编》存诗九十一首，《晚晴簃诗汇》选诗二首。今选诗三十首。

送王子厚之山石

身老谋生拙，家贫作客难。儒衣真自误，长铗莫轻弹。海国秋将尽，并门地苦寒。乡书须早寄，到日岁应阑。《果园诗钞》

劈石口寄砥生

太平村不见，回首意凄迷。大海潮仍壮，群山势忽低。幽居二劳北，行客夕阳西。知尔相思处，黄昏独杖藜。《果园诗钞》

夜过循之宅

闻君贫日甚，乘月一来看。败榻无灯坐，焦桐忍冻弹。人谁留药价，我亦误儒冠。话久檐梅放，香风阵阵寒。《果园诗钞》

郊行和蔡大令三晋韵

沙漠穷荒地，春光也自妍。花明新戍垒，人辟旧耕田。远树宜新雨，平畴沍暖烟。村醪何处贳，空挂杖头钱。《果园诗钞》

《晚晴簃诗汇》

邀石洲饮

一春游兴减，终日闭柴门。近市人声沸，孤城海气昏。吾徒惟痛饮，世事莫轻论。携手果园去，纷纷桃李繁。《果园诗钞》

郭门

郭门当大道，秋至苦氛埃。驿马萧骚动，军书络绎来。久倾中国帑，妙选济川材。闽海今何事，楼船一战摧。《果园诗钞》

哭献廷

绝域悲廉吏，濒危只病妻。骨沉沙漠北，魂返桂林西。箧贮新投简，袍存旧赠绨。讣音传海角，落日万行啼。《果园诗钞》

闻鸡

微物关兵气，荒哉夜半鸡。舞倾祖士雅，愁煞羽林凄。雨外严刁斗，风中杂鼓鼙。老夫头尽白，一月未安栖。《果园诗钞》

腊月

腊月辽河水，嵯峨十丈冰。败军塞郊甸，烽火照山陵。天子方宵旰，群公益战兢。似闻多宝阁，一日一回登。《果园诗钞》

寄高石洲

雪尽风柔柳色妍，邻翁不见已三年。春来何处无芳草，人道西川无杜鹃。沽酒定逢题柱客，寄书须趁下江船。报君旧种墙根竹，岁岁抽梢长碧烟。《果园诗钞》

喜闻少隅自皖归觐元旦抵家

腊逐风尘尽，春随拜跪还。觞称游子手，喜动老人颜。慰问邻情厚，奔驰尔命悭。征衣须早浣，应有泪痕斑。《果园诗钞》

次陶先生以自题王廉生祭酒遗墨见示，敬赋长句

无为斋墙土花碧，悲风飒飒响通夕。墨耶泪耶不可知，白头老儒对镫泣。金茎兰畹楚臣骚，丹凤城中鬼夜号。翠华西幸

华山高，孤臣之魂安足招。《果园诗钞》《晚晴簃诗汇》

与林砥生夜话

异地相逢各怆神，年来著述寄闲身。旧游日下青云满，此夕灯前白发新。赖有深山堪避世，况逢大海正扬尘。烦君为办茅千束，松竹丛中好结邻。《果园诗钞》

海滨即目

徐福东行竟不还，金银宫阙渺溟间。远天低压朝鲜国，大地平沉碣石山。每慨江河同日下，愧无才略济时艰。乘槎使者纷纷出，只有沙鸥似我闲。《果园诗钞》

中秋对月

令节开樽惨不欢，强扶衰病一凭栏。凉波委地明金甲，碧落无声转玉盘。下国帆樯横少海，属邦消息断长安。怜他辛苦东征士，此夜勾骊拥剑看。《果园诗钞》

遣怀四首

雨雨风风彻晓昏，卷将春去了无痕。江山如此空搔首，杨柳何知亦断魂。且可舒眉浮绿蚁，不妨舍命吃河豚。昆明池上劫灰在，要与胡僧仔细论。

镜里丰姿失故吾，长衫窄袖竞时趋。庄生漫道马非马，尼父深悲觚不觚。一德阁天方筑阁，五经扫地甚坑儒。长安市上人如蚁，可见王孙泣路隅。

鸿雁哀嗷劣可悲，高飞黄鹄欲何之。亚怀入梦惊天坠，老眼观花忽泪垂。我祖岂知王氏腊，都人不见汉官仪。幅巾广袖疏麻履，轻叩玄关问守雌。

抛却平生居士服，玄元皇帝是吾师。道非耳食须求本，我自心斋不折葵。宫观巍峨容暂住，烟霞幻变有新诗。二崂山水甲天下，后代何人知啜醨。《果园遗诗》

村居春兴九首

村村杏花白，家家出耕具。短童叱乌犍，跨过前溪去。

乌鹊随耕人，俯仰啄虫蚁。得食忽相争，飞过古墙址。

犁铁映日光，烂然一金镜。行逢相识人，称名不称姓。

野庐三尺高，正对桃花坞。扶耒看朝霞，高风曳长缕。

春雨喜连阴，霏霏落毛毵。三日未出村，草色没田垅。

道旁一犊车，冠裳何楚楚。知是南村儿，往迎北村女。

小女暮呼鸡，倚门娇且婉。老翁负畚归，絮絮灯前饭。

里正甫出门，邻僧来乞米。今晨应接烦，冰却壶中醴。

经年不入城，累月不过肆。老死不见官，生小不识字。《果园诗钞》

仲铭诗至，作此答之二首

一纸琳琅照短垣，俟轩何似绿萝轩。荒居不入仙郎咏，后代何人识果园。

阮籍闭关春复秋，骎骎日月驰骅骝。他年东骑来相访，花下狂吟两白头。《果园遗诗》

郭恩煇　三十五首

郭恩煇（1847—1915），字韫生，亦字韵笙，号荫桐，同治十四年（1888）举人，咸安宫教习，敕授文林郎。《退庐诗钞》载诗一百一十二首，《北海郭氏诗存续编》存诗二十六首。今选诗三十五首。

闻雨

竹院添春暝，茅堂生夕阴。病中孤榻冷，雨外一灯深。地僻鸡鸣远，城高雁语沉。并无田负郭，耕种尚关心。《退庐诗钞》

孙式斋见过二首

闲庭花落尽，啼鸟下莓苔。倚枕人犹病，叩门君忽来。冷官心久淡，白发意多灰。且趁余春在，相期共把杯。

饥驱君寄旅，病废我居家。动作经年别，相看两鬓华。宦情余苜蓿，春色尚桃花。好景愁孤负，郊游愿未奢。《退庐诗钞》

断炊自遣二首

斯世方长饿，吾家偶苦饥。未交寒食节，预作禁烟期。鹤骨少肥相，松花多瘦枝。闭关听暮雨，且诵泌衡诗。

志道无求饱，儒生应乐饥。非忧贫落莫，只叹病支离。春老禁沽酒，夜寒惟咏诗。夷齐何敢望，薇蕨最相宜。《退庐诗钞》

岁暮感怀二首

岁暮风兼雪，天寒我独贫。况当人永别，空说病回春。药盏寻常断，松垆好自亲。呼灯聊把卷，老泪忽沾巾。

雪拥窗先暝，灯前白发新。病来愁入夜，寒极不知春。俯仰嗟吾老，艰难困此身。梅花同寂历，清瘦比诗人。《退庐诗钞》

立春数日，迎春即已作花，诗以赞之二首

莫等凡花卉，托根山水阴。方茎抽碧玉，小盏侧黄金。枝干摧残久，冰霜磨炼深。岁寒三友在，好共结同心。

春至自知迎，花非浪得名。黄英攒瘦干，金蕊贯方茎。香逊腊梅味，色分秋菊精。百年历盘错，小草漫相评。《退庐诗钞》

悼亡二首

因缘颠倒事离奇，生未分明死可疑。数叩灵签无吉语，曾

惊噩梦竟前知。传闻附榔难瞑目,敢信重泉绝怨词。身世不堪回首忆,悲来酸鼻恨低眉。

死得于归亦可伤,京华春梦太荒唐。虚名妄注鸳鸯牒,薄福何堪玳瑁梁。应有新魂逢故鬼,好从大妇问萧郎。墓门黄土重重掩,中有生人泪数行。《退庐诗钞》

醉后自遣

自倒当筵金叵罗,不堪痛苦且高歌。未除旧债家如洗,才博虚名鬓已皤。黄土魂消芳草短,青衫泪压酒痕多。幽兰怒发梅花笑,如此春光奈我何。《退庐诗钞》

对雪

雾气漫天昏彻晓,模糊竹树羃楼台。半旬奇暖收冬去,一夜东风送雪来。平野喜看滋土润,大河且莫报冰开。芦帘纸阁惟堪饮,向夕红炉火未灰。《退庐诗钞》

城南看桃花步张芾南表叔原韵四首

风信频催花满村,相将探赏出蓬门。半天绛雪烘晴色,万树红霞接烧痕。到耳时禽刚杜宇,入眸芳草又王孙。诗翁佳句奚囊富,旧约城南喜更温。

一天红雨洒胭脂,紫玉丰标绛雪姿。芳草马蹄新石路,春风人面旧年时。闲倾酒榼香初溢,遍检花枝意未疲。应笑牧之豪兴减,寻春何事竟来迟。

鸣鸠乳燕报初晴,喜趁芳郊数里程。泼火连番寒食节,阳春一曲短歌行。看花雾里知人老,倚笛风前和韵清。惟有维摩禅榻畔,闭门风雨可怜生。

村连香雾树连霞,河上田畴半种花。紫陌红尘前度客,柴门流水故人家。芳辰莫放三春过,逸兴何妨两鬓华。平子四愁销已尽,归途高咏日西斜。《退庐诗钞》

自伤

自伤寂寞青春去,惟见萧条白发多。不近人情犹啸傲,禁谈国事莫悲歌。惊心雪絮堪愁甚,满眼风花奈老何。流水桃花还独笑,酒瓶倒尽卧平莎。《退庐诗钞》

春日杂感

絮飞棠睡困东风,料峭余寒暮雨中。半载病怀春寂寂,廿番芳讯梦匆匆。披襟惟剩嵚崎骨,对酒空浇垒块胸。学道久知能已疾,奈无心契注参同。《退庐诗钞》

庚寅灯夕书感四首

湖上冰消柳线垂,匆匆又到试灯时。帘栊虚掩黄昏月,泪眼看灯合是谁。

夜台消息未能探,识否人间百不堪。凄绝今宵无赖月,犹飞清影到城南。

金炉寒重篆香微,玉漏宵长报刻稀。双鬓何缘生白发,春灯影下欲沾衣。

亭亭素影上窗纱,第一仙人萼绿华。唤煞香魂应不省,夜深犹对玉梅花。《退庐诗钞》

正月廿五日,夜感蓉汀兄索和四首

去年此日赋长征,彻夜倾樽醉不成。今日在家愁较剧,依然不寐数残更。

离歌哀艳动梁尘,银烛重烧重怆神。不道天涯沦落客,今年又看故园春。

聚散由来不自知,半年京国足相思。眼看又作春明客,莫向阳关折柳枝。

记整行装日已斜,黄昏未到且停车。骊歌一曲肠堪断,依是城西第一家。《退庐诗钞》

固安早发

鸡声喔喔夜将阑，柳岸微风动晓寒。马上摇摇残梦醒，一钩斜月渡桑干。《退庐诗钞》

京寓初冬即事

连朝冷雨镇凄凉，落叶成堆小径旁。闷倚栏干数鸦点，荒城一角界斜阳。《退庐诗钞》

月夜

街鼓风传第四声，疏星三五挂南城。布袍渐觉霜华重，独倚回廊看月明。《退庐诗钞》

明湖柳枝词三首

湖柳初黄未放绵，汇波门外逗春烟。年来何事增惆怅，一度经过一枉然。

画楼俯水绿丝牵，袅入东风绝可怜。一把柔条刚挽得，不堪回首五年前。

唱到杨枝亦可哀，如尘如梦费人猜。湖边几树垂垂老，曾见侬家系马来。《退庐诗钞》

早行

残月送人三十里，单车摇梦五更余。搴帷忽讶霜盈袖，遥指前村问仆夫。《退庐诗钞》

柯劭忞　十三首

柯劭忞（1849—1934），字凤荪，号蓼园，胶州人，柯蘅之子。咸丰十一年（1861）随父迁居于潍，光绪十二年（1886）进士，历任翰林院编修、侍读、侍讲、京师大学堂总监督、清史馆代馆长、总纂。其独力编著《新元史》，负责总成《清史稿》，《潍县志稿》有传。撰有《蓼园诗钞》,今选诗十三首。

饮丁六斋园

夕映在高隅,萧条飞雨歇。林端鸟声乐,槛外荷香发。渐觉水风凉,新秋尚衣葛。《蓼园诗钞》

寄韩息舟

遥知东郭外,寂寥穷巷雨。积潦浸阶除,回飚卷林莽。爨烟湿更低,饥鸟檐上语。《蓼园诗钞》

高南阜西村烟雨图

先生卜宅城西村,疏林野屋今尚存。当年图画落吾手,展卷仿佛知衡门。清川逶迤带修陌,杏花一片开红白。恰是清明上冢时,细雨斜风迟来客。吾家遗事人能传,如今宰木凌风烟。城中已换旧闾井,此图况在乾隆前。有田可耕书可读,销声铲迹庸非福。翰墨流传妒盛名,风尘奔走耽微禄。我欲东归海上城,料量薄产学躬耕。他时策蹇城西路,试向先生画里行。《蓼园诗钞》

予美寄郭蓉汀

予美碧云端,高楼生夜寒。星疏榆历历,月隐桂团团。叹息姮娥寡,悲凉织女单。无由问青鸟,竟夕倚阑干。《蓼园诗钞》

刘子秀书斋

爱汝精庐好,寺门尽日关。孤村连积雪,众木秀寒山。放梵随僧起,迷曛看鸟还。三冬文史业,拨置傥余闲。《蓼园诗钞》

泊峡口寄宋晋之

北风簌簌摇船旌,虎牙桀竖寒峥嵘。天高明月当峡出,夜静白云从水生。皋家有庑容羁旅,纶氏无由负耦耕。梦里相邀定相失,东方未显霜猿惊。《蓼园诗钞》

郭湘帆同年招饮即席作

柝静重门街鼓迟，初筵莫问夜何其。人来峡束江盘地，岁入风饕雪虐时。且拂征衣深劝酒，更烧官烛细论诗。十年重忆追欢事，草色西池定问谁。《蓼园诗钞》

简郭子嘉丈二首

嘉陵江路三百里，巫峡云山十二峰。老去听荷亭上卧，一编金石且从容。

漪水西经漪薄涧，水经旧注记郦元。漪源拟问听漪子，何似城东木苗村。《蓼园诗钞》

和郭湘帆二首

灞陵射猎故将军，跃马弯弓百战身。不使樊郦遇高帝，封侯李蔡下中人。

早年曾拜陆平原，海内文章许共论。十载蹉跎归计晚，青莎杂树满西园。《蓼园诗钞》

张韵舫眠琴室填词图

莞榻筠疏清昼阴，自填箫谱自鸣琴。无弦笑杀仇仁近，那有成连海上心。《蓼园诗钞》

郭心正丈墓

听漪亭上昔论文，触忤风怀趁酒醺。无数寒鸦宿衰柳，城西重过故人坟。《蓼园诗钞》

高鸿裁　二首

高鸿裁(1852—1918)，字翰生，藏书多善本，嗜于金石文字，曾任《[宣统]山东通志》分校，复至京师任史馆编修，《潍县志稿》有传。《二琴居士小集》存其题诗二首。

题《二琴居士小集》

修篁斋掩罢琴声，剩有遗诗仔细评。莫道琴音清似水，诗音更比琴音清。

人琴已邈卌余年，一卷遗诗待我编。庾鲍风流冰雪格，桐花妙句至今传。《二琴居士小集》

高俊选　四首

高俊选，字子乂，潍州岁贡。《崂山艺文志》存诗四首。

太清宫道中口占四首

曲折山腰路几迷，巉岩矗立海云低。渔船不住随波转，一棹斜阳送马蹄。

夏木阴阴日影昏，人家三两不成村。西来涧水东流去，漱玉声中犬吠门。

月照丛林鸟倦游，前途渺渺隔云烟。黄山经过青山住，应傍渔翁抱石眠。

清晨一路菜花风，旭日初升大海东。行到山门松竹翳，逢人犹问太清宫。《崂山艺文志》

王绩熙　七首

王绩熙，字筱珊，山西阳曲人，光绪三年(1877)至光绪十二年(1886)任潍县县丞，丁善宝为其刻《菊园诗草》，内载关于吾潍者诗三十四首，今选七首。

早游城北郭氏园林

送客春城外，平明过小园。晨光透花竹，露气湿庭轩。静领山林趣，惟闻鸟雀喧。悠然红日上，坐对已忘言。《菊园诗草》

春日寄济南诸友(二首选一)

新绿初回弱柳条，韶光倏忽又花朝。鹊华梦绕青山路，潍水春深白浪桥。风雨何年重把袂，海天有路各扬镳。相思欲寄无由寄，芳草青青魂暗销。《菊园诗草》

潍县春日杂诗(八首选二)

世味尝来性转慵，微官冷署尽从容。爱游郊郭愁春雨，怕负清明种小松。嘉客留觞畦韭绿，晴窗临帖墨华浓。于今参透无言旨，不问蓬山隔几重。

枝头春鸟唤提壶，谁是长安旧酒徒。愁绪拨云堆软絮，东风吹雨落明珠。怀人梦断天涯草，薄宦踪怜水上凫。自笑推敲夸妙悟，新诗医去俗尘无？《菊园诗草》

潍县丞署倾圮多年，余来稍加修葺，即事赋此二首

陋室原宜我辈贫，况为官阁暂栖身。因循无那愁风雨，补筑还同辟莽榛。高凿轩窗留夜月，新栽花木待来春。聊将薄俸供挥洒，权与蓬庐作主人。

一壑一邱费忖量，门庭小改亦沧桑。闲园种菜开新圃，瘦石扶花近女墙。只买诗书添卧榻，但留风月到虚堂。多情最是乌衣燕，先筑新巢向画梁。《菊园诗草》

初到潍县，寓田氏别院，庭前老梅两株盛开，喜而口占绝句

雪后园林半树春，萍踪到处亦前因。老梅莫笑风尘客，权作罗浮梦里人。《菊园诗草》

张僖　四十五首

张僖(1855—1898),字韵舫,别号迟园居士,光绪八年(1882)举人,十二年(1886)进士,张兆栋之子。曾摄篆福建漳州、泉州、兴化诸地,官福建兴化时,聘林纾以助,后因劳卒于任上,《潍县乡土志》《潍县志稿》有传。所撰《别画湖庄小草》存诗一百六十一首,《眠琴阁词钞》存词二百一十九首,《晚晴簃诗汇》选诗五首,《全清词钞》选其词六首。今选诗词四十五首。

寒衣行

大雪三日河不流,山头冻雀鸣啾啾。裋褐不完倍凛冽,朔风砭骨形神愁。年年给衣届长至,一夫号寒如纳沟。入门褴褛出安灶,顷刻挟纩何所求。重棉大布厚于铁,沦肌浃髓恩难酬。北方苦寒惨不乐,要令春气相噢咻。鸠形妇子喜相告,得此卒岁由人谋。老翁彼体救残喘,非复垂涕行伛偻。春台共登仰衣披,欢逾五袴腾歌讴。独怜半途冻僵者,胔骸枕藉无人收。吁嗟乎!杜陵厦,白傅裘,方寸之地民物周,安得茅檐蔀屋共免祁寒忧!《别画湖庄小草》

乡居

乡居远城市,载酒一相过。门对野溪曲,春深芳草多。看山通画理,得句杂渔歌。不觉夕阳晚,炊烟生薜萝。《别画湖庄小草》

野望

出郭恣吟眺,柴门流水环。片云在高树,落日见遥山。何处钟相答,前林寺未关。翛然尘外想,谁识此心闲。《别画湖庄小草》

春晴

积雨新晴好，春深爱景光。茶宜泉味淡，琴就竹阴凉。一鸟下寒碧，孤花明夕阳。诗成耽久坐，渐喜日初长。《别画湖庄小草》《晚晴簃诗汇》

送人之扬州

把酒旗亭上，离人起暮愁。烟花三月好，别我下扬州。山色南朝寺，江声北固楼。片帆风力健，今夜宿瓜洲。《别画湖庄小草》

秋日归里

西风驿路马行迟，冉冉征尘罥鬓丝。逆旅每嫌无卧处，轻装最好是归时。云横野寺飘僧梵，日落山城飐戍旗。屈指重阳佳节近，黄花应已满东篱。《别画湖庄小草》

湖口

系缆黄昏古渡头，匡庐烟景望中收。潮声拍岸分湖汊，云气扶山入县楼。远树暗迷彭蠡月，长风轻送马当舟。渔村多少青帘挂，一醉篷窗散客愁。《别画湖庄小草》

秦邮夜泊

秦邮古驿隔烟津，两岸清风起白蘋。黯黯湖云千里梦，依依堤柳半江春。鱼虾晚市如留客，灯火丛祠正赛神。三十六陂好明月，多情长照异乡人。《别画湖庄小草》

暮春

青苔点点柳丝丝，独倚回阑倒酒卮。春色半归芳草外，雨声多在落花时。不禁离别黄莺懒，无奈心情粉蝶痴。小立空阶莫惆怅，绿阴如水好题诗。《别画湖庄小草》

春感用渔洋秋柳韵四首

碧云天末渺离魂，日日春寒独掩门。凉月窥窗留镜采，远山入槛学眉痕。珠帘半卷扬州路，锦水环流薛女村。无限风情消不尽，个中幽怨与谁论。

芙蓉憔悴怕经霜，欲托微波问野塘。锦瑟无端弹别调，青衫有泪叠空箱。徒劳洛浦吟神女，合向莲台礼梵王。今日酒旗歌扇底，看花犹梦碧鸡坊。

零落当筵金缕衣，枇杷门巷是耶非。湘皋月坠离情远，吴苑春归旧梦稀。缫绪尚疑蚕共茧，营巢那得燕双飞。断肠崔护重来处，懊恨寻芳素愿违。

风光旖旎问谁怜，影事朦胧欲化烟。陌上花开歌缓缓，门前草长恨绵绵。绿阴结子留新怨，红豆伤春忆昔年。惆怅相思不相见，绮怀枨触酒樽边。《别画湖庄小草》

即事

碧苔著雨净无尘，燕子衔泥解就人。满地绿阴帘不卷，落花风里度残春。《别画湖庄小草》

春日偶成

一夜东风柳梦苏，榕阴芳草绿平铺。不知帘外春深浅，细雨梅花听鹧鸪。《别画湖庄小草》《晚晴簃诗汇》

十月袁浦道中三首

晓来霜气扑征骖，买醉旗亭酒半酣。斜月五更催上马，又驮残梦入江南。《别画湖庄小草》《晚晴簃诗汇》

白云亲舍隔天涯，捧檄三秋感岁华。此去螺江五千里，客窗开遍早梅花。《别画湖庄小草》

野店重来暮色寒，墙阴题句墨痕残。十年鸿雪浑如梦，秉烛深宵仔细看。《别画湖庄小草》

金陵(二首选一)

胜景谁寻朱雀桥，故宫金粉逐烟销。雨花台上花如雨，独

对青山问六朝。《别画湖庄小草》

渡江二首

云水微茫接驿亭,放船瓜步晓烟青。一枝兰桨轻于叶,摇过春江梦未醒。

一路看山兴未降,晓风残月倚篷窗。金焦两点如眉黛,笑我孤舟又渡江。《别画湖庄小草》

酒楼即事二首

独上长安卖酒楼,摩挲醉眼看吴钩。可怜无限天涯恨,愁听桑干日夜流。

蓟门花月不胜情,买醉重来客感生。十五雏伶亲劝酒,琵琶犹作旧时声。《别画湖庄小草》

津沽中秋

乡心别恨雨绸缪,津柳萧萧不系愁。七十二沽好明月,照人客里过中秋。《别画湖庄小草》

将抵里门口占

野店孤灯照梦圆,萧萧落叶破愁眠。耳根喜听乡音熟,不到家山已五年。《别画湖庄小草》

题友人春寒词意图(四首选二)

春阴漠漠雨丝丝,愁煞扬州杜牧之。一桁帘栊花几树,悄无人处有相思。

梁间雏燕话飘零,旧事凄凉不可听。剩有远山学眉黛,尊前还向酒人青。《别画湖庄小草》

清平乐

梧桐几树,催得流光暮。薄薄秋阴难做雨,又把夕阳遮住。　　晚来风过疏林,有人罗袂寒侵。自扫阶前落叶,不知惊起栖禽。《眠琴阁词钞》

前调·明湖

一枝柔橹，摇过花深处。风卷垂杨千万缕，拥出青山无数。　　埸来藕渚菱潭，酒香引我沉酣。醉里不知夜午，玉箫吹坠凉蟾。《眠琴阁词钞》

高阳台·己卯秋日，偕梅舫弟游明湖感赋，用玉田韵

衰柳牵情，枯荷饯梦，明湖却放游船。席帽重来，光阴弹指三年。鹊华桥畔慵回首，对微波，还解相怜。但萧然，一带斜阳，几树寒烟。　　旧时鸿雪无人记，似寻春迟暮，凄绝樊川。数点蘋花，秋心寄与谁边。一灯客邸联床夜，记天涯，风雨孤眠。悄垂帘，替说乡愁，没个啼鹃。《眠琴阁词钞》

望海潮·本意

浪高喷雪，波奇掣电，汇成无底灵湫。烟暗估樯，云盘绝岛，浑疑出没沙鸥。巨浸拍空流，看水天一色，日月双浮。遥拂珊瑚，六鳌何处钓竿投。　　飞来一线涛头，指怒潮吞吐，惊起潜虬。碧矗鲎帆，红摇贝阙，苍茫海市新收。淘尽古今愁，偕长风万里，引我扁舟。好向三山胜处，把酒问神州。《眠琴阁词钞》

减字木兰花

萧萧风雨，搅碎芭蕉窗外树。赢得秋声，独自深宵拥被听。　　夜凉如水，数尽寒更犹不寐。一穗灯花，照着离人梦到家。《眠琴阁词钞》

前调

画楼独倚，野色苍凉残照里。几点新霜，酿得枫林似酒黄。　　凭高远望，渺渺长空云四卷。目送飞鸿，万里相思一字中。《眠琴阁词钞》

水调歌头·长安酒楼醉中感赋

弹指已三载，人海我重来。蓟门花月无恙，箫管沸如雷。试把貂裘换酒，且倚吴钩长啸，莺燕莫相猜。击筑发遥慨，思古首重回。　千金骨，自隗始，几真才。潇潇易水何处，浊浪有余哀。空掷图中匕首，枉洒函中头血，霸业付蒿莱。掉臂欲归去，落日下燕台。《眠琴阁词钞》

前调·探梅

径曲知何处，近水隔花关。幽栖暗香千树，苍雪拂衣寒。行入野畦深窈，此景真宜舒啸，留住白云难。不用一钱买，风月似孤山。　向天涯，慵登眺，且怡颜。坠红争恋残照，倒影忽相看。东阁慢撩诗兴，过了几番花信，休去倚阑干。心事已迟暮，游冶未知还。《眠琴阁词钞》

南柯子·杨村道中

古道嘶征骑，疏林噪晚鸦。回头何处是京华。一片西山都被，暮云遮。　野店依村口，溪桥接水涯。绿杨风飐酒旗斜。记得去年曾住，那人家。《眠琴阁词钞》

虞美人

妆成斜倚湘奁坐，日影纱窗过。为谁欢笑为谁颦，算是不曾瞒却镜中人。　薰香小阁凉如水，慵把冰弦理。问伊倘解别离愁，待看归来消瘦似侬不？《眠琴阁词钞》《全清词钞》

生查子

卷起水晶帘，阵阵残红落。不是晓风寒，自怯罗衣薄。漫天杨白花，那似人漂泊。飞去复飞来，只在阑干角。《眠琴阁词钞》《全清词钞》

蝶恋花

踠地垂杨千万缕，谁折柔条，蓦送韶华去。野草欲留春色

住，青青砌遍长亭路。　　远树阴阴啼杜宇，芳景阑珊，离恨生南浦。风卷飞花波卷絮，天公要把春魂聚。《眠琴阁词钞》

金缕曲

蓦听流莺语，说小园，春光黯淡，落英如许。锦片韶华人不惜，又被东风卷去，只剩得，几团飞絮。便到明年开更好，怎留他，浪蝶游蜂住。肠断也，恨休诉。　　愿教青帝常为主，看依依，红愁绿惨，倍添凄楚。回首斜阳如一梦，恼煞无情杜宇。切莫把，旧游重数。万树阴阴消夏好，待轻舟，棹入香深处。终日醉，藕花渚。《眠琴阁词钞》

南歌子

落拓清衫冷，倭迟翠鬓斜。相逢同是在天涯。郎是浮萍，妾是路旁花。　　桦烛光笼月，香醅色泛霞。轻拢纤手拨琵琶。劝客今宵，不醉莫还家。《眠琴阁词钞》

注：原本作“天津”，今据义改作“天涯”。

前调

金井风敲竹，银塘雨坠莲。暗蛩啼近曲床前。纵不悲秋，也自感流年。　　梦断霜砧后，凉归塞雁先。重阳未到已装棉。况是玉关，寒信更无边。《眠琴阁词钞》

前调

新酿和愁醉，轻帆带梦低。夕阳衰柳问隋堤。怕听露筋祠外，乱鸦啼。　　浪迹留鸿爪，乡心付马蹄。萧萧黄叶扑征衣。无数好山相送，过淮西。《眠琴阁词钞》《全清词钞》

临江仙

月上瑶阶凉似水，侍儿底敞云屏。曝衣楼上拜双星，不嫌罗袖薄，风露立深更。　　玉漏迢迢银烛暗，几回徙倚中庭。轻摇纨扇扑流萤，雨余芳径滑，莫向绿苔行。《眠琴阁词钞》

浣溪纱

宝枕纱厨午梦醒，起来慵向画阑凭，断肠风雨不堪听。

一缕愁恨萦宝篆，十分心事印圆冰，隔帘谁解护花铃。《眠琴阁词钞》

丁良幹　一首

丁良幹，字季祯，光绪十一年（1885）举人，署四川金堂县知县，《潍县志稿》有传。《海滨二妙册》中有题词一首。

调寄浣溪沙

茶鼎云璈醒书眠，琳琅万轴日华鲜。适来旧雨话新缘。

画拟宣和臻妙品，书宗定武获真传。卷帘秀色接浮烟。《海滨二妙册》

于铭书　二首

于铭书（1830—1906），字宝泉，号润斋，附贡生，善书法，于普源之父，《潍县志稿》有传。《六斋诗存》存题诗二首。

奉题《六斋诗存》二首

笔花香染凤池春，曾对紫薇拈句新。今日园林邀画伴，果然余事作诗人。

胸次浩然高调生，过江以后想渊明。谁知继起辋川者，又与人间唱渭城。《六斋诗存》

注：诗题为编者加。

丁善长　六首

丁善长，字心臣，号莲峰，丁廷珍三子，所绘《菊谱》载诗十八首，今选六首。

灰鹤翅

黄花时节雨濛濛，芳蕊翩翻似羽丰。莫惜缁尘埋没久，一年舒展待秋风。《菊谱》

桃花片二首

凌霜差异春晖暖，带露还同宿雨肥。若使武陵秋日到，渔人须插满头归。

嫣红姹紫映清流，老圃秋光一带幽。此是避秦绝胜地，武陵底事问渔舟？《菊谱》

佛坐莲

慈云法雨布瑶台，火里青莲十丈开。又见芳根秋后处，一花一叶一如来。《菊谱》

沉香狮子

金毛玉爪现青树，合是旃檀刻得无。醉倚阑干踏落蕊，也应花里有文殊。《菊谱》

老僧衣

著色休疑犊鼻裈，褴褛芳蕊晒篱根。依稀记得负暄处，秋色斜阳野寺门。《菊谱》

郭育才　一首

郭育才（1856—1930），原名育芹，字木初，号昇生，又号梅生，光绪十五年（1889）举人，二十年（1894）进士，曾任安徽六安州知州、直隶州知州、邮传部船政司郎中等,《潍县志稿》有传。撰有《松鹤斋诗集》,《海滨二妙册》临本存诗一首。

题《海滨二妙册》临本

海滨二妙闻名久,流传千古事非偶。书到仲老难品次,画如石芙无其耦。多少旧游著作家,廿年那堪再回首。真册杳如黄鹤去,无乃天公令鬼守。我今来此十笏园,得见副本已云厚。丁李两公精力在,追踪先哲成携手。二妙真迹不可传,得传此册亦不朽。《海滨二妙册》临本

栾来宗　二首

栾来宗(1857—1927),寒亭华疃村人,因哀民生苦艰,遂弃科举,专于天文与气象研究,著有《天文与农时》。《潍坊古今人物》有传,并存诗二首。

无题

老饕髓当酒,少妇血作泪。席间樽中物,孝子骨肉堆。台上算盘响,阶下肝心碎。何日见钟馗,振臂鞭魑魅。《潍坊古今人物》

无题

嘱我后世人,相伴续天书。参透其中妙,教民稼五谷。《潍坊古今人物》

陈阜　一首

陈阜,字祜曾,郡廪生,陈介祺长孙,号静盦居士,居于乡

里,多为义行,《潍县乡土志》《潍县志稿》有传。《海滨二妙册》存诗一首。

《海滨二妙册》题诗

春阴泥人醉不醒,东风寒勒小桃杏。萧斋自起展褾池,娟娟忽见花小影。刘郎作画最得意,生香活色天然丽。化工真从腕底开,如在果园数花事。仲铭太守大诗翁,乘舟行过东海东。芝罘山下旅邸夜,题诗掷笔秋灯红。几首新诗既蕴藉,淋漓醉墨亦称霸。豪气凌铄赵与董,仰追虞褚斯方驾。主人爱画亦爱诗,墨光花气纷披离。缇巾十袭宝签架,二者鱼熊能兼之。梦楼莲巢不可作,遗迹空留寒具涴。于今海上有替人,龙门声价已传播。却羡平生有奇福,亲收二妙归双目。我亦相如同里人,为题俚句相追逐。书以有声诗无声,我不识画徒心倾。他年故人重执手,披图一笑春风惊。《海滨二妙册》临本

郭恩谊　二首

郭恩谊(1858—1916),原名恩诰,字纶斋,号凤山,《北海郭氏诗存续编》存诗二首。

新晴

蕉心卷碧雨初晴,凉簟风来枕上清。睡起草堂浑无事,闲听远树送蝉声。《北海郭氏诗存续编》

新秋晚坐

瘦竹生闲砌,秋花覆短墙。茶烟经夕散,酒气隔宵长。石上看苔绿,篱边待菊黄。喜逢新雨霁,晚坐自清凉。《北海郭氏

诗存续编》

郭恩泽　二首

郭恩泽(1858—1908),字润斋,号茳亭,《北海郭氏诗存续编》存诗二首。

见燕

瞥见呢喃燕,浑疑望未真。关心曾有约,屈指恰逢春。是否携新侣,应还识故人。梁间巢尚在,往认莫逡巡。《北海郭氏诗存续编》

春晴

九十春光媚,盈眸景物妍。青归芳草外,绿涨画桥边。柳暗花明地,风和雨过天。园林当此际,游赏集群贤。《北海郭氏诗存续编》

郭遵生　一首

郭遵生,字绪大,或作续大,生于咸丰九年(1859),卒年不详,郭麐之子。《春韭园随笔》存诗一首。

咏木苗山

兀起一堆平野间,春来秋去伴云闲。不因搜读残碑记,谁识前朝木苗山。《春韭园随笔》

刘嘉颖　二十首

刘嘉颖(1861—1902),字实甫,工于书画诗文,《潍县志稿》有传。其《画隐轩题画诗存》中存诗七十余首,今选二十首。

题荷花翠鸟(八首选四)

云山低野屋,花树媚晴天。古渡斜通市,春桥乱泊船。

去城七八里,隔竹两三家。山深多古木,日日数归鸦。

落木动远山,飞云迷前浦。古榻卧西风,柴门掩寒雨。

空林新雨霁,个个雁南飞。飞瀑泻明月,山桥人独归。《画隐轩题画诗存》

写蕉菊烟雨图

陶令归来日掩门,蕉窗云暗近黄昏。无穷画意兼诗思,一径寒烟皲雨痕。《画隐轩题画诗存》

长松图

天半风雷挟雨回,振衣千仞亦豪哉。何人有兴携芒屐,日听涛声大壑来。《画隐轩题画诗存》

筠舫填词图,任伯年笔也。庚寅岁,出以见示,且索作图,自顾谫陋,聊以效颦,图成因系二绝

子野风流世共传,愧无妙笔写清妍。他时携此江南去,笑煞山阴任伯年。

流水无声自据梧,山房竹树伴咿唔。若教添个红裳婢,便是迦陵第二图。《画隐轩题画诗存》

寄郭炳堂小园图

半弓地拓小园林,竹树迷濛暑不侵。好是晚凉新雨歇,一天明月夜横琴。《画隐轩题画诗存》

写张筱舫高柘山房图

高柘山头秋意深,溪光明灭夕阳沉。萧萧竹树知何许,略

似倪迂狮子林。《画隐轩题画诗存》

题月下梅花

姑射仙人月影中,缟衣无语立东风。冰魂似较梅妃淡,踏遍香尘不染红。《画隐轩题画诗存》

题月下墨竹栖鸟

月华似水怯衣单,竹木萧疏夜色阑。荇藻一庭风料峭,应惊栖鸟坠枝寒。《画隐轩题画诗存》

题水村图

千尺悬崖万斛泉,奇峰远抱接苍烟。日斜风定水清浅,正是渔郎泊钓船。《画隐轩题画诗存》

题残蕉

蕉心怯冷卷愁思,况值深秋风雨时。几日摧残青凤尾,层层败叶半成丝。《画隐轩题画诗存》

雄鸡牡丹题句

不向田间啄碎禾,花冠高耸奈谁何。漫言脂膊庸庸物,富贵场中此辈多。《画隐轩题画诗存》

芙蓉衰柳琴鸟题句

衰柳丝丝拂岸头,蓉花开处水澄秋。临渊尽有羡鱼意,漫笑痴禽缘木求。《画隐轩题画诗存》

月季竹子蝴蝶怪石

不任韶华一脉牵,好花月月发鲜妍。蝶痴也自慕高节,孤竹峰头拜米颠。《画隐轩题画诗存》

题桃柳远山燕子

一段春情掌上归,红颜点逗细腰围。道人写入丹青里,不许昭阳院外飞。《画隐轩题画诗存》

题芍药桃花蝴蝶

芍药开时蝶梦饶，春光骀宕过花朝。桃花人面分明认，却倩刘郎任意描。《画隐轩题画诗存》

题鲜菱蒲笋品果

记得明湖放钓船，蒲菱蔬果一时鲜。而今不到徒惆怅，写入生绡忆旧年。《画隐轩题画诗存》

郭恩赓　一首

郭恩赓，原名恩贻，字伯扬，号松存，生于同治六年(1867)，卒年不详。光绪十四年(1888)举人，二十四年(1898)进士，《潍县志稿》有传。撰有《蔼斋诗存》，未见。今世传郭恩赓手稿诗一首，乃彼时士大夫调笑之辞，不可为准则。今自其朱卷录其试帖诗一首。

赋得云补苍山缺处齐得山字五言八韵

一色苍然合，齐排万笏山。缺时知涧断，补处借云还。黛染参差际，青浮缥缈山。鱼鳞同罨画，螺髻衬回环。乱叠峰如睡，平铺石不顽。岭披新絮帽，径掩旧松关。低界岚光碧，遥横夕照殷。为霖逢圣世，出岫觐天颜。郭恩庚朱卷

陈蜚声　三首

陈蜚声(1864—1945)，字翼如，号鹤侪，又号和斋，光绪十七年(1891)举人，三十年(1904)进士，曾任礼部祭司员外郎，改典礼院恩创恤科科长。自幼随父迁居安丘。《海滨二妙册》临本存诗二首。

题张昭潜无为斋除夕守岁图

穷巷罢残更，雪天爆竹声。一年将尽夜，七十老经生。文耻麒麟楦，食羞鸡鹜争。是翁真矍铄，傲骨尚支撑。《潍县志稿》

题《海滨二妙册》临本二首

石翁绘出诗中画，仲老吟成画里诗。澒洞风尘谁我惜，啜醨师弟尽相知。

小阮才华作步兵，词坛唱和奏瑶笙。等闲临出南田稿，要使前贤畏后生。《海滨二妙册》临本

郭蘅　二首

郭蘅，字荆泽，郭绥之之女，适费县王景祐，《潍县志稿》有传。《北海郭氏诗存续编》存诗二首。

春日思乡

可怜千里客，未卜几时归。不及南征雁，春来又北飞。《北海郭氏诗存续编》

家中使人至

自别亲颜半载余，今朝方喜得家书。心忙不待开缄看，先向来人问起居。《北海郭氏诗存续编》

于普源　一首

于普源(1868—1922)，字佛航，光绪十七年(1891)举人，二十年(1894)进士，于铭书之子，由庶吉士改选来安县知县，后任新城县知县。《潍县志稿》有传。《潍坊文史资料》存诗一首。

题谭子犹画

三绝郑虔孰与俦？潍滨谭氏是风流。式师解学才人笔，不让前朝仇十洲。《潍坊文史资料》第九辑

王篔生 二十二首

王篔生（约1869—1944），号青谷，字蟫斋，一字荫斋，光绪年间庠生。师孙葆田、宋书升二先生，转任多地幕府，民国后归里，任潍县县志局编纂，其事具见张江裁《〈月令杂事诗〉序》等。《月令杂事诗集》载诗三百七十六首，《潍县半月围城记》题诗八首，其他散见《清代燕都梨园史料正续编》《近代名家评传》诸书。

东莞张次溪如棣《清代燕都梨园史料》题辞

酷爱前人对酒歌，故都何事泣铜驼。周郎一顾谁能误？子野重逢唤奈何。空记众仙集霓咏，只将往迹付昙波。《梦华琐簿》《明僮录》，搜得梨园掌故多。

花看长安更几回，坠欢难拾易心灰。且翻菊部修新史，漫说檀槽少异才。若个丁年排玉笋，一篇残梦记金台。分明闲坐谈天宝，酒冷香温白发催。

平子情多止绮年，一编外史仿情天。引人如入万花谷，论价莫夸多宝船。那觅伶官王紫稼，争传乐府李青莲。休疑琐事同鳞爪，翠舞珠飞梦里缘。

小谱曾经借海沤，名伶恰好遇名流。听春有客留新咏，侧帽何人话旧愁。玉笑珠啼千古在，丁歌甲舞一囊收。画眉妙握张郎笔，双肇楼中费校雠。《清代燕都梨园史料正编》

题《白石诗草》(二首选一)

诗瓢画幰足千秋,漫笑先生雪满头。梅影新词姜白石,筠廊偶笔宋黄州。百嫌妙尽南田法,九日豪陪北海游。博物张华真隽逸,拼将吟稿几寻搜。《近代名家评传》

月令杂事诗(三百七十六首选十)

东风解冻气温柔,律转青阳月属陬。且趁采芸好时节,春光九十数从头。孟春月

记得渊明旧事传,同游相约在斜川。马蹄鞋迹留山上,何许陈家三女仙。五日

宴开闻喜曲江头,节号长宁献鹤筹。漫说燕都灯市好,蜀人正作踏青游。八日

一灯价可值千金,门近东安试走寻。颇羡太平新进士,绿袍靴笏荷恩深。十日

陈留雨木事何奇,姑妄言之姑听之。白发青裙林氏媪,观花感叹得苏诗。二十六日

燕睇初来草似烟,关心边上赐衣天。甜风酥雨淡黄柳,春嫩恰如人少年,仲春月

春游鸾辂幸南庄,台上箫声绕凤凰。观罢击球还一笑,可如沈醉李三郎。十一日

通典纂成卷目全,正阳开悟此升仙。燕中书肆频移市,往事都如过眼烟。十八日

朔漠归来一笑时,桃花园里赋新诗。自知终日忽题柱,道解阴阳顾景怡。二十一日

纸背题余墨似苔。好诗欲寄见心裁。丹阳旧有袁双庙,每到今朝风雨来。三十日

题《海滨二妙册》临本

李北海书南羽画，工夫费尽仿曹刘。黄垆恸后沧桑变，剩见生绡叶正秋。《海滨二妙册》临本

《宣南零梦录》题词四首

潦倒词人此下场，一编丛录记沧桑。闲情旖旎言烦琐，足匹风流越缦堂。

结庐人境耐孤喧，塞上荒凉印雪痕。太息沈郎腰瘦尽，落花无语月黄昏。

一棺萧寺有谁怜，影事何堪忆往年。本是玉堂词笔妙，如何只泛孝廉船？

师谊情深张次溪，搜求遗稿费参稽。楸阴感旧今犹昔，怕听春风杜宇啼。《清代燕都梨园史料正编》

潍县半月围城记题词(八首选二)

往事回思梦亦惊，果然锋镝是余生。剧怜半月危城里，听尽金风铁雨声。

斗角钩心笔莫停，畸人轶事述零星。一编野史凭谁说，可惜今无柳敬亭。《潍县半月围城记》

郭璇光　一首

郭璇光(1869—1921)，原名宣光，字矩曾，号旬楼，亦号剑秋，《北海郭氏诗存续编》存诗一首。

菊花

爱菊东篱意未灰，呼童次第瓦盆栽。虽无高士田园兴，也学伧父市贾来。前日不曾和露种，几枝犹喜傲霜开。破除老病

无穷闷，且对黄花尽一杯。《北海郭氏诗存续编》

刘抡升　六首

刘抡升，字子秀，光绪十七年(1891)副贡，十九年(1893)举人，学诗于胶州柯蘅、李长霞夫妇，曾分纂《[宣统]山东通志》，《潍县志稿》有传。撰有《潍上诗》《潍上词》，未见，今从诸书稿中摭拾六首。

拙律一章敬呈六翁四兄社长大人

去岁故人堂上见，真如太白识荆州。良朋别我四千里，贱子从公重一游。酒为病身强断饮，诗因知己敢轻投。林宗更在城西住，早晚还寻共唱酬。刘抡升诗札

忆长安旧游

长安西向意迷离，曾记羊车过市时。长乐宫中花似锦，忘忧馆里柳如丝。玉壶提酒胡家女，银甲弹筝赵国儿。一自潘郎归去后，美人消息并谁知。刘抡升诗札

题《六斋诗存》二首

篝灯犹自照义鱼，七字风流万古余。晚起雪儿摩醉眼，蛮笺湘管为依书。

苏小坟前香草多，南朝风景入清歌。当筵欲遣玲珑唱，又恐才听唤奈何。《六斋诗存》

题王象瑜《二琴居士小集》二首

月满空山一曲琴，高人曾向梦中寻。流风已莫乡关溯，犹听泠泠弦外音。

欲把文章替左司，新城家法最相宜。修篁斋外桐初乳，扫

地焚香静坐时。《二琴居士小集》

梁文灿　三十首

梁文灿(1869—1928),字质生,号炙笙,潍城梁家巷人,光绪十九年(1893)举人,二十年(1894)进士,翰林院编修,官至浙江道监察御史,曾分纂《[宣统]山东通志》,精研宋元人词。《潍县志稿》有传。撰有《蒙拾堂诗稿》,今未见。其《蒙拾堂词稿》存词一百八十三首,《民国五百家词钞》选词一首,《全清词钞》选词一首,今选词三十首。

人月圆·己酉寒食

十年不到城南路,细草起平沙。杏梢红畔,帘痕白处,卖酒谁家。　暮春天气,闲愁心绪,迟日西斜。小桥流水,两行垂柳,数点栖鸦。《蒙拾堂词稿》

忆王孙·郊游即事

纸鸢风里纸钱飞,春水堤边春草肥,驴背呼僮贳酒回。趁斜晖,陌上花开缓缓归。《蒙拾堂词稿》

浪淘沙·秋思

落叶上帘栊,秋老梧桐。重阳消息雨声中,淡到黄花无觅处,瘦倚西风。　无计遣离悰,一夜寒蛩。炎凉诉尽穗灯红,写入琴丝音史苦,寄与征鸿。《蒙拾堂词稿》

南乡子·京口

无地著离愁,行尽江南不觉秋。木叶未殷芜草碧,凝眸,一路青山到润州。　滚滚大江流,鼎足荆吴一战收。顾曲周郎差解事,荒邱,何处英雄孙仲谋。《蒙拾堂词稿》

浣溪纱·晓起

一穗残灯懒更挑,香衾虚度可怜宵。晓窗开处觉秋高。
波底群鱼争拨剌,水边小鸟递啾嘈。夜来风雨长新潮。《蒙拾堂词稿》

前调·即景

雨洗残阳一缕霞,小桥流水带栖鸦。诗心清到白蘋花。
别路已随秋草远,遥空犹缀雁行斜。玉人芳讯隔天涯。《蒙拾堂词稿》《全清词钞》

望海潮·姑苏道中

雨揩堤柳,风梳畦稻,新晴暑气全收。层塔半天,古城一角,望中指点苏州。何处洗妆楼,自采香人去,梧叶漂流。剩有烟峦,双眉颦黛似依愁。　　殊乡几度淹流,甚倦邮荒馆,越曲吴讴。冷淡宦情,婆娑老意,镜中霜雪应羞。归梦鹊华秋,想桥边贳酒,湖上维舟。风鹤频,年料应零落旧时游。《蒙拾堂词稿》

渔家傲·夜雨

种得青桐才数尺,芭蕉出色涵新碧。昨夜那堪风雨急,闲愁积,枝枝叶叶闻残滴。　　晓起扶栏成小立,玉人一去无消息。花径凭肩才几日,苍苔湿,埋香不见双鸳迹。《蒙拾堂词稿》

念奴娇·白门感旧

旧时庭院,正妆楼初下,晓窗人起。雏发长成云入鬓,瞥眼惊鸿欲避。阔别三年,容颜才可,一见呼名字。阿姑微笑道,余真个强记。　　苦忆女伴当时,衣香扇影,别有深情寄。闻说云英今已嫁,竟演长门故事。欲倩飞红,为通尺素,恐益人憔悴。哀蝉声里,临风偷揾双泪。《蒙拾堂词稿》

眼儿媚·十笏园感旧

雪珠微溅小窗明，檐鹊噪新晴。昨宵无寐，为谁兀坐，剔尽寒檠。　十年不见双鸳迹，惆怅旧园亭。露蓉霜桂，两般秋色，一样牵情。《蒙拾堂词稿》

浣溪纱·寒夜即景呈鹤侪

冷伴梅花梦不成，重携诗思到前庭。夜深苦向画栏凭。

风起晴飞三径雪，月来寒沁一池冰。隔窗遥睇读书灯。《蒙拾堂词稿》

蝶恋花·甲子寒夜四首

老去悲秋情已倦，雪虐风号，又是残冬半。欲寄梅花消息断，楼高不见南来雁。　枕上孤鞶冰泪满，梦到江南，蓦被风吹转。一穗焰灯挑复黯，漫漫长夜何时旦。

北地霜风凄又紧，塞管吹来，消息从谁问。雨雪霎时天亦靳，阴晴变化无凭准。　日暮天寒无赖甚，蹀躞争枝，聒耳鸦成阵。节鼓声中残腊尽，春归盼煞江南信。

占得牡丹花下住，胜日寻春，春在繁华处。蓦地重阳风和雨，美人岁晚嗟迟暮。　闻说已乘黄鹤去，日暮楼头，目断晴川树。江上烟波愁不渡，天涯飘雪无归路。

长夜浇愁唯对酒，酒入愁肠，磊块还依旧。青女素娥寒共斗，亭亭霜月如清昼。　塞上幽花魂影瘦，江北江南，环珮归来否？北斗阑干相望久，冻笳吹裂黄昏后。《蒙拾堂词稿》

蝶恋花·潍阳十二月鼓子词

三十年来，故乡重莅。兵燹之余，谈虎色变。太平景气，零落尽矣。因仿宋六一子作《蝶恋花·潍阳十二月鼓子词》。但时势不同，感触亦异。故略于花月闲情，而详于乡土故事，尤不欲涉及闺情，落词家窠臼。虽声稀味淡，抚今追夕，不啻一字一泪也。词中乡音俗语,非注不明,谅之。

正月阳和新布濩。彩杖缤纷,百戏衙前聚。一路锣鼓敲不住,迎春飞向东郊去。　　转眼上元灯节遇。度巷穿街,彻夜鱼龙舞。踏月归来天欲曙,枕边隐隐闻箫鼓。

二月嫩寒新雨后。白袷初成,社日停针绣。闲把儿童欢喜逗,家家报捷烘糖豆。　　庭院团圆灰印就。囤样层层,预祝年年有。布谷枝头啼永昼,花朝接着春耕后。

三月清明槐火换。茶肆星罗,席地沙滩畔。风送芦弓声一片,纸鸢赛满南河岸。　　碧玉小家呼女伴。四面秋千,筛得团圆转。几朵红云衣按茜,雅雏金碧松钗颤。

四月薰风吹乍暖。浴佛良辰,齐了香花愿。新熟樱桃时食荐,筠笼馈送忙新串。　　滨海鱼虾登市贱。家吉呈鲜,两字嘉祥占。路上腥风杨柳贯,儿童先贡先生馔。

五月夏中天渐暑。朔日迎神,仪仗纷无数。枷锁赭衣排满路,银钩挂臂盘香炷。　　苇叶层层缠角黍。五毒驱除,酒和雄黄煮。系腕彩丝长命缕,侵晨插艾门当户。

六月乡村新麦贱。炒面迎时,城内遗亲串。开箧晒书防蠹患,乘鲜夹入荷花瓣。　　大雨时行溪水漫。半亩莲塘,消夏城东畔。叶底红鱼长尺半,放生池对观音院。

七月银河云澹宕,乞巧楼中,犹自罗蛛网。秋祭丰年馨秬鬯,送神麻谷抛檐上。　　胜会盂兰甘露降。万朵红莲,手向河中放。高筑法坛悬佛像,经文梵语通宵唱。

八月中分秋一半。枣饼层层,面镂千花瓣。枣上插香香不断,小儿对月声声念。　　亭亭火树蒿灯转。灯烬归来,忙底分神馔。雪藕冰梨堆满案,一家男女团圆宴。

九月秋深风景异。节近重阳,酝酿登高意。分类别名牌上记，南门鬻菊花成市。　　远上程符山十里，战垒书堂，吊古情靡已。醉着归鞭吟兴起，麓台片月黄昏里。

十月孟东寒气至。禾稼登场，野外清于洗。风卷纸灰飞满地，家家提榼墦间祭。　　夜静书声清入耳。昼短宵长，初试青灯味。油尽灯昏人欲睡，半窗斜月凉如水。

十一月阳生长至届。一线添来，冬日真堪爱。先日祭先先例在，黎明齐向师门拜。　　大雪装成银世界。堆作狮儿，雄距蓬门外。九九图成沿户卖，消寒雅会年年赛。

十二月严寒风怒吼。七宝调和，腊粥浓于酒。下界是非嫌泄漏，朝天司命饧粘口。　　儿女分钱欢笑逗。兽炭生温，一夜团圆守。爆竹喧天如炒豆，麻秸布地香添斗。《蒙拾堂词稿》

水调歌头·津门重午

异地逢重午，况复在车中。不知故乡风景，可与去年同。岁岁夏中多事，往往战云难阏，平地涌奇峰。安得元规扇，回首障薰风。　　观竞渡，怀湘水，感遗迹。生死不投异国，屈子是英雄。遥望楚江万里，朗诵楚骚万遍，一饮醉千钟。未死归来也，何必怨兰丛。《蒙拾堂词稿》

清平乐·雨后泛舟明湖

轻篙醮影，点得浮萍碎。山色扑人眉样翠，新霁湖天如绘。　　怪他儿女喧哗，停船暂倚蒹葭。笑指小娃小艇，声声唤卖莲花。《蒙拾堂词稿》

浣溪纱·春景

十里秦淮水蔚蓝，六朝烟雨酒家帘。杏花时节在江南。

吹浪鱼儿机活泼，定巢燕子语呢喃。几家妆阁尽钩帘。《蒙拾堂词稿》

王善述　二首

王善述，字著夫，光绪至民国间以授读为业，《王著夫先生遗诗》存诗二十八首，今选诗二首。

乔迁

结党在群乌，皆皆夜郎大。咄咄气凌人，俨若威可假。计欲折我梁，势将倾我厦。《王著夫先生遗诗》

行路难

王道本平平，荆棘横塞路。缩足不敢伸，犹恐惊狐兔。狐兔见我来，流眄相回顾。心毒言语甘，知交宛若素。岂识戈矛心，谈笑形不露。当道触其锋，大肆虎狼怒。纵使剪蒿莱，艰险难阔步。所愿深埋头，藏身以为固。《王著夫先生遗诗》

郭藜光　二首

郭藜光（1872—1924），字乙辉，《北海郭氏诗存续编》存诗二首。

赠王秉初表弟

三春聚首听松堂，别后真添两鬓霜。此日菊开劳过访，劝君且莫感沧桑。《北海郭氏诗存续编》

寒亭赏桃花

归来无意恋莺花，昔日桃林胜落霞。寒涢河边分手处，鞭丝帽影自横斜。《北海郭氏诗存续编》

丁启喆　十首

丁启喆(1873—1938),字东斋,号雪庐,画从刘嘉颖,诗师郭恩孚,同志画社创始人之一,《潍县志稿》有传。《笙磬同音集》选其《自笑轩诗草》古今体诗八十五首。余诗散见诸籍,今选诗十首。

叔言叔在青岛印石芙先生精册既成寄题长句

先生画笔足千古,嗟余小子空步武。十年面壁难升堂,抚今追昔愧此諡。先生山水师石谷,叔明墨井实同伍。危岩绝壑天堑开,笔端雄隽挥玉斧。先生花卉出寿平,天机生动云鹤舞。宋元南沙滞且刻,秋岳清峭堪比数。生平佳作实等身,海滨认作风雅主。二妙之图天下闻,果园石刻争相睹。呜呼,先生逝矣已卅春,后生握管焉舍取。当年共话轩西堂,绿鬓红灯飞晚觞。读画唱诗尽欢笑,入坐芝兰不闻香。海内弟子徒纷纷,谁传衣钵空张皇。秋风缄札来海上,叔言吾叔思周详。旧绘搜罗石印新,一山一树摄毫芒。笔锋精锐鍊金钢,奕奕神采垂津梁。惭我徒长五十六,萧萧只余两鬓霜。诗既已成不舞鹤,画宁甘为败群羊。今见妙法传天壤,投笔绕室喜欲狂。神龙困久自跃水,干将莫邪岂永藏。艺林从此添生气,文星照夜生光铓。《刘石芙先生山水精册》

即景

野渡石桥斜,新晴览物华。绿生墙外竹,红绽雨前花。风送云归岫,虹残日吐霞。西畴时若足,处处庆桑麻。《自笑轩诗草》《笙磬同音集》

客中清明吟社同赋

异地逢佳节,东郊拾翠时。一樽茅店酒,千里故乡思。水

涨河梁坼，花明夕照迟。晚来闻杜宇，况复寄天涯。《自笑轩诗草》《笙磬同音集》

题画竹

谁倩湖州染素纨，萧萧窗下起幽寒。纵无高士怜清节，留向秋风作钓竿。《自笑轩诗草》《笙磬同音集》

题叔言叔山水

路转峰回眼界遥，苍松古寺傍山腰。碧潭秋色斜阳里，可有归僧渡板桥。《自笑轩诗草》《笙磬同音集》

敬跋稼民五叔乡贤传后二首

论古堂空蔓草莱，韩侯遗事劫余灰。而今耆旧方成传，要使前贤畏后来。

笔墨年来久已荒，也思潜德发幽光。惭无决录挚虞注，赵戬杠随卖饼乡。《潍县乡贤传》

石芙夫子遗诗敬题二绝

戛玉敲金太古清，画轩窗下忆关荆。先生去后谁同调，剩有寒蝉啸月声。

藉绘藏身岂素志，早年厌世尤堪悲。清晖阁韵瓯香集，衣钵何人继我师。《画隐轩题画诗存》

题傅柳坪《荷花图》

儒雅风流似可闻，八年生死怅离群。好将遗墨殷勤护，展读荷花如对君。《潍县书画发展史料》

徐连芳　一首

徐连芳，光绪二十八年（1902）举人，生卒年不详。《即墨宫伊真先生事略》载诗一首。

题宫伊真先生事略

仲连蹈东海，耻以国属秦。不谓千载下，乃有宫伊真。租赋上报国，如何输白人。慷慨济以死，英风泣鬼神。欧势卷地来，当者辄为摧。朝廷富疆土，轻弃无疑猜。可怜黄汉裔，华冠沦舆台。泊舟青岛前，楼阁矗云烟。神祠何处见，使我心怆然。东人四千万，生命孰能捐。呜呼，众志果为城，宫子死复生！《即墨宫伊真先生事略》

王寿彭　一首

王寿彭(1875—1929)，字次籛，光绪二十八年(1902)举人，二十九年(1903)殿试状元，曾会湖北提学使、山东省教育厅厅长、山东大学首任校长等。《潍县志稿》有传。其诗罕见，世传《偶然》诗，不足为凭。《丸散备要四诊歌诀合刊》存诗一首。

送陈辅舟之桂林

客岁偶遇剧疾，诸医束手，经辅舟先生诊治，始告霍然。兹值先生有桂林之游，因赋诗赠别，仓卒口占，不敢言工，尚希谅之。

回春妙术逖听余，愧我冗忙谒见疏。彼竖无情惊梦寐，赖君加□福邻闾。三槐交荫叔和马，八桂成林宏景庐。举日风尘多□荡，天涯莫滞故人书。《丸散备要四诊歌诀合刊》

注：诗题为编者加。

王环　一首

王环，字象五，生平未详，《丸散备要四诊歌诀合刊》存诗一首。

不揣谫陋，谨步次镂先生原韵赠辅周乡兄一首，尚乞指教

岐黄研讨在公余，博济何曾问近疏。医国医人偿志愿，仁心仁术遍邻闾。词林妙品王公赋，佛院卜居仲子庐。满目疮痍真可痛，伴君欲读砭针书。《丸散备要四诊歌诀合刊》

陈秉钧　一首

陈秉钧，字辅周，善诗文，精于医术，《丸散备要四诊歌诀合刊》存诗一首。

次镂、象五先生先后赋诗见赠，谨步原韵，敬和如左

流光弹指廿年余，酬唱多情感二疏。欧美新风充大陆，潇湘夜雨梦三闾。南洋寄迹应征绒，北海乡关有旧庐。五载钻研思寿世，□□□□□□□。《丸散备要四诊歌诀合刊》

张兆棠　四首

张兆棠，字芾南，光绪二十六年(1900)恩贡，《二琴居士小集》存诗四首。

《二琴居士小集》题辞四首

醉舞银毫畅素襟，诗怀久已协琴心。披编朗咏惊人句，古调犹余弦外音。

机杼翻新异想开，天教花骨试轻裁。瓣香自是兼韦柳，至味原从淡泊来。

琴棋诗酒尽风流，尚有遗编天地留。忆昔骚坛谁巨擘，天涯传说王廉舟。

名振词坛四十年，锦囊遗集未轻传。今登梨枣公同好，搜辑瑶函过百篇。《二琴居士小集》

王曾裕　二首

王曾裕，字菊人，光绪十九年（1893）副贡，二十八年（1902）举人，王之翰少子，曾任济南泺源书院教员，书学魏晋，画师宋元，《潍县志稿》有传。《海滨二妙册》临本存诗二首。

题《海滨二妙册》二首

归里年来逼岁除，风怀愧与故乡疏。果园喜见刘郎画，万里封题太守书。

蓟门济水感萍踪，展诵词华恍面逢。对此转惭输八法，那堪品鉴付林宗。《海滨二妙册》

刘儒名　一首

刘儒名，字友梅，号蕢卿，太学生，光绪三年（1877）生，卒年未详，曾与蒯模龄、郭介光、郭熵光、刘凤昌结来鹤社，所撰《老蕢诗草》，今未见。《采访潍县艺文册》《潍县志稿》存其“一水界城郭”句，《画隐轩题画诗存》存诗一首。

《画隐轩题画诗存》题词

咳唾随风珠玉飞，一编捧读盥蔷薇。不知摩诘诗怀健，尚觉辋川画笔非。四壁云烟围坐榻，满床花雨散蓬扉。长城谬负先生誉，侍咏骚坛每不归。《画隐轩题画诗存》

郭介光　四首

郭介光(1878—1918),亦名含光,字伯廉,号荔馥,直隶试用巡检,与蒯模龄、刘儒名、郭焴光、刘凤昌从郭恩孚游,因共组来鹤诗社。《北海郭氏诗存续编》存诗七首,《采访潍县艺文册》《潍县志稿》存其句。今选诗四首。

秋晚山行

山中秋寂寞,一径淡斜晖。树色半黄落,烟光深翠微。暗泉穿竹过,幽鸟避人飞。何日谢尘鞅,溪边筑钓矶。《北海郭氏诗存续编》

岁暮感怀(四首选二)

日暮孤城雾气昏。声声腊鼓遽销魂。金炉随意留香篆,银烛多情落泪痕。过眼繁华人欲老,堆胸垒块酒难温。世途处处皆荆棘,幸有先畴且闭门。

扫却愁怀天地空,沧桑变幻总难同。济南冷落来河鲤,直北迢遥绝塞鸿。浊世谁看中散懒,宦场无解嗣宗穷。他年纵有种瓜计,恐少青门地半弓。《北海郭氏诗存续编》

漫兴

济南二月冷如秋,预计春寒未典裘。溪柳飞绵杏花落,两三乳燕入湖楼。《北海郭氏诗存续编》

王凤绮　三首

王凤绮(1879—1919),潍邑郭鉴光继室,蓬莱王鸿芬女,《北海郭氏诗存续编》存诗四首,今选三首。

闺中杂咏三首

碧漪清床簟，红蕤腻枕纹。暑消冰酪浸，香远水沈薰。移烛微风动，调琴静夜分。不知苏蕙子，何事织回文。

小院藤萝月，曲栏松竹阴。秋凉石榻净，并坐好弹琴。领略静中味，商量弦外音。更无茂陵女，不用白头吟。

汉上春多雨，连朝不放晴。闲调稚子语，新撰侍儿名。入馔江鱼美，截箫湘竹清。赖谙音乐趣，藉慰故乡情。《北海郭氏诗存续编》

丁锡彭　十五首

丁锡彭(1883—1902)，字菊生，又字筱生，丁锡章、丁锡纶之兄，少小聪慧，年十九即殁。撰有《贞园诗钞》一卷，存诗五十余首，今选诗十五首。

十笏园雨后晚眺

鱼鸟忘形地，行吟兴不穷。山逢秋月后，人在夕阳中。乱石衔云碧，平桥坠叶红。群鸦飞去晚，争集老梧桐。《贞园诗钞》

春兴

少陵有秋兴，而我独伤春。雨歇水流急，鸟啼落花频。琴樽消岁月，书剑老风尘。不见同心友，幽情倍觉真。《贞园诗钞》

济南途中作

驱马家山道，秋光感旅情。烟村双鸟下，风叶一蝉鸣。芳草迷前浦，长河抱远城。停鞭诗未就，千嶂暮云生。《贞园诗钞》

城外晚望

高郭远相望，微风吹女萝。人烟连市远，烟火傍城多。桥

静鱼商集，沙明马客过。此乡生长地，乐土尚如何？《贞园诗钞》

春日闲居

窗外寒消柳色新，清幽院落静无尘。偶邀风月成良友，好为琴书作主人。篱角幽花皆欲语，枝头娇鸟惯鸣春。闭门自得山林趣，何必桃源托避秦。《贞园诗钞》

章丘道中

征人难得一身闲，每过云峰便破颜。一角云鬟秋色好，前头知近女郎山。《贞园诗钞》

春宵玩月

满径莓苔绿不除，春风欲去怅何如。停琴小坐无人夜，花影当帘月上初。《贞园诗钞》

春兴

芳草萋萋小径斜，池边嫩柳欲栖鸦。消魂最是溪南岸，春雨和烟湿杏花。《贞园诗钞》

春日送友人南归

一樽薄酒饯高楼，车马匆匆送远游。最是思君春夜里，晓风残月五更头。《贞园诗钞》

遇雨

峰头古寺斜阳里，瑟瑟秋风落石槐。最是单车刚过处，浓云骤雨压山来。《贞园诗钞》

清明

秋千架外绿迢迢，蝶逐游人过板桥。独立河边回首处，杏花阴里卖饧箫。《贞园诗钞》

春夜

梅花竹影旧因缘，茅舍清幽别有天。春夜翛然尘虑息，半

床明月抱琴眠。《贞园诗钞》

送春(二首选一)

始知吹面东风袅,只觉霑衣细雨霏。著意留春春不住,几番风雨送春归。《贞园诗钞》

冬日遣兴

拥炉吟罢夜烹茶,月影黄昏竹影斜。偶向阶前闲散步,石阑干外看梅花。《贞园诗钞》

春闺

贪制征衣日日忙,清晨不暇理红妆。年来早剪宜春字,甘受轻寒却为郎。《贞园诗钞》

张玉贞　六首

张玉贞(1882—1909),张僖之女,丁锡彭之妻,《潍县志稿》有传。今《贞园诗钞》后附《玉贞女士诗钞》残稿一卷,存诗十三首,今选六首。

过夫君故室二首

空庭寂寂半苍苔,静掩重门久不开。老树枝头莺自啭,声声偏觉触悲哀。

满径长莎衬绿苔,自君故后不门开。空庭寂寞人何在,惟有杜鹃声倍哀。《玉贞女士诗钞》

忆妹

每修尺素诉离肠,别久思深话倍长。寄语同胞多保重,为君预祝弄之璋。《玉贞女士诗钞》

忆夫君(四首选二)

寂寞空闺恨不穷,红颜命薄有谁同。思君无限伤心处,只在花笺笔墨中。

点点泪痕沾素襟,孤鸿嘹唳有哀音。花朝月夕肠如断,莫释思君一片心。《玉贞女士诗钞》

失题

梅花明月是前身,看破世情不染尘。莫管桃红共柳绿,自安朴拙乐天真。《玉贞女士诗钞》

郭迺钰　十二首

郭迺钰(1886—1907),字式度,太学生,候选县丞,郭味蕖之父。撰有《垂髫吟》,今选诗十二首。

古琴

我家一古琴,良材世寡偶。仿佛蛇蚹纹,金徽灿星斗。曾和白雪歌,亦折阳关柳。黄钟久沉声,纷纷喧瓦缶。不图山水音,更入伯牙手。知音既相遭,拂拭其尘垢。拨弦甫一声,寰瀛复何有。余性本旷然,独爱峄阳友。会当谱南薰,持献如云后。《垂髫吟》

寄三弟京都

亦有池塘梦,天涯作弟兄。吾犹困场屋,汝早客燕京。破浪昔时愿,看云今日情。英雄能造势,莫忘请长缨。《垂髫吟》

城南看桃花

出城不数里,遍野是桃花。原上过雨新,渡头明彩霞。临水自开落,水流花自随。竹篱横短短,此外少人窥。披襟盘石

上，花片落徐徐。醉起照清水，酡颜花不如。无赖东风里，吹来多软尘。可叹花落去，又是一年春。《垂髫吟》

病起

早年婴疾病，羸弱苦难支，腰软羡人健，心和予物慈。清虚奇竹节，疏瘦老梅枝，狂语慰亲故，含凄强自持。《垂髫吟》

不寐

夜深不成寐，迢递起遥情，衾冷簟初卷，花开香自清。残更随月尽，孤烛向人明，侵晓还惆怅，西风画角声。《垂髫吟》

故宅

故宅荒芜久，重来竟黯然，花残前度雨，屋漏半边天。邻里无相识，松篁不计年，唯余梁燕在，未肯旧巢迁。《垂髫吟》

初夏

春尽方迎夏，闲居兴有余，雨垂含蒂果，水溅出波蕖。白昼舒清景，高歌倚敝庐，晚来池上酌，凉意尚疏疏。《垂髫吟》

废园

不识主人殁，园林今属谁，径荒门惯掩，客至鸟惊窥。古枝扶倾壁，寒花覆涸池，追寻旧游处，寥落不胜悲。《垂髫吟》

吊袁子才

文章事迹竟风流，盖世才名谁与俦。何幸盛时行乐去，空余吊古使人愁。云迷故国闻吹角，草没随园看牧牛。试向小仓山畔望，半天残照一荒丘。《垂髫吟》

秋晓

残梦未离床，□□报晓霜。篱边新种菊，今夜数枝黄。《垂髫吟》

望海

风起涛声迴，潮来天色昏，神鱼方寂寞，何处是龙门。《垂髫吟》

古离别

此去少歧路，他乡多故人。纵言为客易，莫厌寄书频。《垂髫吟》

〔民国〕

于濂芳　一首

于濂芳，字兰洲，宣统元年(1909)拔贡，于祉之孙，承继家训，研治古籍金石，辗转任教齐鲁诸大学，《潍县志稿》有传。撰有《兰洲文集》《兰洲吟草》。

青岛旅次携昭宁儿淑宜女拍一小照，即题一律

十年不看故园花，回首沧桑空自嗟。岂有文章传海外，偏留姓字到天涯。书中日月消愁绪，镜里容颜老岁华。儿女牵衣频问我，年来何事不归家？于濂芳手记

杜如松　二首

杜如松，字梦生，师从刘嘉颖学画。《刘石芙山水精册》存诗二首。

养静轩主人叔言先生得石芙师晚年精品，逐幅题诗付印，以广流传。画笔苍古，诗意清新，吾师殁后廿余年乃得此知己。展阅再三，集少陵句题两绝于后以志感二首

落笔惊风雨，先生艺绝伦。斯人不重见，对此融心神。

静者心多妙，诗清立意新。平生心已折，对酒满壶濒。《刘石芙山水精册》

贺祖恩　二首

贺祖恩，字念初，师从刘嘉颖学画，《潍县志稿》有传。《刘石芙山水精册》存诗二首。

题叔言先生新印石芙师山水精册二首

愧我无才亦无资，九原深负老名师。悲君身后黄金尽，从此门墙足迹迟。

闲坐悲君复自凄，广交真似雪鸿泥。芦花一夜惊秋水，随着暖风飞向西。《刘石芙山水精册》

丁锡纶　十六首

丁锡纶（1888—1946），字叔言，以字行，同志画社发起人之一，一生致力于地方教育与建设，曾结潜社、端阳诗社。《养静轩诗草》存诗一百九十二首，《笙磬同音集》选其九十五首，《枕戈集》存诗四十二首，《刘石芙山水精册》存诗九首，《臧窈卿女士花果册》载诗五首。今选诗十六首。

马耳山下遇书卿老友

世界沧桑后，相逢倍黯然。君今悲白发，我亦愧流年。明月明如此，青山青可怜。敢期千载后，且醉一灯前。《养静轩诗草》

病后有感

支离病骨易伤神，落絮飞花最感人。月上高楼忆往事，壁

悬青剑已封尘。闲将诗卷消长昼,偶倚檐楹惜晚春。蛱蝶不知人意懒,双双飞舞过东邻。《养静轩诗草》

题重游五连图

廿五年前此地游,闲将笔墨写山丘。于今两鬓雪霜日,又见五莲烟雨秋。偶约老僧谈往事,记曾望海上高楼。人生到处留鸿爪,重见晴峦笔底收。《枕戈集》

田家四时乐吟社同赋四首

邻翁告我鹁鸠啼,准备街尘化作泥。一夜西郊三尺雨,小儿牵犊大扶犁。

鱼鼓声声闹夕阳,社公祠下柳阴凉。村妪饭罢携儿女,来听寻夫赵五娘。

社副黄鸡社长豚,还家日日倒芳樽。呼儿早粜新年谷,莫遣催租吏打门。

半槃酸薤两瓯糜,饱食南荣曝背时。笑指程符谈轶事,公孙丞相牧猪儿。《养静轩诗草》

端午会饮同曹颖甫

续命何劳五色丝,一柈角黍佐琼卮。饮酣戏语拙巢子,从古端阳无好诗。《养静轩诗草》

重过亡室读书处

犹见窗前修竹在,莫言往事尽成灰。轻云冷月凄风夜,可有幽魂倚袖来。《枕戈集》

感赋

如今城郭已全非,坏场颓垣映夕辉。若使令威能化鹤,归来莫向此间飞。《枕戈集》

题画竹

一自苍梧遗恨后,斑斑血泪未曾除。无端取得湘江水,又

写伤心入画图。《养静轩诗草》

题刘石芙山水精册(九首选四)

柳绿桃红傍碧湖,天然妙景世间无。吴兴法笔谁能继,试看刘侯平远图。

柳叶深黄桃始开,柴扉虚掩静无埃。主人携杖出门去,送客青山尚未回。

雨过山村暑气收,几家茅屋枕清流。松榆树下横琴坐,溪上风来恰似秋。

江南风物最消魂,山树清幽不可论。一别五年劳梦想,何时避暑到江村。《刘石芙山水精册》《养静轩诗草》

题画

忆昔繁花满院时,焚香对坐写琼姿。芳尘渺后炉烟烬,剩有春蚕未断丝。《养静轩诗草》《臧窈卿女士花果册》

注:《臧窈卿女士花果册》作"剩此春蚕未断丝"。

丁锡章　八首

丁锡章(1889—1943),字文初,从郭恩孚学诗,曾任潍县丁氏第一小学校长,清朝末年曾与丁锡纶、丁启喆等结潜社,又与丁锡纶、刘锦堂、陈莲西等共结端阳诗社。《潜庐诗草》今未见,《笙磬同音集》选其《潜庐诗草》五十四首,今选诗八首。

出郭

出郭少尘事,缘溪三五家。凉风荷渚水,香雪橘林花。翠羽巢深苇,黄牛涉浅沙。邻村谁氏女,并坐浣轻纱。《潜庐诗草》《笙磬同音集》

稚玉侄孙因乱自粤归里，作此示之

草衰江北暮，霜落岭南秋。久矣尔无信，怆然予独愁。兵戈满内地，烽火促归舟。相见浑如梦，樽前泪欲流。《潜庐诗草》《笙磬同音集》

客途即景

回首乡山远，秋风动客思。岁时空转化，人世叹倾危。花落随流水，乌啼恋故枝。壮怀何处泻，弹剑倒琼卮。《潜庐诗草》《笙磬同音集》

题《海滨二妙册》临本二首

真图已隐烟霞窟，第二图成讵等闲。恐是彼苍难秘惜，故留色相在尘寰。

嫩蕊疏枝笔力同，开奁幅幅有香风。长安市上花如绣，一到春归落溷中。《海滨二妙册》临本《笙磬同音集》

恭题实甫先生遗集

邱壑蟠胸万象奇，毫端云雾画中诗。果园壁上莓苔老，回首沧桑系我思。《画隐轩题画诗存》

裴星川　十五首

裴星川（？—1949），精于医术，素好诗文，有《潍县春节即事百咏》，今选十五首。

潍县春节即事百咏（一百首选十五）

围炉磨墨写春联，丹纸洒金色最鲜。偏与诗人添逸兴，新词独撰费精研。

竹箫吹出太平声，制造堪夸手艺精。多少儿童争买去，清音迭奏满春城。

铜盆笼火烧荆炭，雪水沙壶烹绿茶。时有清香来阵阵，水仙新放几枝花。

窗外寒梅冒雪开，披裘欣赏独徘徊。邻翁与我添诗性，正遣儿童送酒来。

茶社风光别样春，悠悠艳曲绕河滨。和弦敲板黄花女，俱是平康巷里人。

轻敲锣鼓伴丝弦，深院华堂侑绮筵。妇女人人爱此调，新年不惜买歌钱。

太子游宫是擅长，曲传幽怨并凄凉。歌声已歇华灯下，犹有余音绕画梁。

朝来薄醉年余酒，晒日窗前通体温。砌草勾萌残雪里，迎春开遍北墙根。

火树银花照眼明，游人结队共游行。春城充满升平乐，鞭炮声杂萧鼓声。

纷纷蛱蝶满街飞，稚子彩衣色朱绯。好借花瓶资点缀，双双对对斗芳菲。

果然陆地能行舟，美丽船娘笑莫愁。萧鼓声中人影乱，清幽小调唱扬州。

柴门忽觉春风动，稚子携篮卖蕨芽。写出新春诗意味，澹园不愧是名家。

出城三里是名园，结伴踏青游兴酣。怪石嶙峋登不厌，风光依约似云南。

卖花声里过清明，丝雨片风寒暖轻。好趁新晴残照里，绿杨村外放风筝。

秋千架近白狼河，寒食清明佳景多。纸鹞满天人满地，戏台京剧沸笙歌。《陈寿荣传》后附《潍县春节即事百咏》《潍县竹枝词撷英》

张星芝　十首

张星芝(1901—1934)，字梦仙，一名眺，字鹤眺，寒亭人。其《学诗纪年》存诗四十四首，今选诗十首。

杂诗三首

郁郁堂前柳，百尺垂青丝。美人蜷绣户，游子在天涯。寒风落井梧，蟪蛄鸣西池。滴泪染织素，区区谁得知。一别十五载，相见无前期。思君若流水，无有断绝时。

茫茫绝塞外，万山列虎牙。玉门铁不如，长风卷胡沙。哀哉远戍人，白首老天涯。筑城出云表，万里莽长蛇。月色寒愈白，风急雁行斜。解鞍卧积雪，惨烈听胡笳。

人生命而已，别离远至此。男儿誓许国，义当裹革死。岂若儿女子，沾沾望乡里。尺书奉高堂，亡命儿所耻。生当重相见，死当长已矣。《学诗纪年》

齐谚行

少年莫笑白头翁，鲜花能开几日红。东邻老媪道此语，使我感喟意忡忡。君不见，五陵年少白玉珂，骏马骄嘶流星过。黄金千镒买笑歌，珠阁琼楼快意多。流光匆匆随去波，少不努力奈老何？《学诗纪年》

春晓

阑外湖光似镜平，曈曈晓日半窗明。紫棠花下双飞蝶，红杏枝头百啭莺。弱柳当门沽酒肆，香尘逐路卖花声。江干一带裙腰绿，掠地翩翩燕子轻。《学诗纪年》

自西马埠归来

迢迢驿路马行骄，泥暖沙融雪半消。翘首西风杳无极，野

云尽处见村桥。《学诗纪年》

春思

鞍马西风迹已陈，去年此地促征轮。相思不共春流去，杨柳萧萧愁杀人。《学诗纪年》

闻笛

悄然独坐长松下，寒夜无云碧宇空。知是谁家吹玉笛，一天明月大江风。《学诗纪年》

渡江

琵琶劝酒传金杯，坐对青山歌落梅。醉客满船欢未毕，不知江上雪成堆。《学诗纪年》

题画

连峰杂沓水萦回，十里烟波荡桨开。两岸云山青不断，一船风雨过江来。《学诗纪年》

附录

潍上古诗人词人辑述

《古诗词辑略》一编，以观潍上诗词之大概，亦不无以诗存人之想。辑佚之际，于我潍幸存其诗词者，即便残语断句，亦力为揽入，以见潍上艺文如缕不绝之若此也。诸多史籍中，复有潍人诗作未传于世，诗词之集又未称于时，《古诗词辑略》与《古诗词文集知见录》两不见载，惟剩诗题之名或诗才之名者；又有潍上乡贤虽有残篇余什，然赋节烈贞女不合于今者，余不忍见其湮没，遂按朝代先后摭拾如下。记其鳞爪，想见全龙。所见未周，俟日待补。

甲午年腊月潍上王新记于东关观吾行舍

〔明〕

孙文奎

孙文奎，万历三十八年(1610)贡生，撰有《字学辨正》。张尔忠《字学辨正》序中言孙文奎“寄情诗坛，放意酒社”。

注：张尔忠《字学辨正》序见其所撰《焚余摘》中，《潍县志稿》卷三十七艺文亦附录之。

〔清〕

了心和尚

了心和尚,清初人,明衡藩后裔。于祉《澹园续稿》卷二有诗,题作《了心上人》,诗前小序云:"上人不知何许人,或云明宗室也,甲申后在潍县城北三十里起寺为僧,其妹亦为尼,在昌邑地方。"郭麐《潍县竹枝词》第六十四首"静地闲来何处寻"后所注了心事亦甚详。《潍县志稿》卷三十六释道云:"工诗能书,诗已失传。"《潍县志稿》卷三十人物文学张壼条下载了心和尚有《牡丹行》《牡丹诗》《回回偈》三阕,张壼步其韵和之。陈介锡《桑梓之遗书画册人物考略》载了心和尚云:"了心和尚,不知何许人。国初时至邑北新庄为僧,今所称弥陀禅院是也。询之故老,相传为明衡藩世子。寺内经卷多其手书。"

王震起

王震起,字省庵,号海屏,潍县东关人,顺治三年(1646)举人,十二年(1655)进士,任太康县知县、刑部主事、户部郎中等职,《潍县志稿》有传。《潍诗采录》有《哀谭夫人周氏节烈》诗一首。

刘辛生

刘辛生,邑廪生,刘应节之孙,《[乾隆]潍县志》卷二封荫有传。《[乾隆]潍县志》《榆园杂录》《潍县志稿》卷三十四列女传存其《吊烈嫂郭氏墓》一首。

郭一瑾

郭一瑾(1643—1714),字叔玉,号回阳,郭伟基、郭伟勣之父,《北海郭氏诗存》存其《吊刘烈妇诗》一首。

郭栋、陈诗观

郭栋(1695—1770),字抡升,号欚庵,岁贡生,郭耀章、郭炳畴之父。陈诗观,太学生,生平未详。《郭氏族谱》载韩萦绪《郭公传》云:"(郭栋)暇时则坐一小亭,与邑人陈诗观品题花竹以自娱。诗观之室,公之妹也。陈故望族,诗观亦博学,工诗古文词而坎坷不得一遇。"

于文中

于文中(1838—1903),字景通,又字子和、孜禾,于祉次子。孙葆田《校经室文集》卷四载《于子和先生家传》,《潍县志稿》卷三十人物文学云其"习知诗文"。

郭氏

郭氏(约1758—1845),陈述经之母,《潍县志稿》卷三十五贤妇载其"能诗文然不多作"。

释月朗

释月朗,潍县北郭僧,郭去咎诗集皆为其评订。《潍县志稿》卷三十六释道月朗和尚传云:"与邑中诸浮图往来,能赋诗。”宋书升《旭斋文钞》中有《月朗和尚传》。

释子惠

释子惠，潍县东社龙湫祠僧，《潍县志稿》卷三十人物文学郭去咎传后附有柯劭忞《郭悔存先生传》，柯文云：“月朗与潍县东社龙湫祠释子惠可皆解韵语，所谓潍上二诗僧也。”

谭汝霖、于氏

谭汝霖，字雨岩，生年不详，卒于乾隆五十七年（1792），《潍县志稿》卷三十二人物艺术谭汝霖传中记其工诗词，并云其侧室于氏（1766—1792）亦精词翰绘事。

郭益赞

郭益赞（1825—1846），字襄密，郭为贤长子。郭为贤《黄叶山房诗稿》有《哭益赞四首》，中有“少小诗休坏”句，后有小注云郭益赞：“十五又时常作绝句律句诗。”以此知郭益赞能诗。

王奎武

王奎武，字星五，号井文，潍县东关人。《潍县志稿》所载徐瀛《井文先生传》云：“先生笃于学，至寝疾犹背诵经书不辍。年八十七岁卒于家。所著诗、古文及制义共若干卷，皆罹于火。惟《春秋左传汇解》十册尚存。”以此知王奎武能诗。

董清

董清，潍邑诸生，生平不详。于祉《澹园古文选》前序云：

“董甥名清，邑诸生，尝从余受诗学源流，知大略云。”此可知董清能诗。《潍县志稿·艺文志》著录董青《避兵纪事》一卷，未知此董清与董青为一人否。

桂林陈氏

桂林陈氏，郭榆寿之妻。《潍县志稿》卷三十三“列女传”云其题绝命诗而逝，《郭氏族谱》亦载此事，云其赋绝命诗若干首云云。

赵子灵

赵子灵，生平未详。其与宋书升、黄炜、陈绥之交最密。宋书升《〈黄星五诗集〉序》云：“吾自十八岁涉猎名人诗集，稍稍讲求声律。吾里中诗人所目识者，曰赵子灵；所耳熟者，曰郭圣基，曰黄星五。三人者，皆以困顿死。今阅十余年，而以此三人述之里塾后进，皆茫然莫能识。岂非俗学日盛，风雅道衰使然与？昔少陵梦李白诗致痛于寂寞身后之名，如三人者，并此寂寞者，亦不堪迹问矣！”又宋书升《〈黄耀堂诗草〉序》云：“同治甲寅，余年二十三，始学古诗，乃识陈子履安、黄子耀堂、赵子子灵。”

郭薰之

郭薰之（1842—1913），字虞琴，号寅生，贡生，郭梦龄六子，生于道光二十二年（1842），卒于民国二年（1913），《潍县志稿》卷三十人物文学云其工诗，并曹鸿勋等以诗文相酬。

耿珊如

耿珊如,新城人,潍邑张仔继妻,《潍县志稿》卷三十五才女有传,云其能诗文。

孙淦

孙淦,字丽泉,号筱坪,光绪十四年(1888)举人,《潍县志稿》卷三十人物文学云:"淦所著诗词文稿散存于昌邑县者最多。"

刘焘南、郭镇彝、郭文洵、陈孚庆、陈有庆

刘焘南(1842—1900),字亦鱼,号兰陔,光绪八年(1882)举人,历任嘉祥县、鱼台县教谕。郭镇彝(1848—1902),字荻坪,号岱生,郭兆封次子,光绪十一年(1885)拔贡,广东候补知县。郭文洵(1846—1900),字允臣,一字信臣,号小泉,以文学名,宋书升谓之"同时流辈中,无与伦比",与陈介祺、陈介锡交好。《郭氏族谱》有《郭允臣先生家传》。陈孚庆,生卒年未详,字筠轩,又字希颜,曾任惠民训导、曹州府教授,《潍县志稿》卷二十八人物事功有传。陈有庆,生卒年未详,字孜园,光绪五年(1879)副贡,署河南尉氏、考城、新郑等县。其事附《潍县志稿》卷二十八人物事功陈恒庆条。

《潍县志稿》卷四十二杂稽云:"清光绪年间,宋书升同刘焘南、丁良翰、陈有庆等组兰社,以文字相切劘。"后附宋书升《兰社序》云:"刘原父青年论古,伤同志之无人;郑渔仲白首穷经,问知音兮几辈。文章契合,斯为难矣。我同人刘君兰陔,郭君荻坪、允臣,陈君筠轩、孜园,丁君佑臣为文会之约,名其社曰

兰社。”

据宋书升此序,兰社为文章之会,非诗词之约。然诗文一体,难分泾渭,暂记于此。丁佑臣(即丁良翰)参见本书《古诗词文集知见录》之《游括日记》条。

郭鉴光

郭鉴光,字述曾,又字镜虚,附贡生,生于同治十二年(1873),卒年未详。梁文灿《蒙拾堂词稿》有《减字兰花·题郭镜虚诗卷后》一词,是以知郭镜虚能诗。《古诗词辑略》已载郭鉴光继室王凤绮诗。梁文灿《减字兰花·题郭镜虚诗卷后》词云:“风流小阮,分得浣花香一瓣。曾否移情,我亦携琴海上行。退甘三舍,秋柳诗如经乍写。无佛称尊,蘋笛吹成再傲君。”

郭恩元

郭恩元(1876—1933),字渔山,以字行。郭杭之之子,同治举人,《潍城文史资料》第三辑载高默之《潍县教育家郭渔山》,记其有诗文集传世。

臧淑如

臧淑如(1884—1911),字窈卿,丁锡纶妻,诸城人。《潍县志稿》卷三十五列女才女云其“能诗文,工书善画”。今有《臧窈卿女士花果册》。

蒯模龄、郭熖光

蒯模龄,生平未详。郭熖光(1880—1910),字耀曾。《潍县志稿》卷四十二杂稽云:"郭恩孚居城西门外,果园以吟诵哦自娱。光绪末叶,从游者有蒯模龄、郭介光、刘儒名、郭焴光、刘凤昌五人,因组诗社曰来鹤社,模龄年最长,推为社长。"

来鹤社皆郭恩孚门下,郭介光、刘儒名参见本书《古诗词辑略》,刘凤昌参见本书《古诗词文集知见录》之《东园诗草》条,蒯模龄、郭焴光未见诗传世。

刘锦堂、丁稚玉

光绪三十一年(1905),丁锡纶、丁锡章、丁启喆、刘锦堂、陈莲西、丁稚玉等共结端阳诗社。丁锡纶、丁锡章、丁启喆参见《古诗词辑略》;陈莲西即陈曾荫,见本书《古诗词文集知见录》之《莲西诗草》。刘锦堂,生年未详,卒于宣统二年(1910),此见于丁锡纶《五十年之回顾》。《五十年之回顾》又云:"刘锦堂,号石泉,潍人。壮岁遨游南北,曾入吴大澂之幕。老年家居,时常过从,喜吟咏,善医术。"丁稚玉,生平未详。丁锡章《潜庐诗草》有《稚玉侄孙因乱自粤归里,作此示之》一诗,诗云:"草衰江北暮,霜落岭南秋。久矣尔无信,怆然予独愁。兵戈满内地,烽火促归舟。相见浑如梦,樽前泪欲流。"

古诗词文集知见录

壬辰夏，余始撰《潍上历代著述考》，析分四部，叙录百家。草创未就，复从王兄殿臣辑潍上诗词，时在癸巳之春。

《古诗词辑略》采录已毕，恐搜讨未全，辑佚不周，故自《潍上历代著述考》抽以集部，复增入他部关乎潍上诗词要籍，目次甲乙，名之《古诗词文集知见录》，附之于后，以见潍上诗文全貌。

《潍县志稿》卷三十七艺文前题云："齐鲁之于文学，其天性也。顾春秋迄汉以来，先贤先儒潍独无闻焉。岂果无其人与？抑以变乱相寻，文字残缺，遂湮灭不彰与？"数语有深意焉。齐鲁文学，有其天性；然前尘丛残，多被风烟，是以旧雨不存，新雨难至，潍之古籍亦若此也，何止"春秋迄汉"？余于潍上旧刻，每力求亲见，然摭拾之际，存佚参半，顾此每有不胜今昔之感。

前滩雁浅，数鸢风寒。撮此三百八十种，先成窳楛，虽欲为求剑之功，或反成刻舟之愚，惟诵"怀允不忘"之句，以仰乡贤耳。

乙未春安丘牛鹏志识于潍坊高新区河北张庄枪榆室

盛山唱和集一卷

唐权德舆、唐次编。唐次字文编,北海人,北海鄌州刺史唐贞休之孙,新旧《唐书》言唐次为并州晋阳人,皆误。权德舆《开州刺史新宅记》已明言"贞元八年夏四月,北海唐侯文编承诏为郡",其《〈唐使君盛山唱和集〉序》又言"此北海唐君文编盛山集之所由作也",权德舆与唐次为莫逆交,数言其籍北海,已为明证。其辩亦可见《古诗词辑略》唐扶及唐彦谦条。唐次建中初年进士及第,历任礼部员外郎、开州刺史、夔州刺史。署开州间,"久滞蛮荒,孤心抑郁,怨谤所积,孰与申明,乃采自古忠臣贤士,遭罹谗谤放逐,遂至杀身,而君犹不悟,其书三篇,谓之《辩谤略》"(《旧唐书》卷一百九十);此书由沈传师、令狐楚、杜元颖重为论次,"起周讫隋,增为十篇,更号《元和辨谤略》"(《新唐书》卷八十九)。

《盛山唱和集》乃唐次于贞元八年(792)至贞元十九年(803)署开州间,诸文士往来唱和之集。《新唐书·艺文志》著录《盛山唱和集》一卷,《潍县志稿·艺文志》著录是集,未载卷数。权德舆《唐使君盛山唱和集序》云:"古者采诗成声,以观风俗,士君子以文会友,缘情放言。言必类而思无邪,悼《谷风》而嘉《伐木》,同其声气,则有唱和,乐在名教,而相博约,此北海唐君文编盛山集之所由作也。"其后又云:"理盛山十二年,其属诗多矣,非交修继和,不在此编。"又云:"稽合属和,二十有三人，共若干篇。”并参文中其他可知，此集乃属文赋诗，非仅一类，所载二十三人者，皆唐次理盛山时莫逆之友，往来唱和，相惜惺惺。今是集佚散，唐次之诗亦无存世，惟存权德舆此文与《辩谤略》诸文，可稍见唐次文致。

鹿门集三卷拾遗一卷续补遗一卷

唐唐彦谦撰。唐彦谦小传见《古诗词辑略》。《潍县志稿·艺文志》据《新唐书·艺文志》著录《唐彦谦诗集》三卷，《宋史·艺文志》著录《唐彦谦诗集》二卷，《郡斋读书志》与《直斋书录解题》皆载一卷，集名亦有异。邹世奇《唐彦谦及其鹿门集考论》中云，“至明清，三卷本、一卷本已失传，二卷本，在明清二代尚有三种传本”。此三种传本分别为胡震亨《唐音统签》本、陈鸿文传录钱谦益抄本、季振宜《全唐诗》稿本。陈鸿文传录钱谦益抄本《鹿门集》现藏于国家图书馆，白口，四周单边，十二行，行二十字，分上下两卷，上卷诗三十七首，下卷诗四十首，共七十七首。另有晨风阁本《鹿门集》、康熙四十一年(1702)席启寓辑刻《唐诗百名家全集》本等，北京大学图书馆、北京师范大学图书馆、辽宁大学图书馆、四川大学图书馆等各有藏。是书考略详见邹世奇《唐彦谦及其鹿门集考论》。

拟议集十五卷定居集二卷

五代韩熙载撰。韩熙载小传见《古诗词辑略》。此二集今皆佚，惟于诸书著录中稍窥鳞爪。马令《南唐书》载韩熙载有《皇极要览》一种，不载卷数。陆游《南唐书》载其《格言》《后述》三卷、《拟议集》十五卷、《定居集》二卷。《宋史·艺文志》

著录《格言》五卷,《十国春秋》卷二八言其著《拟议集》五十卷、《定居集》二卷。《北海耆旧传·艺文考》据以著录。《潍县志稿·艺文志》沿引前书,著录韩熙载《拟议集》《定居集》二卷、《格言》五篇、《后述》三卷、《岁华纪丽》《皇极要览》等。《[宣统]山东通志·艺文志》误将《拟议集》题为《议集》,且言《定居集》为三卷,未知何据。《文献通考·经籍考》著录《韩熙载文集》五卷,《[万历]莱州府志·典籍》《[康熙]莱州府志·艺文志》《[乾隆]莱州府志·艺文志》《潍县志稿·艺文志》据以著录。按《宋史》卷四百七十八韩熙载条有"命徐锴集其遗文"数言,此文集五卷当即为徐锴所集。《[宣统]山东通志·艺文志》又言:"《读书志》载熙载文集五卷,疑非完卷。"按今晁公武《郡斋读书志》只载韩熙载《格言》五卷,未见著录熙载文集。

《潍县志稿》卷三十人物文学韩熙载传云:"文靖卒后,后主命集贤殿学士徐楷荣其遗文,为《定居集》二卷,藏之书殿。"下注引马令《南唐书》,今检马令《南唐书》,则作"命集贤殿学士徐楷荣其遗文,藏之书殿",并未及《定居集》,抑或鹤侪先生诸人别见版本耶?

另《文献通考·经籍考》据《郡斋读书志》云:"《格言》五卷,晁氏曰:南唐韩熙载叔言撰。熙载以经济自任,乃著书二十六篇,论古今王伯之道,以谏李煜。首言阳九百六之数及五运迭兴事,其驳杂如此。有门人舒雅序。"《[万历]莱州府志·典籍》《[康熙]莱州府志·艺文志》《[乾隆]莱州府志·艺文志》《潍县志稿·艺文志》《补南唐艺文志》《南唐艺文志》《五代艺文考》据以著录。

郭麐《潍县竹枝词》八十二首后注言韩熙载"传于今者惟

鄂州石城山头陀寺碑、吉州故元寂禅师塔碑及诗与词十数篇耳。”今未见。

南唐韩文靖公遗集无卷数

五代韩熙载撰，清张昭潜辑。韩熙载、张昭潜小传见《古诗词辑略》。是集为张昭潜辑佚韩熙载诗文之书，《续修四库全书总目提要（稿本）》著录。

《续修四库全书总目提要（稿本）》云：“其著述陆游《南唐书》载《皇极要览》一种，马令《南唐书》载格言及后述三卷、《议集》十五卷，《定居集》三卷等三种，史志均未著录，当时早已遗失。惟佚文佚句，流传尚多，除马令《南唐书》载有《感怀》三章及《乞住阙下表》一节外，他书所载，亦当不少。”按《续修四库全书总目提要（稿本）》此处，舛误不少。《皇极要览》一种，见于马令《南唐书》中，非载于陆游《南唐书》中，正所谓“自分司留都时，上书极陈时政，论古今得失，曰《皇极要览》”。《潍县志稿》卷三十人物文学韩熙载传引之《格言》及《后述》三卷、《拟议集》《定居集》诸集皆见于陆游《南唐书》中，非载马令《南唐书》中。且《提要》沿《［宣统］山东通志·艺文志》之误，将《拟议集》作为《议集》，并言《定居集》为三卷，皆为撰者不经意之处。

《续修四库全书总目提要（稿本）》又云：“昭潜以乡梓文献所阙，曾为搜集成帙，即是书也。惟搜访未周，所录过少，仅文五首，诗四首而已。文曰《宣州筑新城制》，曰《分司南都乞留表》，曰《上睿帝行止状》，曰《真风观碑》，曰《汤泉院碑》，曰《元寂禅师碑》；诗曰《感怀》，曰《溧水无相寺赠僧》，曰《送徐铉流舒州》及《题妓泥金带词》。惟昭潜所录，殊嫌漏落，既不著其出处，更未较其异同。即如《分司南都乞留表》一篇，乃昭潜录自《全唐文》者，与《南唐书》所载《乞住阙下表》文字完全不同，似应并为录出，方完备矣。”

民国二十一年（1932），丁锡田始辑《潍县文献丛刊》，前列《叙目》中有待印数种孤本，其一即为是集。

冲靖先生集无卷数

五代史虚白撰。史虚白小传见《古诗词辑略》。是集《［宣统］山东通志·艺文志》著录，《北海耆旧传·艺文考》《潍县志稿·艺文志》著录作《史虚白文集》。《［宣统］山东通志·艺文志》云：“益都志艺文载虚白冲虚先生集，考陆游《南唐书》虚白传云：‘孙温，天圣中仕为虞部员外郎，献虚白文集。仁宗皇帝爱之，追号虚白冲靖先生。’益都志盖本陆书而误冲靖为冲虚，今据以订正。陆书又云：‘时烈祖辅吴，方任用宋齐丘，虚白诵言曰：吾可代彼。齐丘不平，欲穷其技能，召与宴饮，设倡乐弈棋博戏，酒数行，使制书檄诗赋碑颂。虚白方半醉，命数人执纸，口占，笔不停辍，俄而众篇悉就，词采磊落，坐客惊服。’”

此书今已不传，然《南唐书》言史虚白孙史温献虚白文集，此即为《史虚白文集》，当与《冲靖先生集》同书异名。又言其“书檄诗赋碑颂”诸体皆善，可推知《冲靖先生集》当诸体皆载，从丹叠翠矣。

钓矶立谈一卷

宋史温撰。史温小传见《古诗词辑略》。是集入《四库全书》。《宋史·艺文志》杂家类、《十国春秋》《北海耆旧传·艺文考》《潍县志稿·艺文志》《五代艺文考》著录为史虚白撰，《四库全书总目》以为史虚白之子史温撰，《菉竹堂书目》《读书敏求记》等皆作"南唐遗叟"撰。

是集今有清初影宋抄本、清康熙元年（1662）王乃昭抄本、清康熙四十五年（1706）曹寅扬州使院刻《楝亭十二种》本及《四库全书》诸本。

《四库全书总目》云："是书世有二本。此本为叶林宗从钱曾家宋刻抄出，后题'临安府太庙前尹家书籍铺刊行'，不著撰人名氏。前有自序云'叟，山东一无闻人也。清泰年中，随先校书避地江表，始营钓矶于江渚。割江之后，先校书不禄，叟嗣守敝庐，不复以进取为念。王师吊伐，时移事往，将就芜没。随意所向，迹之于纸，得二百二十许条，题之曰《钓矶立谈》'云云。别一本为曹寅所刊，卷首佚其自序。又卷首有'杨氏奄有江淮'、'赵王李德诚'二条，其余亦多异同。而题曰史虚白撰，盖据《宋史·艺文志》之文。考马令《南唐书》，虚白，山东人。中原多事，同韩熙载渡淮，以诗酒自娱，不言其有所著述。观书中'山东有隐君子者'一条，称与熙载同时渡淮，以书干烈祖，擢为校书郎，非其所愿，遂卒不仕。又'唐祚中兴'一条云，有隐君子作《割江赋》以讽，又有《隐士诗》云'风雨揭却屋，浑家醉不知'云云，与《虚白传》悉合，则隐君子当即虚白。序中两称先校书，则作书者当为虚白之子。《宋志》荒谬，不足为据。曹氏新本竟题虚白者，殊未考也。又南宋费枢亦尝撰《钓矶立谈》，今尚载陶宗仪《说郛》中，其文与此迥别，则又名同而实异者矣。其书杂录南唐事迹，附以论断。其中徐铉一条，称铉方奉诏与汤悦书江南事，虑铉与潘佑不协，或诬以他词，则亦杂史中之不失是非者也。"

吴琼文集十卷

宋吴琼撰。吴琼，字彦琳，潍州北海人，吴奎之子，历任大理寺丞、隰州通判、郢州知州诸职，《潍县志稿》卷二十七事功有传。

是集《潍县志稿·艺文志》著录，今佚。晁说之《景迂生集》卷二十《宋故朝请大夫提点亳州明道宫吴公墓志铭》云："公有文集十卷，盖有德者必有文也。昔公之弟琯，东坡先生尝为作《日喻》，众遂道其姓名。如公者亦不见录于东坡，何耶?"此文亦可见《潍县志稿》卷三十人物文学吴琯传后。

北海集四十六卷附录三卷

宋綦崇礼撰。綦崇礼小传见《古诗词辑略》。我潍前贤以北海名集者凡五。一为汉北海太守孔融之《孔北海集》，一为唐北海太守李邕之《李北海集》，一为宋綦崇礼之《北海集》，一为宋王嵎之《北海集》，一为明高桂之《北海集》。虽古人名集未必亲订，然以北海名集频频，亦可见艺文之一端耳。

綦崇礼《北海集》四十六卷附录三卷，《宋史·艺文志》《直斋书录解题》作六十卷，《[万历]莱州府志·典籍》《[康熙]莱州府志·艺文志》《[乾隆]莱州府志·艺文志》《北海耆旧传·艺文考》据以著录。是集入《四库全书》，《潍县志稿·艺文志》《[宣统]山东通志·艺文志》《清史稿·艺文志》《山东文献书目》著录，山东省图书馆、山东大学图书馆藏。今《四库全书》之《北海集》存诗六十八首。

《四库全书总目》云："《北海集》四十六卷《附录》三卷（永乐大典本），宋綦崇礼撰。崇礼字叔厚，高密人，后徙潍之北海。登重和元年上舍第。高宗南渡，为起居郎。召试政事堂，拜中书舍人。历官宝文阁学士，知绍兴府。退居台州，卒，赠左朝议大夫。事迹具《宋史》本传。《艺文志》《书录解题》俱载崇礼《北海集》六十卷，世久失传。厉鹗《宋诗纪事》仅从《天台胜记》中得所作《石梁瀑布》诗一首，而其他概未之见。今检《永乐大典》，载崇礼诗文颇多。中惟制诰最富，表启之类次之，散体古文较少，而诗什尤寥寥无几。盖其平生以骈体擅长故也。集中间有原注，称崇礼为先祖。则当时所据，犹其家刻之旧本矣。史称：崇礼妙龄秀发，聪明绝人。覃心辞章，极润色论思之选。再入翰林，凡五年。所撰诏命数百篇，文简意明，不私美，不寄怨，深得代言之体。今观是集所载内外诸制，大约明白晓畅，切中事情，颇与《浮溪集》体格相近。如《吕颐浩开督府制词》，则楼钥赏其宏伟；《王仲嶷落职制词》，则王应麟取其精切；《邹浩追复待制制词》，则《宋史》采入本传，以为能推朝廷所以褒恤遗直之意；其《草秦桧罢政制》，则直著其恶，致桧再相后奏索其稿，几蹈危祸。史所云盖非溢美矣。陆游《老学庵笔记》称‘崇礼《谢宫祠表》云：“杂宫锦于渔蓑，敢忘君赐。话玉堂于茅舍，更觉身荣。”时叹其工。又有一表云：“欲挂衣冠，尚低回于末路。未先犬马，傥邂逅于初心”尤佳’云云。今集中乃无此二联。知其杰制鸿篇，尚多遗脱。然据今所得睹者，已足见词藻之精丽，不必全璧也。谨分体排订，厘为二十六卷。又《兵筹类要》一书，乃其在翰苑时所撰进，皆援据兵法，参以史事，各加论断。虽纸上空谈，未必遽切实用，而采摭尚为博洽。今亦编为十卷，次之于后。其历官除授告词及吕颐浩书启、李邴祭文、秦桧《乞追取御笔词头劄子》，原本皆载入集中。今并仍其旧。而益以《宋史》本传、《氏族言行录》诸条，别为附录三卷，系诸集末，以备考核焉。”

北海集二卷

宋王嵎撰。王嵎小传见《古诗词辑略》。是集久已散佚，《直斋书录解题》卷二十著录“王季夷《北海集》二卷”，《文献通考》卷二百四十五《经籍考》七十二、《[万历]莱州府志・典籍》《[康熙]莱州府志・艺文志》《[乾隆]莱州府志・艺文志》《北海耆旧传・艺文考》《[宣统]山东通志・艺文志》《潍县志稿・艺文志》引之。

勤斋集八卷

元萧𣂏撰。萧𣂏小传见《古诗词辑略》。《元史》卷一百八十九《萧𣂏传》言有《勤斋文集》诸书行于世，《潍县志稿・艺文志》引之，皆未载卷数。焦竑《国史经籍志》称为《勤斋贞敏集》，《四库全书》著录为《勤斋集》八卷，题名虽异，其实则一。《[宣统]山东通志・艺文志》《山东文献书目》著录。

《四库全书总目》云：“《勤斋集》八卷（永乐大典本），元萧𣂏撰。字维斗，奉元人，历官集贤学士、国子祭酒，谥贞敏，事迹具《元史・儒学传》。卒于仁宗延祐五年，诗文多散佚。顺帝至正四年，苏天爵官西台，始裒辑其遗稿，得文八十篇、诗二百六十首、乐府二十八篇。分为十五卷，官为刊版于淮东。盖距之殁，几三十年矣。自明以来，刊版久佚。惟《永乐大典》所载，尚存崖略。谨依类编辑，得文四十二首、诗二百六十一首、词四首，厘为八卷。按焦竑《国史经籍志》称《萧勤斋贞敏集》，而《永乐大典》但题作《勤斋集》，颇不相合。然姚广孝等修辑

《永乐大典》，距至正刊版时未远，其所据本，当即天爵所编，不容有误。殆焦竑误增其文也。又按天爵《滋溪集》，载《墓志铭》一首，称于六经百氏无不通，尤精《三礼》及《易》，且邃于六书。初凿土室终南山下，以经传列左右。思索其义，至于忘寐者三十年，乃表里洞彻。关辅自许衡倡明理学之后，实继之，为文悉本诸经。《元史》亦称制行甚高，真履实践。其教人必自小学始。为文辞立意精深，言近指远。一以洙泗为本，濂、洛、考亭为据，为一代醇儒。今考其文，气格虽不甚高，而质实简洁，往往有关名教。其《辞儒学提举书》及《辞免祭酒司业》等状，尤可见其出处进退之大节。诗非所长，而陶冶性灵，绝去纤秾流派，亦足觇其志趣之高焉。”

西园集十二卷

明于周撰。于周，字退翁，弘治十一年（1498）举人，曾任威县、邯郸、阜平县知县，《潍县志稿》卷二十七人物事功有传。是集《潍县志稿·艺文志》著录，按《潍县志稿》于周传文中记其“家居有小园，曰西园，与三五契友谈诗论文于其间，风雨不辍。仿文潞公洛社故事，得与斯会者皆特达士素心人，不尽取爵齿之齐云。所著《西园集》，散见家乘中”。据此记述，于周之《西园集》似于周告归后所撰，并未付梓，后人编撰《于氏家乘》时尚多采用。

愚庵滥稿无卷数

明王濂撰。王濂小传见《古诗词辑略》。是集《潍诗采录》王濂传中著录为《愚庵稿》，《采访潍县艺文册》著录为《愚庵诗稿》,《潍县志稿·艺文志》题作《愚庵滥稿》,因集久已散佚,未知孰是。

《采访潍县艺文册》著录为钞本,并云:“原书无序,诗选入《潍诗采录》,今由裔孙王菊人孝廉(王曾裕)采录事迹。”

白川文集二十四卷、白川诗集无卷数

明刘应节撰。刘应节小传见《古诗词辑略》。《山左明诗钞》卷十九言刘应节有《白川诗集》,未载卷数,《[康熙]莱州府志·艺文志》《[乾隆]莱州府志·艺文志》《榆园杂录》皆著录《白川文集》二十四卷,《北海耆旧传·艺文考》、《采访潍县艺文册》“待访目”、《潍县志稿·艺文志》按此著录。

郭榆寿《榆园杂录》云:“刘应节著有《蓟门奏议》八卷、《沿边军筹》九卷、《四镇三关志》十卷、《白川文集》二十四卷,然皆未刊行。”

怡老集四编无卷数

明于养素撰。于养素,隆庆三年(1569)岁贡,汉中府通判。是集《潍县志稿·艺文志》著录,此所著录“四编”者,前有三编之辑,或四卷耶?

北海集无卷数

明高桂撰。高桂字凤翥,万历四年(1576)举人,五年(1577)进士,授礼部主事,贵州副使等。《[康熙]莱州府志》《[康熙]潍县志》《[乾隆]潍县志》《[乾隆]莱州府志》《北海耆旧传》《潍县乡贤传》《潍县志稿》皆有传。是集《北海耆旧传·艺文考》《采访潍县艺文册》艺文待访目、《潍县志稿·艺文志》著录。其《虚白轩杂录》《词林摘艳》并为著录，未知何类。

《桑梓之遗录文》载高桂函帖，其云："拙稿未蒙窜斥，来翰云赞辞笔，误改金根，抑何言之谀也。稍俟暇日，七言及古风数行，量力补凑，并各游稿请正大方。然须痛加绳削，方见我辈切磨之意。比来风雅沦丧，绨袍道敝。弟独坐穷山，浮名日损，既不能使人喜，即咄咄风吟，自适其适，又曷能使人畏？惟有课子明农，不知老之将至耳！"此或稍见之。《北海耆旧传》卷十一杂记"高桂"条后亦标引高桂《北海集》。

遁斋漫笔无卷数

明陈所问撰。陈所问，字尔虚，号芸窗，万历四年(1576)举人，十四年(1586)进士。陈尔虚书穷四部，学综六家，授真定知县。《[乾隆]潍县志》《[乾隆]莱州府志》《潍县志稿》《潍县乡贤传》有传。是集《潍县志稿·艺文志》著录。

龙潭集无卷数、东牟集无卷数

明刘国缙撰。刘国缙小传见《古诗词辑略》。此二集《潍诗采录》《榆园杂录》《北海耆旧传·艺文考》《采访潍县艺文册》待访书目著录。《潍县志稿》卷三十二人物侨寓刘国缙传云："国缙著有《柏台疏稿》《龙潭》《东牟》诗文诸集行世。"据其可知，《柏台疏稿》为疏文稿，《龙潭集》《东牟集》当为诗文集。《潍诗采录》录其诗三十三首，其中《东牟杂咏》三题十九首，当即自《东牟集》中所选辑。

又《榆园杂录》云:"刘国缙所著有《柏疏稿》《龙潭》《东牟》诸集,然皆未刊行。"此可知此三集皆未刊刻。

东山游艺诗稿无卷数、客心山人遗稿无卷数

明孙席休撰。孙席休字迓衡,诸生,工诗古文辞,孙出声之父,见《潍县志稿》卷二十九高士孙出声传。二集《潍县志稿·艺文志》均著录。

柘山遗集不分卷

明刘璞撰。刘璞小传见《古诗词辑略》。是集《民国重修莒志》卷五十三著录,下注曰:"邑人周兴南重编,首奏疏,次艺文,次杂俎,次诗,都为上下两集。"

今按国家图书馆藏《柘山遗集》,民国十一年(1922)刻本,刘璞九世孙刘继勋等刊印,半页十行,行二十五字,白口,左右单边,单鱼尾。封面白锡箓署签,首列周仁寿、丁昌燕、周兴南序,次为凡例,凡例中刘璞十世孙刘培琪所言本书刊刻事较详,次为目录。卷中传二篇,奏疏二十三篇,文八篇,杂著十四篇,诗十三首。《续修四库全书总目提要(稿本)》著录其《刘侍御疏稿》。

焚余摘二卷

明张尔忠撰。张尔忠小传见《古诗词辑略》。是集《北海耆旧传·艺文考》《采访潍县艺文册》《潍县志稿·艺文志》著录。《北海耆旧传·艺文考》作《焚余摘稿》,无卷数;《采访潍县艺文册》著录为钞本,《续修四库全书总目提要(稿本)》所记

为丁氏传抄本。今北京大学图书馆有藏。

北京大学图书馆藏《焚余摘》二卷，桐柏楼抄本，半页八行，行二十字，四周双边，版心上有“焚余摘”字样，版心下有“桐柏楼丛钞”字样，册上偶有增改字迹。是集首有袁楷崇祯九年《焚余摘》题文，次有张尔忠崇祯九年自序，次列王调鼎、杨琦等评阅、校集二十人姓氏，次列目录，末有张尔忠自跋。

张尔忠自序云：“《罪略》（鹏志按：此指其《知漳罪略》）之刻，其有意经济者也，有意经济而罪丛焉；至无意经济，而忧谗畏讥，搔首长鸣，不可焚乎？偶借他人题目，话自己心事，貌自己容颜，不可焚乎？垒块二十余年，今亦未有洗之也。平昔弟儿落魄相勖，弟病儿逝，不可焚乎？焚而余所谓蜣丸也，余而摘喷饭覆瓿，又总不之计者。吁，痛定之痛，情不望言，以人为影，于己写照，何能尽泯？一行作吏，而平昔之梦呓，尚或举似，何非塞意？此焚而所以余，余而所以摘也。然闲中着情事，淡里寓筹画，谓无意经济又不可矣云云。是尔忠之志亦可知矣。”

张尔忠自跋云：“余养晦十九年，拙言几充栋焉。以乱离来此而口。每成一稿，长儿即持之去，今无处简寻，且不忍简寻其遗笥矣。偶弟扶病归，出余稿数十。余枕中则一无所藏，大约百不一二也，补遗何日乎？惜此蜣丸，不无遗恨，然亦造物为余掩拙耳！”

《续修四库全书总目提要（稿本）》云：“是集诗文分体编次，计有序、疏、书、说、铭、诗等，共计文四十七篇，诗十一首。其中以书札为最多，计有三十一首，选文说五首，余不过三数首而已。而书札中，大半为其知临漳县时所撰，多有关保卫县城、筹措粮饷、堵截流寇之文。盖尔忠修备于无事之时，全士于有事之日，故其文于明末兵事至有关系也。”诚斯言也。集内序五篇，计有《河朔尺牍序》《字学辨正序》《贺李子补郡文学诸生序》《贺魏子入泮序》《八咏后序》，皆补史阙；文一篇，疏一篇，书三十一篇，说七篇，铭二篇，诗十一首。

袁楷《焚余摘》前题云：“余既题张子《知漳罪略》已，又见《焚余摘》。曰孙吴卫霍无循迹，卓鲁无军功，班马李杜则两者俱无，当焉。才之难兼也。如是，张子殆将兼之。”袁氏虽词为溢美，然可见张尔忠之文事军功备于一身矣。张尔忠之诗，或涉酬应，驳杂不一，未为上乘。然其文鼓角悲壮，郁郁其中，情学识三者皆备，宛转沉潜。其选文诸说，颇有可采，此亦《续修四库全书总目提要（稿本）》所称道者，所谓“其论文大旨则谓我辈作文，老不如嫩，直不如曲，至理不如不理，法不如不法，选文则必以品之古之真为贵。又谓我之菁华不可迫视，而神骨一本前辈，要令我重而时贤轻，我长而时贤短，我巧而时贤拙，此谓真骨董，而以文还质，以今复古之道”云云。其《寄滕广文书》有云：“王弇州评坡仙诗，谓‘似有学而无才者’，‘似’字绝妙。以此知学掩其才，亦是文字病处。”此真可谓得文章痒处，亦罕有人道及者。其《上方年兄侍御书》云：“别来沿途，舆夫四散，如秤上鱼，如釜中蚁。苦行路之难者，一十五日，肺肠断裂矣。及抵家……栖亩随流，乌有一椽，遗居随毁几尽。弟忠今卧病，亦苦无避风雨处也。自念穷相薄福，效割一邑，不知蓬漂何处。摇摇此情，真所云‘瞻乌爰止’也。”刻画惨然，读之目痛。其他如《河朔尺牍序》，如铜鞮羯鼓，天响绝云；《请招练刘道尊复如潍书》，涉潍事极多，皆极可读。

《续修四库全书总目提要（稿本）》所记为丁氏传抄本，云是集后附周亮工贺张老先生八秩寿序，北京大学图书馆藏本未有此寿序。

此集之外,《采访潍县艺文册》《潍县志稿·艺文志》尚著录张尔忠《知漳罪略》《平台召对纪略》等著述六种。《榆园杂录》载张尔忠诸作皆未刊行。

献县八咏一卷

明王调鼎撰。王调鼎小传见《古诗词辑略》。是集为王调鼎任献县知县时所撰献县八景诗,《潍县志稿·艺文志》著录。《潍县志稿·艺文志》附张尔忠《八咏后序》,言其"记与我劬把苦时,常相勖曰:'唯整则治,唯暇则整,他日任天下事,可有味于斯言。'今读我劬八景咏,唯处烦剧而暇作诗,且诗又益进,献之百挫解而萑苻息也"。

今按《康熙献县志》卷七、《王氏家乘》载王调鼎献县八咏诗,此八首七律即为《潍县志稿·艺文志》所著录之《献县八咏》。

诗余无卷数、待栩蘧小草无卷数、制义稿无卷数

明孙出声撰。孙出声又名孙元声,其小传见《古诗词辑略》。《潍县志稿》卷二十九人物高士孙出声传后附韩梦周语云:"余览其观物小语,多粹言,世皆以诗称先生,诗固非先生所存也。"二集《潍县志稿·艺文志》均著录。

此二集之外,《潍县志稿·艺文志》尚著录孙出声《四书文稿》《删定太华经》《针法辨》等著述六种。韩梦周《理堂未刊稿》中《孙振铎小传》云孙出声:"有《观物小语》《删定太华经》

《待栩蘧小草》《诗余》《制义稿》藏于家。”可知孙出声诸作多未刻。

石民集二卷

明杨青藜撰。杨青藜小传见《古诗词辑略》。是集亦作《杨石民先生诗稿》,《榆园杂录》《采访潍县艺文册》《[宣统]山东通志·艺文志》《潍县志稿·艺文志》《贩书偶记》《续修四库全书总目提要(稿本)》《清史稿艺文志补编》《山东文献书目》《清人诗集叙录》《清人别集总目》《清人诗文集总目提要》著录,中国科学院图书馆藏。

今按中国科学院图书馆藏《石民集》二卷,乾隆十八年(1753)刻本,安丘刘氏藏板,半页十行,行二十一字,白口,四周双边,单鱼尾。是集题为《杨石民先生诗稿》,版心题作“石民集”,集内前列王鸣盛乾隆十七年(1752)序文、傅尔德乾隆十六年(1751)序文、刘汝飞《刻石民先生集记》、康熙二十一年(1682)杨青藜自叙文、傅尔德《杨石民传文》,集后附杨青藜《上安丘刘少傅书》一文,末有刘其旋《书石民先生集后》文。集分二卷,卷上载古体诗三十九首,卷下载近体诗一百九十八首,凡二百三十七首。是集《山东文献书目》《清人诗集叙录》《清人别集总目》等诸籍皆著录为乾隆十七年(1752)刻本,今所见是集前题乾隆十八年(1753)刻本。

傅尔德乾隆十六年(1751)序云:“先生称诗中年,晚更与安邱刘翕斋、直斋两先生肆力讲学,主发明义理,不复为诗。”“履夫为翕斋先生玄孙,曾大母即石民先生女。先生所作焚烧后,更为司李黄君裒集者,皆其封公万九先生藏之。”“履夫宰嘉定,迎封公就养,封公念令长俸,啬其家费,足竟石民事。值余至，大喜，抚其背曰：‘为我订石民集矣。’因与余键西斋，日夜钩棘，为决择若干首，履夫授之梓。”

刘汝飞《刻石民先生集记》云：“始先生遭甲申乱，携家走避营邱，归亡其产，住来安邱授生徒以给。长依从曾大父直斋公居。先生女子二，一为大母，一为安邱诸生韩祇先妻。”“飞五六岁时，时聒先生语。先生修身，眉端毫甚长，须白引可尺余，年九十二三矣。更二年，闻先生卒。一子企宪，在祇先家，又二十余年卒。祇先弟知微得先生诗集，并与家少傅公书藏之，飞乞归借抄，知微又卒，未及归之，先生集因留飞处。每出则携与俱，畏家人污损。顾无力开雕，复恐亡轶。”“辛未春，儿旋令江南嘉定，飞携以来。九月，金樵至，屡为抉择付梓，存先生百一。并前不获归知微原书可幸无罪云。”

康熙二十一年(1682)杨青藜自叙云：“日与元启、振铎、雪崖倡和久之，积成卷帙。戊戌秋，子延在吏部案头置予诗，少傅公见之大喜，属子延刻之。予适在京师，力辞。又数年，渐近宋儒书，取前所为畀诸火。今所留者，黄子溲野裒集。黄又叙之，余不能违，黄又殁，不忍毁之。”

自上诸文复参傅尔德《杨石民传》、刘其旋《书石民先生集后》二文可知，杨青藜是集，历经辗转，方以刻成。笔者勾勒其要，谨略述之。先是，杨青藜早年耽诗，稍成卷帙。因遭明清鼎革之变，避乱去潍，寓居安丘管公里，与安丘刘源渌、刘源深穷研儒学，遂渐弃诗文，专于义理。顺治十五年(1658)，安丘刘祚远、刘正宗于京师见其诗集，皆欲刻之以传，石民先生力为辞之。后竟将前所作诗集投诸火，幸未全焚。安丘黄绶重为裒集，欲以付梓，然黄绶又不幸辞世，事遂中止，残集尚存。约康熙三十八年(1699)，杨青藜卒，年九十五岁。初，杨青藜一女嫁刘源深之子刘行稔，一女适安丘诸生韩祇先，杨青藜卒后，其子杨企宪依韩祇先居，石民先生残稿遂存于杨企宪处。越二十余年，杨企宪卒，其稿为韩祇先之弟韩知微藏。刘行稔之孙刘汝飞万九先生念曾外祖父之亲，自韩知微乞借残稿手抄，未及归还，韩知微又卒，稿遂留于刘汝飞手。刘汝飞珍若圭璧，未尝须臾离身，常以无力付梓而心怀戚戚。乾隆十六年(1751)春，刘汝飞之子刘其旋宰令嘉定，刘汝飞亦随以居。是年九月，巨野傅尔德至嘉定，刘汝飞与傅尔德遂编订杨青藜集，刘其旋付刻之，是集遂存于今。

郭榆寿《榆园杂录》杨青藜条云："所著石民诗二卷，本康熙二十一年禄客手订，初存其长子企宪手，继存其次子知微手，再遂为安丘刘汝飞所存，至乾隆十六年，属巨野傅尔德决择之，为刻于江南之嘉定，即今所传本也，然割裂太甚，次第错杂矣。"《[宣统]山东通志·艺文志》《续修四库全书总目提要(稿本)》《清人诗文集总目提要》皆引此文，并引张贞《娱老集》中《杨石民小传》评述，均未察其误。郭榆寿所云"初存其长子企宪手，继存其次子知微手"，误将韩祇先之弟韩知微为杨青藜次子，应作"初存其子企宪手，继存其安丘韩知微手"。郭榆寿又云是集刻本"割裂太甚，次第错杂"，郭榆寿又见别本耶？未知何据，记此存疑。

察《石民集》诸事，不惟可知前贤文集刊刻之源流，亦可知潍安二地艺楫互递之印迹。潍安二域，于古虽隶青莱有别，然地毗邻，皆居海一隅，稽古以来，其人文相望，姻娅常结，屡见典籍。明清二代，潍籍望族寓居安丘者，明有杨青藜、隆溹、高伦，清有郭汝承、郭象恒、郭象孚，近有陈蜚声，皆著有文名。其未见者，又不知凡几。今《石民集》，全赖诸安丘先贤以传，特以拈出，聊以补白云。

《潍县志稿》卷二十九附载刘其旋《书石民先生集后》文，《潍县志稿·艺文志》附载《安邱刘汝飞刻石民先生集记》与《巨野傅尔德石民集序》二文。

澹宁居集无卷数

明郭知逊撰。郭知逊小传见《古诗词辑略》。《国朝山左诗续钞》《采访潍县艺文册》待访目、《［宣统］山东通志·艺文志》《潍县志稿·艺文志》著录。

淡溪草无卷数

明隆瀠撰。隆瀠小传见《古诗词辑略》。《潍县志稿·艺文志》著录是集，《安丘新志》方外、《潍县志稿》卷三十六释道念大师传中记为《淡溪诗集》，乐安李象先《念大师传》中记为《分贝堂淡溪草》。

白浪河上集一卷

明王洵辑。王洵小传见《古诗词辑略》。是集又作《潍阳虏退集咏》《白狼河上集》，《潍县志稿·艺文志》《中国丛书综录》《清史稿艺文志拾遗》著录。《潍县志稿·艺文志》附有姜垓、周亮工序文。民国二十五年（1936），丁锡田编《潍县文献丛刊》第三辑，此集遂得重印，今国家图书馆、山东大学图书馆、华东师范大学图书馆等多家图书馆有藏。

是集为潍县和记印刷书局排印本，半页十五行，行三十字，单鱼尾，四周单边，版心有“习庵丛刊”字样。此集今日得以行世，全赖丁锡田刊印以传。丁锡田民国二十一年（1932）始编《潍县文献丛刊》第一辑，前有《潍县文献丛刊叙目》文。文中云："年来锡田从事搜求乡邦文献，获见孤本二十余种。念一县事实及诸先辈之手笔，不应个人自秘，拟为次第校刊，公诸同好，目列左方。"察其当时二十三种拟刊书目，尚无《白浪河上集》。由此可推知，丁锡田民国二十一年（1932）尚未收藏《白浪河上集》，后一经珍藏，遂先于他书刊印。丁公丛刊，因国事板荡，仅印九种，与当时二十余种孤本相较甚远，今日思之，于丁公敬怀桑梓文献之心能无慨然？

崇祯十五年（1642）、十六年（1643）间，清兵犯青齐诸地，势如破竹，时惟潍城固若金汤，此潍邑令周亮工全潍之力也。是集即为围兵退后诸士大夫念周亮工全城之功，纷纷寄和周亮工之诗歌合集。此集前有姜垓、周亮工序文，后有丁锡田跋文。是书版本源流丁锡田跋文所述甚详。

丁锡田民国二十四年（1935）跋云："《白浪河上集》一卷，乃明崇祯十六年清兵围城退后，邑人王先生大允所辑当时士大夫诗歌。原书为祥符周令元亮手写，亦即刻于是年。计六十八页，内阙一页，每页十六行，行二十一字。今存篇什一百七十有一，作者一百一十五人。是书与周令所为《通烬诗刻》《全城纪略》皆为清代禁书目录所不载，然三书实吾潍保族御侮之血史。二书予曾借高翰生先生家藏本重印行世。惟是书求之二十余年仅得郭氏诠次本，删节太甚，难窥一斑。去冬，高香岩兄复以翰生先生家本见示，三百年来孤本仅存。设非翰生先生保存，将于何处以求之。录既毕，谨述颠末如右。"

集中诗歌以寄和周亮工退虏诗为主，一洗传统士大夫萧淡散然之风气，代疾风迅雷之音；弃雪月风花，惟金戈铁马。或叙守城之备,或记歼虏之行,或述守城之方,或思用兵之谋,皆以念周亮工全潍之勋,补全潍战事之纪为要。且此集百余诗人中,潍邑诗人五十三名,是以此书不独有临事写照之实,更有补苴潍上诗词文献之大功。察集中所辑徐孔成、王际新、胡振奇、杨瑗、王鸣世、王廷琦、王洵、王廷猷、李葆玉、亓镛、张自然、高不矜、王儒等数十名潍邑诸生之诗,仅见此集,丁锡田所谓“三百年来孤本仅存”,实可足珍也。

郭麐《潍县竹枝词》第九首自注周亮工云:“其自作诗有《全城》《通烬》二集,他人赠答之作有《白浪河上集》。”近人朱天曙订《周亮工全集》,亦将《白浪河上集》辑入其中,因集中诗歌多为寄和奉怀周亮工之作,似无不妥;惟编者书前未注明此集为王洵所辑订,易为他人误以《白浪河上集》系周亮工之作,确系小眚。补此数语,以作说明。

《潍县志稿·艺文志》附录姜垓、周亮工《白浪河上集》序文,可参考。王洵又有《湘署尺牍》一种,未见。

南朝小乐府一卷

明谭琮撰。谭琮小传见《古诗词辑略》。是集见《潍县志稿·艺文志》,按《潍诗采录》辑录其《南朝小乐府》六首,自此六首五言小乐府可知,是集以诗写南朝人事兴亡,以寓当时情势也。

远游纪事诗稿无卷数

清高不矜撰。高不矜小传见《古诗词辑略》。是集《国朝山左诗续钞》《采访潍县艺文册》待访目、《[宣统]山东通志·

艺文志》《潍县志稿·艺文志》著录,《榆园杂录》录其佳句以传。

麓台集一卷

清高伦撰。高伦小传见《古诗词辑略》。是集《采访潍县艺文册》《潍县志稿·艺文志》《中国古籍善本书目》《中国丛书综录补编》《清史稿艺文志拾遗》著录。今山东省博物馆藏。

高伦,字伯群,《中国古籍善本书目》《中国丛书综录补编》《清史稿艺文志拾遗》皆将高伦误题为"高伦伯",将其名与字掺杂一处。

《采访潍县艺文册》著录是集为稿本,并载袖海居士陈介锡识文曰:"余辑桑梓之遗,获有全稿,篇中朱评皆万柳先生笔,两美允合,弥足珍秘。高甥鸿裁留心乡邦文献,一日过从,言及先生遗作,遂出以归楚,俾高氏先泽清芬,付托得人,其宝守勿替云。"《桑梓之遗书画册人物考略》云:"(高伦)副使桂孙,孝廉石世孝子,晚家渠邱,从莱阳宋万柳先生游。工医能诗,世多不知,特表出之。"

可知是集先由陈介锡得其稿本,后陈介锡托与高鸿裁,以期勿失。高鸿裁先生藏书甚夥,勤于搜佚,后将是集抄本编入《齐鲁遗书》十八种。

杜如竹文稿不分卷

清杜如竹撰。杜如竹小传见《古诗词辑略》。《杜如竹文稿》不分卷,《中国古籍善本书目》《清史稿艺文志拾遗》《清人别集总目》《清人诗文集总目提要》著录。中国科学院图书馆藏。

今按中国科学院图书馆藏《杜如竹文稿》不分卷，手稿本，半页九行，每行字数不等，白口，有潍县张莪批注，存杜如竹文十九篇，联百余幅，后有杂记。

是集先有《太平山避兵》《过陵县记》《游雹泉记》《叙李夫子远斋说》《淡云诗序》《送邢老师秉教正直致仕归里序》《重修东华院募缘序》《城隍庙供碑记》《重修木村店观音堂碑序》《重修兴国院碑记》等文十九篇，皆明末清初之作。文稿之后，载有联稿百余幅，后为杂记。

《清人诗文集总目提要》云："前后无序跋，涂抹甚多，有同里张莪光绪间批注。约自崇祯五年迄康熙二十二年之作，多记明末清初潍县事。诸文称后金侵明兵为'北虏'，称清初惟一汉人授王者孔有德为'辽贼'，称李自成为'闯王'。其中有无题一篇，长达二千余言，记潍县自崇祯四年至康熙间兵事，皆身临其境，有声有色，尤以崇祯十五年金兵入寇山东事为详。其余记顺治间群抗剃头禁令及康熙元年于七起兵登州事，皆有史料价值。"

另《采访潍县艺文册》待访书目著录杜如竹《潍东野人杂录》一种，今所见《杜如竹文稿》后所附杂记疑即《潍东野人杂录》，待考。

鸣郁稿一卷

清于大猷撰。于大猷小传见《古诗词辑略》。是集《潍县志稿·艺文志》著录。

愯斋诗草无卷数

清李万民撰。李万民字熙绩，邑东木村人，顺治十五年(1658)岁贡，以义行称于时。《[乾隆]潍县志》《潍县志稿》有传。是集《采访潍县艺文册》待访目、《潍县志稿·艺文志》著录。《潍县志稿》卷二十九人物义行李万民传中言其为“康熙癸酉岁贡”，误。《[宣统]山东通志·艺文志》亦著录是书，且沿袭《潍县志稿》李万民传之误，亦书其为“康熙癸酉岁贡”。

张壵诗稿草一卷

清张壵撰。张壵小传见《古诗词辑略》。《桑梓之遗录文》著录其《诗稿草》一卷，存诗十首。陈介锡《桑梓之遗书画册人物考略》张壵条云：“尤善草书，其遗迹曾大为邑尊板桥公所欣赏。又存有诗稿二百五篇，为后人所传诵。”

是以张壵诗稿原有二百五首，今幸有陈介锡存其十首，余皆散佚。

意庵集无卷数

清蔡宗襄撰。蔡宗襄小传见《古诗词辑略》。是集《采访潍县艺文册》著录，并记为钞本。《采访潍县艺文册》云：“原书无序，国初潍有三先生皆以诗名。三先生者，杨青藜、蔡宗襄、朱若宾也。杨集曰《石民》，有刻本；朱集曰《蜩鸣》，传钞本；惟蔡集未见全书为憾。今由其族孙炳坤采录诗凡百二十二首，文十六篇，词十二阕，格调出入王孟间。”是可知此集高鸿裁亦未见全本，惟见残本传世，今皆并残本亦不可得见矣。

旅贞诗草一卷

清郭一璐撰。郭一璐小传见《古诗词辑略》，是集《潍诗采录》著录，《采访潍县艺文册》待访目、《潍县志稿·艺文志》按此著录。

绳武堂诗稿一卷

清郭世爵撰。郭世爵小传见《古诗词辑略》，《郭氏族谱》卷一世表其生年衍一“六”字，误为卒年“康熙六十六年”。是集《国朝山左诗续钞》《采访潍县艺文册》待访目、《潍县志稿·艺文志》著录。

闲情偶记诗草一卷

清郭汝龙撰。郭汝龙小传见《古诗词辑略》。是集《潍县志稿·艺文志》著录。

老人试草无卷数

清刘潢撰。刘潢小传见《古诗词辑略》。是集《潍诗采录》《潍县志稿·艺文志》著录。

藜乘集三卷

清刘以贵撰。刘以贵小传见《古诗词辑略》。刘沧岚以学问名世，著述繁多，是集之外，复有《周易古义》等十五种。是编初集一卷，二集二卷，《四库全书》存其目，《[乾隆]莱州府志·艺文志》《采访潍县艺文册》《[宣统]山东通志·艺文志》《潍县志稿·艺文志》《山东文献书目》《清史稿艺文志拾遗》

《四库存目标注》《清人别集总目》《清人诗文集总目提要》著录。国家图书馆、上海图书馆、南开大学图书馆藏。《[宣统]山东通志·艺文志》误以《藜乘集》为潍县王道炷著。

《四库全书总目》云："《藜乘初集》一卷、《二集》二卷（山东巡抚采进本），国朝刘以贵撰。以贵字沧岚，潍县人，康熙戊辰进士。是编初集，先诗后文；二集先文后诗。每篇之后，俱附王道炷评语。道炷序称其语意独造，刻凿精深，盖生涩为工者。后附《初学正鹄》数十则，则皆乡塾讲师语也。"《清人诗文集总目提要》云："初、二集文各二十篇，诗共一百三十余首，约止于康熙三十四年，后二十余年之作未见续集。"南开大学图书馆藏有稿本，未见。

今按国家图书馆所藏《藜乘集》清康熙刻本，半页九行，行二十字，小字双行同，白口，四周双边，单鱼尾。此书分初集、二集。初集诗二十九首，论八篇，序七篇，辩二篇，记二篇，跋一篇，文一篇；二集文二十篇，诗一百一十一首，二集合计诗一百四十首，文四十一篇。首列王道炷序，王道炷字早庵，又字炼东，东莱人，为刘以贵幕客。王道炷序云："甲戌秋杪，予客居都门，时沧岚初冠进贤，一日相晤于报国寺松下，出编相示。"掖县毛贽《勺亭识小录》王道炷条云："所著有《藜乘集》，大类柳河东。"其作序误以著作，《掖县志》《[宣统]山东通志·艺文志》之误皆沿自此。《桑梓之遗书画册人物考略》王道炷条亦袭此误。

又《潍县志稿》卷三十七艺文载刘秉经《重订春秋解记》记刘以贵著作事甚详，其云："至于著作，其已付梓者，有《初学正鹄》一卷，《辨真文》二卷，《藜乘集》二卷，今板皆不存。余尝于同人案头钞藜乘集诗古文数十篇，《辨真文》选入黄际飞《今文大小题商》、次白刘大中丞《山东文钞》。其未付梓者，五经皆有解义，《诗经》《周礼》余未及见，所见者《易经探原》八卷、《易经析疑》十四卷、《古文尚书》五卷、《春秋解》九卷，皆系公手写原本。《易经探原》落樱桃园庄族人手，未知存否。《易经析疑》余于所读易经钞其数解，而族人景恺携至京师，后竟失去。惟《古文尚书》《春秋解》尚存。余家《春秋解》又少序文，昌乐聘三赵七先生曾借二书去有钞本，余恐其久而二书亦失也，亟将二书订裁成部，盛以书榼，使后人什袭藏之，庶先人之手泽不至于尽泯尔。"

刘以贵著述极多，《潍县志稿·艺文志》载其著述凡十六种，刘鸿翱《山左古文钞》卷四刘以贵条下云："著述甚富，五经讲义几盈千卷，惜未得镌板行世。"今可见者，惟《藜乘集》数种而已。

又《榆园杂录》刘以贵条云："有《周易析义》二十卷，《古本周易》十六卷，《尚书》以下皆有集解若干卷。又有《初学正命录》《苍梧县志》《莱州府名贤志》，其梓行者，惟《藜乘集》初编二编、《初学正鹄》《辨真文》三种。其论郑康成宜复从祀，发于雍正间礼臣未议之前，德州卢雅雨谓非读书万卷不能具此卓然，山左诗钞所附论与县志大同小异，想有二本也。沧岚又因潍县以潍水得名，著有源流考一，亦不易得之文。""然经解等书皆未行于世，陈文悫官京师，常欲刻其全集，因与苏州何义门集有重复者，遂罢其事。按大令与义门同时交好，又茶余客话，谓义门集是其身后门人不加考论所编，意或大令曾以所著寄义门，义门久假不归，编之者遂误附义门集以传之也耶？"

聋瞽狂言无卷数

清韩瑚撰。韩瑚,诸生,韩梦周祖父,是集见阎循观《西涧草堂集》卷三《候选主簿韩公墓志铭》中,铭曰:“(韩承休)考讳瑚,诸生,熟史事,著《聋瞽狂言》。”《潍县志稿·艺文志》著录是集为《聋瞽愚言》,误以此集属韩瑚之子韩承休名下。

萝园诗稿无卷数、唐宋古文精选无卷数

清丁附青撰。丁附青小传见《古诗词辑略》,二集《潍县志稿·艺文志》著录。

鹧鹩馆十苦诗一卷

清王栴撰。王栴小传见《古诗词辑略》。是集《藜乘集》《榆园杂录》《采访潍县艺文册》待访目、《潍县志稿·艺文志》著录。

刘以贵《藜乘集》有《鹧鹩馆十苦诗序》,《潍县志稿·艺文志》亦附录之。《榆园杂录》云:“王栴,字敬斋,康熙间恩贡,工行草书。著有《鹧鹩馆十苦诗》,刘沧岚为之序,然诗今不传。”

随喜录诗草一卷、青可轩未刻诗无卷数

清郭伟基撰。郭伟基小传见《古诗词辑略》。《随喜录诗草》一卷,《潍诗采录》著录,《国朝山左诗续钞》引之,《采访潍县艺文册》待访目、《[宣统]山东通志·艺文志》《潍县志稿·艺文志》按此著录。《采访潍县艺文册》待访目、《[宣统]山东通志·艺文志》引《国朝山左诗续钞》作《随喜录诗》。

是集之外,清郭麐《潍县竹枝词》十六首后注中载郭伟基

有《青可轩未刻诗》,未言卷数,今未见。

吟抑堂诗草一卷

清郭钦式撰。郭钦式小传见《古诗词辑略》。是集又作《吟抑堂小草》,《国朝山左诗续钞》《采访潍县艺文册》《[宣统]山东通志·艺文志》《潍县志稿·艺文志》著录。《郭氏族谱》载冯华嵋《范久公传》云:"先生工于诗,多不存稿,其表弟朱草亭先生检得遗诗数十首为之评定,名为吟抑堂小草。质亭公遂寿之梨枣以传之,亦足以见先生矣。"是以郭钦式此集由朱若宾(鹏志按:朱若宾号草亭)所编订,郭伟业(鹏志按:郭伟业号质亭)刊刻以传。

又《采访潍县艺文册》中载有《吟抑堂小草》乾隆十三年(1748)朱若宾序文、王化洽跋文及郭为贤道光二十六年(1846)跋文。朱若宾序曰:"范九郭先生捐馆之次年,其子树声于书簏乱帙中检得其父遗诗二十首,余闻而索观之。"又郭为贤跋云:"吟抑堂诗草,先高祖叔父范九先生手著也,其板久逸失,旧本亦无存。丙午季秋月,予族叔墨谷过东市,见鬻此板者,不知何许人。明日予赎以归,分印若干本,公诸同好。"

以上可知,郭钦式之《吟抑堂小草》乾隆间已刊刻,然至道光间即佚,郭为贤幸得旧板复为镌刻,并题跋于后,今又疑佚矣。

荷亭诗草一卷

清郭灿撰。郭灿小传见《古诗词辑略》。是集《国朝山左诗续钞》《采访潍县艺文册》待访目、《[宣统]山东通志·艺文志》《潍县志稿·艺文志》著录。

粤游诗草无卷数

清刘志仁撰。刘志仁小传见《古诗词辑略》。是集《国朝山左诗续钞》《榆园杂录》《采访潍县艺文册》待访目、《[宣统]山东通志·艺文志》著录。《榆园杂录》载:“志仁《房氏村》句云:桑犊废城耕欲尽,溉源孤嶂望还青。”

金台纪事无卷数

清韩潚撰。韩潚,字永清,生平未详,是集《采访潍县艺文册》《[宣统]山东通志·艺文志》《潍县志稿·艺文志》著录。

《采访潍县艺文册》著录是集为钞本,内附乾隆四年(1739)安邱秦勷序文、乾隆十年(1745)高密单铎序文、康熙六十一年(1722)韩潚自叙、乾隆十年(1745)山阴高维岳跋文、乾隆三十五年(1770)渠邱年家眷同学跋文。

秦勷序文中言韩潚“襟怀则秋月长凝,意气则朝霞独举”,单铎序文中称:“余故喜《金台纪事》一集,朴茂者其质,光芒者其气。”今未见。

牧牛图诗无卷数

清释志昂撰。释志昂,号独峰,《潍县志稿》有传。是集《潍县志稿·艺文志》著录。《[乾隆]历城县志》卷第四十五列传十一仙释载:“释至昂,号独峰,潍县人,又作《牧牛图诗》,以喻调衔之初难渐易,词皆浅近而义实深。”释典以牧牛喻以修心,屡见不鲜,而尤以廓庵、普明二禅师《牧牛图诗》流传最广,即喻修心初难渐易之理,释志昂之《牧牛图诗》亦当如之。另《潍县志稿·艺文志》复著录释志昂《枯木堂铭》,“枯木堂”亦为释典之专称,所谓心如枯木,寂然不动,此可略窥其中消息。

郭松坡诗剩无卷数、师竹轩诗存一卷

清郭世臣撰。郭世臣小传见《古诗词辑略》。《郭松坡诗剩》为《[宣统]山东通志·艺文志》《续修四库全书总目提要(稿本)》《清史稿艺文志补编》《清人诗文集总目提要》著录;《师竹轩诗存》为《采访潍县艺文册》《潍县志稿·艺文志》《清人别集总目》著录。《清史稿艺文志补编》误题为“郭松城诗剩”。

《续修四库全书总目提要(稿本)》著录潍县丁氏抄本《郭松坡诗剩本》,并云:“是集仅诗百卅余首,古今体均有,亦随意编次者。世臣所为诗,卷帙颇富,其后裔不知宝惜,散失者已四之三。此册乃其曾孙峻嵩就其残余,编为一帙,题曰剩本,复延通人为之点评,后因命其长子为贤录成者。”中间复引《松坡先生传》,与《[宣统]山东通志·艺文志》所载引者同。其后又云:“潍县郭氏,以诗鸣者甚多,大半均有刻本传世,独世臣诗传世甚少,此册亦就其后裔搜得者。一代诗人,心灵所寄,实不容听其湮没,因著录之,亦以诗传人之意耳。”

《清人诗文集总目提要》云:“殁后近百年,其曾孙峻嵩辑所存诗,编为《郭松坡诗剩》不分卷,潍县丁氏钞本,诗共百三十余首,《续修四库提要》著录。其后裔又选编为《师竹轩诗存》一卷,诗仅六十一首,前有雍正八年姑表兄刘统勋原序,又有侄孙郭去呇所撰传,道光二十一年(1841)刻,中国国家图书馆藏。”

今按《师竹轩诗存》一卷,国家图书馆藏,清道光二十一年(1841)刻本,半页八行,行二十一字,四周单边,单鱼尾。首列刘统勋雍正八年(1730)序文,其言郭世臣“文清矫有余而欠丰润,诗幽折无泛语,可传也”。次列郭去咎道光二十年(1840)《松坡先生传》,卷中诗共六十一首,末有蒯云青、郭为贤跋文。

《松坡先生传》云:“辟师竹轩旁小园,与朱鹤村、杨璞斋、卢跣樵诸名宿觞咏其中,然其诗皆出至性,多悲伤憔悴之音,与世俗卖弄才华嘲吟风月者不同。晚岁走京者投刘文正公延清署,文正公系先生姑子,时方官御史。虑先生疲于跋涉,久留不使行。先生心郁闷,文正公觉,移先生居法圆寺,戒寺僧善视之。逮卧病,延良医医之,病愈送归潍,复遣家奴识字者沿途侍左右,代写宿食野店所题句,归以献主人。先生之诗,文正公心赏之如此。殁后九十五年,其曾孙峻嵩出其诗剩本,计百三十首,属予点评,谓前百余年已散失三帙。予不避僭越,复逸去若干首,可另存钞本,摘其精切不磨者,命峻嵩长子为贤恭录之以付梓。”

综上可知,郭世臣之诗,卷帙本繁多,然乏资斧,是以未刻,后世家藏,惟剩百余首,其曾孙郭峻嵩因其残余,题为《郭松坡诗剩》。复托郭去咎点评选定,命其子郭为贤抄录以梓,此即《师竹轩诗存》刻本。

蜩鸣集二卷

清朱若宾撰。朱若宾小传见《古诗词辑略》。《国朝山左诗汇钞后集》《采访潍县艺文册》《[宣统]山东通志 · 艺文志》《潍县志稿 · 艺文志》《中国古籍善本书目》《中国丛书综录补编》《清史稿艺文志拾遗》著录。今山东省博物馆藏,未见。

《潍县志稿》卷三十人物文学传云:“有手订《蜩鸣集》一卷,未刊。”丁锡田《潍县文献丛刊》第一辑拟目中列有此集,未刊。《潍县志稿》卷三通纪二康熙四十三年(1704)事后引此集。后高鸿裁录于《齐鲁遗书》。是集《中国古籍善本书目》《中国丛书综录补编》《清史稿艺文志拾遗》据《齐鲁遗书》皆作二卷。

郭去咎《聋庵纪闻》云:“朱草亭有《蜩鸣集》未刻稿,藏书家多有其钞本,道光十六年丙申三月,族曾孙郭荣清于渭侄得《蜩鸣集》原本,序跋皆无缺,因焉予复为之序,以志其始末。”高鸿裁《齐鲁遗书》之抄本未知是此本耶?郭麐《潍县竹枝词》因之赋诗云:“草亭诗法喜清新,一卷蜩鸣尚未湮。遗事至今传嫁子,牛车载像别乡人。”

潍县竹枝词四十首

清郑燮撰。郑燮小传见《古诗词辑略》。郑燮《诗钞》后刻诗序云:“板桥诗刻止于此矣,死后如有托名翻板,将平日无聊应酬之作,改窜阑入,吾必为厉鬼以击其脑。”是以郑燮生前所刊本,皆未见《潍县竹枝词》。

一人平生诗文,与学问之作有异,应人间世,作应酬语,在所难免。板桥先生自订诗文,羽毛护惜,有怀耿耿,苦心可谅。然万物浮休,逆旅东西,触墨之后,欲效月印山川之无痕,云映江河之未影,何其难也?是以人生到处,雪泥鸿爪,留迹偶然,亦在所难免也。板桥先生发此厉语,适见其怪,益增其趣矣。《潍县竹枝词》未入板桥自订诗中,今日视之,既非无聊语,又非应酬作,当以人诗偶别,江湖相忘视之尔,当日未入板桥先生自订诗中，至为可惜。是集虽未经刊刻，然其诗斐然多姿，一地之风土，万家之风情，皆在其中。故问世以来，诸家传抄不已，源流颇为驳杂，今暂知其版本有七。其余必定尚有未发现者，待补。

一为启功题跋乾隆十六年（1751）《郑板桥先生自书潍县竹枝词》本（以下简称“板桥自书本”），内录竹枝词二十四首，此乃沈太侔旧藏，郑板桥手写，并附有识语。板桥识语云：“乾隆十二年告灾不许，反记大过一次，百姓含愁，知县解体。”后有 1975 年启功题跋文。

一为《潍县竹枝词》四十首刻石本（以下简称“刻石本”），今未见。启功《板桥自书》本跋文云：“板桥潍县竹枝词，集中未收，曾见手书四十首刻石拓本。此册书二十四首，且有注语，字句与石刻本颇有类同，更有四首为石刻所无，可见原作当不止四十首也。此本可贵在于足以补校石刻，且为集外之诗。字迹虽稍率意，谛观真实不虚，是可宝也。板桥自叙诗钞云：身后如有人以其集外之作刻入集中，必为厉鬼以击其脑。功搜集板桥集外之作，已盈一帙，颜之曰《击脑编》。今见此册，又补数页并识册尾。久病目昏，手腕复战，书不成字，聊记胜缘而已。”以此可知，郑燮《潍县竹枝词》曾有四十首手写本，后遂刻石，复为人所拓，启功曾见之。郑燮之《潍县竹枝词》四十首手书本及其刻石皆未得见，颇疑此刻石亦当曾立于潍邑，今未知尚存于天壤否。

一为郭麐所藏之三十首抄本（以下简称“郭氏藏本”），此即郭麐《潍县竹枝词》第九十三首后注所藏本。郭麐《潍县竹枝词》九十三首“制锦栽花几故侯”后注云：“郑在潍遗诗最多，尝有《潍县竹枝词》三十首。”郭榆寿《榆园杂录》卷二云“郑板桥《潍县竹枝词》,望三先生存有残本。"此可知,郭麐有三十首藏本。

一为孙仙坡藏《潍县竹枝词》四十首本,此即丁锡田《潍县文献丛刊》据以刊印本。丁锡田民国二十年(1931)《板桥竹枝词小叙》,其云:"《郑板桥先生诗集》出自手订,镌板峻,誓不许后人妄行增续。然其宰吾潍时,零缣断句其集中所无者,多为世所传诵,而竹枝词尤脍炙人口。曩读郭少垞(鹏志按:应作郭稚兰,郭榆寿之字。郭斌寿字少垞。丁锡田偶误)先生《榆园杂录》,见其载有数首,每恨不得全什读之。今年夏,与仙坡孙兄共事县志局,出以相示,并许刊印,以广流传。其间深刻之语,游戏之词,谅非先生报最之作,然藉考一时社会之风俗,亦不无裨益云尔。"上叙仅言孙仙坡"出以相示,并许刊印,以广流传",未及版本详情。抑或此即郑燮四十首手书本?或即《郑板桥在潍轶诗》本?疑此四十首与启功所见四十首石刻本全同。

一为丁锡田民国二十年(1931)《潍县文献丛刊》本(以下简称"丁氏丛刊本"),是集共四十首,见丁锡田民国二十年(1931)《潍县文献丛刊》第一辑,国家图书馆有藏。是集附丁锡田民国二十年(1931)《板桥竹枝词小叙》。1962 年中华书局上海编辑所《郑板桥集》补遗卷所收《潍县竹枝词》四十首即据此本点校。

一为《郑板桥在潍轶诗》本,此本详情可参考《潍城文史资料》第十八辑陈慕虹《郑板桥〈潍县竹枝词〉问世经过》一文。文内云此本亦为四十首抄本,题为《郑板桥在潍轶诗》,署名为郭少垞,与今所见之丁锡田《潍县文献丛刊》本《潍县竹枝词》四十首全然相同。此文内云此本原为丁锡田旧藏,则此"郭少坨四十首抄本”当有以下几种可能。一种可能为此本“郭少坨四十首抄本”当即为孙仙坡所藏“出以相示，并许刊印”之本，丁锡田《板桥竹枝词小叙》中已误将“郭榆寿”作“郭少坨”，则《郑板桥在潍轶诗》本中题以“郭少坨”之人，非郭少坨自己，当为丁锡田。丁锡田得“全什而读之”，应题作“郭榆寿”，然误题为“郭少坨”；或郭斌寿实另有四十首抄本，题为《郑板桥在潍遗诗》，惟未见原本，不敢断言。另一种可能则《郑板桥在潍轶诗》本与孙仙坡藏本非一人所抄，除题名相同外，其他皆与孙仙坡藏本相同。

此外，陈慕虹《郑板桥〈潍县竹枝词〉问世经过》一文中所云丁锡田改《郑板桥在潍遗诗》为《潍县竹枝词》等叙述恐有误。乾隆十六年（1751），《郑板桥先生自书潍县竹枝词》本即自题作《潍县竹枝词》，今虽仅见二十四首，然与今通行之四十首已大略相似，是以郑板桥《潍县竹枝词》潍人皆知，实不需另作题名《郑板桥在潍轶诗》。此文记载丁锡田将原本《郑板桥在潍遗诗》，自改作《潍县竹枝词》，恐有误。纵实有其事，亦非改题，实乃还以旧题，复板桥旧貌。陈慕虹《郑板桥〈潍县竹枝词〉问世经过》一文又云，1962 年中华书局上海编辑所《郑板桥集》补遗卷所收《潍县竹枝词》四十首，乃由潍县东关教师王绪将《郑板桥在潍轶诗》四十首本寄往上海方得收入。此亦误。今察 1962 年中华书局上海编辑所《郑板桥集》补遗卷，《潍县竹枝词》四十首后明确标注所据版本为“民国二十年石印本”，此即丁锡田《潍县文献丛刊》本，并未言《郑板桥在潍轶诗》四十首抄本。是以 1962 年《郑板桥集》排印《潍县竹枝词》四十首时，所据底本为丁锡田《潍县文献丛刊》本，非王绪所寄《郑板桥在潍轶诗》四十首本。

一为 1962 年中华书局上海编辑所《郑板桥集》本，内据丁锡田《潍县文献丛刊》本点校。

以上七个版本中，孙仙坡藏本、丁氏丛刊本、《郑板桥在潍轶诗》本、中华书局点校本皆为同一系统，且流行最广。而板桥自书本、郭氏藏本则因传抄不同，颇忽相异。一书未刻，诸家转抄，文本有异，本不足为奇。然板桥竹枝，妙笔生花，兴观群怨，有潍地诗史之功，诸家虽有小异，亦不忍存而不论，以下遂就板桥自书本、郭氏藏本、丁氏丛刊本三者分而析之。

板桥自书本共载板桥竹枝二十四首，郭氏藏本载三十首，丁氏丛刊本载四十首。其中，郭氏所藏三十首，今仅从郭榆寿《榆园杂录》中得见五首。

板桥自书本二十四首竹枝词，有四首未见于丁氏丛刊本。此四首分别为："负郭园林竹树深，良田美产贵于金。谁家子弟能销费，为买温柔一片心。""罗绮成箱绣作堆，春衫窄袖好新裁。闺人不肯持刀尺，断要姑苏定织来。""翩翩少俊好腰身，半揖鞭梢对客人。且漫翻身骑马去，绿杨阴里一行尘。""姑苏子弟好清歌，多少青春欲着魔。今日暂来明日去，他心已是隔山河。"品此四首之意蕴风情，颇疑为《姑苏竹枝词》，非《潍县竹枝词》。并观今世所流传四十首《潍县竹枝词》，除明显潍地特色外，当亦非全赋潍县，中或有歌咏他地者。竹枝一体，青荫漫漫，纯乎风行，兼之板桥先生性情洒落，触笔洋洋，一纸题毕，置无定处，藏者难察，他处竹枝，不意掺入，亦未可知。然板桥祖上世居苏州，其诗文内姑苏情怀屡屡可见，楮墨之中，或将潍州苏州捉置一处，正可谓"潍州原是小苏州"矣。

此四首之外，丁氏丛刊本与板桥自书本有十数处文辞相异者。以下择其不同者，分而析之。

丁氏丛刊本“斗鸡走狗自年年”一首,其“博进已赊三十万”句,板桥自书本作“博进已偿三十万”。丁氏丛刊本“城上春云拂画楼”一首中“城上春云拂画楼,城外春水拍天流”二句,板桥自书本作“城上春云覆画楼,城边春水泊天流”。丁氏丛刊本“水流曲曲树重重”一首中“水流曲曲树重重”、“茅屋深藏人不见”二句,板桥自书本作“水流曲曲树丛丛”、“茅屋深藏岩壑静”。丁氏丛刊本“豪家风气好栽花”句,板桥自书本作“满城富豪好栽花”,而郭氏藏本作“豪家风气爱栽花”。丁氏丛刊本“大鱼买去送财东”一首中“巨口银鳞晓市空”句,板桥自书本作“玉骨银鳞晓市空”。郭氏藏本此首前两句与丁氏丛刊本、板桥自书本全然不同,作“跑街经纪善承风,争买鲜鱼送富翁”。丁氏丛刊本“两行官树一条堤”,板桥自书本作“两行杨柳一条堤”,郭氏藏本作“两行官柳一条堤”。丁氏丛刊本“腌猪滴血满城红”一首中“刀头富贵梃头雄”句,板桥自书本作“何如本富作田翁”。丁氏丛刊本“天道由来自好生”一首中,“天道由来自好生”、“家家杀戮太无情”、“十里春风作化城”三句,板桥自书本作“天道由来最好生”、“家家刀梃太无情”、“十里春风入化城”。丁氏丛刊本“征发钱粮只恨迟”一首,“茅檐蔀屋又堪悲”句,板桥自书本作“穷檐蔀屋又堪悲”。丁氏丛刊本“莫怨诗书发迹迟”一首,其“莫怨诗书发迹迟”、“化作朱颜市井儿”二句,郭氏藏本作“莫怨诗书发达迟”、“开卷寻常问不知”。

除此字句稍有不同外,亦有全诗大有差异者。丁氏丛刊本“小阁桐阴日影斜,晚风吹放茉莉花。衣裳尽道南中好,细葛香罗卍字纱”一首,板桥自书本作“小阁桐阴送晚凉,茉莉花间夜来香。微风摇动轻罗帐,银蒜金钩玳瑁床”。此二诗除首四字相同外，用韵亦已更换，纯乎重为构思。丁氏丛刊本“北洼深处好拏鱼，淡荡春风二月初。河水尽开冰尽化，家家网罟曝村墟”一首，板桥自书本作“北洼深处好拏鱼，淡荡春风漾绿渠。日暖人家晒网罟，水光山色浸茅庐”。丁氏丛刊本“秋风荻苇路湾环，钓叟潜藏乱草间。忽漫鹭鸶惊起去，一痕晴雪上西山”一首，板桥自书本作“小桥曲岸如湾环，荻苇花中钓艇间。忽荡鹭鸶惊起去，一痕晴雪上西山。”丁氏丛刊本“放囚宣诏泪潺潺，拜谢君恩转戚颜。从此更无牢狱食，又为盗窃触机关”一首，板桥自书本作“放囚出狱泪千行，拜谢君恩转自伤。从此更无牢粥饭，又为盗窃触桁杨”。

而最为不可解者，当属竹枝词中“三更灯火不曾收，玉脍金齑满市楼。云外清歌花外笛，潍州原是小苏州”一首，丁氏丛刊本、板桥自书本皆相同，而郭氏藏本却作“三更灯火不曾收，玉脍金齑满市楼。云外清歌花外酒，家家开宴过中秋”。此首以摹景论俗，佳处全在末两句，郭氏藏本二句，却俗语不堪，全然不类郑板桥清丽之诗风。难怪郭麐于其所见板桥潍县竹枝有所讥议。

自以上诸本可知，板桥竹枝，多有不同。其间有板桥随时自作修订者，亦当有传抄袭误者。更可知郑板桥《潍县竹枝词》正如启功之语，“可见原作当不止四十首也”。

以竹枝体赋潍县者，郑燮发其例，郭麐扩其体，裴星川、李家骧二家承其绪，斜阳古柳，烟波渺翠，故里旧影，车橹声声，诚可谓一地风俗简史也。吾邑孙建松之《潍县竹枝词撷英》搜罗既广，掘发又深，注解复详，潍县竹枝，依依绿远，功甚伟矣。孙建松所收七家竹枝，郑燮、郭麐、裴星川、李家骧之外，复有梁文灿鼓子词十二首，张昭潜、陈恒庆三五首，诗语寥寥，是所憾也。

另有郭康之等潍邑文士亦有竹枝传世,然皆未专于斯道,是以潍县竹枝吟咏成林者,惟郑郭裴李而已。

郭麐《潍县竹枝词》九十三首“制锦栽花几故侯”后注云:“郑在潍遗诗最多,尝有《潍县竹枝词》三十首,惜不免青藤山人作张打油叫街语,故不复录之。”郭麐称其“不免青藤山人作张打油叫街语”,因见版本有异,故有此语,略之可也。竹枝一体,源自巴蜀歌谣,虽偶有俗家语,亦风情摇曳,阔行荡荡,有类国风。至于后起有仗竹枝民间之名者,不顾诗歌要义,叫嚣乎东西,隳突乎南北,无体不俗,无骸不露,等而下之也。今观潍县诸家竹枝词,以郑板桥最为当行。板桥诗词,虽自言七律多放翁习气,然放翁习气岂可易得哉?板桥竹枝,风情突出,清词丽句,一时并驾,兴观群怨,历历可察。“三更灯火不曾收”“斗鸡走狗自年年”“豪家风气好栽花”“美人家处绿杨桥”“小阁桐阴日影斜”“翠袖湘裙小婢扶”“几家活计卖青山”“苍松十里郭西头”“城上春云拂画楼”“面上春风眼上波”诸首摇荡性情,摹以时俗,潍之繁美,透出无遗;“四面山光树木深”“天道由来自好生”“绕郭良田万顷赊”“行盐原是靠商人”“东家贫儿西家仆”“征发钱粮只恨迟”“潍城原是富豪都”“关东逃户几人归”诸首仁心醇厚,哀民劬劳,寄托深远;更有“水流曲曲树重重”“集散人归掩市门”“秋风荻苇路湾环”诸诗清丽超然,意境窈远。即如“水流曲曲树重重,树里春山一两峰。茅屋深藏人不见,数声鸡犬夕阳中。”一首,人又何易到也?裴星川、李家骧二家竹枝固远逊之,郭麐竹枝亦远所不逮也。

松斋诗集一卷

清郭思履撰。郭思履小传见《古诗词辑略》。是集《国朝山左诗续钞》《采访潍县艺文册》待访目、《[宣统]山东通志·艺文志》《潍县志稿·艺文志》著录,《采访潍县艺文册》待访目误作“郭思立”。

芜园诗草四卷

清郭耀章撰。郭耀章小传见《古诗词辑略》。是集《国朝山左诗续钞》《采访潍县艺文册》待访目、《[宣统]山东通志·艺文志》《潍县志稿·艺文志》著录。《[宣统]山东通志·艺文志》著录是集不载卷数。

艮思堂遗草一卷

清郭奕骝撰。郭奕骝小传见《古诗词辑略》。是集《国朝山左诗续钞》《[宣统]山东通志·艺文志》著录。艮思,郭奕骝之号,《郭氏族谱》世表误作良思。

《郭氏族谱》载营陵阎学淳所撰《艮思堂遗草叙》云:“厥后教授村中,益肆力吟哦,举一生坎坷抑塞不得志之状皆于诗发之。积若干卷,既而叹曰‘是何为者乎?’一夕敛其稿尽焚之。嗣君石云窃记一册,质之外王父昌邑于左村先生,云‘吐属浑雅,诸怨诗尤深得古乐府遗意’。还以质之先生,先生一见遽焚之。己巳冬,年八十有四,无疾而终。石云痛父平生力学手泽无存,遍搜箧笥,中得前杂录诗草廿余首,而邮致于余。”以此可知,郭奕骝本存诗甚夥,然因乖蹇不遇,遂两焚之。其子郭悦芝(郭悦芝号石云)、郭奕骝岳父昌邑于始瞻(于始瞻号左村)力存之而不能,诗文尽失。此集乃郭悦芝搜罗佚稿而成,仅二十余首。

理堂全集二十三卷

清韩梦周撰。韩梦周小传见《古诗词辑略》。是集《潍县志稿·艺文志》《贩书偶记》《续修四库全书总目提要(稿本)》《山东文献书目》《清人诗文集总目提要》著录。北京大学图书馆、南开大学图书馆、山东师范大学图书馆等藏。

《潍县志稿·艺文志》载韩梦周著作十五种,为《易解》《中庸解》《大学解》《理堂文集》《理堂诗集》《理堂日记》《理堂制艺》《近思录述义》《养蚕成法》《阴符经解》《圩田图三记》《理堂外集》《文法摘钞》《山木集尺牍》《理堂藏书目》。

今所谓《理堂全集》二十三卷者,乃韩梦周诗文总集,道光三年(1823)至四年(1824)静恒书屋刻本。计《理堂文集》十卷,《外集》一卷,《理堂诗集》四卷,《理堂日记》八卷。此数种以下分类叙之。

理堂诗集四卷

清韩梦周撰。韩梦周小传见《古诗词辑略》。是集《采访潍县艺文册》《[宣统]山东通志·艺文志》《潍县志稿·艺文志》《贩书偶记》《续修四库全书总目提要(稿本)》《山东省博物馆藏明清民国山左学者著述知见录》《山东文献书目》《清人诗集叙录》《清人别集总目》《清人诗文集总目提要》著录。是集今国家图书馆、山东省图书馆、山东省博物馆、青岛市图书馆、北京大学图书馆等多处图书馆有藏,《山东文献集成》《清代诗文集汇编》收录。

今按《山东文献集成》第一辑第三十八册《理堂诗集》四卷,据山东省图书馆藏清道光四年(1824)潍县韩氏静恒刻本影印，半页十行，行二十二字，四周双边，单鱼尾。

是集载诗以编年为序，共分四卷，卷一为《邱园集》（庚辰至丙戌）、《八公山集》（丁亥至己丑），载诗一百一十九首；卷二为《渡江集》（己丑至庚寅）、《淮南集》（庚寅至辛卯），载诗一百四十七首；卷三为《小珠集》（辛卯至壬辰）、《清映集》（癸巳至甲午），载诗一百六十四首；卷四为《程符集》（乙未至辛丑）、《邱园集补遗》及《八公山集补遗》，载诗一百四十三首，此集共载诗五百七十三首。

《［宣统］山东通志·艺文志》云："其诗编年而不分体，始康熙庚辰，迄乾隆辛丑。"此误，康熙庚辰，韩梦周尚未生，此当为"始乾隆庚辰至辛丑"。又云："每集皆有梦周题语，惟程符集无之。盖程符集为晚年之作，疑编录出于他人。而他集则其所自定也。"《续修四库全书总目提要（稿本）》全袭此书而未标出处，且其"康熙庚辰"之误一并沿袭。

理堂文集十卷外集一卷

清韩梦周撰。韩梦周小传见《古诗词辑略》。是集《采访潍县艺文册》《［宣统］山东通志·艺文志》《潍县志稿·艺文志》《贩书偶记》《续修四库全书总目提要（稿本）》《清人文集别录》《山东省博物馆藏明清民国山左学者著述知见录》《山东文献书目》《清人别集总目》《清人诗文集总目提要》著录。今国家图书馆、山东省图书馆、山东省博物馆、青岛市图书馆、河南省图书馆、北京大学图书馆、中国人民大学图书馆等多处图书馆有藏，《山东文献集成》《清代诗文集汇编》收录。

今按《山东文献集成》第一辑第三十八册《理堂文集》十卷《外集》一卷《附录》一卷，据山东省图书馆藏清道光三年

(1823)至四年(1824)潍县韩氏静恒书屋刻本影印,半页十行,行二十二字,四周双边,单鱼尾。

是集首列汪廷珍道光四年(1824)叙文(刘鸿翱代作),次有时嵎嘉庆十四年(1809)序、乐陵贾声槐嘉庆十八年(1813)序。后有目录,目录后附有韩通儒嘉庆十八年(1813)识文。《理堂文集》共十卷,卷一、卷二为杂著,共三十二篇,卷三、卷四载书十八篇,卷五卷六载序四十三篇,卷七记二十五篇,卷八传二十七篇,卷九墓志铭、墓表、神道碑、墓碣二十七篇,卷十行状、哀词、祭文、诔十四篇,共收文一百八十六篇。外集载公牍五篇,附录为《理堂先生传》等文三篇。

据韩通儒识文云:"右族父理堂先生古文若干首,通儒即平度于氏本而增之者也。先生没于嘉庆戊午,时通儒年已弱冠,渐知乡慕古文学。会族中有庆吊事,与先生之孙方坤遇,辄讯先生古文,而家无勒成藏成。丁卯夏,方坤始投予二册,谓得之平度于氏先生旧馆,计其文不过百余篇。"又云:"既得平度本,窃意其未备。每逢先人讳日及岁时展拜墓所,必迂道诣先生故居,启箧而搜索之,得文稿数首以归。阅三载,计所得亦逾百篇。乃合于氏所录,求选序于乐陵贾艮山先生,而厘为目次如右。"

时嵎《理堂文集》序云:"嵎生也晚,未及游先生之门,仅见其制义诗集而已,不知有古文之作也……韩生致经,为先生族子,从余游,喜冶古文,惧其久而散佚也,裒合成帙,颜之曰《理堂古文汇存》,今改名为《理堂文集》。"贾声槐《理堂文集》序云:"今其孙慎甫与其族子致经类次文集若干卷,因其门人张君小南问序于余。"刘鸿翱《理堂文集》序云:"其同邑陈伟堂编修将梓先生之文集行世,而问序于余。"

复察《潍县志稿》卷三十人物文学韩通儒传引于祉《韩致经传略》云："先是，通儒族父梦周以诗古文词雄视一代，而遗稿散乱不复整饬，乃躬为手汇，负其书诣京师求贾太史艮山厘定之，陈太史翔千、伟堂合力梓行之，比卒，犹以未及补锓贾所撰传序为恨。"

以上可知，韩梦周诗作已先成编，其古文虽屡屡作之，而未尝有集。待其身殁后，族后学韩通儒力为搜检，得平度于氏抄本及家藏散稿汇成一编，初名《理堂古文汇存》，后改为《理堂文集》。一编初就，韩通儒又托张丰、陈官俊（字伟堂）索序于贾声槐、汪廷珍、刘鸿翱诸人，复由陈凤翰（字翔千）、陈官俊合力梓行。《理堂文集》之梓，潍上诸家多参与其事，韩通儒发凡搜索，陈凤翰、陈官俊出资镌刻，其功至伟矣。

《潍县志稿·艺文志》附录刘鸿翱代汪廷珍道光四年（1824）叙文。

理堂日记八卷

清韩梦周撰。韩梦周小传见《古诗词辑略》。是集《采访潍县艺文册》《潍县志稿·艺文志》《贩书偶记》《山东省博物馆藏明清民国山左学者著述知见录》《山东文献书目》《清人别集总目》《清人诗文集总目提要》著录。是集国家图书馆、山东省图书馆、山东省博物馆、青岛市图书馆、北京大学图书馆、吉林大学图书馆等多处图书馆有藏，《山东文献集成》《历代日记丛抄》《清代诗文集汇编》收录。

今按《山东文献集成》第一辑第三十八册《理堂日记》八卷，山东省图书馆藏清道光四年（1824）潍县韩氏静恒刻本，半页十行，行二十二字，四周双边，单鱼尾。

是集卷一为《衔恤庐日记》，共八十二则；记卷二为《梨村草堂日记》，共六十五则；卷三为《客燕日记》，共一百六十五则；卷四为《客渠日记》，共一百六十八则；卷五为《来安日记》，共一百七十五则；卷六、卷七为《客淮日记》《程符精舍日记》，共一百一十八则；卷八为《客鄚日记》，共一百一十四则。《理堂日记》以宋儒程朱思想为理要，评论前贤著作，采辑古哲语录，论人道性命，排斥陆象山和王阳明，摒佛排道，间有考辩历史诗文之语。

理堂未刻稿不分卷

清韩梦周撰。韩梦周小传见《古诗词辑略》。今国家图书馆另藏有《韩理堂未刻稿》，抄本，五册，其中《理堂文集》抄本二册，《未刊刻稿》抄本二册，杂著一册，内有贾声槐等时人校定评阅之语。

又《潍县志稿·艺文志》附有宋书升《韩理堂先生未刊稿》序。序云："又闻先生有逸文若干篇，未得见，今年春，始获见于高君翰生处，亟持归录之。"又云："余欲续缀诸篇刻之，而绵于力，亦唯详填决择存之箧笥，以待世有如文壳者。"是可知高翰生处又有未刊稿一种，宋书升录之。此种未见，与今之所见国家图书馆藏《理堂未刻稿》又有不同矣。

丁锡田《潍县文献丛刊》第一辑前有拟出书目，其中即有《理堂先生未刊文稿》一种，丁锡田自注为韩氏家藏本，当亦为此本，原为韩通儒藏本。

理堂外集四卷

清韩梦周撰。韩梦周小传见《古诗词辑略》。是集《潍县志稿·艺文志》《河南省图书馆中文古籍书目》《清人别集总目》《清人诗文集总目提要》著录，乾隆刻本，一函一册，前有法坤宏序，河南省图书馆藏，今未见。

文法摘抄一卷

清韩梦周撰。韩梦周小传见《古诗词辑略》。是集《贩书偶记续编》《潍县志稿·艺文志》《清史稿艺文志拾遗》著录，为文法合刻本，今未见。

理堂制艺二卷、理堂制艺续集二卷、山木集尺牍八卷

清韩梦周撰。韩梦周小传见《古诗词辑略》。以上三种《潍县志稿·艺文志》皆著录。

今可知韩梦周著述凡有十六种，《清人诗文集总目提要》载韩理堂复有别本数种，“一为《餐霞集》”，“一为《畹香村会稿》”，此误将郭绥之诗集置入韩公复名下。除上述四种外，其他笔者或有见，或未见，皆与诗文相去甚远，故仅略述如下。

合《潍县志稿》及《理堂全集》中诸传序跋墓传文可知，《理堂制艺》有前后刻各二卷，为《理堂制艺》《理堂制义续集》。《理堂制义续集》为其门生李廓刻之。丁锡田《韩梦周年谱》载：“（乾隆）三十八年，刻《理堂制义》前后集”，“（乾隆）四十九年，《理堂制义》续集刻成”。任来安时，来安北多山，南为圩田，故有《圩田图记》，记来安圩田之地里丈尺工程，今未见。

并有《养蚕成法》，系韩梦周募兖、沂善养蚕者教来安山民育蚕之时，劝农桑之书，今有清刻本，半页十行，行二十四字，四周双边。《阴符经解》亦刊刻较早，未见。《山木集尺牍》八卷，乃丁锡田物色韩理堂家书等揭裱成册，签名《山木集》。《潍县志稿》卷七疆域遗迹“韩梦周宅”条即转引《山木集尺牍》。其余《易解》《中庸解》《大学解》《近思录述义》《理堂藏书目》诸作适见其儒者本色，山左学人，诚不虚矣。

鸿爪集无卷数、旧华园诗存无卷数

清郭同芳撰。郭同芳小传见《古诗词辑略》。二集《潍县志稿》著录。《潍县志稿·艺文志》误作《旧华园诗序》，《十二笔舫杂录》《山东通志·艺文志》《潍县志稿》卷四十二杂稽作《旧华园诗存》，《潍诗采录》作《旧华园诗钞》，《采访潍县艺文册》据此著录。

中山纪事无卷数、秋皋制艺无卷数

清郭守璞撰。郭守璞小传见《古诗词辑略》。《潍县志稿·艺文志》著录二集，且后附韩梦周《秋皋制艺序》。制艺八股，俗称敲门砖，其代圣贤以言，或有学无文，或有文无情，明清科举之士，精于此者众多，然既非艺文，又非学问，行之不远，不论可也。

海樵诗无卷数

清王玉临撰。王玉临，字梅樵，柴家庄人，《潍县志稿》卷二十九高士王玉临传云其工诗及书法。是集《西涧草堂文集》

《[宣统]山东通志·艺文志》著录。

《西涧草堂文集·二王小传》云："予尝至王氏所居柴家庄，高柳寒泉，映带茅舍。子孙出见客，简质无时世意，因得借观《梅樵诗》。叹其清迥。后为人持去，失三之二，存者多非其至也。"

南圃焚余草一卷

清郭凤鸣撰。郭凤鸣小传见《古诗词辑略》。是集又名《焚余草》，《[宣统]山东通志·艺文志》作《焚余诗草》，未载卷数。《潍诗采录》《国朝山左诗续钞》《采访潍县艺文册》待访目、《潍县志稿·艺文志》亦著录。

《郭氏族谱》载《敕授修职佐郎曹州府单县训导郭公传》云："(郭凤鸣)自单父归，手辟一园，日与诸弟莳花种竹，觞咏其间，得诗百余篇，颜之曰《焚余草》。乌程张道宪所选《潍诗采录》中，公尤其卓卓者也。"

自《郭氏族谱》可知，是集收诗百余篇，似未锓版。

柳塘诗存无卷数、西村课耕堂草无卷数

清郭守绪撰。郭守绪小传见《古诗词辑略》。二集《潍诗采录》《采访潍县艺文册》待访目、《潍县志稿·艺文志》著录。《潍县志稿·艺文志》作《柳堂诗存》，按《潍诗采录》言郭守绪号柳塘，以此知《潍县志稿·艺文志》误。

鲁山诗集一卷、果园吟稿无卷数

清徐景东撰。徐景东小传见《古诗词辑略》。是集《潍县

志稿·艺文志》著录。《潍县志稿》卷三通纪二乾隆五十五年(1790)引徐景东《霜麦记》。另《采访潍县艺文册》著录徐景东《果园吟稿》钞本,并云:“原书无序,稿中杂体诗都凡二百十四首。”未知此两种是否为一书。

大雅楼诗集二卷、野蹊先生文集二卷

清郭东元撰。郭东元小传见《古诗词辑略》。《大雅楼诗集》见《国朝山左诗续钞》《采访潍县艺文册》待访目、《[宣统]山东通志·艺文志》《潍县志稿·艺文志》,《野蹊先生文集》二卷见《采访潍县艺文册》待访目、《潍县志稿·艺文志》。

其子郭去咎《震庵内集》中载有《野溪先生文集》序,中云:“我先君子野溪先生既卒之明年夏五月,去咎谨于败簏中出其遗集,以次第所著作。”《采访潍县艺文册》待访目即据《震庵内集》著录。又郭为贤《天觉词钞》载有《莺啼序·题野蹊先生文集》一词,见本书《古诗词辑略》。

练甘棠诗一册

清练甘棠撰。练甘棠小传见《古诗词辑略》。是集《潍县志稿·艺文志》著录。

南斋遗集一册

清李云翘撰。李云翘小传见《古诗词辑略》。是集《潍县志稿·艺文志》著录。

双清阁诗集八卷

清郭同芸撰。郭同芸小传见《古诗词辑略》。是集《榆园杂录》《采访潍县艺文册》《[宣统]山东通志·艺文志》《潍县志稿·艺文志》《续修四库全书总目提要(稿本)》《清史稿艺文志补编》《山东省博物馆藏明清民国山左学者著述知见录》《山东文献书目》《清人别集总目》《清人诗文集总目提要》著录。《潍县志稿·艺文志》附有刘鸿翱《郭雁庐先生诗集序》,《山东文献书目》作《双清阁雁庐诗集》八卷,《清人诗文集总目提要》误作《双亲阁诗集》八卷,中国科学院图书馆、山东省图书馆、清华大学图书馆、山东省博物馆、青岛市图书馆藏。

《[宣统]山东通志·艺文志》仅引《榆园杂录》中所举郭同芸五言句十三联、七言句十四联以赞。《续修四库全书总目提要(稿本)》云:"是集合古今体诗随意编次,共六百七十余篇,乃其外孙陈象轸编以付刻者。同芸性恬退,喜骚雅,凡性情感发、景物流览无不寄意于诗,每以一字未安或连夜不能寐,沉潜其中者几六十年。"以下复评其诗,并引《榆园杂录》五七言数联。

今查山东省图书馆藏《双清阁诗集》八卷,道光二十一年(1841)陈象轸刻本,半页八行,行十九字,四周双边,黑口,单鱼尾。是集首列杨茵序,次列陈述经序,后有道光二十年(1840)郭去咎序、郭磐石跋文,末有陈象轸跋文。然内无刘鸿翱《郭雁庐先生诗集序》,刘鸿翱此文未随书以刻耶?

陈述经《舅氏郭雁庐先生诗集序》云郭同芸曾出近作示之,并命以序,又云:"舅氏年近八旬,移居城南二十里,相对凄然,留语几半日,洒泪以别。堂侄象轸,舅氏外孙也,就现存诗草裒写成帙,将授梓人。计偕以入都,正绪阁舍人雨帆。……

时辛丑春也，距舅氏殁四年。□诗皆生前手定，而先时为人传诵者或不在焉。”

郭去咎序云：“及见雁庐叔外孙陈孝廉象轸出双清阁遗诗，属予选订，付剞劂。”

郭磐石跋云：“道光甲辰，其外孙陈生文江出其存本，质悔存兄，将付剞劂。磐因与族子弟分雠讹字，得窥其崖岸。”

陈象轸跋文曰：“戊戌夏，外祖殁，求所遗草，已为借观者失去，别有抄本藏轸家，亦不过十之四五，又多错讹字。丁酉岁，与表弟丁伯麟，以外祖遗泽将全刻，质诸舅氏郭氏悔存先生。先生曰：‘错讹太谬者不得不以删，其间未甚稳惬犹可通晓者姑存之，以俟阅者之拟议可也。计得六百七十余篇，付剞劂焉。’”

综上以知，郭同芸是集原有自订本，并命其甥陈述经序之，惟未刊刻，后有借观者，稿遂佚。道光十八年戊戌（1838），郭同芸谢世，其外孙陈象轸欲付刻乃外祖全稿，然求郭同芸自订遗草而不得，遂将自藏抄本示郭去咎以选订，郭去咎率郭磐石等郭氏族子弟校雠选订，此即今日之《双清阁诗集》八卷本。

郭磐石道光二十一跋文有“道光甲辰”云云，此误。道光甲辰乃道光二十四年（1844），复察郭去咎、郭磐石、陈象轸诸文可知，此“道光甲辰”应作“道光丁酉”。

钝斋课徒草无卷数

清郎迂若撰。郎迂若生平未详，是集见《潍县志稿·艺文志》。

梅花书屋诗集无卷数

清魏洪阳撰。魏洪阳小传见《古诗词辑略》。是集《榆园杂录》《采访潍县艺文册》待访目、《[宣统]山东通志·艺文志》《潍县志稿·艺文志》著录。《采访潍县艺文册》待访目、《[宣统]山东通志·艺文志》作《梅花书屋集》。

郭绥之《沧江诗集》中载《冬夜编友人魏鉴湖遗诗有感》二首,其一云“久为钟期不鼓琴,寒宵摊卷更沉吟。沙中几度披金屑,知否桓谭费苦心”。其二云“杯酒何如身后名,灯前忍泪忆平生。骑鲸化鹤无消息,殊觉难忘故交情”。可知《梅花书屋诗集》为郭绥之所编订。

又宋书升《初篁书庐文稿》载《魏鉴湖遗诗题辞》一篇,云魏洪阳“博览稗官小说,所作不专争丽句妍辞,而偶一设藻,如幽涧奇花,天然秀媚”。又云:“鉴湖家中落,殁后,遗集归其子。夫丁生偶从索得数册藏之。”此集当即为《梅花书屋诗集》,宋书升所言此“丁生”为丁锡田耶?

过江集无卷数

清魏淮阳撰。魏淮阳,字三洲,号竹桥,潍邑贡生。是集《榆园杂录》《采访潍县艺文册》待访日、《[宣统]山东通志·艺文志》著录。《潍县志稿·艺文志》著录为《魏淮阳诗集》。

松雪堂遗集四卷

清郭启翼撰。郭启翼(1731—1803),字寅栖,又字凤举,号莲溪,乾隆二十七年(1762)举人,郭伟业之子。历任江西峡江县、武宁县、新建县、余干县、新城县知县,转任吉安府安福县知县，署南康府同知。《潍县志稿·艺文志》著录是集。

青峰文稿无卷数、古文管圭无卷数

清谭在丙撰。谭在丙小传见《古诗词辑略》。是集《潍县志稿·艺文志》著录。又《潍县志稿》卷三十谭在丙传云其："所选《古文管圭》，精于评陟，士林传写。"

自娱轩诗草无卷数、春溪制艺二卷、郎氏八篇不分卷

清郎澍撰。郎澍小传见《古诗词辑略》。《自娱轩诗草》见《潍坊县志稿》卷三通纪二道光十九后注。《春溪制艺》见于《潍县志稿·艺文志》。《潍坊古籍书目》著录《春溪制艺》《郎氏八篇》二种。今昌邑王伟波藏清乾隆五十六年(1791)家塾刻本《春溪制艺》二卷、清抄本《郎氏八篇》。《春溪制艺》一册二卷，半页九行，行二十五字，四周单边，单鱼尾；《郎氏八篇》一册，半页八行，行二十二字。

秋溪制艺无卷数

清郎泳撰。郎泳，郎澍之弟，乾隆四十四年(1779)举人，生平未详，是集《潍县志稿·艺文志》著录。

游闽诗草一卷、芸窗闲录无卷数、松窗杂钞无卷数

清周履谦撰。周履谦生平未详，三集《潍县志稿·艺文志》著录。

淡叟晚集四卷

清周文奎撰。周文奎，号淡叟，邑监生，轻财好义，屡有善行，《潍县志稿》卷二十九人物义行有传，是集《潍县志稿·艺文志》著录。

寻乐堂诗草一卷、复堂诗选无卷数、趋是子文集无卷数

清郭去非撰。郭去非小传见《古诗词辑略》。《潍县志稿·艺文志》著录《寻乐堂诗草》一卷，《潍县志稿》卷四十二杂稽中记有郭去非《寻乐堂杂著》，未知其详。《郭氏族谱》著录其《复堂诗选》《趋是子文集》及《周易证疑》诸集，郭去咎《松香词钞》有词作《醉春风·题趋是子文集》。其辞曰："谁谓诗书好，惯把人颠倒。百年心事竟何如，草草康乐文章，坡仙词赋，空留遗稿。日月争昏晓，天地何时老。才华如故昔人非，恼恼恼。一度春风，一番秋月，循环不了。"

《潍县志稿·艺文志》复著录《荷舫思问录》《渠亭演笔》，未知二书属类，故未列入。

经治堂文钞无卷数

清郭坛撰。郭坛小传见《古诗词辑略》。是书宋书升《郭岱封先生传》著录，并云是集"传录失之"，今佚。

拙斋文集一卷、拙斋制义无卷数

清高守训撰。高守训，字觐甫，号拙斋，师韩梦周，精于古文，以学称于乡里，乾隆五十一年（1786）举人，五十八年

(1793)进士，任宜兴县令，《潍县乡土志》《潍县志稿》《潍县乡土志》有传。《拙斋文集》又称《拙斋古文稿》，《潍县乡土志》《采访潍县艺文册》《[宣统]山东通志·艺文志》《潍县志稿·艺文志》《中国古籍善本书目》《中国丛书综录补编》《清史稿艺文志拾遗》著录。今山东省博物馆藏潍县高鸿裁辨蟫居抄本，为《齐鲁遗书》十八种之一。

《采访潍县艺文册》著录为钞本，并载有王延年道光乙酉年(1825)序文。《中国古籍善本书目》《清史稿艺文志拾遗》皆据《齐鲁遗书》著录为《拙斋古文稿》一卷。

另《榆园杂录》著录高守训《拙斋制义》刊本，《潍县志稿·艺文志》即据此著录。

锦城诗钞二卷

清陈廷钰撰。陈廷钰(1756—1826)，字其相，号式堂，乾隆五十四年(1789)举人，历任四川长宁、清溪、定远、大宁、射洪等县知县、合州知州等。《潍县乡土志》《潍县乡贤传》《潍县志稿》有传。是集《潍县志稿·艺文志》著录。

伟堂笔记一卷

清陈官俊撰。陈官俊小传见《古诗词辑略》。《潍县志稿·艺文志》著录，国家图书馆藏。

今按国家图书馆藏《伟堂笔记》一卷，稿本，半页八行，行十九字，小字双行同，无格。末有吴保锴题识。是集为陈官俊自撰年谱类笔记，约五千字。自其八岁入学受业，记至其六十四岁止。是集原为陈氏家藏本，后归海丰吴氏珍藏，今归国家图书馆善本类珍藏。此书在保存陈氏一族之史料之外,余可考察彼时科考、职官之情况,至可珍也。1996 年,《中国历代年谱总录》收录。

瓣香亭诗集一卷、听秋斋诗集二卷

清郭象升(象恒)撰。郭象升亦名象恒,前志多以分为二人,误。郭象升(象恒)小传见《古诗词辑略》,《郭象升、郭象恒为一人小考》附于后。二集今皆未见,疑佚。

《瓣香亭诗集》,由《国朝山左诗钞后集》《榆园杂录》《采访潍县艺文册》待访目、《[宣统]山东通志·艺文志》《潍县志稿·艺文志》著录,《榆园杂录》《[宣统]山东通志·艺文志》作《瓣香亭集》,《榆园杂录》载郭象升有瓣香亭草本,此可知时未刊刻。

《听秋斋诗集》由《安丘新志》《[宣统]山东通志·艺文志》《潍县志稿·艺文志》著录。张柏恒《式训集》载《诗酒颠传》中著录是集,云“音节凄婉,徵声多变,其自述百韵尤胜”。《式训集》复载《听秋斋诗集序》云:“壬戌仲冬,潍邑郭菊畦由黔南返里,门第宅久墟不存,无一立锥地”,“由莱郡策蹇东下三载,归来把余臂笑曰:兹归来,又无长物,惟添得一身酒颠病与两肩锦囊句尺许厚耳。余急索新编,合旧集读之,但觉天风海浪,鲸鸣鼍吼,咄咄逼人。而其感赋境遇抒啸写怀之篇,又如闻青林黑塞之间,依依有途穷哭者”。则《瓣香亭集》当为张柏恒此序所云之“旧集”,《听秋斋诗集》即张柏恒所云之“新编”。

附:郭象升、郭象恒为一人小考

余撰《潍上历代著述考》以来,因前志或所记有误,或语焉不详,有孙出声(元声)、郭象升(象恒)二人姓名颇费考量,阅诸资料，幸得涣然。

《潍县志稿·艺文志》中著录有郭象升《瓣香亭诗集》一卷，郭象恒《听秋斋诗集》二卷，二集先后列之，是以《潍县志稿》中已将郭象升、郭象恒视为二人。

《潍县志稿》诸传有郭象恒传，而无郭象升传。《潍县志稿》卷三十人物文学郭象恒传全依《安丘新志》卷二十五流寓郭象恒传，云郭象恒"字菊畦，自号诗酒颠，潍县人"。又言其"总角从戎，奔走黔粤，乱山中幸不死"。传中虽云"望之知为大家子"，然未记其门里，似有苦衷而不得吐焉。传后云："一日，忽以无疾死，年五十二，著有《听秋斋诗集》二卷。"

复查《郭氏族谱》中有郭象升，无郭象恒。世表记郭象升云："守琛次子，行三，字子允，号菊畦，太学生，候补州吏目，生于乾隆四十九年八月初二日申时，卒于道光十四年十一月十一日，年五十一岁。配福山县萧氏。"

至此可知，郭象恒字菊畦，郭象升号菊畦，卒年又相当，二人之关系已极可疑。《国朝山左诗汇钞后集》又云："郭象恒，号菊畦，潍县人，候选州吏目，有《瓣香亭草》。"此条已将郭象升、郭象恒拈合为一，是以郭象恒即郭象升已确定无疑，惟系孤证，尚缺旁援。

复察《榆园杂录》《[宣统]山东通志·艺文志》卷百四十五皆载郭象升徙居安丘，此与郭象恒流寓安丘相合。而证据最为充分者则属张柏恒《式训集》中所载郭象恒《自述百韵》中张氏夹注。

郭象恒《自述百韵》中所记平生辗转甚详，张氏注有"菊畦堂伯秋皋先生牧涿州，寄书求菊畦为嗣"。"菊畦岳翁萧同知仁怀厅迎菊畦""菊畦六岁丧母曹氏"数条。复合《郭氏族谱》

世表郭象升及郭守琛条可知，郭象升父郭守琛为郭守璞堂弟，曾任职贵州，郭象恒传中所云“总角从戎，奔走黔粤，乱山中幸不死”即指此也。郭守琛之续妻、郭象升生母安丘曹氏卒于乾隆五十六年（1791），郭象升生于乾隆四十九年（1784），此与“菊畦六岁丧母曹氏”亦颇相合；郭象升配福山县萧氏，而菊畦岳翁正为福山萧栴年。他证尚有，兹不列举。

合以上数条可知，郭象升即郭象恒，其《瓣香亭诗集》当为早年之集名。黔粤归来，穷困潦倒，少年瓣香，如云鹤杳；唯余空斋听秋，苦雨潇潇矣。郭象恒之名亦当后改，是以流寓安丘，居马氏笔花斋中放纵诗酒，其间艰涩心事可见《自述百韵》诗，至于辗转苦楚之具微，名字更改之初衷，必有大伤心事，惜今日已不复可知矣。

鸡窗集无卷数

清杜文漪撰。杜文漪小传见《古诗词辑略》。是集《潍诗采录》《国朝山左续诗钞》《采访潍县艺文册》待访目、《[宣统]山东通志・艺文志》《潍县志稿・艺文志》著录。

苏门遗怀集一卷、游劳山记一卷

清傅廷兰撰。傅廷兰小传见《古诗词辑略》。《苏门遗怀集》一卷，《采访潍县艺文册》《[宣统]山东通志・艺文志》《潍县志稿・艺文志》《清人别集总目》《清人诗文集总目提要》著录。《潍县志稿・艺文志》作《苏门集》一卷，是集中国科学院图书馆、上海图书馆藏。

今按中国科学院图书馆藏《苏门遗怀集》一卷，道光三十年(1850)清稿本。半页九行,行二十一字,红栏,内夹条签,题“道光庚戌府学恩贡生王遴选”,序文后有“傅廷兰印”“馨谷”章,是可知此集为道光三十年(1850)清稿本,潍县王遴选定,集内载文二十二篇,长诗一首,文后或有傅廷兰、郭熊飞、夏文涛等评记。集内首列傅廷兰自序,自题“北海迂叟”,次列目次,目次存文二十篇,正文载二十二篇,目次漏收《书禁杀生事》《为人后论》二篇。

傅廷兰此集极为稀见,又未刊刻,足可珍贵,谨将傅廷兰自序及目次全录如下。

傅廷兰序云:“少习制艺,壮岁不第,时观玩于史汉唐宋之文,间有所作,弗肖也。一行作吏,此事遂废。罢官以后,适值清查,致被羁留四五年。中时返里门,亦或他住,而居苏之日为多。世途倾险,云雨翻覆,风波震撼,幽忧侘瘵,郁郁无聊,日引月长,何以消遣?乃时捉笔,道今述往,非所身经,即所目击,以极反侧,以舒愤思。穷愁著书,不平则鸣,良有以也。忽作忽辍,不计工拙,亦无伦次,积久成帙,取覆视之。虽间涉游戏,杂以诙谐,嬉笑怒骂,难语大雅,而事皆征实,非同于虚。心力所寄,不忍焚弃,乃删而存之。言之无文,所弗恤也。北海迂叟自记。”

集内诗文序次如下。《姓说》《名说》《霜麦记》《捕蝗说》《虫灾说》《禁鸦片烟说》《徭役说》《苏松水涨说》《打冰说》《开下河说》《吴江城隍神考》《吴江仓神》《神有正配说》《吴俗敬神二事》《书解天饷事》《书毁五通祠事》《书禁杀生事》《鄗开论》《为人后论》《戈如獾小传》《田八山小传》《素小乔传》《山阳记》。

是集多载吴门之人事,《山阳记》一篇,为长篇纪事诗,叙清嘉庆即墨李毓昌案事甚详，曲折回环，凡一百一十九韵，于潍上诸家诗词颇为特出。

《潍县志稿·艺文志》并著录《游劳山记》一卷，今未见，《潍县志稿》卷三十六人物释道傅道士条即引自《游劳山记》。

劝民歌一卷

清郭守玺撰。郭守玺小传见《古诗词辑略》。《郭氏族谱》载郭守玺行述记略，中云其任职桑植县知县时："捐俸置书院，月无废课，多士景从。作《劝民歌》十二首，远近传布。"今将《劝民歌》十二首作一卷。

梦花亭诗集一卷

清郭堉撰。郭堉小传见《古诗词辑略》。是集《国朝山左诗续钞》《采访潍县艺文册》待访目、《[宣统]山东通志·艺文志》《潍县志稿·艺文志》著录。《采访潍县艺文册》待访目作《梦花亭诗草》。

礼耕堂文钞一卷、兰畦制艺无卷数

清郭圩撰。郭圩小传见《古诗词辑略》。《礼耕堂文钞》一卷，《潍县乡土志》本传、《采访潍县艺文册》待访目、《潍县志稿》本传、《中国古籍善本书目》《山东省博物馆藏明清民国山左学者著述知见录》《山东文献书目》《清人别集总目》《清人诗文集总目提要》著录，山东省博物馆藏。是集《清人诗文集总目提要》郭圩误作"郭阡"，仅好斋书名作《礼耕堂集》。《潍县志稿》郭圩本传后宋书升《郭兰畦先生传》中作《礼经堂文钞》。

《山东省博物馆藏明清民国山左学者著述知见录》著录是集为清抄本,并云:"此抄辑其序、辨、论、记、行状、传记等文十九篇。卷首有何凌汉序,其序略云:'余自乙丑客都城,读中秘书。退食余暇,偶读《周易集异》,闳深奥衍,博极群书。初疑汉马郑之遗,及访其姓氏,知为友人郭兰畦撰。断寄来古作若干首,命余为序。余与兰畦识面最先,缔交最久。其文于班马诸书,得其气息之古,用笔之朴,而以唐宋八家抑扬顿挫之致,一字一句无不古音古节,方为言之有序。吾友于古文不轻作,间一为之,或草出旋毁。今年存者,抛掷之余耳。唯其性情和平,气度安雅,加以蓄积之久,涵养之深,见诸楮墨,所以得古人之神髓也。'"

《兰畦制艺》,又名《礼耕堂制艺》,无卷数,《潍县志稿·艺文志》著录。《潍县志稿》卷四十二杂稽云:"郭圩诗文不自拾,殁后多散失。其门人仅刻《兰畦制艺》行世,诗无存。"郭去咎《震庵内集》后附《聋庵纪闻》云:"族侄圩,圩死后,及门梓《兰溪制艺》行世。"郭去咎所言《兰溪制艺》者,当为《兰畦制艺》。是集有刻本,今未见。

静吾斋诗钞一卷、静吾斋文钞一卷、笈堂遗诗无卷数

清陈述经撰。陈述经小传见《古诗词辑略》。此二集又合称为《静吾斋诗文钞》,《采访潍县艺文册》《潍县乡土志》《[宣统]山东通志·艺文志》《潍县志稿·艺文志》《山东文献书目》《清人别集总目》《清人诗文集总目提要》著录,山东省图书

馆藏,《山东文献集成》影印收录。

今按《山东文献集成》第二辑三十七册载《静吾斋诗钞》一卷,《静吾斋文钞》一卷,皆据山东省图书馆藏钞本影印。《静吾斋诗钞》半页九行,行二十五字,载诗一百八十四首;《静吾斋文钞》半页九行,行二十二字,载文二十三篇。《文钞》中有解书传记序说诸体,摭拾诸文,长短不论。多者数千言,如《四书解》;短者数十语,如《玑解》。其中《官舍读书记》一篇,翩然有风致;《舅氏郭雁庐先生诗集序》论艺诗文,皆可读也。

又《潍县志稿》卷四十二杂稽"陈述经"条后标注《笈堂遗诗》,则陈述经有《笈堂遗诗》一书,惟不知《笈堂遗诗》与《静吾斋诗钞》之源流。

杞菊斋诗文草无卷数

清蒯云青撰。蒯云青字步霄,是集《采访潍县艺文册》《[宣统]山东通志·艺文志》《潍县志稿·艺文志》著录。《采访潍县艺文册》著录为钞本,可知此集未刊刻。

《采访潍县艺文册》载有蒯岳生识文,云:"同治纪元之次年癸亥,端阳后夏日正长,与小孙课读。""适于破书旧簏乱帙中检得古今诗及杂作数十纸。阅之,盖十弟云青之笔也。但其中格调意义叹余废学有年,多不甚悉,欲弃之,因忆吾弟一生所嗜好在此,而又不忍,故不惮身老力疲,录为一册,以俟后之识者,时余年七十有四也。"

可知是集为蒯云青殁后由其兄蒯岳生所钞也,未刊刻,今疑佚。

自娱草堂随笔一卷

清郭君佐撰。郭君佐（1769—1845），字献陛，郭启翼之子，郭麐之父，太学生。是集《榆园杂录》著录，《采访潍县艺文册》待访目、《潍县志稿·艺文志》即按此著录。《榆园杂录》卷二摘录《自娱草堂随笔》二则，《春韭园随笔》摘录《自娱草堂随笔》三则，以此可知是集乃随笔以录，汩汩以流，任意东西耳。

竹雨轩集无卷数

清李桓之撰。李桓之小传见《古诗词辑略》。是集《榆园杂录》《采访潍县艺文册》待访目、《[宣统]山东通志·艺文志》《潍县志稿·艺文志》著录。

介夫诗草一卷

清丁勋书撰。丁勋书，号介夫，生平未详，是集《潍县志稿·艺文志》著录。

李仙缥诗一册

清李绮苍撰。李绮苍小传见《古诗词辑略》。是集《潍县志稿·艺文志》著录。

兰溪诗草无卷数

清郭垲撰。郭垲小传见《古诗词辑略》。是集《国朝山左诗续钞》《采访潍县艺文册》待访目、《[宣统]山东通志·艺文志》《潍县志稿·艺文志》著录。

说岩制艺无卷数

清刘济川撰。刘济川小传见《古诗词辑略》。是集《潍县志稿·艺文志》著录。

《潍县志稿》卷三十人物文学刘济川传云:"因刘以贵欲刻山左文不果行为憾,尝谓子鸿翱等曰:'山左为人文之邦,又沐浴于列圣之德化,文章之士林立,而昵彩韬光,往往选家无从多录。苟得汇为一集,存诸久远,虽破产付梓不惜。'自为文虽多,仅简存五十余篇,每叹操觚多年,觉少有所得,及读先正文则茫然若失。子鸿翱等请付诸梓,济川蹙然曰:'尔等异日能成山左文抄,择以入焉可也,不然勿镌可也。道光辛巳,其子鸿翱始克成父志。'"

以上可知,刘济川本长于古文,此制艺一种,不过应酬作尔。

先登制艺无卷数

清刘岸撰。刘岸,字先登,刘济川族兄弟,工制艺,以笃行名于时,《潍县志稿》卷三十一人物孝友有传。是集《潍县志稿·艺文志》著录。

焦尾集一卷

清郭东奎撰。郭东奎,字斗南,号弢庵,生于乾隆十七年(1752),卒于嘉庆二十五年(1820),嘉庆五年(1800)恩贡,候选训导,郭东元之弟,郭磐石之父。是集《天籁堂秋蛩吟》《采访潍县艺文册》待访目、《潍县志稿·艺文志》著录。

《郭氏族谱》有《弢庵府君纪略》记郭东奎云:"喜谈诗书,

著有诗赋皆成帙，嘉庆庚午遭回禄之灾，尽焚无余，唯制义数百首仅存，名《焦尾集》，今梓以行世。”郭磐石《天籁堂秋蛩吟》前有郭悦芝序文，郭悦芝序云：“壬辰岁，为叔氏序《焦尾集》。”

据此可知，是集为道光十二年(1832)刻本，为郭东奎之制艺文章合集，内有郭悦芝序文，今未见。

映雪闲笔四种

清郭有善撰。郭有善小传见《古诗词辑略》。是集《榆园杂录》《采访潍县艺文册》《潍县志稿·艺文志》著录。山东省图书馆藏有其《映雪堂便蒙书法》及《湖上李公山石论》。

《潍县志稿》卷三十二人物艺术本传后附刘鸿翱《映雪闲笔主人小传》，云：“戊寅尝以事至京，余于役三楚，不获见，今岁春又来，出其《映雪闲笔》相示。其讲究书画之法，余无以名之；终乃采辑出世之术，修养之要。先生年近七旬，白须飘然，有凌云之意。”又云：“余劝先生刊《映雪闲笔》传世，后之阅之者可以想见其流风矣。”此文又见《郭氏族谱》，《族谱》引文详于《潍县志稿》，据此可知，此文撰于道光三年(1823)。

《郭氏族谱》有郭去咎道光十六年(1836)所撰《映雪闲笔序》，叙其著作甚详。其云：“近出《映雪闲笔》四种乞作序，因检阅之。一为《寿世指南》，论先天性命之学，旁及练神养气延年之术，皆据实理说法，无隐僻惑人处。再论书法渊源古作者姓氏考，由汉魏迄明季诸家，无不详悉，虽前贤论列所遗如桓侯鄂王孟德之属，皆表而出之。次论图绘第三种，凡董巨荆关萧沈所流传，心追手摹，藉以适情，无间于寒暑。四曰《山石俚解》，论堆石、石性、凿池、植树，法明备，而图附卷后。最末乃老年临摹古拓，立格式示后学，体大者缩之而小，而风度愈宽绰;小者纵之而大,而神气愈谨严。”

自上可知,郭有善作《映雪闲笔》有年,先辗转相示诸人,刘鸿翱其一也,刘鸿翱劝其刊刻传世,此时郭有善已六十六岁。复阅十三年,道光十六年(1836),郭有善七十八岁时复加编订,并索序于郭去咎。自郭序可知,所谓《映雪闲笔》四种者,一为《寿世指南》,一为论书法之作,一为论图绘之作,末为《山石俚解》,后附临古人图数种。

然察《潍县志稿》卷三十二人物艺术本传,又有异者。其引《采访册》云:“所著《映雪闲笔》四种曰《便蒙书法集》、曰《山川图》、曰《山水述要》、曰《山石俚解》。又著《寿世指南》,荟萃毕生精力成此十数卷藏于家。”若据此,则《映雪闲笔》珍藏于家,未能刊刻,且似《寿世指南》未在四种之列,为一单行。考郭有善索序次年即谢世,此四种未及刊刻,自然之理。惟《映雪闲笔》四种,《采访册》所记当有误。郭去咎序已明言四种次第,惟于书法、图绘之名言之未详。近百年后,郭氏家藏次第散乱,是以《采访册》所谓《山川图》一种疑即为《映雪闲笔》四种之后附临古人图也。

综上可知,所谓《映雪闲笔》四种,实为五种也,一为《寿世指南》,一为《便蒙书法集》,一为《山水述要》,一为《山石俚解》,一为《山川图》。

槐荫书屋集八卷

清郭续汾撰。郭续汾小传见《古诗词辑略》。是集《潍县乡土志》《潍县志稿·艺文志》《清人别集总目》《清人诗文集总目提要》著录,今南开大学图书馆藏。

是集极为稀见,《潍县志稿·艺文志》作《槐荫书屋诗文集》,《清人别集总目》《清人诗文集总目提要》误作"郭续芬",且未标里邑,叙述极略。《郭氏族谱》中所载李湘茝《授修职郎德平县教谕京山郭公传》、王琦庆《涔南郭君墓志铭》、郭梦龄等《涔南府君行述》诸文亦可补阙是集刊刻事。

今按南开大学图书馆藏《槐荫书屋集》八卷,道光十年(1830)刻本,半页九行,行二十字,四周双边,单黑鱼尾。首列道光九年(1829)张柏恒及郭衍汾序文,次列目录,末有郭梦龄跋文,郭梦渭、郭梦云、郭梦惠、郭梦星校订。卷一载诗三十八首,卷二载诗四十二首,卷三载诗四十三首,卷四载诗四十二首,卷五载序、辨文八篇,卷六载说、书、跋文九篇,卷七载论、记文十篇,卷八载传、行略文八篇。共载诗一百六十五首,文三十五篇。

张柏恒序云:"甲申秋,京山以病谢世,时余训山阳,寄札吊其难弟涔南。涔南旋以京山遗集相属,并请弁其首简。余开函泪下迟迟者,三年未能复命。及还里,涔南复造门敦促,且言将付梓矣。于是开函再读。诗格澹远,多在王孟之间,而文笔更确遵龙门,不浪费笔墨,一遇忠孝节义事,则慷慨言之,遂使名人陈迹千百载后,凛凛尚有生气。"

《郭氏族谱》中所载李湘茝《授修职郎德平县教谕京山郭公传》云:"余中表弟张雪航与先生忘形交,为选其《槐荫书屋集》八卷,涔南刻之。"王琦庆《涔南郭君墓志铭》云:"更念德平君一生精力备萃文字间,检所著诗古文词,就安邱张君雪航斟酌删定,编集成卷,命小房刻之。"郭梦龄等《涔南府君行述》云:"伯父致力于诗古文词垂三十年,未及刊刻而殁,府君伤之,急搜辑编次,命不孝男梦龄于都中付剞劂。"

以上可知,郭续汾于道光四年(1824)谢世后,郭衍汾率其子侄即欲刻乃兄遗稿，初与安丘张柏恒删选成卷，至道光十年(1830)，郭梦龄方于都中付梓。

集内之诗，邑乡贤雪航先生已评其澹远；其文置风华而不论，所录文献已为大功。其文如《马席公先生学古编序》《古香书屋诗集序》《先大司农公爱劳轩答问草跋》《游平等庵记》《杨石民先生传》《陈朴斋先生传》等诸文皆能补充史实，诚可谓“使名人陈迹千百载后，凛凛尚有生气”。

2010年，《南开大学图书馆藏稀见清人别集丛刊》影印出版，列第二十一册。

太璞庐诗选六卷

清郭去咎撰。郭去咎小传见《古诗词辑略》。是集《采访潍县艺文册》《[宣统]山东通志·艺文志》《潍县艺文采访册》《潍县志稿·艺文志》《清人别集总目》《清人诗文集总目提要》著录，国家图书馆藏。

《[宣统]山东通志·艺文志》著录是集，并按《采访册》所载标为二卷，又引利津李佐贤《吾庐笔谈》，云《太璞庐诗选》多磊落不平之气，复引郭去咎《白头》诗一首以见郭氏诗风，《清人诗文集总目提要》亦引用此条。可见《[宣统]山东通志·艺文志》及《采访册》均未见《太璞庐诗选》六卷本。《潍县志稿·艺文志》著录为《太璞庐诗集》六卷。

今按国家图书馆藏《太璞庐诗选》，六卷，道光十二年(1840)刻本，半页九行，行二十一字，四周双边，单鱼尾。首列月朗和尚诗选序，次列郭去咎嘉庆二十一年(1816)诗选原序，集内共载诗二百三十五首。末附郭去咎词十八首，皆为慨叹历史人物之作，《松香词钞》不载。可知此集当于嘉庆二十一年

(1816)初成,道光十二年(1832)方刻。

国家图书馆又藏《太璞庐诗选》二卷本,后附《松香词钞》,为道光十一年(1831)刻本。半页九行,行二十一字,四周单边,单鱼尾。前序与《太璞庐诗选》全同,此二卷即截取《太璞庐诗选》六卷本之前两卷,《采访册》所云二卷本即为此本。

《太璞庐诗选》中复有郭去咎《自题一隅集诗刻本后》,诗云:"诗卷仅留此,聊同指一隅。已投时好远,尚觉古人稀。易世谁同赏,闲吟偶自娱。唐贤有郊岛,莫共拟清癯。"可见郭去咎之诗集其名亦为《一隅集》。又《太璞庐诗选》中有《自题亡羊集》诗二首,《亡羊集》一种,亦未知。《一隅集》《亡羊集》二种或太璞庐诗中之分卷之名。

《潍县志稿·艺文志》附有《太璞庐诗选序》,未列撰者月朗和尚名。

松香词钞一卷

清郭去咎撰。郭去咎小传见《古诗词辑略》。是集《采访潍县艺文册》《[宣统]山东通志·艺文志》《潍县志稿·艺文志》《山东文献书目》著录,国家图书馆藏。

是集《[宣统]山东通志·艺文志》著录为《松香词钞摘录》,《潍县志稿·艺文志》著录为《松香词集》。

今按国家图书馆藏《松香词钞》,刘锡亭道光十一年(1831)刻本,半页九行,行二十一字,四周单边,无鱼尾。首列月朗和尚道光十一年(1831)词钞序文,词五十五首。后无跋文,当有所散佚。又有《太璞庐诗选》二卷本后所附《松香词钞》,与前种所载词全同,半页九行,行二十一字,四周单边,单鱼尾,月朗和尚序后并附魏振裘《太璞庐一隅集》序文,后有亓

祈年松香词跋及郭去咎自题《松香词刻后记》,《后记》一文存潍上词人数事,弥为珍贵。此可知《松香词钞》有两版本,一为单独刻印本,是本无鱼尾;一为与《太璞庐诗选》二卷本合印,单鱼尾。此两种当为同时刻印,行字数全同,不同者在于前序后跋也。

郭去咎《松香词刻后记》云:"仆成松香词,经时尌山、阎雨帆、于西山三友人点定,然第以骚雅衡之而判其工拙也。惟蜀江兄精于音律,每为吹玉�按红牙叶之声歌,稍有不谐者辄删去。因汇为一集,藏之笥中。今蜀江殁已二十年,增入数首无复引商刻羽,辨以音律者。"月朗和尚《松香词钞》序云:"近于松香词集摘录五十五首付梓,付梓人,义取天地之合数,以见一斑而已。"

以此可知,郭去咎原有《松香词集》,未刻,藏于笥中,后摘录五十五首以刻,即今所见之《松香词钞》。《[宣统]山东通志·艺文志》著录有《松香词钞摘录》,《山东文献书目》据此著录,云是编亦陈圩所刊刻,今未见。

震庵内集一卷

清郭去咎撰。郭去咎小传见《古诗词辑略》。是集《采访潍县艺文册》《潍县志稿·艺文志》《山东文献书目》《清人别集总目》《清人诗文集总目提要》著录,国家图书馆藏。今人将是集与震庵外集合称为《震庵集》。《潍县志稿·艺文志》所载之《震庵文集》一卷者,当是此集。

今按国家图书馆藏《震庵内集》一卷,道光二十一年(1841)刻本,半页九行,行二十一字,白口,四周单边,单鱼尾。卷首以郭去吝《记砚》一文代以序,末有郭磐石道光二十一年

(1841)跋文。集内传论、序记、碑文等文二十一篇，其中《五胡桃传》超然可喜，《普心和尚义冢记》可补史料，其他诸篇，亦极可取。

郭磐石跋文云："《太璞庐诗选》《松香词钞》摘录已久，已脍炙人口，而古文制艺充盈箧衍，以艰于资斧，未尝梓以行世。"后言郭去咎听郭磐石之语，自订古文一隅集，此又知一隅集者，郭去咎亦作文集之名。

震庵外集一卷、聋庵纪闻不分卷

清郭去咎撰。郭去咎小传见《古诗词辑略》。《震庵外集》一卷，《采访潍县艺文册》《[宣统]山东通志·艺文志》《山东文献书目》《清人别集总目》著录。国家图书馆藏。

今按国家图书馆藏《震庵外集》一卷，道光二十七年(1847)陈圩刻本，是集半页九行，行二十一字，四周双边，单鱼尾。首列陈圩序文，集内载文二十八篇，后附《聋庵纪闻》。

陈圩《震庵集》序云："谒师于太璞庐，年已七十有三，目虽昏而身其康强，可庆也。因请出其《震庵集》《太璞庐诗选》《松香词钞》，摘录共若干卷，携归任所，并付剞劂。"今察是集，陈圩刻本所载文章与《震庵内集》全然不同，集内如《荒落轩记》《旧书记》《默庵记》等文清喜俊逸，真可方驾前贤，此乃补阙郭去咎之作，陈氏功莫大焉。而所载《聋庵纪闻》二十一则，尤为珍贵。

《聋庵纪闻》系记录时人轶事，多有潍地潍人掌故，如记道光十九年(1839)潍地多雨为灾之事，录朱草亭诗集刊刻事等皆他书罕载。《潍县志稿》卷三十一蔡逢源条即记有《聋庵纪闻》事。

《潍县志稿》《郭氏族谱》所载柯劭忞《郭悔存先生传》云："其古文曰《震庵外集》，名外集者，先生意专以诗人自命也。"查诸书所载，柯氏此言未知何据，曰《外集》者，当与《内集》相对而言，非"专以诗人自命也"。《清人诗文集总目提要》言《震庵集》二卷皆为陈圩道光二十年(1840)刻本，亦误。

震庵四书文无卷数

清郭去咎撰。郭去咎小传见《古诗词辑略》。是集题名为笔者加，郭去咎道光二十六年(1846)《天籁堂秋蛩吟》三刻序云："愚四书文无定本，及门孙生所录，亦窘于剞劂费。豁岩弟谓制义发明经训，重于杂著，出资补刻之，以备一端。"以此可知，郭去咎其制艺时文之集已刻，为郭磬石出资助之。郭磬石跋《震庵内集》云："《太璞庐诗选》《松香词钞》摘录已久，已脍炙人口，而古文制艺充盈箧衍，以艰于资斧，未尝梓以行世。"则其后郭磬石出资复补刻之。

蓼莽诗存八卷

清郭书俊撰。郭书俊小传见《古诗词辑略》。是集《榆园杂录》《采访潍县艺文册》《[宣统]山东通志・艺文志》《潍县志稿・艺文志》《续修四库全书总目提要(稿本)》《清史稿艺文志补编》《山东省博物馆藏明清民国山左学者著述知见录》《山东文献书目》《清人别集总目》《清人诗文集总目提要》著录，山东省图书馆、中国科学院图书馆、北京大学图书馆、清华大学图书馆、山东省博物馆、青岛市图书馆藏。今《清代诗文集汇编》第五百零九册收录。

今按中国科学院图书馆藏《蓼莽诗存》八卷，道光十八年(1838)郭氏绍衣堂刻本，半页八行，行十九字，黑口，四周双边，单鱼尾。是集前有姑苏周曾毓序、道光十八年(1838)翟云升序、道光十七年(1837)郭同芸序，末有宋渊岛、任均平、郭熊飞三人跋文。

集分八卷，除卷三外，每卷之前皆有小序。卷一曰《吟笺堂初草》，载诗一百七十九首；卷二曰《还云集》，载诗七十九首；卷三曰《出山集》，载诗八十三首；卷四曰《梁榆草》，载诗六十首；卷五曰《乌河存草》，载诗七十三首；卷六曰《山都近草》，载诗六十七首；卷七曰《皖城草》，载诗一百一十九首；卷八曰《皖城续草》，载诗一百三十九首。是集凡载诗七百九十九首。

道光十八年(1838)翟云升序云："蓼庵自家居及服官，凡所游历，皆纪以诗，无虑数十卷。其从兄郭雁庐为评定之。道光丙申秋，方隶河东盐政司马任，病且亟，犹手自别裁，择其尤惬意者订为八卷，卷各题记，都为一集。其嗣君荔村謩、蓉村閶、蕉村誉缮写一通，将付削氏。"又云："吴仲畇观察见而欣赏，以为清而不失之窕，绮而不弊于缛，优柔乎中雅有余味。五律尤擅胜场，刺取佳语入《摘句图》，能令人百读不厌。夫诗以见志，志足者文远，志和者音雅。读是集者，可以知蓼庵之为人矣。不第此也。蓼庵之仕晋也，所至有政声，廉平岂弟，遗爱在民。蓼庵虽谦冲，不以此自负，而所谓所居民富，所去民思，生有荣号，死有奉祀者。"

以上可知，是集先由郭同芸评定，郭书俊手订。道光十六年(1836)，郭书俊卒，其子郭謩、郭閶、郭誉复雠校付梓以传。

悔园诗草二卷

清谭秉谦撰。谭秉谦小传见《古诗词辑略》。是集《国朝山左诗续钞》《采访潍县艺文册》待访目、《[宣统]山东通志·艺文志》《潍县志稿·艺文志》著录。《国朝山左诗续钞》《[宣统]山东通志·艺文志》著录是集未载卷数,《潍县志稿·艺文志》著录是集为二卷。

郭衍汾遗稿不分卷

清郭衍汾撰。郭衍汾小传见《古诗词辑略》。是集题名为笔者加,即郭梦星《午窗随笔》卷二《先府君通奉公遗稿》,载文三篇,诗三首。

《先府君通奉公遗稿》云:"先君文名旧与先伯父京山先生及舅氏张雪航先生相颉颃,乃舅氏《式训集》即付梓于生前,伯父《槐荫书屋集》亦枣梨于身后。惟先君所作,随手散佚,向不存稿,梦星每以未见为憾。兹偶于废簏中检得文三篇、诗三首,皆片纸草书,错杂于残编断简中,即当年弃置而未经焚毁者。骤睹之,如获球图。而篇幅无多,不能成帙,谨录于此,以识手泽之遗。"

郭衍汾诗文全赖于此编以传,今录于此,以广闻耳。

澹园全集十二卷

清于祉撰。于祉小传见《古诗词辑略》。是集《山东文献书目》《清人别集总目》《清人诗文集总目提要》著录,青岛市图书馆藏。

澹园老人,潍邑名宿,然生老于潍,罕为外人所知。柯愈春

《清人诗文集总目提要》于此阐发甚详。所载虽有误，今且引其言以说明之。

《清人诗文集总目提要》于祉条云："诸家评述于祉事迹，多有差误。徐世昌辑《晚晴簃诗汇》，题其名作'于祉燕'，将名下所署'燕受甫'之'燕'字误入其名；《宋元明清书画家年表》作于芷；《［宣统］山东通志》卷一七七，称其'弱冠遽卒'，而《潍县志稿》诸书明载其'卒年八十二'。于祉生老乡里，故其不为人知如此。"

《清人诗文集总目提要》所云"《［宣统］山东通志》卷一七七，称其'弱冠遽卒'"一语，误。今察《［宣统］山东通志》卷一七七于祉小传，"弱冠遽卒"者，乃于祉之弟于祈，非于祉。

今按青岛市图书馆藏《澹园全集》，残存五种七册，凡十卷。计有《澹园古文选》二卷，二册；《澹园诗选》存卷五、卷六、卷七、卷八四卷，二册；《澹园续稿》二卷，一册；《澹园诗话》一卷，一册；《澹园制义》一卷，一册。今《清人别集总目》著录《澹园全集》十二卷，《清人诗文集总目提要》著录《澹园集》十二卷（鹏志按：此误，应为《澹园全集》），如按此语，则《澹园全集》应为十二卷，总计九册，凡五种。

今可知于祉著作凡九种，计有《澹园古文选》（《澹园文稿》）、《澹园诗选》《澹园续稿》《澹园诗话》《三百篇诗评》《澹园书画精册》（《揽古轩书画录》）、《澹园制艺》《澹园近体诗》《澹园未定草》。复察诸家著录，多有谬误，以下别而言之。

澹园古文选二卷

清于祉撰。于祉小传见《古诗词辑略》。

是集今亦俗称《澹园文稿》，《贩书偶记》《采访潍县艺文册》《[宣统]山东通志·艺文志》《清史稿·艺文志》《潍县志稿·艺文志》《续修四库全书总目提要(稿本)》《清代文集经眼目录》《清史稿艺文志拾遗》《山东文献书目》《清人别集总目》《清人诗文集总目提要》著录,青岛图书馆、山西大学图书馆藏。《潍县志稿·艺文志》附有于祉《澹园文稿序》。《晚清四部丛刊》收录。

是集《采访潍县艺文册》《清代文集经眼目录》《清史稿艺文志拾遗》《清人诗文集总目提要》著录为《澹园文稿》,《潍县志稿·艺文志》《[宣统]山东通志·艺文志》《贩书偶记》《山东文献书目》著录为《澹园古文选》二卷,《贩书偶记》注为"道光癸丑至甲寅刊",此误,察道光无癸丑至甲寅年,此当改为"咸丰癸丑至甲寅刊",《山东文献书目》即据此误录为"道光刻本"。《[宣统]山东通志·艺文志》《续修四库全书总目提要(稿本)》《清人别集总目》用语极慎,仅言清刻本,不载刊刻之年。《清代文集经眼目录》著录是集为道光十五年(1835)自刊本,《清史稿艺文志拾遗》《清人诗文集总目提要》皆引《清代文集经眼目录》著录。

今按青岛图书馆藏《澹园古文选》二卷,二册,前有"甲寅春镌"字样,故为咸丰四年(1854)刻本,半页九行,行十九字,白口,四周单边,单鱼尾。是集首列于祉道光十五年(1835)《澹园文稿》序文,卷一载序记论书三十六篇,卷二载传、行状、书画题跋、祭文三十六篇,总七十二篇。

今考得于祉《澹园古文选》二卷,为咸丰四年(1854)刻本,《贩书偶记》《山东文献书目》所云之道光刻本,皆误。《清代文集经眼目录》《清史稿艺文志拾遗》《清人诗文集总目提要》所著录之《澹园文稿》道光十五年(1835)自刊本,亦皆为误。其证如下。

《澹园古文选》前列于祉道光十五年(1835)序文,其序云:"董甥过省老母,便留数日为余写所作古文,雠校之际,时加点定。虽未能卓然与古人合辙,然自觉其滋味之相去,或不至有薰犹之别也,因为之序而存之。董甥名清,邑诸生,尝从余受诗学源流,知大略云。"《清代文集经眼目录》所云于祉是集为道光十五年(1835)自刊本,即以此序而定。《清史稿艺文志拾遗》《清人诗文集总目提要》亦沿用之。然细观此序文可知,道光十五年(1835)时,于祉诸古文之作似仅由董清抄写校定,未言付于剞劂,此证一也。复察《澹园古文选》诸文,多有道光十五年(1835)以后之作,如道光二十五年(1845)之《揽古轩书画录序》、道光二十九年(1849)《澹园诗话自序》、咸丰二年(1852)之《清明日出游自序》等。此证二也。又考《清代碑传文通检》后附录三《清代文集经眼目录》之"本书采用之书"条著录于祉《澹园文稿》二卷,然复察《清代碑传文通检》本书,"于默""于立极""于瑢"等人家传后引用书目皆为于祉《澹园古文选》,而非《澹园文稿》,此可知《清代文集经眼目录》所见于祉文集为《澹园古文选》,而非《澹园文稿》,而又将《澹园文稿》与《澹园古文选》拈合为一,《清史稿艺文志拾遗》《清人诗文集总目提要》皆沿其误,遂有今日《澹园文稿》《澹园古文选》含混著录之事,此证三也。

是以于祉之文集,道光十五年(1835)先经董清抄写校定,因未刊刻,故始名为《澹园文稿》,以待后补,今未知卷数。其后于祉将所作古文复加校订,名为《澹园古文选》,于咸丰四年(1854)刊刻梓行,另未作序,以道光十五年(1835)所作之《澹园文稿序》以代,此本即今所见之《澹园古文选》二卷本。故今日若严以分别，则于祉道光十五年(1835)仅有董清抄本，名为《澹园文稿》，未刊刻，亦不知卷数；咸丰四年(1854)方有刻本，名为《澹园古文选》，二卷。因诸书目著录含混，今俗所谓《澹园文稿》二卷者，即咸丰四年(1854)刻本《澹园古文选》。

《续修四库全书总目提要(稿本)》云："祉以诗有闻青土，文词非其长也。行文如其诗，不事雕琢，归乎自得，而才不足以称之。间发理学之论，如《座右铭》《太极图说》等篇，大抵不出宋儒余论，其笔札游记较为情思真挚，但不免失之于陋。乡庵授读，白屋穷年，其文固宜如是也。"是篇提要乃柯劭忞所撰，驰论直言，未回护乡党，诚宜太史之笔，然艺文一道，见仁见智之语也。

《潍县志稿·艺文志》附录于祉《澹园文稿序》，可参考。

澹园诗话一卷

清于祉撰。于祉小传见《古诗词辑略》。是集《贩书偶记》《采访潍县艺文册》《[宣统]山东通志·艺文志》《潍县志稿·艺文志》《续修四库全书总目提要(稿本)》《清史稿艺文志补编》《山东文献书目》著录，国家图书馆、北京大学图书馆、北京师范大学图书馆、青岛市图书馆藏。

今按国家图书馆藏《澹园诗话》，咸丰癸丑三年(1853)刻本，半页九行，行十九字，白口，四周单边，单鱼尾。是集前有于祉道光二十九年(1849)自序，末有于祉咸丰三年(1853)跋文，于祉子于文震、于文仲校字，内有诗话一百四十余则，以论唐宋人诗为要，兼及清人诗。《贩书偶记》误作"道光癸丑刊"，《山东文献书目》遂为沿误。

于祉序云："自近代以来，言法者日众，然皆妙意未伸。不揣鄙陋，略以平日所见，杂著诗说若干条。始于汉魏，终于本朝,冀有补于诗学,而惜其言之终不能达其意也。”

《潍县志稿·艺文志》附有于祉《澹园诗话序》,可参考。

三百篇诗评一卷

清于祉撰。于祉小传见《古诗词辑略》。是集《贩书偶记》《[宣统]山东通志·艺文志》《潍县志稿·艺文志》《续修四库全书总目提要(稿本)》《贩书偶记》《山东文献书目》著录,国家图书馆、北京大学图书馆、北京师范大学图书馆、吉林大学图书馆等藏。

今按国家图书馆藏《三百篇诗评》一卷,咸丰三年(1853)刻本,半页九行,行十九字,白口,四周单边,单鱼尾。是集前有于祉咸丰三年(1853)自序,末有于祉咸丰三年(1853)自跋,内载论评《诗经》文字九十则。

《潍县志稿·艺文志》附有于祉《澹园三百篇诗评序》,可参考。

澹园诗选八卷

清于祉撰。于祉小传见《古诗词辑略》。是集《贩书偶记》《采访潍县艺文册》《[宣统]山东通志·艺文志》《潍县志稿·艺文志》《续修四库全书总目提要(稿本)》《清史稿艺文志补编》《山东文献书目》《清人别集总目》《清人诗文集总目提要》著录,国家图书馆、南京图书馆、山西大学图书馆、青岛市图书馆藏。《晚清四部丛刊》第五编第一百册影印此本,《潍县志稿·艺文志》著录是书为《澹园诗集》。

是集有二刻本,一为道光二十五年(1845)刻本,南京图书馆藏，今未见；一为咸丰四年（1854）刻本，国家图书馆、山西大学图书馆、青岛市图书馆藏。《清人别集总目》作咸丰三年（1853）刻本，误。

今按国家图书馆藏《澹园诗选》八卷，咸丰四年（1854）刻本，半页九行，行十九字，白口，四周单边，单鱼尾。是集首列李治经序文，次有于祉道光二十五年（1845）自序，诗共六百零五首。

李治经《澹园诗选》叙云："癸未之秋，潍阳于君寓书于余，并诗若干首嘱予点定。"

于祉道光二十五年（1845）自序云："往时李五星先生独赏余五言，谓余五言古似谢康乐，五言律似刘随州。余虽自觉其过当，不能不存其说。今先生墓有宿草，无复有商量订稿之人，乃取先生平日所赏暨鄙意所可者，订为一编，题曰《澹园诗选》。计其数五言得其半，间有五星先生所未及见者，恨不得与先生共订之也。全稿缮写为难，尚须俟诸异日，今则不暇。"

《潍县志稿·艺文志》又载于祉道光二十三年（1843）《澹园诗集序》，序文与其二十五年自序全然不同，至可珍也。其序云："今年马齿五十有五，自觉此道不能复有进益，乃取旧稿，删去十之三，厘为八卷，以待付梓。"

按于祉道光二年（1822）即已寄诗李治经，道光二十三年（1843）又为自序，"厘为八卷，以待付梓"。道光二十五年（1845），始为初刻，复撰自序，咸丰四年（1854）复为镌刻。

一书之序，多以付梓之时方以写定，而于祉著述多于付梓尚远之日即题识于前，先为撰序，以此待椠。是以于祉诸作版本，若以作序之时定为刊刻之日，往往有误，须细察其文，复考他书方可以定，此不可不慎也。

《潍县志稿·艺文志》附有于祉《澹园诗集序》,可参考。

澹园续稿二卷

清于祉撰。于祉小传见《古诗词辑略》。是集今或称《澹园诗续稿》,《贩书偶记》《采访潍县艺文册》《[宣统]山东通志·艺文志》《续修四库全书总目提要(稿本)》《清史稿艺文志拾遗》《山东文献书目》《清人诗文集总目提要》著录。青岛图书馆藏。《晚清四部丛刊》第五编一百册影印。

今按青岛市图书馆藏《澹园续稿》二卷,同治六年(1867)刻本,于祉之子于文震、于文中校。是集半页九行,行十九字,四周单边,白口,单鱼尾。首列同治六年(1867)于祉《澹园续稿自序》,末有张昭潜跋文及同治六年(1867)董清跋文,载诗共一百三十八首。《续修四库全书总目提要(稿本)》《清史稿艺文志拾遗》著录有民国刻本,今未见。

于祉自序云:"自乙巳以来,日复一日,未尝失业,积久至百余首。又窜改少时之作附入,累至百四十余首。检箧中所存,草乱如积麻,恐遂散失,乃令儿辈逐篇录出,共为二卷,以附于前稿之后,庶不负余老年心思之苦云。"

《续修四库全书总目提要(稿本)》云:"红羊劫后,生民转徙,祉尤能心绘笔摹,写成篇什,可备诗史之一班。要其神晞陶杜,固未必能,亦夷中荀鹤之流别也,可当采风者之采撷。"

澹园近体诗一卷

清于祉撰。于祉小传见《古诗词辑略》。是集《潍县志稿·艺文志》著录,今未见,未知集内之诗与《澹园诗选》《澹园续稿》

之关系。《潍县志稿·艺文志》附有于祉《澹园近体诗序》。

于祉《澹园近体诗序》云："诗至律绝，舍唐人无以为法。若专言律，则老杜为大家，右丞为正宗。此二家似可笼罩一代，律体之能事备矣。余诗不能学杜，间于右丞稍有仿佛，或以为近刘随州，不尽然也。然此乃弱冠所为，近遂弃前人窠臼，更不复作工拙想，但取记事达意而已。"

澹园未定草一卷

清于祉撰。于祉小传见《古诗词辑略》。是集《清人别集总目》著录，《青岛市图书馆古籍书目》著录是集为"钞本一种，一卷，一册"，今未见。

澹园制义一卷

清于祉撰。于祉小传见《古诗词辑略》。是集《潍县志稿·艺文志》著录，青岛市图书馆藏。

今按青岛市图书馆藏于祉《澹园制义》不分卷，前题"甲寅春镌"字样，故为咸丰四年(1854)刻本，半页九行，行十九字，四周单边，白口，单鱼尾，首列于祉咸丰二年(1852)自序。集内有制义文章三十二篇。其序文云："行年五十，始生二子，今一婚一冠。"此可略补于祉之子于文震、于文中行事矣。

《潍县志稿·艺文志》附有《澹园制艺》序文，其序与于祉咸丰二年(1852)序文不同。其序云："丙子杪秋，予从东武来归诸学子，多以时艺问业于予。因取成化弘治正嘉隆万间诸名家读之，稍窥其窠臼，乃大悦。浸淫累月，仿佛其风韵格律，作文十五篇，已欲踵而倍之，以成一编，而腊残年事迫近，诸学子各放暇散去，遂亦阁笔。今年丁亥，距丙子十余年矣，偶检故箧及此，茫若隔世。”

综上可知，《澹园制义》一卷，乃嘉庆二十一年（1816）初编，至道光七年（1827），于祉复增序文，以为题识，而未刊刻，集中凡场屋之文十五篇。咸丰二年（1852），于祉复为校订，集制义文章三十二篇，另为序文，咸丰四年（1854）付梓刊刻，即今所见《澹园制义》刻本也。

《潍县志稿·艺文志》附有于祉《澹园制艺序》。

芜邑送别诗无卷数

清刘鸿翥撰。刘鸿翥小传见《古诗词辑略》。是集《[宣统]山东通志·艺文志》著录，今未见。

《绿野斋前后合集》载有刘鸿翱《芜邑送别诗跋》云：“右乃余兄汉仪先生芜邑送别诗也，先生罢官后投余以士民公启，余既为之记。旋里解橐，得诗数十首。将携以北来视余，未果而卒。逾岁，余侄暲遵先生遗命邮致于余，余读之，不禁泫然流涕也。先生尝谓令芜邑二载，未尝与民兴一利除一害，所可信者，不敢以多事扰人。今是诗，邑人士何不忍别先生之深也。呜呼，先生亡矣，所遗者惟此而已。余略为装潢，跋数语于后，并前士民启记归于侄，使藏之。”

观刘鸿翱此跋，此送别诗又似芜县士民送怀刘鸿翥之作也。

山左文钞前后集二十卷

清刘鸿翱辑。刘鸿翱小传见《古诗词辑略》。是集《潍县志稿·艺文志》著录为刘氏同怀堂刻本,二十卷,今未见;《山东大学图书馆古籍善本书目》著录为抄本,不分卷。

刘鸿翱勤于著述,今可察者即有《山左文钞前后集》《山左古文钞》《绿野斋文集》《绿野斋续集》《绿野斋前后合集》《绿野斋太湖诗草》《绿野斋制艺》《绿野斋遗集》《绿野斋外集》《绿野斋诗集》《希古堂合集》《十二家古文选》《次白文稿》《绿野斋归田集》十四种,十四种中,刻印本七种,是集为刘鸿翱首部刻本。

《潍县志稿》卷三十人物文学刘济川传云:"因刘以贵欲刻山左文不果行为憾,(刘济川)尝谓子鸿翱等曰:'山左为人文之邦,又沐浴于列圣之德化,文章之士林立,而昵彩韬光,往往选家无从多录。苟得汇为一集,存诸久远,虽破产付梓不惜。'自为文虽多,仅简存五十余篇,每叹操觚多年,觉少有所得,及读先正文则茫然若失。子鸿翱等请付诸梓,济川蹙然曰:'尔等异日能成山左文抄,择以入焉可也,不然勿镌可也。道光辛巳,其子鸿翱始克成父志。'"以上可知,《山左文钞》为刘以贵发凡,后不果行,刘鸿翱父刘济川以此为憾,嘱刘鸿翱承其志,此《山左文钞》之缘起也。道光辛巳元年(1821),刘鸿翱方成此辑。

《潍县志稿》卷四十二杂稽云:"刘鸿翱为中书舍人辑《山左古今文钞》,传梓里之遗文,发潜德之幽光,诚艺林之盛事也。《山左文钞》辑于嘉庆己卯,镌于道光辛巳,共得文六百三十九首,分前后集二十卷。同参订者有陈凤翰、陈述经、张丰、刘函纲,及长山孙贯一,济宁孙善宝、李德立,同出赀镌板者有郭墇、宋庆和、田名傅、刘鸿翥,及曲阜孔继鸿、蓬莱周寿龄、历城金洙、费县李锡玠、益都宋国经。"刘鸿翱《绿野斋文集》自识云："道光辛巳，余既镌山左制艺，乃辑山左古文。"是集正为山左制艺之文也。

是集或称《山左时文钞》，《乡园忆旧录》卷三云："潍县刘次白先生为中书，选《山左时文钞》，盖承雅雨先生《山左诗钞》之例，取高古者为前集，近墨者为后集。"

《潍县志稿·艺文志》附卢荫溥《山左文钞》序云："文所以明道也，文不足以明道必不能传之不朽。制艺体裁与古文小异，然阐发圣贤义理精微之蕴，以辅翊世教，疏沦心灵，其中浅深得失之数，较然不欺，则与古文无二致也。"又云："刘次白舍人禀其先志，广搜约取，辑为《山左文钞前后合集》。"《潍县志稿·艺文志》附张映汉《山左文钞》序云："已而出其所刻《山左四书文钞》示余，曰：'此先君子之志也，翶默识之，且十年，今幸而获竣，事告无憾焉。'"刘鸿翶《希古堂合集》序云："余成《山左文钞》，首三家诸城窦东皋、吾邑韩理堂、昌乐阎怀庭。"

今按《山东大学图书馆古籍善本书目》著录是集，清孟柳谷抄本，不分卷，十册一函，分大学、中庸、论语、孟子、孝经。行字不等，无格。首道光元年（1821）德州卢荫溥、海丰张映汉、莱阳初鼓龄、莱阳赵末彤序。封皮题"孟柳谷手录"。

以上可知，《山左文钞前后集》亦称为《山左四书文钞》，集内诸文皆为制艺时文，以发挥四书义理为要。此类文章多患空疏，不情不文，行之难远，是故此集卷帙虽繁，文章虽多，次白先生虽再三致意，然于今罕见，学人不道，正宜有此焚耳。

绿野斋文集四卷、刘次白文集不分卷

清刘鸿翶撰。刘鸿翶小传见《古诗词辑略》。《绿野斋文集》由《[宣统]山东通志·艺文志》《潍县志稿·艺文志》《贩书偶记》《清代文集经眼目录》《山东文献书目》《清人别集总目》《清人诗文集总目提要》著录。是集今存世颇多，国家图书馆、中国科学院图书馆、山东省图书馆、复旦大学图书馆、上海图书馆、青岛市图书馆、吉林大学图书馆、中国人民大学图书馆等多处图书馆有藏。

今按国家图书馆藏《绿野斋文集》，道光丁亥七年（1827）刻，同怀堂藏板，半页十行，行二十四字，四周双边，白口，单鱼尾。首列安化陶澍道光七年（1827）序，次为梁章钜、姚文田、朱珔等序文，后有刘鸿翱自识，门人李廷锡刊，刘曦校字。是集分四卷，卷一载原三篇，论三十一篇；卷二载论三十三篇，说解辨读十三篇；卷三载书后跋十九篇，序二十四篇，书三篇；卷四载记十四篇，传十二篇，墓志表祭文十篇，杂著六篇，文共一百六十八篇。

刘鸿翱《绿野斋前后合集》自识所云："道光丙戌，余丞太湖，及门李璧珊为余镌绿野斋文集。"即此集也。《潍县志》卷二十八人物事功刘鸿翱传云："丙戌，选江苏太湖司马，镌《绿野斋古文前集》，由是文名动大江南北。"合王赠芳《绿野斋续集》序文可知，此《绿野斋文集》即《绿野斋古文前集》，亦即《绿野斋前集》。

刘鸿翱《绿野斋文集》自识云："道光辛巳，余既镌山左制艺，乃辑山左古文，亦惟陈子是正。丙戌，陈子又为余评制义，而兹集则陈子数年所手订者也。""陈子"，即陈其山，是集每篇后皆有陈其山、朱兰坡、李方赤、周敬修等人论评。刘鸿翱长于制艺，诗文本非其所长。其论文每好作翻案文章，如《秦皇汉武论》《论秦灭六国》《论曹操王莽》等文，虽来势迅急，然马蹄过处，终不能服人。惟记有清新之面，如《明湖记》《绿野斋记》

《太湖记》等文，皆可一读。

《潍县志稿·艺文志》附有陶澍、姚文田《绿野斋文集序》，可参考。

国家图书馆另有《刘次白文集》抄本一种，半页九行，行二十五字，无格。是集惟列《刘次白文集》序，即陶澍所作，然未署其名，他人诸序亦未载其中，亦无时人论评语。集内载文一百四十余篇，集中文章多与《绿野斋文集》同，编次亦无大异。

山左古文钞八卷

清刘鸿翱辑。刘鸿翱小传见《古诗词辑略》。是集《采访潍县艺文册》《[宣统]山东通志·艺文志》《潍县志稿·艺文志》《贩书偶记》《山东省博物馆藏明清民国山左学者著述知见录》《山东文献书目》著录。国家图书馆、山东省图书馆、山东省博物馆、青岛市图书馆、吉林大学图书馆、苏州大学图书馆等有藏。

《潍县志稿》卷四十二杂稽云："《山左古文钞》辑自道光辛巳，刊于戊子，共得文二百四十一首，同搜辑者有诸城李璋煜，证评者有孝感陈运镇。丙戌，鸿翱为太湖司马，松江守邹平李景峄独任镌工之费。张丰有赠鸿翱诗云：'南北行踪近各分，去年犹与日论文。案头乐事应推子，泉下幽魂定感君。''清浊源流判泾渭，古今臭味辨莸薰。迩来自愧风尘里，独立苍茫咏夕曛。盖纪实也。'"

今按国家图书馆藏《山左古文钞》八卷，道光八年(1828)刻本。是集半页十行，行二十二字，白口，左右双边，单鱼尾。首列刘鸿翱自序，次列贾声槐道光七年(1827)序文、邹平李景峄道光八年(1828)序文，由李景峄、刘鸿翱同为辑刊，共收录山左古文五十一家，二百四十一篇，每家附有小传，文后皆附评语，诚为古文津梁之作。

刘鸿翱《山左古文钞》自序云：“与东武李子方赤搜辑古文辞，而余同年湖北陈子其山亦用是征辞，自国朝始共得文三百首，厘为八卷，奏疏表章其大者载诸国史，兹集不录。录者曰原说，曰序记，曰题跋，曰书记，曰墓志碑铭状略。丙戌秋，余筮仕苏之太湖，松江守梁邹平李葛峰先生将付诸梓，复汰去十之二三，定为二百四十一首，卷次仍旧。”

以上可知，《山左文钞》刊刻后，邹平李景峄又出赀为刘鸿翱复刻是集，集内古文共二百四十一篇，真可与卢雅雨《山左诗钞》相表里。下列目次，以见山左古文之大观，亦见刘鸿翱古文选钞之壮阔。卷一选张尔岐文十三篇，赵进美五篇，李之芳一篇，王隲一篇，宋琬二篇，高珩一篇。卷二孙廷铨文十一篇，孙宝侗九篇，田雯三篇，王樛一篇，王苹二篇，蒲松龄二篇，蒲云惠一篇。卷三载王士禛文八篇，赵执信七篇，李焕章二篇。卷四载李澄中文八篇，安致远九篇，张贞八篇，张侗二篇，刘以贵二篇，鞠濂七篇。卷五载孙自务文十二篇，李淦一篇，周正二篇，卢见曾三篇，宋弼一篇，王焯一篇，牛运震二篇，吕润蕃四篇，李翮一篇，窦光鼐二篇。卷六载法坤宏文二十篇，臧梦元一篇，马炅一篇，马交一篇，李锳一篇，吴江一篇。卷七载阎循观文二十篇，王克掞五篇，丛中正一篇，杨峒四篇，贾三奇二篇。卷八载韩梦周文二十篇，单铝六篇，单作哲一篇，牟原相六篇，李文藻二篇，李文渊二篇，王仕一篇。

此外，《山东文献书目》复著录《山左古文钞选》不分卷，清抄本，山东省图书馆藏。《潍县志稿·艺文志》附有乐陵贾声槐《山左古文钞》序文，可参考。

绿野斋续集二卷

清刘鸿翱撰。刘鸿翱小传见《古诗词辑略》。是集《潍县志稿·艺文志》著录。

《潍县志稿·艺文志》著录是集为王赠芳、刘耀椿手批本,刘氏家藏,是以此集初未刊刻。《绿野斋前后合集》前附王赠芳《绿野斋续集》序云:“今年秋,次白晋滇南方伯,始得其集而读之,复出《绿野斋续集》属予序。”查《清实录·道光朝实录》卷三百零八可知,刘鸿翱任云南布政使之年为道光戊戌十八年(1838)。以此可知,《绿野斋续集》辑成之年即在道光十八年(1838),《潍县志稿·艺文志》所著录之集当即为此集。逾六年后,道光甲辰二十四年(1844),刘鸿翱将《绿野斋文集》与此集及抚闽期间文字合为一集,即《绿野斋前后合集》。

《潍县志稿·艺文志》附有王赠芳《绿野斋续集》序,可参考。

绿野斋前后合集六卷

清刘鸿翱撰。刘鸿翱小传见《古诗词辑略》。是集《采访潍县艺文册》《[宣统]山东通志·艺文志》《潍县志稿·艺文志》《贩书偶记》《清人文集别录》《清史稿艺文志补编》《山东省博物馆藏明清民国山左学者著述知见录》《山东文献书目》《清人别集总目》《清人诗文集总目提要》著录。是集存世亦多,今国家图书馆、山东省图书馆、山东省博物馆、清华大学图书馆、山东师范大学图书馆、青岛市图书馆、华东师范大学图书馆等多处图书馆有藏。

《[宣统]山东通志·艺文志》首引《绿野斋前后合集》刘鸿翱自识语，述集刻诸事，复引阳谷周天爵《答太湖厅刘次白书》数言述论刘鸿翱文章。《贩书偶记》云是集一名绿野斋文集。

今查国家图书馆藏《绿野斋前后合集》，道光甲辰二十四年(1844)刻本，六卷，半页十行，行二十四字，左右双边，白口，单鱼尾。首列安化陶澍道光七年(1827)序，次为梁章钜、归安姚文田、朱琦序，又有周凯绿野斋续集序、道光十八年(1838)王赠芳绿野斋续集序。刘鸿翱子刘曦校字，曦子刘长庆、刘笃庆编次。次列目录。集内载原三首，论辨六十二首，杂著四十二首，书八首，序四十八首，记五十一首，志铭表传祭文五十四首，共二百八十九首。内有富阳周芸皋等人评点，并有刘鸿翱自评文字。

刘鸿翱癸卯自序云："道光丙戌，余丞太湖，及门李璧珊为余镌绿野斋文集，暨癸卯，余抚闽数年之所积，又复成帙，将合为全集。阅前所镌，论辨中间有不成体者，乃约其义，删为短幅。入史评杂著，序记亦汰去十之二三，厦门道宗弟庄年好古，详为参酌，共二百八十九首，要其是非，究未知所定也。"

由上可知，是集为刘鸿翱继《绿野斋文集》后，复将抚闽时期所著文字合为一帙，前集者，即已刊刻之《绿野斋文集》；后集者，及未刻之《绿野斋续集》及抚闽时期文章，故有《绿野斋前后合集》。复经安丘刘耀椿详为参酌，再加刊刻。

绿野斋太湖诗草一卷

清刘鸿翱撰。刘鸿翱小传见《古诗词辑略》。是集《采访潍县艺文册》《[宣统]山东通志·艺文志》《潍县志稿·艺文志》《贩书偶记》《清史稿艺文志拾遗》《山东省博物馆藏明清民国山左学者著述知见录》《山东文献书目》《清人别集总目》《清人诗文集总目提要》著录。今国家图书馆、山东省图书馆、山东省博物馆、南京图书馆、青岛市图书馆、华东师范大学图书馆、台湾史语所、潍坊市博物馆等多家图书馆有藏。

是集今有清钞本与刻本两种版本。潍坊市博物馆藏有清钞本,半页九行,行二十字,无格,内间有修改。国家图书馆藏有《绿野斋太湖诗草》一卷,道光甲辰二十四年(1844)刻本,据刘鸿翱自序可知,此集由刘曦首倡刊刻,刘鸿翱复加拣选,与《绿野斋前后合集》同时刻。是集半页九行,行二十字,四周单边,白口,单鱼尾。首列道光十九年(1839)王赠芳序,次列道光十八年(1838)刘鸿翱自序,内有诗三百一十六首,每诗后附有朱兰坡评论,末附有刘曦黄叶楼和诗四首。阅诸序可知,所谓《太湖诗草》者,因是集所载诗,皆刘鸿翱官太湖之作,刘氏自序云"生平清福,无过于太湖",太湖以外诗不著录。

《潍县志稿·艺文志》附有王赠芳《绿野斋太湖诗草》序文,可参考。

绿野斋制艺一卷

清刘鸿翱撰。刘鸿翱小传见《古诗词辑略》。是集《[宣统]山东通志·艺文志》《潍县志稿·艺文志》《山东省博物馆藏明清民国山左学者著述知见录》《山东文献书目》《清人别集总目》《清人诗文集总目提要》著录。今国家图书馆、山东省图书馆、山东省博物馆、青岛市图书馆、中山大学图书馆藏。

今按国家图书馆藏《绿野斋制艺》一卷,道光甲辰二十四年(1844)刻本,与《绿野斋前后合集》《绿野斋太湖诗草》同时刻。是集半页七行，行二十字，左右双边，白口，单鱼尾。首列孝感陈其山叙文，内载制艺文章五十八篇，附刻七篇。

查王赠芳《绿野斋续集》序可知，陈其山道光十八年(1838)时已逝，是以《绿野斋制艺》已于道光十八年(1838)前即已辑成，复查《潍县志稿》卷二十八人物事功刘鸿翱传，其言道光丙戌六年(1826)前刘鸿翱即已镌《绿野斋制艺》，此集似于前早有一刻，此本为二次镌刻耶？

《潍县志稿·艺文志》附有陈其山《绿野斋制艺》序文，可参考。

次白文稿一卷

清刘鸿翱撰。刘鸿翱小传见《古诗词辑略》。是集《中国古籍善本书目》《清史稿艺文志拾遗》《山东文献书目》《清人别集总目》《清人诗文集总目提要》著录，稿本，山东省图书馆藏，《山东省珍贵古籍名录》第一辑、《山东文献集成》收录。

今按《山东文献集成》第二辑三十七册收录《次白文稿》稿本可知，是集为刘鸿翱之子刘曦所书，字数不等，无格，中间有多有涂改，无序跋文，内载诗四十八首，文十五篇。诗有刘鸿翱《新营绿野斋落成》四首、《丁未三月黄叶楼看桃花》七绝八首、诸《黄叶楼题诗》、王赠芳及刘曦和诗等；文有《新营绿野斋落成记》《归田记》等，多前集所未载。

查其目次，两相对照，可知是集即刘鸿翱五世孙刘祖干所编刻《绿野斋归田集》之底本。《绿野斋归田集》刘祖干跋云："先严因以遗稿付祖干并谕之曰：'此汝太高祖归田后未刊稿，汝高祖所手抄，而汝祖珍藏者。'"今《次白文稿》即"汝高祖所手抄"者，亦即刘祖干高祖刘曦手抄者。复查《次白文稿》，有刘鸿翱道光二十八年(1848)诗作,可知是本为道光末年稿本。

十二家古文选不分卷

清刘鸿翱辑。刘鸿翱小传见《古诗词辑略》。是集《潍县志稿·艺文志》《续修四库全书总目提要(稿本)》著录。《续修四库全书总目提要(稿本)》著录此集为丁氏抄本,今未见。

《续修四库全书总目提要(稿本)》云:“是编乃鸿翱所选之古文集也。其曰十二家者,为韩愈,为柳宗元,为欧阳修,为苏洵,为苏轼,为苏辙,为曾巩,为王安石,为归有光,为方苞,为法坤宏,为姚鼐也。鸿翱素不以《古文辞类纂》为然,而尤不满于刘大櫆。故于唐宋八家之后,次以归方法姚四家。谓四子天资极其高明,学问极其沉潜,才足以相敌,力足以相抗。”又云:“按刘大櫆为文力追昌黎,方苞推为国士,姚鼐且从之游,自是始有桐城派之目。鸿翱独不然之,而《古文辞类纂》一书,选文最为谨严,鸿翱亦不然之,是亦别有会心者欤?至其所加入法姚二家之文,实亦不能谓其无鉴衡目力也。”

《潍县志稿·艺文志》附有刘鸿翱《十二家古文序》,可参考。

希古堂合集二卷

清刘鸿翱辑。刘鸿翱小传见《古诗词辑略》。是集《潍县志稿·艺文志》著录,家藏本,今未见。

《潍县志稿·艺文志》附刘鸿翱《希古堂合集》序,首论古文与制艺之异同,复论窦光鼐、韩梦周、阎循观古文与时文高下,其云:“余成《山左文钞》,首三家诸城窦东皋、吾邑韩理堂、昌乐阎怀庭……儿子曦欲以余文附三家，余则何敢？顾余治古文四十年矣，曩镌《绿野斋制艺》，评者谓余文不从制艺中来，平昔交好之言，庸可信乎？昔王罕皆选八集，入以已文，为有识者所讥。今窦韩阎乃吾乡先达，窃取艾千子与陈章合编之，义不得以罕皆比。且存诸家塾，聊徇子弟之请，尤不同八集之家传户诵也。因名《希古堂合集》，以明制艺与古文流分而源未尝不合，惜余力未足以振之，然予文可薄而三家之可重者自在。予文或藉是以重，又予之幸也夫。”

自此序文可知，初刘鸿翱辑选《山左文钞》时文制艺集，其子刘曦欲将刘鸿翱时文选入其中，刘鸿翱未允。此集刘鸿翱将窦光鼐、韩梦周、阎循观、临川艾南英、钱塘陈章及已文合而编之，复成一制艺时文集。

绿野斋归田集不分卷附新营绿野斋唱和集

清刘鸿翱撰。刘祖干编次，是集《山东省博物馆藏明清民国山左学者著述知见录》《清人别集总目》《清人诗文集总目提要》著录，国家图书馆、中国科学院图书馆、南开大学图书馆、山东省博物馆、青岛市图书馆藏。

今按国家图书馆藏《绿野斋归田集》，民国三十年（1941）排印本，半页十一行，行三十二字，白口，四周双边，单鱼尾，刘鸿翱五世孙刘祖干编次。刘鸿翱于道光乙巳二十五年（1845）归里后，复有诗文数篇有待摭拾，经五代世守，方由刘祖干刊印。

是集有陈森、郭恩霖题签，前附刘鸿翱遗像等图四帧，首列王允吉民国三十年（1941）撰序，次列刘鸿翱道光二十五年（1845）告归摺片与《新营绿野斋唱和集》，后有目录。

王允吉序云："惟允所读《绿野斋前后合集》，乃道光甲辰刻本，先生告归后，诸作不载集中。今岁春，其五世祖干承先人之遗志，欲辑先生遗文十余首，订为《归田集》。"

集中载《新营绿野斋唱和集》诗二十四首，其中刘鸿翱十二首，王赠芳和诗十二首。另有《希古堂合集序》《归田记》《新营绿野斋落成记》等文十五篇，集外一篇，并附录王赠芳、王延年等寿序，墓志铭文三篇，末有刘祖干跋文，叙此集由来甚详。跋曰："先严因以遗稿付祖干并谕之曰：'此汝太高祖归田后未刊稿，汝高祖所手抄，而汝祖珍藏者。'"

以上可知，是集乃刘祖干据刘曦所书《次白文稿》编次刊刻，内中删却《绿野斋太湖诗草》已载之刘鸿翱黄叶楼诸诗，复增《希古堂合集序》诸文，并添图序跋墓志铭等，随付剞劂。

绿野斋遗集一卷、绿野斋外集一卷、绿野斋诗集二卷

清刘鸿翱撰。刘鸿翱小传见《古诗词辑略》。是集《潍县志稿·艺文志》著录，此三集均为家藏本。《绿野斋诗集》为刘曦辑本，刘鸿翱《绿野斋太湖诗草》中诗皆为理太湖时而作，《新营绿野斋唱和集》仅载诗十二首，余皆未刻，此集载刘鸿翱诗必不少，然今未见，恐亦散佚矣。

刘氏贡举文集不分卷

清刘寿林等辑。刘寿林，生平未详。是集乃刘寿林、刘熙南、刘良田等汇辑刘济川、刘鸿翱等乡会诗卷为一编，安丘博物馆藏。

今按安丘博物馆藏《刘氏贡举文集》，不分卷，光绪七年(1881)刻本，半页九行，行二十五字，四周双边，单黑鱼尾，刘寿林、刘熙南、刘焘南、刘良田、刘礼田、刘芝田辑校。是集前有刘寿林光绪七年(1881)《北海刘氏贡举文集叙略》、次列《北海刘氏贡举传略》、次列目录，后附试帖。

刘寿林《北海刘氏贡举文集叙略》云："吾家自大使公从诸迁潍，世继书香。虽无显宦伟绩，昭人耳目，而游庠食饩者，代不乏人。""辛巳春，家居余暇，与族侄熙南、侄孙良田等公议，汇辑乡会试卷共为一编。卷首附以小传，录科目官阶以备参考，列传必序尊卑为后先，编文则顺科第之甲乙，俾前人世业不至散佚。"

内录刘济川、刘鸿翥、刘鸿翱、刘伯英、刘伯蕴、刘函纲、刘暲、刘曦、刘寿梅乡试文共四十五篇，试帖诗十五首。

韩通儒古文无卷数

清韩通儒撰。韩通儒，字致经，号铁庵，素喜古文辞，韩梦周文全赖之以传，《潍县志稿》卷三十人物文学有传。是集《[宣统]山东通志・艺文志》著录。刘鸿翱《韩致经先生小传》云："致经僻居，傍城西门。余曾冬夜过访，雪稜稜下，从窗窥致经，端襟危坐，啸歌不辍。其著作虽不显于世，譬如珠光剑气，终必耀渊腾斗，非人之所能闷也。"

于祉《澹园古文选》有《韩铁庵先生传》，云其所著古文，藏于家。

蔗园诗存不分卷

清张丰撰。张丰小传见《古诗词辑略》。《采访潍县艺文册》《榆园杂录》《[宣统]山东通志·艺文志》《潍县志稿·艺文志》《山东文献书目》《清人别集总目》《清人诗文集总目提要》著录,《榆园杂录》《[宣统]山东通志·艺文志》《潍县志稿·艺文志》《山东文献书目》皆作《蔗园诗文集》,《清人诗文集总目提要》作《蔗园集》,国家图书馆藏。《潍县乡土志》张丰本传中云其有诗古文各二卷。

今按《十二笔舫杂录》卷九张小南条下云:"癸未春,出其诗稿示余。"下引张丰佳句八联以赏。《[宣统]山东通志·艺文志》未见其诗稿,仅见其古文集。《续修四库全书总目提要(稿本)》《蔗园古集》条下云:"丰所撰尚有诗集,今未见,仅《十二笔舫杂录》摘载其诗稿。"《山东文献书目》据《[宣统]山东通志·艺文志》著录《蔗园诗文集》清刻本不分卷。《清人诗文集总目提要》云:"所撰《蔗园集》不分卷,内诗、古文各一册,道光三十年木活字本,中国国家图书馆藏,此集稀见。"

今按国家图书馆藏《蔗园诗存》,道光三十年(1850)木活字本,不分卷,半页八行,行二十字,白口,四周双边,单鱼尾。是集首例黄乐之道光二十九年(1849)《蔗园诗存跋》,内存诗三百零六首,并有郭去咎等人点评。黄乐之跋文称其诗清绝新丽,今读张丰诗,诚斯言也。李兆元《十二笔舫杂录》云癸未春张南出其诗稿相示,亦即道光三年(1823)张南已初辑诗稿,道光三十年(1850)方付剞劂。《[宣统]山东通志·艺文志》《续修四库全书总目提要(稿本)》所载清人诗文集可谓浩瀚,然亦云未见是集,此集稀见一至如此。今复查《蔗园古集》,可知诸所谓《蔗园诗文集》者,即今所见《蔗园诗存》与《蔗园古集》二者之总称也。

《潍县志稿·艺文志》附录黄乐之《蔗园诗存跋》,可参考。

蔗园古集不分卷

清张丰撰。张丰小传见《古诗词辑略》。是集《采访潍县艺文册》《[宣统]山东通志·艺文志》《续修四库全书总目提要(稿本)》《清史稿艺文志补编》《清人别集总目》著录,国家图书馆、北京大学图书馆有藏。《清史稿艺文志补编》著录为一卷。

《采访潍县艺文册》《清人别集总目》著录是集为《蔗园文集》,《[宣统]山东通志·艺文志》云:“按丰集仅见其古文一册,道光庚戌刊,卷端署曰《蔗园古文集》。”《续修四库全书总目提要(稿本)》云:“是集计文三十四首,多考辨序传文字,任意编次,不为分体。其中如《黄河源考》《张姓辨》等篇,虽考证未确,然皆以旧说妄诞不足信,已自可取。”又云:“至《救荒纪事》一文,于绅士擅权、官吏颟顸尤痛切言之。要之丰文质朴而洁,浑古渊懿,于欧曾颇能得其意致也。”

今按国家图书馆藏《蔗园古集》,道光三十年(1850)刻本,不分卷,《清史稿艺文志补编》著录为一卷,半页九行,行二十五字,白口,四周双边,单鱼尾。是集首列目录,有考、辨、序、记、赋诸体,外题《蔗园集》,内题《蔗园古集》,文后多附郭去咎等人论评。集中文章如《天文考》《黄河源辨》等,可见张丰文思之广深;《救荒纪事》载道光十五年(1835)潍地秋季歉收之事,哀民劬劳;《郭兰畦先生节略》《宋育堂诗遗序》可补潍上艺文史阙,弥为珍贵。

蔗园课艺一卷

清张丰撰。张丰小传见《古诗词辑略》。是集《潍县志稿·艺文志》著录之《蔗园制艺》。

《蔗园古集》中有《蔗园课艺序》一文,《潍县志稿·艺文志》附录之,文中以“蛛网”喻教事,妙不可言。

节慎斋文集不分卷、节慎斋制艺不分卷

清王延年撰。王延年(1779—1851),原名延,因乡试写榜吏误将下“年若干岁”连读,误加“年”字而刻报录,遂更名,世称王五先生。字绪远,号鹤汀,王之翰之父,嘉庆十三年(1808)举人,二十二年(1817)进士,《潍县乡贤传》《潍县志稿》卷三十人物文学有传。王培荀《乡园忆旧录》“潍县王先生延年”条、陈恒庆《谏书稀庵笔记》“王五先生”条载其事甚详。撰有《节慎斋文集》《节慎斋制艺》。

《节慎斋文集》不分卷,《潍县乡土志》《采访潍县艺文册》《[宣统]山东通志·艺文志》《山东文献书目》《清人诗文集总目提要》著录。《潍县乡土志》王延年传云:“所著古文,雅近归震川。其《节慎斋文集》已刊。”《采访潍县艺文册》云:“原书无序,由其文孙王菊人孝廉采录事迹。”

《节慎斋制艺》不分卷,道光二十九年(1849)刻本,《潍县志稿·艺文志》《清人别集总目》《清人诗文集总目提要》著录,湖南省图书馆、潍坊市博物馆藏。《清人别集总目》题为《节慎斋制义》。

育侯诗集十四卷

清宋庆和撰。宋庆和小传见《古诗词辑略》。是集《潍县乡土志》《采访潍县艺文册》待访目、《潍县志稿·艺文志》著录。《采访潍县艺文册》待访目作《育堂诗遗》。

宋书升《旭斋文钞》有《育侯先生诗残稿跋》,《潍县志稿·艺文志》亦载,其云:"有集十四卷,次山观察为公仲子,携之淮上谋付梓,未及观察殁,其稿遂失。丙子岁,黄君耀堂出一册示余,则先生将之任所作也,残缺甚,余乞归读之,得完诗若干首。会先生孙堂谦自江南来,将付之使藏,乃录为副以备省览。噫,先生全集莫卜归于何氏,然淮墟屡经兵火,度亦与浩劫同尽矣。后之采风者,此吉光片羽,不可不珍视而收罗之也。"又张丰《蔗园古集》有《宋育堂诗遗序》一文,其云:"其子玉珂从予游,出其遗诗嘱予论定。"

以上可知,是集先由宋庆和之子宋玉珂托张丰编定,共为十四卷,后欲携之淮上付梓,因宋玉珂不幸谢世,文稿遂散佚。光绪二年(1876),黄耀堂得《育侯诗集》一册示于宋书升,此即为宋书升所谓《育侯先生诗残稿》,宋书升复过录一册,并付以跋文。今此残稿亦未见,亦恐散佚无存矣。

信心集二卷

清王鹗表撰。王鹗表,号云陆,邑庠生,善诗赋,工书画,《潍县志稿》卷四十二杂稽有传。是集《绿野斋文集》《潍县志稿·艺文志》著录。

蜀江诗选二卷

清郭锦撰。郭锦小传见《古诗词辑略》。是集《榆园杂录》《采访潍县艺文册》《[宣统]山东通志·艺文志》《潍县志稿·艺文志》《续修四库全书总目提要(稿本)》《清人诗文集总目提要》著录,国家图书馆藏。

《[宣统]山东通志·艺文志》引《榆园杂录》,并引郭锦诗五言九联,七言九联等以见其佳。《续修四库全书总目提要(稿本)》云:"是编上卷计诗一百八十余首,下卷诗一百四十余首,总计三百二十余首。两卷中古今体均有之。"以下评诗,引诗与《[宣统]山东通志·艺文志》同。

今按国家图书馆藏《蜀江诗选》上下二卷,咸丰五年(1855)刻本,半页八行,行十九字,白口,四周双边,单鱼尾。是集郭松岩题签,首列程莲道光二十六年(1846)序文,诗共一百八十九首,附刻诗二十四首,凡二百一十三首。诗后有程莲槎山选评,附刻程槎山先生诗话郭锦摘句、友人公立碑文及碑句全诗,末有咸丰乙卯五年(1855)郭闾跋文。

《续修四库全书总目提要(稿本)》所著录《蜀江诗选》云"上卷计诗一百八十余首,下卷诗一百四十余首,总计三百二十余首",今《蜀江诗选》咸丰刻本诗仅二百三十一首,虽诗词计数因往往有一题数篇而所计有异,然所差近百首则刊本不同则无疑矣。《续修四库全书总目提要(稿本)》未知何据。《清人诗文集总目提要》以郭熊飞为郭锦之子,亦误。

考诸序跋,《蜀江诗选》一集屡经跋踬,郭氏卒后四十余年方得以刊刻,今略述其事如下。

嘉庆十七年(1812),郭锦卒。嘉庆二十年(1815)十月,郭锦友人郭松岩、王学周、齐培元、王友仁、孙伟烈、陈国瑞、王存训捐资为其刻立诗碑。程莲《蜀江诗选》序载，道光二十五年(1845)，其为郭熊飞幕客，"余见案头置诗稿及摘句图，披阅一过，击节称赏。因出其族叔蜀江先生诗草，属余选订"。"蜀江集旧有十卷，今存四卷，盖已不无散佚矣。"程莲遂将其四卷订为上下两卷。

郭闾跋文云："吾族之刻诗者不乏矣。或身自刻之，或及门刻之，或至戚后嗣刻之。至于亲故醵钱，一再刻之于殁后，如蜀江六兄诗者，卒鲜。"又云："道光戊戌，余始搜辑遗稿，去其重复，钞录成帙，订为四卷，名曰《蜀江诗草》。岁乙巳，次虎侄司臬江苏，余幕游至其署……出诗草相质……烦幕友程槎山选订。带赴保定藩司任所，谋付诸梓，不幸病殁，未果。余复将诗草选本收回。咸丰甲寅冬，余手选本商诸侄孙少垞，少垞欣然出资十千为偶并假剞劂氏。……岱云侄代余校对。"其后并列郭松岩、魏淮阳、魏洪阳等捐资刊刻者三十人。

以上可知，郭锦生前，其蜀江集旧有十卷，卒后二十六年，诗集多散落，郭闾先搜辑郭锦之诗，订为四卷，并携至江苏郭熊飞处，郭熊飞遂请幕客程槎山选订，订为上下两卷。郭熊飞转任保宁，欲付梓人之际，不幸谢世。郭闾复将此选本取回。咸丰甲寅，郭闾再与郭斌寿商讨诗集刻事，郭斌寿慨然出资，潍上时人亦纷纷醵金，是刻方成。

潍上诗文集多矣，然刊刻无一艰于是集，此集刻成时经四十余年，辗转潍县、江苏、保定数地，人历郭闾、郭熊飞、程莲、郭斌寿等亲故数位，资为郭松岩、魏洪阳等三十人所捐，真可谓难矣。然是集终得刊刻，留存后世，又可谓幸矣。

铭夏诗钞一卷

清郭鼎撰。郭鼎小传见《古诗词辑略》。是集《采访潍县艺文册》《潍县志稿·艺文志》《山东文献书目》《清人别集总目》《清人诗文集总目提要》著录，国家图书馆、山东省图书馆、青岛市图书馆藏。

今按国家图书馆藏《铭夏诗钞》一卷，同治元年(1862)刻本，李图选定，半页九行，行十九字，白口，四周双边，单鱼尾，集中存诗六十首，诗末并有李图评语。是集首列李图道光二十三年(1843)序，集末有柯蘅同治元年(1862)跋文、郭绥之《铭夏伯遗事记》。郭正、郭言校字。

柯蘅跋文曰："哲嗣心正与余善，每以弗能刊行遗集为憾。今兹客西，夏归，其族弟靖侯尝及先生门，先生吟稿已代为传刻，且辞心正所出剞劂费。"于此可知，郭鼎诗钞道光二十三年(1843)已为选定，然无资以刻，咸同之间，郭绥之出资代为传刻，并辞却郭鼎子郭正欲出费用。

松岩诗选无卷数

清郭庶深撰。郭庶深小传见《古诗词辑略》。是集《采访潍县艺文册》《[宣统]山东通志·艺文志》著录。

《采访潍县艺文册》著录是集为钞本，并载有光绪十年(1884)郎枢斗序文，序云："今其戚眷王君其相携诗百余首，请序于余。"

滥竽集无卷数

清耿廷玉撰。耿廷玉，字蓝田，约生于乾隆四十一年

(1776),《采访潍县艺文册》《[宣统]山东通志·艺文志》著录。

《采访潍县艺文册》著录此集为钞本,并载有道光二十六年(1846)耿廷玉自序,序云:“玉自束发授书,即好吟咏,无腔短笛信口吹者,数矣。今翻阅箧中所存以视古今作者,直可覆瓿,特以家塾无知小子爱惜而不尽焚,爰为存其什之一。如以诗道责我,是犹求存璞玉于抱腐鼠者之怀也,则谬矣。”

可知此集未刻,仅钞本存于家矣。

了庵诗存无卷数

清郭象孚撰。郭象孚(1795—1851),字信侯,号了庵。是集《潍县志稿·艺文志》著录。

自然草刻本四卷、抄本不分卷

清郭梦龄撰。郭梦龄小传见《古诗词辑略》。是集《国朝山左诗汇钞后集》《采访潍县艺文册》《[宣统]山东通志·艺文志》《潍县志稿·艺文志》《山东省博物馆藏明清民国山左学者著述知见录》《山东文献书目》《清人别集总目》《清人诗文集总目提要》著录,山东省图书馆、山东省博物馆、青岛市图书馆藏。是集《国朝山左诗汇钞后集》作《小房诗草》,《[宣统]山东通志·艺文志》作《自然集》。《潍县志稿·艺文志》著录是集为十卷,误。

是集因自钞而刻,不惟阅时甚久,复转藏多人,诸著录书目于此书版本或模糊言之,或所记谬误,故其版本源流情况较为复杂,今试为厘清。惟山东省博物馆所藏难得亲睹,以下所叙或有谬误，惟愿方人教正。

今按青岛市图书馆藏《自然草》四卷，刻本，凡四册。半页九行，行二十一字，四周双边，白口，单鱼尾，内题“同治庚午刻刊春明”。是集前有道光二十三年（1843）徐宗幹序文、李协中序文、李图序文、海昌查锟题诗一首，末有咸丰六年（1856）张中寅跋文、郭简之同治九年（1870）跋文。郭襄之、郭简之、郭绥之、郭杭之、郭薰之、郭康之校字。集内卷一载诗五十五首，卷二载诗七十二首，卷三载诗五十二首，卷四载诗四十三首，凡二百二十四首。

徐宗幹道光二十三年（1843）序文云：“（郭梦龄）有句云：‘流露本自然，聊以当日记。’命名之意，盖取此也。”

李图序文云：“道光己酉，余访小房廉访于其京邸，见其所为《自然集》者，凡二百八十四篇。不作珍丽诡奇可喜可愕之词，而上宣朝章，下叙民隐，倦倦于戚疏新故离合之际，缠绵悱恻，致足动人。”

咸丰六年（1856）张中寅跋云：“岁丙辰，师长君匡侯（郭襄之）郡守即刊师墓志文，爰手一编示中寅，曰：‘此先大人遗诗，生前屡请刊，不许，未敢违。今不亟纪，是终湮也。’”

郭简之同治九年（1870）跋云：“先大人见背，简之兄弟虑著作之未彰也，谨录遗章，共成四卷。大兄襄之服阕后，携之西宁任所，拟付剞劂，乃以军书傍午，刻无暇晷，数载以来，竟未如愿。己巳冬，将原稿寄京师，简之乃重加校正，敬付梓人。今卷帙告成，谨赘数言，篇末以志手泽云。”

此上可知，是集于郭梦龄生前即早已成稿，初为二百八十四篇，并已索得徐宗幹、李图序文，郭梦龄诸子屡请为刊刻，郭梦龄未允。咸丰四年（1854），郭梦龄谢世，郭襄之、郭简之等诸兄弟等复为抄录，厘为四卷，郭襄之携此抄稿至西宁任所，后又请西宁李协中再为之序，大兴张中寅为撰跋文，拟付剞劂。然郭襄之忙于政务，此《自然草》遗稿竟历十数年而未得刊刻。同治八年（1869），郭襄之将遗稿寄郭简之，郭简之遂重加校正，得诗二百二十四首，以付梓人，同治九年（1870），书刻以成，即为今之所见《自然草》郭简之同治刻本。

复按山东省图书馆藏《自然草》不分卷，咸丰年间抄本，半页八行，行二十二字，无格。首列徐宗幹道光二十三年（1843）序文，次列李图序文，末有咸丰六年（1856）张中寅跋文，内无李协中序文及查锟题诗。此本当即为郭襄之等郭氏诸子咸丰间钞本。

是以《自然草》自稿本而至刻本，当有三种版本。一为郭梦龄道光间钞本，不分卷；一为郭襄之等郭氏诸子咸丰六年（1856）钞本，不分卷，山东省图书馆藏；一为郭简之同治九年（1870）刻本，四卷，四册，山东省博物馆、青岛市图书馆藏。

是集《清人诗文集总目》著录为《自然草》不分卷，并云："此《自然草》四卷，道光间钞本，山东省博物馆藏。别本《自然草》不分卷，一册，李图为之序，同治间刻，青岛市图书馆藏。"此数语皆须订正。郭梦龄道光钞本，此尚未分卷，所言"四卷"，其误一也；山东省博馆藏乃同治刻本，非道光间钞本，其误二也；青岛市图书馆藏同治刻本，分四卷，四册，所言"《自然草》不分卷，一册，同治间刻"其误三也。

《潍县志稿·艺文志》附徐宗幹《自然诗草序》，可参考。

北海郭氏诗存四卷、北海郭氏诗存续编四卷

清郭衍汾等郭氏诸子辑，清郭衍汾、郭梦龄等郭氏诸子编

次，郭氏诸子光绪末年抄本。

《北海郭氏诗存》为《榆园杂录》《［宣统］山东通志·艺文志》《潍县志稿·艺文志》著录，《北海郭氏诗存续编》为《［宣统］山东通志·艺文志》《潍县志稿·艺文志》著录，然其记述皆误。今山东省图书馆藏其稿本。

《榆园杂录》记《北海郭氏诗存》为郭征庸所辑，《［宣统］山东通志·艺文志》沿袭之，其误一也；《潍县志稿·艺文志》则于郭征庸名下著录《北海郭氏诗存》及其续编四卷，其误二也。此二辑皆非郭征庸编，解辩见本书郭征庸《宾唐遗诗》条。

我潍诗歌总集，凡有三种，一为王洵之《白浪河上集》，一为张彤之《潍诗采录》，一为《北海郭氏诗存》及其续编。三种之中，《北海郭氏诗存》及其续编所载诗人最多。

今按山东省图书馆藏《北海郭氏诗存》四卷，及《北海郭氏诗存续编》四卷，半页十行，行二十一字，白口，四周单边，单鱼尾。此两种为同时稿本，又因《北海郭氏诗存续编》所收诗人下限至郭藜光、郭介光等，是以定为清光绪末年稿本。

《北海郭氏诗存》四卷，首列张柏恒道光二十六年（1846）序文，次列咸丰三年（1853）郭去咎序文，末有郭征庸道光二十五年（1845）跋文。是集收明末清初至道光年间郭家诗人六十五名，诗八百五十九首。

张柏恒《北海郭氏诗存》序中云其至潍则与郭同芸、郭衍汾、郭续汾、郭去咎、郭象升等人论诗谈艺，后郭氏族人“出其先世遗稿，暨一时父兄子弟之歌吟”，张柏恒又云：“涔南在世，时尝欲梓而传之，而因循未果，其子小房追承先志，录前稿外，按支派重加采访，一篇什之善，一章句之佳，悉登载无遗。久之，得若干首，勒为四卷，由兰阳道署寄山阳，求余选定。”

郭去咎序云："近岁，小房侄约诸少年，搜罗累世散帙，汇为四卷，意将付梓，而问序于余。"郭征庸跋云："族叔曾祖涍南先生尝辑先世遗诗凡三十余家，定为《郭氏诗存》，欲梓行未果，今叔祖小房先生克承先志，复增若干家，勒为四卷，嘱庸参校，并叙其始末。"

综上可知，《郭氏诗存》之书，为郭氏族人合力编次，先是由郭衍汾主其事，并选三十余家，欲付梓未果，郭衍汾子郭梦龄与郭氏族内诸子复增选至六十五家，编为四卷，由安邱张柏恒选定，又欲付梓。此刻成与未成，实不可知，今所见郭梦龄等编次之《北海郭氏诗存》乃清光绪末年稿本。

《北海郭氏诗存续编》四卷，无序跋文，揣其情实，当亦为郭氏族人合力编次，惜未知何人所主事。集内载清道光间至光绪末年郭氏诗人三十八人，诗歌凡六百零四首。

两编共载郭氏诗人一百零三人，诗歌一千四百六十三首，一人之诗，多则百余首，少则一首，有清一代潍上郭氏合族之诗，洋洋大观，尽汇于此，可知潍上郭氏诗歌继世，源远流长也。

西戍日记诗草八卷、齐东野人新语八卷

清齐培元撰。齐培元小传见《古诗词辑略》。二集《[宣统]山东通志·艺文志》《潍县志稿·艺文志》《续修四库全书总目提要(稿本)》《清人诗文集总目提要》著录，《采访潍县艺文册》仅著录《西戍日记诗草》。此两种皆未刊刻，其事可合见齐培禄《殊翁合编》序、郎枢斗《养和先生传》、魏延之《西戍日记诗序》、宋书升《西戍日记诗草题辞》诸文

齐培禄《殊翁合编》序曰："养和大兄宦游东粤，谪戍北庭，自塞回潍三十年来，有《西戍日纪诗草》八卷，《齐东野人新语》

八卷。”郎枢斗《养和先生传》载齐培元莅任广东平远令方八月，“回禄为灾，戍轮台三载，当是时，太公太孺人俱在堂，先生身驰万里，心怀二人，所遇路绝人稀，山奔海立，雨苦风悲，猿啼虎啸，一切可惊可愕之状，俱于诗焉发之。此《西戍日纪》八卷所以成也。戍满旋里，太公尚无恙，先生服太孺人丧，涕泣几丧明”。“家居无事，日与二三知己赋诗唱酬以为乐，而《齐东野人新语》八卷复由是出焉。”《［宣统］山东通志·艺文志》即据此序传以记。

《潍县志稿·艺文志》附有魏延之《西戍日记诗序》、宋书升《西戍日记诗草题辞》二文。魏延之《西戍日记诗序》云：“咸丰丙辰，齐子阳和过余书斋，出所著《西戍日记诗》示余，且嘱之序，余受而读焉。”宋书升《西戍日记诗草题辞》云：“《西戍日记诗草》，齐养和先生所作，余友黄子耀堂之所录也。”“（齐培元）晚年与黄耀堂交最笃，耀堂索观乃得录之，余幸得读之。”

《续修四库全书总目提要（稿本）》著录《西戍日记诗草》为黄氏抄本，并云《齐东野人新语》八卷未知“尚存人世否”。

自上可知，《西戍日记诗草》八卷乃齐培元谪戍乌鲁木齐时所作，魏延之、宋书升为之序，郭绶之《沧江诗集》中复载《听齐养和先生话西戍事并题诗草》诗，有“一夜笳声人易老，那堪白首故将军”之语。是集齐培元晚年时由黄炜录出副本，此即《续修四库全书总目提要（稿本）》所云之黄氏抄本，亦即《采访潍县艺文册》所著录之钞本，可知近代尚有传世，今则未见。

《齐东野人新语》八卷，今疑佚。齐培禄序文谓《西戍日记诗草》与《齐东野人新语》皆为诗集，郎枢斗所谓“日与二三知己赋诗唱酬以为乐，而《齐东野人新语》八卷复由是出焉”，则此为诗集益明矣，惟《齐东野人新语》之名与诗体殊为不称，

《潍县乡土志》齐培元传、《采访潍县艺文册》待访书目著录齐培元《东野新录》一种,疑即为是集。

殊翁合编四卷、莒村集无卷数

清齐培元撰。齐培元小传见《古诗词辑略》。《殊翁合编》四卷,《潍县乡土志》《采访潍县艺文册》《[宣统]山东通志·艺文志》《潍县志稿·艺文志》《续修四库全书总目提要(稿本)》《清史稿艺文志补编》《山东文献书目》《清人诗文集总目提要》著录,山东省图书馆、青岛市图书馆藏。是集因全载雁字诗一百二十首,又称《雁字诗》,《潍县乡土志》齐培元传著录为《雁字诗草》。

今按山东省图书馆藏《殊翁合编》四卷,半页八行,行十九字,四周双边,单鱼尾。是集首列齐培禄同治六年(1867)序文,次有郎枢斗《养和先生传》,内载雁字诗一百二十首。

齐培禄《殊翁合编》序曰:"养和大兄宦游东粤,谪戍北庭,自塞回潍三十年来,有《西戍日纪诗草》八卷,《齐东野人新语》八卷。卷数太繁,非一朝夕所能镌出,从二诗集中选出雁字诗一百二十首,先付之梓人,呈于宗族乡党间。嗣后资斧有余,再陆续镌二诗集。"

以此可知,所谓《殊翁合编》,本齐培元合集之名,因齐培元存诗繁多,故先于《西戍日记诗草》与《齐东野人新语》二诗集中选集《雁字诗》一百二十首,先付之以刻。人事沧浪,余日难知,今《殊翁合编》惟存此集,亦可稍慰后世。

今山东省图书馆藏《殊翁合编》四卷本卷一题下注"丙申在塞年五十一作",卷二题下注"丙辰在莒年七十一作",卷三题下复注"丙辰在莒年七十一作",卷四题下注"丙寅在家年八十一作”。卷二与卷三题注重出。《[宣统]山东通志·艺文志》《续修四库全书总目提要(稿本)》所见本皆失卷二题注,云:“卷一题下注云‘丙午在潍年六十一作’,卷三题下注云‘丙辰在莒年七十一作’,卷四题下注云‘丙寅在家年八十一作’”。并误将卷二题注作卷一题注。以上可知,《殊翁合编》印刻装订微有小眚。今据山东省图书馆藏《殊翁合编》四卷本与《[宣统]山东通志·艺文志》《续修四库全书总目提要(稿本)》所见本可知,此书四卷,卷之序列应作如下:

卷一题下注“丙申在塞年五十一作”,卷二题下注“丙午在潍年六十一作”,卷三题下注“丙辰在莒年七十一作”,卷四题下注“丙寅在家年八十一作”。

齐培元雁字诗一百二十首,分别辑自《西戍日记诗草》与《齐东野人新语》,非惟可观诗人早晚心力之形,亦可略见其浮生东西之迹。谪守轮台,看鸿去云还,多兴家国之感;晚年居潍,思前尘雁影,常抒艺文之理。其诗雁字起兴,多写书画之艺,于潍上诸诗人可谓鲜见矣。

又察《潍县志稿》卷二十八人物事功齐培元传后所附杨玉相《齐东野家传》一文,内载齐培元撰有《莒村集》,当为齐培元别一著述,今未见。

敬业堂集无卷数、效颦集无卷数、东井草无卷数

清唐瑜撰。唐瑜,嘉庆二十一年(1816)举人,此三集《潍县志稿·艺文志》著录。

史林遗诗一卷

清刘函纲撰。刘函纲小传见《古诗词辑略》。是集《潍县艺文采访册》《[宣统]山东通志·艺文志》《潍县志稿·艺文志》著录,《采访潍县艺文册》著录为《史林先生遗稿》钞本。

《采访潍县艺文册》云:"原书无序,凡古今体诗百九十首,由其曾孙刘熙恩采录事迹。"

然《潍县志稿·艺文志》附有贵州但明伦《刘史林遗诗序》,其云:"刘史林明府,北海宿儒,以进士作宰陕右,于皇华驰驱琴堂。听断之暇,喜吟咏,集成二帙……闻明府有善政,且能诗,未及晤而明府卒于郧。乙亥夏,余奉檄会勘狱,赴荆门,遇其令嗣馆于州署,出其先人遗稿以相质,卒读之。于其文字之外,见其志之正也,见其才之卓也,且见其遇之不穷而穷也。至其题咏古迹,论断具有卓识,不空作感慨语,此尤见读史有得处。卷首有余纸,爰序数语以弁之,俾其嗣君,谨志先人手泽以传家学云。"

以上可知此集有序,高鸿裁撰《采访潍县艺文册》时已佚,后《潍县志稿》复补之,手稿藏于家。

锦斋诗草一卷

清吴德伸撰。吴德伸,嘉庆二十三年(1818)举人,师于郭书俊、韩步鳌,曾任济南府教授,是集《潍县志稿·艺文志》著录。

楚壁吟一卷、续楚壁吟一卷

清郭悦芝撰。郭悦芝小传见《古诗词辑略》。二集《采访潍县艺文册》《[宣统]山东通志·艺文志》《清人别集总目》

《清人诗文集总目提要》著录，国家图书馆藏。

今按国家图书馆藏《楚璧吟》，又名《石云先生诗草》，嘉庆二十四年(1819)刻本，半页八行，行二十字，白口，四周单边。封面题为《石云郭先生诗草》，首列张文郁嘉庆戊寅序文，次列郭同芸序文，末列校阅诸子姓氏五十四人，并有郭去咎、张来朋跋文。集内载诗九十八首，每诗后或有评语。自张文郁序文可知，《楚璧吟》原有三百首，后从此三百首中，选郭同芸最为激赏者凡九十八首以成是集。

国家图书馆又藏《续楚璧吟》一卷，道光十九年(1839)刻本。半页八行，行二十一字，白口，四周单边，无鱼尾。是集乃营邱阎学海选评，共载诗四十六首。集内首列阎学海题诗二首，集后有郭去咎跋诗二首，并有郭磐石道光十九年(1839)五月《楚璧吟续集后序》，末载郭去咎、郭予驰、郭磐石、郭兆封、郭起隆、郭荣清诗十四首。《清人别集总目》言是集又有宣统江楚编译局刻本，今未见。

郭磐石《楚璧吟续集后序》云："兄殁后，族孙南庐得《秋蛩吟》序文于箧中付余阅之，墨沈未干而人分今古，再图一聚之约，竟为谶语而不可践已。时兄方刻《楚璧吟》，尚未迄工，因记其事附集后。"

集后郭去咎等有《续楚璧吟即刻成，分政讹字并引》，其曰："客冬，石云八十八岁，始刻诗续集，约今岁寒食迄工。梓人误期，兄殁于五月十八日，板尚未成。族孙南庐、艇济等醵钱终其事。"

是可知，郭悦芝《楚璧吟》刻后二十年，复刻续集，因梓人误期，书未刻成郭悦芝即辞世，郭起隆、郭荣清等郭氏族人出资以刻。

潍诗采录四卷

清张彤辑。张彤，字虎拜，号鄂楼，浙江乌程人，乾隆五十一年(1786)举人，嘉庆九年(1804)，分守登莱青海防兵备道，兼衔提刑按察使；嘉庆十二年(1807)，兼衔都转盐运使；嘉庆十四年(1809)，兼衔山东承宣布政使。

是集乃潍上第一部诗歌总集，潍上诸诗多赖此集以传。《续修四库全书总目提要(稿本)》《清史稿艺文志补编》著录，国家图书馆藏。《续修四库全书总目提要(稿本)》言是集乃张彤官潍县知县时辑，此误，察诸方志，张彤未任潍县知县，辑录是集时张彤任登莱青兵备道。

今按国家图书馆藏《潍诗采录》四卷，嘉庆十三年(1808)刻本，半页十行，行二十二字，小字双行同，白口，四周双边，单鱼尾。是集乃张彤偕其门人张诩纂辑，首列张彤嘉庆十三年(1808)序文，次列目录。共四卷，然张彤序文中却言："厘为五卷登诸梓"，当是别有一卷未刻耶？

集内卷一载明诗，卷二、三、四载清诗。卷一载王濂、谭任、谭安之、王渐、刘国缙、刘进明、王调鼎、谭琮、杨青藜、刘士琏等十家诗。卷二载清代王震起、刘登枢、刘登庸、刘潢、蔡宗襄、郭一璐、刘以贵、刘之光、刘之修、郭伟基、郭灿、朱若宾等十二家诗。卷三载韩梦周一家诗。卷四载魏来朋、魏来同、郭同芳、郭守璞、郭守训、郎澍、韩士澹、韩镐、郭守绪、魏赞、郭炳畴、高伦、宋岩、杜文漪、郭思履、郭单堂、谭在丙、郭凤鸣、刘永祥、郭汝承、郭钦式、郭去非、王栴、谭世纶、郭堉、谭学诗、康文坛二十七家诗。集内共载明代嘉靖至清代嘉庆诗人五十家，诗凡四百余首。四卷之内，独收韩梦周诗一百八十五首，其他诗人多在三五首之间。诸诗人后皆附小传，或明著述。

《续修四库全书总目提要(稿本)》云:“盖彤以选诗为主,去取至严,非如其他各书,以存人存诗为主,选择较宽,彤所得虽少,卷帙不丰,然至为精当也。”

《潍诗采录》所选诸家,为留存潍上诗文之一极为重要选本,殆无可疑。今观集中所选诸家,除韩梦周、杨青藜、刘以贵寥寥数家诗外,其他四十余家潍上诗人之诗皆仅见此集,他书不载。后郭氏诸子所编《北海郭氏诗存》等选本,所引郭氏众家诗,亦屡引此书。潍上诗篇,吉光片羽,全赖此集以传,鄂楼之功,可谓巨矣。

然周察诸篇,《潍诗采录》并非如《续修四库全书总目提要(稿本)》所言“去取至严”,如集内独收韩梦周一家诗即有百八十五篇之多,多寡悬殊,即可知是集去取未严,易者众采,难者罕辑,亦无可疑矣。张彤序文曰:“乃今搜罗所及,仅仅止此,岂世远而文献无征,流传者少欤?抑断帙残编沉埋未出也。”此可知张彤搜集潍上遗诗时已号称艰难,仅以存诗为要,非以选诗为任也。《续修四库全书总目提要(稿本)》所言“至为精当”,亦想当然语也。复查《十二笔舫杂录》卷五“张鄂楼观察条”言其辑《掖诗采录》为时既促,搜罗未广,即可知《潍诗采录》亦当略微似之矣。

集唐初刻二卷

清韩步鳌撰。韩步鳌小传见《古诗词辑略》。《潍县乡土志》韩步鳌传中仅云其有《若仙集唐》行世,未言卷数。《采访潍县艺文册》著录韩步鳌《若仙集唐》八卷,《潍县志稿·艺文志》著录《若仙集唐》初、二、三、四刻共八卷,今青岛市图书馆、山东省博物馆藏。又《[宣统]山东通志·艺文志》著录韩步鳌集唐之作为《唾余集》七册，并言“是集皆集唐刊本，一名若仙道人集”。是将《唾余集》作为韩步鳌集唐之总名，此误。今察《集唐》初刻本仅有《集唐》之名，未有《唾余集》之名；是刻之后，《若仙集唐》方有《唾余集》之名。复据刘鸿翱《若仙道人传》中“著《集唐》，名为《若仙道人集》”语可知，韩步鳌集唐四刻之总名有三，一为《集唐》，一为《若仙集唐》，一为《若仙道人集》。《［宣统］山东通志·艺文志》复著录《唾余集》七册。

韩步鳌《集唐》初刻本，今又名《集唐初刻》《若仙集唐初刻》。今按青岛市图书馆藏《集唐》初刻本，一册，封面题为“集唐”，并有“嘉庆丙子年镌”“守正轩藏版”字样。以此可知，是集为嘉庆二十一年（1816）守正轩刻本，半页九行，行二十七字，内间有小字注，白口，四周单边，单黑鱼尾。安徽婺源胡友葵缮写，及门诸子同校。是集首列嘉庆二十二年（1817）无棣王惟询序文，次嘉庆二十二年（1817）郭悦芝序文，次凡例六条，集后附韩步鳌及门人集诗之评语，又附“古佛心”“高山流水”“樵海”“禀化凝正气”等印文十一方，末有韩步鳌门生吴德伸跋文。内载五七律集唐诗凡一百二十首。

诗之集句，即为抽以前人之诗复成一诗，宋时尤为流行。其集他人之诗，或一句，或一联；或自作，或众和，其形式虽无一定之轨，然其意境格律则须小心安排。是以集句之诗，虽用前人成句，然其韵、其律、其境皆须考究，皆求自然，用前人之语以求新面，以谙辞语，以熟诗法，以写自家心事矣。

韩步鳌之“集唐诗”，乃自集唐人之成句，或为五七绝，或为五七律，每拟一题，皆苦搜唐人之集，析李杜之句，力求契合，并遍用平水韵上平声一东、二冬、三江、四支、五微、六鱼、七虞、八齐、九佳、十灰、十一真、十二文、十三元、十四寒、十五删，下平声一先、二萧、三肴、四豪、五歌、六麻、七阳、八庚、九青、十蒸、十一尤、十二侵、十三覃、十四盐、十五咸三十韵而为作。故其一题之作,往往有三十首之多。

嘉庆二十二年(1817)无棣王惟询序云:“仿古人悲秋之意,爰集唐人佳句,制以律体,依上下平三十韵各为镂奇错绣,编汇成帙。按节读之,气机之贯通,对仗之工稳,局法之巧合,吐属之自然,正未知其为古体为近体。”

嘉庆二十二年(1817)郭悦芝序云:“吾友韩峤六少负不羁才,其为文下笔千言,洋洋洒洒,如海如潮,初未有知其诗者。丙子春,突以集唐百二十韵质于余。”“夫作诗易,集诗难。作诗点窜由己,有更数字而成一言者,故易;集诗一字未妥终日搜索不可得,有一句而废全篇者,故难。韩君不欲以诗名,故数年不作一诗,偶有所触,辄用唐人旧句以自写胸臆。”

集内正文可以四部分视之。

第一部分先有“秋山晚眺”五律上下平声三十韵,此部分版心有“秋山五言”字样,由郭悦芝、宋鼎亨参定,及门诸子同校。

第二部分为“秋山晚眺”七律上下平声三十韵,此部分版心有“秋山七言”字样。此部分前载韩步鳌自序文,后附校阅诸子杜运泰、吴德伸、王书献等二十五人,族子韩锡觳等三人及其子韩江兰、侄韩金兰等五人。由王艺枫、宋谦吉参定。

韩步鳌序云:“嘉庆乙亥,金风入律,青女司辰。旅雁衔芦冲霁云而布阵,寒蝉噪柳吸凉露以含情。登高切望远之忱,临水兴逝川之叹。渔矶舟系,寄逸兴于秋江;樵径人归,收暝烟于夕照。爰假唐贤之旧句,用抒骚客之新愁,分卅韵于上平下平,联八句于五律七律,汇为篇什,聊当歌咏,是为序。”

第三部分为“秋江夜泊”五律上下平声三十韵，此部分版心有“秋江五言”字样，由季恩沛、陈姚农参定。前有韩步鳌自序。

韩步鳌序云：“丙子秋，游于苏，夜泊吴江，听清泠之声，忽移我情，恍然于先子之琴声犹在耳者。爰集诗三十韵，不过藉唐贤之对，待以解当前之旅愁云尔。及门请付诸梓，予曰：‘是亦足以灾梨枣乎？’即命剞劂，聊以志手泽之感云。”

第四部分为“秋江夜泊”七律上下平声三十韵，此部分版心有“秋江七言”字样，由孔继銧、姜瀚生参定。

每部分后皆有韩步鳌及门弟子或时贤友人之评语。

韩步鳌全书安排颇为驳杂，是以今日诸籍著录之卷数亦多不一。《采访潍县艺文册》《潍县志稿·艺文志》皆著录四刻凡八卷；《山东文献书目》《清人别集总目》亦著录《集唐》初刻二卷。

又据《山东省博物馆藏明清民国山左学者著述知见录》著录可知，是集为初刻二卷。卷上与青岛图书馆藏全同。其著录卷下云：“下卷为山居吟五七绝句四十首，溪山秋月诗三十首，秋鸿诗三十六首，游虎邱感怀三十二首。”

以上可知，青岛市图书馆藏仅为《集唐》初刻一册一卷，山东省博物馆藏为全帙，分二册二卷。

集唐二刻二卷

清韩步鳌撰。韩步鳌小传见《古诗词辑略》。是集为《若仙集唐》四刻之一，又名《唾余集》，《山东省博物馆藏明清民国山左学者著述知见录》《山东文献书目》《清人别集总目》皆将此集著录为《集唐》二刻本。《青岛市图书馆藏古籍书目》则著录为《集唐》，未言刻本次第。青岛市图书馆、北京大学图书馆、山东省博物馆藏。

今按青岛市图书馆藏《唾余集》，一册，封面题有“若仙集唐”“唾余集”，道光四年（1824）刻本，半页九行，行二十七字、二十八字不等，四周单边，白口，单鱼尾。集内载五七律绝集唐诗九十首。

是集首列韩步鳌画像及朱皜如诗《韩步鳌画像赞》，次列刘鸿翱《若仙道人小传》，次阎学海、柯培元、余正酉等十一人题诗二十一首，次韩步鳌总序，次载“江上清风”“山间明月”等印五方，末有胡乾元跋文，及门诸子校定。

韩步鳌道光四年（1824）总序云：“余素不工诗，前在家居与石云郭君谈及音律，偶有所触，借唐人诗句锻炼成章，集秋山五七言六十律。丙子赴苏，集秋江五七言六十律，吴咏三十二绝。己卯集秋鸿、秋月六十六绝，山居吟五绝四十首。辛巳赴都，闲情偶记，集渔樵七律三十韵，送别五律三十韵，怀友七绝三十韵，送友七绝三十韵。渔樵寄册水之趣，送别敦朋友之情，又歌者七绝错综六十韵，聊以自遣自歌，不敢云觉人觉世也。”

集内正文分三部分。

第一部分为“秋夜送别”五律上下平声三十韵，此部分版心有“秋别五言”字样，前有序文，陈子饬、刘鸿翮参定，末有印五方及李禹门跋文。

第二部分为“秋夜怀友”七绝上下平声三十韵，此部分版心有“秋怀七绝”字样，前有张淑京序文及韩步鳌自序，田竹坪参定，末附张淑京赠诗二首。

第三部分为“拟秋夜送友人还江南兼以寄怀”七绝上下平声三十韵，此部分版心有“拟送七绝”字样，刘曦参定。

全书中杂有他人评语数十处。

是集《山东文献书目》《清人别集总目》著录为一卷,《青岛市图书馆藏古籍书目》亦著录为一卷。然据《山东省博物馆藏明清民国山左学者著述知见录》著录可知,是集为二刻二卷。卷上与青岛图书馆所藏全同,其著录卷下云:“下卷为七言律诗渔樵问答三十首,七言绝句见歌者有感三十首,文续三十首。”

以上可知,青岛市图书馆藏仅为《集唐》二刻一册一卷,山东省博物馆所藏当为全帙,分二册二卷。

书仓文集无卷数

清曹孚中撰。曹孚中,字木舟,道光二年(1822)举人,曾任广东鹤山县知县,曹鸿勋祖父,《潍县乡土志》《潍县志稿》卷二十八人物事功有传。

是集《潍县乡土志》《采访潍县艺文册》《[宣统]山东通志·艺文志》《潍县志稿·艺文志》著录,《采访潍县艺文册》记为钞本,可知未刻。

南匪纪略诗草一卷

清丁廷珍撰。丁廷珍(1804—1874),字致堂,例贡,曾任刑部郎中,丁善宝之父,平生乐善好施,潍城东外万年桥即其所修,《潍县志稿》卷二十九人物义行有传。是集《潍县志稿·艺文志》《太平天国资料目录》《山东文献书目》著录。山东省图书馆藏,今未见。是集《山东文献书目》入史部。

天籁堂秋蛩吟初刻不分卷、二刻二卷、三刻不分卷，天籁堂诗余一卷

清郭磐石撰。郭磐石小传见《古诗词辑略》。《天籁堂秋蛩吟》又名《秋蛩吟》《天籁阁秋蛩吟》《天籁阁诗集》，《国朝山左诗汇钞后集》《采访潍县艺文册》《［宣统］山东通志·艺文志》《潍县志稿·艺文志》《续修四库全书总目提要（稿本）》《清史稿艺文志补编》《山东文献书目》《清人别集总目》《清人诗文集总目提要》著录，青岛市图书馆、吉林大学图书馆、中国社会科学院文学研究所各有藏。

是集《采访潍县艺文册》采访目录著录为《天籁堂秋蛩吟》，后列序文抄录中著录为《天籁阁秋蛩吟》，并记有初刻、二刻、三刻。《［宣统］山东通志·艺文志》《山东文献书目》著录为《秋蛩吟》，《［宣统］山东通志·艺文志》据《国朝山左诗汇钞后集》著录；《山东文献书目》收藏单位将“青图”误为“青阁”。《潍县志稿·艺文志》著录为《天籁阁诗集》，《续修四库全书总目提要（稿本）》《清人诗文集总目提要》著录为《天籁堂秋蛩吟》，《清史稿艺文志补编》误记为《天籁秋蛩吟》。

《续修四库总目提要（稿本）》《山东文献书目》皆记此集为道光刻本，未言何年所刻。《续修四库总目提要（稿本）》并云：“是集共七十余首，五七言古今体均有之，而五言古尤多。末更有古乐府数篇。磐石素喜饮酒，不工吟咏，年近五十，以其先人祭田讼滞会城，因感动激发，始学为诗。兄去咎以为感事赋诗，犹得古人性情，谓所作不独音节悉合，且一种清丽疏宕之气形于毫端，有老宿所未易到者。因以诗学相勖云。要之，磐石之诗，悉皆本于性之所自成，而发于情之所难已，亦不过任天

籁之自鸣者耳。其以秋蛩吟名其书者，亦此物此志之意，故不能以作诗义法绳之也。书前有兄悦芝、去咎序及自序，末有曾孙荣清跋。《山东通志》据《山左诗汇钞》著录，谓有初刻、二刻、三刻，此册不标二刻、三刻等字，或即其初刻欤？”《清人诗文集总目提要》著录是集为不分卷，记曰：“此集一册，录古今体诗七十余首，道光十九年刻。”

以上各书目多仅诸录是集初刻本，且以是集初刻、二刻诸事言之甚少，卷数亦未言明，今谨于此书详而言之，以补阙耳。

今按青岛市图书馆藏《天籁堂秋蛩吟》一册，内载初刻、二刻共二卷，道光二十年（1840）刻本，封题有“道光已亥镌家塾藏板”字样，半页八行，行二十一字，单鱼尾，白口，前署“北海布衣郭磐石著”。前列道光十九年（1839）郭悦芝序文、道光十九年（1839）郭去咎序文、道光二十年（1840）郭鼎序文、道光二十年（1840）郭梦龄序文及郭磐石自序文，末有道光十九年（1839）郭介石、郭荣清跋文。是集初刻版心镌有“天籁阁”“秋蛩吟”，二刻镌有“天籁阁”“秋蛩吟二刻”。初刻载诗七十六首，二刻载诗六十七首，凡一百四十三首。

道光十九年（1839）郭悦芝序云：“豁岩胞弟龙门持诗一卷来质，并问序于余。余询所自，答言伊兄初学诗，两年所积，号秋蛩吟。”

郭去咎序云：“堂弟豁岩，倜傥不羁人也。事亲必具酒肉，无私财。壮岁不言吟咏，只乐醉乡，年近五十，始以先人祭田讼滞会城感事赋诗。”

道光二十年（1840）郭鼎《秋蛩吟补序》云：“庚子春，集名秋蛩吟已付梓，余适游楚，寄至此序，镌已竣，不列于集。俾知叔氏者未得伸其一知之言，中心歉然。如可补入，则幸矣，必不可补，留待续集成赘于篇。”

道光二十年(1840)郭梦龄序云：“豁岩叔以诗付梓，名曰秋蛩吟。”

郭磐石自序云：“乙未岁，因讼事滞省垣，愁苦无聊，率成章句。堂兄悔存见而悦之，辄以诗学相勖。”

综上数序，复参今人诸书目所记可知，郭磐石初未学诗，道光十五年(1835)，郭磐石因祭田讼事，滞留省城，方始为诗遣闷。道光十九年(1839)，初刻《天籁堂秋蛩吟》不分卷，前有郭悦芝、郭去咎序及自序，末有郭荣清跋文，载诗七十六首，版心镌有“天籁阁”“秋蛩吟”字样。此本即今所谓《天籁堂秋蛩吟》初刻本，亦即《续修四库全书总目提要(稿本)》《清人诗文集总目提要》所见版本。道光二十年(1840)，郭磐石续刻《天籁堂秋蛩吟》，增入郭鼎、郭梦龄序文，将自序文移于此二序后，刻诗六十七首，不分卷，版心镌有“天籁阁”“秋蛩吟二刻”字样，此本即今所谓《天籁堂秋蛩吟》二刻本。二刻本与初刻本合为刊行，即今青岛市图书馆藏《天籁堂秋蛩吟》道光二十年(1840)刻本，初刻一卷，二刻一卷，凡二卷。

《天籁堂秋蛩吟》三刻，道光二十六年(1846)刻本，《采访潍县艺文册》著录。是集极为稀见，今吉林大学图书馆藏。半页八行，行二十一字，四周双边，单黑鱼尾。是集前有道光二十六年(1846)郭书献、郭予驰、郭去咎序文，末有郭为贤跋文，载诗凡六十七首。

郭书献序云：“豁岩侄壮岁不喜谈诗，五十后始亲风雅，以苦吟消郁闷，自名其诗为《秋蛩吟》。同人阿以付梓，前后两刻俱成，甚自悔，曰祇贻笑柄，不足登词场。近数年苦心深造，刃迎缕解，与道大适，而古诗尤为独步见性灵。昨持若干首质余，余细阅之，惊喜曰，不遇其音，难分真赝。惜雁庐兄、蜀江侄皆已物故，两人若在，必击节称赏，引为同调，不独老夫之嘉叹不置矣。”

郭予驱序云：“吾豁岩弟自幼习帖括业，弢庵叔（鹏志按：郭东奎号弢庵）实钟爱之。叔殁，屡试不遇，而家事迍邅，世情颠倒，尤有不惬于心者，遂至放怀于酒。及暮年，又寄兴于诗，以抒其心中郁闷之气。其古风则质以雅，其绝与律则清以新，足见天地自然之音皆寄于人，而不能领会者不能中之耳。”

郭去咎序云：“愚四书文无定本，及门孙生所录，亦窘于剞劂费。豁岩弟谓制义发明经训，重于杂著，出资补刻之，以备一端。今豁岩三集诗成，虑以再付梓人，恐负酒债，需或中止。弟龙门乃独任之，且兼司校雠之役。”则《天籁堂秋蛩吟》三刻为郭磐石弟郭介石出资以刻，并为校雠之。

《天籁堂诗余》，附于《天籁堂秋蛩吟》三刻之后，载词九首。

故今可知郭磐石《天籁堂秋蛩吟》凡有刻本三种，一为道光十九年（1839）初刻本，不分卷；一为道光二十年（1840）初、二刻合印本，二卷；一为道光二十六年（1846）三刻本，较前二刻复增《诗余》一卷。今青岛市图书馆藏《天籁堂秋蛩吟》道光二十年初、二刻合刊本二卷，吉林大学图书馆藏医《天籁堂秋蛩吟》三刻本。

《秋蛩吟》之名由来，郭磐石自序中所记甚详。其曰：“余之为此，亦不过任天籁之自鸣已耳，何敢言诗？往尝见荒野野草之中，破屋颓垣之下，当凉秋九月，有其音瑟瑟，其声唧唧，而至冬则默默无闻者，窃有感于欧阳子之叹息，固不第为秋声嗟也。殆以物之可悲，莫秋虫若耳。夫吾生之际遇，时之秋也；将衰岁月,秋之暮也。行年五十而始学推敲,虫之及秋而鸣也。然则余亦秋虫而已矣,余之诗亦秋蛩之吟而已矣。以秋蛩名余诗,此物此志也,至韵语工拙,姑不计云。”

森长文钞八卷、魏森长先生文集四卷

清魏延之撰。魏延之,字绵陬,号森长,道光十一年(1831)举人,莱章庄人,博极群书,精于文章,《潍县志稿》有传。二集《采访潍县艺文册》《潍县志稿·艺文志》著录,《采访潍县艺文册》著录为《魏森长先生文集》四卷,钞本;《潍县志稿》记道光二十六年(1846)、咸丰八年(1858)事曾引是集。

《采访潍县艺文册》云:“原书无序,(魏森长)殁后,家发箧得文二百余首,厘为四卷,藏之以待付梓焉。”此四卷本《魏森长先生文集》未知与八卷本《森长文钞》有何关系,待考。

簠斋尺牍不分卷

清陈介祺撰。陈介祺小传见《古诗词辑略》。《簠斋尺牍》,即陈介祺与诸友朋往来简牍之编,凡属此类,皆可称为《簠斋尺牍》。今广为流传之《簠斋尺牍》,略分两种,一为陈敬第辑本,一为致吴大澂尺牍本。今考察陈介祺生平、交游、著述等诸事几全赖此书,是迄今所见研究陈介祺的最重要参考文献。两书始末,陈敬第跋文、《续修四库全书总目提要(稿本)》《〈簠斋尺牍〉研究》所载稍详。惟《〈簠斋尺牍〉研究》发掘不深,并时有疏误。今综合诸书,重为著录。

《簠斋尺牍》稿本,《簠斋轶事》著录,1963 年为陈育丞、陈继揆捐献国家,时由文化部拨付文物博物馆研究所藏。所载内

涵芬楼所刊之未尽也。”又据《双行精舍书跋辑存》著录云:“民国八年影印本,五册。十年前购此于沪上,读已数过。昨又检出重阅,今午蒇事。其装拓陶文之法,谓挖纸衬订者,余昔与书友刘仁斋研究用之,不期与簠老暗合也。”内所云“其装拓陶文之法,谓挖纸衬订者”即光绪三年(1877)陈介祺致吴大澂书所云。以此可知,是书当亦为民国八年(1919)影印。《续修四库全书总目提要(稿本)》云:“札中所考订商榷者,多关于金石文字之学,惟金多于石。而属于金者,又三代彝器多于秦汉以后杂器。”

陈继揆《万印楼印话》之《与周叔弢先生谈双虞壶斋藏印》引周叔弢语云:“簠斋学术论述当在尺牍中。现传世之簠斋尺牍系商务印书馆所印,原件后为周季木所得,装订为四册,别附有《传古别录》一本。季木死后便属于我。一九五九年五月十二日,由我捐献北京图书馆。’”陈继揆复问周叔弢:“现行五卷本乃簠斋致吴清卿书,即是出否?”“先生曰然”。则今所见流传之两种《簠斋尺牍》,后皆聚于周季木手,周季木卒后,皆归周叔弢。周叔弢后捐于国家图书馆。以此可知,陈介祺与诸友朋往来书札,因有《秦前文字之语》之约,当先有稿抄本多种。后辗转抄录,复增以诸家抄本多种。故影印本之外,簠斋尺牍之版本亦为驳杂。

因陈介祺识见精深,是以其尺牍素为诸家珍视,竟至有伪造谋利者。《顾廷龙文集》跋《簠斋尺牍》一则云:“曩余在孙伯渊处见簠斋致廉生尺牍墨迹数巨册,可谓逼真。借归传钞,随钞随觉可疑,因谛视其笔迹语气之不类也。及至论甲骨一通,系节录王静安语,于是破绽毕露。既得明证,遂即辍笔。”以此可知,《簠斋尺牍》后有伪书流传。

陈介祺交游四海，尺素往来，当有许多。与潘祖荫、王懿荣、鲍康、谭雨帆、吴云、吴大澂书翰之外，可知者尚有与刘喜海、吴式芬、许瀚、吴重熹、孙文楷、苏兆年、苏亿年、徐会沣、张兆栋、郭起隆、郭麐、顾景瑀、王孝禹、田泮生等信札尚待撮录，他如与亲戚故旧及家书等今未知者又不知凡几。即与潘、王、鲍、吴诸人书札亦须摭拾辑佚。然诸藏家珍若拱璧，必不轻易示人，撮录摭拾，又何其难也。

秦前文字之语不分卷

清陈介祺撰。陈介祺小传见《古诗词辑略》。《秦前文字之语》，又作《秦前文字语内外篇》，是书有稿本、排印本等多个版本。《簠斋先生著述目》《潍县志稿·艺文志》《中国古籍善本书目》《山东文献书目》《清史稿艺文志拾遗》《簠斋研究》著录。稿本两册，上海图书馆藏。又有残缺手稿本一种，1963 年为陈育丞、陈继揆捐献国家，时由文化部拨付文物博物馆研究所藏。1991 年，齐鲁书社排印出版，由陈继揆整理，列《山左名贤遗书》，亦题作《秦前文字之语》，共五卷，此乃借用潘祖荫、陈介祺初名。是书源流始末陈继揆《〈秦前文字之语〉前言》、陆明君《簠斋研究》中所记虽详，然尚有微误，今另为考补。

《秦前文字之语》原为潘祖荫欲刻陈介祺、王懿荣、鲍康、吴云、吴大澂等往来信函成一书，后未果。今所见陈继揆整理之《秦前文字之语》则仅有陈介祺致他人之书信，非诸人往来翰札，与潘祖荫欲刊行之书相差甚远。同治十三年(1874)十月三十一日陈介祺致王懿荣书云：“伯寅坚欲刻吾数人往还书，不可却，乞将来删定之。其标题拟仿《齐东野人之语》易为

《秦前文字之语》,未知可否?其非语此者,概可删矣。各器释虽一字之说亦可收,亦不可过以己意去取,有见者皆存之,异日尽可改正,再说再入。伯寅书当检汇寄来,子年书同,清卿书同,乞与贵伯寅师商之,并相约以识古字论古文为语,不涉入赏玩色泽语也。"

察陈介祺、潘祖荫始成文字交即在同治十二年(1873),则潘祖荫初与陈介祺信函往来即欲刻簠斋书札。此年陈介祺与鲍康已相识二十年,与吴云羽翰相通已近三十年,与吴大澂、王懿荣简牍往来未足一年。又光绪元年(1875)二月十四日陈介祺致潘祖荫书云:"承代刊《秦前文字之语》,感愧。平斋、清卿处亦乞索入。始未意如此,不曾斟酌,有许多笑柄,亦无可如何,唯存交迹而已。"则潘祖荫初欲刻之"数人往还书",始计以陈介祺、潘祖荫、王懿荣之书翰互通为要,并未揽入吴云、吴大澂二人,故陈介祺有"平斋、清卿处亦乞索入"之语。且潘祖荫最早之拟名并非《秦前文字之语》,故陈介祺有"其标题拟仿《齐东野人之语》易为《秦前文字之语》,未知可否"之建议。

潘祖荫拟合数人往来书札原文刊行,而陈介祺则数次建议须作修改,此种分歧,意味着潘祖荫、陈介祺对私人书札印行于世的不同态度。同治十三年(1874)十二月四日致王懿荣书云:"伯寅欲不改恶札即刻,悚愧之甚,是令不敢作札矣。"光绪元年(1875)三月三日致潘祖荫书云:"若《秦前文字之语》,则愧其闲字句过多,有一二少可暂存者,亦不成文字也。"此后二三年间,《秦前文字之语》的体例一直未定,而陈介祺亦屡为修改。光绪元年(1875)九月二日致潘祖荫书云:"《秦前文字之语》录存勿刊,至企。"同年十月二十四日致潘祖荫书云:"廿一日寄所校《秦前文字之语》卷一，并校删副本一，由廉生代上，想已至。其余仍欲校删，切企切企。”同年十二月四日致潘祖荫书云：“《秦前文字之语》正月校删录副。”光绪二年（1876）三月七日致潘祖荫书云：“《秦前文字之语》冗未及删，前钞本仍乞还，以便照例，万勿即刊。”自陈介祺上所云“校《秦前文字之语》卷一”“《秦前文字之语》正月校删录副”“《秦前文字之语》冗未及删，前钞本仍乞还”数语可知，是书似已写定，并有副本，当可随时锓板。此书最终未能刊行，虽或有其他缘故，而陈介祺屡为修改，迟未定稿则属最重要之原因。

今陈继揆整理之《秦前文字之语》多与《簠斋尺牍》同，非陈介祺所拟想之《秦前文字之语》，亦非潘祖荫所拟想之《秦前文字之语》。

秦量诏版释文诗记不分卷

清陈介祺撰。陈介祺小传见《古诗词辑略》。《秦量诏版释文诗记》，又作《秦权量诏版释文诗记》《簠斋藏秦权量铜诏版释文诗记》，稿本。《簠斋先生著述目》作《秦权量诏版释文诗记》，《潍县志稿·艺文志》著录作《秦权量诏版释文诗纪》，《簠斋轶事》《簠斋研究》作《簠斋藏秦权量铜诏版释文诗记》，均未言卷数。稿本于1963年为陈育丞、陈继揆捐献国家，由文化部拨付文物博物馆研究所藏，今中国文化遗产研究院藏。是稿有朱笔题于上，内并载四言诗一首。2013年9月刊《中国书画·陈介祺纪念专题》内载《秦权量诏版诗文记》（是刊误题作《秦权量诏版诗文集》）图片数帧，可参考。

《秦量诏版八首》，稿本，中国文化遗产研究院藏，《陈介祺年谱著录》。内记云：“丙寅得四版，既诗记之。丁卯复获始皇版，戊辰冬日，乡田无警，拓装再咏之。”以此与《秦量诏版释文诗记》相校可知，陈介祺先于同治五年(1866)得秦权量诏版四，先题四言诗一首。次年复得始皇版，同治七年(1868)复题诗八首。

《簠斋尺牍》同治十一年(1872)九月二日致吴云手札云：“余最后得一始皇诏者，始皇惟存此残字与敝藏耳。愚有考有咏，惜目眇，僻处无人可录呈，又不得面晤共赏，怅何如之。”同治十二年(1873)七月二十九日致吴云手札云：“其中四部钟，弟有释文，并《秦量诏版释文诗记》，均请是正。又《传古小启》，并博一粲。”同年七月晦日致吴云手札云：“度是度，量是量，不可以一器兼二名。而诏旧误，张直名度，亦误，乃施于木斗斛者。刘作秦铜诏版，不言其为何器，亦非。余名为秦量诏版。”则秦量诏版之名始定于陈介祺。鲍康《观古阁续丛稿》有《题秦诏版拓册》，内云刘喜海、鲍康、陈介祺三人皆于秦诏版题诗吟咏，“寿卿有考释有诗，订正极详”。

潍阳纪事诗一卷

清徐宗幹撰。徐宗幹小传见《古诗词辑略》。是集有抄本与排印本两种版本。抄本，半页九行，行二十八字不等，无格。今由私人收藏。排印本即丁锡田《潍县文献丛刊》本，是集由《潍县文献丛刊》第一辑收录，国家图书馆有藏。《潍县文献丛刊》不题撰人，未知稼民先生有意为之，抑或当时作者即已佚名。今抄本首题《潍阳纪事诗》三十首，下有“庚辰进士高唐州知州徐宗幹树人著”字样，以此知为徐宗幹撰。

今按《潍阳纪事诗》，共有七绝纪事诗三十首，述道光十七年(1837)潍县上虞河村马刚义事，诗后皆有详注，《潍县志稿》卷三通纪二记此事甚详，并摘录其注附于后。

《潍阳纪事诗》虽号称“诗”,然行文皆为暴戾之词,同于谩骂。虽有诗之名,无诗之实,其词劣下,不堪卒读,诚污诗之名矣,正宜以稼民先生无名氏署之也。

望三散人感旧集一卷

清郭麐撰。郭麐小传见《古诗词辑略》。郭麐著述繁盛,今综诸籍,可知其作近二十种,金石文字之外,其诗文集今知有《望三散人感旧集》《渏上亭诗》《白浪河西亭诗》《潍县竹枝词》《杨峡别墅集》《抱瓠老人诗集》《二郭轶诗》《春韭园随笔》等八种,以下分别论之。

《望三散人感旧集》一卷,是集《采访潍县艺文册》《[宣统]山东通志·艺文志》《潍县志稿·艺文志》《清人别集总目》《清人诗文集总目提要》著录,国家图书馆藏。

今按国家图书馆藏《望三散人感旧集》一卷,咸丰四年(1854)刻本,半页九行,行十九字,黑口,左右双边,单鱼尾。首列阮元、陈继昌、赵申嘉、刘喜海、阎学海、王俶甸评点语,次为郭麐咸丰元年(1851)自序,末有咸丰四年(1854)郭斌寿、单余庆跋文,郭斌寿校,郭榆寿刊行,载诗八十八首。

郭斌寿跋文云:“道光丁未秋,先大人弃养,先生自保阳归,灭迹山居,足不蹈城市者六七年。今岁夏,携诗来访,斌寿捧读之,皆当年署中所倡和之作也。”

渏上亭诗二卷、白浪河西亭诗四卷

清郭麐撰。郭麐小传见《古诗词辑略》。此两集《采访潍县艺文册》《[宣统]山东通志·艺文志》《清人诗文集总目提要》著录,《清人诗文集总目提要》记《漪上亭诗》现为北京大学图书馆藏,今未察得;《白浪河西亭诗》四卷,今未见。

《漪上亭诗》二卷,《采访潍县艺文册》著录为钞本,并附阮元题词。阮词云:"年来双目视芒芒,谁寄诗来自武昌。几度为吟新乐府,风流直欲续张王。"

《白浪河西亭诗》,《采访潍县艺文册》著录为钞本,并载有玉田蒋庆第题诗,诗云:"漪上无家客,孤萤伴箸书。饥寒摧妇孺,风雅剔虫鱼。说士谁羊陟,多闻自仲舒。萧骚断肠句,风雨渺愁予。"

杨峡别墅集无卷数

清郭麐撰。郭麐小传见《古诗词辑略》。是集《榆园杂录》著录,《[宣统]山东通志·艺文志》转引。

《[宣统]山东通志·艺文志》云:"又《榆园杂录》称麐有《杨峡别墅集》,并载集中《贫交引赠韩息舟》一首,乃长篇转韵七古,颇极抑塞磊落之观。"即指此也。

又郭麐《春韭园随笔》卷二载:"余自道光丁未,移居潍城西北二十里杨陕庄西北侧杨陕村野,凡良师益友诗文相赠,皆贴于春韭园后听漪亭壁。"《潍县志稿》卷二十九人物高士郭麐传载其葺舍城西杨家庄村,则郭麐之"杨峡别墅",郭遵生所记之"杨陕庄",即今日之杨家庄,潍地方言,"峡"亦音"家",音之转,正今口"峡山"亦音"夹山"也。此处"杨峡别墅集"应读"杨家别墅"。

郭麐道光丁未(1847)移居杨家庄,春韭园在此,听漪亭在此,可知郭麐之《杨峡别墅集》《春韭园随笔》《漪上亭诗》皆于此以成。

潍县竹枝词二卷

清郭麐撰。郭麐小传见《古诗词辑略》。是集《潍县志稿·艺文志》《续修四库全书总目提要(稿本)》《清人别集总目》著录,《潍县志稿·艺文志》著录为一卷,《续修四库全书总目提要(稿本)》《清人别集总目》著录为二卷,民国二十五年(1936)丁锡田所编之《习庵丛刊》收录,国家图书馆、北京大学图书馆、武汉大学图书馆等多家图书馆有藏。

《续修四库全书总目提要(稿本)》云:"是书乃麐自撰而自注之籍。上卷五十三首,下卷五十四首,举凡潍邑之治乱,山川之形胜,以及习俗、沿革、人物、古迹、金石、著述等,无不编成韵语,详为注释。其有疑义者,又皆引据群籍,考核极详,实不能目之为游戏之文章,直可与邑乘相颉颃矣。即如集中辨潍水一首,考玉清宫一首,均言人所未道者。书前有陈介锡序,谓'余读子嘉潍县杂咏竹枝词洎纪事诸篇,有重感焉。杂咏者,补志书之缺,而纪事者,则时事皆所以搜罗散失者。'又云'潍承历代兴废,诸先辈遗迹仅有存者,子嘉登山涉水,觅其残石,访其碎事,以至浮图歌妓之流,日积月累,合为杂咏诸篇,凡有可采者,大半萃于此矣。即不知视三百篇为何如?然已泱泱乎一国之风云'云云。麐以布衣,仅藉种树拾菜以自给,乃竟忘其困苦,惟爱惜数百年前之故老遗事,矻矻穷年,惟以著述为事。尝撰有一岁三哭诗,读之鲜有淡之掩卷太息者。是册仅有抄本传世,同邑丁卓千惧其自我而湮,因为之排印行世云。"

《续修四库全书总目提要(稿本)》所评,诚不刊之论。今按国家图书馆藏《潍县文献丛刊》第三辑,民国二十五年(1936)排印本,内收是集。半页十五行,行三十字,小字双行同,四周单边,版心题有"习庵丛刊",共载诗一百零七首,2007

年北京出版社《中华竹枝词全编》、2012 年中国戏剧出版社《潍县竹枝词撷英》皆据此籍收录。集内诗多粗疏语，然其夹注则往往翩然可读，潍上民俗史料之留存，是书与有力矣。

然犹有可辩者，即《续修四库全书总目提要（稿本）》所谓郭麐"自撰自注"一语。"自注"殆无可疑，"自撰"颇有可商。前人多以是集百零七首竹枝为郭麐自撰，然郭麐《春韭园随笔》之"潍县竹枝词"条云："潍县竹枝词四首，不知何人所作。音节虽不及唐人入古，铺叙风土，俚而不俳，夫何可轻弃也？"下列跑老猫、天仓日、吊天灯、娶新妇等四首竹枝，跑老猫与天仓日二首全同于郭麐竹枝词第十八、十九首。此四首郭麐已不知何人所作，由此可知，郭麐曾取他人之作集于己之竹枝词，余百零三首未知尚有此类否？

余读郭麐诸作，婉然有思，遂赋三绝以志感慨。其一曰："谁道天公莫等差，春灯每爱上桃花。潍州五百年间事，一半风华属郭家。"其二曰："高第侯门未易过，华佗其奈病穷何？多才最是郭公子，早种青心在绿萝。"其三曰："江湖秋水已无多，独向西城树玉柯。著得潍州金石志，斜阳归去小圩河。"特以拈出，以博一哂。

抱瓠老人诗集八卷

清郭麐撰。郭麐小传见《古诗词辑略》。是集《潍县乡土志》本传、《采访潍县艺文册》待访目、《[宣统]山东通志·艺文志》著录。《采访潍县艺文册》待访目作《匏瓠老人诗集》。

《[宣统]山东通志·艺文志》云："二集（此指《漪上亭诗》《白狼河西亭诗》）见《采访册》，《乡土志》作《抱瓠老人诗集》，度《乡土志》所载者，为集之总名；《采访册》所载者，则其分目也。”

此言当是。今能察得郭麐诗集有《望三散人感旧集》一卷,《漪上亭诗》二卷,《白浪河西亭诗》四卷,此共七卷。惟不知余一卷为《杨峡别墅集》抑或《潍县竹枝词》耶?

二郭轶诗无卷数

清郭麐辑。郭麐小传见《古诗词辑略》。是集《潍县志稿·艺文志》著录,今未见。

春韭园随笔四卷

清郭麐撰。郭麐小传见《古诗词辑略》。是集未见各书诸录,山东省图书馆藏清稿本。

今按山东省图书馆藏《春韭园随笔》四卷,同治十三年(1874)郭遵生抄本,半页十行,行二十字。首列郭麐同治十三年(1874)自识文,次列目录,卷二载古今事四十九条,卷二载古今事五十一条,卷三载载古今事八十六条,卷四载古今事一百十二条,共三百零六条。

郭麐自识文曰:“余自移家漪上,凡有所记录,自题为《春韭园随笔》。然纸墨丛残,漫不整齐,直如散钱失串,乱发无梳矣。今春居闲,续儿因为手自搜抵,一一而誊写出之,夫寂寞无聊中之一快事也。”

可知是集乃郭麐移家潍城杨家庄后,由郭麐之子郭遵生(鹏志按:据《郭氏族谱》,郭麐之子郭遵生字绪大,亦即郭麐所言“续儿”)手抄。集内所载较为驳杂,举凡艺文、考据、地理、风俗、物产、人物等无所不载,且潍地之事甚多,弥足珍贵。如其中考小于河、大于河、白狼河、黑山、孝迹山等家乡山水，记桑梓遗录画册载吾潍艺文事等，皆至可珍也。

双松轩诗集无卷数

清王之翰撰。王之翰小传见《古诗词辑略》。是集《潍县艺文采访册》《［宣统］山东通志·艺文志》著录。

《潍县艺文采访册》著录是集为钞本，并云："原书无序，由其哲嗣王菊人采录事迹。"

凤翔纪事诗存一卷、守岐公牍汇存不分卷

清张兆栋撰。张兆栋小传见《古诗词辑略》。《凤翔纪事诗存》一卷，《采访潍县艺文册》《［宣统］山东通志·艺文志》《潍县志稿·艺文志》《续修四库全书总目提要（稿本）》《山东省博物馆藏明清民国山左学者著述知见录》《山东文献书目》《清人别集总目》《清人诗文集总目提要》著录。国家图书馆、山东省博物馆、广东省图书馆、南京图书馆、山东师范大学图书馆、青岛市图书馆、复旦大学图书馆、潍坊市博物馆等多家图书馆有藏，《山东文献集成》收录。

今按《山东文献集成》第三辑三十六册所收《凤翔纪事诗存》，影印山东省博物馆藏清光绪四年（1878）粤东省城学院前翰元楼刻本，半页六行，行二十字，四周双边，单鱼尾。是集为李文田题签，前有佛芗光绪四年（1878）识语，后有冯端本及张兆栋跋文，集内载七律三十首，诗皆有注，纪当时凤翔回民叛清事极详，诗后有札库穆长善（号佛芗）、顺天刘潍年（字树君）等评语。

札库穆长善前题云："当其时，所以壮士气，固民心，事事

布署皆关识力。”张兆栋后跋云：“壬戌夏，余摄篆凤翔，未及三月，而回逆之变作，昼夜筹防，衣不解带者十有五月。军书之暇，辄以吟咏自遣，历时既久，汇集成帙。后汰其冗复，留存若干首，非期问世，聊以纪当日之事实云尔。”《续修四库全书总目提要（稿本）》云此集：“极有资于当时掌故，殊可备修史者之参考也。”冯端本跋曰：“己卯春，友山中丞奉讳旋里，濒行，出《守岐公牍》并《凤翔纪事诗存》见示。”查《潍县志稿》，张兆栋乃光绪四年（1878）因母丧归里，冯端本此云光绪五年（1879），当误。

同治元年（1862），回民反清，即今所谓陕甘回民大起义，近人韩敏所著《清代同治年间陕西回民起义史》所述此事较详，可参见。时张兆栋甫署凤翔，对敌期间，“孤城困守，艰苦备尝”（《凤翔纪事诗存》佛芗前识）。是集同治壬戌癸亥年间写就，后去其重，今存七律三十首。至光绪四年（1878）方付梓刻。张兆栋诗风沉雄，郁苍清劲，然诗事涉于民乱，以今视之，不免稍有戾气，此情理之中耳。此书贵在以诗注记当日清兵与回民战争实况，补阙史料，详录事实，今日研究陕甘回民起义史者亦屡屡称引，亦可谓纪事小史也。

张兆栋又有《守岐公牍汇存》，亦与《凤翔纪事诗存》同时刻，半页七行，行二十一字，白口，四周双边，单鱼尾。前有札库穆长善与方濬师序，是集今山东师范大学图书馆、北京大学图书馆、南京师范大学图书馆、南开大学图书馆等多家图书馆有藏，1979 年上海古籍出版社影印出版。

《潍县志稿 · 艺文志》附有方濬师《守岐公牍汇存》序，可参考。

守岐纪事不分卷

清张兆栋撰。张兆栋小传见《古诗词辑略》。是集《中国边疆图籍录》《清史稿艺文志拾遗》著录，山东省委党校图书馆、北京大学图书馆、清华大学图书馆、中山大学图书馆等多家图书馆有藏，《山东文献集成》《清代兵事典籍档册汇览》收录。

今按《山东文献集成》第四辑十三册、《清代兵事典籍档册汇览》第五十六册收录《守岐纪事》不分卷，据民国八年(1919)石印本影印。半页六行，行二十字，四周双边，单鱼尾。题签为《张中丞守岐纪事》，前有林纾、柯绍忞序文，集内内容与《守岐公牍汇存》载事相类，皆记官凤翔时与回民争战事。《中国边疆图籍录》《清史稿艺文志拾遗》皆作光绪二十一年(1895)排印本，误，当以“己未年(民国八年)”误作“乙未年(光绪二十一年)”所致。

淡简斋诗草无卷数

清郭襄之撰。郭襄之小传见《古诗词辑略》。是集《潍县志稿·艺文志》著录。

居易堂集无卷数、蕉窗闲咏一卷

清刘玉淇撰。刘玉淇，潍县诸生，陈国瑞长女适之，《潍县志稿》作刘易琪，《潍县志稿·艺文志》著录。《潍县志稿·通纪》引刘易琪《居易堂集》(道光六年事)。

阐幽诗草无卷数

清王在田辑。王在田，邑诸生，郭续汾之婿。《潍县志稿》

卷三十五列女孝女王次素传云:"王次素,王在田女。在田无子,甚爱此女,女亦敏慧,通经义,勤女红……年逾二十遘疾卒。在田广征诗文,辑为《阐幽诗草》。"

郭梦龄《自然草》卷四载《王甥女次素哀词》一首,诗前小序云:"余堂妹适诸生王起潜在田,止生此女,未适而以疾亡。起潜倩人为立小传,余闻而哀之,因或长歌附于传后。"

是集乃王在田伤女之逝,遍请诸家题诗汇成一编,今未见。

三郭诗草之冷斋诗草一卷

清郭济远撰。郭济远小传见《古诗词辑略》。是集为《三郭诗草》第一种,《潍县志稿·艺文志》《山东文献书目》著录,青岛市图书馆藏,《山东文献集成》第三辑收录。

今按《山东文献集成》第三辑四十二册收录《冷斋诗草》,据青岛市图书馆藏石印本影印,半页八行,行二十四字,四周单边,单鱼尾,无序跋,集内载诗十九首。

《郭氏族谱》载郭济远行略,《行略》云:"诗文集存于家,本拟待梓,不意民国三年秋,淋雨数日,河伯突如其来,波涛沸腾,几与檐齐,一生著作尽付东流而去。惜哉!近于戚旧中得其诗若干首。族弟恩甲印之以公同好。虽属一斑仅见,直如麟角凤羽,为世稀有矣。"

花雨轩诗稿无卷数

清郭梦星撰。郭梦星小传见《古诗词辑略》。是集《潍县志稿·艺文志》著录。《郭氏族谱》载张昭潜《侍读衔内阁中书郭公传》,云郭梦星"喜吟诗,不苟作,间出一编,清超淡远,有陶韦风”。

午窗随笔四卷

清郭梦星撰。郭梦星小传见《古诗词辑略》。是集为《宝树堂遗书》之一种，《[宣统]山东通志·艺文志》《潍县志稿·艺文志》《续修四库全书总目提要(稿本)》《山东文献书目》《清人别集总目》著录，国家图书馆、山东省图书馆、北京大学图书馆、南京图书馆、青岛市图书馆等多家图书馆有藏。《山东文献集成》第三辑、《续修四库全书》收录。

今按《山东文献集成》第三辑五十册收录《宝树堂遗书》三种七卷，据青岛市图书馆藏光绪二十一年(1895)潍县郭氏刻本影印，内载《尚书小札》二卷，《汉书古字类》一卷，《午窗随笔》四卷。

《午窗随笔》四卷，半页十二行，行二十三字，四周单边，单鱼尾。前有孙葆田序文，末有郭祐之跋文，其子郭祐之、郭焕之校，从孙郭恩孚参订，吴培元监刻。是书卷一录三十九则，多论经史；卷二录四十八则，多释政事名物制度；卷三录二十五则，多辨历法地理；卷四录五十则，载拾遗杂说。《潍县志稿》卷四十二杂稽引是集凡十五处，可知其重矣。其卷二所载《先府君通奉公遗稿》、卷四所载《潍县志拾遗》与《闺阃知兵》诸则，补益史阙，皆可单独成编。

孙葆田序云：“郭西垣先生《尚书小札》二卷，余既为之序，以传于世。吾友申堂等复裒集先生所著《午窗随笔》四卷，从孙蓉汀将刊将刊存果园丛书中，申堂复属予为序。……先生性好学，每读一书，必钩元提要，尤熟于历代史事及本朝掌故，下至当时邸钞，有事关因革黜陟者，辄手录成帙，《午窗随笔》其一也。按先生是编，皆随时札记，不分门类，盖仿王文简公《居易录》《池北偶谈》而作。”

郭祐之光绪二十一年(1895)跋云：“先君子生平读书不喜近名，每谕小子曰，名者实之表，宾不副而名归之，恧孰甚焉……故遗书数种，生前从未出以示人。今梓人告成，而先君子之墓已拱矣。”

爱拙轩诗草无卷数

清郭翰之撰。郭翰之小传见《古诗词辑略》。是集《北海郭氏诗存续编》著录，已佚。

怡云馆诗一卷

清徐瀛撰。徐瀛，字大环，号立峰，潍邑东关人，道光二十九年(1849)举人，殉于兵难，《潍县志稿》卷三十人物忠烈有传。是集《潍县志稿·艺文志》著录。

次鲲诗草一卷

清孔宪鹏撰。孔宪鹏，字次鲲，生平未详，是集《潍县志稿·艺文志》著录。

丁善宝《六斋诗存》有《题孔次鲲诗草》诗二首，其一云：“石阙灵光尚俨然，九旬矍铄地行仙。今朝示我瑶华句，如读风人三百篇。”

老生常谈无卷数

清郎枢斗撰。郎枢斗，字星舫，咸同间人，诗意多新奇，

《潍县志稿》卷三十人物文学有传。是集《采访潍县艺文册》《潍县志稿·艺文志》著录。

《采访潍县艺文册》著录是集为刻本，并载有光绪五年(1879)郎枢斗自序。序云："己卯夏，暑热罢讲，戏作七绝百首，名之曰《老生常谈》。着门生孙圩清抄，漫以付梓，聊供一笑。老生者，碌碌无能之人也；常谈者，平平无奇之语也。以碌碌无能之人作平平无奇之语，其有益于时乎？"《潍县志稿》卷三十人物文学郎枢斗传中亦云："喜为诗，意多新奇，所草《老生常谈》一编，尤脍炙人口。"

可知此集为一诗集，似为光绪五年(1879)刻本，内有七绝百首，今未见。

桑梓之遗录文十卷

清陈介锡辑。陈介锡，字晋卿，号小兰，廪贡生，陈介祺从弟，不乐仕进，日以征文考献为事，《潍县志稿》卷三十人物文学有传。是集《潍县志稿·艺文志》《山东文献书目》《中国古籍善本书目》《山东省博物馆藏明清民国山左学者著述知见录》著录，山东省博物馆藏，《山东文献集成》第一辑影印收录。

欲了解《桑梓之遗录文》，须先知《桑梓之遗书画册》，下略述之。

清代山左人文，不独经史诗文金石文字著述为富，书法绘事乃至巧技百工之艺，亦远胜四方。山左诗钞、山左文钞、山左金石志等诸经史诗文金石文字之辑屡屡有之，至今犹能赏其芳泽，沐其余绪。独山左之先贤书法绘事之辑选，其如鸿飞过影，倏忽难留；又如碎金藏沙，掘淘不易。移山衔木，何其难也？以此相视经史诗文金石文字之辑，虽存山左人文之志则一，然其难易之程度，相去非可以道里计矣。

《桑梓之遗书画册》一种，即吾桑梓书画真迹之辑，其发凡于胶西高凤翰，续辑于即墨郭廷翕，征访于昌阳赵庆孙，转藏于昌阳左绍庭、潍县陈子懿诸家，总成于潍县陈介锡。前后辑经数家，藏于数人，凡阅百二十年而成庞然巨帙。第一册胶西高凤翰辑，第二册至七十七册即墨郭廷翕辑，第七十八册昌阳赵庆孙辑，第七十九册、八十册潍县陈子懿辑，第八十一册至第一百册潍县陈介锡辑。所载真迹列次，前贤并驰，海右艺文之潜德幽光因此发扬，桑梓故里之吉光片羽因得翔集，其功之伟，其愿之深，可与巍然泰岱、溟渤东海并观矣。然世事板荡，惜天不佑，《桑梓之遗书画册》百余帙，今多散佚无存。幸有《桑梓之遗书画册目录》《桑梓之遗书画册人物考略》《桑梓之遗录文》三种，可窥豹一斑，知秋一叶耳。此三种，皆陈介锡辑撰。是以无陈介锡之续辑编录，今人欲知《桑梓之遗书画册》亦难矣。

《桑梓之遗书画册目录》三卷，陈介锡编撰审定，稿本，山东省博物馆藏。丁锡田《潍县文献丛刊》第一辑拟目中载有此集。是集为陈介锡抄录之《桑梓之遗书画册》第一册至七十七册书画目录。后附文钞一卷。《山东文献集成》第二辑二十四册据山东省博物馆藏稿本影印。首列赵庆孙《征山左名人书画续辑桑梓之遗启》。此目录按册标注，凡每册下先总注尺寸、页数、种数及概要，下分注每种之概要。

《桑梓之遗书画册人物考略》十卷，陈介锡编撰，稿本，无格，山东省博物馆藏。《山东文献集成》第二辑二十四册据山东省博物馆藏稿本影印。是集乃陈介锡所撰之《桑梓之遗书画册》总成百册之后所载书画作者传记，前后无序跋，按每册先后载录人物为序。前后相重者，其后者仅列名，不载传记。

传记多据县志撮录,偶有陈介锡自记者,足补艺文。如记潍上张悫、了心和尚等,他书皆未言及。

今按《山东文献集成》第一辑第四十册收录《桑梓之遗录文》十卷,据山东省博物馆藏清钞本影印。半页九行,行二十字,左右双边,双黑鱼尾。是书乃陈介锡移录《桑梓之遗书画册》内书画作品所载文字为一书,故名之《桑梓之遗录文》。首列赵庆孙《征山左名人书画续辑桑梓之遗启》,此乃赵庆孙为郭廷翕《续辑桑梓之遗书画册》所撰之文;次有利津李佐贤《桑梓之遗序》,此乃李佐贤为陈介锡《续辑桑梓之遗书画册》所撰序文;次有陈介锡《桑梓之遗书画册序》及《桑梓之遗书画册》凡例。内载文献甚繁,或画跋,或书函,或诗文稿,或临帖文,入目琳琅,如在宝山。即以潍之文献为例,高桂、王珍之函文,齐一经、胡邦佐之书帖,高伦、张悫、郭伟基之诗稿草,皆仅见于此。

是以《桑梓之遗书画册》百帙虽零星散尽,可自《桑梓之遗书画册目录》《桑梓之遗书画册人物考略》《桑梓之遗录文》三种观其大概,此乃陈介锡之功也。

文石山房诗钞二卷、文石杂识二卷

清陈介锡撰。陈介锡小传见前《桑梓之遗录文》。此二集《潍县志稿·艺文志》著录,今未见。丁锡田《潍县文献丛刊》第一辑拟目中载有《文石杂识》一种,记为陈氏家藏本,是以此集未刊刻。

《潍县志稿》卷三十人物陈介锡传云:"又癖石,蓄文石数十枚,珍逾拱璧,为撰杂志二卷,繁征博行,文极瑰丽。"此即《文石杂识》二卷矣。又《潍县志稿》卷三十前载张槃为陈介锡绘文石图,亦可略见一斑。

六斋诗存二卷

清丁善宝撰。丁善宝小传见《古诗词辑略》。是集又称《耕云囊霞前后合集》,《采访潍县艺文册》《[宣统]山东通志·艺文志》《潍县志稿·艺文志》《续修四库全书总目提要(稿本)》《清史稿艺文志补编》《山东省博物馆藏明清民国山左学者著述知见录》《山东文献书目》《清人诗集叙录》《清人别集总目》《清人诗文集总目提要》著录。国家图书馆、中国科学院图书馆、北京大学图书馆、山东省图书馆、山东省博物馆、复旦大学图书馆、青岛市图书馆、南开大学图书馆等有藏。

今按国家图书馆藏《六斋诗存》二卷,又作《六斋诗钞》,时人亦称《耕云囊霞前后合集》,光绪九年(1883)清勤堂刻本,半页八行,行二十一字,白口,四周双边,单鱼尾。集内载诗二百三十八首。

是集由张昭潜选,柯蘅定,集内首列《山东通志》独行传丁善宝传文,次列光绪九年(1883)王绩熙叙、张昭潜序文、丁善宝自序文。集内上卷为《耕云集》、下卷为《囊霞集》,二集前皆有小引。自小引可知,《耕云集》为家居时作,《囊霞集》为出游时作。前有柯劭忞、蒯延龄、刘抡升、郭杭之、宋书升、郭恩煌等题辞诗,末有张逢吉、刘抡升、宋书升跋文及于铭书诗跋。

《潍县志稿·艺文志》附有宋书升《六斋诗跋》文,可参考。

六斋文存一卷

清丁善宝撰。丁善宝小传见《古诗词辑略》。是集《潍县志稿·艺文志》著录,今未见。察韩继昌所撰丁锡彭《贞园诗钞后序》云:“庚戌春,余序《六斋文存》。”可知《六斋文存》由韩继昌宣统二年(1910)所序。

十二种文萃十二卷、批校斯文精萃十卷

清丁善宝撰。丁善宝小传见《古诗词辑略》。《十二种文萃》十二卷,《潍县志稿·艺文志》《清人别集总目》著录,北京师范大学图书馆、苏州大学图书馆、常州市图书馆、安丘市博物馆藏。《清人别集总目》著录不载卷数。

今按苏州大学图书馆藏《十二种文萃》十二卷,一函十二册,同治九年(1870)刻本,半页九行,行二十五字,四周双边,单黑鱼尾,版心下有“六斋”二字,首列丁善宝同治九年(1870)自序,次列总目。

是集乃时文之选,初集前明启祯文,二集本朝名家文,三集国初典制文,四集约选名稿文,五集至七集为历科议论、清真诸文,八集至十二集为近科光昌、雅秀、典丽、清新诸文。

《批校斯文精萃》十卷,《潍县志稿·艺文志》著录,未见。当亦为时文选萃。

种蕉轩诗文钞二卷、东邹随笔一卷

清田名撰撰。田名撰,字金诏,号蕉农,约生于嘉庆二十二年(1817),卒于光绪十三年(1887),咸丰五年(1855)举人,曾任青城县训导、泺源书院主讲,《潍县志稿》卷三十人物文学有传。此二集《潍县乡土志》《采访潍县艺文册》《潍县志稿·艺文志》著录。

《采访潍县艺文册》待访书目著录《种蕉轩诗文钞》,《采访潍县艺文册》《潍县志稿·艺文志》著录《东邹随笔》一卷,《潍县乡土志》《潍县志稿》卷三十人物文学田名撰传中言其有《种蕉轩文钞》二卷、《东邹随笔》二卷。《采访潍县艺文册》著录《东邹随笔》为钞本,可知未刊刻。

莲砚山房诗草无卷数

清陈厚滋撰。陈厚滋,咸丰八年(1858)举人,山西候补知县,陈介祺次子。是集《潍县志稿·艺文志》著录。

无为斋文集十二卷

清张昭潜撰。张昭潜小传见《古诗词辑略》。是集《采访潍县艺文册》《[宣统]山东通志·艺文志》《潍县志稿·艺文志》《续修四库全书总目提要(稿本)》《清史稿艺文志补编》《山东文献书目》《清人别集总目》《清人诗文集总目提要》著录。国家图书馆、山东省图书馆、山东省委党校图书馆、青岛市图书馆、山东大学图书馆、中国人民大学图书馆等藏。《山东文献集成》收录,《潍县志稿·艺文志》著录为《无为斋诗文集》十二卷,误。

今见张昭潜著述凡十三种,所辑《韩文靖公遗集》已见前,此外尚有《无为斋文集》《无为斋续集》《无为斋诗集》《无为斋词集》《无为斋遗集》《北海耆旧传》《读诗日记》《山东省地理沿革表》《潍县地理沿革表》《通鉴纲目地理续考》《潍志纠谬》《辛酉春纪事》等。

今按《山东文献集成》第四辑三十二册收录《无为斋文集》

十二卷，据山东省委党校图书馆藏清光绪四年(1878)徐继孺、郭恩孚刻本影印。是集半页十一行，行二十一字，四周双边，单鱼尾，为郭恩孚果园刊书第二种。是集首列张昭潜光绪四年(1878)序，次列目录，末有郭恩孚跋文，徐继孺、郭恩孚为之校刊。集内论辨考议、序跋书传、碑铭志表、述记赞说，诸体备载，凡一百二十二篇。

张昭潜自序云："余文何敢望古人，但为之既久，略窥见古人为文之旨。性复疏懒，穷年闭户，不事应酬，而外务又无从扰之，如是者盖三十年。检而存之，遂得若干首。"郭恩孚跋曰："恩孚手辑先生文，方谋付手民，会先生同学友徐君友稚亦醵金为助，遂先刊成前编若干卷。"以上可知，是集为郭恩孚辑刊，曹县徐继孺亦与有力也。

《续修四库全书总目提要(稿本)》云："昭潜少从其乡前辈于祉游，读理学宗传，有志于为己之学。复涉猎考据诸家之书，思兼综之，旋以汉学之支离破碎为不可训，于是非程朱之说，不敢从同。"其复引孙葆田《无为斋遗集》序，略云其"古文则从清代侯、魏、汪、姜诸家入手，既乃取法于有明归有光，其论文一以义理为主。又深明乎阴阳动静之义，一时碑版多出其手。盖潍自韩梦周后，讲学撰述，各有师承。其后以文名者，并推刘鸿翱，昭潜晚出，而名几与之埒，则其文为人所重，亦可知矣"。

今读《无为斋文集》诸篇，张昭潜为文，识学情三者并驾，虽以义理为归，然化于辞藻，如盐入水，如《李织斋先生文集序》《与徐友稚书》诸文，皆清而不腐，沉而不烦，固远迈乃师于燕受，诚山左家也。

《潍县志稿·艺文志》附有张昭潜自序，可参考。

无为斋续集六卷

清张昭潜撰。张昭潜小传见《古诗词辑略》。是集《采访潍县艺文册》《[宣统]山东通志·艺文志》《潍县志稿·艺文志》《续修四库全书总目提要(稿本)》《清史稿艺文志补编》《山东文献书目》《清人别集总目》《清人诗文集总目提要》著录。国家图书馆、山东省图书馆、山东省委党校图书馆、台湾史语所、青岛市图书馆、潍坊市博物馆藏。《山东文献集成》收录。

今按《山东文献集成》第四辑三十二册收录《无为斋续集》六卷,据山东省委党校图书馆藏清光绪二十六年(1900)郭恩孚刻本影印。半页十一行,行二十一字,左右双边,单鱼尾,郭恩孚校刊,为郭恩孚果园刊书第三种。是集首列郭恩孚光绪二十六年(1900)序文,次列目录,集内载赋论考辨、策序书跋、传文碑铭等凡六十一首。

潍上明清两代,学人林立,文者星驰,然求其学养深厚识见卓然复风姿摇曳过处生香者,盖不多矣,次陶先生其一也。读其《潘安仁秋兴赋》,余知其文,服其节;《潍柳毅祠辨》,余知其厚,服其真;至于《山东通纪序》《复徐友稚书》《与郭蓉汀书》诸篇,皆情实学问,系于一身矣。

《潍县志稿·艺文志》附有郭恩孚序文,可参考。

无为斋诗集二卷、无为斋词集一卷

清张昭潜撰。张昭潜小传见《古诗词辑略》。此二集《采访潍县艺文册》《潍县志稿·艺文志》《山东文献书目》《清人别集总目》《清人诗文集总目提要》著录,山东省图书馆、山东大学图书馆、中山大学图书馆有藏。

今按山东省图馆藏《无为斋诗集》二卷，光绪三十三年(1907)刻本，半页十一行，行二十二字，四周单边，白口，单鱼尾。集内前有李毓林光绪三十二年(1906)序文、于霖逢序文、张昭潜光绪十二年(1886)自序，末有马棨臣、孙乃瑶跋文。卷一《金关集》，载诗九十余首，卷二《金泉集》，载诗一百五十首，凡二百四十余首。门人韩晋昌、毛广孚校刊。

《无为斋词钞》一卷，附于《无为斋诗集》后，末有马棨臣光绪三十三年(1907)跋文，张昭潜子张敦行、张端行校字，集内载词作三十二首。

孙乃瑶《无为斋诗集》跋云："李翰卿先生一见先生诗，即击节赏叹，捐资助刻。"马棨臣《无为斋词钞》跋云："张次陶先生文向久镂板行世，而无为斋诗集不轻示人。余与翰卿盐尹坚索者再，客秋始获披读。渊懿简古，矩获先民，盐尹力劝付梓，寄上序文兼奉刻资，而以跋属余。"

由是可知，张昭潜《无为斋诗集》与《无为斋词钞》皆为李毓林助资以刻。

无为斋遗集二卷

清张昭潜撰。张昭潜小传见《古诗词辑略》。是集《[宣统]山东通志·艺文志》《潍县志稿·艺文志》《山东文献书目》著录。国家图书馆、山东省图书馆、山东省委党校图书馆藏。《山东文献集成》收录。

今按《山东文献集成》第四辑三十二册收录《无为斋遗集》二卷，据山东省委党校图书馆藏清光绪三十四年(1908)孙迺瑶、郭恩孚等刻本影印。是集半页十一行，行二十一字，左右双边，单鱼尾，孙迺瑶、郭恩孚、班贞雯校刊，是集载序传墓志铭等二十九篇。

据《［宣统］山东通志·艺文志》转引孙葆田《校经室文集》之《无为斋遗集》序云："张君次陶既卒之，明年，其门人孙迺瑶等辑君晚年所作，得文三十余首，将授诸梓，而属予序之。君文有初集续集，皆君所手定，为门人郭恩孚刻于果园，今行世已数年，此其遗稿也。"

今所见《无为斋遗集》二卷前无孙葆田序。

青雷诗草一卷、青雷文草一卷

清于文震撰。于文震，字青雷，号雨辰，于祉之子，工诗书画，《潍县志稿》卷三十人物文学有传。此二集《潍县志稿》卷三十人物文学于文震传中著录，并云皆"藏于家"。

《采访潍县艺文册》著录《青雷诗草》钞本，并载有光绪五年(1879)张昭潜识文。文曰："青雷兄为澹园师长子，少承庭训，知诗学，然虚怀善下，不敢轻以诗鸣。己卯冬，以一卷见示余，再三读之，见其格老气清，多骎骎入古之什。"今皆已佚。

二琴居士小集一卷

清王象瑜撰。王象瑜小传见《古诗词辑略》。是集《采访潍县艺文册》《［宣统］山东通志·艺文志》《潍县志稿·艺文志》《中国古籍善本书目》《山东省博物馆藏明清民国山左学者著述知见录》《山东文献书目》《清史稿艺文志拾遗》《清人别集总目》《清人诗文集总目提要》著录，山东省博物馆藏。《山东省珍贵古籍名录》第一辑、《山东文献集成》第二辑收录。

今按《山东文献集成》第二辑三十八册收录《二琴居士小集》，据山东省博物馆藏清末高鸿裁辨蟫居钞本影印。是集半页十行，行二十五字，无格，首列王之翰光绪八年（1882）序，次列直隶郭百龄《梦琴图》并序，后列刘抡升等诸人题诗及目录，末有高鸿裁光绪三十四年（1908）跋文，为高鸿裁《辨蟫居丛书》之一。集内《修篁斋吟草》载诗一百零五首，《颜山书舍吟草》载诗十首，《二琴轩吟草》载诗十八首，《双桐寓庐吟草》载诗九首，总共一百四十二首。钞本前有"宣统纪元三月开雕"字样，当是高鸿裁计付剞劂之时。

王之翰光绪八年（1882）序云："今岁，其嗣君儒询来京，出莲洲手抄诗草一册，请校于余，盖距莲洲之没已十五年矣。""今按所自标题曰《修篁斋吟草》，则其早岁所作也；曰《颜山书舍吟草》，则在博山学署所作也；曰《二琴轩吟草》，则通籍后里居所作也；曰《双桐寓庐吟草》，则由部曹改直牧后所作也。""读迄遂赘数言于简末，交儒询谨袭藏之，以俟梓而传诸世焉。"

高鸿裁光绪三十四年（1908）跋云："今年春，吾东续修通志，谬膺大吏派充昌潍采访，悉心搜求，由其嗣孙手访得原稿。展读之下，悲喜交集，盖不胜人琴之感焉。""先生之孙又出示郭仲彭君所绘梦琴小影兼题以诗，检集中《二琴轩吟草》亦载和章，当时赠答之雅，传为韵事。今并标于简端，仿宋人陈思编群贤小集例，曰《二琴居士小集》。""入冬闭门养疴，命儿辈句栉字比，雠校一过，用付剞劂，以广流传，世之读先生诗者或弗以亲故而讥阿所好云。"

据此可知，是集本有王象瑜手抄本，王象瑜殁后十五年，王之翰应王象瑜之子王儒询之邀撰序，以待付梓，未果。光绪三十四年(1908),高鸿裁悉心访求,自王象瑜之孙得其原稿,即王之翰所序本。高鸿裁复又抄录,另加雠校,并命名为《二琴居士小集》。本欲宣统元年(1909)付剞劂,又未果,是以王象瑜此本仅有钞本。

珍吾斋诗文集无卷数

清高万选撰。高万选,字子中,同治六年(1867)举人,曾任章邱训导,《潍县志稿》卷三十人物文学有传,是集《潍县志稿·艺文志》著录。

《潍县志稿》卷三十人物文学目录中,高万选误作“高万撰”。

雨亭诗钞一卷

清梁检撰。梁检,梁文灿之父,是集《潍县志稿·艺文志》著录。

亦农诗草无卷数

清王殿鳌撰。王殿鳌,字亦农,西安村人,长于诗画,《潍县志稿》卷三十二人物艺术有传。是集《潍县志稿·艺文志》著录。

避兵纪事一卷

清董青撰。董青,生平未详,是集《潍县志稿·艺文志》著录。于祉《澹园古文选》前序云:“董甥名清,邑诸生,尝从余受诗学源流,知大略云。”未知董清与董青为一人否。

海樵诗存四卷、词一卷

清郭金铭撰。郭金铭小传见《古诗词辑略》，是二集《潍县志稿·艺文志》著录。

荔岩诗钞无卷数

清郭言撰。郭言小传见《古诗词辑略》，是集《潍县志稿·艺文志》著录。

一琴堂遗草无卷数

清郭召棠撰。郭召棠小传见《古诗词辑略》，是集《潍县志稿·艺文志》著录。

三余书屋诗草不分卷

清郭起隆撰。郭起隆小传见《古诗词辑略》，是集《榆园杂录》《采访潍县艺文册》《［宣统］山东通志·艺文志》《潍县志稿·艺文志》《续修四库全书总目提要（稿本）》《清史稿艺文志补编》《山东省博物馆藏明清民国山左学者著述知见录》《山东文献书目》《清人别集总目》《清人诗文集总目提要》著录，中国社会科学院文学研究所、山东省博物馆、潍县郭起隆后人藏。

今按潍县郭起隆后人藏《三余书屋诗草》不分卷，同治十一年（1872）郭起隆自刻本，翟云升署题。半页八行，行十九字，黑口，四周双边，单黑鱼尾，版心有“三余书屋诗草”字样。前有道光三十年（1850）李图序、郭起隆咸丰元年（1851）自序，次列道光二十六年（1846）高密王功厚绘《南庐居士戴笠图》、郭起隆自题,陈述经、魏洪阳、谭肇、张昭潜、于莶、杨英俊、高翰阁、田宣叡、郭来虞题诗九首。内载诗八十三首,以七言律绝为主。卷末载咸丰四年(1854)昌邑张芸台跋文、咸丰元年(1851)历下王惠霖跋文、同治十一年(1872)郭征庸跋文。《山东省博物馆藏明清民国山左学者著述知见录》云此本为"同治十一年(1872)郭征庸刻本",误。是本由郭征庸校字,付梓者乃郭起隆。

道光三十年(1850)李图序云:"郭子之诗善矣,其寄意深矣。其画境清腴苍深,生机郁勃似西园;涵若深之则摩诘与可企之也。其书遒逸宕折,体杂隶行似板桥,致之亦不甚远。其诗以清逸为宗,而体物浏亮,不尚缛浮,可希踪高郑。"

咸丰元年(1851)郭起隆自序云:"一日于破书簏中,得零星诗草若干首,录为一册。俟儿辈年益长,或省览之。知余在髫年时,时急于养亲而要非一无所营者。使由此读书,则古今文章之大,身心性命之微,皆可驯致也。"

咸丰元年(1851)历下王惠霖跋云:"辛亥夏访南庐,绿竹深处小斋朗朗书声,盖方课子。案头置诗数十首,急观之,一读一击节,乃知即其近作也。"

同治十一年(1872)郭征庸跋云:"咸丰初,先生尝刻三余书屋诗草,皆自为消遣所得。二十年来,吾兄弟林立、云庆学书法,福庆习绘事。先生教子之余,不免见猎心喜。有纸则画,有画则题。积入成帙,得诗若干首。庸劝先生付梓,而先生则以为一误,不容再误也。庸曰:'叔不记勖庸之言乎?庸年六旬,一无所得,而叔有诗数卷,不犹愈于庸乎?盖刻之以训子弟之不学者。'先生于是使庸校字,而付之剞劂。"

郭征庸跋文有"咸丰初,先生尝刻三余书屋诗草",则是集原有咸丰初年刻本，今未见。今所见之同治十一年（1872）郭起隆自刻本，郭征庸跋文之外，未载同治续刻之事。今察诸序跋文，则郭起隆咸丰初年刻本，与今所见之同治刻本相较，除所载诗与郭征庸跋文之外，其余当皆全同。《续修四库全书总目提要（稿本）》《山东省博物馆藏明清民国山左学者著述知见录》皆言是集载诗一百三十余首，与今所见有异。又山东省博物馆藏本卷后附篆刻一卷，此版本今未见。

吴越行吟草无卷数

清杨应俊撰。杨应俊，字民章，光绪十七年（1891）举于乡，任长山教谕，《潍县志稿》有传。是编《潍县志稿·艺文志》著录。

带经堂文集四卷、北游琐记无卷数

清高翰阁撰。高翰阁小传见《古诗词辑略》。此二集《采访潍县艺文册》《潍县志稿·艺文志》著录。

《采访潍县艺文册》于高翰阁著录为钞本，且言《带经堂文集》为四卷，并记有刘鹏骞序、邹振岳跋，言“采到随补”。《潍县志稿·艺文志》著录《带经堂文集》为一卷，此从《采访潍县艺文册》。

墨庄集二卷

清庄凤官撰。庄凤官（1833—1918），字纪五，今寒亭区固堤镇北寨里村人，同治元年（1862）副贡。是集仅《潍县志稿·艺文志》著录，他书皆未著录，至可珍也。今潍县郭君同藏。

今按潍县郭君同藏《墨庄集》二卷，民国十年（1921）石印本，文和石印局印，半页十行，行二十八字，白口，四周双边，单鱼尾。是集首列民国十年（1921）北海张潼序文，次列目录。集内上卷载有记传类文章十五篇、志略类文章九篇，下卷载有寿文类文章六篇，并附诗十九首及坟联二首，末有庄凤官碑记文。

集内诸文无关风月，皆纪当地人事，正可以平民史观之。《潍县志稿》卷三通纪二康熙四十九年事即转引此书，后标注为《墨庄文集》。

榆园杂录二卷

清郭榆寿辑。郭榆寿（1839—1869），字塞生，号稚兰，太学生，敕授修职佐郎国子监典簿，《潍县志稿》卷三十二人物艺术有传。是集《采访潍县艺文册》《潍县志稿·艺文志》《续修四库全书总目提要（稿本）》《山东文献书目》《清史稿艺文志拾遗》著录，山东省图书馆、中国人民大学图书馆、潍县郭君同藏。

《续修四库全书总目提要（稿本）》云："是编乃榆寿汇记其邑中掌故文献者，不立门类，不序先后，随得随记，或考之经传，或亲为采访。举凡有关潍邑之山川、古迹、人民、习尚、金石遗文、名人诗文、掌故遗闻等，为志乘所漏略，或不及载入者，悉搜罗记之。其自序谓'予留心吾潍文献久矣，尝检远近著作，并荒村古庙，断碣残碑，凡事有关吾潍者，属友人摘而记之。如三烈墓表，见安拙石集；石民传，见张杞园集，既已分别录出矣。园居无事，因再属友人更加参酌，分为两卷，名之曰杂录，盖亦识考稽之勤慎'云云。统观其书，叙次简赅，搜求详备，实可补志乘之不及。造语虽不若田雯《黔书》、孙庭铨《颜山杂记》之务求隽异，然既可据以订正史乘之阙，又可为邑中掌故之资，其书实不可废也。”

余览《榆园杂录》一过，对照《续修四库全书总目提要（稿本）》之言，诚如是也。

《榆园杂录》二卷，清咸丰七年（1857）刻本，半页九行，行二十一字，四周双边，单黑鱼尾。首列郭榆寿咸丰七年（1857）叙文，卷一载录一百二十余则，卷二载录一百余则。集内载潍上文献之事为多，皆能补葺今之史料。即以潍上诗文而论，集内所载两明无名氏《太公堂》《桑犊城》二诗，李桓之诗，魏淮阳句等皆惟见于此集，此余偶为拈出者，至于其他能补今潍上掌故文献者，更不胜举。何止《续修四库全书总目提要（稿本）》所云“其书实不可废”？观《潍县志稿》屡屡征引是集即可知，《榆园杂录》一编，乃至可珍宝也。

山东省图书馆又有《榆园杂录》选钞本一种，宣统辛亥（1911）刘新之（刘廷栋）手钞，书名由乡后学冰心题签、删选，无格，半页九行，行二十四字，内钞《榆园杂录》一百二十八条，可备一观。

《潍县志稿》卷三十二人物艺术引是集十二次，卷四十二杂稽引四次，凡十六次。

憩云阁诗集三卷

清郭兆封撰。郭兆封小传见《古诗词辑略》。是集《潍县志稿·艺文志》《续修四库全书总目提要（稿本）》《清史稿艺文志补编》《山东文献书目》《清人别集总目》《清人诗文集总目提要》著录，国家图书馆、青岛市图书馆、中山大学图书馆藏。《清史稿艺文志补编》《山东文献书目》著录为《憩云阁内外集》。

今按国家图书馆藏《憩云阁诗集》,咸丰十年(1860)刻本,半页九行,行二十字,白口,四周双边,单鱼尾。是集分憩云阁内集一卷、外集一卷及《寄燕草》一卷,首列宋玉璿咸丰七年(1857)序文,次有王垲咸丰八年(1858)序文及郭兆封《寄燕草》自序,末有郭绥之咸丰十年(1860)跋文。

集内《憩云阁内集》载诗二十九首,《憩云阁外集》载诗二十七首,《寄燕草》载诗八十首,凡一百三十余首。郭绥之跋云:"乙卯秋,叔以连不得志于有司,弃儒襟就一县尉,谒选保阳,四年游宦,寄燕草一集所自昉也。"可知《寄燕草》一卷,乃郭兆封游宦保阳时作也。

《续修四库全书总目提要(稿本)》云:"大抵兆封之诗,实不能自成一格,亦不过将其足迹所经,耳目所及,悉寄于诗而已。观王垲、宋玉璿两序,则兆封诗如何,亦可得于言外矣。"

《清史稿艺文志补编》著录《憩云阁内外集》各二卷,今所见其内外集皆各作一卷,《清史稿艺文志补编》似误增一"各"字。《清人别集总目》著录郭兆封别集有《憩云阁诗集》三卷与《憩云阁内外集附寄燕草》两种,此两种实为一种,《清人别集总目》误。

畹香村会稿八卷

清郭绥之撰。郭绥之小传见《古诗词辑略》。是集《潍县乡土志》《采访潍县艺文册》《[宣统]山东通志·艺文志》《潍县志稿·艺文志》《续修四库全书总目提要(稿本)》《清史稿艺文志补编》《山东省博物馆藏明清民国山左学者著述知见录》《山东文献书目》《清人别集总目》《清人诗文集总目提要》《潍坊古籍书目》著录。国家图书馆、山东省图书馆、青岛市图书馆、上海图书馆、北京大学图书馆、河南大学图书馆、山东省博物馆、南京图书馆、潍坊市博物馆等多家图书馆有藏。

今按国家图书馆藏《畹香村会稿》八卷，咸丰十一年(1861)刻本，半页九行，行二十字，白口，四周双边，单鱼尾。首列郭绥之咸丰十年(1860)自序，次列总目，末有咸丰十一年(1861)自跋。

集中卷一载《并门集》十三首、《感秋集》二十三首，卷二《竹西轩稿》十五首，卷三《松萝纪咏》三十首，卷四《长柄集》四十四首，卷五《海天阁集》五十九首，卷六《苔岑集》二十六首、《山中吟》十四首、《苔岑后集》三十六首，卷七《淮海集》六十七首，卷八《如渔舟稿》四十六首。集十一种，诗凡三百七十三首。

郭绥之自序云："岁癸丑，余买山诸城西南七十里曰畹香村……既成山中吟若干首，复删次前后诸集，去其四之三，定为《畹香村会稿》，箧中秘藏，未尝出示人也。"复查《郭氏族谱》郭绥之生年，可知其买山畹香村时仅十七岁，咸丰十一年(1861)刻印是集时方二十六岁。《郭氏族谱》所载封邱何家琪《郭靖侯先生墓志铭》中云："潍山东名区，衣冠甲第，霞簇云腾，郭尤世族。靖侯少年贵胄，独好古居一室著文章，遂以诗名。"正此时此事也。然复查郭绥之《餐霞集》自序可知，辛酉年诗作不载此集，故是集所存为郭绥之二十五岁前之诗作。今《潍坊古籍书目》著录之《郭靖侯诗集》八卷，亦即为此集。

餐霞集四卷

清郭绥之撰。郭绥之小传见《古诗词辑略》。是集《潍县乡土志》《采访潍县艺文册》《[宣统]山东通志·艺文志》《潍县志稿·艺文志》《续修四库全书总目提要(稿本)》《清史稿艺文志补编》《山东文献书目》《清人别集总目》《清人诗文集总目提要》《潍坊古籍书目》著录。国家图书馆、首都图书馆、山东省图书馆、上海图书馆、北京大学图书馆、南京图书馆、河南省图书馆、青岛市图书馆、潍坊市博物馆等多家图书馆有藏,《山东文献集成》收录。

今按国家图书馆藏《餐霞集》四卷,同治四年(1865)刻本,半页九行,行二十一字,黑口,四周双边,单鱼尾。首列郭绥之自序,柯蘅选订,载诗共一百九十首。

郭绥之同治四年(1865)自序云:"余《畹香村会稿》八卷刻于辛酉,其中多有未协处,今殊自愧。辛壬癸甲所得复数百首,友人劝余续刻……因尽出旧稿属柯君佩韦严为删削,厘成四卷,授之剞劂,以续前刻。是刻以劳山纪游诗弁首,既统以《餐霞集》名之,不复区别云。"此可知是集所载为郭绥之咸丰十一年(1861)至同治三年(1864)诗,正所谓"辛壬癸甲"之四年诗作也。

《潍县志稿·艺文志》著录《餐霞集》一卷,误。《山东文献集成》第四辑第三十二册收录是集。

聊复集三卷

清郭绥之撰。郭绥之小传见《古诗词辑略》。是集《潍县乡土志》《采访潍县艺文册》《[宣统]山东通志·艺文志》《潍县志稿·艺文志》《续修四库全书总目提要(稿本)》《清史稿艺文志补编》《山东文献书目》《清人别集总目》《清人诗文集总目提要》著录。国家图书馆、山东省图书馆、上海图书馆、南开大学图书馆、复旦大学图书馆藏。

今按国家图书馆藏《聊复集》三卷,同治七年(1868)刻本,半页九行,行二十一字,黑口,四周双边,单鱼尾。首列同治六年(1867)郓城赵康侯序,次为柯蘅序文及郭绥之自序,末有郭绥之同治七年(1868)自跋及无锡刘颂年跋文。诸书著录皆言是集为同治六年(1867)刻本,按郭绥之有同治年七年(1868)跋文,是集定为"同治七年刻本"为妥。是集由柯蘅选定,载诗一百三十七首。

郭绥之自序云:"丁卯五月,流寇东侵。""辄与柯、赵纵谈时务,记以韵语,阅日既多,积成一帙,友人劝余付梓,以续畹香、餐霞二集。""合乙丑、丙寅诗为三卷,授之剞劂。"

《潍县志稿》卷三十人物文学郭绥之传:"同治六年,太平军扰山东,李文忠公鸿章遣兵追击,于潍县设粮台,委绥之转运。"何家琪《郭靖侯先生墓志铭》中云:"同治六年,粤寇至,肃毅伯李公督师山东,延之幕府。亡何,寇趋登州,筑土垣于胶莱河数百里以蔽之。靖侯策寇必反渡,宜豫防,事平以知县荐。"

可知此集即在咸丰六年(1867)郭绥之参与抵御太平军之战时作,并合咸丰四年、五年诗作积为一刻。《潍县志稿·艺文志》著录《聊复集》一卷,误。

沧江诗集十卷

清郭绥之撰。郭绥之小传见《古诗词辑略》。是集《潍县乡土志》《采访潍县艺文册》《[宣统]山东通志·艺文志》《潍县志稿·艺文志》《续修四库全书总目提要(稿本)》《山东省博物馆藏明清民国山左学者著述知见录》《山东文献书目》《清人诗集叙录》《清人别集总目》《清人诗文集总目提要》著录。国家图书馆、山东省图书馆、山东省博物馆、中国科学院图书馆、上海图书馆、南京图书馆、天津图书馆、广东省立中山图书馆、复旦大学图书馆、吉林大学图书馆、中国人民大学图书馆、青岛市图书馆藏。

今按国家图书馆藏《沧江诗集》十卷,同治八年(1869)木活字本,半页九行,行二十一字,白口,四周单边,单鱼尾。首列黎庶昌序,集中载诗五百六十三首。是集又名《沧江集》《沧江诗选》《沧江诗钞》等,见张昭潜《沧江菁华录》序、郭恩孚《沧江菁华录》跋文、《靖侯先生墓志铭》等。

黎庶昌《沧江诗集》序云:"(郭绥之)从军二载,中原荡平,叙功以县令需次苏州,予始获交于君……出其前后诸诗集属余选次……爰删其少作若干,序而归之。靖侯过江,怆然有感,遂改名其集曰《沧江诗集》。"《郭氏族谱》载费县王薪传《江苏候补知县靖侯郭公家传》云:"(郭绥之)以知县分发江苏补用,公以生慈在堂,思毛公捧檄之义,遂毅然就道,赴都领凭,诣吴门听鼓,诣吴门听鼓。过江之际,凄然有感,遂合刻其前后诗篇,名之曰《沧江诗集》。"

以上可知《沧江诗集》乃郭绥之任职苏州时,将《畹香村会稿》《餐霞集》《聊复集》前三集并过江诸作由黎庶昌稍加删订而成,总成十卷付刻,更其名为《沧江诗集》,《清代人诗文总目》云是集乃黎庶昌选郭绥之前集之续作而成,所述微误。此与前三集无大差异,其续作之诗,乃同治六年、七年之作,续其前作,合为是集。

《潍县志稿·艺文志》附录黎庶昌《沧江诗集》序，可参考。

沧江菁华录四卷

清郭绥之撰。是集由郭恩孚编次，是集《采访潍县艺文册》《[宣统]山东通志·艺文志》《潍县志稿·艺文志》《续修四库全书总目提要（稿本）》《清史稿艺文志补编》《山东文献书目》《清人别集总目》《清人诗文集总目提要》著录。国家图书馆、山东省图书馆、上海图书馆、清华大学图书馆、北京大学图书馆、四川省图书馆、南开大学图书馆、山东师范大学图书馆、青岛市图书馆等多家图书馆有藏。

今按国家图书馆藏《沧江菁华录》，光绪十九年（1893）郭恩孚刻本，四卷，半页十二行，行二十三字，白口，四周单边，单鱼尾。首列张昭潜光绪十八年（1892）序，末有郭恩孚光绪十九年（1893）跋文，由郭恩孚编次，为其果园刊书第一种。

是集由郭恩孚仿任天社《山谷精华录》之例编次，卷一、卷二为《沧江集》，载咸丰丙辰至同治乙巳诗作共一百七十三首，卷三、卷四为《沧江遗集》，载同治乙巳至癸酉诗作共一百八十八首。是可知集内卷一、卷二之《沧江集》为前集辑略，卷三、卷四之《沧江遗集》为同治八年（1869）后诗作。集内共载诗三百六十一首。

张昭潜《沧江菁华录》序云："（郭绥之）其刊《沧江集》也，以同治乙巳冬，越四年，癸酉秋八月年三十八岁而殁。又得遗集若干首，今距其殁二十年矣，君之兄子蓉汀裒其前后诸集，删其不经意之作，合为一编，名之曰《沧江菁华录》，而问序于余。"郭恩孚《沧江菁华录》跋云："聊复、餐霞、《沧江诗选》之刻既成，又手校一本，题识寄家，命恩孚存之。""他日全本行世，则此本为大江之沱也。”

以此可知，是集乃郭恩孚就郭绥之前后诸集重加删订，又增其同治八年（1869）后诗作而付刻之。郭绥之同治八年乙巳后之诗作，全赖此集。

郭绥之三十八岁不幸而殁，其生虽短，然专于诗作，每集付刻皆系编年，是以今存诗数量于潍上最多。郭绥之历年编刻之诗，清楚可察。先有《畹香村会稿》三百七十三首，次有《餐霞集》一百九十首，《聊复集》一百三十七首，《沧江菁华录》所载《沧江遗集》一百八十八首，凡八百八十八首，复有《沧江诗集》所载同治七年（1868）过江诸诗作，今粗可知其存诗近千首。

《潍县志稿·艺文志》附录张昭潜《沧江菁华录》序，可参考。

靖侯诗草一卷、二家律选不分卷

清郭绥之撰。郭绥之小传见《古诗词辑略》。《靖侯诗草》一卷，《中国古籍善本书目》《山东文献书目》《清人别集总目》《清史稿艺文志拾遗》著录，山东省图书馆藏稿本，《山东省珍贵古籍名录》第一辑、《山东文献集成》第二辑收录。

今按《山东文献集成》第二辑三十八册收录是集，内载诗一百零七首，乃郭绥之渡江后作，与《沧江菁华录》中《沧江遗集》所载诗多有相同。郭恩孚《沧江菁华录》跋云：“《聊复》《餐霞》《沧江诗选》之刻既成，又手校一本，题识寄家，命恩孚存之。”此《靖侯诗草》即为郭绥之之“手校一本”耶？

另国家图书馆藏掖县李丰纶《二家律选》，同治丙寅年（1866）刻本，半页九行，行十一字，黑口，四周双边，单鱼尾。是集选柯蘅五言律诗，郭绥之七言律诗以作正体，其中郭绥之诗五十首。郭绶之有《李吉侯以拙作七律与佩韦五律合选一集,偶题其后,并寄佩韦》一诗,中有"区区鱼目难相溷,多谢隋侯明月珠"之句。是集《山东省博物馆藏明清民国山左学者著述知见录》《山东文献书目》《清人别集总目》亦著录,山东省图书馆、山东省博物馆、南京图书馆藏。

尺牍偶存一卷

清郭绶之撰。郭绶之小传见《古诗词辑略》。是集《中国古籍善本书目》《山东文献书目》《清人别集总目》《清史稿艺文志拾遗》著录,山东省图书馆藏稿本,《山东省珍贵古籍名录》第一辑、《山东文献集成》第二辑收录。

今按《山东文献集成》第二辑三十八册收录《尺牍偶存》一卷,集内录郭绶之尺牍文十六则,以叙典籍论艺文为要,珠玉锦心,一时并出。如《论竹垞文》《论无名氏中论序》《论汉魏六朝百三家集》诸文,皆极为有见。

靖侯词稿一卷

清郭绶之撰。郭绶之小传见《古诗词辑略》。是集《山东文献书目》著录,山东省图书馆藏郭绶之手稿本。

今按山东省图书馆藏《靖侯词稿》一卷,为郭绶之咸丰三年(1853)手稿本,半页八行,行二十一字,无格。首页有"郭绶之印"章,后有"杨柳岸晓风残月"等闲章,内存词十六首,后有郭杭之光绪三十一年(1905)补跋。

郭杭之光绪三十一年(1905)题跋云:"此靖侯家兄癸丑年所作之词也,其时年甫十八。戊辰冬,南游时弃之敝簏,余检存之，今又越卅八年矣。”

今察郭绥之诗作凡近千首，然词作罕见。由此集可知，郭绥之少年赋词，长大弃去，南渡后不复为词，今之十六首，幸有郭杭之为其珍存以传于今，可谓幸矣。

吴郡新诗无卷数

清郭绥之撰。郭绥之小传见《古诗词辑略》。是集《[宣统]山东通志》卷一百七十七郭绥之传著录。传云郭绥之著有《吴郡新诗》，今未见。

青桐轩诗集二卷

清郭杭之撰。郭杭之小传见《古诗词辑略》。是集《采访潍县艺文册》《[宣统]山东通志·艺文志》《潍县志稿·艺文志》《山东文献书目》《清人别集总目》《清人诗文集总目提要》著录。山东省图书馆藏。是书今又有稿本一种。

今按山东省图书馆藏《青桐轩诗集》二卷，光绪二十一年(1895)刻本，半页十行，行二十一字，四周单边，单鱼尾。是集前有文登于霖逢光绪十八年(1892)序文，郭杭之子郭恩训、郭恩甲、郭恩元校字，卷一载光绪壬辰十八年(1892)、癸巳十九年(1893)诗作，卷二载光绪甲午二十年(1894)、乙未二十一年(1895)诗作，为郭杭之五十三岁后之诗，集内共载诗二百余首。《潍县志稿》卷三十人物文学郭杭之传云其著有诗集十卷，然以今所见诸书著录及本书均为二卷本。复按《郭氏族谱》孙葆田所撰郭杭之墓志铭，其云：“著《青桐轩集》十卷，已刻者二卷，葆田尝为之序。”是以其他诸卷未刊刻。然今所见

《青桐轩诗集》二卷本未有孙葆田序。是集《清人别集总目》著者误题为“郭抗之”。

孙葆田《校经室文集》卷一《青桐轩诗集序》云：“比近年寓居潍县，时时从君游，君辄出诗稿属予为校论，乃知君渊源所渐，得与家庭与师友者，深非他人所及也。……君诗多近体，施之馆阁为最宜，不幸不遇于时，故多感时寄怀之作。……此刻自光绪壬辰年起，则皆五十以后诗，盖君至是，始无意于科名矣。”

《潍县志稿·艺文志》附录于霖逢《青桐轩诗集》序文，可参考。丁善宝《六斋诗存》又载《题郭湘帆二轩诗稿》。

2012 年，郭氏后人复据是集影印数部，余承潍县松筠斋主人郭君同赐一部，前哲余泽，幸得亲沐，是以记之。

黄叶山房诗稿一卷、天觉词钞一卷

清郭为贤撰。郭为贤小传见《古诗词辑略》。《黄叶山房诗稿》一卷，《采访潍县艺文册》《［宣统］山东通志·艺文志》《潍县志稿·艺文志》《清人别集总目》《清人诗文集总目提要》著录。《天觉词钞》一卷，《清人别集总目》《清人诗文集总目提要》《中山大学图书馆古籍善本书目》著录，二集皆极为罕见，今仅中山大学图书馆藏。中山大学《清代稿钞本》第一辑四十八册收录。

《中山大学图书馆古籍善本书目》仅言是集为清钞本，未言何时所钞。

《清人诗文集总目提要》云：“为贤字天觉，山东人。此《黄叶山房诗稿》一卷，附《天觉词钞》一卷，清钞本，一册，中山大学图书馆藏，版心下镌‘松竹轩’三字。”按郭为贤，字圣基，号天觉,《清人诗文集总目提要》此误。

今按《清代稿钞本》第一辑四十八册《黄叶山房诗稿》一卷,据中山大学图书馆藏钞本影印。是集半页十二行,行二十五字左右,四周双边,单鱼尾,蓝栏格,版心下镌有“松竹轩”三字。是集收古今诗二百一十首,前后无序跋文。集内诸诗多平易语,间出清丽深沉之诗。

又据《采访潍县艺文册》可知,是集为钞本,后有傅毓庚咸丰七年(1857)跋文。未知《采访潍县艺文册》所见本与中山大学稿钞本是否为一集。如是,则可知此集乃咸丰七年(1857)钞本。

《天觉词钞》一卷,附于《黄叶山房诗稿》之后,亦同时钞本,存词九十九首。

愈愚堂文集无卷数、浊泉词钞无卷数

清郭为贤撰。郭为贤小传见《古诗词辑略》。此二集《潍县志稿·艺文志》著录,今未见,亦未知《浊泉词钞》与《天觉词钞》有何关系。

益坚斋诗文钞一卷

清曹鸿勋撰。曹鸿勋小传见《古诗词辑略》。是集《潍县志稿·艺文志》《续修四库全书总目提要(稿本)》《清史稿艺文志补编》《清人诗文集总目提要》著录。今未见。丁锡田《潍县文献丛刊》第一辑拟目中载有《益坚斋诗钞》一种。《清史稿艺文志补编》著录为《益坚斋诗文》。

《续修四库全书总目提要(稿本)》著录是集为潍县裴氏精

抄本,并云:“鸿勋诗不多作,偶有吟咏,信笔应酬,概不留稿。得之者每什袭藏之,散在四方者不知凡几矣。是集总古今体诗七十一首,文三首,以七绝为众。乃其同邑丁锡田等搜辑而得者,集末附《潍县新志稿》事功传,高赓恩所撰传,陈孚庆挽诗及郭恩赓、王宪焘等跋。”

《续修四库全书总目提要(稿本)》又云:“鸿勋平生,不居讲学名,而动止有常,束身严正,言寡而中,行悫而敏。每上下古今所品藻,辄不失铢两。又善擘窠大字,神明于法,溯源汉魏,遍摹唐宋以还诸大家及元明赵董等。晚年碑版金石之作,日益精健,每醉后挥毫,烟霏雾结,姿态横逸,实清道咸以来一大家。所为诗文辞,尤精伟古秀,惜每弃而不存,惟湖南已卯、江南乙卯乡试闱墨及湘中校士录皆手自点定,学者宗之。是册所载,如题孙佩南所藏孔荭谷红烛修书小像、恭邸萃锦吟题词、送高勉之使滇四律,及由滇垣赴永昌诸作、谒升庵祠,及和高寺常诸诗、李侍郎所藏书册等篇,类皆脍炙人口者。鸿勋经济学问,本不藉诗文以传,即以诗论,均卓然有唐贤风味,虽篇什寥寥,未足以餍读者,然吉光片羽,实罕见而弥珍之云。”

曹殿撰之《益坚斋诗文钞》今百觅难得,录此数语,以止渴耳。

校经堂集十三卷

清曹鸿勋选。曹鸿勋小传见《古诗词辑略》。是集《贩书偶记》《续修四库全书总目提要(稿本)》《清史稿艺文志拾遗》《清人诗文集总目提要》《清人别集总目》著录,是书初集四卷、二集九卷,总十三卷,光绪十一年(1885)刻本,北京大学图书馆、山东师范大学图书馆、山东大学图书馆、云南省图书馆、江西省图书馆等各有藏。

今按北京大学图书馆藏《校经堂初集》四卷，乃曹鸿勋编选湖南应试举子十数人之课艺时文之作，卷一、卷二辑选解说考释之文三十八篇，卷三辑选论赞序碑之文十九篇，卷四辑选赋文诗歌三十九篇。

《续修四库全书总目提要(稿本)》云："《校经堂初集》四卷(光绪乙酉刻本)。为曹鸿勋选。此校经堂文集者，鸿勋居官湖南学政任时所选。省会书院校经堂诸生之课艺也。校经堂初创于湖南巡抚吴荣光，成于朱九香，而最盛于鸿勋，据鸿勋自序，谓道光之间，南海吴公，巡抚湖南，本乡国之雅化，溥造就于湘中，始建湘水校经堂，以导来学，乃规模未宏，弦歌遽息……于今四载，堂中隽才，咸能自奋，执经问难，著之于篇，览所撰述，颇足省录云云。俄书院之创，几经周折而后成，鸿勋之功，盖不可没，其山长初聘宝应成芙卿孺任之。芙卿江南大儒也。甫入讲舍，即以朱子白鹿洞教士之法著为条教，有校经堂学约一书世颇诵之，以故所之士大率彬彬向学，各有造诣，故此集所选，皆多可观。鸿勋自序，并又述其选文之旨，略谓研综典艺贵自树立。端词章于仓雅，斯乃则而不纳义理于训诂，胡至空而不实云云。言殊剀切，而是集选旨，亦可缘知其大齐矣。至于集中编次，先文后诗。文有经解、史论、书序、拟赋；诗则古今体悉备焉。"

爱松轩诗草无卷数

清郭岭榛撰。郭岭榛(1849—1931)，字伯众，号韵山业儒，是集《郭氏族谱》著录，今未见。

谏书稀庵文草、诗草、随笔无卷数

清陈恒庆撰。陈恒庆小传见《古诗词辑略》。是集《潍县志稿·艺文志》著录，今未见。以集名可知，《潍县志稿·艺文志》著录是集当为三种，一为《谏书稀庵文草》，一为《谏书稀庵诗草》，一为《谏书稀庵随笔》。而其中《谏书稀庵随笔》一种，恐即为《谏书稀庵笔记》，待考。

归里清潭（谏书稀庵笔记）不分卷

清陈恒庆撰。陈恒庆小传见《古诗词辑略》。是集初名《归里清潭》，民国七年（1918）上海小说全报社出版是书，改名为《清季野闻》；民国十一年（1922）再版时，又改名为《谏书稀庵笔记》。《潍县志稿·艺文志》著录作《谏书稀庵笔记》，今《近代中国史料丛刊》第四十一辑第四百零六册收录。《义和团史料》节录三则，题名作《清季野闻》。是书由绮城题签，首列陈恒庆自序，次有坐外女史希昭氏题诗四首，中载掌故轶闻一百六十五则。

余偶或出游，每携三五种小书以壮行色，《谏书稀庵笔记》即其一也。潍水白狼之滨，硕儒清才，代有人出，然行文跳荡辞气淙淙者，颇为鲜见，若兼之思络透彻戏谑成趣者，尤凤毛麟角，陈恒庆即其一也。

陈恒庆民国六年（1917）自序云："予告归后，年近七十。饱食终日，日入即睡，夜半即兴，闷坐无聊，乃学为诗歌古文词，积稿盈尺。自知学识谫陋，不能追踪古人。一日，紫绂十六弟告予曰：'兄诗文有金石声。笔发既速，可作为小说，详述平生所见闻，使雅俗共睹，岂不胜于诗文哉！'予曰：'唯唯。'乃即目所见耳所闻者，振笔录之。无以名之，名之曰‘归里清谭’。门生杨咸卿曰：‘曷不曰“林下清谭？”’予曰：‘辞官归里，岂易言哉。尝见有服官卒生，拥厚赀，蓄珍宝，恐兄弟亲族之争其产也，甘弃其先人墓庐，侨居他乡，死不得正丘首，殆不如狐。近有闽人，以贪黩败官，将载宝而归。乡人相誓，勿售以房。又有位居显要，亲族恃势，逞强霸产，扰害一方，乡人将掘其墓而火其庐。其人久已失官，至今不敢归。然则归里岂易言哉！’咸卿曰：‘师言诚是。’是为序。”

自序文可知，是集乃陈恒庆致仕后作，凡朝仪、制度、名物、文艺、风俗、宦迹诸逸事莫不毕载，又多京师与潍县两地故实，凡考稽此两地晚清之境况者，此集不可不察。陈恒庆之笔，如有神助，每状物摹人，皆触染生趣，如“状元”一则，记当时朝考之故实，“两大司成”条记盛伯羲与王文敏事，“义和拳”条记当时义和拳之乱，“印书”条记当时版本刻印之法，“海错”条记潍地海货之产，皆可补葺时遗。

《潍县志稿》卷四十二杂稽征引《归里清潭》三次，引《谏书稀庵随笔》一次，未能详察，前后称名不一。

粤游见闻六卷

清高承瀛撰。高承瀛，字石洲，光绪元年(1875)举人，九年(1883)进士，曾任四川井研县知县，撰有《光绪井研志》等。是集诸书目皆未载，今潍县高永昌藏。

今按高氏家藏《粤游见闻》六卷，高承瀛手稿本，红格，为高承瀛光绪五年(1879)至七年(1881)间至粤地广州、韶州、潮州、惠州等地督视科举阅卷时所撰日记，原本六卷，现存一、三、四、六卷，第二、五卷已佚。

集内于京师至广东沿途及百粤之风俗、古迹、名物、山水、州县、艺文并阅卷之经历皆采录详备,且摹拟清丽。粤地长风,荡荡百年,扶摇纸上,惟惜其沉埋有时,未多为人知也。

蓟门诗草二卷

清高熙英撰。高熙英,光绪二年(1876)举人,是集《潍县志稿·艺文志》著录。

菊谱一卷

清丁善长绘。丁善长小传见《古诗词辑略》。是谱版本有二,一为光绪二十三年(1897)丁善长自刻本,一为丁叔言民国十年(1921)重印本。《潍县志稿·艺文志》著录之《菊谱》一卷未知何种版本。

光绪谱今极其稀见,前有丁善长光绪二十二年(1896)识文、丁启喆所绘《莲峰焚香图》、刘熙恩光绪二十三年(1897)题文,内载丁善长绘菊谱十八帧,每帧后皆题七绝一首,计有万寿黄一、寿星眉二、灰鹤翅一、桃花片二、金钵一、白玉楼二、红莲包锦二、紫霞霜一、佛坐莲二、沉香狮子一、落红万点一、老僧衣二。

又有丁叔言民国十年(1921)石印本,并请时人题诗其上,谱内诸诗另为书写。是谱《山东省博物馆藏明清民国山左学者著述知见录》《山东文献书目》著录,山东艺术学院图书馆、山东省博物馆藏。《山东文献书目》著录作《丁莲峰先生菊谱》,并作民国九年石印本,误。《山东文献集成》影印收录。

今按《山东文献集成》第三辑二十一册据山东艺术学院图书馆藏民国十年(1921)石印本影印,何维朴题签。前有民国十年(1921)高密傅绍虞序文,次列袁祖光、许伏民、萧亮飞、徐珂、黄符泽、王庆洛、萧秉清等所题诗词,丁启喆绘《莲峰焚香图》,傅绍虞撰、田芹叡书《丁莲峰先生传》。

傅绍虞序云:“莲峰先生潜居避名,工诗善画,而闭门蓺菊,自乐天真。以城市为山林,而隐于菊焉。所分菊类尽人世之有,意有未足,于是写为菊谱。……予来潍邑,登先生之堂,得识先生之孙曰叔言者,以先生所梓菊谱相赠,且乞予序之。”

画隐轩题画诗存不分卷

清刘嘉颖撰。刘嘉颖小传见《古诗词辑略》。是集《潍县志稿·艺文志》《山东省博物馆藏明清民国山左学者著述知见录》《山东文献书目》《清人别集总目》《清人诗文集总目提要》著录,国家图书馆、山东省图书馆、青岛市图书馆藏。

今按山东省图书馆藏《画隐轩题画诗存》不分卷,民国十五年(1926)排印本,半页十行,行二十六字,四周双边,白口,单鱼尾。王寿彭题写书名,前印刘实甫先生遗容照片,次为高密傅丙鉴所撰《刘实夫先生像赞》,后有丁锡纶《实甫先生传》、桐城袁荣叟序、傅丙鉴序、陈蜚声叙文、赵德三序文等。前有刘维城、管鹤、吴昌绶、吴永、丁锡章、王宪焘、丁锡章、丁启喆、刘儒名等题诗十五首,末有其门人张锡恩、丁启喆、贺念初、田智禐、王宪焘、陈彝钊、杜如松、郭延庆、郭迺铸合署跋文,刘嘉颖之子刘恪恭辑,门人赵德三校刊。集内题诗凡七十余首。

桐城袁荣叟序云:“同光间,潍之阳有刘先生实甫者,以画隐著全鲁,岁庚申,余奉命掌鲁之教育,距先生殁将二十年。”“越四载,先生季子子虔集先生题诗若干首,汇为一帙,名曰《画隐轩题画诗存》,赵公为之付铅椠,而问序于予。”

傅丙鉴序序云:"余劝以作诗存集,(实甫)应曰:'若覆瓿,有君与果园之集俱可用,不须再益一我。若示于人,我又不能从二君作狐之附虎也。我以画傲两兄,不能奴隶我,必使我再嫁一门而低我品乎?我必不为者也。'""癸亥正月,实甫三公子子虔以其尊人题画诗集为一册,寄余乞序。"

诸门人跋云:"然先生以画名,未尝与人论诗,偶题咏所绘,不过聊以适意焉耳。及门等什袭藏之,积久遂裒然成帙。先生久归道山,哲嗣子虔好与文人游。一日乡丈陈子久太守取先生遗稿读之,瞿然曰:'诗不过百首,命意遣词皆得唐贤三昧。'亟嘱及门等付梓以广流传,盖不欲先生仅以画学名也。"

以上可知,刘嘉颖生前,傅丙鉴曾劝之刻印诗集,实甫先生谑而婉拒。后经陈恒庆嘱,其子刘恪恭辑其遗诗,门人赵德三等捐资以刻,遂存于今。

刘石芙先生山水精册不分卷

清刘嘉颖绘。刘嘉颖小传见《古诗词辑略》。是集由丁锡纶民国十八年(1929)编辑印行,国家图书馆有藏。

今按国家图书馆藏《刘石芙先生山水精册》,前列丁锡纶《刘实甫先生传》,次有丁启喆题长诗一首、杜如松题诗二绝、贺祖恩题诗二绝,内载刘嘉颖画作四帧,郭育才书丁锡纶题诗九首,末有郭育才民国十七年(1928)识文。郭育才识文云:"叔言表叔喜绘事,于乡前辈作品尤为珍爱。今年春,得其故友卢君所藏画隐轩晚年精品四帧,喜极。每帧题二绝句,复作长古以纪其事,嘱代书册后。绝句清新,长古豪迈,余与石芙为至友,读叔言诗,不禁感慨系之也。"

果园诗钞十卷

清郭恩孚撰。郭恩孚小传见《古诗词辑略》。是集《潍县志稿·艺文志》《续修四库全书总目提要(稿本)》《清史稿艺文志补编》《山东文献书目》《清人诗集叙录》《清人别集总目》《清人诗文集总目提要》《潍坊古籍书目》著录,是集今多处有存,国家图书馆、首都图书馆、山东省图书馆、上海图书馆、北京大学图书馆、南京图书馆、中国科学院图书馆、山东师范大学图书馆、青岛市图书馆、潍坊市博物馆等多处图书馆有藏。

今按国家图书馆藏《果园诗钞》十卷,光绪三十三年(1907)京都松华斋刊刻,半页十一行,行二十三字,白口,左右双边,单鱼尾,郭恩言题签。是集内编五卷,续编一卷,余编一卷,外编三卷,前有张昭潜序,陈兆燕校。卷一为《绿萝轩集》《趋庭集》,卷二为《枕戈集》《萍梗集》,卷三为《绿萝轩后集》《果园集》,卷四、卷五亦载《果园集》,卷六续编为《适轩集》,卷七余编为《梦遗香草》,卷八至卷十为外编,共载诗六百零七首。

《续修四库全书总目提要(稿本)》云郭恩孚:"大抵其少作在边塞所成,描写戍旅情况,颇有高岑遗意,晚年入道,所作多寓情闲寂,亦有可观者。"

《山东师范大学图书馆藏古籍书目》误题为郭思孚。

果园遗诗二卷

清郭恩孚撰。郭恩孚小传见《古诗词辑略》。是集《潍县志稿·艺文志》《清人别集总目》《清人诗文集总目提要》著录,国家图书馆、江西省图书馆、湖南省图书馆、南京大学图书馆藏。《潍县志稿·艺文志》著录为一卷,误。

今按国家图书馆藏《果园遗诗》二卷,民国八年(1919)潍县博文石印局印,郭恩言题签,门人丁锡纶、丁锡章、丁启喆校印。是集前有民国七年(1918)掖县董锦章序文、高密傅绍虞序文、董锦章《郭果园家传》、傅绍虞《果园子传》,又有董锦章、傅绍虞题诗四首。集内载《鸡肋集》与《啜醨集》,共载诗一百二十九首。

董锦章序云:"潍潜社诸弟子邀余,潜社生乃果园弟子,余访其集,出二册,一为《鸡肋集》,一为《啜醨集》。"此可知《果园遗诗》乃董锦章发起,丁锡纶等诸门人为之刊刻。《清人诗文集总目提要》言:"卒后重编其集,辑为《果园遗诗》二卷。"此记载有误。《果园遗诗》乃《果园诗钞》之续编,非"重编其集"也。

《潍县志稿·艺文志》附录傅丙鉴《果园遗诗》序文,可参考。

初篁书庐文稿不分卷

清宋书升撰。宋书升小传见《古诗词辑略》。宋书升硕学大儒,精于经史,称领近代山左学人,今可察宋书升著述凡二十四种,多五经考述之作,其中诗文集不过四五种。是集《潍县志稿·艺文志》《中国古籍善本书目》《山东省博物馆藏明清民国山左学者著述知见录》《山东文献书目》《清史稿艺文志拾遗》《清人别集总目》《清人诗文集总目提要》著录,山东省博物馆藏,《山东文献集成》第三辑收录,入《山东省珍贵古籍名录》第一辑。

《山东省博物馆藏明清民国山左学者著述知见录》著录

云:“此稿有红格、蓝格两种稿纸,每半叶九行,字数不等,板心下书古平寿宋氏初篁书庐藏稿字样。”

今按《山东文献集成》第三辑三十六册收录《初篁书庐文稿》不分卷,据山东省博物馆藏稿本影印,集中载跋文、序记、铭传等六十余篇。其中《送刘兰陔之嘉祥序》《黄星五诗集序》《魏鉴湖遗诗题辞》等皆可补文献之遗。

《潍县志稿》卷二十九人物儒林宋书升传载其晚年焚书之事,云:“嗣又检寻所著书如《论语义证》《春秋分类考》《周礼明堂考》《二十四史正伪》暨诗古文词十余种悉焚之,殆有大不得已于中者耶!”又云:“今其书唯宋氏周易要义刻未竣工,其夏小正、黄帝以来甲子纪元表乃及门传抄本,诗文集则邑人搜辑本。”于是可知,宋书升之诗文集原本已焚,唯剩邑人辑本传世,今能幸而存世者,天不丧斯文矣!

旭斋文钞一卷

清宋书升撰。宋书升小传见《古诗词辑略》。是集或名《旭斋零稿》,《潍县志稿·艺文志》《双行精舍书跋辑存》《续修四库全书总目提要(稿本)》《清史稿艺文志补编》《山东省博物馆藏明清民国山左学者著述知见录》《山东文献书目》《清人别集总目》《清人诗文集总目提要》著录,《潍县文献丛刊》收录,国家图书馆、山东省博物馆、山东省图书馆、潍坊市图书馆藏。《山东文献集成》第三辑收录。

今按国家图书馆藏《旭斋文钞》一卷,《潍县文献丛刊》民国二十年(1931)排印本,丁锡田编次,王献唐题名,半页十五行,行三十字,白口,四周单边,单鱼尾。末有陈蜚声所撰传及丁锡田跋。集中载考释、序跋、传记、墓志、行状之文作凡四十六篇。宋晋之学术，可称浩瀚，举凡天文历算、金石古印、文献经史，靡不精通，集内诸文，可见一端。他如《跋西泉印存》《育侯先生诗残稿跋》《韩理堂未刊稿序》《齐鲁古印攈序》《旧雨草堂诗钞叙》《西戍日记诗草题辞》皆能观潍上前贤著述诸事，《辨蟫斋藏书记》《月朗和尚传》《书潍县侠儿某事》等多能拾遗潍邑故实。

《续修四库全书总目提要（稿本）》云："是编计文四十六首，乃其同邑丁锡田汇辑编次者，以门类分先后。首经义释文，次考跋书序，次记传志铭，而以传志书序文最多，几占全集四分之三。其经义考跋仅《启明长庚解》《释鑃》等三四篇，而传志书序，多有关其乡先达及先贤著述，亦皆非苟作者。盖书升著述，多所散佚，此其吉光片羽，殊足珍视也。"又云："书升博学我识，制行芳洁，为近代齐鲁学人之冠，五经皆有著述。《春秋》主左氏，三礼尤长，《周官》《尔雅》《夏小正》并有所疏正。通音韵之学，旁及泰西二十六字母，融会以求其通，尤精天算，尝折服美人黑氏。"

丁锡田跋云："吾邑宋晋之先生，负夙慧，博极群书。其注解《周易》《夏小正》说者，比之张稷若之于《仪礼》、孔巽轩之于《公羊》、郝兰皋之于《尔雅》、牟陌人之于《尚书》，此其荦荦大者。至若走笔为文，亦莫不容经铸史为世法程，洵不愧清代三百年经师之殿。耆年乏嗣，传述无人，幸有女适章邱高氏，迎养终身。既殁，女家复遭匪乱，遗稿率多焚毁。日照王献唐收其烬余，藏之济南图书馆，拟为次第刊行。时予有海岱文征之辑，献唐以所得文稿见示，曰曷不先为印之，予曰诺。因取旧所辑及假录郭荫庭天民叔侄者，汇为一编，计五十余首。"

是集又有宋书升稿本一种，王献唐先生《双行精舍书跋辑存》收录是集，乃为宋书升手稿本。王献唐 1955 年记云："《旭斋文稿》一卷，亦名《旭斋零稿》，清宋书升撰，稿本六册。王笙甫从该邑冷摊购得，给值归余"，"稿剩三册，其他著作，多于二十年前为山东省图书馆收之。刻者只易注一种，未印行"。"《旭斋零稿》，既得三册，越二月，从吕贾又得三册，殆从章邱高氏展转散出者也。"《山东省博物馆藏明清民国山左学者著述知见录》著录云："是书亦宋氏未定之稿，收文五十余篇，强半为音韵之文。卷首无序，亦无跋。"

宋晋之遗稿不分卷

清宋书升撰。宋书升小传见《古诗词辑略》。是集《潍县志稿·艺文志》《中国古籍善本书目》《山东省博物馆藏明清民国山左学者著述知见录》《山东文献书目》《清史稿艺文志拾遗》《清人别集总目》《清人诗文集总目提要》著录，山东省博物馆藏。《山东省珍贵古籍名录》第一辑、《山东文献集成》第三辑收录。

《山东省博物馆藏明清民国山左学者著述知见录》著录云："此稿用素纸书写，行字皆不等。"

今按《山东文献集成》第三辑二十三册收录《宋晋之遗稿》，据山东省博物馆藏稿本影印，内载易卦、算法、几何等，如载归除歌"惟有归除法更奇，将身归了次除之"云云，皆可见宋书升治学之深博矣。

旭斋诗钞二卷、初篁庐诗草无卷数

清宋书升撰。宋书升小传见《古诗词辑略》。是集《潍县志稿·艺文志》著录。丁锡田《潍县文献丛刊》第一辑拟目中载有《初篁庐诗草》一种，记为宋氏家藏本，未知即此集否。

灯商随笔一卷

清宋书升撰。宋书升小传见《古诗词辑略》。是集《潍县志稿·艺文志》著录，《潍县志稿·艺文志》载此集为丁锡田所藏，今未见。

古文从好集无卷数

清宋书升撰。宋书升小传见《古诗词辑略》。是集未见著录，宋书升《初篁书庐文稿》载《〈古文从好集〉叙》。

其叙略云："余少束发受书，稍识句读，翻视故籍，即慕昌乐阎怀庭、潍县韩公复二乡先生之文。然虽爱之慕之，顾犹未能考其渊源所自也。比从贤师友游，获闻唐宋八大家及明归震川为古文宗匠，遂取而读之，乃知阎韩之文，其义其法，无一而非八家震川者也。……自丁丑自甲申七八年，乃于文章之纯驳得失，稍稍考其利弊，而诸家高下同异，亦有窃窥其所以然者。……今岁秋闲居，爰取平日所诵习者，缀为数册，名曰《从好集》……近日古文刊本推桐城姚姬传所类纂，其书取自秦汉以来及明，续以国朝桐城方氏灵皋、刘氏才甫，谓二家接古文正派，意在标其门户。今虽风行海内，不啻家置一编，然往往为识者所叹笑。兹集所录……持阎韩易方刘也，虽然怀庭、公复之文，固能远过才甫，以当灵皋不愧也，然则追踪震川，以循循问途于八家，兹或其先导也欤？”

则是集为宋书升集唐宋八家、归有光、阎怀庭、韩梦周等诸家之文为一编，以此观古文之法，播扬潍上风雅矣。

黄星五诗集无卷数

清黄星五撰。黄星五，黄炜族兄，生平未详。是集未见著录，宋书升《初篁书庐文稿》载《〈黄星五诗集〉序》。

宋书升序云：“吾自十八岁涉猎名人诗集，稍稍讲求声律。吾里中诗人所目识者，曰赵子灵；所耳熟者，曰郭圣基，曰黄星五。三人者，皆以困顿死。今阅十余年，而以此三人述之里塾后进，皆茫然莫能识。岂非俗学日盛，风雅道衰使然与？昔少陵梦李白诗致痛于寂寞身后之名，如三人者，并此寂寞者，亦不堪迹问矣！悲夫！夫子灵诗，吾数见之；圣基见其少作，若星五则未尝获睹。日过耀堂斋，出一册相示曰：‘此吾族兄星五遗诗，张君次陶得之，归之余，且曰此君家艺文，曷不珍藏？予置箧笥凡四载，今贻子，其订而序之。’又言君秉性孤孑，非义一介不取。居京师，主王学士次屏家。深见器重。集中所评，殆学士笔也。吾受退而读之。清暇旷适，怨怼不形，有高人逸致……先生之诗，可谓处穷苦而能欢愉者也。惟中多浮响曼调，为作者累，僭为删十之三，以归耀堂。”

由是可知，是集经宋书升编订并撰序，内有王之翰评语，今佚。

惜阴草堂诗草无卷数

清黄炜撰。黄炜，字耀堂，号橘村，贫而未显，宋书升、丁善宝极重之,《潍县志稿》卷三十人物文学有传。是集《采访潍县艺文册》《潍县志稿·艺文志》著录,今未见。

《潍县艺文采访册》著录《惜阴草堂诗草》刻本,并载有同治元年(1862)刘廷锡序文、周嵱序文、郭一璐序文等。刘廷锡序文曰:“咸丰辛酉,余作客潍邑,因得交潍之贤士君子,黄君耀堂其一也。”“谈晏之际,出其所作诗草相示,征序于余。”“余读其诗,洋洋洒洒,风格自佳,又皆真情至性,从肺腑流出。”郭一璐序文曰:“耀堂弟性喜吟咏,沉潜砥砺于诗词者二十余年矣,计所得诗不下千余首,自为删订,汇成一册,名曰《惜阴草堂诗草》,第家道式微,无力剞劂。今岁癸酉,其友人杜君序九等愿出资斧梓其诗,乃先于今体中摘出诗八十余首以传其概。”又宋书升《〈黄耀堂诗草〉序》云:“耀堂诗前已板行问世,皆其少作,不足尽所长。”

以上可知黄炜《惜阴草堂诗草》为同治十一年(1873)刻本,内载诗凡八十余首,皆为黄炜少作。今未见。

黄耀堂诗草无卷数

清黄炜撰。黄炜见前《惜阴草堂诗草》条。是书未见诸书著录。仅宋书升《初篁书庐文稿》载《〈黄耀堂诗草〉序》。其序云:“同治甲寅,余年二十三,始学古诗,乃识陈子履安、黄子耀堂、赵子子灵,厥后又得郭子荔岩。子灵旋殁后,与三人者之交益密。履安之诗取法钱刘,荔岩津逮万选,耀堂摹拟香山而参以渔洋。余是时方乐读玉溪、遗山诸集,趋向不同,而性情契合莫二矣。耀堂继专为考据之学,遂不留意于诗。余亦以笔耕糊口,无暇从事风雅,然四者相思辄聚,聚必于耀堂惜阴草堂。纵论经史之余,未尝不谈诗也。顷履安欲为耀堂厘订其稿,耀堂愀然曰:‘余欲焚之久矣,是安足存耶?’屡请乃出自庚午至戊寅所作,履安为择录若干首,编辑成帙,语余为之序。”“耀堂诗前已板行问世,皆其少作,不足尽所长。此为中年后新成,清矫简录,多近古之作。履安所取胥抵精审,子灵已矣,请执此册并以余言,质之荔岩以为何如也?”

是可知是集载黄炜同治九年(1870)至光绪四年(1878)之间作,陈绥之为之厘订编,观宋书升序文,似未梓以行世。

二乡斋文集无卷数

清黄炜撰。黄炜见前《惜阴草堂诗草》条。是集《潍县志稿·艺文志》著录,今未见。

履安诗集一卷、陈黄诗集合稿一卷、古斟鄩诗合稿无卷数

清陈绥之撰。陈绥之,字履安,贫而好学,与宋书升交好,《潍县志稿》卷三十人物文学有传。据《潍县志稿·艺文志》记,陈绥之著作繁多,凡有九种十一卷,今皆未见。

《陈黄诗集合稿》当为陈绥之、黄炜二人诗合集。另《潍县志稿》卷三十人物文学陈绥之传记其又有《古斟鄩诗合稿》一种,并云是书“惜未见”。

哀城南索和草一卷、潍阳诗钞二卷、履安文集一卷

清陈绥之撰。陈绥之见前《履安诗集》诸条。此三种亦见《潍县志稿·艺文志》,今未见。

《潍县志稿·艺文志》另著录陈绥之《甲庚痛哭记》一卷，《潍县琐事记》一卷，《桑梓耆旧录》一卷，《潍县采风征信录》二卷，皆未见。

别画湖庄小草四卷

清张僖撰。张僖小传见《古诗词辑略》。是集《[宣统]山东通志·艺文志》《潍县志稿·艺文志》《续修四库全书总目提要(稿本)》《清史稿艺文志补编》《山东文献书目》《清人别集总目》《清人诗文集总目提要》著录。《潍县志稿·艺文志》作《别画山庄诗草》二卷，《清史稿艺文志补编》著录为六卷，山东省图书馆，青岛市图书馆藏。

今按山东省图书馆藏《别画湖庄小草》四卷，清光绪二十三年(1897)石印本，半页九行，行二十二字，四周双边，白口，单黑鱼尾。王石经题名，郭恩赓署检，前有张僖自序。集内存诗二百八十余首。

张僖光绪二十三年(1897)自序云："侍宦所经，足迹半天下，览扶舆之形胜，吊历代之英豪，马背船唇，偶得一二性灵语吟讽不辍，往往不能成篇，随手散去。后稍窥诗学源流，益知其难。性健忘，体又孱弱，既不能博览群籍，撷片语之菁华；复不能冥索枯肠，求一字之锻炼。削稿既成，每多自恕，诗之不工其亦有限于天而不能强致者耶?"观其自序，韵舫先生自虚若此。《续修四库全书总目提要(稿本)》全袭是语。又云："丁酉春，郡斋苦雨，岑寂无聊，爰取旧作，校雠一过，择其篇幅完整者录存若干首，厘为四卷。"

《续修四库全书总目提要(稿本)》标注是集为宣统石印本，当误。是集另有民国五年(1916)石印本，山东省图书馆，青岛市图书馆藏。

眠琴阁词六卷外集一卷

清张僖撰。张僖小传见《古诗词辑略》。是集《潍县乡土志》本传、《采访潍县艺文册》《[宣统]山东通志·艺文志》《潍县志稿·艺文志》《续修四库全书总目提要(稿本)》《山东文献书目》《清人别集总目》《清人诗文集总目提要》著录。《潍县志稿·艺文志》著录为《眠琴阁词钞》二卷。山东省图书馆、北京师范大学图书馆藏。

今按山东省图书馆藏《眠琴阁词》六卷,外集《玉田集》一卷,清光绪二十三年(1897)石印本,半页九行,行二十二字,四周双边,白口,单黑鱼尾。王石经题名,郭恩赓署检。是集前有光绪二十三年(1897)俞樾序文、光绪十七年(1891)钱塘张景祁序文、光绪十七年(1891)谭献序文,末有张僖光绪二十一年(1895)自记文。《眠琴阁词》六卷载词一百九十首,外集《玉田词》二十九首,凡二百一十九首。集内并附张景祁、李慎溶、王允皙等唱和之词。

俞樾序云:“光绪丁酉春,余在吴下,阴雨连绵,杜门不出。适张韵舫太守以所著《眠琴阁词》自闽中寄示,余读一过,圆美流转如弹丸,珠零锦灿中有流风回雪落花依草之致。”

张僖自记云:“案牍之暇,裒集旧作,厘为六卷,就正于蕴梅年丈,略为校订音律,署曰《眠琴阁词》。”此可知是集由张景祁(张景祁号蕴梅)校订。

《贩书偶记》又著录张僖《眠琴阁小筑词》一种,无卷数,《山东文献书目》《清史稿艺文志拾遗》转引,言为底稿本,今未见,当与《眠琴阁词》同为一种。是集又有民国五年(1916)石印本,山东省图书馆,青岛市图书馆藏。

《潍县志稿·艺文志》内附俞樾、张景祁《眠琴阁词》序文,可参考。

眠琴阁遗文无卷数

清张僖撰。张僖小传见《古诗词辑略》。丁锡田《潍县文献丛刊》第一辑拟目中载有《眠琴阁遗文》一种,《潍县志稿·艺文志》著录有《眠琴阁文稿》一卷,当同为一种。

三郭诗草之吟香书屋遗草一卷

清郭恩煌撰。郭恩煌小传见《古诗词辑略》。是集为《三郭诗草》第二种,《潍县志稿·艺文志》《山东文献书目》著录,青岛市图书馆藏,《山东文献集成》第三辑收录。

今按《山东文献集成》第三辑四十二册收录《吟香书屋遗草》,据青岛市图书馆藏石印本影印,半页八行,行二十四字,四周单边,单鱼尾,无序跋,集内载诗十一首。

三郭诗草之退庐诗钞一卷

清郭恩煇撰。郭恩煇小传见《古诗词辑略》。是集为《三郭诗草》第三种,《潍县志稿·艺文志》《山东文献书目》著录,青岛市图书馆藏,《山东文献集成》第三辑收录。

今按《山东文献集成》第三辑四十二册收录《退庐诗钞》,据青岛市图书馆藏石印本影印,半页八行,行二十四字,四周单边,单鱼尾,无序跋,集内载诗一百一十二首。

游括日记一卷

清丁良翰撰。丁良翰，字佑宸，光绪八年(1882)举人，十二年(1886)进士，由翰林院庶吉士授浙江嵊县知县，历署富阳于潜、汤溪、庆元诸县，丁良幹之兄。《潍县志稿》卷二十八人物事功有传，是集《潍县志稿·艺文志》著录。

强学斋诗文集二卷

清丁良幹撰。丁良幹小传见《古诗词辑略》。是集《潍县志稿·艺文志》著录。

兰堂诗草无卷数

清郭荣清撰。郭荣清小传见《古诗词辑略》。是集《潍县志稿·艺文志》著录。

莪山诗草无卷数、湘游诗草无卷数

清郎郡璋撰。郎郡璋，字莪山，光绪十一年(1885)举人，曾主吉林榆城、阳谷书院讲席，《潍县志稿》卷三十人物文学有传。此二集《潍县志稿·艺文志》著录，《潍县志稿》卷三十人物文学郎郡璋传中言其“有诗数卷，以贫故未刊”。《采访潍县艺文册》著录《湘游诗草》为钞本，并云:“有序，采到随补。”今皆未见。

松鹤斋诗集无卷数

清郭育才撰。郭育才小传见《古诗词辑略》。是集《郭氏族谱》著录。《郭氏族谱》云是集存于家。

三友斋诗文集无卷数

清高春晖、高春曦、高春晟撰。高春晖，字亮甫，光绪十五年(1889)举人，曾任寿光县教谕；高春曦，字昇甫，直隶昌平州吏目；高春晟生平未详。高春晖、高春曦《潍县志稿》卷三十人物文学有传。是集乃三兄弟诗文合集，《潍县志稿·艺文志》著录。

宾唐遗诗一卷、久敬斋草无卷数

清郭征庸撰。郭征庸小传见《古诗词辑略》。《宾唐遗诗》由《潍县志稿·艺文志》著录，《久敬斋草》为《榆园杂录》著录。

又《榆园杂录》《[宣统]山东通志·艺文志》《潍县志稿·艺文志》尚著录郭征庸《郭氏诗存》一种，皆误。

《榆园杂录》云："宾唐尝搜葺一族之诗若干卷，名曰《郭氏诗存》，将以问世，因工力颇巨，藏诸笥中，尚有待也。"《[宣统]山东通志·艺文志》转引是言，《潍县志稿·艺文志》变本加厉，言其有《郭氏诗存》四卷，续存四卷，实误而又误也。

今察《北海郭氏诗存》及《北海郭氏诗存续编》，各为四卷，阅其前后序跋可知，《北海郭氏诗存》乃郭衍汾、郭梦龄父子主其事，郭同芸、郭去咎及郭氏诸子共为编辑，先成一编，以待付梓，郭征庸参与其中，并为《北海郭氏诗存》撰有跋文，是以《郭氏诗存》非郭征庸一人所辑，实无可疑者。

复察《北海郭氏诗存续编》，是编四卷，无前后跋文，虽未知是编之辑由何人主事，然当为郭氏近世诸子所编，亦无可疑。《续编》收录郭征庸诗十二首，并收郭介光诗七首，郭征庸卒于光绪十五年(1889)，郭介光生于同治十一年(1878)，而郭介光诸诗绝非十余岁所作。可知《续编》告成至早在光绪二十六年(1900)之后,是以《续编》断非郭征庸一人所辑。

综上可知,《北海郭氏诗存》为郭氏子弟合力而辑,郭征庸或专于其中,然非一己力,郭榆寿未周察是事,遂为误记。

眠云轩草无卷数

清韩寿玺撰。韩寿玺,生平未详,是集《潍县志稿·艺文志》著录。

知鲁斋文集无卷数、读诗辑略无卷数

清李晋升撰。李晋升,生平未详,此二集《潍县志稿·艺文志》著录。

绿萝斋诗草二卷

清李大诰撰。李大诰,生平未详,是集《潍县志稿·艺文志》著录。

白云庐诗草一卷

清郭文沅撰。郭文沅小传见《古诗词辑略》。是集《潍县志稿·艺文志》著录。

琴秋馆诗钞二卷

清丁锡昌撰。丁锡昌,生平未详,是集《潍县志稿·艺文志》著录。

移情轩诗钞三卷

清郭含光(介光)撰。郭含光(介光)小传见《古诗词辑略》。是集《潍县志稿·艺文志》著录。

听雪草堂诗草一卷

清王渭撰。王渭,生平未详,是集《潍县志稿·艺文志》著录。

竹君诗草二卷

清王湘撰。王湘,生平未详,是集《潍县志稿·艺文志》著录。

容膝草堂诗草无卷数、历代古文快读无卷数

清杨兆绂撰。杨兆绂,生平未详,此二集《潍县志稿·艺文志》著录。

藴斋诗存一卷

清郭恩赓撰。郭恩赓小传见《古诗词辑略》。是集《潍县志稿·艺文志》著录,今未见。

月令杂事诗四卷

民国王筼生撰。王筼生见前《古诗词辑略》。是书极为稀见,今有民国十九年排印本,私人收藏。是集为王筼生按时令循日杂咏之诗,按春夏秋冬四时分为四卷,吴闿生题名,正文前有桐城吴闿生、江宁管之枢、东莞张江裁序文,王筼生自序及后

序，并有闽侯陈宗蕃等十人题诗二十六首。吴闿生、管之枢、张江裁校订，胡稼秋等为之印行。内载七绝诗凡三百七十六首，每诗后皆有注。

民国十九年管之枢序云："鲁潍王荫斋积学能文，著述宏富，诗句则慷慨悲歌，风华典赡，格律在少陵、玉溪之间。枢因次溪得读其诗文，恨无由晤教，深向往者久矣。先生著有《月令杂事诗》一书，逐日系以七绝，并注其原委于本日之后，以备参证，盖于《天中记》诸书之外别开生面者。次溪出示抄册，得窥全豹。其诗荟萃古今，钩玄提要，如罗纨锦绣，有条不紊；又如聚东箭南金于五都之市，汇江淮河汉于东海之波，伟矣哉！蔚然大观，典林巨制也。呜呼，时至今日，告朔不行，谁爱其礼？夏历渐渐泯灭，欲征往事，此书其饩羊乎？爰商诸胡君稼秋少杰昆季，刊印行世。"

民国十九年张江裁序云："丁卯春，红枪匪乱作，居民逃去。先生避地至北平，与予精神结交已久，一朝把晤，乐何其如也。……次年，予以饥驱，于役津门。分袂时，君以月令诗相贻曰，方今河山变色，百度维新，即我国古历亦在废除之列，区区拙著，或或为后人考古之资，君留为纪念可耳。予再拜，受而读之。其取材多出南北史、岁时记、天中记、月令编，诸书外，此如名家笔记，其事典雅有关史料者，先生亦皆采而存之。信为不刊之名作。"

民国十二年王�生自序云："古来纪时令者，小正豳风而外，有《四民月令》《四时纂要》诸书，而《岁华纪历》《古今类传》，下至《荆楚岁时》《齐民要术》，尤指不胜屈。厥后，秦君味芸综览群籍，著《月令粹编》，实集其大成而为说时序者之鸿宝秘笈也。然搜集故实，形诸韵语，则未之多观。仁和徐花农太史尝有《冬日杂咏》之作，第岁分四季，止限以冬，犹谱曲者但有尾声，织机者惟取剩锦，殊贻仅见一斑未窥全豹之憾。余不揣谫陋，爰博采各书，自孟春之朔，迄冬之晦，每日成诗一首，凡典故之关合时令兼可词章可资考据者，多所征引，都计三百七十余首。其体例则以《南宋杂事诗》作蓝本。”

民国十九年王贳生后序云：“《月令杂事诗》成于民国以前，既改阳历，已不适用。弃诸字纸簏中，任虫啮鼠伤久矣。嗣因闲居无俚，忽忆及此稿，亦几易寒暑而成。虽稽日辰固不适宜，而征故实则尚可取。况建寅建子纵有异同，而曰载曰年乃分新旧。……今拟将此稿付诸剞劂，视等赘疣，或当代名流识时硕彦不至目为顽固，作为笑谈乎！”

故是集乃王贳生仿《南宋杂事诗》之体例，取旧时月令，逐日以咏。每诗后皆有详注，多引旧典以证，故是集虽以诗名，实等于历时之类书。集内诸诗，各分四季，卷一为春日之诗，卷二为夏日之诗，卷二为秋日之诗，卷三为冬日之诗。四时之下，分系以日，总三百七十六首。集内诸诗，虽咏时令，然不囿于史典，遣辞雅致，汩汩而行，风华摇曳。兼之诗后之注引书繁众，考据详实，诗识史三者融一，亦可为台国之说时序论艺文者之鸿宝秘笈也。

潍上诗三卷、潍上词一卷、岱麓诗话无卷数、旧雨草堂诗钞无卷数、田园集无卷数

清刘抡升撰。刘抡升小传见《古诗词辑略》。《潍上诗》《潍上词》二集《潍县志稿・艺文志》著录。《潍县志稿・艺文志》附有宋书升、柯劭忞、王懿荣《潍上诗》序文及番禺沈太初

《潍上词》题词。《潍县志稿》卷四十二杂稽另著录其《岱麓诗话》一种,今皆未见。

宋书升《潍上诗》序云:“子秀之论作诗也,功尚学古,而学古以六朝为准的。尝见其伏几矻矻,取六朝诸名家遗诗一一剖别,罗句笼篇,旁钩侧串,寒暑无间。其用功也,既勤且果,人以此知子秀之所以工诗也。”

孙葆田《校经室文集》卷一《潍上诗集序》云:“老友刘君子秀,学人也,而诗名独著。盖君自幼即耽吟咏,既乃受诗法于胶州柯佩韦先生,所造益深。……今岁冬,王次篯修撰奉命为湖北提学使,复约君同作楚游,并拟代刻诗稿,余因为序言,即以赠其行。”

是可知刘抡升《潍上诗》一编,王寿彭曾拟为代刻,今未见,当未付梓。

又丁锡田《潍县文献丛刊》第一辑拟目中载有刘抡升《旧雨草堂诗钞》一种,后因故未刊,惜哉! 今未知此集与《潍上诗》之异同。

《田园集》无卷数,《潍上诗集序》著录,孙葆田《潍上诗集序》云:“……及倦游来归,复佐予搜罗乡邦文献,东至成山,故所撰有《田园集》,有某某集,其自序甚详。”

《潍县志稿》卷四十二杂稽“刘抡升”条即引自《岱麓诗话》。

蒙拾堂词稿四卷

清梁文灿撰。梁文灿小传见《古诗词辑略》。是集《潍县志稿·艺文志》《山东文献书目》著录,山东省图书馆、山东大学图书馆、山东师范大学图书馆、潍城区档案馆等藏。

今按山东省图书馆藏《蒙拾堂词稿》四卷，为《小书巢丛刊》第二集，民国十八年(1929)铅印本，半页十二行，行三十字，四周双边，无鱼尾，版心印“小书巢丛刊之三”，杜如松题名，前有民国十八年(1929)丁锡田识文，内存词一百八十三首。后附丁锡田《潍县职官传稿》，为《小书巢丛刊》之四。集内载《红豆词》(己酉至戊午)二十七首，《杏雨词》(己未至壬戌)六十四首，《积翠词》(癸亥至甲子)五十二首，《劫余词》(乙丑)四十首，凡一百八十三首。今潍上流传之梁文灿《十二月鼓子词》即载是集之《劫余词》。

丁锡田《蒙拾堂词稿叙》云：“十六年冬，(质生)先生得风癖疾，就医浊南，田因事晋谒。先生出所为词稿嘱为校印，中有一二未恰意处，已手颠不能执笔改削。次年春，而先生卒。安邱赵效陆先生许为选评，因乱未果。十八年，田客海上，凡五阅月。念久负先生之嘱，因取原稿先行刊印，与同人分存之。俟赵先生选评后，方为定本，此稿不免鲁亥之讹，读者其谅诸。先生遗著尚有诗稿骈文随笔若干卷，所选《宋金元怀古词》辑四卷，藏于家中。”

以是可知，梁文灿《蒙拾堂词稿》嘱丁锡田校印，并托安丘赵录绩选评，然时世苦艰，事遂未果，后丁锡田取未选评本先为刊印，即为此本。

《小书巢丛刊》今有二集四种，第一集二种，为民国十二年(1923)潍县丁氏石印本，第一种为《两汉北海郡国县摘案》，第二种为《潍县古城考》。第二集即以上二种。

蒙拾堂诗稿无卷数、宋金元怀古词辑四卷

清梁文灿撰。梁文灿小传见《古诗词辑略》。此二集《蒙

拾堂词稿叙》《潍县志稿·艺文志》著录,今未见。

丁锡田《蒙拾堂词稿叙》云:“先生遗著尚有诗稿骈文随笔若干卷,所选《宋金元怀古词辑》四卷,藏于家中。”此可知《宋金元怀古词辑》未刻印。

自笑轩诗草三卷

清丁启喆撰。丁启喆小传见《古诗词辑略》。是集《潍县志稿·艺文志》著录。

李肇恩辑《笙磬同音集》卷四载《自笑轩诗草》,共录丁启喆古今体诗八十五首。然此集为李肇恩所选订,非丁启喆《自笑轩诗草》全帙。

李肇恩民国元年(1912)《笙磬同音集》序云:“因汇曹丁四君之论,钞撮成书,题曰《笙磬同音集》,他日专集行世,则此为导江之岷、导河之积石可也。”则丁启喆《自笑轩诗草》民国元年(1912)时尚未印行。近人所编之《潍坊诗词》载有丁启喆诗,诗后标注选自《自笑轩诗草》,《潍坊诗词》编者或曾见之。

海滨二妙册(临本)不分卷

清丁启喆绘。丁启喆小传见《古诗词辑略》。是册乃丁启喆临刘嘉颖花卉八幅,李裕之写曹鸿勋诗八首题其上,民国十九年(1930)潍县同志画社印行,今国家图书馆有藏。

《海滨二妙册》一种,本有原本。刘嘉颖尝绘花卉八幅,郭恩孚遂请曹鸿勋题诗于上,一画一题,郭恩孚复装为《海滨二妙》一册,并请张昭潜序之,郭恩孚、曹鸿勋、张昭潜、柯劭忞、丁良幹、王曾裕、傅绍虞、陈阜、白永修、徐坊、徐植等十一家题诗词于前。是为《海滨二妙册》原本。

据郭育才记，《海滨二妙册》原本为郭恩孚携入劳山，“世人罕观”，丁锡纶复嘱丁启喆、李毓芝二人临之，并印行出版，此即《海滨二妙册》临本。封面为杜如松题签，前附海滨二妙原本诸家所题诗词，临本又有傅绍虞、陈蜚声、王贫生、郭育才、丁锡章等五家题诗七首。

是以此册虽为书画册，然载潍上诸家诗词二十余首，可备观焉。

册内丁东斋临刘石芙花卉之八后题云：“辛亥春日，临海滨二妙图于自笑轩之西窗，叔言三叔大人诲正。”则是册临本或于宣统三年(1911)年春日绘成。又察傅绍虞、王贫生临本题诗于民国七年(1918)，郭育才题诗于民国十二年(1923)，丁锡章题诗于民国三年(1914)，则宣统三年(1911)年临本绘成后，潍邑诸家陆续题诗于上，至民国十九年(1930)方由同志画社印行。

又傅绍虞《画隐轩题画诗存》序叙《海滨二妙册》原本事甚详，可窥豹一斑。傅丙鉴序云：“一日，蓉汀出画绢册折枝八幅，余观之称奇。实甫曰：‘兄面之麻不能自知其数，而能知我之画乎？吾此画须另作，不足于我心也。’其谑语多如此类。又数年，余过潍果园，复出此册见示，则绢易为纸。实甫曰：‘乞为我题诗。’余笑曰：‘余今仍未识面麻之数也。’此册每幅缀以曹殿撰题诗，一幅装于京都，宗室盛祭酒题签曰《海滨二妙图》。是夜，余于册后题七古一章。实甫次日以树石四幅赠余。”

是可知《海滨二妙册》原为绢本，后刘实甫另作纸本，盛伯熙为之题签。今是图又未知散于何处矣。

近人于2015年重印是册,与《刘石芙山水精册》合而行之,功莫大焉。

莲西诗草不分卷

清陈曾荫撰,丁启喆辑。陈曾荫,生年不详,卒于民国元年(1912),号莲西。是集丁锡纶《五十年之回顾》著录,今未见。

丁锡纶《五十年之回顾》云:"莲西表兄,祖母内再侄也,终身坎坷,交友以淡,家徒四壁,一介不取。喜为诗,多清新远俗之句,风格一始其为人。十年来,时相唱和,引为知己。于今岁病卒,东斋侄辑其诗,得三十余首,署曰《莲西诗草》。"

及时斋杂稿四卷

清陈德昌撰。陈德昌,光绪二十八年(1902)举人,二十九年(1903)进士,官广东河源县知县,是集《潍县志稿·艺文志》著录。

游滇诗草无卷数

清彭毓桂撰。彭毓桂,光绪二十七年(1901)岁贡,是集《潍县志稿·艺文志》著录。

靖盦诗文稿无卷数

清王寿彭撰。王寿彭小传见《古诗词辑略》。是集《潍县志稿·艺文志》著录。王寿彭以书法名世,诗文罕见,是集《潍县志稿·艺文志》转引自《王氏家乘》。潍上近人撰有《清末状元王寿彭》一书,疑王寿彭所题扇面"风流曾说荔支楼"之诗乃其作，误，此诗实乃王渔洋诗。

王寿彭以状元之荣，负书法之能，复掌省教育厅、山东大学，其诗集今竟已佚，以此可推知，王寿彭此集当未刊刻。

释蜕蜒庐诗文集二卷

清陈晋康撰。陈晋康(1855—1920)，字蕃侯，光绪二十八年(1902)举人，是集《潍县志稿·艺文志》著录。

王著夫先生遗诗一卷

清王善述撰。王善述小传见《古诗词辑略》。是集《潍县志稿·艺文志》《山东省博物馆藏明清民国山左学者著述知见录》著录，山东省博物馆藏。

《山东省博物馆藏明清民国山左学者著述知见录》著录是集为油印本，并云："此集辑诗二十八首，其诗大多为伤时感事之作。"

老蕡诗草二卷

清刘儒名撰。刘儒名，字友梅，号蕡卿，太学生，光绪三年(1877)生，卒年未详。是集《潍县志稿·艺文志》著录。

东园诗草无卷数

清刘凤昌撰。刘凤昌，字世五，号东园，郡庠生，光绪五年(1879)生，卒年未详。是集《潍县志稿·艺文志》著录。

红琴阁诗集无卷数

清王凤绮撰。王凤绮小传见《古诗词辑略》。是集《潍县志稿·艺文志》著录。

吟香馆诗草二卷

清丁锡祐撰。丁锡祐,生平未详,是集《潍县志稿·艺文志》著录。

贞园诗钞一卷

清丁锡彭撰。丁锡彭小传见《古诗词辑略》。是集《潍县志稿·艺文志》《续修四库全书总目提要(稿本)》《清人别集总目》《清人诗文集总目提要》著录,山东省图书馆、南京图书馆、华东师范大学图书馆藏。

今按山东省图书馆藏《贞园诗钞》一卷,丁锡纶、丁锡田民国十年(1921)铅印本,半页十一行,行二十一字,四周单边,无鱼尾。是集为曹家达选订,首列光绪三十四年(1908)王宪焘序文,次有曹家达《删存贞园诗草序》、光绪二十八年丁锡彭(1902)自序、宣统二年(1910)韩继昌《贞园诗钞后序》,后列目录,末有陈蜚声民国十年(1921)跋文,并附丁锡彭室张玉贞《玉贞女士诗钞》残稿一卷。集内共存丁锡彭诗五十余首,多伤春悲时之语,清丽兴发,思怀婉转。

丁锡彭自序云:"壬寅秋,偶翻旧笥,于残编断简中得少时所作若干首,遂删去繁芜,以其无大疵者编为一卷以存之。"

王宪焘序云:"戊申春,余侨寓潍阳,与文初兄常论诗,每数日必见,每见必谈诗。知其昆季结有端阳诗社。""一日,文初手出一编,曰:‘此先兄之诗集也,先兄之文,子既序之矣。’”

曹家达序云:“是岁五月,丁君砚舫以《贞园诗钞》见示,曰:‘此先叔氏菊生作也。’……余既受而读之,而不揣揜陋为之甄别删存,卓然可传于后者,凡得若干首。其他残编碎锦未尝不斐然可观,特以取径稍卑,惧累作者之全体,弗敢存也。”

韩继昌后序云:“庚戌春,余序《六斋文存》,自惭不文久矣,是岁冬,丁生锡田乃复出《贞园诗钞》乞为序。”

自上可知,《贞园诗钞》先由丁锡彭光绪二十八年(1902)自为删订一卷,并自序其诗,自题篇名,惟未付之剞劂。复由陈蜚声《玉贞女士诗钞残稿》跋文推度,是年当即为丁锡彭辞世之年。越六年春日,丁锡章乞诸城王宪焘为之序;同年五月,丁砚舫复请江阴曹家达为之编订,曹家达遂于丁锡彭自订本又加删选,得诗五十余首。同年冬,丁锡田再求韩继昌序之,遂成今本。复查陈蜚声跋文云:“茂才(丁锡彭)之弟叔言、卓千饬婢妪,检得(张玉贞)残稿,为附贞园诗钞后,合刻之。”自是可知,丁锡彭、张玉贞伉俪此集乃丁锡纶、丁锡田为之刻印。

《续修四库全书总目提要(稿本)》载是集,然提要之文,多袭陈蜚声、曹家达诸人序跋,又未言出处,是谓小眚。

玉贞女士诗钞一卷

清张玉贞撰。张玉贞小传见《古诗词辑略》。是集又称《玉贞遗诗》,《潍县志稿·艺文志》《续修四库全书总目提要(稿本)》著录,山东省图书馆、南京市图书馆、华东师范大学图书馆藏。

是集附于丁锡彭《贞园诗钞》后,诗仅十三首,陈蜚声跋云:“茂才(丁锡彭)之弟叔言、卓千饬婢妪,检得(张玉贞)残稿，为附贞园诗钞后，合刻之。”“茂才（丁锡彭）诗宗王孟，古体尤雅饬，女士诗绰有父风，读眠琴馆诗词者自能知之。”

笙磬同音集四卷

清李肇恩辑。李肇恩，生年未详，卒于民国十六年（1927），字裕之，又字毓芝，号兰皋，同志画社社员。是集乃李肇恩辑曹家达、丁锡纶、丁锡章、丁启喆四人诗为一编，今中国科学院图书馆、镇江图书馆有藏。中国科学院图书馆藏本为晚晴簃选诗社所用之本。《清人别集总目》著录是集，然将是集归于曹家达名下，实误。

是集为民国元年（1912）石印本，四卷，半页十二行，行二十三字，四周单边，少坪署题，扉页陈柏岩题，潍县共和印刷有限公司印。首有李肇恩民国元年（1912）序文，次有曹家达、丁锡纶、丁锡章、丁启喆四人姓氏小传，次有李肇恩所录《果园论诗》，次有目录。全书共四卷，卷一曹家达《拙巢类稿》乐府三首，卷二丁锡纶《养静轩诗草》古今体诗九十五首，卷三丁锡章《潜庐诗草》古今体诗五十四首，卷四丁启喆《自笑轩诗草》古今体诗八十五首，凡二百三十七首。

李肇恩民国元年（1912）序云：“至于吾邑乾隆时，韩理堂先生讲道于程符精舍，道咸朝张次陶先生以古文提倡，而邑中寂然无应之者，何其陋也？不图同治之末光绪之初，果园先生自塞上归来，买地城西，辟为果园，日事吟哦于其间。而一时闻风兴起，如平度白澄泉、高密傅少隅、掖县董味唐诸先生咸来与之定交。继则曹颖甫孝廉至自江阴，携其社友丁君叔言、丁君文初、丁君东斋联翩游于果园之门，夫丁氏三君纷纷扬扬吾邑后来之翘楚也……如此不数年，变起沧桑，人尽迷惘。颖甫先机归里，果园亦入山为道山。而三君者，风潇雨晦，时相往来，吟诗论画，毅然不懈，是非学有根抵，乌能尔尔？余今衰迈，检生平所手录者，箧笥为盈，日久恐其散佚，因汇曹丁四君之论，钞撮成书，题曰《笙磬同音集》，他日专集行世，则此为导江之岷、导河之积石可也。”

则此集为李肇恩将平日所手录曹丁四人之诗所为刊行也，观其内有“他日专集行世”语，则此时丁锡章《潜庐诗草》、丁启喆《自笑轩诗草》皆未行世。

天方夜谭咏略诗集无卷数

清陈秉钧撰。陈秉钧小传见《古诗词辑略》。是集《丸散备要四诊歌诀合刊》著录，今未见。

《丸散备要四诊歌诀合刊》之《四诊歌诀序》云：“（陈秉钧）先生于民国十二年，编有《天方夜谭咏略诗集》行世，后以诗文非当务之急，乃致力于医药常识。”

垂髫吟一卷

清郭迺钰撰。郭迺钰小传见《古诗词辑略》。是集今潍坊郭味蕖美术馆藏。今按郭味蕖美术馆藏《垂髫吟》一卷，手稿本，半页六行，行二十字，前有郭迺钰自叙。

郭迺钰自叙云：“余自幼颇有诗癖，读书则以为苦，读诗则欣然乐。……迨科举既停，复受业于平度白澄泉夫子，窃幸从此庶可专用力于诗矣。因录旧作呈政，阅毕甚喜。曰：‘清而隽，诗才之佳者也。幼年能此，诚未可限量……’余自闻此言后，颇有所会。窃念澄泉夫子穷毕生之力，尽用于此，彼《匡庐》一集，知者几人？余又何乐效尤而必欲寻此苦恼耶？于是始幡然改悔，决意废弃此道。今又拟明年赴津门学堂，肄业将复从事于所谓新学者，则于诗道更远矣。偶检行李，于乱书中得诗草数纸，大抵毕十三四岁时所作。声调格律，全然不解，固不足谓之诗，然实皆当年忘餐废寝极力推敲而成者。重读一番，可笑亦复可叹。不忍弃置，因抄而存之，名为《垂髫吟》。"

以上可知，是集乃郭迺钰垂髫之年诗作。读是集诸作，不惟可知郭迺钰少年神采，亦可稍观当时新旧之学转捩之格局。

兰洲文集四卷、兰洲吟草四卷

民国于濂芳撰。于濂芳小传见《古诗词辑略》。此二集《潍县志稿·艺文志》著录。《潍县志稿》卷三十人物文学于濂芳传中云此二集皆藏于家，可知未刊印。

潍水艺林小泳无卷数

民国于溥芳撰。于溥芳，字蕙洲，于祉之孙，工诗文。《潍县志稿》卷三十二人物艺术中所载于养盛、陈巘、陈迪耀、郭钧、周克济、谭植、谭梦生、张枫、王曙、陈介升、蔡玉衡、都周南、郭联五、王廷宾、陈贻桢凡十四人小传皆转引《潍水艺林小泳》。以"小泳"名之，则当是诗集，《潍县志稿》所转引十四则，或为诗间之注耶？

养静轩诗草三卷

民国丁锡纶撰。丁锡纶小传见《古诗词辑略》。是集《潍坊古籍书目》《清人别集总目》著录。青岛市图书馆、高密市图书馆、南开大学图书馆、南京大学图书馆、武汉大学图书馆、江西省图书馆等有藏。

今按高密市图书馆藏《养静轩诗草》三卷，民国十八年(1929)排印本，半页十二行，行三十字，四周双边，单黑鱼尾，杜如松署题。前有傅丙鉴序文，卷一载诗六十九首，郭恩孚删定；卷二载诗八十六首，傅绍虞删定；卷三为《梦如吟草》，前列郭恩孚、梁文灿题词两首，内载诗三十七首。《潍坊古籍书目》著录是集，误作嘉庆刻本。

傅丙鉴序云："果园之入室弟子曰丁叔言，与堂弟文初、族侄东斋结为潜社吟侣。果园即殁，潜社人祈余主社，余不知诗，聊从果园之后慕萧规曹随之意，而又瞠乎后也。然余游潜社，自戊午迄今，已十年矣。叔言积其前后诗草已成卷帙，曰《养静轩诗草》。其第一卷为果园先生所删定，其第二卷则余删存者也。而其悼亡诸作则又别为第三卷。"

卷三《梦如吟草》，乃丁锡纶悼亡之作，序云："念同心兮难忘，抱幽怨兮欲诉！……爰集杂草，聊记痴情。嗟乎，风凄月冷，谁知夜夜之心；地久天长，永抱绵绵之恨。此《梦如吟草》所由汇为一编，词有尽而意无穷也。"

枕戈集不分卷

民国丁锡纶撰。丁锡纶小传见《古诗词辑略》。是集为丁锡纶在安丘西南山区抗战时所作，原有民国三十年(1941)印本，今未见。今有丁作民重印本，封题为《养静轩诗草》，故此集类同《梦如吟草》，为《养静轩诗草》之一部分。

丁作民重印本前有丁锡纶民国三十年(1941)自序，张质斋、郝华峰、张东鲁等题词，共载诗四十二首。内有原藏书人安丘张振福赘语云:“本书于一九六一年在安丘县温泉乡河洼村岳父王俊伍家所得,珍存廿余年。一九八六年九月十八日,亲交六十四岁的作者之第三子丁作民同志。”

丁锡纶民国三十年(1941)自序云:“强邻肆虐,侵略无已。既施蚕食,又复鲸吞。凡我黄胄,莫不痛心。某也一介书生,愤而投笔,虽非武士,愿乘长风。经年以来,追随司令厉公转战千里,军书傍午,宁处不遑,更何闲暇,以及吟咏?然情感所至,不能自已。固景物移人,亦结习难除也。爰集杂草,印此小册,名曰《枕戈集》。聊存爪痕,不计工拙。且诗以达意,亦不必计工拙也。”

以此册与《养静轩诗草》相较,诗不逮远矣,正丁锡纶自序所云“不计工拙”矣。

游劳随笔不分卷

民国丁锡纶撰。丁锡纶小传见《古诗词辑略》。是集为民国十九年(1930)排印本,《二十世纪日记知见录》著录,国家图书馆藏。

今按国家图书馆藏《游劳随笔》,不分卷,乃丁锡纶记民国十九年(1930)五月携赵录绩、邹允中等诸友游崂山事。集内前载作者影像一帧,其中摹风景,论遗迹,考石刻,吟诗文,虽为游记之作,有证艺文之功。内并附丁锡纶所绘游劳山水画三幅。

是集封面有“潍县丁叔言游记之一”字样,丁锡纶尚有《曲阜游记》《泰山游记》《五莲游记》,中国人民大学图书馆有藏。丁锡纶、丁锡田二人出游每相与共,复据丁锡田《两京纪游》所载,故丁锡纶《游劳随笔》等四种游记之外,或有“两京纪游”之作。

潜庐诗草无卷数

民国丁锡章撰。民国丁锡章撰，丁锡章小传见《古诗词辑略》。李肇恩辑《笙磬同音集》卷三载丁锡章《潜庐诗草》，前后皆无序跋，内有古今体诗五十四首。

两京纪游二卷

民国丁锡田撰。丁锡田（1893—1941），字卓千，号稼民。收藏弘富，著述等身，为近代潍县最有成就学者之一。辑有《潍县文献丛刊》《小书巢丛刊》《习庵丛刊》等，纂有《稼民杂著》《潍县志稿》等，多部潍人著作全赖其传于今。是集《山东文献书目》著录，国家图书馆、复旦大学图书馆、武汉大学图书馆等藏。

今按国家图书馆藏《两京纪游》二卷，民国石印本，半页十行，行二十四字，四周单边，无鱼尾，陈蜚声署题。是书词翰沉美，博闻有见，思虑深远，为潍上历代游记中极有价值之作。内载《赴燕纪游》一卷，《南京八日纪游》一卷，以其史地名家撰此两京游记，所观所思，所记所辨，皆见心中丘壑，非仅考文史、证风俗之功也。

《赴燕纪游》一卷，乃丁锡田民国十年（1921）十月六日至三十日共丁锡纶、陈稷生、陈蟫庵等自潍经济南赴北京游历之日记，前有民国十二年（1923）彭锡曾序。

彭锡曾序云："同学丁君卓千，博达能文，究心史地之学，主教于所自立校中，购书充栋，矻矻穷年。予每劝其遨游四方，考其山川之脉络，地理之沿革，与夫关塞之阨要，以及风俗土物之淳浇良窳，藉扩眼界，而证所学，君辄以家事繁冗辞。民国十年秋，拟随令兄叔言夫子北谒大都，予闻之喜，纠合同学同志及本校学生，为开欢送会，以资勉励，而壮行色。且冀有以惠吾党也。及其归也，出日记一册示予。予观其记载之博雅，考据之精实，确有精辟独到，发前人所未发者。”

彭锡曾所云甚确。其博雅精实之外，集内丁锡田抒所思，哀生民，思变革。如七日所记自济至京于津浦车上记云：“时月西沉，凭窗瞭望，不辨东西。及渡黄河，射于目者，则星星渔火；接于耳者，惟隆隆车声。约数十分钟，方达彼岸，抵直隶境。天始曙，村屋无脊，上作平形。数年来河决为灾，流离昏垫，重以兵革，其不陷死亡者已无几矣。嗟哉，天既生之，奚为毙之？既欲毙之，何复生之？城郭村落，极目萧条。或云，此古兖州域也，民贫地下，自昔已然。予思荷兰之土，低于海面，人力既施，号称富强，若云民贫由于地下，岂通论哉？”

自是编中可见当时交通之状况，兵事之陈列，政体之变迁，宫苑之名胜。且纵论古今，横议中外，叙录掌故，处处可见其悲天悯人之感。复又穿插王统照、徐榕生、王孝眉、张相文、王寿彭、柯劭忞诸事，益增其重。

《南京八日游》一卷，乃丁锡田民国十三年(1924)夏与丁锡纶、郭荫庭、郭雨农等自潍至南京游历日记。

丁锡田前云：“民国十年冬，予从三兄叔言游北京归，笔所见以记鸿爪，屈指已三年矣。今年夏，以中华教育改进社三周年会，复从兄作南游记。拟南渡后，东出吴会，入浙江，泛舟西湖，历沪上，溯长江，观光南通，考工无锡，访江南之人文，览金焦之名胜，然后返乎南京，躬与年会。嗣以兄患足疾未果，迟十余日始成行。六月三十日起程，七月十一返里，凡十有一日。其在道者三日，在南京者八日。年会详情，有日刊在，不赘述。因以记游为主，故标目曰《南京八日游》。”

是集亦多考论人文遗迹，如论韩熙载墓、地学月刊、新元史等，正不失史地家本色。

劳山纪游一卷

民国丁锡田撰。丁锡田小传见前《两京纪游》。是集民国十九年(1930)石印本，半页十三行，行二十七字，四周双边，双黑鱼尾，版心下印有“复园丛刊”。今国家图书馆有藏。

今按国家图书馆藏《劳山纪游》一卷，为丁锡田民国十八年(1929)与王统照、王幹华、葛焕斗、丁巘之等游崂山记游。前有丁叔言民国十九年(1930)序文，次列劳山记游附图及丁锡田小影一帧，并附太清耐冬、华岩道中摄影两帧。

书内考辨崂山史地诸事为多，且缀染风物，引经据典，联类方志，载录诗文，较丁锡纶《游劳随笔》似为胜。又是集与丁锡纶《游劳随笔》同年印行，体例几近于一，故易为混杂，今特为标出。

登莱旅程日记不分卷

民国丁锡田撰。丁锡田小传见前《两京纪游》。是集《二十世纪日记知见录》著录，载《禹贡半月刊》第七卷一、二、三合期(1937 年 4 月 1 日)，并列禹贡学会《禹贡学会游记丛书》之七(民国二十六年三月出版)，予以单行。国家图书馆、中国人民大学图书馆、复旦大学图书馆、中国社会科学院图书馆、吉林省图书馆等多家图书馆有藏。

今按国家图书馆藏《禹贡半月刊》第七卷一、二、三合期所载《登莱旅程日记》，记民国二十四年(1935)五月十日至二十四日丁锡田偕丁澄志、丁笃志等旅游登莱诸县邑之日记，载沿途景色，并详记青岛、即墨、莱阳、栖霞、福山、文登、石岛、刘公岛、蓬莱、掖县诸地见闻，内论古迹，游名胜，叙风物，访故交，探方志，载录甚富。内附《登莱旅程日记附图》一帧、照片十帧，丁锡田此游之际，正家国危亡，黑云压城之时。察其此记，丁锡田忧国伤时之感，偶或见之。如十九日记石岛云："四点抵石岛，岛原在海中，变为大陆，殆一二百年事。今埠实业端为鱼盐，年来外势日逼，渔家几乎破产。"

临淄小记不分卷

民国丁锡田撰。丁锡田小传见前《两京纪游》。是文载顾颉刚《禹贡半月刊》第七卷第六、七合期(1937 年6 月1 日)，国家图书馆、中国人民大学图书馆、复旦大学图书馆、中国社会科学院图书馆、吉林省图书馆等多家图书馆有藏。是篇为丁锡田记临淄故实，考旧垒风物之文，亦别有寄托矣。

《临淄小记》小引云："予家北海之滨，两地所距不二百里，铁道公路相接，仅半日程。前年既谒孔林，登泰山，而此密迩之古都未一往游，甚为憾事。适日照王献唐兄赴彼调查古迹，因与三兄叔言同往观光，为时二日，益智良多。爰就所见及者为之小记，以与世之研究山东文化者共商榷之。"下分古城、石狮、汉画石、杨守敬临淄城图订误、三士冢、杂事诸则，内以考论为主，可补史阙。

学诗纪年二卷

民国张星芝撰。张星芝小传见《古诗词辑略》。《清人诗文集总目提要著录》,中国科学院图书馆藏。

今按中国科学院图书馆藏《学诗纪年》,疑为民国八年(1919)稿本。是书半页九行,行十八字,无格。封面题有"学诗纪年第一册,二册附后"字样,前列履历,次列《学诗纪年》第一册叙文,末有二册跋文。第一册每诗题之后皆标注写作年月,载诗凡三十一首,民国六年(1917)一首,民国七年(1918)三十首;第二册载诗十三首,诗题后未标注时间。全书凡四十四首。今学者或称张星芝有《学步集》七十七首者,未见,《学步集》当即《学诗纪年》,惟所见名称版本不一。

《履历》云:"张星芝,字梦仙,一名眺,字鹤眺,山东潍县寒亭人。幼随父宦游荣成,七岁侍归故里,入初等小学,十三岁卒业高等。家贫无力升学,十四岁后,居家以经史自课,间学为古文辞。其为诗自十六岁冬月始,西马埠归来一首,其最初握管也。自言其诗多得于天然,绝不假推敲锻炼而成,兴之所到,则名句络绎奔赴,均如得之意外。其既成,已不能更易一字,易则必牵连数语,或全首削去而更为之。然遇思路窒时,或终日不成一字,亦无如何也。想因学力未至,现十八岁矣,砥砺有成,姑俟异日。"

张星芝民国七年第一册前自叙云:"幼不习音律,自十四岁始,稍稍涉猎古文辞。去岁秋杪,偶得坊刻唐宋诗本,读而好之。适自马埠归来,勉成绝句一首,见者颇以为无疵,自此益加感愤。潜思力索,今十七岁矣。计自首岁迄于今,共得三十余首尔。复重加审阅,去其散漫浅易,不能修削者,余不忍听其散佚,录而存之如后。"第二册后跋云:"右共十三首,为民国八年近作,拟一年为一册,俟本册告峻,另行恭缮呈政。"

参考书目

1.《潍诗采录》四卷，清张彤辑，国家图书馆藏清嘉庆十三年（1808）刻本。

2.《北海郭氏诗存》四卷、《北海郭氏诗存续编》四卷，清郭衍汾、郭梦龄等辑，山东省图书馆藏光绪末年抄本。

3.《白狼河上集》不分卷，清王洵辑，国家图书馆藏民国二十五年（1936）潍县和记印刷局排印《潍县文献丛刊》本。

4.《四库全书总目》二百卷，清纪昀等撰，一九六五年中华书局影印清乾隆六十年（1795）浙江杭州刻本。

5.《影印文津阁四库全书》，二〇〇八年商务印书馆影印本。

6.《四库全书存目丛书》，一九九七年齐鲁书社影印本。

7.《续修四库全书总目提要（稿本）》，中国科学院图书馆编纂，一九九六年齐鲁书社影印本。

8.《续修四库全书》，二〇〇二年上海古籍出版社影印本。

9.《四库全书存目标注》，杜泽逊撰，二〇〇七年上海古籍出版社排印本。

10.《中国古籍善本书目》，顾廷龙、冀淑英主编，一九八五年至一九九二年上海古籍出版社排印本。

11.《[宣统]山东通志》，孙葆田等纂，上海商务印书馆民国二十三年(1934)版。

12.《山东文献书目》,王绍曾编,一九九三年齐鲁书社排印本。

13.《清人诗文集总目提要》,柯愈春撰,二〇〇二年北京古籍出版社排印本。

14.《贩书偶记》,孙殿起撰,一九八二年上海古籍出版社排印本。

15.《贩书偶记续编》,孙殿起撰,一九八〇年上海古籍出版社排印本。

16.《清史稿艺文志及补编》,章钰、武作成等编,一九八二年中华书局排印本。

17.《山东藏书家史略》,王绍曾、沙嘉孙著,一九九二年山东大学出版社排印本。

18.《清人别集总目》,李灵年、杨忠主编,二〇〇〇年安徽教育出版社排印本。

19.《清史稿艺文志拾遗》,王绍曾编,二〇〇〇年中华书局排印本。

20.《清人诗集叙录》,袁行云撰,一九九四年文化艺术出版社排印本。

21.《文献通考经籍考》,元马端临撰,一九八五年华东师范大学出版社排印本。

22.《双行精舍书跋辑存》,王献唐撰,一九八三年齐鲁书社排印本。

23.《中国丛书综录》,上海图书馆编,一九八二年上海古籍出版社排印本。

24.《中国丛书综录续编》,施廷镛编,二〇〇三年北京图书馆出版社排印本。

25.《中国古籍总目》，二〇〇九年中华书局、上海古籍出版社排印本。

26.《清人文集别录》，张舜徽撰，一九六三年中华书局排印本。

27.《山东大学图书馆古籍善本书目》，山东大学图书馆编，二〇〇七年齐鲁书社排印本。

28.《山东师范大学图书馆藏古籍书目》，张宗茹、王恒柱编，二〇〇三年齐鲁书社排印本。

29.《[万历]潍县志》十卷，明刘廷锡纂，二〇一四年国家图书馆《原国立北平图书馆甲库善本丛书》据万历元年(1573)刻本影印本。

30.《[万历]莱州府志》，明龙文明等纂，二〇一四年国家图书馆《原国立北平图书馆甲库善本丛书》据万历三十一年(1603)刻本影印本。

31.《[康熙]潍县志》九卷，清王珍、陈调元等编纂，国家图书馆藏康熙十六年(1677)刻本。

32.《[康熙]莱州府志》十二卷，清孔尚任、刘以贵等编纂，莱州市档案局藏康熙五十一年(1712)刻本影印本。

33.《中国地方志集成·山东府县志辑》，二〇〇八年凤凰出版社影印本。

《[乾隆]潍县志》六卷，清张耀璧等编纂，乾隆二十五年(1760)刻本(四十册)

《潍县志稿》四十二卷，陈蜚声等编纂，一九三七年铅印本(四十、四十一册)

《[乾隆]莱州府志》十五卷，清严有禧等编纂，乾隆五年

(1740)刻本。(四十四册)

34.《采访潍县艺文册》,高鸿裁撰,山东省图书馆藏抄本。

35.《榆园杂录》二卷,清郭榆寿撰,潍县郭君同藏咸丰刻本。

36.《山东文献集成》(一至四辑),王学典、杜泽逊主编,二〇〇六年至二〇〇九年山东大学出版社影印本。

《山左明诗钞》三十五卷,清宋弼编,山东省图书馆藏清乾隆三十六年(1771)益都李文藻广东刻本。(一辑四十册)

《国朝山左诗钞》六十卷,清卢见曾编,山东省图书馆藏清乾隆二十三年(1758)德州卢氏雅雨堂刻本。(一辑四十一册)

《国朝山左诗续钞》三十二卷补钞四卷,清张鹏展编,山东省图书馆藏清嘉庆十八年(1813)四照楼刻本。(一辑四十二册)

《国朝山左诗汇钞后集》三十九卷,清余正酉编,山东省图书馆藏清道光二十九年(1849)海棠书屋刻本。(一辑四十二、四十三册)

《十二笔舫杂录》十二卷清,李兆元撰,山东大学图书馆藏清道光二年(1822)桂林朱凤森开封刻本。(二辑二十五册)

《春雨堂诗选》附《锜斋诗选》一卷,清柯蘅、李长霞撰,郭绥之选,中共山东省委党校图书馆藏清同治二年(1863)刻本。(四辑三十二册)

《蓼园诗钞》五卷,清柯劭忞撰,中共山东省委党校图书馆藏民国十三年(1924)上海中华书局排印本。(四辑三十二册)

37.《北海耆旧传》,清张昭潜撰,国家图书馆藏同治七年

(1868)抄本。

38.《潍县乡贤传》四卷,丁锡田编,国家图书馆藏民国十五年(1926)十笏园丛刊石印本。

39.《潍县乡土志》一卷,清宋朝桢、陈传弼等编纂,国家图书馆藏清光绪三十三年(1907)石印本。

40.《莱州府乡土志》二卷,清董锦章等编纂,国家图书馆藏光绪间抄本。

41.《郡斋读书志》,宋晁公武撰,一九八七年江苏广陵古籍刻印社影印本。

42.《直斋书录解题》,宋陈振孙撰,一九八七年上海古籍出版社排印本。

43.《郑板桥集》,清郑板桥撰,一九七九年上海古籍出版社排印本。

44.《式训集》十六卷,清张柏恒撰,国家图书馆藏道光二十一年(1841)式训堂刻本。

45.《密庵集》,明谢肃撰,二〇〇八年商务印书馆文津阁《四库全书》影印本

46.《赖古堂集》,清周亮工撰,一九七九年上海古籍出版社排印本。

47.《清代稿钞本》,桑兵等编,二〇〇七年广东人民出版社影印本。

48.《晚清四部丛刊》,林庆彰等编,二〇一一年台湾文听阁影印本。

49.《全唐诗》,清彭定求等编,一九八五年中华书局排印本。

50.《全宋诗》,北京大学古文献研究所编,一九九一年北

京大学出版社排印本。

51.《全宋词》,唐圭璋编,一九六五年中华书局排印本。

52.《全清词钞》,叶恭绰编,一九八二年中华书局排印本。

53.《清诗纪事初编》,邓之诚编,一九八四年上海古籍出版社排印本。

54.《晚晴簃诗汇》,徐世昌编,一九九〇年中华书局排印本。

55.《先秦汉魏晋南北朝诗》,逯钦立编,一九八三年中华书局排印本。

56.《全五代诗》,清李调元编,一九九二年巴蜀书社排印本。

57.《全金诗》,薛瑞兆、郭明志编,一九九五年南开大学出版社排印本。

58.《绝妙好词》,宋周密辑,二〇一〇年中州古籍出版社排印本。

59.《宋诗纪事》,清厉鹗撰,一九八五年上海古籍出版社排印本。

60.《中州集》,金元好问撰,一九五九年中华书局排印本。

61.《民国五百家词钞》,杨子才编,二〇〇八年线装书局排印本。

62.《王献唐师友书札》,杜泽逊等编,二〇〇九年青岛出版社排印本。

63.《清代燕都梨园史料正续编》,张次溪编,一九七五年学生书局排印本。

64.《清代兵事典籍档册汇览》,茅海建等编,二〇〇五学苑出版社影印本。

65.《中国边疆图籍录》,邓衍林编,一九五八年商务印书馆排印本。

66.《旧唐书》,后晋刘昫撰,一九七五年中华书局排印本。

67.《新唐书》,宋欧阳修、宋祁撰,一九七五年中华书局排印本。

68.《南唐书》,宋陆游撰,一九八五年中华书局排印本。

69.《南唐书》,宋马令撰,一九三五年商务印书馆排印本。

70.《十国春秋》,清吴任臣撰,二〇一〇年中华书局排印本。

71.《春渚纪闻》,宋何薳撰,一九八三年中华书局排印本。

72.《唐才子传》,元辛文房撰,一九八六年黑龙江人民出版社排印本。

73.《国史经籍志》,明焦竑撰,一九八五年中华书局排印本。

74.《郭氏族谱》,二〇一三年潍县郭氏重印本。

75.《潍坊古代文化通论》,孙敬明撰,二〇〇九年齐鲁书社排印本。

76.《潍城文史资料》(一至十六辑),潍城文史资料委员会编,潍坊图书馆藏潍城文史资料委员会排印本。

77.《潍城区志》,潍坊市潍城区史志编纂委员会编,一九九三年齐鲁书社排印本。

78.《潍坊市图书馆志》,《潍坊市图书馆志》编委会编,二〇〇八年文物出版社排印本。

79.《潍坊古籍书目》,栗祥忠、戴维政等编,二〇〇六年北京图书馆出版社排印本。

80.《中国地方志集成·河北府县志辑》,二〇〇六年凤凰出版社影印本。

［康熙］《献县志》，清刘徵廉等修，康熙十二年（1673）刻本。

［民国］《献县志》，薛凤鸣等修，民国十四年（1925）刻本。

81.《潍上历代著述考》，牛鹏志撰，未刊本。

《古诗词辑略》诗人词人索引

C

蔡宗襄 / 91
曹鸿勋 / 337
陈　皋 / 360
陈秉钧 / 380
陈调元 / 58
陈蜚声 / 365
陈孚庆 / 401
陈官俊 / 234
陈恒庆 / 335
陈介祺 / 274
陈梦虬 / 91
陈梦熊 / 90
陈诗观 / 398
陈述经 / 187
陈有庆 / 401
陈震元 / 106
陈祝丰 / 102
成宗襄 / 101

D

丁　诚 / 98
丁　适 / 264
丁附青 / 112
丁良幹 / 358
丁启喆 / 377
丁善宝 / 308
丁善长 / 359
丁锡纶 / 389
丁锡彭 / 383
丁锡章 / 391
丁应瑶 / 104
丁稚玉 / 403
董　清 / 399
杜　珏 / 26
杜　珝 / 26
杜朋竹 / 98
杜如松 / 388
杜如竹 / 81

杜文漪／185

F

范德郁／17
傅廷兰／173

G

高　炳／98
高　伦／74
高不矜／71
高翰阁／297
高鸿裁／348
高俊选／349
耿珊如／401
固堤场人／21
桂林陈氏／400
郭　灿／134
郭　滦／269
郭　墫／230
郭　鼎／238
郭　栋／398
郭　瀚／264
郭　蘅／366
郭　锦／193
郭　濬／240
郭　麐／293
郭　圩／192
郭　氏／398
郭　坮／179
郭　坛／178
郭　言／317
郭　堉／160
郭　正／289
郭炳畴／151
郭岱嵩／259
郭丹书／247
郭单堂／177
郭东奎／161
郭东元／156
郭恩孚／339
郭恩赓／365
郭恩观／317
郭恩煌／329
郭恩煇／342
郭恩谊／361
郭恩元／402
郭恩泽／362
郭凤鸣／152
郭涵娘／159
郭翰之／292
郭杭之／325
郭济远／304
郭鉴光／402
郭介光／382

郭金铭 / 290
郭康之 / 330
郭来虞 / 270
郭藜光 / 376
郭凌汉 / 274
郭梦惠 / 271
郭梦龄 / 253
郭梦星 / 277
郭穆之 / 318
郭迺钰 / 386
郭磐石 / 248
郭启绳 / 144
郭启翼 / 149
郭起隆 / 261
郭钦式 / 117
郭去非 / 175
郭去咎 / 198
郭去吝 / 179
郭荣清 / 260
郭汝承 / 158
郭汝龙 / 133
郭少林 / 251
郭世臣 / 118
郭世爵 / 114
郭守璞 / 148
郭守玺 / 157
郭守绪 / 155
郭守训 / 152
郭书俊 / 205
郭书献 / 211
郭庶深 / 186
郭思履 / 135
郭绥之 / 318
郭庭徽 / 258
郭通经 / 270
郭同芳 / 145
郭同欣 / 157
郭同芸 / 161
郭为贤 / 265
郭为旬 / 289
郭伟基 / 115
郭伟勣 / 135
郭文桂 / 95
郭文泉 / 303
郭文洵 / 401
郭文沅 / 278
郭锡勇 / 247
郭锡元 / 258
郭锡智 / 234
郭襄之 / 273
郭祥符 / 259
郭象孚 / 252

郭象升 / 234
郭熊飞 / 251
郭熊奕 / 271
郭续汾 / 180
郭璇光 / 369
郭薰之 / 400
郭衍汾 / 210
郭耀章 / 136
郭一瑾 / 398
郭一璐 / 94
郭奕骝 / 139
郭益赞 / 399
郭永康 / 65
郭有善 / 179
郭予驰 / 197
郭育才 / 359
郭焴光 / 402
郭悦芝 / 169
郭召棠 / 273
郭兆封 / 279
郭兆奎 / 257
郭兆隆 / 259
郭兆清 / 260
郭镇彝 / 401
郭征庸 / 276
郭知逊 / 45
郭遵生 / 362

H

韩　镐 / 168
韩　熏 / 101
韩步鳌 / 244
韩德钦 / 166
韩景琦 / 63
韩梦带 / 137
韩梦锦 / 137
韩梦周 / 140
韩士澹 / 167
韩熙载 / 9
韩秀岐 / 277
韩萦绪 / 149
贺祖恩 / 389
胡邦佐 / 29
胡贞胤 / 102
胡振奇 / 54

K

康文坛 / 192
柯　蘅 / 299
柯劭忞 / 346
孔　融 / 3
蒯模龄 / 402
蒯延龄 / 312

L

郎　澍 / 166
郎虎臣 / 292
郎士奇 / 103
郎养浩 / 40
李　璮 / 17
李　延 / 105
李葆玉 / 70
李长霞 / 300
李桓之 / 282
李绮苍 / 177
李云翘 / 159
练甘棠 / 138
梁文灿 / 371
了心和尚 / 397
刘　潢 / 107
刘　峻 / 138
刘　璞 / 37
刘　伟 / 80
刘　曦 / 307
刘　暲 / 272
刘秉经 / 306
刘秉锡 / 96
刘伯龄 / 204
刘伯英 / 233
刘伯蕴 / 243
刘泰南 / 401
刘登枢 / 89
刘登庸 / 89
刘芳声 / 68
刘国缙 / 33
刘函纲 / 253
刘鸿翱 / 218
刘鸿翔 / 218
刘鸿翥 / 218
刘济川 / 172
刘嘉颖 / 362
刘见龙 / 101
刘锦堂 / 403
刘进明 / 38
刘抡升 / 370
刘儒名 / 381
刘士琏 / 52
刘寿梅 / 311
刘腾龙 / 103
刘廷锡 / 27
刘辛生 / 397
刘以贵 / 107
刘以禧 / 112
刘应节 / 30
刘永祥 / 158
刘之光 / 112

刘之修 / 113
刘志仁 / 117
隆　潔 / 51
吕养望 / 103
吕应祥 / 86
栾来宗 / 360

M

毛　璋 / 298

P

裴星川 / 392

Q

亓　品 / 96
亓　镛 / 70
齐培元 / 241
齐一经 / 32
綦　革 / 15
綦崇礼 / 13

S

时　嵎 / 176
史　书 / 27
史　温 / 10
史虚白 / 10
释月朗 / 398
释子惠 / 399
宋　岩 / 185
宋殿元 / 167
宋国彦 / 70
宋庆和 / 230
宋书升 / 331
孙　淦 / 401
孙出声 / 55
孙文奎 / 396

T

谭　琮 / 54
谭　濬 / 100
谭　麐 / 150
谭　任 / 29
谭　肇 / 297
谭安之 / 31
谭秉谦 / 210
谭国桢 / 97
谭汝霖 / 399
谭世纶 / 191
谭寿山 / 151
谭学诗 / 192
谭以丹 / 78
谭在丙 / 166
唐　扶 / 4
唐彦谦 / 5
田宣叡 / 298

W

王　玳／66
王　珙／66
王　环／379
王　渐／32
王　瑨／44
王　濂／27
王　珞／67
王　玶／105
王　倩／39
王　儒／73
王　润／97
王　洵／67
王　嵎／16
王　瑜／66
王　柟／113
王凤绮／382
王绩熙／349
王际新／47
王奎武／399
王鸣世／67
王善述／376
王寿彭／379
王调鼎／42
王廷琦／69
王廷猷／69
王象瑜／284
王篔生／367
王曾裕／381
王震起／397
王之翰／288
魏　赞／150
魏洪阳／283
魏淮阳／283
魏来朋／145
魏来同／168
无名氏(明)／57,57
无名氏(清)／293
吴　奎／11
吴　缤／18

X

萧　斞／19
谢　肃／24
邢国玺／53
徐景东／156
徐孔成／45
徐连芳／378
徐宗幹／257
许文民／101
许延基／100
玄　衮／104

Y

颜思敬 / 33
杨　瑗 / 65
杨青藜 / 47
杨日发 / 87
杨英俊 / 297
尹志平 / 21
于　莲 / 318
于　氏 / 399
于　祉 / 212
于大猷 / 86
于凤翼 / 106
于际隆 / 83
于濂芳 / 388
于铭书 / 358
于普源 / 366
于文中 / 398
于酉山 / 198
于泽长 / 81

Z

臧淑如 / 402
张　丰 / 224
张　钦 / 185
张　壼 / 87
张　僖 / 351
张　璿 / 100
张尔忠 / 41
张起岩 / 23
张文辑 / 186
张星芝 / 394
张玉贞 / 385
张昭潜 / 312
张兆栋 / 289
张兆棠 / 380
张自然 / 71
赵子灵 / 400
郑　燮 / 124
周　鼎 / 102
周克济 / 139
周亮工 / 64
周应祚 / 105
朱若宾 / 121

《古诗词文集知见录》书名索引

A

哀城南索和草 / 596
爱松轩诗草 / 582
爱拙轩诗草 / 552

B

白川诗集 / 418
白川文集 / 418
白浪河上集 / 427
白浪河西亭诗 / 542
白云庐诗草 / 602
瓣香亭诗集 / 465
抱瓠老人诗集 / 545
北海郭氏诗存 / 515
北海郭氏诗存续编 / 515
北海集(高桂) / 418
北海集(綦崇礼) / 414
北海集(王嵎) / 416
北游琐记 / 567
避兵纪事 / 564
别画湖庄小草 / 597
宾唐遗诗 / 601

C

餐霞集 / 572
沧江菁华录 / 575
沧江诗集 / 573
阐幽诗草 / 549
陈黄诗集合稿 / 596
尺牍偶存 / 577
冲靖先生集 / 412
初篁庐诗草 / 593
初篁书庐文稿 / 589
楚壁吟 / 521
垂髫吟 / 615
春韭园随笔 / 546
春溪制艺 / 462
次白文稿 / 501
次鲲诗草 / 552

D

大雅楼诗集 / 458
岱麓诗话 / 605
带经堂文集 / 567
待栩蘧小草 / 423
淡简斋诗草 / 549
淡叟晚集 / 463
淡溪草 / 427
澹宁居集 / 424
澹园古文选 / 484
澹园近体诗 / 490
澹园全集 / 483
澹园诗话 / 487
澹园诗选 / 488
澹园未定草 / 491
澹园续稿 / 490
澹园制义 / 491
灯商随笔 / 593
登莱旅程日记 / 621
钓矶立谈 / 412
定居集 / 409
东井草 / 520
东牟集 / 419
东山游艺诗稿 / 420
东园诗草 / 611
东邹随笔 / 557
读诗辑略 / 602
杜如竹文稿 / 430
钝斋课徒草 / 460
遁斋漫笔 / 419

E

莪山诗草 / 600
二郭轶诗 / 546
二家律选 / 576
二琴居士小集 / 562
二乡斋文集 / 596

F

焚余摘 / 420
凤翔纪事诗存 / 547
簠斋尺牍 / 534
复堂诗选 / 463

G

艮思堂遗草 / 449
古文从好集 / 593
古文管圭 / 462
古斟郡诗合稿 / 596
归里清潭 / 583
郭松坡诗剩本 / 439
郭衍汾遗稿 / 483
果园诗钞 / 588
果园遗诗 / 588

果园吟稿 / 457
过江集 / 461

H

海滨二妙册(临本) / 608
海樵词 / 565
海樵诗 / 456
海樵诗存 / 565
韩通儒古文 / 505
荷亭诗草 / 437
红琴阁诗集 / 612
鸿爪集 / 456
花雨轩诗稿 / 550
画隐轩题画诗存 / 586
槐荫书屋集 / 475
黄星五诗集 / 594
黄耀堂诗草 / 595
黄叶山房诗稿 / 579
悔园诗草 / 483

J

鸡窗集 / 467
及时斋杂稿 / 610
笈堂遗诗 / 470
集唐初刻 / 524
集唐二刻 / 527
蓟门诗草 / 585
谏书稀庵笔记 / 583
谏书稀庵诗草 / 583
谏书稀庵随笔 / 583
谏书稀庵文草 / 583
焦尾集 / 473
蕉窗闲咏 / 549
鹪鹩馆十苦诗 / 436
节慎斋文集 / 508
节慎斋制艺 / 508
介夫诗草 / 472
金台纪事 / 438
锦城诗钞 / 464
锦斋诗草 / 521
经治堂文钞 / 463
敬业堂集 / 520
靖盦诗文稿 / 610
靖侯词稿 / 577
靖侯诗草 / 576
静吾斋诗钞 / 470
静吾斋文钞 / 470
久敬斋草 / 601
旧华园诗存 / 456
旧雨草堂诗钞 / 605
居易堂集 / 549
菊谱 / 585
莒村集 / 519

K

邁斋诗存 / 603
客心山人遗稿 / 420

L

兰畦制艺 / 469
兰堂诗草 / 600
兰溪诗草 / 472
兰洲文集 / 616
兰洲吟草 / 616
滥竽集 / 512
郎氏八篇 / 462
劳山纪游 / 621
老蕢诗草 / 611
老人试草 / 433
老生常谈 / 552
冷斋诗草 / 550
藜乘集 / 433
礼耕堂文钞 / 469
李仙缥诗 / 472
理堂全集 / 450
理堂日记 / 453
理堂诗集 / 450
理堂外集 / 451,455
理堂未刻稿 / 454
理堂文集 / 451
理堂制艺 / 455
理堂制义续集 / 455
历代古文快读 / 603
荔岩诗钞 / 565
莲西诗草 / 610
莲砚山房诗草 / 558
练甘棠诗 / 458
两京纪游 / 619
聊复集 / 572
蓼莽诗存 / 481
了庵诗存 / 513
临淄小记 / 622
刘次白文集 / 494
刘石芙先生山水
精册 / 587
刘氏贡举文集 / 504
柳塘诗存 / 457
六斋诗存 / 556
六斋文存 / 556
龙潭集 / 419
聋庵纪闻 / 480
聋瞽狂言 / 436
鲁山诗集 / 457
鹿门集 / 409
麓台集 / 430
旅贞诗草 / 433
履安诗集 / 596

履安文集 / 596
绿萝斋诗草 / 602
绿野斋归田集 / 503
绿野斋前后合集 / 498
绿野斋诗集 / 504
绿野斋太湖诗草 / 499
绿野斋外集 / 504
绿野斋文集 / 494
绿野斋续集 / 498
绿野斋遗集 / 504
绿野斋制艺 / 500
萝园诗稿 / 436

M

梅花书屋诗集 / 461
蒙拾堂词稿 / 606
蒙拾堂诗稿 / 607
梦花亭诗集 / 469
眠琴阁词 / 598
眠琴阁遗文 / 599
眠云轩草 / 602
鸣郁稿 / 431
铭夏诗钞 / 512
墨庄集 / 567
牧牛图诗 / 438

N

南朝小乐府 / 429
南匪纪略诗草 / 529
南圃焚余草 / 457
南唐韩文靖公遗集 / 411
南斋遗集 / 458
拟议集 / 409

P

批校斯文精萃 / 557

Q

齐东野人新语 / 517
杞菊斋诗文草 / 471
憩云阁诗稿 / 569
潜庐诗草 / 619
强学斋诗文集 / 600
秦量诏版释文诗记 / 540
秦前文字之语 / 538
琴秋馆诗钞 / 602
勤斋集 / 416
青峰文稿 / 462
青可轩未刻诗 / 436
青雷诗草 / 562
青雷文草 / 562
青桐轩诗集 / 578
秋皋制艺 / 456
秋溪制艺 / 462
趋是子文集 / 463
劝民歌 / 469

R

容膝草堂诗草 / 603

S

三百篇诗评 / 488
三郭诗草/ 550,599,599
三友斋诗文集 / 601
三余书屋诗草 / 565
桑梓之遗录文 / 553
森长文钞 / 534
山木集尺牍 / 455
山左古文钞 / 496
山左文钞前后集 / 492
笙磬同音集 / 614
绳武堂诗稿 / 433
盛山唱和集 / 408
师竹轩诗存 / 439
诗余 / 423
十二家古文选 / 502
十二种文萃 / 557
石民集 / 427
史林遗诗 / 521
释蝂蝂庐诗文集 / 611
守岐公牍汇存 / 547
守岐纪事 / 549
书仓文集 / 529
殊翁合编 / 519
蜀江诗选 / 510
双清阁诗集 / 459
双松轩诗集 / 547
说岩制艺 / 473
松窗杂钞 / 462
松鹤斋诗集 / 600
松香词钞 / 478
松雪堂遗集 / 461
松岩诗选 / 512
松斋诗集 / 448
愯斋诗草 / 432
宋金元怀古词辑 / 607
宋晋之遗稿 / 592
苏门遣怀集 / 467
随喜录诗草 / 436

T

太璞庐诗选 / 477
唐宋古文精选 / 436
天方夜谭咏略诗集 / 615
天觉词钞 / 579
天籁堂秋蛩吟 / 530
天籁堂诗余 / 530
田园集 / 605
蜩鸣集 / 440
听秋斋诗集 / 465
听雪草堂诗草 / 603

退庐诗钞 / 599

W

畹香村会稿 / 570
王著夫先生遗诗 / 611
望三散人感旧集 / 542
潍东野人杂录 / 431
潍上词 / 605
潍上诗 / 605
潍诗采录 / 523
潍水艺林小泳 / 616
潍县竹枝词 / 441,544
潍阳纪事诗 / 541
潍阳诗钞 / 596
魏森长先生文集 / 534
文法摘抄 / 455
文石山房诗钞 / 555
文石杂识 / 555
无为斋词集 / 560
无为斋诗集 / 560
无为斋文集 / 558
无为斋续集 / 560
无为斋遗集 / 561
吴郡新诗 / 578
吴琼文集 / 414
吴越行吟草 / 567
芜邑送别诗 / 492
芜园诗草 / 449
午窗随笔 / 551

X

西村课耕堂草 / 457
西戍日记诗草 / 517
西园集 / 417
希古堂合集 / 502
惜阴草堂诗草 / 594
先登制艺 / 473
闲情偶记诗草 / 433
献县八咏 / 423
湘游诗草 / 600
效颦集 / 520
校经堂初集 / 581
新营绿野斋唱和集 / 503
信心集 / 509
旭斋诗钞 / 593
旭斋文钞 / 590
续楚璧吟 / 521
学步集 / 622
寻乐堂诗草 / 463

Y

杨峡别墅集 / 543
养静轩诗草 / 616
野溪先生文集 / 458
一琴堂遗草 / 565

漪上亭诗 / 542
怡老集四编 / 418
怡云馆诗 / 552
移情轩诗钞 / 603
亦农诗草 / 564
益坚斋诗文钞 / 580
意庵集 / 432
吟香馆诗草 / 612
吟香书屋遗草 / 599
吟抑堂诗草 / 437
映雪闲笔 / 474
游滇诗草 / 610
游括日记 / 600
游劳山记 / 467
游劳随笔 / 618
游闽诗草 / 462
愚庵滥稿 / 417
榆园杂录 / 568
雨亭诗钞 / 564
玉贞女士诗钞 / 613
育侯诗集 / 509
愈愚堂文集 / 580
远游纪事诗稿 / 429
月令杂事诗 / 603
粤游见闻 / 584
粤游诗草 / 438
芸窗闲录 / 462

Z

张悫诗稿草 / 432
柘山遗集 / 420
蔗园古集 / 507
蔗园课艺 / 508
蔗园诗存 / 505
贞园诗钞 / 612
珍吾斋诗文集 / 564
枕戈集 / 617
震庵内集 / 479
震庵四书文 / 481
震庵外集 / 480
知鲁斋文集 / 602
中山纪事 / 456
种蕉轩诗文钞 / 557
竹君诗草 / 603
竹雨轩集 / 472
拙斋文集 / 463
拙斋制义 / 463
浊泉词钞 / 580
自然草 / 513
自笑轩诗草 / 608
自娱草堂随笔 / 472
自娱轩诗草 / 462

《古诗词文集知见录》著者索引

C

蔡宗襄 / 432
曹孚中 / 529
曹鸿勋 / 580,581
陈秉钧 / 615
陈德昌 / 610
陈官俊 / 464
陈恒庆 / 583,583
陈厚滋 / 558
陈介祺 / 534,538,540
陈介锡 / 553,555
陈晋康 / 611
陈述经 / 470
陈绥之 / 596,596
陈所问 / 419
陈廷钰 / 464
陈曾荫 / 610

D

丁附青 / 436
丁良幹 / 600
丁良翰 / 600
丁启喆 / 608,608,610
丁善宝 / 556,556,557
丁善长 / 585
丁廷珍 / 529
丁锡昌 / 602
丁锡纶 / 616,617,618
丁锡彭 / 612
丁锡田 / 619,621,621
丁锡田 / 622
丁锡祐 / 612
丁锡章 / 619
丁勋书 / 472
董　青 / 564
杜如竹 / 430
杜文漪 / 467

F

傅廷兰 / 467

G

高　桂 / 418
高　伦 / 430
高不矜 / 429
高承瀛 / 584
高春晟 / 601
高春晧 / 601
高春曦 / 601
高翰阁 / 567
高守训 / 463
高万选 / 564
高熙英 / 585
耿廷玉 / 512
郭　灿 / 437
郭　鼎 / 512
郭　锦 / 510
郭　麐 / 542,542,543,544,545,546,546
郭　圩 / 469
郭　坛 / 463
郭　坮 / 472
郭　言 / 565
郭　堉 / 469
郭东奎 / 473
郭东元 / 458
郭恩孚 / 588,588
郭恩赓 / 603
郭恩煌 / 599
郭恩煇 / 599
郭凤鸣 / 457
郭含光 / 603
郭翰之 / 552
郭杭之 / 578
郭济远 / 550
郭介光 / 603
郭金铭 / 565
郭君佐 / 472
郭岭榛 / 582
郭梦龄 / 513,515
郭梦星 / 550,551
郭迺钰 / 615
郭磐石 / 530
郭启翼 / 461
郭起隆 / 565
郭钦式 / 437
郭去非 / 463
郭去咎 / 477,478,479,480,481
郭荣清 / 600
郭汝龙 / 433
郭召棠 / 565
郭世臣 / 439

郭世爵 / 433
郭守璞 / 456
郭守玺 / 469
郭守绪 / 457
郭书俊 / 481
郭庶深 / 512
郭思履 / 448
郭绥之 / 570,572,572,573,575,576,577,577,578
郭同芳 / 456
郭同芸 / 459
郭为贤 / 579,580
郭伟基 / 436
郭文沅 / 602
郭襄之 / 549
郭象孚 / 513
郭象恒 / 465
郭象升 / 465
郭续汾 / 475
郭衍汾 / 483,515,515
郭耀章 / 449
郭一璐 / 433
郭奕骝 / 449
郭有善 / 474
郭榆寿 / 568
郭育才 / 600
郭悦芝 / 521
郭兆封 / 569
郭征庸 / 601
郭知逊 / 427

H

韩　瑚 / 436
韩　潚 / 438
韩步鳌 / 524,527
韩梦周 / 450,450,451,453,454,455,455,455
韩寿玺 / 602
韩通儒 / 505
韩熙载 / 409,411
黄　炜 / 594,595,596
黄星五 / 594

K

孔宪鹏 / 552
蒯云青 / 471

L

郎　澍 / 462
郎　泳 / 462
郎郡璋 / 600
郎枢斗 / 552
郎迂若 / 460

李大诰 / 602
李桓之 / 472
李晋升 / 602
李绮苍 / 472
李万民 / 432
李云翘 / 458
李肇恩 / 614
练甘棠 / 458
梁　检 / 564
梁文灿 / 606,607
刘　岸 / 473
刘　潢 / 433
刘　璞 / 420
刘凤昌 / 611
刘国缙 / 419
刘函纲 / 521
刘鸿翱 / 492,494,496,498,498,499,500,501,502,502,503,504
刘鸿翥 / 492
刘济川 / 473
刘嘉颖 / 586,587
刘抡升 / 605
刘儒名 / 611
刘寿林 / 504
刘以贵 / 433
刘应节 / 418
刘玉淇 / 549
刘志仁 / 438
隆　濲 / 427

P

彭毓桂 / 610

Q

齐培元 / 517,518
綦崇礼 / 414
清无名氏 / 408

S

史　温 / 412
史虚白 / 412
释志昂 / 438
宋庆和 / 509
宋书升 / 589,590,592,593,593,593
孙出声 / 423
孙元声 / 423
孙席休 / 420

T

谭　琮 / 429
谭秉谦 / 483
谭在丙 / 462
唐　次 / 408

唐　瑜 / 520
唐彦谦 / 409
田名撰 / 557

W

王　濂 / 417
王　渭 / 603
王　湘 / 603
王　洵 / 427
王　嵎 / 416
王　栴 / 436
王殿鳌 / 564
王调鼎 / 423
王鹗表 / 509
王凤绮 / 612
王善述 / 611
王寿彭 / 610
王象瑜 / 562
王延年 / 508
王玉临 / 456
王筼生 / 603
王在田 / 549
王之翰 / 547
魏洪阳 / 461
魏淮阳 / 461
魏延之 / 534
吴　琼 / 414
吴德伸 / 521

X

萧　斢 / 416
徐景东 / 457
徐　瀛 / 552
徐宗幹 / 541

Y

杨青藜 / 424
杨应俊 / 567
杨兆绂 / 603
于　祉 / 483,484,487,488,488,490,490,491,491
于　周 / 417
于大猷 / 431
于濂芳 / 616
于溥芳 / 616
于文震 / 562
于养素 / 418

Z

张　丰 / 505,507,508
张　壵 / 432
张　彤 / 523
张　僖 / 597,598,599
张尔忠 / 420

张星芝 / 622
张玉贞 / 613
张昭潜 / 411,558,560,560,561
张兆栋 / 547,549
郑　燮 / 441
周履谦 / 462
周文奎 / 463
朱若宾 / 440
庄凤官 / 567

后　记

《书》有“篇章泯弃”之叹,《诗》载“不尚有旧”之讽,每每思及,未尝不为之慨然。是以搜佚先贤,稽古乡邦,古今一也。潍上学人,于经史金石,探佚独多;诗文词者,虽藻绣渥彩,未之暇遑。今知古潍诗文词类著述约三百种,其存者仅百十数,散亡磨灭,十之六七。复合他集载录,乃知有清以前,潍有诗词传于今者一万一千余首,作者三百余人。2013 年春,余与牛君鹏志发念于此,欲仿清代张彤《潍诗采录》例,网罗搜佚,辑《全潍诗》为一编,惜卷帙浩繁,梓行无力,故自潍上诸家选得二千一百余首,不揣谫陋,先成一辑。2014 年末,初稿甫成,印得数册分发师友以求教正;2015 年秋,复自印数帙再为呈正。易稿三番,补阙屡屡,终成是编。

本书编写伊始,便得到了齐鲁师范学院教授国光红先生、程远芬先生,山东大学儒学高等研究院博士生导师杜泽逊教授,潍坊市博物馆研究员孙敬明先生,潍坊文史耆宿谭先民先生的鼓励鞭策;一稿初成,呈国光红、程远芬、孙敬明诸先生审定全书,国、孙二先生复赐序简端。长者奖掖提携,其曷敢忘?

辑撰过程中,国务院参事室华鼎国学研究基金会秘书长陈捷延先生,华鼎国学研究基金会办公室主任姬素兰女士,潍坊学院文学院吴有祥博士、蔡丽利博士,《印学研究》主编吕金成先生，函电往来，屡为指教；齐鲁书社编辑武良成先生审校全书体例文字，编辑赵萌萌女士装帧设计，书画家张奎文先生搦翰题署，用心良多；潍坊文史学者、畏友郭君同先生示以《三余书屋诗草》《榆园杂录》《墨庄集》等珍藏数种，并补充毛璋、郭恩赓、庄凤官、徐连芳诸家诗词，出力最夥；郭味蕖美术馆馆长郭远航先生赐《黄叶山房诗稿》《垂髫吟》《北海郭氏诗存》（点校本）数集以观；潍坊文史学者于建强先生示《五十年之回顾》，解刘锦堂、陈曾荫二乡贤生平之惑，感怀殷殷，特致谢意。

此外，热心支持帮助我们的还有中国科学院图书馆薛惠媛博士，山东省图书馆金晓东博士，青岛市图书馆张旭丽女士，首都图书馆李晔女士，潍坊市图书馆王彭兰女士、张光德先生、尹霞女士，高密市图书馆李淑云女士，莱州市档案局王爱兴女士，吉林大学杨朋飞博士、河北献县张纪岩先生、云南省藏书家袁昌钰先生，诗人李念奴先生，潍坊市园林管理处李拥军先生，潍坊藏书家刘东先生，潍坊市史志办吕俊峰先生，寒亭区史志办孙建松先生，潍坊学院齐鲁滨先生、郭顺敏女士、李秋之先生、孟庆进先生，潍坊市文史学者邓华先生，书法篆刻家杨潍安先生等，谨此一并致谢。

学力不足，书成仓猝，金根误改，伏猎鲁鱼，望请诸家匡正为幸。

王 新

2016 年 11 月 18 日